Michael Peinkofer
Die Zauberer

PIPER

Zu diesem Buch

Es ist der Vorabend der großen Schlacht, die in die Chroniken von Erdwelt eingehen wird. In einer Festung im Ewigen Eis, der Ordensburg von Shakara, leben die mächtigsten Wesen von Erdwelt, die Zauberer. Dort treffen drei ungewöhnliche Novizen aufeinander. Die junge Elfin Alannah, der ehrgeizige Elf Aldur und der magisch begabte Mensch Granock sollen lernen, ihre einzigartigen Gaben für das Wohl ihres Landes einzusetzen. Doch in den eisigen Hallen treffen sie nicht nur auf Freundschaft und Liebe, sondern auch auf Verschwörung und Verrat. Schnell sehen sich die jungen Zauberer ihrer größten Aufgabe gegenüber – Erdwelt vor der Vernichtung zu bewahren … Das fesselnde neue Abenteuer des Bestsellerautors Michael Peinkofer führt in die Anfänge von Erdwelt, dem magischen Reich, in dem schon die Orks Balbok und Rammar ihre Äxte kreisen ließen.

Michael Peinkofer, geboren 1969, studierte Germanistik, Geschichte und Kommunikationswissenschaften und arbeitete als Redakteur bei der Filmzeitschrift *Moviestar*. Mit seinen Bestsellern um die Orks avancierte er zu einem der erfolgreichsten Fantasy-Autoren Deutschlands. Nun beginnt er ein neues mitreißendes Abenteuer um die mächtigsten Geschöpfe aller Welten – die Zauberer. Weiteres zum Autor: www.michael-peinkofer.de

Michael Peinkofer

DIE ZAUBERER

ROMAN

Piper München Zürich

Entdecke die Welt der Piper Fantasy:

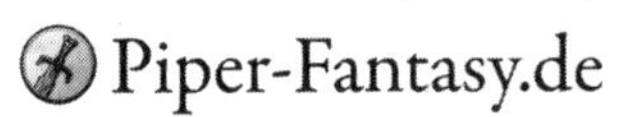

Von Michael Peinkofer liegen bei Piper vor:
Die Zauberer
Die Zauberer. Die Erste Schlacht
Die Zauberer. Das dunkle Feuer
Die Rückkehr der Orks
Der Schwur der Orks
Das Gesetz der Orks
Unter dem Erlmond. Land der Mythen 1
Die Flamme der Sylfen. Land der Mythen 2

Ungekürzte Taschenbuchausgabe
Januar 2011

Umschlagkonzeption: semper smile, München
Umschlaggestaltung: Guter Punkt, München,
nach einem Entwurf von Hilden Design, München
Umschlagabbildung: © Silvia Fusetti
Autorenfoto: Helmut Henkensiefken
Satz: C. Schaber, Datentechnik, Wels
Druck und Bindung: CPI – Clausen & Bosse, Leck
Printed in Germany ISBN 978-3-492-26732-8

Danksagung

So hat alles begonnen.

Vor langer, sehr langer Zeit …

Eine Entstehungsgeschichte zu verfassen, ist immer eine besondere Herausforderung. Anders als bei einer Fortsetzung geht es nicht darum, die Abenteuer der Protagonisten fortzuschreiben, sondern im Gegenteil ihre Herkunft, ihre Geschichte und ihre Welt zu erklären. Bestehende Rätsel können auf diese Weise aufgelöst, offene Fragen beantwortet und lose Fäden verbunden werden – und ein ganz neues Abenteuer kann beginnen.

Im Lauf der viereinhalb Jahre, die ich an der »Orks«-Trilogie gearbeitet habe, hat »Erdwelt«, jener urwüchsige, archaische Kontinent, auf dem die Romane spielen, immer größere und detailliertere Züge angenommen. Kulturen sind neu dazugekommen, Topografien wurden ausgefeilt, Städte und Siedlungen ergänzt. Und natürlich hat Erdwelt auch seine eigene Vergangenheit bekommen, eine Historie, die von den mythischen Anfängen im Zeitalter der Drachen über die Dynastie der Elfenkönige bis hin zur von Menschen und Orks geprägten Gegenwart reicht. In diese Vergangenheit einzutauchen und von jener dramatischen Zeit zu erzählen, in der die Welt am Scheideweg zwischen Licht und Finsternis stand, schien mir eine reizvolle Aufgabe. Die Möglichkeit, Erdwelt so zu schildern, wie es eintausend Jahre vor Balbok und

Rammar, also noch zur Hochzeit der Elfen und des Ordens der Zauberer gewesen ist, und dem Leser so ganz neue Perspektiven zu eröffnen und ihn mitzunehmen auf eine Reise in eine noch unerforschte Fantasy-Welt, hat mich mit einer Begeisterung erfüllt, die mich von der ersten bis zur letzten Seite getragen hat. Aber natürlich ist es nicht nur mein Enthusiasmus gewesen, der dieses Buch ermöglicht hat.

Mein Dank geht daher an Carsten Polzin von Piper Fantasy, an meinen Lektor Peter Thannisch und meinen Agenten Peter Molden, deren freundschaftliche und unermüdliche Unterstützung das Projekt begleitet hat. Bei Daniel Ernle bedanke ich mich für die wie immer wunderbare Kartenillustration, die den Erdwelt-Kosmos weit nach Süden hin erweitert hat. Und natürlich gilt mein Dank auch meiner Familie, ohne die keine einzige Seite dieses Buches beschrieben wäre.

Die Geschichte Erdwelts und seiner Völker, der Elfen und Orks, Menschen und Zwerge, nimmt in diesem Band ihren Anfang. Er berichtet von mythischen Begebenheiten, von Liebe und Verrat, von Kampf und Intrige – und vom Beginn eines neuen Zeitalters. An die Leser der »Orks«: Schön, dass ihr wieder da seid. An alle anderen: Anschnallen und los geht's!

Das Abenteuer nimmt hier seinen Anfang …

Michael Peinkofer

Winter 2008

Personae Magicae

Zauberer

Semias	Vorsitzender des Hohen Rates
Cethegar	sein Stellvertreter
Farawyn	Meister, Mitglied des Hohen Rates
Palgyr	sein Rivale, ebenfalls Ratsmitglied
Riwanon	Meisterin, Mitglied des Hohen Rates
Labhras, Sgruthgan, Cysguran	Ratsmitglieder, Anhänger Palgyrs
Syolan	Chronist von Shakara
Codan	ein naturkundiger Meister
Atgyva	Hüterin des Wissens, oberste Bibliothekarin von Shakara
Daior	Zaubermeister

Elfen

König Elidor	Herrscher des Elfenreichs
Fürst Ardghal	sein oberster Berater
Alannah	eine elfische Novizin
Aldur	ein elfischer Novize
Alduran	Aldurs Vater
Mangon	Lordrichter von Tirgas Lan

Accalon	Kommandant der Grenzfeste Carryg-Fin
Zenan Trea Haiwyl Pryll Caia	Novizen aus Shakara

Menschen

Fürst Erwein	Herr von Andaril
Ortwein von Andaril	sein ältester Sohn
Granock	Novize in Shakara

Kobolde

Argyll	Diener Farawyns
Flynn	Diener Cethegars
Níobe	Dienerin Riwanons
Ariel	Diener des Hohen Rates

Orks

Borgas	Häuptling der Knochenbrecher
Gunrak	ein *faihok*
Rambok	ein widerspenstiger Unhold

Prolog

Es wäre schon ziemlich dreist, wollte man behaupten, die Ursachen für den Beginn des Zweiten Krieges und damit für jenen letzten Kampf, der über das Schicksal der Welt entscheiden sollte, wären einfach und klar zu benennen. Weder war es allein die Trägheit der Elfen noch die Gier der Zwerge, weder das Machtstreben der Menschen noch die permanente Gewaltbereitschaft der Orks, die letztlich das Reich ins Chaos stürzten. Es war vielmehr alles zusammen, zahlreiche Kräfte, die den Strom der Vernichtung speisten.

Doch wenn es eine Gruppierung gibt, die in besonderer Weise für die Geschehnisse Verantwortung trägt, dann ist es jener Stand, dem auch ich angehöre, der unwürdige Schreiber dieser Chronik.

Dwethiana.

Die Weisen.

Oder wie die Sterblichen zu ihnen sagen und wie auch ich sie des besseren Verständnisses halber fortan nennen werde: die Zauberer.

Zu allen Zeiten hat es sie gegeben, diejenigen, die das Schicksal oder die Vorsehung mit besonderen Gaben ausgestattet hat. Gaben, die sie befähigen, die Gesetze der Natur zu beugen. *Reghas* pflegen wir eine solche Gabe zu nennen, die sich nicht selten auch als Bürde erweist, denn sie birgt eine große Verantwortung.

Um diese zu schultern, wurde vor Urzeiten, noch während des Goldenen Zeitalters, der Magische Rat gegründet, dessen Angehörige sich mit einem feierlichen Eid dazu verpflichteten, ihre *reghai* zum Dienst und zum Wohle aller einzusetzen.

Über Jahrtausende standen die Zauberer den Elfenkönigen bei, beschützten sie und berieten sie bei ihren Entscheidungen, und sie waren maßgeblich daran beteiligt, als das Reich unter der Regentschaft Sigwyns des Eroberers seine bis dahin größte Ausdehnung erfuhr: Von *gylmaras* im Westen bis zu den Wildlanden im Osten, von *yngaia* bis an die Gestade der See erstreckte es sich.

Doch Sigwyns Stern sank, als seine Gemahlin Liadin ihn betrog, und das Reich drohte sich zu spalten. Um dies zu verhindern, taten die Zauberer, was getan werden musste, auch wenn es den selbst auferlegten Regeln widersprach: Sigwyn wurde entmachtet, und aus dem Magischen Rat wurde der Hohe Rat der Elfen, der dem König fortan nicht mehr nur beratend zur Seite stand, sondern ihn auch kontrollieren sollte.

Ruhe und Ordnung kehrten nach *amber* zurück, doch mit der Größe des Reichs zeigte sich auch seine Schwäche. Die Verwaltung über weite Entfernungen aufrechtzuerhalten, erwies sich als schwierig, und in jenen Städten, die weit entfernt lagen vom Zentrum des Reichs, schwelte die Glut des Aufruhrs.

König Iliador der Träumer war es, der den Hohen Rat bat, diesem Missstand abzuhelfen, und er wurde gehört. Einem jungen Zauberer namens Qoray, der aus der fernen Stadt Anar stammte, gelang es, die Kraft der Elfenkristalle zu nutzen, um die Pforten von Zeit und Raum zu öffnen und das zu errichten, was wir den Dreistern nannten: eine magische Verbindung, die es uns erlaubte, innerhalb eines Augenblicks von einem Ort des Reichs zum anderen zu reisen. Von Dinas Lan, dem strahlenden Zentrum des Reichs, konnte man mittels des Dreisterns nach Norden in die Ordensburg von Shakara gelangen oder nach Osten ins ferne Anar sowie nach Süden auf jenes Eiland, das zugleich Vergangenheit und Schicksal des Elfenvolks ist – die Fernen Gestade. Durchschritt man jene Kristallpforten, erreichte man einen Augenaufschlag später seinen Zielort, ohne die Mühsal und die Gefahren einer langen Reise auf sich zu nehmen.

Der König zeigte sich davon begeistert und ebenso der Rat, der im Gegenzug für diese Leistung weitere Rechte von der Krone zugesprochen erhielt. Niemand fragte sich, woher Qoray seine

Kenntnisse nahm oder was er selbst damit bezweckte. Dies erfuhr die Welt erst, als Scharen grässlicher Unholde aus den Kristallpforten quollen. Da nämlich zeigte Qoray sein wahres Gesicht und nannte sich auf einmal Margok, und unter diesem Namen überzog er *amber* mit Tod und Verderben.

Lange Jahre währte der Krieg der Elfen gegen jene grobschlächtigen, brutalen Wesen, die Margok unter Zuhilfenahme verbotener Zauber selbst ins Leben gerufen hatte. Margoks Kreaturen nannte er sie – sie selbst jedoch, nicht willens oder nicht in der Lage, dies auszusprechen, gaben sich einen anderen Namen: Orks.

In verlustreichen Kämpfen gelang es, die Unholde zu besiegen und sie zurückzutreiben hinter die Gipfel des Schwarzgebirges, bis an die Gestade des *gylmaras*, der seither »Modersee« genannt wird. Margok flüchtete, wohin, das fragte niemand. Die meisten, auch viele seiner Anhänger, hielten ihn für tot. Die Kristallpforten wurden geschlossen, und das Silberne Zeitalter begann, in dem die im Krieg zerstörten *dinai* wieder aufgebaut wurden, diesmal als stolze Festungen mit wehrhaften Mauern, die die Namen Tirgas Lan und Tirgas Dun erhielten.

Die Drachen verließen die Welt, neue Rassen tauchten auf und beanspruchten ihren Platz unter den Völkern Erdwelts, unter ihnen die Zwerge, die Gnomen …

Und die Menschen.

Kaum jemand im Elfenreich maß den Meldungen aus dem Osten Bedeutung bei, in denen es hieß, die wilden Lande jenseits der *dwaimaras* würden auf einmal von Kreaturen besiedelt, die wie die Söhne Glyndyrs und Sigwyns aufrecht auf zwei Beinen gingen und sich aus dem Zustand ursprünglicher Unschuld erhoben. Doch die Menschen, wie sie sich nannten, waren ebenso strebsam, wie sie fruchtbar waren. So schnell, wie sie sich vermehrten, unterwarfen sie sich das Land im Osten und besiedelten es. Eine Gefahr für das Elfenreich stellten sie dennoch nicht dar. Denn jung und unerfahren, wie sie waren, suchten die *gywara* Streit unter ihresgleichen und lieferten einander blutige Schlachten, sodass ihr Einfluss nicht zu groß werden konnte. Zu jener Zeit verstanden es sowohl die Könige der Zwerge als auch die Herrscher des Elfenreichs, die Streitigkeiten unter den Menschen immer wieder zu schüren, sodass ihr Volk nicht erstarken konnte.

Jahrtausende vergingen, und die Welt wandelte erneut ihr Gesicht. Um sein Reich inmitten der immer größer werdenden Anzahl von Völkern zu behaupten, brauchte der Elfenkönig mehr denn je die Hilfe des Hohen Rates. Und je größer der Einfluss der Zauberer wurde, desto mehr von ihnen wurden gebraucht.

Überall im Reich suchte man nach ihnen – ohne zu ahnen, dass das, was man fand, den Anfang vom Ende bedeutete …

Aus der Chronik Syolans des Schreibers
I. Buch, 3. Kapitel

BUCH 1

LHUR'Y'NEWITH
(Zeit der Veränderung)

1. NEIDORAN EFFRANOR

Es war ein finsteres Ritual, das auf der Lichtung stattfand, eingehüllt von der Dunkelheit einer mondlosen Nacht und umgeben von der schwarzen Wand des Waldes.

Zehnmal war der dumpfe Schlag der Trommeln erklungen, zehnmal hatte sich die Klinge ins Herz eines unschuldigen Opfers gesenkt, zehnmal war die geheime Formel gesprochen worden, die in verbotenen Schriften die Zeit überdauert hatte.

Carryg ai gwaith ...

Zehn Menschen hatten ein grausames Ende gefunden, Dorfbewohner aus dem Süden, die man in den Nächten zuvor aus ihren Hütten verschleppt hatte. Niemand würde je erfahren, was mit ihnen geschehen war. Ihre Schreie hatten sich mit dem heiseren Gebrüll der Urwaldtiere zu einem schaurigen Chor vermischt, um dann jäh zu verstummen.

Carryg ai gwaith ...

Das Ritual war beendet, die Anweisungen waren genau befolgt worden, und jeder der in weite Kutten gehüllten Schatten, die auf der Lichtung standen, wartete darauf, dass der Bannspruch seine Wirkung entfaltete.

Carryg ai gwaith ...

Stein zu Blut.

Die Veränderung trat so langsam und unmerklich ein, dass sie kaum jemandem auffiel, zumal der flackernde Schein der Fackeln nicht ausreichte, um die Lichtung ganz zu erhellen.

Reglos standen die Schatten inmitten der zehn steinernen Figuren, zu deren Füßen je eines der leblosen Opfer lag, das Herz durchbohrt und die Gesichtszüge in namenlosem Schrecken erstarrt.

Mit jedem Augenblick, der verstrich, wurden die Mienen der Toten blasser und sanken ihre Augen tiefer in die Höhlen, bis die Toten schließlich den Eindruck erweckten, als hätten sie ihr Leben nicht eben erst ausgehaucht, sondern schon vor langer Zeit, und als hätte die Feuchtigkeit des Dschungels ihre Körper konserviert. Ihre Haut wurde nicht nur bleich, sondern auch runzlig wie welkes Laub, während das Fleisch darunter zu verdörren schien. Bald spannte sich die Haut dünn und ledrig über die Knochen, und die Gesichter wurden zu grässlichen Schädelfratzen. Allerdings blieb der entsetzte Ausdruck darin unverändert.

Gleichzeitig war zu beobachten, wie das Blut, das den menschlichen Körpern entzogen wurde, unterhalb der Statuen zusammenfloss – dunkelrote Rinnsale, die in dünnen gezackten Linien an den Sockeln und schließlich an den Standbildern selbst hinaufkrochen.

»Es beginnt!«, rief jener Schatten, der das Ritual geleitet hatte und in der Mitte der Lichtung stand, die blutige Klinge noch in der Hand. »Sie erwachen …!«

Nicht nur die Trommeln und Schreie der Opfer waren längst verstummt, sondern auch die Geräusche des Urwalds, so als hielte die Natur den Atem an und harrte bang der Ereignisse, die über die Welt hereinbrechen würden.

Gebannt beobachteten die Vermummten, wie sich die Blutbahnen weiter über die lebensgroßen Figuren ausbreiteten, wie sie den Brustkorb überzogen und die muskulösen geschuppten Arme und sich dabei immer weiter verästelten, wie sie die Klauen bedeckten und den peitschenähnlichen Schweif und wie sie sich schließlich am Hals emporwanden und den kahlen Schädel mit dem zähnestarrenden Maul umhüllten.

Ein heftiger Windstoß ließ die Flammen der Fackeln fauchen und die Blätter der Bäume rascheln, und schlagartig verschwanden die blutigen Linien, die die Standbilder wie Spinnennetze überzogen hatten – geradeso, als hätte sie etwas mit unfassbarer Gier ins Innere der steinernen Figuren gesogen.

Fast im selben Augenblick ging mit den Statuen eine dramatische Veränderung vor sich.

Sie öffneten die Augen.

Wo zuvor noch kalter, grauer Stein gewesen war, loderte auf einmal orangerote Glut, und dann schüttelte der erste der steinernen Krieger die Reglosigkeit ab, die ihn über Jahrtausende hinweg gebannt hatte, und stieg von seinem Sockel.

Das schmutzige Grau des alten Gesteins war zu giftigem Grün geworden, das von schwarzen Linien und Zacken durchzogen war. Die Kreatur legte den Kopf in den Nacken und stieß ein kehliges Zischen aus, wobei ihre gespaltene Zunge vor- und zurückglitt. Dann erst bemerkte sie offenbar die Vermummten auf der Lichtung, und auf einmal zögerte sie.

Sie begriff, dass etwas nicht stimmte, aber sie konnte nicht wissen, wie viel Zeit vergangen war, seit sie das letzte Mal Angst und Schrecken in dieser Welt verbreitet hatte. Ein ganzes Zeitalter war seither verstrichen.

Doch in dieser mondlosen Nacht, zu jener düsteren Stunde, kehrten die Krieger des Bösen zurück: Einer nach dem anderen erwachte zum Leben und verließ seinen Sockel, auf dem er die letzten Jahrtausende geruht hatte. Unzählige Winter waren gekommen und gegangen – der Blutdurst der Kreaturen jedoch war ungebrochen, und so rissen sie ihre Mäuler auf und entblößten ihre langen spitzen Zähne, während sie sich bedrohlich auf die Vermummten zu bewegten, ungeachtet der Tatsache, dass sie ihnen ihre Befreiung zu verdanken hatten.

Die Schatten scharten sich um ihren Meister, während sich ihnen die Kreaturen immer mehr näherten. Ihre Augen leuchteten in der Dunkelheit, ihr Atem zischte voller Bosheit und Wut.

Schon streckten sie ihre Klauen aus, um die Vermummten zu packen – aber es kam nicht dazu.

Denn der Meister hob die noch blutige Klinge in den wolkenverhangenen Himmel und sprach mit lauter Stimme jene Worte, die einst verboten worden waren und dennoch die Jahrtausende überdauert hatten. Sie retteten ihm und seinen Anhängern nicht nur das Leben, sondern machten die furchterregenden Krieger aus dunkler Vergangenheit auch zu ihren ergebenen Dienern.

Gaida ai'lafanor'ma rhula rhyfal'raita'y'taith – Kraft dieser Klinge gebiete ich den Kriegern der Dunkelheit!

Schlagartig verharrten die Kreaturen, blickten mit einer Mischung aus Unglauben und hilfloser Wut zu dem Dolch empor, der mit jenem Blut benetzt war, das in ihren Adern floss – und der dunkle Zauber, dem sie unterlagen und der sie allen Regeln der Natur zum Trotz zu denkenden, auf zwei Beinen wandelnden Wesen gemacht hatte, ließ ihnen keine Wahl, als zu gehorchen.

Die Glut in ihren Augen verlosch, und eines nach dem anderen sank auf die Knie, beugte das kahle schuppige Haupt vor seinem neuen Herrscher und erneuerte zischelnd den Eid, den sie bereits einmal geschworen hatten, vor undenklich langer Zeit.

Einem anderen Herrscher …

2. YMADAWAITH

Aldur mochte den frühen Morgen; wenn die Dämmerung die Nacht vertrieb und die Sonne über den Horizont stieg, um mit ihrem goldenen Licht das Land zu bestreichen. Morgentau lag auf den Wiesen und verdampfte zu Nebel, und mit dem neuen Tag schien auch neues Leben zu erwachen, so als würde eine Welt geboren.

Aldur stellte sich dann vor, dass die leuchtende Scheibe, die sich immer weiter über diese Welt erhob und deren Strahlen sein Gesicht streichelten und seine Glieder wärmten, *calada* wäre, der Ursprung allen Lichts. Wen der Urschein erleuchtete, so hieß es, der war gesegnet, dazu ausersehen, große Taten zu vollbringen, und nahm eine bedeutende Rolle in der Geschichte des Elfenvolkes ein. Aldur hatte diese Vorstellung stets gefallen. Sie war sein geheimer Traum gewesen, und an diesem Morgen stand er der Verwirklichung dieses Traumes näher denn je zuvor in seinem noch jungen Leben.

Der Elfenfürst blinzelte. Leiser Wind zupfte ein Lindenblatt vom Baum und wehte es geradewegs auf seine Schulter. Ein weiteres gutes Zeichen. Das Schicksal war ihm gewogen. Es hieß seinen Aufbruch gut und wollte ihn segnen.

Zugleich war es ein Abschiedsgruß.

Wie lange, fragte sich Aldur wehmütig, würde es dauern, bis er wieder einen Lindenbaum zu sehen bekam? Oder bis er wieder den wärmenden Schein der Sonne in seinem Gesicht spüren durfte? In Shakara, so hieß es, gab es nur den kalten Schein der Kristalle, der die Flure und Gänge der Ordensburg erhellte.

»Sohn«, erklang plötzlich eine sanfte Stimme und holte ihn zurück aus seinen Gedanken.

Aldur blickte auf.

Er war so in sich selbst versunken gewesen, dass er vergessen hatte, dass er am Boden kniete, das Haupt gesenkt, und dass er keineswegs allein war. Zahlreiche Gestalten hatten sich in einem weiten Kreis um ihn versammelt, die die bunten Gewänder des *anrythan* trugen. Sie erwiesen ihm die Ehre, ihn zu verabschieden.

»Nahad«, erwiderte er leise.

Vor ihm stand Alduran, der zugleich sein Vater war und sein Lehrmeister. Von dem Augenblick an, da offenbar geworden war, dass das Schicksal Aldur mit einer Gabe bedacht hatte, war der junge Elf den magischen Pfaden gefolgt. Er war Aldurans Schüler gewesen und von diesem in der Zauberkunst unterwiesen worden. Er hatte die ersten Prüfungen abgelegt und sich seiner Gabe als würdig erwiesen. Nun sollte er den letzten Schritt tun, die letzte Etappe der Reise antreten, an deren Ende er jene Ehren erlangen würde, die auch schon seinem Vater zuteilgeworden waren.

»Die Stunde des Abschieds ist gekommen«, sagte Alduran, dessen blassen, von blondem Haar umwehten Zügen die vielen Jahre, die er schon lebte, nicht anzumerken waren, denn alle Mitglieder des Elfenvolkes hörten zu altern auf, sobald sie das Erwachsenenalter erreicht hatten; dass manche Elfen älter aussahen als andere, hing mit ihrem Seelenleben zusammen und mit dem Grad ihrer inneren Reife. Faktisch jedoch waren sie vom Tage ihrer Volljährigkeit an *anmarwa*, was bedeutete, dass ihre Existenz in der sterblichen Welt nicht enden würde – es sei denn, sie fanden ein gewaltsames Ende oder entschlossen sich, der Welt zu entsagen und nach den Fernen Gestaden zu reisen, dem Ursprung und dem Ziel allen elfischen Strebens.

Aber so weit war Alduran noch lange nicht …

Aldur schluckte, als er seinen Vater vor sich stehen sah, den silbernen Reif in Händen, mit dem er seinen Sohn krönen und damit seine Volljährigkeit für alle erkennbar machen würde. Aldurs Gestalt straffte sich. Wie oft in den letzten Jahren hatte er diesen Augenblick herbeigesehnt, wie hart dafür gearbeitet – und nun, da er gekommen war, wünschte er sich fast, er wäre noch nicht gekommen. Er wollte sein Heim verlassen, wollte hinausziehen in die Fremde, um Ruhm und Ehre zu erwerben und das Erbe seines Vaters anzutreten – aber zugleich gab es auch etwas in ihm, das sich bereits zurücksehnte in die Geborgenheit jener Wände, die ihm während der vergangenen knapp zwei Jahrzehnte Schutz und Zuflucht gewesen waren, Heimat und Trost.

Aldur hatte seine Mutter nie kennengelernt. Unmittelbar nach seiner Geburt hatte sie Erdwelt verlassen und sich zu den Fernen Gestaden begeben. Sein Vater jedoch war geblieben und der beste Lehrherr gewesen, den sich ein Junge, dem *reghas* zuteilgeworden war, nur wünschen konnte. Niemals hatte es Alduran an Aufmerksamkeit oder Härte fehlen lassen, sodass aus dem Halbwüchsigen mit der außergewöhnlichen Begabung ein junger Mann geworden war, der seine Fähigkeit wohl zu gebrauchen wusste. Sie sinnvoll einzusetzen und mit den Gaben anderer Magier zu vereinen, war das nächste Ziel, aber dies konnte nicht innerhalb des väterlichen Horts erreicht werden, sondern nur an einem weit entfernten Ort, der jenseits des Großen Gebirges lag und umgeben war von der eisigen Kälte des *yngaia*.

Die Ordensburg von Shakara …

Dort, im spirituellen Zentrum des Elfenreichs, in der geistigen Heimat aller Zauberer, würde er seinen Weg zu Ende gehen. Aldur hatte immer gewusst, dass dieser Tag kommen würde.

»Sohn«, sagte Alduran noch einmal, und seine Stimme bebte dabei wie das Laub im Wind, »wie viele Väter wie mich gibt es auf dieser Welt? Wie viele, die sich rühmen dürfen, einen Sohn wie dich zu haben? Wie viele, denen das Glück widerfährt, die Welt durch die Augen ihres Kindes zu sehen und auf diese Weise noch einmal zu erleben, was ihnen selbst vor langer Zeit zuteilwurde? Nie zuvor war ich stolzer als in diesem Augenblick.«

»Danke, *nahad*«, erwiderte Aldur und senkte wieder den Blick. »Ihr wählt Worte, die ich nicht verdiene. Ich habe nur stets versucht, Euch ein guter Schüler zu sein.«

»Du bist weit mehr als das gewesen, Aldur. In mancher Weise sehe ich mich in dir, und ich erinnere mich, wie ich selbst einst an dieser Stelle kniete, um aus den Händen meines Vaters die Krone der Volljährigkeit zu empfangen. Auch ich war begierig darauf zu erfahren, was sich jenseits dieses Hains befindet, und zugleich voller Furcht vor dem, was mich erwartete. Und ich hatte auch allen Grund dazu. Denn ich verfügte nicht annähernd über deine Kräfte, Sohn, und meine Gabe, die sich darauf beschränkt, das Grün der Bäume und Gräser wachsen zu lassen, lässt sich mit der deinen nicht vergleichen. Ich habe es dir schon einmal gesagt, und ich sage es dir wieder: Du, Aldur, könntest dereinst der größte und mächtigste aller Magier Erdwelts werden!«

Die Versammelten spendeten Beifall, indem sie die Handflächen gegeneinander rieben. Es klang wie das Rauschen des Waldes und mischte sich unter das Rascheln des Windes in den Bäumen.

»Wisse«, fuhr Alduran fort, »dass ich nie zuvor in meinem Leben einen strahlenderen Jüngling erblickte. Nie zuvor hatte ich einen Schüler, der meinen Lehren so gehorsam folgte und der auch nur annähernd so begabt war im Umgang mit den Kräften, die ihm die Vorsehung schenkte. Auf Schultern wie den deinen ruhen in diesen unruhigen Zeiten die Hoffnungen unseres Volks.«

Erneut bekundeten die Anwesenden ihr Wohlwollen und ihre Zustimmung, indem sie die Handflächen aneinander rieben. Auf ein Zeichen Aldurans hin setzte der Beifall schlagartig aus, und ein Augenblick der Stille trat ein. Selbst der Wind schien den Atem anzuhalten. Aldur wusste, dass der bedeutsame Moment gekommen war. Er schloss die Augen – dann spürte er das kühle Silber der Krone auf seiner Stirn.

»Erhebe dich, Sohn«, sagte Alduran, »als vollwertiges Mitglied deines Volkes, um deinen Platz in der Geschichte Erdwelts einzunehmen.«

Aldur stand auf. Erst dann öffnete er die Augen und blickte in das Gesicht seines Vaters, das vor Stolz strahlte. Aldur erwiderte das Lächeln, wenn auch nicht aus innerer Freude, sondern aus Pflichtgefühl und Gehorsam. Er wandte sich den Anwesenden zu, um ihren Beifall und ihre Glückwünsche entgegenzunehmen, und in diesem Moment war ihm, als wandte er nicht nur seinem Vater den Rücken zu, sondern auch dem Leben, das er bislang geführt hatte, fernab vom Weltgeschehen und umgeben vom Immergrün der Bäume. Sein Leben, so schien es ihm plötzlich, hatte gerade erst begonnen, und eine ganze Welt wartete darauf, von ihm erobert zu werden.

»Aldur«, sagte sein Vater, nachdem der Applaus auf der Lichtung verklungen war, »vergiss niemals, wer du bist. In deinen Adern fließt das Blut von Königen – erweise dich dessen würdig.«

»Das werde ich, *nahad*«, versprach Aldur.

»So wirst du Alldurans Hain nun verlassen und dich auf den Weg nach Norden begeben. Meine Diener werden dich nach Shakara begleiten, danach jedoch wirst du auf dich allein gestellt sein.«

»Ich weiß, *nahad*.«

»Nur drei Dinge nimm mit dir: dieses Empfehlungsschreiben, das ich aufgesetzt habe und mit dem ich meinen besten Schüler der Obhut des Ordensmeisters Semias empfehle« – er überreichte Aldur einen schmalen Köcher aus Leder, der das Schriftstück enthielt – »sowie die Gabe, die dir verliehen wurde. Gebrauche sie weise, zum Ruhm deines Geschlechts und zum Wohle ganz Erdwelts. Willst du das schwören?«

»Ich schwöre es, *nahad*«, erwiderte Aldur ohne Zögern, dessen Gedanken den Ereignissen bereits vorauseilten. In seiner Vorstellung hatte er den väterlichen Hort bereits verlassen und den Schutz der Wälder, hatte die Straße nach Norden eingeschlagen, wo sein Schicksal auf ihn wartete. Ein innerer Drang, wie er ihn nie zuvor verspürt hatte, erfüllte ihn mit einem Mal, und er wollte nur noch fort, das Blütentor durchreiten und die Enge des Hains hinter sich lassen, um großen Abenteuern und Taten entgegenzueilen.

Entsprechend steif stand er da, als Alduran ihn umarmte und ihn zunächst auf die Wangen, dann auf die gekrönte Stirn küsste. Noch einmal applaudierten die Gäste. Ihre Reihen teilten sich, und der Zug der Diener erschien. Sie führten ein schlankes weißes Pferd mit sich, das von strahlender Schönheit war. Es war gezäumt und gesattelt. Unruhig scharrte es mit den Hufen.

»Alaric ist das dritte, das ich dir mit auf den Weg geben möchte«, fuhr Alduran in seiner Aufzählung fort. »Das Gestüt, dem er entstammt, ist nicht weniger königlich als dein eigenes, denn seine

Ahnen waren es, auf denen Sigwyn einst in die Schlacht ritt. Sorge gut für ihn, und er wird dich auf seinem Rücken sicher an jedwedes Ziel tragen.«

»Danke, *nahad*«, sagte Aldur. Statt Alduran noch einmal zu umarmen, verbeugte sich der Jüngling respektvoll, wie es ein Schüler vor seinem Lehrer tat, dann wandte er sich um, und raschen Schrittes ging er auf den Hengst zu, der laut schnaubte und in dessen Augen ein unstetes Feuer loderte. Offenbar, dachte Aldur, sehnte er sich ebenso nach der Ferne wie er selbst.

Er griff nach den Zügeln, tätschelte den Hals des Tieres und strich über seine lange Mähne. Dann schwang er sich in den Sattel, dessen Leder sich weich auf dem Pferderücken schmiegte, und Aldur hatte das Gefühl, vor Abenteuerlust und Tatendrang zu bersten. Alaric, der dies zu spüren schien, wieherte und bäumte sich auf der Hinterhand auf, und der silberne Reif um Aldurs Stirn blitzte im frühen Licht des Tages, als der junge Zauberer das Tier wendete und zum Tor hinausritt. Die Dienerschaft schloss sich ihm an, und unter den Blicken Aldurans und seines Gefolges verließ der Zug den Hain.

Die Augen des Fürsten füllten sich dabei mit Tränen, denn ein Gefühl sagte ihm, dass er den jungen Mann, der seine Obhut verließ, niemals wiedersehen würde.

Und er sollte recht behalten.

3. LOFRUTHAIETH!

Wie anders als in den Ehrwürdigen Gärten war es an diesem Ort.

Es gab kein Licht, keine Sonne und damit auch keine Wärme, die die Voraussetzung für jedes Leben war. Es wuchsen keine Bäume und keine Blumen, die in prächtigen Farben blühten. Es gab keine Brunnen, die lustig plätscherten, und keine Flöten spielten fröhliche Weisen.

Kälte, Stille und Dunkelheit herrschten in der Kerkerzelle, und dennoch war es dort nicht annähernd so finster wie in Alannahs Seele.

Immer wieder sah sie die schrecklichen Ereignisse vor ihrem inneren Auge, ohne dass sie verstehen oder auch nur im Ansatz begreifen konnte, was tatsächlich geschehen war.

Und vor allem: Warum war es gerade ihr passiert?

Nichts hatte darauf hingedeutet, nichts die Katastrophe erahnen lassen. Dennoch war es aus ihr hervorgebrochen, so unvermittelt wie ein Sommergewitter, wie ein Blitz, der aus heiterem Himmel in ein Gebäude einschlug.

Noch immer sah sie ihn vor sich, wie er sich am Boden wand, schreiend und am ganzen Körper zitternd. Überall war Blut gewesen, an ihren Kleidern und an ihren Händen, die sie noch immer wie von Sinnen rieb, obwohl Alannah sie in der Dunkelheit nicht einmal sehen konnte, als könnte sie damit die Schuld wegreiben, die an ihr klebte – auch wenn sie völlig ahnungslos gewesen war, unwissend im gefährlichsten Sinn des Wortes.

In der Dunkelheit, die sie umgab, hatte sie jedes Zeitgefühl verloren. Sie vermochte nicht zu sagen, wie lange sie bereits an diesem düsteren Ort weilte, und es entzog sich auch ihrer Kenntnis, ob es draußen Tag war oder Nacht. Ihr Kerker, der sich tief unter den Mauern Tirgas Lans befand, hatte keine Fenster und nur eine Tür, die aus massivem Eisen bestand und mehrfach verriegelt war. An Flucht war also nicht zu denken. Aber Alannah wollte auch nicht fliehen. Denn selbst wenn es ihr gelungen wäre, dieser Zelle zu entkommen – vor ihrem schlechten Gewissen gab es kein Entrinnen. Unablässig würde es sie verfolgen und sie peinigen. Immer wieder würde es ihr vor Augen führen, was sie getan hatte, denn die schrecklichen Bilder hatten sich unauslöschlich in ihr Gedächtnis gebrannt.

Irgendwann vernahm sie ein Geräusch: Schritte, die durch den Korridor auf der anderen Seite der Tür hallten und sich rasch näherten.

Alannah hielt den Atem an.

Würde sie nun endlich erfahren, was mit ihr geschehen würde? Und vor allem: Bekam sie Aufschluss über das, was sich in den Ehrwürdigen Gärten zugetragen hatte?

Unmittelbar vor ihrer Zellentür setzte der harte Klang der Schritte aus. Alannah hörte dumpfe Stimmen, konnte aber nicht verstehen, was gesprochen wurde. Dann wurden die eisernen Riegel zurückgezogen, und die Zellentür schwang knarrend auf.

»Lady Alannah?«

Der fahle Schein einer Kristallfackel blendete Alannahs Augen, die sich an die Dunkelheit gewöhnt hatten, und es dauerte einen Moment, bis sie wieder etwas erkennen konnte. Dann gewahrte sie auf der Türschwelle eine große, Respekt einflößende Gestalt, die in einen weiten Umhang mit Kapuze gehüllt war. Ein Diener begleitete die Gestalt und trug die Fackel.

»Lady Alannah?«, fragte der fremde Besucher noch einmal. Seine Stimme klang streng, unverhohlene Anklage lag darin.

»J-ja?«

Der Besucher trat vor und schlug die Kapuze zurück. Scharf geschnittene Gesichtszüge kamen darunter zum Vorschein, die eiserne Entschlossenheit verrieten. Das lange dunkle Haar war streng zurückgekämmt und zu einem Zopf geflochten, die schmalen Augen blickten Alannah in stillem Vorwurf an.

»Ihr wisst, wer ich bin?«, erkundigte er sich.

»Sollte ich das?«, fragte Alannah.

»Ich bin Mangon, Lordrichter von Tirgas Lan«, stellte der Fremde sich vor, und Alannah erstarrte innerlich.

Auch wenn sie ihm noch nie zuvor begegnet war, hatte sie natürlich schon von Mangon gehört, dem obersten Richter des Reiches. Sein Sinn für Gerechtigkeit war legendär, aber auch seine Erbarmungslosigkeit gegenüber jenen, die das Gesetz missachteten. Nie hätte Alannah geglaubt, ihm eines Tages gegenüberzustehen, schon gar nicht als Angeklagte – aber genau das war nun der Fall. Verwirrt fragte sie sich, warum sich der Lordrichter persönlich ihres Falles annahm.

»Wahrscheinlich fragt Ihr Euch«, sagte Mangon, sie offenbar bis in den letzten Winkel ihrer Seele durchschauend, »weshalb ich hier bin.«

»D-das ist wahr«, gab Alannah zu.

»Eure ebenso unüberlegte wie frevlerische Tat hat Seine Majestät den König in eine überaus schwierige Lage gebracht.«

»In eine schwierige Lage? Wie das?«

»Dieser Jüngling, der in den Ehrwürdigen Gärten auf grausame Weise sein Leben verlor, war nicht irgendein Mensch, Lady Alannah. Er war der jüngste Sohn des Fürsten von Andaril.«

»Aber der Fürst von Andaril ist ein Vasall des Reiches«, wandte Alannah ein. »Er wird nicht ...«

Sie unterbrach sich selbst, als ihr klar wurde, wie unsinnig ihre Worte waren. Der Fürst von Andaril mochte dem Elfenkönig treu ergeben sein, er war in erster Linie ein Mensch, und als solcher war ihm Rache für seinen Sohn wichtiger als seine Loyalität gegenüber seinem König.

»Unser Herrscher muss Vorsicht walten lassen«, erklärte Lordrichter Mangon. »Unter den Menschen gärt und brodelt es. Einige wollen sich wohl gegen uns erheben. Das sind nicht mehr die Primitiven, mit denen es noch unsere Väter zu tun hatten. Ihre Macht und ihr Einfluss wachsen beständig, und es gibt nicht wenige, die behaupten, dass dieser Rasse die Zukunft gehört. Umso wichtiger ist es, dass diese Sache bereinigt wird. Die Folgen wären ansonsten unabsehbar, womöglich würde ein neuer blutiger Krieg ausbrechen.«

»Keine Sorge«, versicherte Alannah. »Ich werde alles tun, was zur Klärung des Falles beiträgt.«

»Klärung?« Mangon hob die schmalen Brauen. »Was gibt es zu klären? Ihr habt den Jungen umgebracht, das wisst Ihr so gut wie ich. Ihr seid eine Mörderin!«

»I-ich weiß«, sagte Alannah leise, während sie sich zum ungezählten Mal fragte, was nur geschehen war. Eben noch war sie ein Kind der Ehrwürdigen Gärten gewesen, geliebt, geschätzt und von allen geachtet – und von einem Augenblick zum anderen fand sie sich in einer Kerkerzelle wieder und wurde des Mordes beschuldigt.

»Dann gesteht Ihr die Tat?«, fragte der Lordrichter.

Alannah seufzte. Was sollte sie auf diese Frage antworten? Sollte sie das Offensichtliche bestreiten? Leugnen, dass sie es gewesen war, die den armen Jungen getötet hatte? Als Kind der Ehrwürdigen Gärten war sie zuvorderst der Wahrheit verpflichtet. Die Wahrheit stand über allen anderen.

»Ja«, sagte Alannah leise, »ich gestehe, dass ich den Menschen getötet habe.«

»Wie kam es dazu?«, wollte Mangon wissen, und Alannah hatte das Gefühl, dass sein gestrenger Blick sie geradewegs durchbohrte.

»Ich weiß es nicht«, antwortete sie ehrlich.

»Ihr wisst es nicht mehr?«

Alannah schüttelte den Kopf. »Nein, ehrenwerter Herr Lordrichter, das sagte ich nicht. Ich habe das, was geschah, nicht etwa *vergessen*, doch weiß ich nicht, *wie* es geschah. Ich – ich kann es mir nicht *erklären*.«

»In diesem Fall, werte Lady, kann ich Eurem Gedächtnis auf die Sprünge helfen: Ihr habt den Jungen kaltblütig ermordet!«

»Das ist nicht wahr!«, beteuerte Alannah.

»Nein?« Der Lordrichter trat einen Schritt auf sie zu. »So berichtet mir, was geschah, auch wenn Ihr es nicht *erklären* könnt, wie Ihr Euch auszudrücken beliebt. Erzählt es freiheraus und überlasst die Erklärungsversuche jenen, die sich mit den Motiven von Mördern und Totschlägern auskennen. Und bleibt bei der Wahrheit«, sagte er drohend. »Wenn Ihr mich belügt, werde ich es erkennen.«

»Ich bin ein Kind der Ehrwürdigen Gärten und der Wahrheit verpflichtet«, erinnerte ihn die Gefangene. »Dennoch«, fügte sie dann kleinlaut hinzu, »werdet Ihr mir nicht glauben, so fürchte ich.«

»Ihr solltet nicht versuchen, mit mir zu spielen.« Mangon verschränkte grimmig die Arme vor der Brust. »Ich durchschaue Euch, Alannah. Indem Ihr versucht, mir weiszumachen, ich wäre Euch gegenüber voreingenommen, wollt Ihr mich milde stimmen. Aber dieser Plan wird nicht aufgehen.«

»Es ist kein Plan«, versicherte Alannah. »Was ich Euch zu sagen versuche, ist nur ...«

»Eure Aussage!«, verlangte der Lordrichter streng, und der jungen Elfin blieb nichts anderes, als ihm zu berichten – auch wenn sie bereits zu wissen glaubte, wie dieses Verhör enden würde.

Mit ihrer Verurteilung ...

»Es war am frühen Morgen«, begann sie dennoch. »Ich war zeitig erwacht und hatte den Rosenteich aufgesucht, um mich mit einem Bad zu erfrischen, wie ich es öfter tue. Aber an diesem Morgen fühlte ich, dass etwas anders war.«

»Inwiefern?«

»Ich hatte den Eindruck, beobachtet zu werden«, antwortete Alannah. »Ich sah mich um und fragte, ob da jemand sei, aber ich erhielt keine Antwort. Also nahm ich an, dass ich mich wohl geirrt hätte. Das merkwürdige Gefühl jedoch blieb. Als ich dann aus dem Wasser stieg, hörte ich ein verdächtiges Geräusch. Ich wollte nach meinen Kleidern greifen, aber noch ehe ich dazu kam, teilte sich das Gebüsch, und ein Jüngling trat daraus hervor ...«

»Ein Mensch«, ergänzte Mangon.

»Ich weiß nicht, wie es ihm gelingen konnte, die Ummauerung der Ehrwürdigen Gärten zu überwinden – dennoch stand er plötzlich vor mir, wirklich und leibhaftig, und seine Blicke schienen mich zu verschlingen. Ich erschrak, weil ich mich hilflos und ausgeliefert fühlte, und riss abwehrend die Arme empor – und in diesem Moment geschah es.«

»Ihr habt ihn getötet«, sagte der Lordrichter.

Alannah nickte.

»Obwohl er Euch noch nicht einmal angerührt hatte.«

»Es ist Sterblichen verboten, die Ehrwürdigen Gärten zu betreten«, stellte Alannah klar. »Dieser Jüngling begehrte zu sehen, was kein sterblicher Mann je erblicken darf.«

»Und dafür habt Ihr ihn bestraft.«

»Ja«, stimmte sie zu, »und nein. Ich weiß nicht genau, was geschehen ist.«

»Das will ich Euch sagen: Ihr habt die Brust des Jungen durchbohrt, und das mit derartiger Kraft, dass die Tatwaffe im Rücken wieder ausgetreten ist. Und während er zuckend vor Euch am Boden lag und starb, hattet Ihr noch die Geistesgegenwart, die Waffe zu verstecken, sodass man sie bisher nicht finden konnte. Ist es nicht so gewesen?«

»Nein.« Alannah schüttelte entschieden den Kopf. »Es gab keine Tatwaffe.«

»Keine Tatwaffe?« Mangon zeigte ihr ein freudloses Grinsen. »Wollt Ihr behaupten, Ihr, eine junge Elfin von zartem Wuchs, hättet mit bloßer Hand seinen Brustkorb durchstoßen?«

»Keineswegs«, antwortete Alannah, »aber es gab auch keine Waffe, wie Ihr sie begreift. Es war etwas, das ... das *aus meinen Händen* kam.«

»Aus Euren Händen? Was redet Ihr da?«

»Ich habe Euch gesagt, Ihr würdet mir nicht glauben.«

»Und das wundert Euch?«

»Ich verstehe es selbst nicht, Herr Lordrichter«, versicherte Alannah mit Verzweiflung in der Stimme. »In dem Augenblick, als dieser junge Mensch mir gegenüberstand, ist etwas mit mir geschehen. Eine Veränderung, die ich weder verstehe noch angemessen beschreiben kann. Aber in diesem Moment, als ich nackt und scheinbar völlig hilflos war, fühlte ich plötzlich eine innere Kraft, wie ich sie noch nie zuvor verspürt habe – und auf einmal lag dieser Mensch blutüberströmt vor mir.«

»Wollt Ihr behaupten, Eure Gedanken hätten ihn durchbohrt?«, fragte Mangon, und leiser Spott lag in seiner Stimme. »Oder gar Euer Blick?«

»Nein. Was seinen Brustkorb durchschlug, war etwas, das aus meinen Fingerspitzen kam.« Alannah betrachtete ihre schlanken Hände, während sie sprach. »Es war kalt, und es war hart und dazu spitz wie ein Speer. Es durchstieß die Brust des Jungen, noch ehe ich selbst recht begriff, was geschah.«

»Wovon genau sprecht Ihr?«, wollte Mangon wissen.

»Eis«, sagte sie leise. »Ich spreche von Eis, Herr Lordrichter. So klar wie Kristall – und so tödlich wie eine Klinge ...«

4. LEIDOR

Es gab Leute, die nannten Andaril eine Burg, was zum Teil richtig war, denn ein zinnenbewehrter Turm bildete den Mittelpunkt der Siedlung, in den bei Gefahr zumindest jene flüchten konnten, die es verstanden hatten, sich beizeiten die Gunst und das Wohlwollen des Fürsten Erwein zu sichern.

Manche nannten Andaril auch eine Stadt, was auf die vielen Hütten und Häuser zurückzuführen war, die sich rings um die Burg erstreckten und zwischen denen sich ein unüberschaubares Gewirr enger und engster Gassen wand. Händler boten dort ihre Waren feil, und wie es hieß, gab es kaum etwas, dass es in Andaril nicht zu kaufen gab, von der Liebe einer Hure bis hin zur Klinge eines gedungenen Mörders. Und dann waren da noch jene, die Andaril schlicht als Dreckloch bezeichneten, als stinkenden Haufen Abfall.

Granock gab diesen Leuten durchaus recht, hatte aber erfahren müssen, dass die übrigen Städte des Ostens von Sundaril bis Taik kaum besser waren. Schmutz übersäte auch dort die Gassen, der Gestank war nicht weniger beißend, und wenn man nicht zu den Privilegierten gehörte, war man dazu verurteilt, sein Leben in schäbigen Baracken zu fristen, zusammen mit Ratten und anderem Ungeziefer, und von den wenigen Brocken Fleisch zu leben, die die Obrigkeit einem großmütig hinwarf, die sich dann darüber amüsierten, wenn sich die Armen darum balgten wie Hunde um einen abgenagten Knochen.

Granock hasste sie.

Die Edlen in ihren noblen Gewändern. Die Ritter und Fürsten, die geschworen hatten, das einfache Volk zu schützen, es in Wahrheit jedoch ausbeuteten und unterdrückten. Am meisten jedoch hasste er jene, die diese Welt beherrschten und die all diese Missstände hätten beseitigen können, wenn sie es nur gewollt hätten. Stattdessen jedoch kümmerten sie sich nur um ihre eigenen Belange.

Die Elfen.

Es kam selten genug vor, dass sich einer von ihnen in den Menschenstädten blicken ließ, aber wenn es doch geschah, so ließ es sich Granock nicht nehmen, es den spitzohrigen Burschen heimzuzahlen. Auf dem Schwarzmarkt wurden Höchstpreise für ein Elfenschwert bezahlt, auch elfische Schmuckstücke und Fibeln standen hoch im Kurs. Die Elfen waren die Herren der Welt und entsprechend wohlhabend, folglich hatte Granock kein Problem damit, sich an ihnen zu bereichern. Auch reiche Kaufleute aus Taik oder Girnag, die aus purer Prahlerei einen Beutel klingenden Goldes am Gürtel trugen, waren ein lohnendes Ziel – so wie die beiden, die in diesem Augenblick das Wirtshaus verließen.

Knarrend öffnete sich die Tür, aus dem Schankraum fiel gelbes Licht auf die Gasse, das den Schmutz und den Unrat beleuchtete. Eine Meute Ratten spritzte mit entsetztem Quieken davon.

Die Umrisse zweier feister Männer waren zu sehen, die heiser lachten. Ihre Zungen waren bereits schwer vom Alkohol, und Granock zweifelte nicht daran, dass sie den Weg zum nächsten Bordell einschlagen würden, um dort für bare Münze zu erstehen, was jede Frau mit halbwegs gutem Geschmack ihnen andernfalls verweigert hätte. Noch war also reichlich Gold in ihren Beuteln.

Granock lugte hinter einer Häuserecke hervor, zog sich die Kapuze seines Umhangs noch tiefer ins Gesicht und wartete ab. Die beiden Betrunkenen torkelten genau in seine Richtung.

Ein verwegenes Grinsen huschte über seine sonnengebräunten, von wirrem dunklem Haar umrahmten Züge. Er hatte es sich zur Gewohnheit gemacht, seinen Opfern eine Chance zu geben, eine Möglichkeit, ihre Barmherzigkeit über ihre Gier und ihre Ichsucht zu stellen, und er wollte auch diesmal keine Ausnahme machen, obwohl sein Magen bis zu den Knien hing und er eine anständige Mahlzeit gut hätte vertragen können.

Inzwischen waren sie so nah heran, dass er hören konnte, worüber sie sich unterhielten.

»Hassu gehört?«, fragte der eine Kaufmann den anderen.

»Was'n?«

»Der jüngsse Sohn von Fürss Erwein …«

»Was iss mit ihm?«

»Tot«, sagte der eine nur.

»Issas wahr?«

»Jawoll.« Ein tiefes Rülpsen war zu hören. »Angeblisch soll's 'ne Elfin gewesen sein.«

»Ei-eine Elfin?«

»Genau. Der junge Herr war ssu Bessuch in der Elfenstadt, und da ham se ihn einfach abgestochen.«

»Oje«, meinte der andere Kaufmann, um im nächsten Moment in albernes Kichern zu verfallen.

»Was hassu denn? Iss keine komische Geschichte.«

»Nee«, gab der andere zu. »Musse nur grade an was denken.«

»Woran?«

»Dass ich froh bin, dass ich nich' abgestochen wurde – sonst könnte ich jetz' nich' zu Madame Lavanda und ihren Damen gehen, und das wär' verdammt schade.«

»Da hassu recht. Verdammt schade …«

Wieder lachten die beiden und klopften sich gegenseitig auf die Schulter. In diesem Moment erreichten sie jene Häuserecke, hinter der Granock lauerte und nun hervortrat.

»Almosen!«, krächzte er und gab sich Mühe, dabei möglichst elend zu klingen. »Bitte ein Almosen, ihr hohen Herren …«

»Hundsfott!«, fuhr der eine Kaufmann ihn an und schien schlagartig stocknüchtern. »Was fällt dir ein, mich derart zu erschrecken?«

»Verzeiht, Herr«, gab sich Granock unterwürfig. »Wenn Ihr nur eine milde Gabe für mich hättet. Ich habe weder etwas zu essen noch ein Dach über dem Kopf.«

»Das ist dein Problem, Bettler«, beschied ihm der Kaufmann hart, »und ganz gewiss nicht meines!«

»Aber Euer Beutel ist voller Gold – könnt Ihr nicht etwas davon erübrigen?«

»Bist du von Sinnen? Mein Gold geht dich überhaupt nichts an! Sei froh, wenn ich dich nicht bei der Stadtwache melde und prügeln lasse. Gesindel wie dich sollte man davonjagen.«

»Jawoll«, stimmte der andere Kaufmann zu. »Oder erschlagen wie eine Ratte!«

»Das ist eine sehr gute Idee«, stimmte sein Saufkumpan zu. »Und jetzt hinweg, Bursche, ehe ich meinen Dolch ziehe und dir damit das ungewaschene Gesicht in Streifen schneide!«

»Ist das Euer letztes Wort?«

»Mein allerletztes«, versicherte der Hartherzige – und brachte sich damit um sein Geld.

Denn Granock machte keine Anstalten, sich davonzumachen, wie es von ihm verlangt wurde – stattdessen hob er die Hände und streckte sie den Kaufleuten verlangend entgegen.

»Was soll das denn jetzt, Bursche? Hast du immer noch nicht begriffen, dass du von mir nichts ...?«

Der feiste Kaufmann verstummte inmitten seiner Rede. Und nicht nur das – er erstarrte auch, und das im wörtlichen Sinn: Sein Mund blieb offen stehen, und seine Hand verharrte am Griff des Dolchs. Der andere Händler teilte das Schicksal seines Kumpels. Stieren Blickes und mit einem dämlichen Grinsen im Gesicht starrte er Granock an.

»Was denn, hohe Herren?«, fragte dieser, während er daranging, die Erstarrten um ihre Geldbeutel zu erleichtern. »Solltet Ihr Eure Meinung etwa geändert haben und mir doch etwas geben wollen? Habt Ihr plötzlich Euer großes Herz entdeckt? Aber nein, doch nicht gleich die ganze Börse!«

Mit einem Messer durchschnitt er kurzerhand ihre Gürtel und nahm die Beutel mit dem Gold an sich – dass dadurch die seidenen Hosen ihren Halt verloren und bis auf die Knöchel nach unten rutschten, war nur eine kleine Revanche für das, was die Armen tagtäglich erdulden mussten.

»Ihr könnt froh sein, Freunde, dass ich Euch nur die Gürtel durchschneide und nicht die Kehlen«, beschied er ihnen, während er sah, wie es im Augenwinkel des einen Kaufmanns zuckte, unendlich langsam, aber deutlich erkennbar. Der Effekt ließ bereits nach – er musste zusehen, dass er wegkam.

»Bis zum nächsten Mal«, feixte er und tippte sich zum Gruß mit zwei Fingern an die Stirn. Dann wandte er sich um und rannte mit wehendem Umhang die Gasse hinab, um in der Dunkelheit zu verschwinden.

Zwei, drei Minuten lang lief er, dann wurden seine Schritte auf einmal langsamer, und er blieb stehen. Er hatte plötzlich das seltsame Gefühl, beobachtet zu werden, und sah sich um.

Da gewahrte er in einem dunklen Torbogen eine noch dunklere Gestalt, die dort völlig reglos stand.

»Guten Abend«, grüßte sie ihn, und Granock glaubte, im Dunkel ein blitzendes schmales Augenpaar auszumachen. »Ich habe auf dich gewartet …«

5. REGHAS

Granocks Entsetzen war nicht tief genug, um länger als einen Augenblick zu währen. Er war ohne Eltern auf der Straße aufgewachsen und hatte von Kindesbeinen an gelernt, sich auf eigene Faust durchzuschlagen. Entsprechend robust und unerschrocken war er.

»Wer ist da?«, fragte er in die Dunkelheit, weniger aus Interesse, als um Zeit zu gewinnen. Vielleicht, sagte er sich, war dies ja sein Glückstag, und er würde Gelegenheit erhalten, noch einmal reiche Beute zu machen.

»Du bist ein Dieb«, stellte der Schemen fest, von dem Granock im wenigen Mondlicht, das in die enge Gasse fiel, kaum mehr als dunkle Umrisse ausmachen konnte. »Ein einfallsreicher Dieb zweifellos, aber nichtsdestotrotz nur ein Dieb.«

»Und?«, fragte Granock dagegen. Der Fremde sprach mit eigenartigem Akzent und singendem Tonfall.

»Wie viel hast du erbeutet? Zehn Goldstücke? Fünfzehn?«

»Wer weiß«, sagte Granock achselzuckend und wog die klimpernden Beutel in der Hand. »Hab es noch nicht gezählt.«

»Auf jeden Fall ein guter Fang«, stellte der Fremde fest.

»Auf jeden Fall.«

»Und damit bist du zufrieden, Granock?«

Der junge Dieb merkte auf. »Woher kennst du meinen Namen?«

»Ich habe dich beobachtet, Junge«, entgegnete der Fremde zu seiner Verblüffung, »schon eine ganze Weile lang. Und ich weiß manches über dich – vielleicht mehr als du selbst.«

»Was du nicht sagst.« Granock bemühte sich, unbeeindruckt zu klingen – in seinem Inneren jedoch empfand er tiefe Bestürzung. Wer war dieser Fremde? Und wieso behauptete er, ihn beobachtet zu haben?

Die Antwort lag auf der Hand.

Er musste für die Stadtwache arbeiten. Einer von Erweins Spitzeln, der sich eine Belohnung verdienen wollte, indem er den berüchtigten »Blitzdieb«, wie sie ihn nannten, endlich fasste.

Aber so leicht konnte man Granock nicht schnappen.

»Wer bist du?«, wiederholte er seine erste Frage. »Komm heraus aus deinem Versteck, damit ich dich sehen kann!«

»Wozu?«, kam es zurück. »Damit du mit mir das Gleiche anstellen kannst wie mit diesen bedauernswerten Kreaturen?«

Granock blickte die Gasse hinab. Irgendwo dort hinten standen die beiden Kaufleute, reglos wie zu Statuen erstarrt. Allerdings war es nur noch eine Frage von Augenblicken, bis die Wirkung des Banns nachlassen würde. Die feisten Kerle würden zu sich kommen, begreifen, dass sie ausgeraubt worden waren, und lauthals nach den Wachen schreien. Bis dahin musste Granock verschwunden sein. Das Gespräch mit dem Schatten hatte für seinen Geschmack bereits viel zu lang gedauert.

Es war Zeit, es zu beenden.

Er streckte die Hände aus, um den Fremden in Starre zu versetzen. Ein tiefer Atemzug, ein konzentrierter Gedanke – aber die erwartete Wirkung blieb aus.

»Was denn?«, rief der Fremde. »Ist das alles, was du aufbieten kannst? Lassen dich deine Kräfte plötzlich im Stich?«

Zornesröte schoss Granock ins Gesicht. Noch einmal streckte er die Hände in Richtung des Fremden aus, um ihn erstarren zu lassen – aber erneut trat die erwünschte Wirkung nicht ein.

»Erbärmlich«, kommentierte der Schatten. »Ich würde lachen, wenn es nicht so traurig wäre.«

»Was ist traurig?«, fragte Granock zerknirscht.

»Dass du dir selbst im Weg stehst. Ich kenne dich, mein Junge. Du nennst dich Granock, und deine Mutter hast du nie kennengelernt, weil sie starb, als sie dir das Leben schenkte. Dein Vater hat dir die wichtigsten Regeln des Überlebens beigebracht, ehe er sich zu Tode gesoffen hat mit dem billigen Fusel, den er in Unmengen trank. Er starb in einer Gasse wie dieser, einsam und allein. Willst du auch so enden?«

»Woher weißt du das alles?«, fragte Granock erschrocken.

»Wie ich schon sagte: Ich habe dich beobachtet.«

»Aus welchem Grund? Was willst du von mir? Hat Fürst Erwein dich geschickt?«

»Nein«, erklärte der Fremde und trat aus der Dunkelheit. »Ich bin in höherem Auftrag hier. Mein Name ist Farawyn.«

Das Mondlicht fiel auf das Gesicht des Unbekannten, und Granock konnte sehen, mit wem er es zu tun hatte: Die vornehm wirkenden Gesichtszüge mit den hohen Wangenknochen, mit der scharf geschnittenen Nase und der schmalen Augenpartie waren fraglos die eines Elfen. Daher also der eigenartige Akzent und der seltsame Tonfall.

»I-Ihr seid kein Mensch«, stellte Granock wenig geistreich fest.

»Nein«, gab der andere zu, aus dessen schulterlangem grauem Haar ein spitzes Ohrenpaar hervorlugte. »In meinen Adern fließt das Blut der Söhne Sigwyns, und ich gehöre dem Hohen Rat der Elfen an.«

»Dem Hohen Rat?«, fragte Granock verwundert. »Aber das bedeutet, dass Ihr ein … ein …«

»Dass ich in den Wegen der Magie beschlagen bin«, half Farawyn aus. »Ich bin das, was ihr Menschen einen Zauberer nennt. Das sollte dir erklären, weshalb dein kleiner Trick bei mir nicht funktioniert hat.«

»Aber … was tut Ihr hier? Ich meine, Ihr sagtet, Ihr hättet mich beobachtet …«

»In der Tat.«

»Wozu? Aus welchem Grund?«

»Mein Junge«, sagte Farawyn und trat weiter auf ihn zu, bis dass er ganz dicht vor Granock stand, »ist dir nie der Gedanke gekommen, dass du zu Höherem berufen sein könntest als dazu, durch dunkle Gassen zu streunen und arglose Kaufleute auszurauben?«

»Zu Höherem berufen? Was meint Ihr damit?«

»Diese Gabe ist ganz erstaunlich.«

»Vielleicht.« Granock zuckte mit den Schultern. »Ich habe sie, solange ich denken kann. Wenn ich es mir nur fest genug wünsche, kann ich Menschen erstarren lassen.«

»Keineswegs«, widersprach Farawyn kopfschüttelnd. »Es sind nicht die Menschen, die du erstarren lässt – es ist die Zeit um sie herum. Die Kaufleute bewegen sich noch immer, nur eben sehr viel langsamer als du. Wenn der Bann von ihnen abfällt, werden sie glauben, dass nur ein Augenblick verstrichen ist – und sich wundern, wo ihre Geldbörsen geblieben sind.«

»Allerdings«, pflichtete Granock ihm grinsend bei.

»Eine herausragende Fähigkeit«, sagte Farawyn, »deren Wirkung allerdings nur von sehr kurzer Dauer ist.«

»Was soll's?«, fragte der junge Dieb. »Bislang bin ich ganz gut damit zurechtgekommen.«

»Bislang«, gab Farawyn zu. »Aber würdest du nicht gern lernen, deine Kräfte noch wirkungsvoller einzusetzen? Möchtest du nicht eine bevorzugte Stellung einnehmen unter den Sterblichen?«

Granock brauchte nicht lange zu überlegen.

»Nein«, erwiderte er rundheraus.

»Warum nicht?«

»Ganz einfach: weil ich alles habe, was ich zum Überleben brauche. Und weil ich ganz gewiss nicht auf den Rat eines Elfen angewiesen bin, um …«

Er verstummte, als plötzlich aufgeregtes Geschrei zu vernehmen war. »Zu Hilfe! Zu Hilfe!«, brüllte jemand aus Leibeskräften. »Wir wurden ausgeraubt …!«

»Natürlich brauchst du den Rat eines Elfen nicht«, sagte Farawyn leichthin. »Zieh nur weiter deiner Wege und stiehl dich durchs Leben. Vermutlich wird es noch eine ganze Weile dauern, bis sie dir auf die Schliche kommen, doch dann werden sie eine Möglichkeit finden, dich zu fassen. Den ›Blitzdieb‹ nennen sie dich, richtig? Nun, ich bin sicher, sie werden dich in ihren Kerkern zuvorkommend behandeln.«

»Zuvorkommend?«, fragte Granock, während bereits das Stampfen von Soldatenstiefeln und das Klirren von Kettenhemden in den Gassen widerhallten. »Was meint Ihr damit?«

»Zweifellos werden sie dich foltern, um zu erfahren, wie du diese erstaunlichen Dinge bewerkstelligst. Aber da du das selbst nicht weißt, wirst du ihnen eine Antwort schuldig bleiben. Also werden sie dich weiterfoltern und immer weiter, gemäß dem Gesetz der Unvernunft. Irgendwann wirst du die Schmerzen nicht mehr ertragen. Dann wirst du entweder anfangen, ihnen Lügen zu erzählen, oder den Verstand verlieren. Vorausgesetzt, du bist dann überhaupt noch am Leben.«

Granock machte ein verdrießliches Gesicht. Was der Elf ihm da vor Augen führte, waren keine sehr erbaulichen Aussichten. Und wenn er ehrlich gegenüber sich selbst war, musste er sich eingestehen, dass auch er insgeheim diese Befürchtungen hegte. Bislang hatte er immer Glück gehabt – aber wer vermochte zu sagen, wie lange dieses Glück noch andauern würde?

»Ich hingegen«, fuhr der Zauberer fort, »biete dir nicht nur Schutz, sondern auch die Möglichkeit, andere kennenzulernen, die über ähnliche Fähigkeiten verfügen wie du.«

»Andere? Ihr meint, es gibt noch mehr von meiner Art?«

»Das will ich meinen, junger Freund«, versicherte Farawyn amüsiert – an dem Geschrei, das durch die Gasse hallte, schien er sich gar nicht zu stören.

»Es war der Blitzdieb!«, hörte man einen der Kaufleute brüllen.

»Wo ist er hin?«

»Das wissen wir nicht. So schnell er aufgetaucht ist, so plötzlich ist er auch wieder verschwunden.«

»Könnt ihr ihn beschreiben? Wie sah er aus?«

»Auch das wissen wir nicht ...«

»Es gibt einen Ort«, erklärte der Zauberer weiter, »an dem sich all jene versammeln, die die Vorsehung mit einer besonderen Gabe bedacht hat. Dieser Ort ist ihnen Zuflucht und Heimat. Dort lernen sie, ihre Fähigkeiten zu vervollkommnen, und sie stellen sie in den Dienst eines höheren Ideals.«

»Was meint Ihr mit *höherem Ideal*?«

Farawyn lächelte. »Es mag dir seltsam erscheinen, aber es gibt hehrere Ziele, als sich den Wanst zu füllen und in einem warmen Bett zu schlafen.«

»Ach ja?« Granocks Erstaunen war keineswegs gespielt. »Und welche?«

»Er kann noch nicht weit sein!«, rief jemand heiser durch die Nacht. »Vermutlich ist er in diese Gasse gelaufen. Los, Männer, folgt mir!« Erneut waren Stiefeltritte und das Geklirr von Rüstzeug zu hören. Jeden Augenblick würden die Soldaten der Stadtwache auftauchen.

»Komm mit mir, und ich verspreche dir, dass du Gelegenheit erhalten wirst, es herauszufinden«, antwortete der Zauberer auf Granocks Frage und hielt ihm die schlanke weiße Hand hin. »So pflegt ihr Menschen doch ein Abkommen zu besiegeln, oder?«, fragte er, als er die Verwirrung im Gesicht des jungen Diebs erkannte.

Granock nickte, aber trotz der Verfolger, die sich geräuschvoll näherten, zögerte er.

Was sollte er tun? Er hatte nun wirklich nichts für Elfen übrig. Ihre überhebliche Art gefiel ihm nicht, und wenn er ehrlich war, flößten sie ihm auch ein wenig Furcht ein. Dieser Farawyn machte da keine Ausnahme. Andererseits hatte er wohl keine Wahl, wenn er nicht in wenigen Augenblicken in Ketten gelegt und abgeführt werden wollte.

»Also schön«, knurrte er und ergriff die Hand des Zauberers.

»Eine gute Entscheidung«, lobte Farawyn, während er ihn bereits mitzog, die Gasse hinab und in den Schutz der Dunkelheit. »Ich werde dir eine Welt zeigen, die größer ist als alles, was du dir vorzustellen vermagst …«

6. TWAR ELIDOR

Sorgen.

Elidor gestand es sich nicht gern ein, aber seit er zum Königsamt berufen worden war und die Elfenkrone schwer und drückend auf seiner Stirn ruhte, waren Sorgen seine täglichen Begleiter.

Vorüber waren die Tage, da er stundenlang in den Ehrwürdigen Gärten hatte lustwandeln und den Lautenklängen lauschen können, da eine Ode genügt hatte, ihn aus der Wirklichkeit in das Reich der Muße zu entführen. Die Zeit, in der er sich der Kunst widmen konnte, war knapp geworden, und selbst dann waren ihm Lautenspiel und Gesang nicht mehr der Quell jener unschuldigen Freude, die er einst bei ihrem Genuss verspürt hatte.

Denn stets verfolgten ihn seine Sorgen, und mit jedem Tag, der verstrich, wurden sie immer noch zahlreicher: Zwergenkönige, die mit der Besteuerung unzufrieden waren; Händler, die eine Herabsetzung der Zölle forderten und drohten, andernfalls die Barbaren des Nordlandes mit geschmuggelten Waffen zu beliefern; Trolle, die die Waldsiedlungen und die Äußeren Haine bedrängten; Menschenfürsten, die ihren Reichtum und ihre Ländereien mehren wollten; und natürlich die Orks, jene Unholde, die jenseits des Schwarzgebirges hausten und in blanker Zerstörungswut gegen die Grenzbefestigungen anrannten.

Und als wäre all dies noch nicht genug, war es auch noch zu einem Zwischenfall gekommen, der die ohnehin schon wackeligen Beziehungen zu den Menschen noch mehr ins Wanken gebracht hatte.

Erwein, der Fürst der Menschenstadt Andaril, war zu Beratungen über die Herabsetzung der Grenzzölle nach Tirgas Lan gekommen. Obwohl die Menschenstädte – ebenso wie die Zwergenreiche entlang des Scharfgebirges – offiziell Teil des Elfenreichs waren, hatten sie sich im Lauf der vergangenen Jahrhunderte mit einer denkwürdigen Mischung aus Frechheit, Trotz und Starrsinn weitgehende Selbstständigkeit errungen. Zwar gehörten die großen Städte Sundaril und Andaril ebenso wie ihre entfernteren Nachbarn Taik, Girnag und Suln nach wie vor zum Reichsverbund und waren dem Elfenkönig nicht nur zum Tribut verpflichtet, sondern auch zur Gefolgschaft. Jedoch strebten die Stadtherren und Fürsten unverdrossen nach immer noch mehr Unabhängigkeit, was Elidor den seiner Ansicht nach stärksten Triebfedern menschlichen Handelns zuschrieb: Machthunger und Habgier.

Ihnen zu geben, wonach sie verlangten, und zugleich dafür zu sorgen, dass ihre Macht im Osten des Reiches nicht zu groß und damit vielleicht zur Gefahr wurde, war eine jener Künste, die man von ihm als König verlangte. Statt die Saiten der Laute in harmonischem Dreiklang zu zupfen, musste er die Interessen des Reiches durchsetzen und dabei noch den Schein wahren, ein gütiger und wohlwollender Herrscher zu sein. Keine leichte Aufgabe für jemanden, dessen erklärtes Ziel es einst gewesen war, ein der Kunst geweihtes Leben zu führen, bis zu jenem fernen Tag, da er Erdwelt verlassen und zu den Fernen Gestaden reisen würde.

Aus diesem Grund hatte es Elidor seinen Beratern überlassen, die Fäden der Politik für ihn zu ziehen, und da sie in diesen Dingen sehr viel erfahrener und beschlagener waren als er, hatten sie ein System ausgeklügelt, das den Stadtstaaten der Menschen weitgehende Freiheit einräumte und sie dennoch so eng wie nur irgend möglich an das Reich band: Indem man ihnen bestimmte Privilegien zukommen ließ und sie mit wechselhafter Aufmerksamkeit behandelte, schürte man gezielt den Neid und die Missgunst der Menschen untereinander. Statt begehrlich nach Tirgas Lan zu blicken, führten sie untereinander Kriege. Blutige Scharmützel zwischen den Soldaten Sundarils und jenen aus Andaril waren eher die Regel als die Ausnahme, und auch die übrigen Städte gefielen sich darin, ihre Kräfte in ebenso sinnlosen wie aufreibenden Kämpfen zu messen.

Es hatte eine Zeit gegeben, da hatte Elidor dieses Vorgehen als unmoralisch empfunden. Inzwischen jedoch war er überzeugt, dass es der einzige Weg war, die Menschen in Zaum zu halten – und dass man damit letztlich noch größeres und schrecklicheres Blutvergießen vermied.

Nun jedoch war etwas geschehen, das das mühsam konstruierte System, mit dem man die Menschen unter Kontrolle hielt, erschüttert hatte.

Iwein, Fürst Erweins jüngster Sohn, der seinen Vater zu den Unterredungen nach Tirgas Lan begleitet hatte, war zu Tode gekommen. Nicht durch ein tragisches Unglück, sondern durch die Hand einer Elfin.

Es war Mord gewesen.

Der erste, den ein Elb seit undenkbar langer Zeit begangen hatte.

Warum nur, fragte sich Elidor wieder und immer wieder, hatte diese Untat ausgerechnet in seine Regierungsperiode von gerade mal hundertvierzehn Jahren fallen müssen?

Es war in den Ehrwürdigen Gärten geschehen, einem Ort, dessen Betreten Menschen untersagt war. Erweins eigensinniger, gerade erst dem Kindesalter entwachsener Sohn hatte es dennoch getan – und furchtbar dafür bezahlt. Und natürlich verlangte Erwein Genugtuung für den Schmerz, der ihm zugefügt worden war.

Aus einer Begegnung, die der Sicherheit des Reiches hatte dienen sollen, war ein Krisentreffen geworden. Denn eines ließ sich mit Bestimmtheit sagen: Die Zölle zu senken oder steuerliche Vergünstigungen auszusprechen, würde diesmal nicht reichen, um den Unmut der Menschen zu besänftigen.

Elidor unterdrückte ein resigniertes Seufzen. Das durfte er sich nicht erlauben in der Gegenwart jenes Menschen, der mit seinem Gefolge aus fünf Kriegern vor seinem Thronpodest stand, am ganzen Körper bebend vor Zorn und mit dunkel geränderten Augen. Er hatte einen ungepflegten zotteligen Bart und in wilden Strähnen hängendes Haar, und über seinem Kettenhemd trug er einen roten Waffenrock mit dem schwarzen Adler Andarils auf der Brust.

»Fürst Erwein«, hörte sich Elidor selbst sagen und bemühte sich, seine Stimme dabei so sanft wie nur irgend möglich klingen zu lassen. »Bitte seid meiner Anteilnahme versichert. Ich war zutiefst betroffen, als ich von dem schrecklichen Vorfall hörte, und …«

»Eure Anteilnahme in allen Ehren, Hoheit«, fiel Erwein dem König unter Missachtung jeglichen Hofprotokolls ins Wort, »aber die gibt mir nicht den Sohn zurück, den ich verloren habe.«

»Das weiß ich, Fürst, aber …«

»Dem Schicksal hat es gefallen, dass jede meiner drei Frauen mir einen Sohn schenkte«, fuhr Erwein düster fort. »Ortwin ist der älteste, groß an Wuchs wie an Körperkraft, aber langsam im Denken und leicht zu durchschauen. Nurtwin war mein Zweitgeborener, doch die Zwerge erschlugen ihn in der Schlacht von Kamlach. Vor sechzehn Wintern schließlich kam Iwein zur Welt, und von früher Jugend an zeigte er, dass er eines Fürsten von Andaril würdig war. Auf ihm ruhte all meine Hoffnung für die Zukunft. Nun jedoch lebt er nicht mehr, wurde er niedergestreckt von der Hand einer feigen Mörderin. Der Quell meiner Freude ist versiegt. Und Ihr, Hoheit, sprecht von Anteilnahme?«

Ehe der König etwas erwidern konnte, ergriff Fürst Ardghal, sein Oberster Berater, das Wort; er war in der Kunst der Diplomatie und des geschickten Verhandelns ungleich beschlagener als der schöngeistige Elidor. »Seine Majestät bestreitet keineswegs Euren hohen Verlust, Fürst Erwein«, versicherte Ardghal beflissen, »noch maßt er sich an, auch nur annähernd nachfühlen zu können, wie groß Euer Schmerz sein muss. Euer Wertvollstes wurde Euch genommen, und niemand von uns, nicht einmal der König selbst, vermag auszudrücken, wie groß unser Bedauern über diesen Zwischenfall …«

»Zwischenfall?«, schnitt Erwein auch dem Berater das Wort ab. »Was Ihr als einen Zwischenfall bezeichnet, Ardghal, nenne ich feigen, niederträchtigen Mord!«

Das feindselige Lodern in den Augen des Fürsten war unübersehbar, und Elidor erschauderte angesichts des Zorns, der ihm vonseiten des Menschen entgegenschlug. Noch niemals zuvor hatte er solch rohe Gefühle, einen solchen Ausbruch negativer Empfindung erlebt, und in diesem Moment erahnte er, wozu Menschen fähig waren, die sich zum Äußersten getrieben sahen.

Erneut war es Ardghal, der das Sprechen übernahm, und Elidor war ihm dankbar dafür, denn der König merkte, wie sein Selbstbewusstsein unter den glühenden Blicken des Menschen dahinschwand wie Eis in der Sonne.

»Seit ungezählten Jahren, Fürst Erwein, ist innerhalb dieser Mauern niemand mehr eines gewaltsamen Todes gestorben. Ihr müsst uns glauben, dass wir über die Tatsache, dass dies nach all der langen Zeit geschah, nicht weniger schockiert sind als Ihr – und dass wir alles Nötige tun werden, den Hergang der Tat lückenlos aufzuklären. So hat der König bereits den obersten Lordrichter beauftragt und …«

»Ist er ein Mensch oder ein Elf?«, wollte Erwein wissen.

»Er ist ein Sohn Sigwyns«, antwortete Ardghal.

»Und Ihr erwartet, dass ich dem Ergebnis dieser Untersuchung traue, die von einem Elfen durchgeführt wird?«, fragte Erwein spitz. »Der Täter war ein Elf, das Opfer ein Mensch – folglich sollte auch die Untersuchung von Menschen durchgeführt werden.«

»Ich bedaure«, entgegnete Ardghal in seltener Direktheit, »ein solches Vorgehen ist in den Gesetzbüchern des Reiches nicht vorgesehen. Die Söhne und Töchter Sigwyns haben als Hüter der Traditionen dafür zu sorgen, dass …«

»Ich will Gerechtigkeit!«, beharrte Erwein und erhob dabei seine Stimme, sodass die Elfenwächter, die den Thronsaal säumten, zusammenzuckten. Mit einem fragenden Blick erkundigte sich Gethen, der Hauptmann der Wache, ob seine Leute eingreifen sollten, aber Ardghals kaum merkliches Kopfschütteln hielt sie zurück. Die Situation war auch so schon unerfreulich genug.

»Und Gerechtigkeit soll Euch widerfahren«, antwortete der königliche Berater dem Fürsten bestimmt. »Im Namen meines Herrschers König Elidor verspreche ich Euch, dass Ihr sowohl der Untersuchung als auch der anschließenden Verhandlung zu jeder Zeit beiwohnen dürft.«

»Ich will nicht irgendwelche Untersuchungen oder sonst einen elfischen Firlefanz«, wehrte Erwein ab. »Ich will den Täter!«

»Was?«, fragten sowohl der König als auch sein Berater wie aus einem Mund.

»Eine Elfin, deren Namen ich noch nicht einmal erfahren habe, hat meinen jüngsten Sohn getötet. Ich verlange ihre Auslieferung. Ich selbst werde dafür sorgen, dass sie ihrer gerechten Bestrafung zugeführt wird!«

»Noch ist sie nicht verurteilt«, gab Ardghal zu bedenken.

»Urteil hin oder her – sie wird bestraft werden!«, sagte Erwein rundheraus. »Mein Herz dürstet nach ihrem Blut, und ich werde diesen Durst stillen!«

»Das kommt nicht infrage!«, rief König Elidor, noch ehe sein Berater etwas erwidern konnte.

Zum einen empörte sich seine empfindsame Seele gegen die Rohheit, mit welcher der Mensch auftrat, und gegen die Dreistigkeit, mit der er Forderungen an ihn stellte. Es stimmte, Erweins Sohn war von Elfenhand getötet worden, aber es war auch eine Tatsache, dass der junge Iwein in die Ehrwürdigen Gärten eingedrungen war und damit gegen ein Gesetz verstoßen hatte. Elidor war weit davon entfernt, ein Unrecht gegen das andere aufzurechnen, aber er würde auf gar keinen Fall einen Elfen der Gerichtsbarkeit der Menschen übergeben, die weder Anklage noch Verteidigung kannte, sondern nur das scharfe Beil des Henkers.

Erneut ergriff er das Wort, wenn auch sehr viel ruhiger und besonnener als zuvor. »Als Herrscher von Tirgas Lan sehe ich mich außerstande, Eurer Bitte um Auslieferung der Täterin nachzukommen.«

»Was ich geäußert habe, Hoheit, war keine Bitte«, stellte Fürst Erwein klar. »Es war eine Forderung, die zu erfüllen ich Euch dringend ersuche. Andernfalls …«

»Seht Euch vor, Fürst Erwein«, warnte ihn Ardghal. »Die Worte, die Ihr wählt, könnten Euch einen hohen Preis kosten.«

»Oder Euch«, konterte der Mensch ungerührt.

»Denkt an den Treueid, den Ihr geschworen habt.«

»Das tue ich. Als Euer Vasall bin ich der Krone von Tirgas Lan zum Gehorsam verpflichtet – und die Krone hat umgekehrt dafür zu sorgen, dass ihren Untertanen Gerechtigkeit widerfährt, Hoheit, Elfen und Menschen gleichermaßen. Oder wollt Ihr das leugnen?«

»Keineswegs, Fürst«, antwortete Elidor kühl.

»Wie kommt es dann«, fuhr Erwein fort, »dass Menschen und Elfen nicht gleich sind für die Krone? Dürfte sich ein Mensch, der einen Elfen ermordet hat, vor einem Gericht der Menschen verantworten? Natürlich nicht. Man würde ihn vor den Lordrichter führen, und er wäre verurteilt, noch ehe die Verhandlung überhaupt begonnen hätte.«

»Das ist nicht wahr!«, erhob Ardghal entschieden Einspruch.

»Nein?« Erneut blitzte es in Erweins zu Schlitzen verengten Augen. »Dann beweist es und übergebt mir die Elfin, auf dass ich selbst über Iweins Mörderin richte. Eine Woche Bedenkzeit will ich Euch geben.«

»Ihr … Ihr fordert mich heraus?«, fragte Elidor, fassungslos über so viel Unverschämtheit.

»Das tue ich«, bestätigte Erwein rundheraus. »Eine Woche lang werde ich Iwein betrauern. Dann jedoch werde ich zurückkehren, Hoheit, und Ihr werdet mir die Mörderin entweder ausliefern …«

Er verstummte.

»Oder?«, fragte Elidor.

Trotz seines Zorns und seines Schmerzes vermied Erwein eine direkte Antwort, so klug war er. »Geht in Euch und überlegt, ob Ihr Euch Andaril zum Feind machen wollt«, sagte er nur, dann verließ er den Thronsaal mit seinem Gefolge, ohne auf seine Entlassung durch den König zu warten.

Betroffen blickte Elidor ihm nach.

Ihm war bewusst, dass dieser Augenblick den Wendepunkt seiner Herrschaft bedeuten konnte, dass alles auf dem Spiel stand, was seine Vorgänger weise und vorausschauend aufgebaut hatten. Dennoch sah er sich außerstande, Erweins Zorn zu besänftigen oder den Fürsten der Krone gegenüber zumindest wieder wohlwollend zu stimmen.

»Ardghal?«, fragte er, nachdem die Menschen den Thronsaal verlassen hatten, über dem sich die Palastkuppel spannte. Die kreisrunde Öffnung, die sich in der Mitte des Saals befand und von einer Balustrade umgeben war, gewährte jedem Besucher einen Blick in die Schatzkammer Tirgas Lans, die sich genau unter dem

Thronsaal befand. Doch wehe dem, der es gewagt hätte, sich am Besitz des Elfenkönigs zu vergreifen …

»Eine schwierige Situation, mein König«, gab der Berater seine Einschätzung kund. »Erwein könnte seinen Streit mit der Nachbarstadt Sundaril begraben und sich mit den anderen Menschenherrschern verbünden. Dann könnten sie gemeinsam gegen Tirgas Lan ziehen. Der Ausgang eines solchen Kriegs wäre unabsehbar.«

Als Schöngeist, der er nun einmal war, bereitete Elidor schon die Vorstellung klirrender Waffen Übelkeit. Es war schlimm genug, dass es überall im Reich immer wieder zu kleinen blutigen Streitigkeiten kam. Einen ausgewachsenen Krieg konnte und wollte er nicht verantworten.

»Was für Möglichkeiten haben wir, einen solchen Krieg zu verhindern?«, fragte er.

Ardghal tauschte einen Blick mit den anderen Beratern, die um den Thron versammelt waren, dann antwortete er: »Ich hatte vor, Erwein mit dem Amt eines außerordentlichen Schwertführers des Reiches zu betrauen, aber …«

»Ein außerordentlicher Schwertführer des Reiches?« Elidor hob die Brauen. »Ich wusste nicht, dass es ein solches Amt gibt.«

»Tut es auch nicht«, entgegnete der Berater schulterzuckend. »Es wäre eigens für Erwein geschaffen worden. Nach unserer bisherigen Erfahrung übersteigt seine Geltungssucht alles andere.«

»Außer der Liebe zu seinem jüngsten Sohn«, wandte Elidor resignierend ein.

»Oder seinem Verlangen nach Rache«, konsternierte Ardghal.

»Und … wenn wir es tun?«, fragte der König nach einer Weile.

»Was meint Ihr?«

»Wenn wir ihm geben, wonach er verlangt und ihm die Mörderin ausliefern? Sie ist eine Tochter der Ehrwürdigen Gärten, gewiss, aber sie hat unleugbar jene Freveltat begangen.«

»Hoheit sollten nicht einmal daran denken, diesen Schritt zu unternehmen«, riet Ardghal rundheraus ab. »Eine Elfin dem Beil eines Menschenhenkers zu überstellen, würde nicht nur Euer Ansehen bei den Söhnen und Töchtern Sigwyns unwiderruflich beschädigen. Die Menschen würden annehmen, dass sich der

Herrscher von Tirgas Lan von ihnen einschüchtern ließe und des Friedens willen erpressbar wäre – und das kann sich das Reich noch weniger leisten als einen Krieg.«

»Also bleibt keine Wahl?«, fragte Elidor, dessen ohnehin schon bleiches Gesicht noch um einige Nuancen blasser geworden war. »Wir können nur den Weg des Krieges beschreiten?«

»Ich fürchte, mein König«, antwortete Ardghal leise und so endgültig, dass es Elidor kalte Schauer über den Rücken jagte.

Den Ellbogen auf die Lehne des Elfenthrons gestützt, ließ der König seinen Kopf auf die geballte Faust niedersinken. Die andere Hand fuhr zur Krone Sigwyns auf seinem Haupt. Am liebsten hätte er sie abgelegt, um sich der Entscheidung zu entziehen, die unausweichlich vor ihm lag, hätte sich wieder der Musik und den anderen schönen Dingen des Lebens zugewandt, statt sich mit derlei Problemen herumzuschlagen. Aber er war der Herrscher, und kein anderer als er hatte darüber zu befinden, was geschehen musste.

»Mit Verlaub, mein König – es gibt noch eine andere Möglichkeit«, sagte plötzlich jemand neben ihm.

Überrascht blickte Elidor auf.

Der gesprochen hatte, war Palgyr, ein Zauberer und Angehöriger des Hohen Rates. Es war üblich, dass jeweils ein Abgesandter Shakaras den Amtsgeschäften des Königs beiwohnte, so wie es in den Reformen nach Sigwyns Tod festgelegt worden war. Für gewöhnlich hielten sich diese Abgesandten, die lediglich als Beobachter am Hofe weilten, um den Hohen Rat über die Vorgänge in Tirgas Lan zu informieren, im Hintergrund und mischten sich nur dann ein, wenn der König sie ausdrücklich dazu aufforderte oder die Situation es unumgänglich machte.

Elidor wusste nicht, ob er erleichtert oder bestürzt darüber sein sollte, dass der Zauberer das Wort ergriff. Zum einen hoffte er, die Hilfe zu erhalten, die er sich so sehnlich wünschte. Zum anderen bedeutete dies wohl, dass er dabei war, als König gänzlich zu versagen.

»Was willst du, Zauberer?«, schnarrte Ardghal unwillig. »Der König hat dich nicht um eine Stellungnahme gebeten.«

»Dessen bin ich mir bewusst, mein König«, sagte Palgyr an Elidor gewandt; den Berater ignorierte er geflissentlich. »Ich habe das

Wort auch nicht in meiner Eigenschaft als Abgesandter Shakaras ergriffen, sondern als treuer Untertan der Krone Tirgas Lans.«

Elidor hob die Brauen. »Also sprecht«, forderte er den Zauberer auf, und Palgyr drängte sich an den königlichen Beratern vorbei vor den Thron.

Er hatte hagere, von spärlichem grauem Haar und einem ebenso grauen Bart umrahmte Gesichtszüge, denen die scharfe Hakennase und die kleinen stechenden Augen etwas von einem Raubvogel verliehen. »In der Tat«, sagte er, »ist es eine prekäre Lage, in die man Euch gebracht hat, mein König.« Der Zauberer erwähnte nicht, wem er die Verantwortung dafür gab, aber die missmutigen Mienen Ardghals und der anderen Berater machten deutlich, dass sie sich angesprochen fühlten. »Auf den ersten Blick betrachtet, habt Ihr nur die Wahl: eine Auseinandersetzung zu führen, die niemand hier will, oder dem Ansehen der Krone nachhaltig zu schaden und so das Reich zu schwächen.«

»So ist es«, bestätigte Elidor.

»Falsch«, widersprach Palgyr. »Denn es gibt noch eine andere Möglichkeit. Eine, die weder Eurem Ansehen Schaden zufügen noch zu sinnlosem Blutvergießen führen wird.«

»Gerede!«, ging Ardghal unwirsch dazwischen. »Was sollte das für eine Möglichkeit sein?«

Wieder schien Palgyr den Berater gar nicht zur Kenntnis zu nehmen. »Wo kein Täter ist, gibt es auch keinen Kläger.«

»Was genau meint Ihr damit?«, fragte Elidor verwirrt.

»Fürst Erweins Zorn und sein Durst nach Rache richten sich auf die Elfin, die seinen Sohn ermordet hat, und er verlangt ihre Auslieferung. Aber was, wenn sie nicht mehr existiert? Wenn das Objekt seiner Rachsucht nicht mehr greifbar wäre?«

»I-Ihr meint …?«, fragte Elidor stockend; das Unaussprechliche wollte ihm nicht über die Lippen.

»Nein, das nicht.« Palgyr schüttelte den Kopf. »Würden wir so unsere Probleme lösen, wären wir kaum besser als die Menschen, die wir so gern der Barbarei bezichtigen, nicht wahr?«

»Was schlägst du dann vor?«, verlangte Ardghal zu wissen.

»Die Täterin«, erwiderte der Zauberer rundheraus, »müsste entkommen. Sie müsste zu einem Ort fliehen, wo sie niemand finden kann und sie vor den Nachstellungen der Menschen sicher wäre. Erwein würden wir sagen, dass die Mörderin trotz aller Vorsichtsmaßnahmen geflohen und unauffindbar wäre.«

»Erwein ist kein Narr«, wandte Ardghal ein. »Er würde diese Lüge sofort durchschauen.«

»Das würde er zweifellos«, gestand Palgyr ein. »Aber was weiter? Er würde uns der Lüge bezichtigen, aber ohne Beweise ist so eine Anschuldigung wertlos. Allein mit dieser Behauptung würde er sicherlich keinen Rückhalt bei den anderen Städten und Stammesfürsten finden, und ohne die kann er keinen Angriff gegen Tirgas Lan führen. Der Fürst von Andaril wird also erwägen müssen, was ihm wichtiger ist – seine eigene Machtposition oder die Rache für den Tod seines Sohnes. Und ich glaube zu wissen, wie seine Wahl ausfallen wird.«

»Ach, das glaubst du!«, sagte Ardghal. »Und was, wenn du dich irrst? Es steht viel auf dem Spiel, Zauberer.«

»Nicht mehr als ohnehin schon«, entgegnete Palgyr. »Mit dem Unterschied, dass mein Plan zumindest die Möglichkeit einer friedlichen Lösung bietet.«

»Dein Vorhaben beruht allein auf Mutmaßungen und Spekulationen«, hielt Ardghal dagegen. »Was ist, wenn Erwein ganz anders reagiert, als du vorherzusagen glaubst? Was ist, wenn ihn die anderen Menschenfürsten auch ohne Beweise unterstützen, weil sie unsere List durchschauen?«

»Ich kenne die Menschen genau«, behauptete der Zauberer. »Ihr Handeln ist leicht vorauszusagen. Auch für sie steht zu viel auf dem Spiel. Wenn sie ihre eigenen Rechte nicht gefährdet sehen, gehen sie ein solches Risiko nicht ein.«

»Die Menschen sind wankelmütig! Heute entscheiden sie so, morgen ganz anders. Man kann ihr Handeln nicht voraussehen!«

»Ich behaupte es zu können!«, sagte Palgyr überzeugt.

»Und wenn du dich irrst, bedeutet es unseren Untergang!«

»Schweigt!«, gebot Elidor, worauf der Berater zwar verstummte, jedoch laut nach Luft schnappte. Es war das erste Mal, dass der König ihm das Wort verbot. Und es war das erste Mal, dass der Elfenherrscher auf jemand anderen hörte.

»Meister Palgyr hat recht«, ergriff Elidor für den Zauberer Partei. »Ihr habt mich vor eine Wahl gestellt, die ich unmöglich treffen kann. Palgyrs Vorschlag jedoch birgt die Hoffnung auf Frieden. Wollt Ihr das bestreiten?«

»Nun ... äh ... nein«, kam Ardghal nicht umhin zuzugeben. »Aber bedenkt, Hoheit: Der Orden von Shakara versucht vielleicht, auf diese Weise seinen Einfluss am Hofe auszuweiten.«

»Keineswegs«, beteuerte Palgyr. »Wie ich schon sagte: Ich spreche nicht in meiner Eigenschaft als Gesandter des Hohen Rates, sondern um Blutvergießen zu vermeiden. Wenn Ihr es wünscht, wird der Rat niemals erfahren, dass diese Unterredung stattgefunden hat.«

»Ihr würdet den Eid brechen, den Ihr als Mitglied des Rates geleistet habt?«

»Meinen Eid«, stellte Palgyr klar, »habe ich auf Tirgas Lan geschworen. Ich habe gelobt, meine Kräfte zum Wohle des Reiches einzusetzen, und nichts anderes habe ich im Sinn. Wie werdet Ihr Euch also entscheiden, mein König?«

Elidor hielt dem fragenden Blick des Zauberers nicht stand. »Fürst Ardghal?«, wandte er sich an seinen Berater.

»Mir ist nicht wohl dabei, Hoheit«, bekundete dieser.

»Aber haben wir eine Wahl?«, hielt ein anderer dagegen. »Wir wollen keinen Krieg mit den Menschen, aber wir können ihnen auch keine Tochter Sigwyns ausliefern. Der Vorschlag des Zauberers ist der einzig gangbare Weg.«

»Also gut«, sagte Elidor und seufzte laut. »Wir nehmen den Vorschlag des Zauberers an.«

»Eine kluge Entscheidung, mein König«, sagte Palgyr. »Schon in wenigen Stunden wird dieses Problem gelöst sein.«

»Wie wollt Ihr das bewerkstelligen?«

»Das lasst meine Sorge sein, Hoheit. Nur brauche ich freie Hand.«

»Die habt Ihr.«

»Auch gegenüber dem Lordrichter?«

»Gewährt«, sagte Elidor, noch ehe Ardghal etwas einwenden konnte.

»Gut«, sagte Palgyr nur, und ein rätselhaftes Lächeln spielte um seine Lippen.

7. TROBWYN

Die Kerkerzelle war eng und dunkel, und Alannah hatte das Gefühl, dass die Wände immer noch mehr zusammenrückten.

Sie vermochte nicht zu sagen, wie viel Zeit vergangen war, seit der Lordrichter ihre Zelle verlassen hatte. Mangon hatte deutlich gemacht, dass er sie für schuldig hielt, und mit ihrer Aussage hatte sie seine Meinung nicht ändern können. Im Gegenteil, sie hatte die Tat im Grunde gestanden, nur hatte sie ihren Hergang völlig unglaubwürdig geschildert. Obwohl sie mit einem einzigen Wort gelogen hatte; alles war genau so geschehen, wie sie es berichtet hatte.

Wieder sah sie den durchbohrten Leichnam vor sich liegen. Die Kleidung des Jünglings war blutbesudelt, seine leblosen Augen weit aufgerissen. Hilflos hatte Alannah vor ihm gestanden und ihn angestarrt, und erst allmählich war die Erkenntnis in ihr Bewusstsein gesickert, dass keine andere als sie selbst diese furchtbare Tat begangen hatte. Die Waffe, mit der sie unwillentlich das Unvorstellbare getan hatte, war unter der wärmenden Sonne geschmolzen und mit dem Blut im Gras versickert. Dann endlich hatte Alannah voller Verzweiflung um Hilfe gerufen.

Von allen Seiten waren sie herbeigeeilt, die anderen Kinder der Ehrwürdigen Gärten, und Bestürzung hatte um sich gegriffen, denn gleich zwei Tabus waren an jenem Tag gebrochen worden: Zum einen hatte zum ersten Mal ein Mensch den geheiligten Ort im Herzen Tirgas Lans betreten, zum anderen war erstmals Blut vergossen worden innerhalb der Weißen Mauern – und Alannah trug die Schuld daran.

Der Lordrichter hatte ihr klargemacht, dass sie sich für ihr Vergehen würde verantworten müssen. Es stand zu viel auf dem Spiel, denn der Friede zwischen Elfen und Menschen war in Gefahr. Dass der Jüngling, dessen Namen Alannah noch nicht einmal kannte, seinerseits einen Frevel begangen und in eine geheiligte Stätte des Elfenvolks eingedrungen war, schien niemanden mehr zu kümmern. Man wollte die angebliche Mörderin bestraft sehen – und Alannah wurde das dumpfe Gefühl nicht los, dass es dafür auch noch andere Gründe gab.

Ihr Volk weilte schon so lange in Erdwelt, dass es sich als einen Teil davon betrachtete, anders als die Menschen oder die Zwerge, die man in der Elfensprache nur als *gystai* bezeichnete, als geduldete Gäste. In dieser langen Zeitspanne hatten die Elfen gelernt, niederer Gewalt zu entsagen, und es gab nicht wenige, die behaupteten, Glyndyrs Volk stünde kurz davor, auf eine andere, höhere Bewusstseinsebene zu wechseln, um im Einswerden mit der Natur seine höchste Erfüllung zu finden. Lyrik, Musik und alles Schöngeistige dienten dazu, die Seele zu erheben und die Elfen auf eine höhere Form des Seins vorzubereiten, wohingegen jede Art von Gewalt, sei sie körperlicher oder seelischer Natur, einen Rückschritt bedeutete und daher verpönt und geächtet war. Manche vertraten gar die ehrgeizige Auffassung, dass die Elfen – im Gegensatz zu Menschen und Zwergen – zu solch niederen Taten überhaupt schon nicht mehr fähig wären.

Alannah jedoch hatte das Gegenteil bewiesen. Der Zwischenfall in den Ehrwürdigen Gärten hatte gezeigt, dass auch eine Tochter des Elfengeschlechts in der Lage war, ein wehrloses Geschöpf zu töten, und er strafte jene Lügen, die behauptet hatten, die Vollendung des Elfenstammes stünde bereits unmittelbar bevor.

Dies, nahm Alannah an, war der eigentliche Grund dafür, dass ihre Verurteilung und Bestrafung bereits beschlossen waren. Man wollte sich von ihr abgrenzen, wollte die ruchlose Mörderin möglichst rasch loswerden und sich und aller Welt beweisen, dass sie nur eine Ausnahme darstellte und alle übrigen Söhne und Töchter Sigwyns anders waren als sie. Die Frage war nicht, *ob* man Alannah verurteilen würde, sondern nur noch, wie die Bestrafung ausfallen würde.

Der Gang zum Henker – ein Berufsstand, der sich in den Menschenstädten einer außergewöhnlich guten Auftragslage erfreute – verbot sich selbstredend. Wahrscheinlich, so nahm Alannah an, würde sie verbannt werden, ausgeschlossen aus den Ehrwürdigen Gärten und vertrieben aus Tirgas Lan. Unter den Menschen jedoch würde sie vogelfrei sein, und vermutlich würde es nicht lange dauern, bis irgendein grobschlächtiger Barbar, dessen rohen Körperkräften sie nichts entgegenzusetzen hatte, über sie herfallen würde und …

Alannah fuhr aus ihren Gedanken auf, als erneut die Zellentür geöffnet wurde. Quietschend schwang sie auf, aber wider Erwarten war es nicht der strenge Lordrichter, der auf der Schwelle stand, sondern – zu Alannahs Überraschung – eine Frau.

Sie war groß und schlank und trug eine lange purpurfarbene Robe, die ihr bis zu den Knöcheln reichte. In der Hand hielt sie einen langen Stab, dessen oberes Ende oval geformt war und eine Öffnung bildete, in die ein kleiner Kristall eingesetzt war. Das blaue Leuchten, das von ihm ausging, erhellte die Kerkerzelle. Während sich Alannahs Augen noch den veränderten Lichtverhältnissen anpassten, schlug die Besucherin die Kapuze zurück, sodass ihr Gesicht, dessen obere Hälfte zunächst bedeckt gewesen war, gänzlich sichtbar wurde.

Alannah hielt den Atem an.

Denn noch nie zuvor in ihrem Leben, nicht einmal unter den Kindern der Ehrwürdigen Gärten, war sie solcher Schönheit begegnet.

Der Teint der Fremden war dunkler als bei den meisten Elfinnen, die Haut aber glatt und makellos. Volle Lippen formten einen sinnlichen Mund, die Nase war schmal und gerade, und das Gesicht mit den hohen Wangenknochen war insgesamt so ebenmäßig, dass man es als *dyrfraida* bezeichnen musste, als in jeder Hinsicht vollkommen. Zusammen mit den schmalen, strahlend blauen Augen, deren Blick fast hypnotisch war, bildeten sie jenen Ausdruck perfekter Harmonie, nach dem Künstler oft vergeblich suchten. Das gelockte Haar der Fremden, das offen auf ihre Schultern fiel, war pechschwarz.

»Bist du überrascht?«, fragte die Besucherin, die Alannahs Gesichtsausdruck richtig deutete. Ihre Stimme war seidenweich.

»Ein wenig«, gestand Alannah. Sie gab dem jähen Drang nach, den sie verspürte, sich vor der Unbekannten zu erheben, die ungleich größere Würde und Autorität ausstrahlte als der Lordrichter. »Offen gestanden hatte ich jemand anderen erwartet.«

»Mangon«, riet die Fremde.

Alannah nickte.

»Er wird dich nicht mehr aufsuchen, mein Kind.«

»Warum nicht?«

»Der Fall wurde ihm entzogen«, antwortete die Unbekannte rätselhaft. »Was für ein trister Ort«, fügte sie hinzu, während sie sich in der Zelle missbilligend umsah.

»Das ... ist wohl wahr«, sagte Alannah leise.

»Du solltest nicht hier sein, Tochter. Es ist nicht deine Bestimmung, auf dem Altar politischer Ränke geopfert zu werden. Doch genau darum geht es hier.«

»Wenn Ihr es sagt, *dun'ra*«, erwiderte Alannah, die respektvolle Anrede gebrauchend, und senkte das Haupt.

»Du hast jemanden getötet«, stellte die Besucherin fest.

»Das ist wahr.«

»Auf welche Weise?«

»Das ... weiß ich nicht genau. Und es spielt wohl auch keine Rolle mehr. Lordrichter Mangon ist der Ansicht, allein das Ergebnis einer Tat wäre entscheidend.«

»Lordrichter Mangon«, sagte die Besucherin, »ist ein überaus kluger Mann ...«

»Ich weiß, *dun'ra*«, sagte Alannah kleinlaut.

»... klug genug, um seine eigenen Grenzen zu erkennen«, fuhr die Unbekannte fort, und als Alannah überrascht den Blick hob, sah sie den Anflug eines Lächelns auf den anmutigen Zügen.

»W-wer seid Ihr?«, erkundigte sie sich zaghaft.

»Mein Name ist Riwanon, Ordensmeisterin und Mitglied des Hohen Rates von Tirgas Lan.«

»I-Ihr seid eine Zauberin?«

»Ganz recht, mein Kind«, bestätigte die Besucherin.

Daraufhin sank Alannah ehrerbietig auf die Knie. Wie allen anderen Kindern, die in der Obhut der Ehrwürdigen Gärten heranwuchsen, hatte man auch ihr beigebracht, den Mitgliedern des Hohen Rates den gleichen Respekt zu erweisen wie dem König selbst und ihnen stets in tiefer Dankbarkeit zu begegnen. Denn ohne den Rat und seine magischen Kräfte hätte das Reich schon vor langer Zeit zu existieren aufgehört, und die Welt wäre in Dunkelheit versunken.

»Wie ist dein Name, Kind?«, wollte Riwanon wissen.

»A-Alannah.«

»Wer sind deine Eltern?«

»Ich habe keine. Solange ich zurückdenken kann, bin ich ein Kind der Ehrwürdigen Gärten. In ihrer Obhut wuchs ich auf.«

»Ich verstehe. Nun, Alannah – weißt du, was man über die Kinder der Ehrwürdigen Gärten sagt?«

»Was, *dun'ra*?«

»Wie es heißt, haben manche von ihnen – besonders jene, die von Geburt an in der Obhut der Gärten leben – besondere Fähigkeiten.«

»Besondere Fähigkeiten?«, fragte Alannah ungläubig. »Was wollt Ihr damit sagen?«

»Nun«, erwiderte Riwanon, »ich will damit sagen, dass das, was dir widerfahren ist, möglicherweise mit dieser Fähigkeit zu tun hat, die zu kontrollieren du lernen solltest. Der Tod des Menschen war ein Unfall, der …«

Weiter kam Riwanon nicht, da sie unterbrochen wurde.

Lächerlich. Einfach lächerlich, sagte plötzlich jemand – und das, zu Alannahs größter Verblüffung, nicht etwa laut, sondern lediglich in ihrem Kopf, sodass sie sich schon einen Augenblick später fragte, ob ihr verwirrter Geist ihr nur einen Streich gespielt hatte.

»Das ist nicht recht, Níobe«, rügte Riwanon streng. »Du darfst nicht über sie urteilen, ehe wir sie nicht angehört haben.«

Was gibt es da noch anzuhören?, maulte die Stimme, die nicht nur in Alannahs Kopf zu sein schien, sondern offenbar auch von der Zauberin vernommen wurde. *Was ich bislang mitbekommen habe, genügt mir voll und ganz!*

Über Riwanons rechter Schulter tauchte plötzlich das eigenartigste Wesen auf, das Alannah je gesehen hatte. Gehört hatte sie allerdings schon von ihnen, aber es war das erste Mal, dass sie einen zu Gesicht bekam.

Es war ein Kobold.

Oder um genau zu sein: eine Koboldfrau, wie Alannah an der Oberweite und dem langen goldblonden Haar feststellte, das unter dem umgedrehten Blütenkelch hervorwallte, der dem eigentümlichen Wesen als Kopfbedeckung diente.

Alannah erinnerte sich, dass Kobolde häufig die Begleiter von Zauberern waren. Man bekam sie selten zu sehen, aber angeblich nannte jeder Magier – zumindest aber jeder Ordensmeister – einen solch kleinwüchsigen Helfer sein Eigen, der ihm mit Rat und Tat zur Seite stand und sich mit ihm – Alannah erinnerte sich, auch davon gehört zu haben – kraft seiner Gedanken verständigte. Zwar hatte die junge Elfin dies immer nur für eine Legende gehalten, doch offenbar entsprach es der Wahrheit.

Die Koboldin war nur etwa eine Elle groß; ihre Kleidung bestand aus einem aus immergrünen Blättern gefertigten Kleid und besagtem Hut, ein leuchtend gelber Kelch von einer Alannah unbekannten Orchideenart. In ihrem sommersprossigen Gesicht, dessen Backen so ausgeprägt waren, dass man die kleinen Augen darüber kaum sehen konnte, prangte ein spitzes Näschen, darunter war der Mund missbilligend verzogen. Die Fäustchen der dünnen Arme hatte das Wesen entrüstet in die Hüften gestemmt, während es Alannah von Kopf bis Fuß musterte.

Tut mir leid, Herrin, meinte es dann, ohne die Lippen zu bewegen. *Eine besondere Begabung kann ich nicht erkennen – schon viel eher ein besonders ausgeprägtes Maß an Dummheit.*

»Wie darf ich das verstehen, Níobe?«, erkundigte sich die Zauberin ruhig. »Glaubst du dem Mädchen etwa nicht?«

Natürlich nicht, antwortete die Wichtin. *Sieh sie dir doch nur mal an! Zaundürr und kreidebleich im Gesicht. Und dann dieses blasse, fast weiße Haar ...*

»Was hat denn mein Haar damit zu tun?«, fragte Alannah empört. Einen Augenblick lang kam es ihr ziemlich seltsam vor, sich mit einem Wesen zu unterhalten, das ihr kaum bis zu den Knien reichte und noch dazu beim Sprechen den Mund nicht benutzte.

Aber dieses Gefühl verflog schlagartig, als Níobe ihr eine geharnischte Erwiderung an oder vielmehr *in* den Kopf warf.

Was dein Haar damit zu tun hat? Das will ich dir sagen!, blaffte das kleine Wesen und sprang von der Schulter seiner Meisterin auf den Boden, wo es empört auf- und abhüpfte. *Jeder weiß, dass das Haar einer blonden Frau goldfarben sein soll! Nicht nur, dass das schöner anzusehen ist, es ist auch allgemein bekannt, dass goldblonde Frauen klüger sind. Ein Goldschopf wäre niemals so dämlich, einen Menschen zu erstechen, und vor allem nicht, sich dann auch noch erwischen zu lassen!*

»A-aber ich habe mich nicht erwischen lassen«, verteidigte sich Alannah. »Ich habe um Hilfe gerufen!«

Nachdem du die Tat begangen hattest? Hältst du das für sehr intelligent?, fragte die Koboldin. *Der freche Mensch hat dich angegafft. Er war widerrechtlich in die Ehrwürdigen Gärten eingedrungen und hatte den Tod verdient!*

»Das ist nicht wahr!«

Warum nicht?

»Kein Wesen hat den Tod verdient. Es gibt kein Verbrechen, das den Tod rechtfertigt!«

Ist das deine Überzeugung?

»Natürlich. Und jetzt fort mit dir, Kobold, ehe ich dich …«

Willst du mir etwa drohen? Die ohnehin schon schmalen Augen des Wesens hatten sich zu winzigen Schlitzen verengt. *Das solltest du hübsch bleiben lassen, Weißkopf, weil ich dir nämlich sonst die Augen auskratze!*

Tatsächlich war zu sehen, wie aus den schlanken Fingerchen plötzlich spitze Krallen wuchsen, und auch im kleinen Mund der Koboldin zeigten sich auf einmal zwei Reihen messerscharfer Zähne.

Alannah hatte während der vergangenen Tage viel erduldet. Ohne es zu wollen, war sie zum Mordwerkzeug geworden, man hatte sie verhaftet und in dieses finstere Loch gesteckt und sie eines Verbrechens beschuldigt, das sie nie hatte begehen wollen. Und als wäre dies alles noch nicht genug, trat nun auch noch ein zeternder Blumenknilch auf, der ihr vor Augen führen wollte, wie unendlich töricht sie angeblich war, und der sie dann auch noch bedrohte.

So nicht!

In einem impulsiven Ausbruch sprang Alannah auf, riss die Hände empor, die anders als ihre Füße nicht in Ketten lagen, und noch ehe sie recht begriff, was sie da tat, geschah es abermals.

Kälte befiel sie, ein eisiger Schauer, der sich in ihrem Innersten wie eine Faust zusammenballte – und wie an jenem dunklen Tag in den Ehrwürdigen Gärten schoss plötzlich ein Speer aus Eis aus Alannahs Händen, geradewegs auf den Kobold zu.

»Nein«, schrie die Elfin noch im selben Moment, als ihr klar wurde, was sie da tat – aber es war bereits zu spät.

Der Eisspeer war verschleudert und hätte Níobe durchbohrt, doch als stieße er auf ein unsichtbares Hindernis, zersplitterte er in unzählige Bruchstücke, die rings um die Koboldin zu Boden prasselten und im nächsten Moment zu Wasser wurden.

Níobe hatte zu hüpfen aufgehört.

Mit großen Augen stand sie da und starrte an Alannah empor.

Ups.

Alannah nahm es nur am Rande wahr. Entsetzt blickte sie auf ihre Hände, die einmal mehr etwas getan hatten, was sie nicht *wirklich* gewollt hatte noch recht begreifen konnte, auch wenn es ihr nun schon zum zweiten Mal passiert war.

»Verzeih mir«, flüsterte sie und sank erneut auf die Knie, diesmal um sich zu vergewissern, dass der Koboldin auch wirklich nichts geschehen war. »Das – das wollte ich nicht, bitte glaub mir ...«

»Sie glaubt dir«, erklärte Riwanon, »ebenso wie ich. Und natürlich verzeiht sie dir.«

Tue ich das?

»Allerdings«, sagte die Zauberin in einem Tonfall, dem auch Níobe nicht mehr zu widersprechen wagte. »Im Grunde sind wir es, die sich entschuldigen müssen, mein Kind«, sagte sie dann zu Alannah. »Wir haben dich provoziert.«

Alannah, die vor Entsetzen über sich selbst noch immer nicht klar denken konnte, schüttelte heftig den Kopf. »Nur mich trifft die Schuld. Ich allein habe ...« Sie verstummte, als ihr klar wurde, was Riwanon gerade gesagt hatte. »I-Ihr habt mich provoziert?«

»Ganz recht.« Die Zauberin nickte.

»Dann … habt Ihr damit gerechnet, dass etwas Derartiges geschehen würde?«, fragte Alannah fassungslos.

»Mehr noch, mein Kind – wir haben es herausgefordert.«

»Aber … wieso? Was habt Ihr davon?«

»Wir wollten wissen, woran wir bei dir sind.«

»Und nun wisst Ihr es?«

»Allerdings.«

»Dann verratet mir, was das zu bedeuten hat«, bat Alannah leise, fast flehend. »Was geschieht mit mir?«

Die Zauberin lächelte, als wollte sie der Dramatik des Augenblicks spotten. »Was dir widerfahren ist, mein Kind, wird unter uns Zauberern *reghas* genannt. Es ist eine Gabe, die du vom Schicksal erhalten hast.«

»Eine Gabe?« Alannah lachte freudlos auf. »Wohl eher ein Fluch.«

»Was du daraus machst, ist dir überlassen, denn auch ein freier Wille wurde dir gegeben«, entgegnete Riwanon. »Aber wisse, dass jeder, der dem Orden der Zauberer angehört, über eine solche Gabe verfügt. Es ist die Voraussetzung, um als Novize in die Ordensburg von Shakara aufgenommen zu werden. Wusstest du das?«

»Nein.« Alannah schüttelte den Kopf.

»Über eine solche Gabe zu verfügen, die wir kraft unserer Gedanken einsetzen können und die die Fähigkeiten eines gewöhnlichen Wesens bei Weitem übersteigt, bedeutet große Macht und damit auch Verantwortung. Bisweilen ist sie eine Bürde, aber wir helfen uns gegenseitig dabei, sie zu tragen. Die Frage ist, mein Kind, ob du dies möchtest – oder ob du in Zukunft auf dich allein gestellt sein willst.«

»Was genau bietet Ihr mir da an, *dun'ra*?«

»Ich biete dir an, mich zu begleiten.«

»Wohin?«

»In die Ordensburg nach Shakara, wo du als Novizin dem Bund der Zauberer beitreten wirst.«

»Ich? Eine Zauberin?«

»Der Gedanke erscheint dir abwegig?«

»Allerdings.«

»Dann denke an das, was du getan hast. Dieses Eis ist deinen Händen nicht aus Zufall entsprungen, Alannah. Die Vorsehung hat dir die Kraft dazu gegeben.«

»Die Vorsehung? Aber ich habe jemanden getötet ...«

»Hat jemand eine solche Gabe und ist nicht imstande, sie zu kontrollieren, kann er damit furchtbaren Schaden anrichten, denn dann gehorcht sie den dunklen Stimmen, die in jedem von uns sprechen und die wir als Zorn, Hass und Furcht kennen. Dies wollte ich dir zeigen, deshalb hatte ich Níobe gebeten, dich herauszufordern.«

Alannah blickte auf ihre Hände. »Und wenn ich diese Gabe gar nicht will? Wenn ich sie nur rasch wieder loswerden möchte?«

»Es gibt keinen Weg, sich ihrer auf Dauer zu entledigen. Man könnte versuchen, sie erlöschen zu lassen, dir die Erinnerung daran zu nehmen – aber irgendwann würde sie zurückkehren. Du musst dich deiner Gabe stellen, Alannah. In Shakara wirst du lernen, mit ihr zu leben und sie zum Nutzen aller einzusetzen.«

»Und ... die Ehrwürdigen Gärten?«

»Die Gärten musst du nach allem, was geschehen ist, ohnehin verlassen«, antwortete die Zauberin hart, »hier ist kein Platz mehr für dich. Aber ich biete dir ein Leben in Gemeinschaft und unter Gleichgesinnten, wohingegen du ausgestoßen und auf dich gestellt wärst, entschiedest du dich gegen meinen Vorschlag. Natürlich liegt es bei dir – aber bedenke, dass es auf der ganzen Welt kein einsameres Wesen gibt als jenes, dessen Fähigkeiten größer sind als die der anderen. Man wird dich meiden und hassen.«

»Und was wird Lordrichter Mangon dazu sagen?«, fragte Alannah. »Er will, dass ich bestraft werde ...«

»Folgst du mir nach Shakara, wirst du ihn nie wiedersehen.«

»Wie ist das möglich?«, fragte Alannah, die sich diesen Gesinnungswandel nicht erklären konnte. Hatte der Lordrichter bei seinem Besuch nicht überdeutlich gemacht, dass der Friede mit den Menschen durch sie bedroht sei und man dieses Risiko nicht eingehen konnte?

»Ein Vorteil, wenn man dem Orden der Zauberer angehört«, erklärte Riwanon, deren Lächeln noch ein wenig breiter wurde. »Wir helfen uns gegenseitig.«

»Was ist Eure Gabe?«, wollte Alannah wissen und legte fragend den Kopf schief. Sie ahnte, dass ein Zusammenhang mit Lordrichter Mangons plötzlichem Meinungswandel bestand.

»Wie alle Ordensmeister habe auch ich meinen Namen nach meinen Fähigkeiten erhalten«, erwiderte die Zauberin. »Aus diesem Grund nennt man mich ›Riwanon‹, was ›Netz der Schönheit‹ bedeutet – und in diesem Netz hat sich der gute Mangon wohl verfangen.«

Alannah stand vor Staunen der Mund offen. Hatte die Zauberin tatsächlich Gefühle in dem hartherzigen Lordrichter wecken können, der bisher immer als unbestechlich und mitleidlos gegolten hatte? Noch immer wusste sie nicht, was sie von alldem halten sollte. Aber was geschehen war, ließ sich nicht mehr rückgängig machen. Die Pforten der Ehrwürdigen Gärten hatten sich unwiderruflich hinter ihr geschlossen, dafür hatte sich ihr ein anderes Tor geöffnet. Es mochte an einen fernen, unbekannten Ort führen, aber immerhin hatte Alannah dort eine Zukunft, wohingegen sie in Tirgas Lan nur Schande und Vertreibung erwarteten.

Die Wahl fiel nicht schwer …

»In Ordnung«, willigte sie daher ein, »ich will es tun. Ich will Euch nach Shakara begleiten und eine Novizin des Ordens werden.«

»Freut mich, das zu hören«, sagte Riwanon, die offenbar keinen Augenblick daran gezweifelt hatte, wie Alannah sich entscheiden würde.

Mich freut es nicht, aber mich fragt ja niemand, tönte es in Alannahs Kopf.

»Verzeih, Níobe, ich wollte dich nicht übergehen«, sagte Alannah schnell. »Was vorhin passiert ist, tut mir wirklich leid. Meinst du, wir können vielleicht Freundinnen werden?«

Die Koboldin schaute zu ihr auf, das Näschen gerümpft, die Backen empört gebläht.

Nö, antwortete sie.

»Nein? Warum nicht?«

Weil du die falsche Haarfarbe hast, deshalb …

8. LITHAIRT'Y'SHAKARA

Die Reise war zu Ende.

Nach langer Pilgerschaft, die ihn immer weiter nach Norden geführt hatte, durch die Ebene von Scaria und die ausgedehnten Wälder, die sich zwischen Schwarzgebirge und Zwergenreich erstreckten, und über die steilen Pässe des Nordwalls, hatte Aldur endlich die Weiten der Eiswüste erreicht.

Hier lag der Ort, an dem sich sein Schicksal erfüllen sollte. Schon bald, sagte er sich, würde seine Ausbildung vollendet sein, und er würde die Nachfolge all jener antreten, die vor ihm die Wege der Magie beschritten hatten. Der Gedanke machte ihn unsagbar stolz.

So schwer es ihm zunächst gefallen war, die vertraute Umgebung zu verlassen, so sehr hatte er inzwischen Gefallen an der Fremde gefunden. Von innen betrachtet, war ihm der väterliche Hain stets wie ein schützender Hort erschienen, dessen Mauern aus dichtem Geäst ihn in all den Jahren beschützt hatten; von außen jedoch kam er ihm wie ein Gefängnis vor, und er war froh, ihn hinter sich gelassen zu haben.

Aldurs Vater war niemals müde geworden, ihm einzuschärfen, dass sein bisheriges Leben lediglich als Vorbereitung auf das gedient hatte, was nun folgen würde. Weshalb also sollte Aldur auch nur ein einziges Mal zurückblicken, da es nun endlich so weit war?

Breitbeinig, mit vor der Brust verschränkten Armen, stand er auf dem Vordeck des Schiffs, das mit atemberaubender Geschwindigkeit durch die Eiswüste schnitt, ohne dass der Kiel den Schnee je berührte; denn das keilförmige Gefährt, an dessen Bug sich ein kunstvoll gearbeiteter Schwan als Galionsfigur erhob und dessen steil aufragendes Deck die Quartiere der Passagiere und Mannschaften barg, ruhte auf drei langen, schmalen Kufen, auf denen es beinahe lautlos dahinglitt. Zu hören war nur das Knarren der Wanten und Segel, die sich unter dem rauen Nordwind blähten und den Eissegler unaufhaltsam seinem Ziel entgegentrieben.

Obwohl die Fahrt durch die Weiten der *yngaia* vergleichsweise wenig Zeit in Anspruch nahm, schien sie Aldur gar kein Ende nehmen zu wollen. Stundenlang stand er vorn am Bug und blickte ungeduldig nach Norden, sah jedoch nichts als die endlos scheinende Weite der Weißen Wüste, die nur hin und wieder von steil aufragenden Eisnadeln durchbrochen wurde. Die Luft war so kalt, dass der Atem fast gefror, dabei aber kristallklar. Die letzten Nebelfetzen waren am Fuß des Nordwalls zurückgeblieben, die Eiswüste selbst zeigte sich als blendend weiße Fläche, die sich nach allen Seiten hin scharf gegen den immergrauen Himmel abgrenzte.

Je weiter es nach Norden ging, desto weniger Macht hatte die Nacht über den Tag; nur wenige Stunden währte die Dunkelheit, dann konnte der Eissegler seinen Weg schon wieder fortsetzen. Und endlich, als Aldur aus seiner Kajüte trat, um den neuen Tag zu begrüßen, erblickte er in der Ferne, worauf er die ganze Zeit über so ungeduldig gewartet hatte.

Shakara.

Dieser Augenblick, da die Ordensburg in der Ferne auftauchte und er jenen Ort, den er bislang nur aus Erzählungen kannte, zum ersten Mal mit eigenen Augen sah, würde ihm für immer unvergesslich bleiben, davon war Aldur überzeugt.

Stolz und erhaben hob sich die Eisfestung gegen das Grau des Himmels ab, ein trutziges Bollwerk inmitten der Schneewüste, umgeben von Eisnadeln, die die Ordensburg wie stumme Wächter umgaben. Die Festung selbst mutete auf den ersten Blick wie ein riesiger zerklüfteter Eisberg an; wer sich ihr jedoch näherte, der erkannte, dass sie aus glitzernden Mauern und blendend weißen, von Zinnen gekrönten Türmen mit schmalen Fenstern bestand. Am auffälligsten war die Flamme, die auf dem höchsten Punkt der Zitadelle loderte und blaues Licht verbreitete. Sie war das Symbol des Ordens und stand für jene hohe Kunst, die im ehrwürdigen Shakara gelehrt und betrieben wurde.

Magie ...

Weder erhielt die Flamme Nahrung, noch stiegen von ihr Rauch oder Hitze auf. Zauberkraft war es, die sie nährte, jene Energie, die den Elfenkristallen innewohnte und die ihnen nur die Weisen zu entlocken vermochten. Schon von Weitem wies die Wächterflamme jenen, die nach Shakara gelangen wollten, den Weg – und schreckte zugleich jene ab, die sich der Festung in unlauterer Absicht näherten.

Und das seit Jahrtausenden.

Noch nicht einmal während des Großen Krieges, als das Heer der Orks über Erdwelt hergefallen war und Margok versucht hatte, die Elfenkrone an sich zu reißen, war Shakara Ziel eines Angriffs gewesen; selbst der Dunkelelf hatte es nicht gewagt, seine frevlerischen Klauen nach jener geweihten Stätte auszustrecken, die die Heimat so vieler Helden des Goldenen Zeitalters gewesen war.

Auch die wenigen Menschen, die die Eiswüste bevölkerten und die, anders als ihre Artgenossen aus dem Süden, noch immer wenig mehr als Tiere waren, wagten es nicht, der Festung zu nahe zu kommen; die Eisbarbaren glaubten, dass Shakara die Heimat höherer Wesen sei, was in gewisser Weise ja der Wahrheit entsprach. Schon die Eissegler, mit denen die Elfen die *yngaia* zu durchfahren pflegten, waren für diese Kreaturen mit ihrem schlichten Verstand Wunderwerke. Unvorstellbar, dass sie jemals lernen könnten, selbst damit umzugehen, oder dass je auch nur einer von ihnen seinen frevlerischen Fuß in die Ordensburg setzen könnte. Wer behauptete, dass die Menschen den Elfen ähnlich oder gar ebenbürtig wären, der brauchte sich nur diese Primitiven anzusehen, um eines Besseren belehrt zu werden.

Dies war Aldurs innerste Überzeugung.

Zudem war er der Auffassung, vom Schicksal auserwählt zu sein, ein Erleuchteter unter Erdwelts Kreaturen. Sein Leben lang hatte man ihm klargemacht, wie außergewöhnlich er doch sei und wie einzigartig seine Begabung, und er war bereit und willens, endlich die Früchte dieser besonderen Segnung zu ernten. Er stellte sich vor, wie man ihn in Shakara empfangen, wie man die große Pforte für ihn öffnen und ihn in allen Ehren willkommen heißen würde, so wie es sich für den Sohn eines verdienten Magiers geziemte.

Was das betraf, erlebte der junge Elf jedoch eine herbe Enttäuschung …

Aldur sprang von Bord, kaum dass der Eissegler vor den Toren Shakaras zum Stillstand gekommen und Anker geworfen hatte. Er wartete nicht erst ab, bis die Landeplanke angelegt war, und überließ es seiner Gefolgschaft, den wenigen weltlichen Besitz zu entladen, der ihm geblieben war: Neben einigen Schriftrollen und Kleidungsstücken war dies Alaric, der stolze Hengst, den ihm sein Vater für die weite Reise nach Norden geschenkt hatte. Seine wohl wichtigsten Besitztümer jedoch trug Aldur bei sich, nämlich die Krone der Volljährigkeit und das Schreiben an den Ordensmeister Semias, das sein Vater ihm mitgegeben hatte. Forsch trat er vor die Pforte, deren Flügel noch immer geschlossen waren, und begehrte Einlass.

»Öffnet das Tor!«, verlangte er selbstbewusst und mit lauter Stimme, die sogar das laute Heulen des Windes übertönte, der klagend um die Mauern der Ordensburg strich. »Öffnet das Tor für Aldur, des Aldurans Sohn, der gekommen ist, um seine Ausbildung abzuschließen!«

Die Worte verhallten – wie es schien – ungehört. Der Wind trug sie davon, ohne dass sich das mit blitzendem Silber beschlagene Tor auch nur einen Spalt geöffnet hätte.

»Öffnet!«, verlangte Aldur erneut. »Hier ist Aldur, des Aldurans Sohn …!«

Diesmal erfolgte eine Reaktion, wenn auch ganz anders, als Aldur es sich vorgestellt hatte. Denn nicht etwa die hohe Pforte, die ihn an Größe um das Sechsfache überragte, öffnete sich, sondern eine sehr viel kleinere Tür, die seitlich davon ins Eis eingelassen und so mit diesem verbunden war, dass selbst das elfische Auge sie nicht entdecken konnte.

Blaues Licht drang aus dem Inneren hervor, in dem die Silhouette einer hageren, in einen weiten Umhang gehüllten Gestalt zu erkennen war.

»Aldur, des Aldurans Sohn?«, erkundigte sie sich.

»J-ja«, bestätigte Aldur ein wenig verwirrt. Verstohlen blickte er nach dem Haupttor, das jedoch noch immer fest verschlossen war.

»Wir haben dich erwartet«, erklärte der Hagere und machte einen Schritt zur Seite, um ihn eintreten zu lassen.

Aldur zögerte. Er musste zugeben, dass er sich seine Ankunft in Shakara anders vorgestellt hatte – allerdings war er noch nie zuvor an diesem Ort gewesen und kannte die lokalen Gepflogenheiten nicht.

Zumindest hatte der Pförtner gesagt, dass man ihn erwartete. Das war wenigstens schon etwas ...

Er überwand seine Verwunderung und trat ein. Jenseits der Tür war ein niedriger Gang. Die gewölbte Decke wurde von Pfeilern aus Eis getragen, die jedoch keinerlei Schmuck oder Verzierung aufwiesen. Aldur gestand sich ein, dass er ein wenig enttäuscht war. Sollte dies der Ort sein, der ihm von seinem Vater stets wortreich und in den prächtigsten Farben geschildert worden war? Natürlich, es waren einige Jahrhunderte vergangen, seit Alduran die Ordensburg besucht hatte. Womöglich hatten sich einige Dinge verändert ...

»Folge mir«, sagte der Hagere, der eine eigentümliche Haartracht trug; sowohl sein graues Haupthaar als auch sein Bart waren zu zahllosen langen Zöpfen geflochten. Der energische Blick, der unter den buschigen Augenbrauen hervorstach, berührte Aldur unangenehm, und die sonore Stimme schien keinen Widerspruch zu dulden. Für einen Pförtner, empörte sich der junge Elf, trat der Hagere reichlich unverschämt auf.

Aldur tat dennoch wie ihm geheißen und folgte dem Fremden den Gang hinab. Hinter ihnen schloss sich die Tür mit dumpfem Klirren und ließ das Eis des Korridors erbeben.

»Was ist mit meinem Gepäck?«, erkundigte sich Aldur. Seine Stimme hörte sich seltsam dumpf und kraftlos an.

»Du wirst es nicht brauchen«, beschied ihm der Pförtner.

»Aber ich wüsste trotzdem gern, wo es geblieben ist«, beklagte sich Aldur. »Das Pferd, das sich in meinem Besitz befindet, ist ein überaus wertvolles Tier, aus dem Gestüt Alldurans und ...«

Er verstummte, als der andere stehen blieb, sich umwandte und ihn mit einem eisigen Blick bedachte. Ohne ein Wort zu verlieren, drehte sich der Pförtner wieder um und setzte seinen Weg fort.

»Vielleicht«, rief Aldur ihm hinterher, »hast du nicht verstanden, wer ich bin. Mein Name ist Aldur, des Aldurans Sohn. Ich bin nach Shakara gekommen, um meine Ausbildung abzuschließen und ein großer Magier zu werden, der …«

»Ein großer Magier?«, fragte der andere über die Schulter zurück. »Woran erkennt man, dass ein Magier groß ist?«

»Nun«, antwortete Aldur forsch, »ein großer Magier ist der, der über große Macht verfügt, oder nicht?«

»Nein.« Erneut blieb der Pförtner stehen und wandte sich um. »Ein großer Magier ist der, der seine Macht einsetzt, um Großes zu tun. Steht dir der Sinn nach Heldentaten, Aldur? Nach unsterblichem Ruhm? Nach einem Platz in den Chroniken der Geschichtsschreiber?«

»Durchaus«, antwortete Aldur unverblümt.

»Das dachte ich mir«, entgegnete der Pförtner düster und wollte weitergehen.

»Dieses Schreiben«, rief Aldur und griff unter seinen Umhang, um den ledernen Köcher hervorzuziehen, »ist an Vater Semias gerichtet, den Vorsteher dieses Ordens.«

»Ich weiß durchaus, wer Semias ist«, erwiderte der andere, »allerdings bezweifle ich, dass du dir schon das Recht erworben hast, ihn ›Vater‹ zu nennen.«

»V-Verzeihung«, stammelte Aldur betroffen, obgleich er sich schon im nächsten Moment fragte, weshalb er, ein Elf aus vornehmem Hause, sich vor einem Pförtner entschuldigte. Er beschloss, seinen Ärger hinunterzuschlucken, sich jedoch bei nächster Gelegenheit über den Bediensteten zu beschweren. Immerhin nahm der Hagere das Schreiben entgegen, ließ es dann aber unter seinem Umhang verschwinden – Aldur konnte nur hoffen, dass es seinen Adressaten auch erreichte.

Nachdem sie ein weiteres Stück gegangen waren, dachte Aldur, der Gang würde nun enden und er etwas von der Pracht und Herrlichkeit Shakaras zu Gesicht bekommen. Aber er wurde abermals enttäuscht. Der Gang verbreiterte sich lediglich und wurde ein wenig höher. Zu beiden Seiten waren die Wände von schmalen Türen durchbrochen. Eine davon stand offen, und im blauen Licht, das den Gang erhellte, konnte Aldur in eine kleine, schmucklose Kammer mit Wänden aus nacktem Eis sehen. Möbel gleich welcher Art gab es nicht, ein Loch im Boden diente offenbar der Verrichtung der Notdurft.

»Bitte sehr«, sagte der Pförtner, auf die Zelle deutend.

»Bitte sehr?«, echote Aldur, der nicht wusste, was der Alte von ihm wollte.

»Deine Unterkunft«, wurde der andere deutlicher.

»Meine – *was*?« Aldur warf einen weiteren, missbilligenden Blick in die Zelle. Besonders das Loch im Boden löste spontanen Widerwillen in ihm aus.

»Hier wirst du die Zeit bis zu deiner Berufung verbringen«, erklärte der Hagere, »in Stille und Meditation.«

»I-ich verstehe«, sagte Aldur zögernd. »Und wie lange wird es dauern, bis ich …?«

Erneut brachte ihn der scharfe Blick des anderen zum Schweigen – und Aldur glaubte zu verstehen: Dieser überaus kühle Empfang, diese karge Unterkunft, all das gehörte bereits zu seiner Ausbildung. Der Ordensmeister wollte sehen, ob Aldur bereit war für die Herausforderungen von Shakara. Man wollte herausfinden, welche Opfer er zu bringen bereit war. Natürlich, so musste es sein.

Mit einem knappen Nicken wollte er die Zelle betreten, der Pförtner jedoch ergriff seinen Arm, um ihn zurückzuhalten.

»Was ist denn noch?«, fragte Aldur gereizt.

»Dein weltlicher Besitz«, erklärte der Hagere. »An diesem Ort brauchst du ihn nicht.«

»Mein weltlicher Besitz?« Aldur blickte an sich herab. »Aber ich habe nichts mehr außer der Kleidung, die ich am Leibe trage.«

Der Pförtner nickte, und für einen Moment kam es Aldur so vor, als huschte ein Lächeln über seine bärtigen Züge. »Genau von diesem Besitz spreche ich, *bashgan*.«

Aldur musste tief Luft holen, um das zu verdauen. Nicht nur, dass der unverschämte Alte ihn mit einer Bezeichnung für Dienstboten angesprochen hatte – er verlangte auch noch von ihm, seine Kleider abzulegen!

»Aber ich …«

»Worauf wartest du?«, fragte der Pförtner ungehalten, und Aldur beugte sich instinktiv der Autorität in seiner Stimme. Außerdem versuchte er sich erneut einzureden, dass all dies bereits zu seiner Ausbildung gehörte und Teil einer Prüfung war, der man ihn unterzog.

Mir grimmiger Miene löste er die Verschnürung seines Umhangs und legte ihn ab. Dann entledigte er sich seiner Stiefel und der reich bestickten Tunika, unter der er ein wollenes Untergewand trug. Auch dieses verlangte der Pförtner von ihm und ebenso die Hosen. Auch das letzte Stück Stoff, das seine Blöße bedeckte, musste Aldur ablegen, sodass er schließlich völlig nackt vor dem Alten stand, zitternd am ganzen Körper vor Kälte und Scham.

Von dem Hochgefühl, das ihn erfüllt hatte, als er übermütig vom Deck des Eisseglers gesprungen war, war nichts mehr geblieben. Des Aldurans Sohn fühlte sich elend und wertlos, kam sich klein und gedemütigt vor, was noch nie zuvor in seinem Leben der Fall gewesen war. Gesenkten Hauptes wollte er sich abwenden und in die Zelle treten, doch der Pförtner ließ ihn noch immer nicht gehen.

»Was wollt Ihr denn jetzt noch?«, fragte Aldur verzweifelt, und es fiel ihm nicht einmal auf, dass er die respektvolle Anrede gebrauchte. »Ich habe Euch alles gegeben, was ich hatte!«

»Eines fehlt noch.« Der Alte deutete auf Aldurs Stirn, die noch immer der silberne Reif der Volljährigkeit schmückte.

»Auch das noch«, seufzte der junge Elf, griff nach der Krone, die ihn weder vor der Kälte schützen noch seine Blöße zu verhüllen vermochte, und gab sie dem Alten. »Aber Ihr sollt wissen, dass ich mich beim Ordensmeister beschweren werde.«

»Tu das nur, *bashgan*«, sagte der Pförtner gelassen, während er ihn sanft, aber bestimmt in die Zelle schob.

»Wer seid Ihr?«, verlangte Aldur noch zu wissen, als sich der Alte bereits anschickte, die Tür hinter ihm zu schließen; immerhin brauchte Aldur einen Namen, wenn er sich über diesen ungehobelten Kerl beschweren wollte.

»Cethegar«, lautete die erschütternde Antwort, »Stellvertretender Vorsitzender des Hohen Rates und des Ordens der Zauberer.«

Und damit schlug die Tür vor Aldurs Nase zu …

9. UCYNGARAS

Die Große Halle der Ordensburg von Shakara war von dumpfem Gemurmel erfüllt. Die übergroßen Statuen der Könige aus der Altvorderenzeit säumten die Halle; ihre erhobenen Schwerter bildeten ein Spalier, das zugleich das Dach der Halle trug. Unter den gestrengen Blicken der alabasternen Giganten hatte jene Institution zusammengefunden, die den Königen von Erdwelt seit Jahrhunderten zur Seite stand, sowohl in Zeiten des Krieges, wenn die Existenz des Reiches bedroht war, als auch in friedlichen Tagen.

Einst, während des Goldenen Zeitalters der Elfenherrschaft, hatte der Rat der Weisen, wie er ursprünglich hieß, lediglich eine beratende Funktion innegehabt. Seit Sigwyn dem Eroberer jedoch hatte sich dies grundlegend geändert. Dessen Herrschaft hatte nach ruhmreichen Regierungsjahren, in denen er die Grenzen des Reiches beständig erweitert hatte, zusehends die Züge einer Diktatur angenommen. Die wankelmütige Liebe seiner Gattin Liadin hatte Sigwyn dazu gebracht, jene Werte zu verraten, an die er einst so fest geglaubt und in deren Namen er ein Großreich errichtet hatte. Argwohn und Misstrauen waren seine beständigen Begleiter geworden, und das Reich hatte kurz davor gestanden, zu einem Ort der Finsternis zu werden, wo die Angst regierte und der eigene Monarch mehr gefürchtet war als jeder äußere Feind.

Schließlich aber hatte der Hohe Rat Sigwyn entmachtet, dessen Neffen auf den Elfenthron gebracht und das Reich damit aus der Krise geführt. Seither oblag es dem Rat, den jeweiligen Herrscher Erdwelts nicht nur mehr zu beraten, sondern ihn auch zu kontrollieren, um einzugreifen, wenn die Verhältnisse es erforderlich machten ...

Auf diese Weise war der Einfluss des Ordens beständig gewachsen, und es gab nicht wenige, die behaupteten, die wichtigen Entscheidungen im Reich würden längst nicht mehr in Tirgas Lan getroffen, sondern im hohen Norden, jenseits des Gebirges, im fernen Shakara. Entsprechend hatte auch die Verantwortung des Ordens zugenommen. Es gab Zauberer, die dieser Entwicklung kritisch gegenüberstanden. Andere hingegen wollten die Zuständigkeit des Rates noch weiter ausdehnen und forderten mehr oder minder unverblümt die Abschaffung der Monarchie. Auf diese Weise war ein Richtungsstreit entbrannt zwischen jenen Zauberern, die sich auf ihre Wurzeln besinnen und zu den alten Traditionen zurückfinden wollten, und jenen, die mutig vorwärtsstrebten, einem neuen Zeitalter entgegen.

Viele Versammlungen wurden in jenen Tagen einberufen zu dem Zweck, den Disput beizulegen, doch mit jeder einzelnen von ihnen traten die Gegensätze der Parteien nur noch deutlicher zutage ...

»Hochweise Schwestern und Brüder«, rief Semias, der Älteste des Rates, der auf dem erhöhten Sitz an der Stirnseite der Halle Platz genommen hatte. Über ihm schwebte der riesige, an die zehn Mannslängen hohe Kristall, der die Ordensburg mit Licht und Wärme versorgte und der ein Splitter jenes Urquells der Kraft und Freude war, aus dem alle Elfen schöpften. Lüster, an denen unzählige winzig kleiner, leuchtender Kristalle hingen, tauchten das ehrwürdige Gewölbe in taghellen Schein.

Entlang der Statuen waren steinerne Sitze errichtet worden, sechzig an der Zahl, je dreißig auf jeder Seite. Die Ratsmitglieder hatten darauf Platz genommen, und noch immer, während sich ihr Vorsitzender erfolglos Gehör zu verschaffen suchte, dauerten ihre teils mit großer Leidenschaft geführten Debatten an.

»So hört doch, ehrwürdige Schwestern und Brüder!«, kämpfte Semias' brüchiges Organ gegen gelassene und entrüstete, beschwichtigende und aufgebrachte, keifende und sonore Stimmen an – vergebens. Schließlich wusste sich das Oberhaupt des Rates nicht anders zu helfen, als sich von seinem Sitz zu erheben, mit beiden Händen nach dem Zauberstab zu greifen und ihn in einer Ehrfurcht gebietenden Geste zur Decke emporzustoßen.

Eine energetische Entladung löste sich aus dem riesigen Kristall, der dort hing, und erfasste nicht nur den Stab, sondern auch Semias' hagere Gestalt und ließ sie einen Augenblick lang sonnenhell erstrahlen. Daraufhin verstummte das Gemurmel in der Halle, und aller Blicke waren wie gebannt auf den Vorsitzenden gerichtet, dessen schlichtem Äußeren kaum jemand die Jahrhunderte ansah, die auf seinen schmalen Schultern ruhten.

Auf einmal herrschte Stille, die so vollkommen war, dass man eine Nadel hätte fallen hören. Semias nahm sich die Zeit, seinen lautlos anklagenden Blick über die Reihen der Versammelten schweifen zu lassen. Erst dann ergriff er das Wort.

»Ist es schon so weit gekommen?«, fragte er mit einer Stimme, die seine innere Erregung nur mäßig verbarg. »Achten wir unsere eigenen Regeln nicht mehr? Wie, beim Lichte des Annun, können wir dann von anderen erwarten, dass sie das tun?«

Erneut glitt sein Blick über die Versammelten, von denen einige schuldbewusst die Häupter senkten. »Mir ist bewusst«, fuhr er fort, »dass dies schwierige Zeiten sind und es viele Fragen zu klären gilt. Dennoch sollten wir der Tradition und jener Gesetze gedenken, nach denen dieser Orden schon seit so vielen Jahrtausenden agiert.«

»Sehr richtig«, rief jemand vom linken Flügel her; es war Farawyn, eines jener Ratsmitglieder, die am vehementesten dafür eintraten, die Zuständigkeit und Kompetenzen des Ordens zu erweitern. Das von kurz geschnittenem schwarzem Haar umrahmte Gesicht des Zauberers wirkte asketisch wie das des Vorsitzenden, und in seinen Augen loderte wilde Erregung.

»Was du nicht sagst, Bruder Farawyn«, meldete sich ein anderes Ratsmitglied zu Wort, das auf der rechten Seite Platz genommen hatte. Sein Haupt war kahl bis auf die Seiten; von dort hing langes graues Haar bis auf die Schultern herab. Vom Kinn wallte ein grauer Bart über die Brust des Zauberers, seine Augen lagen in tiefen Höhlen, und seine Nase war lang und scharf wie der Schnabel eines Falken. »Ausgerechnet du machst dich dafür stark, dass wir die alten Gesetze und Traditionen achten?«

»Wieso erstaunt dich das, Bruder Palgyr?«, fragte Farawyn dagegen und gab sich keine Mühe, seine Abneigung zu verbergen; dass Palgyr und er Rivalen waren, war kein Geheimnis.

»Nun, Farawyn – bist nicht du es, der sich seit einiger Zeit dafür einsetzt, dass die Rechte des Rates gegenüber denen des Königs gestärkt werden sollten?«

»Das ist wahr.«

»Und bedeutet dies nicht, dass die alten Traditionen gebrochen werden? Dass die Gesetze gebeugt werden müssen?«, fragte Palgyr weiter, und zustimmendes Gemurmel wurde laut, nicht nur von seiner eigenen Seite, sondern auch vom gegenüberliegenden Ratsflügel.

»Dies habe ich nie gefordert, Bruder Palgyr«, entgegnete Farawyn, das Wort »Bruder« sorgsam betonend. »Es stimmt, dass ich dafür eintrete, die Rechte des Rates zu stärken, aber ganz sicher denke ich nicht daran, mit den grundlegendsten Traditionen unseres Ordens zu brechen.«

»Die da wären?«, fragte Palgyr provozierend.

»Die Harmonie der Natur«, erwiderte Farawyn ohne Zögern, »die Freiheit der Gedanken sowie das Lebensrecht aller Kreaturen, die auf Erdwelts Fluren wandeln. Dies sind die grundlegendsten aller Gesetze, auf denen alle anderen Regeln unseres Ordens beruhen. Wer an ihnen zweifelt, rüttelt an dem Fundament, auf dem diese Gemeinschaft errichtet ist.«

»Wohl gesprochen«, sagte Palgyr. »Aber ist es dir auch ernst mit diesen Worten?«

»Willst du mich der Lüge bezichtigen?«

»Dich? Einen Mitbruder des Ordens?«, fragte Palgyr in gespieltem Erschrecken und verzog das Gesicht. »Selbst du solltest mich gut genug kennen, um zu wissen, dass ich so etwas niemals tun würde. Was mir allerdings jüngst zu Ohren kam …« Er verstummte, um seine Worte wirken zu lassen.

»Was ist dir denn zu Ohren gekommen, Palgyr?«, fragte Farawyn, der die Anrede »Bruder« diesmal geflissentlich überging. »Was haben dir deine Spitzel zugetragen, die du auf mich angesetzt hast und auf alle, die mir nahestehen?«

Statt zu antworten, wandte sich Palgyr Hilfe suchend an den Vorsitzenden. »*Nahad,* du bist der Älteste und Weiseste unter uns. Sag du mir, ob ich derartige Unterstellungen wirklich hinnehmen muss – oder sollte dich die Zuneigung zu deinem ehemaligen Schüler daran hindern, in dieser Sache Recht zu sprechen?«

»Keineswegs«, erwiderte Semias ruhig. »Farawyn mag einst mein Novize gewesen sein, aber das ändert nichts daran, dass ich weder seine Ansichten teile noch sein Verhalten entschuldige.«

»Aber *nahad* …«, wandte Farawyn ein.

Doch Semias ließ ihn nicht ausreden. »Bruder Palgyr hat recht. Wenn du ihn oder irgendjemanden sonst in diesem Kreis derart schwer beschuldigst, musst du deine Behauptungen mit Beweisen untermauern können. Bist du dazu in der Lage?«

Man konnte sehen, wie Farawyns Kieferknochen mahlten. In seinen Augen blitzte Widerstand. »Nein«, gestand er dann, »das kann ich nicht. Noch nicht.«

»So erteile ich dir einen verschärften Tadel wegen übler Nachrede – zum zweiten Mal in Folge. Dir ist bekannt, dass bei drei Verfehlungen dein Ausschluss aus dem Hohen Rat beantragt werden kann.«

»Ja.« Farawyn nickte. »Aber das bedeutet nicht, dass ich in Zukunft schweigen werde.«

»Habt ihr gehört?«, fragte ein anderes Mitglied des rechten Flügels laut. »Er stellt die Autorität des Ältesten infrage!«

»Das tut er nicht«, widersprach eine Zauberin, deren Schönheit nahezu blendend war. »Du drehst Farawyn das Wort im Mund herum, Bruder Sgruthgan.«

»Und du hörst offenbar nicht aufmerksam genug zu, Schwester Riwanon«, konterte der Angesprochene. »Oder sollte sich der gute Farawyn in deinen Netzen verfangen haben? Jeder von uns weiß, wie gut du sie zu spinnen vermagst …«

»Schweig, Bruder Sgruthgan!«, rief Semias, noch ehe die Zauberin etwas erwidern konnte. »Auch dir erteile ich hiermit eine Rüge wegen übler Nachrede und werde …«

»Und wenn er seine Behauptung beweisen kann?«, fragte Palgyr dazwischen.

Semias starrte zuerst Palgyr, dann Sgruthgan ungläubig an. »Du kannst beweisen, dass Bruder Farawyn und Schwester Riwanon eine Verbindung eingegangen sind?« Er sog scharf die Luft ein. Dann aber schüttelte er den Kopf. »Nun, ich glaube nicht, dass dies für den Rat von Interesse …«

»Auch dann nicht, wenn es dabei um eine Verschwörung gegen den Hohen Rat und seine Mitglieder geht?«, unterbrach ihn Palgyr, und das zufriedene Lächeln in seinem von Falten zerfurchten Gesicht belegte, dass er jedes seiner Worte genoss.

Ein Raunen ging durch die Reihen der Ratsmitglieder.

»Elender Lügner!«, rief Farawyn und konnte von seinen Vertrauten nur mit Mühe davon abgehalten werden, auf die andere Seite der Halle zu stürmen, um sich auf Palgyr zu stürzen.

»Ein Lügner ist nur derjenige, der die Unwahrheit sagt«, konterte Palgyr. »Ich jedoch kann meine Behauptung beweisen, deshalb wiederhole ich sie laut und für jeden vernehmlich: Ich sage, dass sich Bruder Farawyn und Schwester Riwanon heimlich verbündet haben mit dem erklärten Ziel, die bestehende Ordnung unserer Gemeinschaft außer Kraft zu setzen und den Orden nachhaltig zu schwächen!«

»Warum sollten sie so etwas tun wollen?«, fragte Semias erschüttert. »Sagtest du nicht eben selbst, Bruder Farawyn wolle die Position des Ordens stärken?«

In Palgyrs Augen funkelte es, als er antwortete: »Ich bin sicher, er will uns mit seiner List weismachen, dass unsere alten Regeln und Traditionen nicht mehr ausreichen würden und wir neue Gesetze bräuchten. Er will uns dadurch alle in Zugzwang bringen. Das wäre doch durchaus möglich, oder etwa nicht, Schwestern und Brüder?«

Diesmal war nicht nur dumpfes Gemurmel zu hören – Tumult brach aus. Auch wenn Palgyr es nicht beim Namen genannt hatte, der Vorwurf des Hochverrats stand im Raum. Heftige Debatten brachen aus, die sich beileibe nicht nur auf die beiden unterschiedlichen Lager begrenzten; selbst die Angehörigen derselben Partei waren geteilter Meinung. Der Riss ging quer durch den Rat, wie Palgyr zufrieden feststellte.

Es dauerte lange, bis es Semias gelang, wieder einigermaßen für Ruhe zu sorgen. In jüngerer Zeit hatte es kaum eine Ratssitzung gegeben, in deren Verlauf es nicht zu heftigen Auseinandersetzungen gekommen wäre; an einen Aufruhr wie diesen jedoch konnten sich selbst die ältesten Ratsmitglieder kaum erinnern …

»Wir alle kennen nun deine Meinung, Bruder Palgyr«, sagte Semias, nachdem sich die Gemüter wieder etwas beruhigt hatten. »Nun verrate uns endlich, welche Beweise du für die angebliche Verschwörung von Bruder Farawyn und Schwester Riwanon vorlegen kannst. Und ich würde dir raten, deine Worte mit Bedacht zu wählen, denn du bewegst dich auf sehr dünnem Eis.«

»Dessen bin ich mir bewusst, ehrwürdiger Vorsitzender«, erwiderte Palgyr elegant, »zumal es gegen deinen besten Schüler geht, nicht wahr?«

»Ich sagte dir schon, dass das eine nichts mit dem anderen zu tun hat«, verteidigte sich Semias, zu Palgyrs Entzücken und seinem eigenen Ärgernis; Palgyr hatte ihn in die Defensive gedrängt, und das machte ihn in den Augen der anderen Ratsmitglieder verdächtig. Palgyr wusste das. Er hatte einiges Geschick darin, andere zu manipulieren, und brachte dieses Talent rücksichtslos zum Einsatz.

»Natürlich«, sagte er mit listigem Grinsen. »Nun, seid alle versichert, dass ich sowohl meine als auch Sgruthgans Behauptung beweisen kann.«

»Dann los«, forderte Farawyn ihn auf, »ich habe nichts zu befürchten. Meine Loyalität gehört dem Rat und dem Orden.«

»Ebenso die meine«, behauptete Riwanon, deren Brust sich in heftigem Zorn hob und senkte.

»So?«, rief Palgyr. »Dann verrate uns, weshalb ihr euch ganz bewusst Novizen gewählt habt, die den Fortbestand sowohl des Ordens als auch dieses Rates infrage stellen!«

Erneut war Palgyr ein Manöver gelungen, mit dem niemand gerechnet hatte. Erst vor wenigen Tagen waren die Zauberer von ihrer *cwysta* zurückgekehrt, ihrer Suche nach jungen Novizen, die sie wie jedes Jahr in die entlegensten Teile des Reiches geführt hatte. Die Einführung der neuen Schüler und ihre Vorstellung vor dem Rat hatte noch nicht stattgefunden, von daher kam es unerwartet, dass Palgyr dieses Thema zur Sprache brachte.

»Inwiefern?«, wollte Semias wissen.

»Frag die beiden selbst«, forderte ihn Palgyr auf. »Ich bin sicher, sie werden dir viel zu erzählen haben.«

»Tatsächlich?«, wandte sich der Vorsitzende an Farawyn.

»Ich weiß nicht, was Palgyr meint«, behauptete dieser störrisch.

»So?«, hakte Palgyr nach. »Entspricht es etwa nicht den Tatsachen, dass du hingegen aller Tradition und unter Umgehung geltenden Rechts die Suche nach jenen, die das Schicksal mit *reghas* bedacht hat, diesmal auch auf die Städte der Menschen ausgedehnt hast?«

»Auf die Städte der Menschen?«, fragte Semias verunsichert.

»Und dass du dort«, fuhr Palgyr genüsslich fort, den Blick auf Farawyn gerichtet, »auf einen Menschen gestoßen bist, den du in die Geheimnisse unseres Ordens einzuweihen gedenkst?«

Erneut brach Unruhe aus. Zwischenrufe wurden laut, von denen nur die wenigsten Farawyn freundlich gesonnen waren. Palgyr war auf dem besten Weg, den gesamten Rat gegen seinen Rivalen aufzubringen – und dabei hatte er noch nicht einmal gelogen …

»Was hast du dazu zu sagen, Bruder Farawyn?«, fragte Semias seinen ehemaligen Schüler. »Sicher kannst du die Vorwürfe, die gegen dich erhoben wurden, entkräften.«

»Nein, ehrwürdiger Meister, das kann ich nicht«, gestand Farawyn rundheraus ein, womit er eine neue Welle der Empörung auslöste, tobender noch als die zuvor. Einige Zauberer des rechten Flügels begnügten sich inzwischen nicht mehr damit, ihn zu beschimpfen und mit wüsten Titulierungen zu versehen – hier und dort wurden auch Fäuste geballt und Zauberstäbe drohend gehoben.

»Haltet ein, Schwestern und Brüder!«, rief Semias und reckte beschwörend seinen eigenen Stab empor, doch dem Zorn der Menge war kaum beizukommen. Die Tatsache, dass sich Farawyn erdreistet hatte, einen unwürdigen Menschen in die geheiligten Hallen von Shakara zu bringen, und das hinter dem Rücken des Rates, ließ viele Zauberer, auch jene, die bisher eher auf seiner Seite gestanden hatten, in wildem Zorn entbrennen. Der Vorsitzende musste erneut seine ganze Autorität aufbringen, um die Aufmerksamkeit der Ratsmitglieder zurückzugewinnen.

»Haltet ein!«, rief er noch einmal, und die Falten in seinem von schlohweißem Haar umrahmten Gesicht schienen während der letzten Augenblicke noch tiefer geworden zu sein. »Haltet ein, meine Freunde! Zu allen Zeiten hatte ein jedes Ratsmitglied das Recht, sich zu verteidigen. Wollt ihr eurem Bruder Farawyn dies verweigern?«

Die Reaktion der Ratsmitglieder fiel unterschiedlich aus. Einige schienen sich zu besinnen, andere bebten immer noch vor Zorn und starrten Farawyn feindselig an. Aber auch sie achteten die Autorität des Ältesten.

»Nur zu«, verlangte Palgyr spöttisch. »Er soll sich erklären dürfen – auch wenn er den Frevel bereits gestanden hat.«

Hier und dort wurde zwar noch gemurrt und gegrummelt, der Aufruhr jedoch hatte sich gelegt. Alle Blicke richteten sich auf Farawyn, dem in diesem Moment klar wurde, wie sich ein überführter Verbrecher auf der Anklagebank fühlen musste.

Alleingelassen.

Schuldig.

Von allen gehasst …

»Es ist wahr, meine Freunde«, gab er noch einmal zu, »ich bin in den Städten der Menschen gewesen. Und ich habe einen Menschen gefunden, der« – Farawyn ließ den Blick über die Reihen der Ratsmitglieder schweifen – »über eine Gabe verfügt.«

Es war, als hätte man ein Hornissennest in die Halle geworfen.

»Frevel, Frevel!«, rief Sgruthgan aufgebracht. »Weshalb dichtest du ausgerechnet diesen nichtswürdigen barbarischen Menschen ein solches Privileg an?«

»Barbarisch mögen die Menschen wohl sein«, räumte Farawyn ein, »aber sie sind uns auch ähnlich.«

»Uns ähnlich?«, rief Palgyr. »In welcher Hinsicht?«

»In vielerlei Hinsicht«, erklärte Farawyn zum Ärger seiner Mitelfen. »Sie gleichen uns, so wie wir einst gewesen sind, vor vielen tausend Jahren. Noch sind sie jung und unreif, aber in ihnen schlummert großes Potenzial. Sobald sie lernen, es zu nutzen, wird ihr Zeitalter beginnen – und unseres zu Ende gehen.«

»Blasphemie!«, rief Palgyr, kreischte es gar, dass sich seine Stimme fast überschlug. »Er beleidigt das ehrwürdige Elfengeschlecht!«

»Ich beleidige das Elfengeschlecht nicht mehr und nicht weniger als jeder Einzelne von euch«, konterte Farawyn, »denn eure Wut zeigt mir, dass euch diese Gedanken nicht neu sind. Wut wird von Furcht genährt, und eure Furcht beweist, dass ihr alle schon längst wisst, was ich euch gerade offenbarte.«

»Sag konkret, was du damit meinst!«, forderte Semias ihn auf, und es wurde wieder still im Saal; gespanntes Schweigen breitete sich aus.

»Dass wir in einer Zeit der Veränderung leben, *nahad*«, antwortete Farawyn, »in einer Zeit des Umbruchs. Ein altes Zeitalter geht, ein neues zieht herauf. Wer dies nicht sieht oder nicht sehen will, der ist ein Narr.«

»So sind wir deiner Meinung nach wohl alle Narren?«, fragte Palgyr lauernd.

»Ein Narr ist jeder, der seine Augen vor der Welt verschließt«, beschied Farawyn ihm ruhig. »Den Orden von Shakara gibt es nicht deshalb seit Jahrtausenden, weil er sich der Wirklichkeit verweigert hätte, sondern weil er sie zu allen Zeiten hinterfragt und sich ihr angepasst hat, immer und immer wieder. Es war ein schmerzlicher Prozess, der viele Opfer gekostet hat, aber als Lohn dafür existiert der Orden noch immer. Über die Jahrtausende hinweg hat er Bestand gehabt, weil seine Mitglieder es stets verstanden haben, die veränderten Gegebenheiten zu erkennen und darauf zu reagieren. Wir haben Drachen getrotzt und Könige gekrönt, haben dem Bösen die Stirn geboten und im Großen Krieg gekämpft. Nun stehen wir erneut vor einem Scheideweg, meine Freunde, und wir müssen uns überlegen, wohin der Pfad uns führen soll, den wir einschlagen – zurück in die Vergangenheit oder in eine neue, vielversprechende Zukunft.«

»Die alte Leier«, konterte Palgyr. »Als Nächstes wirst du uns wieder weismachen wollen, unsere Gesetze und Traditionen bedürften einer grundlegenden Reformierung …«

»Sie aus deinem Lästermaul zu hören, mindert nicht den Wert meiner Botschaft, Bruder Palgyr«, entgegnete Farawyn ungerührt. »Unser Orden wie unser ganzes Volk stehen vor einer einfachen

Wahl: Entweder wir bleiben, was wir sind, und gehen kämpfend unter, oder aber wir passen uns an …«

Palgyr fiel ihm ins Wort: »Wem denn? Den Menschen?«

»Allerdings.«

»Aber Bruder Farawyn, das sind Primitive«, wandte eine junge Zauberin namens Maeve ein. »Sie sind ebenso streitsüchtig wie grausam und kennen keine Kultur.«

»Damit magst du recht haben, Schwester«, gab Farawyn zu. »Dennoch könnten uns die Menschen eines Tages als die Herren von Erdwelt beerben. Denn anders als etwa die Zwerge, die sich in ihrer schlichten Einfalt gefallen, verfügen die Menschen über die Fähigkeit, sich selbst zu reflektieren und sich daher zu entwickeln. Bald schon könnten sie uns ebenbürtig sein, wenn nicht sogar in mancher Hinsicht überlegen.«

»Lächerlich«, schnaubte Palgyr.

»Und wenn ich dir sage, dass ich es *gesehen* habe?«

»Deine seherische Gabe in allen Ehren, Farawyn«, winkte Palgyr ab, »aber in diesem Fall könnte sie auch deiner Eitelkeit erlegen sein.«

»Und wenn nicht?«, fragte Farawyn. »Was dann? Können wir es uns leisten, dieses Risiko einzugehen? Der junge Mensch, den ich gefunden habe, verfügt über eine höchst erstaunliche Fähigkeit, wie keiner von uns sie besitzt.«

»Unmöglich!«, rief jemand.

»Ich gebe zu, es ist schwer zu glauben«, räumte Farawyn ein, »aber unter den Menschen gibt es ebenfalls solche, die das Schicksal zu Höherem ausersehen hat. Was, wenn die Sterblichen irgendwann von sich aus einen Orden von Zauberern heranbilden? Könnten wir uns das leisten? Wenn wir die Menschen von unseren Erkenntnissen ausschließen, werden sie auf eigene Faust mit ihren Kräften experimentieren. Wir alle wissen, wie verlockend es ist, über Fähigkeiten zu verfügen, wie kein anderer sie hat. Selbst unter uns Elfen hat es Zauberer gegeben, die der Versuchung erlegen sind, und wir alle wissen um die Schwäche und die Unvollkommenheit der Menschen. Wollen wir also riskieren, dass sie in ihren Reihen Zauberer haben – und dass diese Zauberer irgendwann zu unseren Feinden werden?«

Schweigen hatte sich in der Ratshalle ausgebreitet. Selbst jene, die sich zuvor noch lautstark empört hatten, waren nachdenklich geworden, abgesehen von Palgyr und seinen Vertrauten, die verdrossen dreinblickten und kein Hehl daraus machten, was sie von Farawyns Einstellung hielten.

»Auch mir ist der Gedanke nicht wirklich willkommen, Menschen in unseren Orden aufzunehmen und sie an Geheimnissen teilhaben zu lassen, die das stolze Elfengeschlecht über Jahrtausende bewahrt und gehütet hat«, fuhr Farawyn fort. »Aber die Menschen klopfen an das Tor der Geschichte, und es liegt an uns, es ihnen zu öffnen, bevor sie es einrennen. Die Menschen mögen jung sein und unerfahren und bisweilen auch grausam und brutal, aber ihnen sind auch ein gesunder Ehrgeiz und Wissbegier zu eigen. Sie sind – wie ich schon sagte – in vielerlei Hinsicht so, wie wir vor vielen tausend Jahren waren, schon deshalb sollten wir uns ihrer annehmen. Oder wir stellen uns ahnungslos und warten, bis sie so mächtig geworden sind, dass sie uns gefährlich werden – aber ich für meinen Teil hätte die Menschen lieber zum Freund als zum Feind.«

Vereinzelt wurden wieder Gespräche aufgenommen, aber nicht mehr zornig und voller Unmut wie zuvor, sondern sehr viel besonnener. Farawyns Rede hatte viele wenn schon nicht umgestimmt, so doch nachdenklich gemacht. Sogar der weise Semias schien die Angelegenheit in einem anderen Licht zu sehen.

»Gut gesprochen, Bruder Farawyn«, sagte er. »Aus deinen Worten muss jedem, der guten Willens ist, ersichtlich werden, dass du nur das Wohl des Ordens im Blick hast. Und ich gebe dir recht: Ein Bündnis mit den Menschen ist einem Krieg mit ihnen jederzeit vorzuziehen.«

»Das ist lächerlich«, wandte Palgyr ein, der erstaunlich lange an sich gehalten und geschwiegen hatte. Wahrscheinlich, so nahm Farawyn an, hatte er sich ausgerechnet, dass es ihn in den Augen der anderen Zauberer ins Unrecht setzen würde, wenn er zu früh Einspruch erhob. Also hatte er seinen Rivalen zunächst seine Argumente vortragen lassen – um sie nun in Bausch und Bogen abzuschmettern.

»Ihr wollt den Menschen Zugang zu unseren Geheimnissen gewähren! Zu den Mysterien, die seit Tausenden von Jahren von unserem Orden gehütet werden! Ihr seid Narren! Wer von euch je mit Menschen zu tun hatte, weiß, dass sie Barbaren sind, Primitive, die nur ihren Instinkten folgen, und sie werden auch nie etwas anderes sein. Ihrem Aussehen nach mögen die Menschen uns ähneln – innerlich jedoch unterscheiden sie sich kaum von den Unholden der Modermark.«

»Vielleicht, Bruder Palgyr«, konterte Semias, noch ehe Farawyn etwas entgegnen konnte, »solltest du nicht ausgerechnet die Orks zum Vergleich heranziehen – denn sie haben mehr mit uns gemein, als uns lieb sein kann, wie du weißt.«

»Und also?«, tönte Palgyr und breitete effektheischend die Arme aus. »Willst du uns vorschlagen, als Nächstes auch die Unholde an die magischen Mysterien heranzuführen?«

»Das hat er weder gesagt noch gemeint«, sprang Farawyn dem Ältesten bei. »Aber wir alle wissen, dass die Orks das Ergebnis eines fehlgeleiteten Experiments sind, das einst ein Abtrünniger dieses Ordens mit treulosen Söhnen und Töchtern des Elfengeschlechts durchgeführt hat.«

»Margok«, rief Palgyr aus, worauf nicht wenige in der Halle, unter ihnen auch Semias, nervös zusammenzuckten. »Ich scheue mich nicht, seinen Namen auszusprechen, denn der Verräter ist nicht mehr – und wir alle sollten uns davor hüten, seinen dunklen Pfaden jemals wieder zu folgen.«

»Was willst du damit sagen?«, fragte Farawyn scharf.

»Ich sage nur, dass wir den Anfängen wehren müssen. Auch Margok wollte den Zauberern einreden, dass sie in veränderten Zeiten leben und sich ihnen anpassen müssten – und wie wir alle wissen, hatte er in Wahrheit nichts als seinen eigenen Vorteil im Sinn. Die Welt musste einen hohen Blutzoll zahlen, damit die begangenen Fehler korrigiert werden konnten. Hätte man Margoks Ziele früher erkannt und seinem Treiben Einhalt geboten, wäre den Völkern Erdwelts viel erspart geblieben.«

»Und was bedeutet das nun wieder?«, fragte Farawyn verärgert. »Dass wir uns bis in alle Ewigkeit sämtlichen Veränderungen verweigern sollen? Dass wir die Augen verschließen sollen vor dem, was in der Welt vor sich geht?« Dass sein Rivale ihn in die Nähe des Dunkelelfen rückte, konnte er noch als Polemik durchgehen lassen. Aber er würde es nicht dulden, dass Palgyr die traumatische Erfahrung des Krieges zum Instrument seiner Politik machte. »Wenn wir das tun, Schwestern und Brüder, wenn wir uns der Welt und ihren Veränderungen verweigern, wird dieser Orden schon bald zu einer Versammlung greiser Schwätzer verkommen, die keine Ahnung haben von dem, was draußen in der Wirklichkeit vor sich geht. Dass die Zeiten sich ändern, ist eine Tatsache, an der wir nicht vorbeikommen – ihr nicht und auch Palgyr nicht!«

»Aber ich bin nicht bereit, dafür all unsere Prinzipien mit Füßen zu treten«, entgegnete dieser.

»Das tun wir nicht, sondern wir passen unsere Prinzipien lediglich den Bedingungen an«, sagte jemand mit fester, sonorer Stimme – es war Cethegar, der Stellvertretende Ratsvorsitzende.

Die Augen des alten Zauberers, über denen sich buschige Brauen wölbten, blitzten in kaltem Zorn, und die zahllosen Zöpfe, zu denen sowohl sein graues Haupthaar als auch sein langer Bart geflochten waren, schienen vor Wut zu beben. Bislang hatte Cethegar der Versammlung wortlos gelauscht, wie es die Art des finster blickenden, wortkargen Zauberers war. Nun jedoch konnte er nicht länger schweigen.

»Ich weiß, dass die Furcht vor Veränderung euch in ihren Klauen hält, Schwestern und Brüder, aber ihr dürft euch nicht zu ihrem Sklaven machen. Farawyn hat recht, wenn er euch zu mehr Offenheit gemahnt, und er tut gut daran, nicht nur an die Vergangenheit des Ordens zu denken, wie das manche hier tun, sondern auch an seine Zukunft.«

»Ich danke dir, Vater Cethegar«, sagte Farawyn und verbeugte sich.

»Danke mir nicht zu früh«, knurrte der Graue, »denn mein Zorn trifft auch dich. Niemals hättest du eine solch weitreichende Entscheidung allein treffen dürfen, Bruder Farawyn. Du hättest deine Pläne hier im Rat vortragen müssen, und wir hätten sie gebührend diskutiert. So jedoch hast du deine Ordensschwestern und -brüder in Zugzwang gebracht, und das in voller Absicht.«

»Das bedaure ich aufrichtig«, erwiderte Farawyn ohne Zögern, »und ich nehme deine Rüge demütig an, Vater Cethegar. Aber als ich jenen Menschen fand, musste ich handeln. Es blieb keine Zeit für Beratungen. Ich musste eine Entscheidung treffen, und das habe ich getan – jetzt muss ich euch alle bitten, mir zu vertrauen und diese Entscheidung zu billigen.«

Er hatte in die Weite der Halle gesprochen, und manches Ratsmitglied, das zuvor noch verkniffen dreingeblickt und Palgyrs Argumentation gefolgt war, schien inzwischen zu schwanken. In den Augen der meisten Zauberer hatte beider Meinung etwas für sich, sowohl die des wilden und ungestümen Farawyn als auch jene Palgyrs, der vor allem bei den älteren Zauberern hohes Ansehen genoss.

Cethegar und Semias traten zueinander, um sich kurz auszutauschen. Gewöhnlich tat man dies mittels der Kobolde, doch der Zutritt zum Ratssaal war den Wesen mit ihrer erstaunlichen Begabung verwehrt, und so mussten die Zauberer unmittelbar miteinander kommunizieren.

»Schwestern und Brüder«, sagte Semias schließlich und hob dabei einmal mehr Respekt gebietend den Zauberstab. »Farawyn mag falsch gehandelt haben, doch obwohl wir die Einwände von Bruder Palgyr ernst nehmen und für wichtig erachten, können wir in Farawyns Verhalten keine Freveltat noch eine verräterische Absicht erkennen. Über eine Bestrafung Bruder Farawyns wird deshalb hinweggesehen …«

»Wie überraschend«, knurrte Palgyr.

»… stattdessen werden wir darüber abstimmen, ob der Mensch als Novize in Shakara aufgenommen wird oder nicht. Jeder von euch möge über seine Entscheidung nachdenken, die nicht nur unseren Orden, sondern die ganze Welt betrifft. Wenn wir das nächste Mal zusammentreffen, verehrte Schwestern und Brüder, wird sich zeigen, wessen Ideen die größere Anhängerschaft gefunden haben – die Farawyns oder Palgyrs.«

»Eine weise Entscheidung, Vater«, entgegnete Palgyr beflissen. Ihm war anzusehen, dass ihm der Aufschub gelegen kam; wahrscheinlich, so vermutete Farawyn, würde er nichts unversucht lassen, um zumindest jene im Rat, die ihre Wahl noch nicht endgültig getroffen hatten, auf seine Seite zu ziehen.

»Ganz gleich, wie die Entscheidung ausfällt«, fügte Cethegar hinzu, dessen stechender Blick zwischen den beiden Rivalen hin und her pendelte, »ein jeder von euch wird sich ihr beugen und keinen Versuch unternehmen, sie auf wie auch immer geartete Weise zu umgehen. Ist das klar?«

Farawyn und Palgyr sahen ihn an. Vater Semias mochte die fleischgewordene Sanftmut sein – Cethegar hingegen verkörperte trotz oder gerade wegen seines hohen Alters gleichermaßen Willensstärke wie Entschlossenheit. Farawyn hatte kein Problem damit. Ein klares Wort war ihm allemal lieber als jene hinterhältigen Ränke, die Palgyr und seine Anhänger zu schmieden pflegten.

»Verstanden, Vater«, sagte er deshalb und nickte knapp, worauf sich sein Rivale zu einer wortreichen Erklärung hinreißen ließ, in der er noch einmal den hohen Wert der Tradition und unantastbarer Gesetze beschwor.

»Gut«, stellte Semias anschließend erleichtert fest, »damit ist die Sache einstweilen beigelegt. Ich möchte nicht, dass ...«

»Verzeiht, *nahad*, aber das ist sie keineswegs«, wandte Riwanon ein, die gemeinsam mit Farawyn von Palgyr beschuldigt worden war. »Bruder Palgyr hat auch mich der Verschwörung bezichtigt, und ich frage mich immer noch, mit welchem Recht er dies getan hat. Denn weder wusste ich, dass sich Farawyn in den Städten der Menschen aufgehalten hat, noch dass er von dort einen Aspiranten mitbrachte.«

»Das stimmt«, sagte Palgyr, »aber du solltest dich dennoch nicht unwissend geben, Schwester Riwanon.«

»Worauf willst du anspielen?«, fragte die Zauberin spitz.

»Dass auch du eine Novizin in Shakara einzuführen gedenkst, die dem Orden mehr Not denn Nutzen bereiten wird.«

»Tatsächlich?«, fragte Riwanon, während sie überlegte, wie der andere davon Wind bekommen haben konnte.

»Tatsächlich«, bestätigte Palgyr und legte eine Kunstpause ein – um sodann einen erneuten Sturm der Entrüstung in der Ratshalle zu entfesseln. »Ihr Name ist Alannah. Sie wurde aus den Ehrwürdigen Gärten von Tirgas Lan verstoßen und ist eine geständige Mörderin!«

10. DAIFODUR

»Nun? Wie ist es ausgegangen?«

Riwanon, die zusammen mit Farawyn im Nebenraum der Ratshalle gewartet hatte, konnte vor Neugier kaum an sich halten. Da es bei der Beratung und der anschließenden Abstimmung um ihrer beider Novizen gegangen war, hatte man Farawyn und sie von der Ratssitzung ausgeschlossen. Ungewöhnlich lange hatte sich die Besprechung der übrigen Zauberer hingezogen, doch obwohl Semias und Cethegar, die beiden Ältesten des Rates, müde und erschöpft wirkten, als sie den Nebenraum betraten, wirkten sie zufrieden.

»Es ist gut«, sagte Semias und lächelte. »Der Mensch kann bleiben. Mit einer knappen Mehrheit hat der Rat für ihn eine Ausnahme beschlossen und ihn als Farawyns Schüler in Shakara aufgenommen – allerdings nur auf Probe. Sollte er sich etwas zuschulden kommen lassen oder sich der ihm erwiesenen Ehre als unwürdig erweisen, wird er der Ordensburg verwiesen und darf niemals zurückkehren.«

»Das ist nur recht«, meinte Farawyn; ein erleichtertes Lächeln suchte man jedoch vergeblich in seinen Zügen. »Wie hat Palgyr die Entscheidung aufgenommen?«

»Er trägt sie mit Fassung«, antwortete Cethegar. »Allerdings war es denkbar knapp. Palgyr und seine Anhänger haben ganze Arbeit geleistet. Nur eine knappe Mehrheit war am Ende noch auf deiner Seite.«

»Dennoch eine Mehrheit«, sagte Farawyn. »Das ist alles, was ich wollte.«

»Du siehst viel in diesem Menschen, nicht wahr?«, fragte Semias.

»Allerdings, *nahad*. Ich denke, dass er das Zeug hat, einst ein großer Zauberer zu werden. Die Gabe, die ihm verliehen wurde, ist mehr als außergewöhnlich, und ich vermute, dass er sie noch um ein Vielfaches steigern kann.«

»Wir werden sehen«, sagte Cethegar beschwichtigend. »Zuerst jedoch sollte er ein Bad nehmen – diese Menschen pflegen zu stinken wie ein ganzer Pferch Schweine. Und wenn er hier unter uns leben soll, musst du ihm Manieren beibringen.«

»Natürlich, Vater.«

»Und was ist mit Alannah?«, fragte Riwanon vorsichtig. Sie hatte die junge Elfin, die sie aus dem Kerker befreit hatte, in ihr Herz geschlossen. Seit ihrer Abreise aus Tirgas Lan hatte sie Gelegenheit gehabt, Alannah näher kennenzulernen, und dabei festgestellt, dass hinter der schönen Fassade ein nicht minder anmutiger Geist wohnte, dessen Klugheit und Besonnenheit die Zauberin beeindruckt hatten. Sie brannte darauf, Alannah als Schülerin zugeteilt zu bekommen und sie in den Geheimnissen der Magie zu unterweisen …

»Auch sie darf bleiben«, antwortete Semias zu Riwanons Freude. »Der Orden gewährt ihr Zuflucht und Schutz – aber die Entscheidung darüber war noch knapper als jene über den Menschen. Bitte sag mir, mein Kind, was hat dich geritten, ausgerechnet diese Elfin nach Shakara zu bringen?«

»Alannah ist keine Mörderin. Nach allem, was ich von Lordrichter Mangon erfahren habe, hat dieser Menschenjunge durch seine Dummheit und Dreistigkeit sein unrühmliches Ende selbst verschuldet. Alannah entfesselte in ihrer Bedrängnis unbewusst Kräfte, die bisher unerkannt in ihr schlummerten. Sie wollte dem Menschen nichts antun, und sie der Politik zu opfern, wäre das wirkliche Verbrechen gewesen.«

»Auf welche Weise hast du davon erfahren?«, wollte Semias wissen.

Riwanon überlegte. »Ich glaube, Níobe hörte es als Erste – der übliche Tratsch unter Kobolden.«

»Wieso fragst du, alter Freund?«, wandte sich Cethegar an Semias. »Vermutest du etwas?«

»Ich bin mir nicht sicher.« Semias schüttelte das weiße Haupt. »Ich fürchte nur einfach, dass etwas vor sich geht. Etwas Bedrohliches …«

»Auch ich empfinde das«, stimmte Farawyn zu.

»Hast du etwas gesehen?«, erkundigte sich Cethegar.

»Nein.« Farawyn schüttelte den Kopf. »Jedenfalls nichts Konkretes.«

Im Lauf der Zeit hatte er sich daran gewöhnt, dass ihn Träume und Ahnungen heimsuchten, die mehr waren als Reflexionen seines inneren Selbst. Die Vergangenheit spiegelte sich darin, doch bisweilen gaben sie auch Ausblick auf die Zukunft, allerdings in Form abstrakter Bilder und Eindrücke, die sich häufig nicht in Worte fassen ließen. Farawyn hatte gelernt, mit dieser Gabe zurechtzukommen. Während andere Zerstreuung fanden, indem sie sich an Literatur, Musik und Tanz erfreuten und an den Farben des Lichts, waren Farawyns düstere Ahnungen sein ständiger Begleiter. Eine finstere Wolke schien über ihm zu schweben, und entsprechend bedrückend war seine Ausstrahlung.

»Dennoch hegst du eine Befürchtung«, hakte Semias nach.

»Ja, *nahad*«, gestand Farawyn zögernd. »Palgyr …«

»Es ist bekannt, dass Palgyr und du Rivalen seid, schon seit langer Zeit«, fiel ihm der alte Ordensmeister ins Wort. »Aber du solltest Rivalität nicht mit Übelwollen verwechseln. Palgyr mag in vielerlei Hinsicht anders sein als du, abweichende Ansichten vertreten und manche Dinge in einem anderen Licht sehen. Dennoch ist er ein geachtetes Mitglied des Hohen Rates, und er würde niemals etwas tun, das dem Orden oder dem Reich schaden könnte.«

»Seid Ihr Euch da ganz sicher, *nahad*?«

»Wenn du derartige Verdächtigungen gegen einen Mitbruder aussprichst«, entgegnete Cethegar hart, »erfüllt dich entweder tiefe Missgunst, oder du musst handfeste Beweise haben.« Er sah Farawyn mit seinen stechenden Augen an. »Hast du solche Beweise?«

Farawyn senkte das Haupt. »Nein, ehrwürdiger Vater.«

»Lass nicht zu, dass deine Rivalität mit Palgyr dein Urteilsvermögen trübt, Farawyn«, mahnte Semias.

Farawyn nickte. »Wir leben in einer ungewissen Zeit, einer Zeit des Umbruchs. Noch sind wir Elfen die dominierende Rasse Erdwelts. Aber diese Tage sind, davon bin ich überzeugt, gezählt.«

Semias hob mahnend den Zeigefinger. »Obwohl ich letztendlich auf deiner Seite stehe, Farawyn, muss ich dir sagen, dass ich längst nicht so radikal bin wie du, denn ohne unsere Traditionen und Werte sind wir Elfen nichts.«

»Wir müssen uns verändern, *nahad*«, war Farawyn überzeugt. »Wir müssen die neuen Zeiten erkennen und uns ihnen anpassen, auch wenn das heißt, uns von überkommenen Regeln zu verabschieden.«

»Und was dann?«, fragte Cethegar. »Es gibt nicht wenige unter uns, die keine Existenz einem Leben ohne Tradition jederzeit vorziehen würden. Was du überkommen nennst, gibt ihnen Halt und Sicherheit, deshalb darfst du nicht zu sehr daran rütteln.« Er sah Farawyn und Riwanon an. »Ihr beide habt heute zwei Siege davongetragen, damit gebt euch fürs Erste zufrieden – auch wenn der zweite Sieg kein ganzer war.«

»Wieso?«, fragte Riwanon, die sofort begriff, dass diese Einschränkung sie beziehungsweise Alannah betraf. »Was heißt das?«

Semias seufzte schwer. »Die Abstimmung in Alannahs Fall fiel wie gesagt ziemlich knapp aus, und die Gegenseite war zutiefst empört. Um die erhitzten Gemüter zu besänftigen, unterbreitete Palgyr einen Vorschlag.«

»Was für einen Vorschlag?«, fragte Farawyn misstrauisch.

»Er vertrat die Ansicht, man könne Alannahs Charakter besser beurteilen und sich eher eine objektive Meinung über sie bilden, wenn nicht Riwanon ihre Meisterin sei.«

»Was?«, schnappte die Zauberin. »Was unterstellt er mir!«

»Er unterstellt dir gar nichts«, sagte Semias. »Doch um die Gegenseite zu beschwichtigen und damit sich der Rat über diese Frage nicht entzweit, unterstützte ich Palgyrs Vorschlag.«

»I-ich verstehe.« Riwanon nickte, doch Tränen der Enttäuschung blitzten in ihren wasserblauen Augen. »Ihr habt richtig gehandelt, *nahad*. Nur frage ich mich, was Palgyr mit einem solchen Manöver bezweckt.«

»Er führt irgendetwas im Schilde«, war Farawyn überzeugt. »Wenn ich nur wüsste …«

»So weit würde ich nicht gehen.« Semias wandte sich mit seinen nächsten Worten wieder an die Zauberin. »Palgyr hegte lediglich die Befürchtung, du könntest voreingenommen sein und deiner Schülerin nicht mit der erforderlichen Distanz begegnen – und ich denke, dass sich das auch nicht ganz von der Hand weisen lässt.«

»Und wer soll jetzt Alannahs Meister werden?«, fragte Riwanon wütend. »Etwa sein Handlanger Cysguran?«

»Nicht Cysguran«, sagte Cethegar, »sondern ich!«

Diese Antwort erstaunte die Zauberin zwar zunächst, beruhigte sie aber auch ein wenig. »Zu wissen, dass sie von jenem Meister unterwiesen wird, der auch mich in die magischen Geheimnisse einführte, ist mir ein großer Trost, Vater«, sagte sie und verbeugte sich.

»Hm«, machte der alte Zauberer nur und nickte knapp, während sich seine buschigen Brauen grimmig zusammenzogen – wie immer, wenn er allzu warmherzige Gefühle zu verbergen suchte. »Ich werde alles daransetzen, aus dem Mädchen ein gutes und wertvolles Mitglied unseres Ordens zu machen. Aber eines steht schon jetzt fest.«

»Was, Vater?«, fragte Riwanon.

»Sie ist nicht du«, entgegnete Cethegar leise, und Riwanon brauchte einen Moment, um seine Worte als Kompliment zu verstehen. Cethegar war ebenso bekannt wie berüchtigt dafür, ein besonders strenger Lehrer zu sein, der seine Schüler aufs Äußerste forderte, jedoch geizig war mit Anerkennung und Lob. Dass er ihr eine solche Achtung entgegenbrachte, half Riwanon ein wenig über die Niederlage – nun, über die teilweise Niederlage – hinweg.

»Und wen werde ich unterrichten?«, fragte sie.

»Ein vornehmer junger Elf aus ruhmreichem Hause«, eröffnete Semias lächelnd, »der mit einer ganz besonderen Gabe gesegnet ist …«

»… und ein wenig Schliff durchaus gebrauchen kann«, fügte Cethegar grummelnd hinzu.

11. GALWALAS

Alles hatten sie ihm genommen.

Seinen Besitz.

Seine Kleider.

Und seinen Stolz.

Aldur hockte in der winzigen Zelle, deren Boden, Wände und Decke aus purem Eis bestanden und deren einzige Einrichtung ein Loch im Boden war, und er fror jämmerlich.

Doch er zitterte nicht nur vor Kälte, sondern auch vor Wut. Wut über den Elfen, der ihn hier eingesperrt hatte – und Wut über sich selbst.

Er kam einfach nicht darüber hinweg, dass er in einem der mächtigsten Zauberer des Ordens nur einen gemeinen Pförtner gesehen hatte, und er fragte sich, ob man ihn wohl überhaupt jemals wieder aus dieser Zelle herauslassen würde.

Er musste an zu Hause denken, an den väterlichen Hain, und er verspürte das starke Verlangen, dorthin zurückzukehren und alle magischen Ambitionen fahren zu lassen.

Schon im nächsten Moment jedoch ermahnte er sich selbst. Ein einzelner ihm übel wollender Zauberer würde nicht ausreichen, um ihn vom Traum seines noch jungen Lebens abzubringen. Solange er denken konnte, hatte er nichts anderes gewollt, als in den Orden einzutreten und ein Weiser zu werden. Auf dieses Ziel hatte er seine ganze Jugend lang hingearbeitet, und er würde es nicht aufgeben, nur weil er in eine hinterhältige Falle getappt war, die man ihm aus Böswilligkeit oder Neid oder warum auch immer gestellt hatte.

Niemals!

Aldur begann zu meditieren, so wie Meister Cysguran es ihm geraten hatte. Und das half: Während er nackt und mit verschränkten Beinen auf dem eisigen Boden saß, die Handflächen aneinander gepresst und die Augen geschlossen, spürte er kaum mehr die Kälte, die er eben noch als unerträglich empfunden hatte. Was sie ihm auch nehmen und wie sie ihn auch demütigen mochten, er war entschlossen, sich durch nichts und niemanden von seinem Weg abbringen zu lassen – und im Kosmos seiner eigenen Gedanken, in Selbstvergessenheit und Kontemplation, fand er die innere Ruhe, die er brauchte, um Raum und Zeit hinter sich zu lassen und neue Kraft zu schöpfen für Körper und Geist.

Wie lange er in diesem Zustand verharrte, wusste er nicht. Die Meditation endete abrupt, als die Tür seiner Zelle plötzlich geöffnet wurde. Abrupt fand er sich in der Wirklichkeit wieder.

»J-ja?«, fragte er und erschrak über den krächzenden Klang seiner Stimme.

Es ist so weit, erhielt er zur Antwort – eine Antwort, die er nur in seinem Kopf hörte. *Geh deinem Schicksal entgegen, Aldurans Sohn!*

Sehnlich hatte Aldur auf diesen Augenblick gewartet, doch als er sich aus dem Schneidersitz erheben wollte, versagten ihm die blutleeren Beine den Dienst, und er brach zusammen.

Es dauerte eine ganze Weile, bis es ihm gelang, sich zu erheben. Dann folgte er der Stimme mit steifen Schritten nach draußen in den Gang. Zunächst bedeckte er noch seine Blöße mit den Händen, aber dann scherte er sich nicht mehr darum. Er fühlte sich frei und innerlich gestärkt, und ob bekleidet oder nicht, er würde dem Schicksal entgegengehen, so wie die lautlose Stimme es ihm gesagt hatte.

Am Ende des Korridors war gleißend helles Licht, das ihn zu locken schien.

Geh nur. Geh …

Aldur schritt auf das Licht zu, die ersten Meter noch unsicher und auf wackeligen Beinen, dann immer festeren Schrittes. Er blinzelte, doch seine Augen gewöhnten sich rasch an den grellen Schein, der ihn im nächsten Moment erfasste und ganz einhüllte.

Gut so. Bleib stehen.

Aldur kam auch dieser Aufforderung nach – und hatte plötzlich das Gefühl, dass unzählige Augenpaare auf ihn gerichtet waren und ihn intensiv musterten. Um seine Nacktheit scherte er sich nicht mehr, die innere Ruhe gab ihm Stärke und Vertrauen in sich selbst.

»Aldur, des Aldurans Sohn«, erklang eine Stimme wie Donnerhall. »Aus welchem Grund bist du hier?«

»Um Aufnahme zu erbitten in den Orden und in die ehrwürdigen Hallen von Shakara«, antwortete Aldur. Es war eine Formel. Als Kind schon hatte er diese Worte auswendig lernen müssen. »Um Vollkommenheit zu erlangen im Umgang mit der Gabe, die mir verliehen wurde. Und um dem Orden, dem Reich und der Krone zu dienen«, fügte er hinzu.

»Gut gesprochen«, scholl es zurück. »So ergeht meine Frage an euch, Schwestern und Brüder des Ordens von Shakara. Sollen wir diesen jungen Mann, dessen Vater ebenfalls einst Mitglied unserer Gemeinschaft war, in unseren Kreis aufnehmen? Sollen wir ihn unterweisen in der Kunst der Magie und ihn teilhaben lassen an ihren Geheimnissen?«

»Einiges spricht dagegen«, ließ sich eine Stimme vernehmen, in der Aldur die von Cethegar erkannte. »Seine Begabung mag außergewöhnlich sein und seine Abstammung makellos, dennoch habe ich Züge an ihm entdeckt, die eines Weisen unwürdig sind. Eingebildet ist er und überheblich ...«

»D-das weiß ich, ehrwürdiger Meister«, gab Aldur freimütig zu, der das Gefühl hatte, unbedingt etwas sagen zu müssen; da er nichts sehen konnte, sprach er einfach in das gleißende Licht. »Und ich gelobe Besserung ...«

»Was weiß ein Affe vom Fliegen?«, fragte Cethegar dagegen. »Kannst du Dinge versprechen, die du niemals kennengelernt hast? Hochmütig bist du und selbstverliebt. In diesen Mauern hingegen werden Demut und Weisheit gelehrt. Wirst du diese Dinge je begreifen?«

»Das kann ich«, versicherte Aldur, und spontan sank er auf die Knie. Es widerstrebte ihm, das Haupt vor jemandem zu beugen, den er noch nicht einmal sah, und die herablassende Art des Ordensmeisters verletzte ihn zutiefst – aber noch ungleich größer war seine Furcht, abgewiesen zu werden und wieder in den väterlichen Hain zurückkehren zu müssen. Denn was hätte er in diesem Falle tun sollen? Sein ganzes bisheriges Leben wäre auf einmal völlig sinnlos gewesen. Er musste in den Augen der Zauberer Gnade finden!

Seine Hemmungen fielen wie zuvor seine Kleider. Es war ihm gleichgültig, wie sehr sie ihn demütigen und verlachen würden, so wie ihm seine Nacktheit gleichgültig geworden war. Nicht länger war er der Sohn eines Elfenfürsten und Zauberers, sondern nur noch eine elende Kreatur, die darum bettelte, mehr werden zu dürfen.

»Dennoch«, sagte plötzlich eine andere Stimme, die ungleich weicher und versöhnlicher klang als die des gestrengen Cethegar, »verfügt Aldur über eine große Gabe, die das Schicksal ihm sicher nicht von ungefähr verliehen hat.«

»Wo viel Licht ist, ist auch tiefer Schatten«, knurrte Cethegar.

»Er wird Anleitung brauchen. Das Verständnis eines erfahrenen Lehrers, der ihm beibringt, das Richtige vom Falschen zu unterscheiden. Jemanden, der trotz aller Schatten das Licht in ihm zur Entfaltung bringt.«

Daraufhin setzte Schweigen ein, das ewig zu dauern schien.

»Aldur, des Aldurans Sohn«, erklang es schließlich. »Du bist als Novize in den Orden von Shakara aufgenommen. Betrachte es als eine Ehre, der du dich würdig erweisen musst.«

»Das – das werde ich«, versicherte Aldur unendlich erleichtert. »Das werde ich, ehrwürdiger Vater!« Er senkte das Haupt abermals, bis seine Stirn den eisigen Boden berührte. »Danke, danke! Ich danke Euch von ganzem Herzen!«

»Danke nicht mir, Aldur. Danke dem Schicksal, das dich mit einer solchen Gabe gesegnet hat – und dem Schreiben deines Vaters, das mich milde stimmte.«

»Ich danke Euch«, sagte Aldur dennoch noch einmal. Er war überzeugt, dass es Semias war, dem er seine Aufnahme in den Orden zu verdanken hatte, denn an ihn war die Empfehlung seines

Vaters gerichtet gewesen. Wäre es hingegen nach dem finsteren Cethegar gegangen, wäre er sicherlich abgewiesen worden.

Seine Erleichterung, in den Orden aufgenommen zu sein, war so überwältigend, dass er am Boden kauern blieb, nackt, wie er war. Er merkte nicht, wie sich seine Umgebung veränderte und jemand leise zu ihm trat. Erst als sich weicher Stoff auf seine Schultern legte und wohlig wärmend an ihm herabfloss, regte er sich wieder.

»Erhebe dich, Novize Aldur«, sagte eine Stimme, die süß und unschuldig klang wie der Gesang eines Vogels an einem Frühlingsmorgen.

Aldur blickte auf und stellte fest, dass das Licht erloschen war; er war nicht mehr von grellem Schein umgeben, sondern befand sich inmitten eines kreisrunden Gewölbes. Entlang der Wände, die aus purem Eis zu bestehen schienen und von blau und violett schimmernden Adern durchzogen wurden, standen Frauen und Männer unterschiedlichen Alters, in weiten Roben und mit langen, kunstvoll gearbeiteten Stäben in den Händen. Ihre Blicke waren ernst, ihre Mienen wirkten geradezu gravitätisch.

Die Zauberer von Shakara!

Aldur war eingeschüchtert. Erst jetzt, da ein Umhang um seine Schultern lag, wurde er sich wieder seiner Blöße bewusst, und er errötete. Die Zauberer zeigten keine Regung, ihr forschender Blick blieb auf ihn gerichtet.

»Willst du nicht aufstehen?«, fragte die Stimme noch einmal, und noch immer klang sie so sanft und liebevoll, dass sie alle Scham und Bitterkeit aus seinem Herzen vertrieb.

Er schaute an der Gestalt empor, die zu ihm getreten war, und sah schließlich in die anmutigen Züge einer Frau, die ohne Zweifel die schönste war, die er je gesehen hatte. Schwarz gelocktes Haar umrahmte ein vollendetes Gesicht, dessen Teint ein wenig zu dunkel war für eine Elfin. Sie hatte hohe Wangen, einen sinnlichen Mund, und die Augen waren so blau wie die Seen des Waldlandes.

»W-wer seid Ihr?«, brachte Aldur verblüfft hervor.

»Riwanon«, sagte sie mit ihrer betörenden Stimme. »Ich bin deine Meisterin.«

12. NOTHU

Granock war wütend – vor allem auf sich selbst.

In hilflosem Zorn ballte er die Fäuste, während er auf dem eisig kalten Boden kauerte. So hatte er sich das ganz bestimmt nicht vorgestellt …

Als ihm der Zauberer in Andaril begegnet war und ihm etwas von einem besseren Leben, von einer höheren Berufung und einer größeren Welt erzählt hatte, da hatte er ihm geglaubt und war ihm bereitwillig gefolgt.

Warum nur?

Welchen Anlass hatte er gehabt, einem Zauberer zu vertrauen, dessen Ohren so spitz waren wie die eines Ferkels und der – mal abgesehen von seinen großartigen Versprechen – immerzu in Rätseln sprach? Granock mochte die Elfen nicht besonders; dazu hatten sie ihm bislang auch noch nie Anlass gegeben. Und wie es aussah, würde sich daran wohl auch nichts ändern.

Der Zauberer – Farawyn – hatte von einem Ort gesprochen, an dem er keine Verfolgung zu fürchten bräuchte, an dem er Gleichgesinnte träfe und lernen würde, seine Fähigkeit gezielter einzusetzen. Was aber war stattdessen passiert? Nach zwei Wochen anstrengender Reise hatten sie den Tempel von Shakara zwar tatsächlich erreicht, jedoch war Farawyns Freundlichkeit plötzlich wie weggeblasen gewesen. Er hatte Granock geradezu gezwungen, seine Kleidung abzulegen, und ihn in eine winzige Zelle gesteckt, deren dicke Tür aus vereisten Bohlen sich im nächsten Moment hinter ihm geschlossen hatte.

Da saß er nun, nackt und frierend – und gab sich selbst die Schuld daran. Was hatte er auch auf einen Elfen hören und nach höheren Dingen streben müssen? War es ihm etwa nicht gut gegangen? Hatte er irgendetwas entbehrt?

Nein!

Bis zu dem Tag, da er den verdammten Elf getroffen hatte, hatte Granock ein Leben in Freiheit geführt. Damit schien es nun vorbei zu sein …

»G-gr-großartig, g-ga-ganz großartig«, maulte er vor Kälte stammelnd vor sich hin, und seine Stimme klang brüchig und schwach. »D-da wäre ich besser i-in Andaril geblieben. Fürst Erweins Stadtwache hä-hätte mir zumindest meine K-K-Kleider gelassen. W-wenigstens bis zum Tag meiner Hinrichtung …«

Er stand auf und ging in der Enge der Zelle auf und ab. Dabei ahnte er, wie sich die Bären fühlen mussten, die in Andaril und anderen Städten der schaulustigen Menge vorgeführt wurden, in Käfige gesperrt und ihrer Freiheit beraubt. Einen Unterschied freilich gab es – die Tiere wurden mit Nüssen und fauligem Obst gefüttert, während er seit einer halben Ewigkeit nichts mehr zwischen die Zähne bekommen hatte. Er solle die Einsamkeit zur Meditation und inneren Einkehr nutzen, hatte Farawyn gesagt. Wie denn, wenn sein knurrender Magen jede Ruhe zunichtemachte? Und wie, verdammt noch mal, sollte er zu sich finden, wenn er immerzu aufpassen musste, dass sein Hintern nicht am Boden festfror?

Anfangs hatte Granock in seiner Zelle gezetert und geschrien, hatte wie von Sinnen mit den Fäusten gegen die Tür gehämmert. Aber da offenbar niemand Notiz von ihm nahm, hatte er irgendwann damit aufgehört und sich in sein Schicksal gefügt – allerdings nicht ohne Farawyn und allen anderen Spitzohren die übelsten Krankheiten an den Hals zu wünschen. Das Einzige, was ihn noch zu wärmen vermochte, war die Flamme des Zorns, die in seinem Inneren loderte, aber auch sie drohte zu verlöschen, je länger seine Gefangenschaft dauerte und je müder er wurde.

Seine Glieder schmerzten vor Kälte, er zitterte am ganzen Leib, und nur die Tatsache, dass er auf der Straße aufgewachsen war und dort manch harten Winter überstanden hatte, bewahrte ihn davor, sich den Tod zu holen. Nur ab und zu setzte er sich, um sich auszuruhen, die übrige Zeit ging er ruhelos umher. Die Augen fielen ihm dabei fast zu vor Müdigkeit, aber er wusste, dass er sich weder hinlegen noch einschlafen durfte, sonst wäre es um ihn geschehen.

Mit eiserner Disziplin hielt er sich wach – wie viele Stunden schon hätte er nicht zu sagen vermocht. Dann, plötzlich, hörte er vor seiner Zellentür Schritte.

»Hallo?«, rief er und sprang zur Tür. »Ist da jemand?«

Erneut waren Schritte zu hören, kurz und trippelnd wie die einer Ratte in den Hinterhöfen Andarils.

»Hallo!«, rief er erneut und drosch von innen gegen die vereisten Bohlen der Tür. »Ist da wer? Lasst mich raus, verdammt noch mal!«

Er konnte hören, wie sich jemand am Türriegel zu schaffen machte und ihn dann mit einem lauten Ratsch zurückzog. Die Tür wurde geöffnet, jedoch nur einen Spalt – und in diesem Spalt erschien die wohl unwahrscheinlichste Kreatur, die Granock je in seinem Leben erblickt hatte.

Es war ein Kobold.

Aus Erzählungen kannte er die kleinwüchsigen Bewohner des Wald- und Wiesenlandes, jedoch hatte er noch nie eines dieser scheuen Wesen zu sehen bekommen. Offenbar stimmte es aber, was man über Kobolde berichtete: Sie waren etwa eine Elle groß, hatten fein geschnittene, pausbäckige Gesichter und trugen grüne Kleidung aus Blättern und geflochtenen Pflanzenfasern. Als Kopfbedeckung trugen sie umgedrehte Blütenkelche, was putzig aussah und bei Granock trotz seiner misslichen Lage für einen jähen Ausbruch von Heiterkeit sorgte. Er konnte nicht anders, als lauthals loszulachen, als das kleine Wesen seine üppige Leibesmitte durch den Türspalt quetschte und mit tapsenden Schritten in seine Zelle trat.

Der Kobold schaute zu ihm hoch, den Kopf in den Nacken gelegt und die Fäustchen der dünnen Arme in die Seiten gestemmt. Seiner mitleidigen Miene war zu entnehmen, dass er glaubte, Granock hätte den Verstand verloren. Erst allmählich begriff er, dass der Mensch über ihn lachte, und seine Miene verzog sich zu einem mürrischen Ausdruck.

Was gibt es denn da zu lachen?, fragte er forsch.

»Ein Kobold«, prustete Granock und verfiel in noch lauteres Gelächter, in dem sich seine aufgestaute Wut und Frustration entluden. »Das muss ein Scherz sein! Ein gelungener Scherz …«

Der Wicht teilte seine Heiterkeit keineswegs. Ratlos blickte er an sich herab, konnte an seiner Erscheinung jedoch nichts entdecken, was einen solchen Ausbruch der Heiterkeit auch nur halbwegs rechtfertigte. *Möchte wissen, was so komisch ist,* knurrte er.

»Alles, einfach alles!«, blökte Granock. »Die kleinen Augen, die spitze Nase – und erst dieser Hut!«

Der Kobold griff nach der Krempe seiner Blütenkappe, die frisch und kein bisschen welk aussah und der Kälte auf unbegreifliche Weise trotzte, und rückte sie zurecht. *Was stimmt denn nicht mit meinem Hut?*, wollte er wissen, worauf Granock nur noch lauter wieherte.

Was für ein roher, ungehobelter Klotz du bist, konstatierte der Kobold, während er den Spieß umdrehte und den Menschen von Kopf bis Fuß musterte, einen Ausdruck offener Missbilligung im runden Gesicht. *Und du bist überall behaart!*

Granocks Gelächter brach ab, und er sah seinerseits an sich herab. Um seine Nacktheit hatte er sich nicht mehr geschert – in der langen Liste der vielen Dinge, die ihn störten, rangierte sie ziemlich weit unten.

»Zum Glück«, konterte er, »sonst hätte ich mir in diesem elenden Gefängnis längst den Hintern abgefroren, und zwar buchstäblich.«

Buchstäblich, kam es zurück. *Du kannst lesen und schreiben? Wie überraschend …*

Granock blieb eine Antwort schuldig – nicht etwa, weil ihm keine Erwiderung eingefallen wäre, sondern weil ihm erst jetzt aufgefallen war, dass die Lippen des Kobolds fest geschlossen blieben, während er sprach, und dass er die Stimme des Knilchs nur in seinem Kopf wahrgenommen hatte.

»W-was ist los mit mir?«, fragte er verblüfft und griff sich instinktiv an die Ohren. »Verliere ich jetzt den Verstand?«

Kaum, versetzte der Wicht prompt. *Was man nicht hat, kann man nicht verlieren.*

»Du sprichst mit mir, aber ich höre dich nicht. Das ergibt keinen Sinn …«

Nein, gab der Kobold zu. *Es sei denn, man hätte jemals etwas von Gedankenübertragung gehört. Aber das dürfte in deinem Fall ziemlich unwahrscheinlich sein.*

»Gedankenübertragung?« Granock kam sich vor wie ein Idiot. Das kam dabei heraus, wenn man einem Elfen vertraute: Man fand sich splitternackt in einer Kerkerzelle aus Eis wieder und unterhielt sich mit einem Wichtelmännchen, das noch nicht einmal den Mund aufmachen musste, um sich verständlich zu machen …

Das mit dem Wichtelmännchen habe ich gehört – und ich nehme es persönlich!

»Du kannst auch meine Gedanken lesen?«

Unglücklicherweise – ein solches Durcheinander von Gefühlen, Bildern und wirren Ideen habe ich noch selten erlebt. Gut, dass sie dir beibringen werden, wie du das alles für dich behältst.

»Sie?«, fragte Granock.

Die Zauberer, erklärte der Kobold. *Ihretwegen bist du doch hier, oder nicht?*

Granock nickte. Es stimmte, deshalb war er nach Shakara gekommen – um mehr über sich und seine besondere Fähigkeit zu erfahren, und die Einzigen, die ihm da weiterhelfen konnten, waren die Zauberer. Nach allem, was ihm seit seiner Ankunft widerfahren war, glaubte er allerdings mehr und mehr, dass man ihn nach Strich und Faden verar…

Ich muss doch sehr bitten!, fiel ihm der Kobold in seine Gedanken. *Pass auf deine Wortwahl auf! Du bist hier nicht mehr unter Menschen, verstanden?*

»Für jemanden, der so klein ist, bist du reichlich unverschämt«, stellte Granock fest.

Und für jemanden, der aus dieser Zelle raus will, bist du ziemlich frech, konterte der Wicht. *Eigentlich hatte ich ja den Auftrag, dich hier rauszuholen, aber wenn du nicht willst …*

Schon wandte sich der Knirps ab.

»Warte!«, rief Granock. »Ich hab's nicht so gemeint.«

Ach nein? Der Kobold blickte über die Schulter zurück, die Augen zu winzigen Schlitzen verengt.

»Nein«, versicherte Granock, während er sich auf die Knie niederließ und dem Kobold die Hand reichte. »Fangen wir einfach noch mal von vorn an: Mein Name ist Granock.«

Ich weiß, knurrte es in seinem Kopf. *Komischer Name.*

»Und wie heißt du?«

Ariel.

»Freut mich, Ariel. Und, willst du nicht einschlagen?«

Der Kobold schaute auf die noch immer ausgestreckte Hand, die fast halb so groß war wie er selbst.

Nö.

Damit wandte er sich endgültig ab und ließ den Menschen einfach zurück.

»U-und jetzt?«, fragte der verblüfft.

Ariel antwortete nicht, aber er ließ die Zellentür offen, was Granock als Aufforderung betrachtete, dem kleinen Kerl zu folgen. Er trat auf den Gang, und gleißendes Licht brandete ihm von einer Seite entgegen, dass er geblendet den Kopf zur Seite drehte.

Es ist so weit, hörte er Ariels Stimme in seinem Kopf. *Geh deinem Schicksal entgegen ... Granock.*

Es schien den kleinen Wicht Überwindung zu kosten, den Namen zu denken, und es »hörte« sich für Granock auch ziemlich missbilligend an. Er tat dennoch, wozu man ihn aufgefordert hatte, und ging den Korridor hinab, der Quelle des Lichts entgegen. Dabei musste er sich wiederholt an den Eissäulen abstützen, die das niedrige Gewölbe trugen, sonst wäre er wegen seiner Müdigkeit und seiner vor Kälte steifen Gelenke gestürzt.

Warte!, sagte Ariel irgendwann, und Granock blieb stehen.

Er hörte Stimmen, die vom Ende des Eisstollens herabdrangen – eine fremde Sprache, Elfisch zweifellos. Die Augen zu Schlitzen verkniffen und mit einer Hand gegen das helle Licht schirmend, glaubte Granock plötzlich, im gleißenden Schein etwas auszumachen.

Es war eine junge Frau, doch Granock hielt sie zunächst für eine Täuschung, für einen Streich, den ihm seine erschöpften Sinne spielten. Er blinzelte, aber das vermeintliche Trugbild blieb bestehen: Von Licht umflossen, stand die grazile Gestalt vor ihm, vollendet von den schlanken Fesseln bis hinauf zu den schmalen Schultern, auf die hellblondes, fast weißes Haar herabfiel.

Die Frau wandte ihm den Rücken zu. Sie war nackt wie er selbst, aber anders als seine sonnengebräunte Haut schien ihre weiß, und obwohl er weder ihr Gesicht noch ihre Ohren sehen konnte, hegte er keinen Zweifel daran, dass sie eine Elfin war, denn solche Vollkommenheit hatte er nie zuvor erblickt, jedenfalls nicht in den Freudenhäusern Andarils, in die er seine Beute hin und wieder getragen hatte. Ansonsten fehlte ihm der Vergleich, aber er bezweifelte, dass es eine Menschenfrau gab, die es an Anmut mit dieser Gestalt aufnehmen konnte. Und da war noch mehr – etwas, das seine Begierde weckte und ihn …

Mäßige dich!, plärrte auf einmal Ariel in seinem Kopf, und ein Blick an sich herab sagte Granock, dass der Kobold – zumindest dieses eine Mal – recht hatte. Er wandte den Blick von der holden Weiblichkeit ab, und die Kälte, die auf dem Gang herrschte, kühlte sein erregtes … Gemüt rasch wieder ab.

Die Stimmen verstummten, und ein untrügliches Gefühl sagte ihm, dass er nun an der Reihe war. Langsam ging er weiter, nun festeren Schrittes als zuvor, und schließlich umgab ihn das Licht von allen Seiten. Von einem Augenblick zum anderen waren sowohl die Kälte als auch die Müdigkeit verflogen, und er fühlte sich kräftig und ausgeruht.

Gut so. Bleib stehen, verlangte Ariel.

Granock verharrte. Nun, da es ihn einhüllte, blendete ihn das Licht nicht mehr, aber er hatte das Gefühl, dass sich jenseits des grellen Scheins etwas verbarg. Etwas oder jemand, der nicht gesehen werden wollte …

»Granock aus der Menschenstadt Andaril«, ertönte plötzlich eine donnernde Stimme, die nicht mehr Elfisch sprach, sondern sich – wohl als Zugeständnis an ihn – der Sprache der Westmenschen bediente. »Aus welchem Grund bist du hier?«

»Aus welchem Grund ich …?« Granock verstummte. Was sollte die dämliche Frage? Wer hatte denn vorgeschlagen, ihn nach Shakara mitzunehmen und ihm eine größere Welt zu zeigen?

»Was suchst du?«, half die Stimme nach, als er die Antwort schuldig blieb.

Er machte eine hilflose Handbewegung. »Ein paar Kleider wären nicht schlecht«, meinte er vorsichtig. »Und vielleicht etwas zu essen?«

»Da hört ihr es!«, tönte eine andere Stimme. »Meine Befürchtungen bestätigen sich schon jetzt! Der Mensch ist in keiner Weise würdig, in die glorreichen Hallen Shakaras aufgenommen zu werden!«

Zustimmendes Gemurmel ließ darauf schließen, dass jenseits des Lichtscheins sehr viel mehr Beobachter waren, als Granock bisher angenommen hatte. Ein wenig eingeschüchtert bedeckte er seine Blöße.

»Es geht nicht mehr darum, über Granocks Aufnahme zu befinden, Schwestern und Brüder«, sagte Farawyn, dessen Stimme Granock sofort erkannte. »Darüber wurde längst entschieden, und der Beschluss steht fest.«

»Wohl gesprochen«, erwiderte jemand.

»Deshalb frage ich dich, Granock«, fuhr Farawyn fort, »bist du hier, um Aufnahme zu erbitten in den Orden und in die ehrwürdigen Hallen von Shakara? Willst du Vollkommenheit erlangen im Umgang mit der Gabe, die dir verliehen wurde? Und willst du ferner dem Orden, dem Reich und der Krone dienen?«

»Äh … ich – ich schätze schon«, entgegnete Granock ein wenig zögerlich. Hätte man ihn gefragt, ob er mehr über seine seltsame Fähigkeit erfahren oder lernen wollte, noch besser damit umzugehen, hätte er ganz einfach Ja gesagt. Aber das blumige Geschwafel des Elfen verwirrte ihn. Was, in aller Welt, wollten die Spitzohren von ihm?

Das habe ich gehört, Mensch! Benimm dich gefälligst!

Granock zuckte zusammen, und ohne dass er zu sagen vermochte, ob die Worte von ihm selbst kamen oder ob sie ihm ein gewisser Kobold in den Mund legte, sagte er mit fester Stimme: »Ja, Meister, das will ich.«

»So ergeht meine Frage an euch, Schwestern und Brüder des Ordens von Shakara«, kam es von jenseits des Lichts. »Sollen wir diesen jungen Mann als ersten Spross des Menschengeschlechts in unseren Kreis aufnehmen? Wollen wir ihn unterweisen in der Kunst der Magie und ihn teilhaben lassen an ihren Geheimnissen?«

»Ich habe noch immer Vorbehalte«, sagte jemand – es war dieselbe Stimme, die schon vorhin Bedenken geäußert hatte. »Aber ich fühle mich an den Ratsbeschluss gebunden und beuge mich der Mehrheit, Farawyn.«

»Ich danke dir dafür, Bruder Palgyr«, kam es zurück, »und ich versichere euch allen, dass es der richtige Schritt ist. Auch Menschen verfügen über die Gabe, und nur wenn wir dies akzeptieren, wird unser Orden auch noch auf längere Zeit Bestand haben. Ein morscher Halm, der sich gegen den Wind stemmt, bricht schließlich – ein junger Halm jedoch ist biegsam und übersteht den Sturm.«

Granock verstand schon wieder nicht, obwohl die Unterhaltung in der Sprache der Menschen geführt wurde. Was sollte das ganze Gerede von morschen und jungen Halmen? Was hatte das mit ihm zu tun?

Du verstehst es wirklich nicht, oder?, vernahm er Ariel wieder. *Farawyn hat viel riskiert für dich. Er hat sich vor dem Hohen Rat für dich eingesetzt, wider Meister Palgyr und all die anderen, die dagegen waren, einen Menschen in Shakara aufzunehmen. Er hat sich durchgesetzt, und du bist der erste, der erste Mensch, dem die Ehre zuteilwird, dem Orden der Zauberer beitreten zu dürfen …*

Granock klappte vor Überraschung der Unterkiefer nach unten. Er hatte tatsächlich noch nie von einem Zauberer gehört, der ein Mensch gewesen wäre, aber darüber hatte er bislang auch nie groß nachgedacht. Es war bekannt, dass die Spitzohren ihre Geheimnisse hüteten wie die Zwerge ihr Gold, aber darauf, dass er der allererste *Mensch* sein könnte, den man nach Shakara holte und der nun hier stand, um als Novize in den Orden aufgenommen zu werden … nein, darauf wäre er nie gekommen.

Er empfand Stolz und Entsetzen zu gleichen Teilen. Stolz, weil seine Anwesenheit ein Beleg dafür war, wie überaus selten und außergewöhnlich seine Fähigkeit war. Entsetzen, weil ihm in diesem Moment klar wurde, dass er der einzige Mensch unter lauter Elfen sein würde. Und plötzlich wünschte er sich fast, dass man ihn ablehnte und zurück nach Andaril schickte.

Knie nieder, forderte Ariel ihn auf. *Dies ist ein wichtiger Augenblick …*

Granock folgte der Anweisung, ohne wirklich darüber nachzudenken. Unbekleidet war er schon zuvor gewesen – wirklich nackt fühlte er sich jedoch jetzt erst.

Bis vor wenigen Tagen hatte es nichts gegeben, dem er besondere Bedeutung beigemessen hätte. Er hatte sorglos in den Tag hineingelebt und sich dank seiner Gabe mit allem versorgt, was er brauchte. Selten hatte er mehr genommen, als er selbst brauchte, und wenn, dann nur, um jenen zu helfen, die noch weniger hatten, und davon gab es in Andaril mehr als genug. Er hatte nach seinen eigenen Regeln gelebt und nach seiner eigenen Philosophie. Das Leben war für ihn ein Würfelspiel gewesen, bei dem man mal gewann und dann wieder verlor.

Auch die Reise nach Shakara war für ihn nichts anderes gewesen als ein Glückswurf. An die Kraft der Vorsehung, der die Elfen so große Bedeutung beimaßen, hatte er nie geglaubt.

Bis zu diesem Augenblick.

Denn als Granock am Boden kauerte, so nackt, wie er einst aus dem Schoß seiner Mutter gekrochen war, hatte er zum ersten Mal das Gefühl, dass das Leben vielleicht mehr war als ein Spiel und dass er Teil von etwas Bedeutsamem sein konnte. Wie hatte Farawyn doch in Andaril gesagt?

»Ich werde dir eine Welt zeigen, die größer ist als alles, was du dir vorzustellen vermagst …«

Auf dem eiskalten Marmor kniend, das Haupt demütig gesenkt, bekam Granock nicht mehr mit, was jenseits des Vorhangs aus weißem Licht gesprochen wurde. Weder hörte er, wie die Ratsmitglieder seine Aufnahme bestätigten, noch merkte er, wie jemand leise zu ihm trat. Erst als sich der wärmende Stoff eines Umhangs auf seine Schultern legte, schaute er auf.

Das Licht war erloschen, und er sah sich einer Unzahl in Roben gekleideter Elfen gegenüber, die in einem weiten Kreis um ihn herumstanden und ihn musterten. Der ihm den Umhang umgelegt hatte, war kein anderer als Farawyn, in dessen bärtigen, von dunklem Haar umrahmten Zügen sich die Andeutung eines Lächelns abzeichnete.

»Steh auf, Novize Granock«, forderte er ihn auf.

»N-Novize? Das heißt, ich bin …?«

»Du bist in den Orden aufgenommen – einstweilen und nur auf Probe«, schränkte Farawyn ein, »aber wenn du deine Sache gut machst und unsere Regeln befolgst …«

»Das werde ich«, versicherte Granock rasch, der plötzlich begierig war, mehr über die Zauberer und jenen Orden zu erfahren, zu dem er auf einmal gehörte. »Ich werde Euch nicht enttäuschen … Meister.«

Es kostete ihn ein wenig Überwindung, das Wort auszusprechen, denn noch nie zuvor hatte er jemanden so genannt, und er befürchtete fast, es könnte falsch und unaufrichtig klingen. Wenn dies der Fall war, ließ Farawyn es sich jedoch nicht anmerken.

»Ich weiß«, sagte er nur. »Folge nun Ariel in den Saal der Novizen. Dort wirst du deine Mitschüler kennenlernen, und ihr werdet gemeinsam den Treueid leisten.«

»Den Treueid?«

Ein wissendes Lächeln spielte um die Züge des Zauberers, so als hätte er die Frage erwartet. »Im Zuge eurer Ausbildung«, sagte er, »werdet ihr Geheimnisse ergründen, die anderen verschlossen bleiben sollen. Euch werden Dinge offenbar, von denen kein anderer erfahren darf, und euer Wissen wird euch stark und mächtig machen. Denkst du nicht, dass wir uns vorher eurer Loyalität versichern sollten?«

»D-doch, natürlich«, versicherte Granock, und er kam sich unendlich dumm vor. Auf einmal schämte er sich seiner Blöße – nicht so sehr der körperlichen als vielmehr der, die in seinem Kopf herrschte. Es gab so vieles, das er noch nicht wusste und das ihm die anderen Novizen sicher voraushatten, dennoch hatte Farawyn alles darangesetzt, ihn zu seinem Schüler zu machen.

»Meister, ich …«

»Ja?«

Granock schluckte. Er wollte noch etwas sagen, wollte dem Elfen zu verstehen geben, wie dankbar er ihm war, aber er fand nicht die rechten Worte und schwieg.

»Geh jetzt«, sagte Farawyn, und Granock nickte, erhob sich und wandte sich ab, erleichtert darüber, den prüfenden Blicken der anderen Zauberer zu entgehen, die den Kreis um ihn herum für ihn geöffnet hatten.

Das milde Lächeln, das sein neuer Meister ihm hinterherschickte, bemerkte er nicht – ebenso wenig wie das Flackern in den Augen eines anderen Zauberers, der den Namen Palgyr trug.

13. ARWEN-HUN YMLITH DYNAI

Der Saal der Novizen war ein lang gezogener Raum, schmucklos und mit weißen Wänden, an denen Fackeln in Halterungen steckten. Deren Feuer loderte jedoch nicht etwa orangerot, sondern war blassblau, genau wie das Licht auf dem obersten Turm der Ordensburg.

Es war das erste Mal, dass Granock ein solches Feuer aus der Nähe sah, deshalb blieb er interessiert vor einer der Fackeln stehen und musterte die blaue Flamme, von der keine Wärme ausging. Vorsichtig bewegte er den Finger darauf zu, wollte ihn kurz hineinstecken …

»Das würde ich an deiner Stelle nicht tun«, sagte jemand hinter ihm.

Granock kam sich vor, als hätte man ihn beim Äpfelklauen erwischt. Er fuhr herum – um sich dem anmutigsten Wesen gegenüberzusehen, das seine Augen je erblickt hatten.

Wäre sie ein Mensch gewesen, hätte er sie auf siebzehn oder achtzehn geschätzt. Doch fraglos handelte es sich bei ihr um eine Tochter des Elfengeschlechts. Weißblondes Haar wallte bis weit über die Schultern und umrahmte ein ebenso schmales wie blasses Gesicht mit hohen Wangenknochen, das jedoch in keiner Weise hochmütig wirkte. Ihre Augen blitzten wie Smaragde und schauten ihn ebenso freundlich wie offen an. Dazu kamen der Duft zarter Blüten, der sie umgab, und eine Stimme, die süß war wie Honigtau. Schon der bloße Vergleich mit jeder anderen Frau, die Granock je kennengelernt hatte, wäre eine Beleidigung für sie gewesen.

Obwohl zusätzlich zu ihrer weißen Tunika ein Umhang ihre schlanke Gestalt bedeckte, war er sicher, dass dies die Elfin war, deren Silhouette er vorhin im Gegenlicht gesehen hatte und die ihm zunächst wie ein Trugbild vorgekommen war. Ein Irrtum, wie sich nun herausstellte.

Glücklicherweise …

»Ich … äh …«, stammelte er unbeholfen.

»Elfenfeuer«, sagte sie freundlich, auf die blauen Flammen deutend. »Es geht keine Hitze davon aus, aber Sterbliche vermag es dennoch zu verbrennen.«

Granock grinste schief. »Danke für die Warnung.«

»Du bist der Mensch, nicht wahr?«

»Schätze ja.«

»Ich habe schon von dir gehört.«

»Wirklich?« Granock war noch immer zu überrascht, um etwas Geistreiches zu erwidern.

Die Elfin beherrschte die Menschensprache fließend – wenn auch mit dem leicht lispelnden Akzent, der ihrem Volk zu eigen war –, und er fand, dass er ihre Zuvorkommenheit zumindest ansatzweise erwidern sollte.

»Shumai«, antwortete er mit dem einzigen Wort aus der Sprache der Elfen, das er kannte, und beugte sich dabei ein wenig vor, um eine Verneigung anzudeuten.

Sie lächelte und erwiderte etwas in ihrer Sprache, die sich aus ihrem Mund leicht und melodiös anhörte, ein wenig wie Vogelgesang. Leider verstand Granock nichts davon, und offenbar machte er ein derart belämmertes Gesicht, dass sie laut lachen musste.

Er war dankbar, dass sie wieder in seine Sprache wechselte, als sie sagte: »Sehr weit ist es mit deinem Elfisch noch nicht her.«

»Nein«, gab er zu. Es ärgerte ihn, dass sie gelacht hatte, aber er war selbst schuld. Wie kam er darauf zu versuchen, weltgewandt zu wirken? Was hatte er erwartet? Dass ein einziges Wort genügte, um sie zu beeindrucken?

»Wie ist dein Name?«

»Granock«, antwortete er.

»Granock.« Sie nickte. »Und wie weiter?«

»Nichts weiter. Nur Granock.« Wieder grinste er, aber diesmal wirkte es wie eine Entschuldigung. »Reicht das nicht?«

»Der Name sagt nichts aus«, erklärte sie. »Er verrät weder etwas über deine Herkunft noch über deine Familie.«

»Da gibt es nichts zu verraten.« Er machte eine abwinkende Geste. »Ich habe keine Familie. Und eine Heimat auch nicht. Ich lebe mal hier, mal dort, gerade wie's mir gefällt. Zuletzt hatte es mich nach Andaril verschlagen …«

»Andaril?« Sie zuckte merklich zusammen.

»Ja, warum?«

»Nichts.« Sie schüttelte den Kopf.

»Kennst du die Stadt?« Diesmal grinste er verwegen. »Ein übles Nest, sag ich dir. Überall Schmutz und zwielichtige Gestalten. Ich habe sogar …«

»Ich sage dir doch, es ist nichts«, unterbrach sie ihn, energischer, als es nötig gewesen wäre.

Granock verstummte. Was für unberechenbare, launische Wesen diese Elfen doch waren.

»Entschuldige«, bat sie, »ich hab's nicht so gemeint.«

»Schon gut.« Er musterte sie misstrauisch.

Sie straffte sich, und dann lächelte sie ihn wieder an, und es überlief ihn heiß und kalt. »Mein Name ist Alannah«, stellte sie sich vor. »Ich war ein Kind der Ehrwürdigen Gärten, ehe ich nach Shakara kam.«

»Kind«, echote er und konnte nicht verhindern, dass sein Blick an ihrer schlanken und dennoch sehr weiblichen Gestalt hinabhuschte.

»Das Wort gibt die Bedeutung der elfischen Bezeichnung *ganeth* nur unzureichend wieder«, erklärte sie unbedarft. »Es meint eine junge Frau, die den Geschlechtsakt noch nicht vollzogen hat.«

»D-den Ge-Geschlechtsakt?«, stammelte Granock und starrte sie aus großen Augen an.

»*Rhiw*«, bekräftigte sie auf Elfisch. »Geschlechtsakt – sagt ihr Menschen nicht so dazu?«

»Äh … doch, doch«, beeilte sich Granock zu versichern und konnte nicht verhindern, dass er dabei rot wurde. Er hatte manches erwartet, aber ganz sicher nicht, sich mit einer so wunderschönen jungen Frau über derlei Dinge zu unterhalten.

»Was hast du?«, fragte sie. »Du wirkst plötzlich so ... so fahrig.«

»E-es ist nichts, wirklich«, wiegelte er ab. Die Röte in seinem Gesicht nahm jedoch noch weiter zu.

»Oh, ich weiß«, rief sie plötzlich und schlug sich mit der flachen Hand vor die Stirn. »Ihr Menschen pflegt über *rhiw* längst nicht so offen zu sprechen wie wir. Ihr macht eine große Sache daraus, richtig? Sehr groß und sehr geheimnisvoll ...«

»I-irgendwie schon«, gab er zu. »Bei euch scheint das anders zu sein ...«

Erneut lächelte Alannah ihn an, und er hatte das Gefühl, dass ihr Lächeln strahlender war als jedes Elfenfeuer. »An diesem Ort«, erklärte sie, »werden die Rätsel des Kosmos entschlüsselt. Da kämen wir nicht weit, würden wir uns schämen, über ganz natürliche Vorgänge zu sprechen.«

Die Argumentation konnte Granock nachvollziehen, doch obwohl er in Sachen *rhiw* offensichtlich über weit größere Erfahrung verfügte als sie, war dies kein Thema, über das er sich mit einer so schönen jungen Frau unterhalten wollte.

Jedenfalls nicht beim allerersten Treffen ...

Er wollte gerade etwas sagen, als sich ein anderer Elf zu ihm und Alannah gesellte. Seinem Äußeren nach war er in Alannahs Alter. Seine Gestalt war hager, langes blondes Haar wallte offen über seine Schultern. Bekleidet war auch er mit einer weißen Tunika und mit einem ebenso weißen Umhang, aber anders als Alannah blickte er streng, geradezu grimmig drein. Er sagte etwas auf Elfisch, worauf sich ein kurzer Wortwechsel zwischen ihm und Alannah entspann, bis sie entschieden den Kopf schüttelte.

»Nein«, sagte sie schließlich in der Sprache der Menschen, »er hat mich nicht belästigt, Aldur. Außerdem ist es unhöflich, vor ihm in einer Sprache zu sprechen, deren er nicht mächtig ist.«

»Er spricht also kein Elfisch?«, fragte der Elf und bedachte Granock mit einem vernichtenden Blick. »Warum wundert mich das nicht?«

»Shumai«, sagte dieser und lächelte unbeholfen. »Zu mehr reicht es leider noch nicht.«

»Und dennoch haben sie dich genommen«, murrte Aldur, der mit dieser Entscheidung des Hohen Rates offenbar ganz und gar nicht einverstanden war.

»Ja.« Granock zuckte mit den Schultern. »Ehrlich gesagt, weiß ich auch nicht, wieso. Muss wohl an meinen verborgenen Fähigkeiten liegen …«

»Fähigkeiten? Was weißt du schon von Fähigkeiten?«, fuhr der Elf ihn an. »Meine Familie hat seit vielen Generationen mächtige Zauberer hervorgebracht. Und wer bist du?« Verächtlich zog er die Mundwinkel nach unten und fügte noch hinzu: »Oder sollte die Frage besser lauten: *Was* bist du?«

»Lass ihn in Frieden«, ergriff Alannah für Granock Partei, ehe dieser etwas entgegnen konnte.

»Du stellst dich auf die Seite des Menschen?«, fragte Aldur in einer Mischung aus Verwunderung und Verärgerung. Er schnaufte verächtlich. »Er ist der Erste seiner Art, der in diese Hallen aufgenommen wurde. Und das ausgerechnet zusammen mit uns!«

»Ich stelle mich auf niemandes Seite«, berichtigte sie ihn. »Aber der Hohe Rat hat seine Aufnahme in den Orden beschlossen, und es steht weder mir noch dir noch sonst jemandem zu, diese Entscheidung infrage zu stellen.«

»Hör zu«, meinte Granock, der sich unwohl fühlte in seiner Haut – nicht nur, weil er sich wie ein Aussätziger vorkam, sondern auch, weil ein Mädchen für ihn die Verteidigung übernommen hatte. Er wandte sich Aldur zu. »Ich will keinen Ärger, verstehst du? Als Farawyn mich fragte …«

»*Meister* Farawyn«, verbesserte Aldur.

»Na schön – als *Meister* Farawyn mich fragte, ob ich nach Shakara mitkommen will, da hatte ich nicht groß die Wahl. Denn andernfalls hätte mich die Stadtwache von Andaril geschnappt und in den Kerker geworfen.«

»In den Kerker?«, fragte Alannah. »Was hast du verbrochen?«

»Nichts weiter«, versicherte Granock. »Nur hin und wieder was … hm … geborgt.«

»Gestohlen«, drückte Aldur es ein wenig klarer aus. »Du bist ein elender Dieb.«

»Von irgendwas musste ich ja leben«, verteidigte sich Granock. »Außerdem glaube ich nicht, dass sich einer von euch vorstellen kann, wie es in so einer Menschenstadt ist.«

Alannah hob die Brauen. »Wie meinst du das?«

»Na ja, ihr mit euren strahlenden Palästen, euren gepflegten Gärten und dem ganzen Schnickschnack – ihr habt doch gar keine Ahnung, was draußen in der Welt vor sich geht. Während ihr im Überfluss schwelgt und euch den Kopf zerbrecht über Fragen der Philosophie, über den Sinn des Lebens und das Wesen des Kosmos', kämpfen die Menschen tagtäglich ums Überleben.«

»Was du nicht sagst«, entgegnete Aldur und musterte ihn geringschätzig. »Dass du mit Philosophie nicht viel zu schaffen hast, sieht man dir an.«

Granock merkte, wie die Wut in ihm hochschäumte. Dieser Aldur bestätigte all die Vorurteile, die er von jeher gegen Elfen gehabt hatte: Er war hochmütig und arrogant und von einer geradezu kaltherzigen Gleichgültigkeit hinsichtlich der wirklichen Welt. Granock war überzeugt, dass ein guter Teil des Elends, das in den Ostlanden herrschte, letztendlich dieser Gesinnung der Elfen zu verdanken war, die nichts gegen die Willkür der Fürsten und Clanchefs unternahmen. Schlimmer noch – wenn es ihnen zum Vorteil gereichte, hetzten sie die Menschenherrscher sogar noch gegeneinander auf, und es kümmerte sie nicht, wenn Hunderte Menschen in den Kriegen starben, die sie damit heraufbeschworen.

Dass Granock diesen eitlen Gockel Aldur nicht gehörig zurechtstutzte oder ihm zumindest sagte, für was für einen aufgeblasenen, eingebildeten Zeitgenossen er ihn hielt, hatte zwei Gründe: Zum einen war er – Granock – der einzige Mensch in der Ordensburg, und ihm war klar, dass er irgendwie mit den Elfen auskommen musste; der andere Grund war Alannah. Granock war fasziniert von ihr, und er wollte sie nicht in eine unangenehme Lage bringen. Auch wenn es ihm widerstrebte, es war besser, gute Miene zum bösen Spiel zu machen und sich zu fügen.

»Lass gut sein«, sagte er deshalb beschwichtigend zu Aldur. »Ich will keinen Ärger.«

»Dann hättest du nicht herkommen sollen.«

»Wie ich schon sagte – ich hatte keine Wahl. Nun bin ich nun einmal hier, das ist nicht zu ändern …«

»Vielleicht doch«, knurrte der Elf.

»… also sollten wir die Dinge so nehmen, wie sie sind«, fuhr Granock unbeirrt fort – und dann reichte er seinem Kontrahenten die Hand. »Ich denke, wir sollten einfach noch mal von vorn anfangen, was hältst du davon?«

Augenblicke starrte Aldur auf die ausgestreckte Hand. Dann sah er Granock direkt in die Augen. »Du bittest um einen Neuanfang? Nachdem du mich beleidigt hast?«

»Hab ich das?«, fragte Granock und grinste schief. »Dann sind wir ja quitt.«

Aldur jedoch senkte den Blick und starrte erneut auf Granocks ausgestreckte Hand, so lange, bis dieser sie seufzend zurückzog.

»Dann eben nicht«, meinte Granock. »Irgendwie schade.«

»Ich will dir etwas zeigen, Mensch«, sagte Aldur und rief die anderen Novizen herbei, die ein Stück abseits standen und sich unterhielten; er benutzte dafür die Elfensprache.

Während sie sich näherten – Granock zählte vier männliche Elfen und drei weibliche, allesamt in Tuniken und mit Umhängen bekleidet –, tuschelten sie miteinander. Den Blicken nach zu urteilen, die Granock erntete, war Aldur nicht der Einzige, der wenig begeistert war davon, dass ein Mensch in Shakara aufgenommen worden war.

»Darf ich vorstellen?«, fragte Aldur großspurig. »Dies, meine Freunde, ist Gwailock. Er kommt aus einer Menschenstadt und will die Geheimnisse der Magie ergründen.«

»Granock«, verbesserte der Mensch und sah in die Runde. »Der Rest stimmt.«

»Mit welchem Recht begehrst du, Gwailock, Aufnahme in diese erlauchte Gemeinschaft?«, fragte Aldur. »Was haben du oder deine Familie dafür getan? Welche Ahnen kannst du benennen, die schon vor dir in Shakara gewesen sind und die Wege der Magie beschritten haben?«

Granock brauchte nicht lange zu überlegen. »Keine«, antwortete er rundheraus. »Ich bin der erste Mensch hier, wie ihr wisst. Also kann auch kein Vorfahr von mir hier gewesen sein. Ist doch einleuchtend, oder? Wir Menschen nennen so etwas ›Logik‹.«

Alannah kicherte, und auch zwei der anderen Schüler grinsten, was Aldur ungemein ärgerte. »Dann lass es mich anders ausdrücken«, sagte er. »Jeder hier wurde mit dem gesegnet, was wir *reghas* nennen – eine besondere Gabe, die uns vom Schicksal verliehen wurde. Ogan hier zum Beispiel« – er deutete auf einen Novizen, der im Vergleich zu den anderen etwas kleiner und auch untersetzter war und dem es peinlich zu sein schien, beim Namen genannt zu werden – »kann es durch pure Willenskraft regnen lassen.«

»Und?«, fragte Granock dagegen. »Das kann ich auch – ich muss vorher nur genug trinken.«

Wieder kicherte Alannah, und selbst Ogan musste lachen, obwohl der Scherz auf seine Kosten ging. Die übrigen Schüler, allen voran Aldur, blickten Granock mürrisch an. Offenbar hatte er nicht ihren Humor getroffen.

Wenn sie überhaupt welchen hatten …

»Haiwyl«, fuhr Aldur fort, »kann kraft seiner Gedanken massives Metall verformen. Trea ist in der Lage, durch feste Materie hindurchzusehen, Zenan wiederum kann seine Körperkräfte dergestalt auf einen Punkt konzentrieren, dass er mit einem einzigen Fingerdruck einen Stein zertrümmern kann.«

»Wie praktisch«, entgegnete Granock offenbar völlig unbeeindruckt.

»Und nun frage ich dich, Gwailock von den Menschen – bist du in der Lage, auch nur etwas annähernd Großartiges zu vollbringen?«

»Ich komme zurecht«, antwortete Granock ausweichend – dass der Elf fortwährend seinen Namen verhunzte, überhörte er geflissentlich.

»Natürlich«, spottete Aldur und wandte sich den anderen zu. »Habt ihr das gehört, Schwestern und Brüder? Er behauptet von sich, er käme zurecht! Ha!«, rief er. »Ein nichtswürdiger Mensch wird niemals in der Lage sein, *dies hier* zu tun!«

Damit wirbelte er wieder nach Granock herum, und auf seiner ausgestreckten Rechten, deren Handfläche er nach oben gedreht hatte, flackerte loderndes Feuer – kein kaltes Elfenlicht und keine Illusion, sondern echtes, verzehrendes Feuer, dessen zuckender Schein Aldurs Züge beleuchtete und sie auf unheimliche Weise verzerrte.

»Nicht, Aldur!«, rief Alannah mahnend – aber der junge Elf war nicht aufzuhalten. Er fühlte sich in seinem Stolz gekränkt und wollte Genugtuung, indem er seinen Rivalen vor den Augen aller demütigte.

»Siehst du das?«, rief er triumphierend und starrte Granock aus funkelnden Augen an. »Das ist wahre Macht, Mensch! Den Elementen zu gebieten und beliebig über sie zu verfügen – dazu werden Menschen niemals in der Lage sein. Wie also kannst du auch nur annehmen, dass an diesem Ort Platz für eine Kreatur wie dich sein könnte?«

Granocks Antwort fiel anders aus, als Aldur erwartet hatte. Kurzerhand trat der junge Mensch einen Schritt zurück, was der Elf als Zeichen von Furcht wertete und mit verächtlichem Gelächter quittierte. Dann jedoch hob Granock die Arme, richtete die Hände auf die Flamme und schloss die Augen, um sich zu konzentrieren.

Und im nächsten Moment geschah etwas, womit keiner der Elfen, am wenigsten Aldur, gerechnet hatte.

Die Flamme in seiner Hand, die eben noch fauchend gelodert hatte, *stand plötzlich still*. Weder verlor sie an Leuchtkraft noch an Hitze, noch verlosch sie – aber sie bewegte sich nicht mehr, war vor den Augen der verblüfften Novizen auf einmal so starr wie ein Bildnis aus Stein.

»Ich denke«, sagte Alannah, die als Erste die Fassung zurückgewann, »das ist Antwort genug ...«

14. DAIL'Y'DAN

Die Woche war vorüber, das Ultimatum, das Fürst Erwein König Elidor gestellt hatte, verstrichen. Nun würde sich zeigen, ob die schönen Worte wie Wahrheit, Aufrichtigkeit und Gerechtigkeit, die die Elfen so gern in den Mund nahmen, für alle Wesen Erdwelts galten oder ob sie ihre Bedeutung verloren in dem Augenblick, da ihre Einhaltung den Interessen der Elfen zuwiderliefen.

Erwein wartete nicht erst ab, bis der Kastellan ihn und seine Leute beim König angekündigt hatte; sobald sich die Pforten des Thronsaals öffneten, schritt er voran, gefolgt von zehn seiner besten Kämpfer, die mit Kettenhemd und Lederzeug gerüstet waren und Schwerter an den Seiten trugen. Nur ihre Helme hatten sie abgenommen und trugen sie unter dem Arm – eine letzte Geste des Respekts gegenüber ihrem Lehnsherrn.

Eine Woche lang hatte Erwein um seinen Sohn getrauert, hatte mit dem Schicksal gehadert, das ihm nach seinem Zweitgeborenen Nurtwin auch noch seinen jüngsten Spross genommen hatte, sodass ihm nur noch Ortwin blieb, sein ungeliebter ältester Sohn, der es weder an Klugheit noch an Geschick mit den beiden anderen aufnehmen konnte.

Auf den jungen Iwein hatte der Fürst all seine Hoffnung gesetzt: Ihm hatte er einst Titel und Besitz übertragen wollen, er hätte die Adelsmacht behaupten sollen gegenüber Bürgern und Magistraten, die nach immer mehr Einfluss lechzten. Nun jedoch war die Zukunft ungewiss, und die Schuld daran lag bei einem Elfenweib, das seinen jüngsten Sohn ruchlos dahingemordet hatte.

Erwein war klar, dass er das Geschehene nicht rückgängig machen konnte, aber er wollte Gerechtigkeit. Er wollte, dass die Mörderin bezahlen musste für das, was seinem Sohn widerfahren war. Die Elfin würde sterben, von des Henkers Hand, öffentlich hingerichtet auf dem Marktplatz von Andaril.

Mit grimmiger Miene näherte sich Erwein dem Thron. Elidor und seine Berater blickten ihm entgegen, und wie immer war es beinahe unmöglich zu sagen, was hinter den blassen Gesichtern mit den schmalen Augen vor sich ging. In mancher Hinsicht waren die Elfen den anderen Völkern Erdwelts noch immer ein Rätsel; vieles von dem, was sie sagten und taten, war für Menschen unverständlich, dennoch hatte Erwein sich bislang ihrer Herrschaft gebeugt. Doch vielleicht, sagte er sich, während er vor den Königsthron trat, waren diese Tage nunmehr gezählt.

»Seid mir gegrüßt, Fürst Erwein«, sagte Elidor, auf dessen Haupt die Elfenkrone blitzte. Über seine Schultern erhob sich die mit rotem Samt gepolsterte und mit reichlich Schnitzereien verzierte Rückenlehne des Elfenthrons, über ihm wölbte sich die weite Kuppel des Thronsaals.

Es hatte Zeiten gegeben, da war Erwein von derlei Blendwerk beeindruckt gewesen. Das war vorbei.

Anstatt den Gruß zu erwidern, nickte er nur knapp, was einen empörten Ausdruck in den Gesichtern der königlichen Berater zur Folge hatte. Der Fürst von Andaril registrierte es mit Genugtuung. »Nun, Hoheit?«, fragte er. »Wie steht es? Die Woche Bedenkzeit, die ich Euch zugestanden habe, ist um.«

»Dessen bin ich mir bewusst«, versicherte der König, der auf Erweins offene Provokation mit demonstrativer Gelassenheit reagierte.

»Und? Wie habt Ihr Euch entschieden? Werdet Ihr mir die Mörderin ausliefern? Oder gewährt Ihr in Euren Mauern einer überführten Verbrecherin Zuflucht?«

Man konnte sehen, wie Ardghal, der Oberste Berater am königlichen Hof, zusammenzuckte. Er schien etwas erwidern zu wollen, Elidor jedoch hielt ihn mit einer beiläufigen Bewegung seiner Hand zurück. »Davon soll keine Rede sein«, erwiderte der König ruhig. »Jedoch kann ich Eurer Bitte dennoch nicht entsprechen.«

»Nein?«, hörte sich Erwein selbst keuchen, atemlos vor Erstaunen, denn er hatte fest mit einer anderen Antwort gerechnet. Seiner Überzeugung nach hatte Elidor gar keine andere Wahl, als sich seiner Forderung zu beugen, wollte er nicht eine verlustreiche Auseinandersetzung riskieren. Zudem hätte Erwein dem blutleeren Monarchen niemals den Mut zugetraut, eine direkte Konfrontation mit den Menschen zu wagen. Offenbar hatte er sich in diesem Punkt gründlich geirrt.

»Nein«, bestätigte Elidor knapp.

»Das bedeutet also, dass Ihr Euch meinem Ersuchen verweigert!« Der Herr von Andaril schnaubte. »Dass Ihr es vorzieht, eine Mörderin zu schützen, als sie der menschlichen Gerichtsbarkeit zu übergeben, die in Anbetracht der Tat und vor allem des Opfers zuständig wäre. Ist das Eure Auffassung von Gerechtigkeit, *Hoheit*?« Das letzte Wort betonte er derart, dass es in keiner Weise Respekt zum Ausdruck brachte, sondern das genaue Gegenteil.

Erneut zuckten die königlichen Berater, während Elidor selbst Ruhe bewahrte. »Nein, Fürst Erwein«, erwiderte er, »das bedeutet es keineswegs. Ich habe Euer Ersuchen, gleichwohl es im Zorn und unter Missachtung aller Umgangsformen ausgesprochen wurde, wohl erwogen. Aber noch ehe ich zu einem Entschluss gelangte, wurden meine Überlegungen gewissermaßen … nun, gegenstandslos.«

»Gegenstandslos? Was soll das heißen?«

»Das heißt, dass es nicht mehr von Belang ist, ob ich Eurer Bitte entspreche oder nicht, Fürst Erwein – denn die Täterin befindet sich nicht mehr in meinem Gewahrsam.«

»Sie … sie befindet sich nicht mehr …?« Erwein blieb vor Staunen der Mund offen stehen. Augenblicke lang starrte er den König an, während sein Verstand die Bedeutung der Worte zu begreifen versuchte. »Was genau wollt Ihr damit sagen?«

»Damit will ich sagen, dass die Täterin aus dem Kerker von Tirgas Lan entflohen ist«, gab Elidor zur Antwort, ohne dabei auch nur die Miene zu verziehen. »Wir wissen nicht, wie es dazu kommen konnte, können es uns nicht erklären – aber die Mörderin Eures Sohnes ist geflüchtet. Natürlich hat der Lordrichter sofort

Soldaten entsandt, die alles daransetzen werden, die Verbrecherin wieder einzufangen, aber …«

»Hoheit«, knurrte Erwein mit zornbebender Stimme, »erwartet Ihr allen Ernstes, dass ich Euch das glaube?«

»Das kommt ganz darauf an, Fürst«, entgegnete diesmal Ardghal, und in seiner Stimme schwang eine leise Drohung.

»Worauf?«

»Nun«, antwortete der königliche Berater, »wenn Ihr Euch weiter derart gebärdet und vielleicht sogar so weit geht, Euren König öffentlich einen Lügner zu nennen, dann wäre ein Krieg zwischen unseren Völkern wohl unvermeidlich. Ich bezweifle allerdings, dass die anderen Fürsten und Stammesherren nur um einer entkommenen Mörderin willen ihren Besitz und ihre Herrschaft aufs Spiel setzen. Folglich wäre ein Angriff auf Tirgas Lan von Eurer Seite ein törichtes, weil aussichtsloses Unterfangen. Wenn Ihr also fragt, ob Ihr den Worten Eures Königs Glauben schenken solltet, so muss ich diese Frage unbedingt bejahen – denn andernfalls werdet Ihr alles verlieren: Euren Titel, Euren Besitz, Eure Macht.«

»A-aber wie …?«, stammelte Erwein.

»Bislang«, schnitt Ardghal ihm das Wort ab, »ist nichts geschehen bis auf …« Er zuckte mit den Schultern. »Nun ja, wir sind bereit, über Euer impertinentes Verhalten hinwegzusehen und es der Trauer um Euren Sohn zuzuschreiben – sofern Ihr hier und jetzt erklärt, dass Ihr fortan wieder ein treuer Vasall der Krone sein und ihre Gesetze achten werdet.«

Erwein war zu einer Erwiderung nicht fähig. Er stand vor dem Thron, den Helm unter dem Arm und seine Krieger im Rücken, und kam sich dennoch hilflos und überrumpelt vor. Sein Vertrauen auf das Ultimatum, das er Elidor gestellt hatte, war so felsenfest gewesen, dass er gar nicht auf den Gedanken gekommen war, die Elfen könnten noch einen Ausweg aus dem Dilemma finden. Genau das jedoch war geschehen.

Sie hatten die Mörderin entkommen lassen – und damit entfiel für den König jede Verpflichtung. Natürlich würde er unermüdlich behaupten, dass die besten Kämpen des Reiches losgeschickt worden wären, sie im Namen des Gesetzes einzufangen und wieder zurückzubringen, aber ebenso war klar, dass sie niemals auch nur eine Spur von ihr finden würden. Für Elidor hatte sich das Problem damit erledigt.

Und natürlich hatte Ardghal recht – die anderen Führer der Menschen, die Erwein im Falle eines Krieges auf seine Seite zu ziehen gehofft hatte, würden jede Hilfe verweigern, solange er keine stichhaltigen Beweise dafür liefern konnte, dass man die Elfin absichtlich hatte entkommen lassen. Mit einem geschickten Manöver hatte man Erweins vermeintlich machtvolle Position zunichtegemacht, und sein Zorn auf die Mörderin seines Sohnes wandelte sich in hilflose Wut, die in ihm brodelte wie Lava in einem Vulkan, der kurz vor dem Ausbruch stand.

»Wollt Ihr das öffentlich erklären?«, bohrte Ardghal unbarmherzig nach. »Wollt Ihr feierlich schwören, der Krone von Tirgas Lan und ihrem Träger Elidor fortan wieder treu und ohne jedwede Bedingung zu dienen?«

Erwein antwortete nicht. Zu groß war seine Wut, zu heftig sein Widerwille, auch wenn ihm klar war, dass er keine andere Wahl hatte, wenn er nicht seine eigene Vernichtung heraufbeschwören wollte.

»Fürst Erwein?«, fragte der königliche Berater noch einmal – und Erwein nickte zögernd.

»Schwört Ihr es?«, fragte Ardghal.

»Ich … schwöre es«, erklärte Erwein stockend.

»Dann seid Ihr hiermit entlassen«, sagte Ardghal. »Geht und zieht Eures Weges!«

Gesenkten Hauptes wandte sich der Fürst von Andaril ab. Er wollte nicht, dass sie seine Augen sahen, in denen Trotz und Wut loderten. Raschen Schrittes verließ er den Thronsaal. Als Sieger hatte er den Elfenpalast verlassen wollen, aber er kam sich vor wie ein geprügelter Hund.

Erwein schritt, umringt von seiner Leibgarde, durch die langen und hohen, von Elfenwachen gesäumten Korridore zurück in die Eingangshalle. Er verspürte den heißen Drang, seine Klinge zu ziehen und sie dem nächstbesten Elfen in den Leib zu rammen. Dass er es nicht tat, war seinem Machtinstinkt zuzuschreiben, der seine Wut und Rachsucht noch überwog.

Der Fürst fühlte sich getäuscht und hintergangen, aber so sehr er sich grämte, so genau wusste er auch, dass er im Grunde machtlos war. Natürlich hätte er Tirgas Lan den Krieg erklären und in eine zwar gerechte, aber von Beginn an aussichtslose Schlacht ziehen können, an deren Ende er alles verloren hätte. Er zog es vor, an der Macht zu bleiben. Er hatte eine Niederlage erlitten, gewiss, aber vielleicht bot sich ja irgendwann eine Möglichkeit, doch noch Rache zu nehmen, und dann umso blutiger. Er würde sich nach Andaril zurückziehen und abwarten, bis sich eine Gelegenheit ergab, es dem selbstgefälligen König und seinen spitzohrigen Beratern heimzuzahlen.

Nicht einmal in seiner Verzweiflung hätte er jedoch zu hoffen gewagt, dass sich diese Gelegenheit schon so bald ergeben würde ...

»Herr von Andaril«, zischelte eine Stimme. »Fürst Erwein ...«

Erwein blieb stehen. In der Eingangshalle des Palasts, deren hohe Decke von zahllosen Säulen getragen wurde, herrschte reges Treiben, das der in Gedanken versunkene Fürst allerdings jetzt erst bemerkte. Elfen in wallenden Gewändern gingen geschäftig umher, passierten das große Tor oder standen beisammen und waren in lebhafte Diskussionen vertieft. Die große Halle war erfüllt von einem Tuscheln und Wispern, das sich wie das Rascheln von Laub anhörte. Die Stimme, die er gehört hatte, musste also von ganz nah gekommen sein ...

»Fürst Erwein«, sagte sie noch einmal, so dicht neben ihm, dass Erwein zusammenzuckte und einen Satz zur Seite machte.

Seine Leibwächter griffen alarmiert nach ihren Schwertern, was ihnen die Aufmerksamkeit nicht nur der Palastbesucher, sondern vor allem der Elfenwachen eintrug.

»Sagt Euren Leuten, sie sollen sich gefälligst ruhig verhalten, Fürst«, riet die Stimme Erwein. »Andernfalls wird der Tag blutig enden ...«

Erwein wusste nicht, was er davon halten sollte, aber er gab seinen Männern mit einer Geste zu verstehen, dass die Schwerter in den Scheiden zu bleiben hatten. Dann blickte er sich um, konnte aber die Quelle der zischelnden Stimme nirgends ausmachen. Dabei war er sicher, dass der Sprecher direkt neben ihm stand, so deutlich hatte er sie gehört …

»Hier, bei der Säule«, zischte es wieder.

Erwein fuhr herum – und hatte für einen Moment den Eindruck, etwas über den reich verzierten Marmor huschen zu sehen. Ein flüchtiger Schatten, eine schemenhafte Gestalt, durchsichtig wie Elfenkristall …

»Folgt mir, Fürst«, verlangte die Stimme.

»W-wohin?«, fragte Erwein verblüfft. Er verspürte nicht das geringste Verlangen, der Aufforderung eines Wesens zu folgen, das er noch nicht einmal sehen konnte.

Er bemerkte die verwunderten Blicke, mit denen ihn seine Männer bedachten. Offenbar konnten sie noch nicht einmal die Stimme des Unsichtbaren hören und zweifelten an seinem Verstand. Er konnte es ihnen nicht verdenken; für sie musste es den Eindruck haben, als spräche er mit leerer Luft. Wahrscheinlich glaubten sie, der Verlust seines Sohnes und die Niederlage vor dem König wären zu viel für ihn gewesen. Und vielleicht hatten sie ja recht. Vielleicht verlor Erwein tatsächlich den Verstand. Er wäre nicht der Erste, den die Elfen mit ihren Intrigen in den Wahnsinn getrieben …

»Es gibt etwas zu besprechen, Fürst Erwein«, zischelte die Stimme wieder und stürzte ihn damit in noch größere Zweifel.

»Zu besprechen?«, flüsterte er. »Ich wüsste nicht, worüber wir zu sprechen hätten.«

»Euch wurde von meinesgleichen Unrecht angetan, Herr von Andaril. Großes Unrecht …«

Von meinesgleichen hatte er gesagt. Der Besitzer der Stimme musste also ein Elf sein – allerdings einer, der sich auf die Kunst verstand, sich unsichtbar machen zu können.

Ein Zauberer!

Der Gedanke jagte Erwein kalte Schauer über den Rücken. Er mochte die Magier nicht. Sie waren ihm unheimlich, und zudem standen sie auf der Seite des Königs!

»Was willst du von mir, Zauberer?«, flüsterte Erwein deshalb abschätzig. »Dich an meinem Unglück weiden?«

»Keineswegs, Fürst«, wisperte es. »Ich will wiedergutmachen, was geschehen ist.«

»Wie könntest du das? Iwein, mein jüngster und liebster Sohn, ist tot. Auch du kannst ihn nicht wieder lebendig machen.«

»Das nicht«, räumte der fast Unsichtbare ein, dessen Silhouette wieder für einen kurzen Moment vor der Säule zu sehen war. »Aber Ihr solltet wissen, dass nicht alle so denken wie Elidor. Der König hat Feinde unter den Elfen, mächtige Feinde, die Euch einen Handel anbieten möchten.«

»Ist das dein Ernst?«

»Folgt mir, dann werdet Ihr Euch überzeugen können.«

Erwein schaute sich um. Die Elfen, die sich in der Halle aufhielten, bemerkten den Zauberer nicht; dessen Gestalt schien stets die Farben der Umgebung anzunehmen, sodass er nahezu unsichtbar war.

»Elidor hat Euch verraten«, flüsterte der Zauberer wieder. »Hinter Eurem Rücken lacht er über Euch und Eure Einfalt. Und er tritt das Andenken Eures Sohnes mit Füßen.«

Erwein spürte erneut Zorn in sich aufwallen; die Flamme des Hasses loderte wieder auf, so als hätte der Zauberer der noch schwelenden Glut frischen Wind zugefächelt.

»Wollt Ihr Euch rächen, Fürst Erwein?«, fragte die Stimme. »Wollt Ihr Genugtuung für das, was Eurem Sohn angetan wurde? Wollt Ihr die wahren Schuldigen ebenso leiden sehen, wie Ihr leiden musstet?«

»Die wahren Schuldigen?«, ächzte Erwein. »Soll das heißen, dass …?«

»Folgt mir«, verlangte die Stimme, während sie sich bereits entfernte, »und Ihr werdet alles erfahren. Ich versichere Euch, dass Euch Gerechtigkeit widerfahren wird …«

Erweins Zögern währte nur noch einen Augenblick, dann schritt er dem kaum sichtbaren Schemen hinterher, getrieben vom Durst nach Rache. Seinen Männern aber befahl er zurückzubleiben.

Sie waren überzeugt davon, dass ihr Anführer den Verstand verloren hatte.

15. PRYS'Y'DAIL

Noch nie zuvor war Fürst Erwein von Andaril an diesem Ort gewesen – und er wusste auch nicht, wie er hierher gelangt war.

Als man ihm die Augenbinde abnahm, sah er zunächst nichts als orangefarbene Flecke vor seinen Augen. Er blinzelte und brauchte einen Moment, um zu erkennen, dass es sich bei den tanzenden Flecken um das Feuer von Fackeln handelte, die in rostigen Wandhalterungen steckten. Mit ihrem flackernden Licht beleuchteten sie ein fensterloses Gewölbe, von dessen Decke Moosfetzen und Wurzelwerk hingen.

»W-wo bin ich hier?«, wollte er wissen; die niedere Decke und das feuchte Moos dämpften seine Stimme.

»Ihr seid nicht in der Position, Fragen zu stellen, Fürst Erwein«, sagte jemand hinter ihm. »Ich fürchte, das müsst Ihr schon mir überlassen ...«

Erwein fuhr herum und sah sich einer Phalanx von Speeren gegenüber, deren Spitzen mit mörderischen Widerhaken versehen waren. Die Krieger, die sie auf ihn richteten, trugen Helme aus schwarzem Leder, die die obere Hälfte ihrer Gesichter bedeckten, und ebenfalls schwarze Lederrüstungen. Trotz der Helme, die ihre Gesichter wie Halbmasken verbargen, konnte Erwein erkennen, dass er es mit Elfen zu tun hatte; ihre Haut war blasser als die von Menschen, ihre Gestalt schlanker und – zumindest dem Anschein nach – zerbrechlicher.

Hinter ihnen ragte eine weitere Gestalt auf, die auf einer Art Thron saß. Der Schein der Fackeln erreichte sie nicht mehr, sodass sie nur als schemenhafter Umriss zu erahnen war. Dennoch glaubte Erwein, dass die Gestalt auf dem Thron eine Kutte oder Robe trug, deren Kapuze weit über den Kopf gezogen war.

Instinktiv griff der Fürst nach seinem Schwert – um festzustellen, dass es ihm abgenommen worden war. Nur noch die leere Scheide hing an seinem Gürtel, und erst da kehrte die Erinnerung zu ihm zurück.

Nach seiner Niederlage am Königshof, nachdem er erfahren hatte, dass Iweins Mörderin angeblich die Flucht geglückt war, war er von einem geheimnisvollen Schatten angesprochen worden, einem Zauberer, der in der Lage war, sich unsichtbar zu machen. Dieser hatte von einer Möglichkeit zur Rache gesprochen, die sich ergeben würde, wenn Erwein ihm folgte – und verblendet von Wut und Trauer hatte sich der Fürst darauf eingelassen.

Danach verloren sich seine Erinnerungen. Das Einzige, woran er sich noch entsann, war, dass er einen geheimnisvollen Trank eingenommen hatte, den ihm der unsichtbare Zauberer reichte. Aber schon diese Erinnerung war sehr verschwommen und unklar, und er hatte keine Ahnung, woher der Unsichtbare auf einmal die Phiole gehabt hatte und wo er diesen Trank zu sich genommen hatte. War das noch im Palast der Elfen gewesen? Die Erinnerung war zu undeutlich, um diese Fragen beantworten zu können, und was danach geschehen war, entzog sich Erwein völlig. Der Inhalt des Fläschchens musste ihn willenlos gemacht und ihm die Erinnerung geraubt haben.

Auf jeden Fall befand er sich in diesem unterirdischen Gewölbe und sah sich von Feinden umringt. Und Erwein, Fürst von Andaril, glaubte zu verstehen.

»Natürlich«, sagte er bitter und nickte. »Ich hätte es gleich erkennen müssen …«

»Wovon sprecht Ihr, Fürst?«, fragte die Gestalt auf dem Thron. Es war die Stimme eines Mannes, und der Akzent und ihr weicher Klang verrieten, dass es sich auch bei ihm um einen Elfen handelte.

»Ich spreche von all dem hier«, erwiderte Erwein und machte eine Geste, die das Gewölbe, die Krieger und den geheimnisvollen

Unbekannten einschloss. »Ich hätte wissen müssen, dass Elidor niemals den Mut aufbringen würde, eine offene Konfrontation mit mir zu wagen. Stattdessen lockt er mich an diesen entlegenen Ort, um mich heimlich aus dem Weg zu schaffen.«

»Ihr haltet mich für Elidors Henker?«, fragte der Schatten.

»Wofür sonst?«

Der Elf in der Kutte antwortete auf seine Weise: Er gab seinen Leuten ein unmerkliches Zeichen, worauf sie die drohend gesenkten Speere hoben und an die Wände zurücktraten. Nicht länger war Erweins Leben unmittelbar bedroht.

»Das, Fürst von Andaril, sollte Euch zeigen, dass ich Euch nicht schaden will. Die Wachen waren lediglich eine Vorsichtsmaßnahme. Euch wird nichts zustoßen, Fürst Erwein, das versichere ich Euch – ganz egal, wie diese Unterredung ausgehen mag.«

»Eine Unterredung also?«, fragte Erwein misstrauisch. »Worüber?«

»Hat mein Bote Euch nicht unterrichtet?«

»Er sagte mir, dass nicht alle Elfen auf Elidors Seite stünden und ich eine Möglichkeit erhalten würde, mich für Iweins Tod zu rächen.«

»Wenn es so wäre«, erkundigte sich der Schatten, »was wärt Ihr bereit, dafür zu tun?«

»Alles«, antwortete Erwein ohne Zögern.

»Seid Ihr Euch da auch ganz sicher?«

»Durchaus. Liefert mir die Mörderin und lasst mich meine Klinge im Blut derer baden, die sie schützen – und ich werde im Gegenzug alles tun, was Ihr von mir verlangt.«

»Ihr Menschen«, tönte es vom Thron herab. »Allzu leichtfertig versprecht ihr Dinge, deren Ausgang ihr unmöglich abschätzen könnt. Entscheidet Ihr Euch, diesen Weg zu beschreiten, wird es kein Zurück mehr für Euch geben, Fürst.«

»Das ist mir gleichgültig«, versicherte Erwein. »Gerechtigkeit ist alles, was ich will.«

»Und Ihr würdet jeden Preis dafür zahlen?«

Der Fürst zögerte. Trotz seiner Wut, die noch immer ungebrochen war, mahnte ihn eine innere Stimme zur Vorsicht. Nur etwas gab es, das er seiner Rachsucht nicht opfern würde, so heiß sie auch in seiner Brust brennen mochte, und das war seine Macht. Er war nicht bereit, sich einer aussichtslosen Revolte anzuschließen, deren Scheitern von Beginn an feststand, und darüber seinen Titel und seinen Besitz zu verlieren. Zu allem anderen jedoch war er bereit, selbst seine Seele würde er verpfänden, um seine Rachegier zu befriedigen …

Zu allem anderen ist er jedoch bereit, wisperte eine Stimme in seinem Bewusstsein, *selbst seine Seele würde er verpfänden, um seine Rachegier zu befriedigen …*

Erweins Nackenhaare sträubten sich. Er versuchte noch zu begreifen, woher die Stimme gekommen war, als der Schatten auf dem Thron leise zu lachen begann.

»Eure Seele will ich nicht, Fürst Erwein«, versicherte der Unheimliche, »dafür aber Euer Schwert und Euren Treueschwur.«

»I-Ihr wisst, was ich denke!«, stellte Erwein fest, zugleich verblüfft und erschrocken, ja, nahezu entsetzt. »Ihr könnt meine Gedanken lesen?«

»Bedauerlicherweise nicht«, erhielt er zur Antwort. »Aber ich kenne Mittel und Wege, mir Eure Gedanken offenbar zu machen, Fürst von Andaril. Und deshalb weiß ich, dass wir einen gemeinsamen Feind haben, gegen den wir uns verbünden sollten – oder wollt Ihr die Mörderin Eures Sohnes nicht bestrafen?«

»Doch«, versicherte Erwein. »Aber was versprecht Ihr Euch von dem Bündnis mit einem Menschen? Wer seid Ihr überhaupt?«

»Das tut nichts zur Sache. Gelobt mir Treue, Erwein von Andaril, und ich versichere Euch, dass ich Euch schon bald nicht nur die Mörderin Eures Sohnes ausliefern werde, sondern auch jene, die ihr Unterschlupf gewähren.«

»Das klingt gut«, gestand Erwein ein. »Aber wer sagt mir, dass Ihr mich nicht betrügt?«

Der Schatten hob einen Arm und winkte beiläufig, worauf sich ein Elfenkrieger näherte, der Erweins Schwert auf seinen ausgestreckten Handflächen trug. Er deutete eine Verbeugung an, dann reichte er die Klinge dem Fürsten. Verblüfft nahm Erwein die Waffe entgegen.

»Nehmt dies als weiteren Beweis dafür, dass Ihr mir trauen könnt und dass ich Euch traue«, sagte der Schatten. »Wenn Ihr mir folgt, Fürst von Andaril, wird nicht nur Euer Durst nach Rache gestillt, sondern Ihr werdet auch mächtiger werden, als Ihr es Euch erträumen könnt – oder wie würde es Euch gefallen, Herrscher über alle Menschen von Erdwelt zu werden?«

»Herrscher – über alle – Menschen?« In Erweins Augen blitzte es begehrlich. Der Gedanke gefiel ihm und machte Trauer und Zorn für einen Moment vergessen. »Was muss ich dafür tun?«

»Ich habe Euch mein Vertrauen bereits erwiesen, Fürst Erwein – Ihr braucht es nur zu erwidern.«

»Das werde ich«, versicherte der Herr von Andaril ohne Zögern. Die Aussicht, Iweins Tod rächen zu können, war an sich schon verlockend genug. Nun kam auch noch das Versprechen hinzu, seine Macht – und damit auch seinen Wohlstand – erheblich zu mehren.

»Seid Ihr Euch auch ganz sicher, Fürst Erwein?«

»Ja, das bin ich.«

»Eure Entscheidung steht fest?«

»Unverrückbar.«

»Auch wenn es gegen den König geht, dem Ihr zur Treue verpflichtet seid?«

»Ich habe keinen König mehr«, entgegnete Erwein mit fester Stimme.

»Gut, Freund«, erwiderte der Schatten zufrieden, »so sprecht mir nach: Ich, Erwein, Fürst von Andaril …«

»Ich, Erwein, Fürst von Andaril …«

»… entsage hiermit dem Eid, den ich auf die Elfenkrone geleistet habe.«

»… entsage hiermit dem Eid, den ich auf die Elfenkrone geleistet habe«, echote der Fürst ohne Zögern.

»Nicht länger diene ich der Fahne Tirgas Lans, sondern jener meines neuen Herrn, und ich werde nicht zögern, Leib und Leben für ihn einzusetzen …«

»Nicht länger diene ich der Fahne Tirgas Lans, sondern jener meines neuen Herrn, und ich werde nicht …« Erwein stutzte. Eine böse Ahnung überkam ihn plötzlich. Aber dann dachte er wieder an seinen toten Sohn – und vor allem an das Versprechen, dass er Herrscher über alle Menschen Erdwelts werden sollte –, und er sprach den Satz zu Ende: »Und ich werde nicht zögern, Leib und Leben für ihn einzusetzen …«

»… noch will ich seine Befehle jemals infrage stellen oder an meiner Treue zu ihm zweifeln«, fuhr der Schatten fort. »Breche ich diesen feierlichen Eid, so wird sein Fluch mich treffen und sowohl mich als auch die meinen vernichten.«

Erneut zögerte Erwein. So sehr es ihn dazu drängte, dieses Bündnis zu schließen, so wenig gefielen ihm die Worte, die der Elf auf dem Thron ihm vorgab. Eisige Schauer durchrieselten ihn, und die Stimme tief in seinem Inneren, die ihm sagte, dass er dabei war, einen schweren Fehler zu begehen, wurde lauter.

»Was ist mit Euch, Fürst?«, erkundigte sich der Schatten spitz. »Bröckelt Eure Loyalität bereits, noch ehe der Treueid geleistet ist?«

»Keineswegs«, versicherte Erwein – und er sprach die Eidesformel zu Ende.

»Dies schwöre ich bei meinem Blut«, diktierte der Schatten.

»Bei meinem Blut«, bestätigte Erwein, und er umfasste die Klinge seines Schwertes mit der rechten Hand und zog sie schnell daran herab, so wie es bei den Menschen Brauch war, wenn sie jemandem bei ihrem Blut Treue schworen. Sodann hielt er dem Schatten die geballte Faust entgegen, aus der roter Lebenssaft tropfte.

»So ist das Bündnis besiegelt«, sagte der Elf auf dem Thron, ehe er sich erhob und von seinem Podest stieg.

Als er in den flackernden Schein der Fackeln trat, erkannte Erwein, dass er tatsächlich eine Robe aus nachtschwarzem Stoff trug, deren Kapuze weit über den Kopf geschoben war; darunter schien nur Finsternis zu sein. Die Wachen machten der unheimlichen Gestalt respektvoll Platz und formten ein Spalier, durch das der Unbekannte schritt, bis er dicht vor Erwein stand.

»Verbündete«, sagte er, »sollten keine Geheimnisse voreinander haben!«

Und dann schlug er die Kapuze zurück und zeigte dem Fürsten von Andaril sein Antlitz.

16. ASGUR DARAN

Granocks Freude, den eingebildeten Aldur vor aller Augen bloßgestellt zu haben, war nur von kurzer Dauer. Denn schon am nächsten Tag begann die Ausbildung, und dem jungen Menschen wurde nur zu klar, um wie viel überlegen seine elfischen Mitschüler ihm waren. Nicht genug damit, dass sie fast alle aus vornehmen Familien stammten und mehr über Zauberkunst wussten als jedes andere Wesen, dem Granock je begegnet war – sie hatten auch jene Sprache, in der sämtliche Lehrbücher und die Schriften der Weisen verfasst waren, von Kindesbeinen an lernen können und beherrschten sie fließend, während Granock sie sich erst mühevoll beibringen musste.

Die anderen Novizen begannen bereits mit der praktischen Ausbildung und wurden von ihren Meistern darin unterwiesen, die ihnen verliehenen Kräfte zu kontrollieren und wirkungsvoller einzusetzen. Farawyn hingegen verdonnerte seinen Schüler erst einmal zum Studium der elfischen Sprache. Granock saß Stunden und Tage in der Bibliothek oder in der Abgeschiedenheit seiner Kammer und paukte, während die anderen draußen ihren Spaß hatten.

Die Mahlzeiten wurden von allen Novizen gemeinsam eingenommen, und Granock hörte die anderen lachend von ihrer spannenden Ausbildung erzählen. Allerdings musste er sich anstrengen, um sie auch wirklich zu verstehen, denn Farawyn hatte den anderen Schülern verboten, sich in Granocks Gegenwart der Menschensprache zu bedienen, angeblich, damit er das Elfische schneller erlernte. Granock aber wurde das Gefühl nicht los, dass sein

Meister ihn damit demütigen wollte, und Aldur und einige andere sprachen mit voller Absicht so schnell, dass er nur jedes dritte Wort verstand und sich den Rest erschließen musste, mit wechselhaftem Erfolg.

Obwohl Granocks Sprachstudien vergleichsweise rasche Fortschritte machten, fühlte er sich ausgeschlossen und einsam. Vor allem eine Frage stellte er sich in den Tagen nach seiner Aufnahme in den Orden der Zauberer immer wieder: Was, bei allen Völkern Erdwelts, hatte er hier verloren? Was, so grübelte er, hatte ihn nur geritten, Farawyn zu folgen? Hatten seine bisherigen Erfahrungen mit Elfen nicht gezeigt, dass es besser war, ihre Gesellschaft zu meiden? Und hatten seine Erlebnisse in Shakara dies nicht bestätigt?

Allenthalben wurde er ausgegrenzt und angefeindet, ob bei den Mahlzeiten im Saal der Magie oder bei den allmorgendlichen Versammlungen, an denen alle Novizen teilzunehmen hatten. Nur zwei Ausnahmen gab es: Alannah, die Granock aus unerfindlichem Grund weit weniger feindlich gesonnen war als die anderen, und Ogan, der dickliche Elfenjunge, der offensichtlich nicht sehr viel Selbstvertrauen hatte und ebenfalls von Aldur und seinen Kumpanen ausgeschlossen wurde. Zu behaupten, dass Alannah und Ogan die Gesellschaft des Menschen suchten, wäre eine Übertreibung gewesen, aber zumindest mieden sie ihn nicht, und wenn sie mit ihm redeten, dann sprachen sie langsam, damit er ihr Elfisch auch verstand. Alles in allem war das aber nicht genug, um sich in Shakara heimisch zu fühlen oder zumindest an einem Ort, an den man irgendwie hingehörte.

Granock war ein Kind der Straße; eine Familie hatte er nie gehabt, und eigentlich wusste er nicht einmal, was ein Zuhause war. Er brauchte weder das eine noch das andere, um zu überleben. Und dennoch gab es tief in ihm diese verborgene Sehnsucht, von der er sicher war, dass Farawyn sie kannte. Sein Meister hatte ihn immerhin mit der Aussicht gelockt, dass er in Shakara Gleichgesinnte treffen, dass er dort eine Zuflucht finden würde – und Granock war so töricht gewesen, dem Wort eines Elfen zu trauen.

Was davon zu halten war, das bekam er nun zu spüren.

In Shakara gab es keine Gleichgesinnten, und es war auch keine Zuflucht. Stattdessen fühlte er in sich immer mehr das Verlangen, diesen Ort so rasch wie möglich zu verlassen. Er hätte es niemals für möglich gehalten, aber inzwischen sehnte er sich geradezu nach dem Schmutz und dem Elend von Andaril. Wenigstens hatte er dort gewusst, woran er war. Dort gehörte er hin, seine Feinde waren ihm offen begegnet und nicht mit verschlagener Falschheit, und dank seiner Gabe hatte er sich zu wehren gewusst, denn er verfügte über Kräfte, die dort sonst keiner hatte. Unter den Blinden, so hieß es, war der Einäugige König – in Shakara jedoch war er der einzige Blinde unter lauter Sehenden, so kam er sich jedenfalls vor.

Farawyn hatte ihn getäuscht, ihn unter falschen Versprechungen an diesen entlegenen Ort gelockt, und das alles wurde noch schlimmer gemacht durch diese stumpfsinnige Büffelei. Die Begeisterung, die er noch am Tag seiner Aufnahme in den Orden empfunden hatte, war verflogen. Da hatte er noch zum ersten Mal in seinem jungen Leben geglaubt, Teil von etwas Großem, Bedeutendem zu sein. Er hatte geradezu darauf gebrannt, mehr über den Orden und seine Mitglieder zu erfahren, über ihre Gesetze und Gebräuche und natürlich auch über die Geheimnisse der Zauberei. Stattdessen wurde er von allen Seiten angefeindet, und ausgerechnet er, der nie etwas anderes als die Freiheit gekannt hatte, sah sich festen Regeln unterworfen, die ihn einzwängten in allem, was er tat. Disziplin war offenbar eine der obersten Regeln in Shakara, und auch damit hatte Granock seine Probleme.

Knapp vier Wochen weilte er nun schon in der Ordensburg, und immer noch machte er brav das, was man ihm auftrug, und verplemperte seine Zeit mit völlig unsinnigen Sprachstudien. Vielleicht blieb er ja nur, dachte er, weil er auf einen Grund wartete, der gut genug war, um zu tun, was er bislang immer getan hatte, wenn es ihm an einem Ort nicht mehr gefallen oder ihm der Boden unter den Füßen zu heiß geworden war – nämlich klammheimlich zu verschwinden.

Noch war es nicht so weit, redete er sich ein, während er zum wiederholten Mal die Konjugation des Verbs *faru* büffelte, aber vielleicht schon sehr bald ...

»*Fara* – ich mache«, flüsterte er leise vor sich hin, während er an dem schlichten Tisch in seiner fensterlosen schmalen Kammer saß, deren übrige Einrichtung aus einer einfachen Liege und einer Truhe bestand, in der er seine wenigen Habseligkeiten aufbewahrte. Die Unterkunft war dürftig, dabei aber weitaus komfortabler als viele andere Plätze, an denen er in Andaril die Nächte verbracht hatte, sodass er zumindest in dieser Hinsicht keine Veranlassung zur Klage sah. »*Farain* – du machst … *faran* – er macht … *farawen* – wir machen … *faranai* – ihr macht … *faranor* …«

Er unterbrach sich, weil an die Tür seiner Kammer geklopft wurde.

»Ja?«, fragte er laut, dankbar für die Unterbrechung.

Die Tür wurde ein Stück geöffnet, und zwei Gesichter erschienen im Spalt, das eine rund, mit rosigen Backen und Augen, die wie schwarze Knöpfe aussahen, das andere so schön und anmutig, dass es Granock einen leichten Stich versetzte.

»Du bist hier?«, fragte Ogan überflüssigerweise, während sich Alannah damit begnügte, ihn anzulächeln. Es war später Nachmittag; offenbar waren die beiden gerade von einer Übung zurückgekehrt.

»Wo sonst?«, fragte Granock achselzuckend.

»Machen deine Studien Fortschritte?«, wollte Alannah wissen. Wie immer sprach sie langsam, damit er sie verstand.

»Es geht«, antwortete er auf Elfisch und schnitt eine Grimasse. »Die Sprache der Orks wäre wahrscheinlich einfacher.«

»*Korr*«, bejahte die Elfin lächelnd auf Orkisch. »Sie ist in der Tat sehr einfach zu erlernen, sogar noch einfacher als die Menschensprache.«

Er grinste matt. »Ist das ein Kompliment?«

»Das kommt auf die Sichtweise an, würde ich sagen. Aber ich finde, dass du dich wacker schlägst. Dein Elfisch ist schon recht fließend, und du hast viele Wörter gelernt.«

»Ich tue, was ich kann.«

»Nur an deinem Akzent musst du noch arbeiten«, meinte Ogan. »In unseren Ohren klingst du wie ein bellender Hund.«

»Und du für mich wie eine Nachtigall«, konterte Granock, worauf der untersetzte Elf herzlich lachte. Granock kannte Ogan inzwischen gut genug, um zu wissen, dass dessen Sticheleien nicht böse gemeint waren – im Gegensatz zu einem gewissen anderen Novizen …

Als bräuchte man nur an ihn zu denken, um ihn herbeizurufen, wurde die Tür zu Granocks Kammer plötzlich vollends aufgestoßen: Kein anderer als Aldur stand auf einmal hinter Alannah und Ogan. Granock sah, dass der hagere Elf, genau wie die beiden anderen Elfen, nicht die weiße Tunika der Novizen und den üblichen Umhang darüber trug, sondern warme Kleidung, einen langen Mantel aus weißgrauem Fell und dazu lederne Stiefel. Zusammen mit den geröteten Gesichtern ließ dies darauf schließen, dass die Schüler den Tag außerhalb der Festungsmauern verbracht hatten.

Außerhalb …

Allein der Gedanke weckte in Granock Sehnsucht. Wie sehr wünschte er sich, die Enge der Ordensburg zu verlassen und wieder einmal den freien Himmel über sich zu sehen. Die anderen Schüler waren offenbar in diesen Genuss gekommen, während er einmal mehr hatte zurückstehen müssen, und dies trug nicht gerade zur Hebung seiner Laune bei. Deshalb also hatten Alannah und Ogan nur verschämt die Köpfe hereingesteckt – weil sie es ihm nicht unter die Nase hatten reiben wollen, indem sie ihn ihre Pelzkleidung sehen ließen. Aldur legte sich da weniger Zurückhaltung auf …

»Sieh an«, tönte der Elf mit hohntriefender Stimme, »wen haben wir denn da? Wenn das mal nicht unser menschlicher Novize ist, der sich noch immer vergeblich müht, die Sprache der Vernunft zu erlernen.«

»Komm schon, Aldur, lass ihn in Ruhe«, sagte Ogan.

»Was mischst du dich denn ein, Zauberlehrling?«, fragte Aldur geringschätzig. Ogan war zwar Elf, entstammte aber anders als die meisten Novizen keiner vornehmen Familie, was ihn Aldur zu jeder Zeit spüren ließ. »Mein Feuer hat dein jämmerliches bisschen Regen heute schön verdampfen lassen, also sei lieber still.«

»Du hast nicht ehrlich gekämpft«, wandte Ogan ein.

»Nicht ehrlich? Du meinst wohl, ich war dir gegenüber nicht rücksichtsvoll genug, was?« Aldur lachte spöttisch. »Was bringt dich auf den Gedanken, dass wir hier Rücksicht lernen? Im Kampf gegen die Mächte des Bösen stehst du wütenden Trollen gegenüber oder Horden von Orks. Was glaubst du wohl, wie rücksichtsvoll die mit dir umspringen werden?«

Ogans Mundwinkel fielen herab, und er senkte den Blick. Das half allerdings wenig, denn ein weiterer Wortschwall kam über Aldurs schmale Lippen, von dem Granock allerdings so gut wie nichts verstand. Das war wohl auch so beabsichtigt. Nur der letzte Satz war offenbar auch für seine Ohren bestimmt: »Vielleicht hat Gwailock ja recht, und deine Fähigkeit ist tatsächlich so viel wert wie Pisse!«

Granock war noch weit davon entfernt, die Elfensprache vollständig zu beherrschen, aber selbst er erkannte, dass Aldurs Wortwahl für elfische Verhältnisse ungewöhnlich derb und vulgär war.

»Du bist abscheulich«, sagte Alannah entsprechend empört.

»Weshalb?« Aldur grinste und bedachte Granock mit einem Seitenblick. »Ich habe nur wiederholt, was ein anderer gesagt hat. Die Menschen haben eben eine sehr ungeschliffene Wortwahl.«

»Das habe ich ganz sicher nicht gesagt«, widersprach Granock entschieden. »Nie und nimmer!«

Aldur grinste gehässig. »Ich würde dir auch raten, dich in dieser Hinsicht zurückzuhalten. Es steht dir nicht an, die *reghai* anderer zu beurteilen. Nicht bei dem bisschen Zauberkunst, das du beherrschst und von dem wir noch nicht einmal wissen, ob du es nicht nur einem unglücklichen Zufall zu verdanken hast, einem …« Den Rest verstand Granock nicht, aber dem entsetzten Ausdruck in den Gesichtern der beiden anderen Elfen entnahm er, dass es wenig schmeichelhaft war, was Aldur noch von sich gab. Offenbar hatte der Elf die Niederlage, die ihm Granock bei ihrer ersten Begegnung beigebracht hatte, noch nicht verwunden und wollte die ihm vor aller Augen zugefügte Schmach tilgen.

»Bitte, Aldur, lass ihn in Ruhe«, forderte Alannah.

»Er hat dir nichts getan«, sagte Ogan, wagte es aber nicht, den hageren Elf dabei anzuschauen.

»Wer hat dich gefragt, *tubur*?«, blaffte Aldur. Granock kannte auch dieses Wort nicht, aber er nahm an, dass es eine Beleidigung war, die sich auf Ogans untersetzte Statur bezog.

Aldur streckte die rechte Hand aus, formte damit eine Kralle, aus der im nächsten Moment eine Feuerlohe züngelte. »Das«, erklärte er, »ist wahre Zauberkraft – oder willst du das bestreiten, Mensch?«

Granock hob abwehrend die Hände. »Ich bestreite nichts.« Er hatte keine Lust, sich schon wieder mit diesem Angeber herumzuzanken.

»Du glaubst also auch, dass ich von uns beiden der bessere Zauberer bin?«

Granock zuckte mit den Schultern. »Wenn du es sagst.«

»Und du pflichtest mir bei, dass dein Zeitzauber nur ein billiger Trick ist? Ein Scherz, der …« Wieder verstand Granock nicht alles, aber die Botschaft kam auch so an.

»Was immer du meinst, Aldur«, sagte er achselzuckend.

»Und wenn ich meine, dass du hier nichts verloren hast?«, legte der andere nach, sichtlich enttäuscht darüber, dass seine Provokationen nicht die gewünschte Wirkung zeigten. »Dass deine Mutter eine *laigurena* war und dein Vater ein *gaffro*?«

»Ich habe sie niemals kennengelernt«, entgegnete Granock gelassen. »Ich weiß nicht, was sie waren.«

»*Barn* waren sie, der Staub unter den Stiefeln«, zischte Aldur, »genau wie alle anderen Menschen, die so dumm sind, an unserer Vorherrschaft zu zweifeln.«

»Du hast Glück«, sagte Granock nur.

»Weshalb?«

»Dass Meister Farawyn mir verboten hat, meine Gabe einzusetzen«, antwortete Granock in der Menschensprache, wissend, dass der Elf ihn verstand. »Andernfalls würde ich dich jetzt erstarren lassen, dir deine Funzel auspusten und dir dein Felljäckchen ins große Maul stopfen.«

»Du … du wagst es, so mit mir zu sprechen?«, rief der hagere Elf großspurig. »Mit Aldur, des Aldurans Sohn?«

»Beruhige dich«, versuchte Alannah ihn zu besänftigen. »Du bist selbst schuld. Du hättest Granock nicht derart provozieren dürfen.«

»Dafür wird er bezahlen!«, schnaubte Aldur, und die Flamme in seiner Rechten züngelte höher, als hätte man Öl hineingegossen.

»Ich fordere Genugtuung für diese Beleidigung – und er soll sich nicht auf seinen Meister hinausreden!«

»Ich rede mich nicht heraus!«, versicherte Granock. »Aber ich habe Farawyn mein Wort gegeben, und ich werde es nicht brechen!«

»Ein Mensch, der sein Wort hält? Lächerlich!«, zischte der Elf und hob drohend die brennende Hand. »Aber im Grunde spielt es keine Rolle, ob du dich wehrst oder nicht. Einmal hast du mich mit deinem Trick überrascht, ein zweites Mal würde es dir ohnehin nicht gelingen!«

Und dann ballte er die Faust, öffnete sie wieder – und die Feuerlohe jagte davon!

Statt jedoch quer durch den Raum zu schießen und die Bücher, die aufgeschlagen vor Granock lagen, in Brand zu setzen, so wie Aldur es beabsichtigt hatte, zerplatzte der Flammenball mitten im Flug in grellem Funkenregen, und weißer Dampf wallte in der Kammer auf.

Eine Barriere aus Eis hatte sich dem Feuer unvermittelt entgegengestellt und es gelöscht.

»Was soll das?«, fuhr der hagere Elf Alannah an. »Warum hast du das getan?«

»Weil ich nicht zulassen werde, dass du dich an einem Wehrlosen vergreifst, Aldur, Sohn des Alduran«, erklärte sie ihm mit bebender Stimme. Zornesröte war ihr ins Gesicht gestiegen, und eine blonde Haarsträhne hing ihr trotzig in die Stirn, was sie in Granocks Augen nur noch schöner machte. »Granock hat dir gesagt, dass sein Meister ihm verboten hat, seine Kraft einzusetzen. Er kann sich also nicht verteidigen, ohne das Wort zu brechen, das er Farawyn gab. Wenn du dich mit jemandem messen willst, dann mit einem ebenbürtigen Gegner.«

»Hast du das gehört, Mensch?«, wandte sich Aldur spöttisch an Granock. »Auch sie ist davon überzeugt, dass du mir nicht gewachsen bist.«

Schon hatte sich in seiner Hand ein neuer Feuerball gebildet – der jedoch jäh verlosch, als etwas Unerwartetes geschah.

Die schmucklose Rückwand der Kammer, deren weiße Quadern fast nahtlos aneinandergefügt waren, flimmerte plötzlich –

und zu aller Überraschung trat eine grau gewandete Gestalt daraus hervor, deren Haar und Bart zu Zöpfen geflochten waren und deren Gesicht einen grimmigen Ausdruck zeigte.

Cethegar!

Der Magier trat zwischen die streitenden Schüler und rammte wütend den Zauberstab auf den Boden, womit er ein kleines Beben auslöste.

»Was soll das?«, fuhr er die Novizen an, und seine Augen unter den buschigen Brauen glommen wie glühende Kohlen. »Habt ihr nichts Besseres zu tun, als eure Fähigkeiten in sinnlosem Kräftemessen zu vergeuden?«

»Bitte verzeiht, Meister«, sagte Alannah und senkte ehrerbietig das Haupt. »Ich weiß, ich hätte nicht ...«

»Ich habe alles gesehen«, behauptete Cethegar, dessen *reghas* sich also nicht nur darauf beschränkte, durch Wände *gehen* zu können. »Ich weiß, warum du es getan hast. Dennoch kann ich keine unerlaubten Duelle unter den Novizen dulden.«

»Ja, Meister. Bitte entschuldigt.«

»Zumindest«, knurrte Cethegar, »hast du es nicht aus Eigennutz getan. Du jedoch« – und damit wandte er sich Aldur zu – »hast deine Gabe aus reiner Geltungssucht eingesetzt. Und weil du diesem da« – er schaute Granock nicht an, während er auf ihn deutete – »die Aufnahme in den Orden missgönnst.«

»Ist das nicht verständlich, Vater?«, fragte Aldur keck, worauf die Glut in den Augen des Ältesten nur noch zunahm. »Die meisten Novizen Shakaras wurden ihr Leben lang auf ihre Aufgabe vorbereitet. Der Mensch hingegen ...«

»Der Hohe Rat hat seine Aufnahme in den Orden beschlossen!«, unterbrach ihn Cethegar. »Willst du die Entscheidung des Rates infrage stellen?«

»Nein, Vater, natürlich nicht«, behauptete Aldur allem Anschein zum Trotz. »Aber ich frage mich ...«

»Jeder von euch«, fiel Cethegar ihm erneut ins Wort, »verdankt seine Anwesenheit hier einzig der Gunst des Rates. Das Schicksal mag euch eure Gabe verliehen haben, aber allein der Hohe Rat und die Ältesten befinden darüber, ob ihr es wert seid, dass man euch hier zu Höherem ausbildet. In deinem Fall, Aldur, Sohn des Alduran, hatte ich Bedenken, und offen gesagt hege ich sie immer noch. Wäre da nicht das Schreiben deines Vaters, das Semias milde stimmte, hätten wir dein Ersuchen wohl abgelehnt. Deine Mutter hingegen ...« Cethegar verstummte so abrupt, als hätte er sich auf die Zunge gebissen.

Aldur jedoch, der dem Blick des Ältesten ausgewichen war und betreten zu Boden gestarrt hatte, sah überrascht auf. »Meine Mutter?«, fragte er. »Ihr wisst etwas über meine Mutter?«

»Vergiss, dass ich das sagte«, entgegnete der Zauberer rasch. »Ich habe mich hinreißen lassen in meinem Zorn. Aber höre, Aldur, Sohn des Alduran: Die Aufnahme in den Orden ist eine Gunst, kein Verdienst. Keiner von euch hat Grund, damit zu prahlen, du am allerwenigsten, Aldur, hast du das verstanden?«

»Ja, Vater«, erwiderte Aldur leise und wieder gesenkten Hauptes. Die Erwähnung seiner Eltern hatte seine zur Schau gestellte Überheblichkeit jäh verpuffen lassen.

»Und wie oft«, polterte Cethegar, »muss ich dir noch sagen, dass du Semias und mich nicht ›Vater‹ nennen sollst? Dieses Recht hast du dir noch lange nicht errungen!«

Damit wandte er sich ab und verließ die Kammer auf demselben Weg, auf dem er sie betreten hatte, nämlich nicht durch die Tür, sondern durch die glatte Wand.

»Meister Cethegar!«, rief Granock, der sich für die unerwartete Hilfe bedanken wollte, aber da war der alte Zauberer bereits verschwunden.

Einen Augenblick lang stand Aldur unbewegt, den Blick noch immer zu Boden gerichtet. Dann fuhr er herum und stürzte zur Tür hinaus, wobei er Ogan unsanft zur Seite rempelte.

»Weg ist er«, meinte Granock und konnte sich ein Grinsen nicht verkneifen. »Geschieht ihm recht.«

»Sei vorsichtig«, sagte Alannah ernst. »Der Sohn des Alduran ist soeben ein zweites Mal gekränkt worden – das wird er dir nie verzeihen ...«

17. MARWURAITH ÁDANA

Sie kamen aus der Finsternis.

Die Wachen, die rund um den *bolboug* – so nannten die Orks ihre Dörfer und Siedlungen – verteilt waren, konnten sie nicht sehen. Und selbst wenn, wären ihre Sinne vom vielen Blutbier viel zu benommen gewesen, als dass sie hätten reagieren können.

Ein dumpfes Rauschen, das sich aus dem schweigenden Nachthimmel senkte, dann zuckten die kurzen Armbrustbolzen durchs Dunkel und durchbohrten die Kehlen der Wachen – und das nackte Grauen brach über das Dorf der Orks herein.

Die Wachen waren die Ersten, die den Angreifern zum Opfer fielen, doch sie blieben nicht die Einzigen. Mit knöchernen Schwingen stürzten sich die unheimlichen Kreaturen in steilem Sturzflug in die Schlucht, deren Felswände mit zahlreichen Löchern und Spalten durchsetzt waren – den Höhlen, in denen die Orks zu Hause waren.

Kaum hatten die Flugwesen den Grund der Schlucht erreicht, sprangen ihre Reiter aus den Sätteln und legten neue Bolzen auf die Armbrüste, um ihren blutigen Auftrag auszuführen. Ein Ork, der vor einer der Höhlen lag, weil er zu betrunken gewesen war, den Eingang zu finden, schreckte auf. Ein Bolzen schwirrte lautlos heran, traf ihn zwischen die gelben Augen und riss ihn zurück zu Boden.

Die Angreifer drangen weiter vor. In der Mitte des *bolboug*, wo die Schlucht am breitesten war, gab es eine Feuerstelle. Die Glut glomm noch schwach. Darüber hing, an einem riesigen Dreibein,

ein monströser Kessel, aus dem beißender Gestank aufstieg. Darum verstreut lagen weitere Orks, die dem Blutbierrausch verfallen und eingeschlafen waren. Ihr Schnarchen übertönte jeden anderen Laut, während sich ihnen die dunklen Schatten näherten und ihre Dolche zückten und ihre Schwerter zogen. Im nächsten Moment ging das Schnarchen über in ein Gurgeln, und Fontänen schwarzen Orkbluts spritzten und trafen zischend auf die noch schwelende Glut.

Die Mordlust der Angreifer war jedoch noch nicht befriedigt. Sich mit Handzeichen verständigend, teilten sie sich in zwei Gruppen und wandten sich den Höhlen zu. Ein Ork, der grunzend aus seiner Behausung kroch, vielleicht um sich noch einmal Blutbier zu holen oder auch nur um seine Notdurft zu verrichten, bekam einen Bolzen in den Nacken und brach lautlos zusammen. Den toten Ork keines weiteren Blickes würdigend, stieg der Schütze über den Leichnam hinweg, zog sein Schwert und schlich in die Höhle.

Er verzog das Gesicht angesichts der von Moder und Fäulnis geschwängerten Luft, die ihm entgegenschlug. Es dauerte einen Moment, bis sich seine Augen an die Dunkelheit gewöhnt hatten, dann jedoch sah er sie, die übrigen Bewohner der Höhle, die tief und fest schliefen.

Es war ein ganzer Clan, bestehend aus vier jüngeren Kriegern, einigen Orkweibchen und einer Handvoll Orklinge, die sich wie junge Schweine in eine Grube mit Morast gewühlt hatten und deren Schnarchen dem der älteren Unholde in nichts nachstand. Angewidert spuckte der Eindringling aus.

Dann begann er erneut sein Mordwerk.

Gleichgültig versah das Schwert in seiner Hand seine Arbeit. Unabhängig vom Alter oder Geschlecht des Opfers schnitt es durch Fleisch und Adern und entfesselte Ströme von Blut.

Plötzlich regte sich etwas hinter dem Mörder.

»*Murt! Muruchg!*«, rief eine heisere Stimme, und aus der vollständigen Dunkelheit, die in der Tiefe der Höhle herrschte, wankte eine massige Gestalt.

Einem jähen Impuls gehorchend, sprang der Mörder zurück, und das keinen Augenblick zu früh, sonst hätte ihn der mit Widerhaken versehene Speer durchbohrt, mit dem der Ork nach ihm stach. So entging der Eindringling dem Angriff und schlüpfte durch den Höhleneingang nach draußen.

Der Ork folgte ihm wutschnaubend – und besiegelte damit sein Schicksal. Denn mit kaltblütiger Gelassenheit trat der Mörder beiseite, sodass sein Verfolger an ihm vorbei ins Leere rannte, dann ließ er das Schwert mit furchtbarer Wucht herabfahren.

Es traf den Ork im Genick und trennte ihm mit einem einzigen Streich den Kopf von den Schultern. Mit dumpfem Laut schlug das abgetrennte Haupt auf den Boden und rollte davon.

Der Mörder spuckte abermals aus. Er säuberte die Schwertklinge an der Fellbekleidung des Toten, schritt über ihn hinweg und suchte die nächste Höhle auf.

So ging es weiter.

In jede Behausung drangen die unheimlichen Mörder ein und zeigten kein Erbarmen. Sie badeten ihre Dolche und Schwerter im Blut der Orks, und als von Osten der Morgen über der Modermark heraufdämmerte und die Dunkelheit der Nacht in lange Schatten bannte, waren sie bereits wieder verschwunden, so plötzlich, wie sie aufgetaucht waren.

Nicht ein einziger Ork blieb in dieser Nacht am Leben.

Der Tod hatte Einzug gehalten im *bolboug*.

18. DARTHAN'Y'ÁTHYSTHAN

Granock konnte sein Glück kaum fassen.

Eben noch hatte er an seinem Tisch im Lesesaal der großen Bibliothek von Shakara gesessen, um wie an jedem Morgen jene neuen Wörter und Grammatikregeln abzuschreiben, die er den Tag über lernen sollte, als plötzlich Farawyn zu ihm getreten war.

»Bist du bereit, mit deiner Ausbildung zu beginnen?«, hatte der Zauberer gefragt.

Für einen Moment war Granock unsicher gewesen, ob sein Meister tatsächlich eine Antwort erwartete oder ob die Frage eines jener eigenartigen Rätsel war, für die Elfen offenbar eine allgemeine und Zauberer eine ganz besondere Vorliebe hatten.

»A-aber sicher«, hatte Granock dennoch geantwortet, der endlosen Sprachstudien und der öden Büffelei überdrüssig.

Daraufhin hatte Farawyn ihn aufgefordert, Bücher und Schreibzeug liegen zu lassen und ihm zu folgen, und während Granock dies tat, hatte er fast den Eindruck, dass es gar kein Umhang war, der sich hinter dem Zauberer bauschte, sondern Flügel, und er hatte alle Mühe gehabt, mit Farawyn Schritt zu halten.

Sie gelangten in Bereiche der Eisfestung, die Granock noch nie zuvor betreten hatte. Sein Herzschlag beschleunigte sich, was nicht nur am schnellen Gehen lag, sondern auch an der gespannten Erregung, die er verspürte. Würde er nun endlich in der Kunst der Zauberei unterwiesen werden wie alle anderen Schüler des Ordens?

Freu dich nicht zu früh. Du bist ein Mensch, das solltest du niemals vergessen …

Granock vernahm die Stimme in seinem Kopf und sah sich suchend um. Er wusste ja inzwischen, dass die Kobolde, die kleinwüchsigen Diener der Zauberer, sich kraft ihrer Gedanken verständlich machten, aber er konnte nirgends einen der winzigen Knilche entdecken.

Das mit dem Knilch hab ich gehört, du viel zu groß geratener Flegel!

Ob Farawyn den Kobold ebenfalls »hörte«, wusste Granock nicht. Ohne sich auch nur ein einziges Mal nach seinem Schüler umzudrehen, schritt der Meister zügig voran. Sie passierten lange Flure, schritten über gewundene Treppen und hohe Galerien, von denen aus man in prächtige, von riesigen Säulen gestützte Hallen blicken konnte. Blaues Licht sorgte für Helligkeit, und allenthalben waren Zauberer mit ihren Novizen zu sehen. Vergeblich hielt Granock Ausschau nach Alannah, Ogan oder einem anderen bekannten Gesicht. Offenbar gab es in Shakara noch sehr viel mehr Novizen, als er bislang angenommen hatte.

Magisches Talent ist längst nicht so selten, wie du glaubst, beschied ihm die Stimme in seinem Kopf. *Du bist nur einer von vielen, also bilde dir bloß nichts ein.*

Erneut fragte sich Granock, wem er diese freundlichen Kommentare wohl zu verdanken hatte, als Farawyn plötzlich stehen blieb. Eine Pforte öffnete sich vor ihnen, gleich darauf setzte sich Farawyn wieder in Bewegung, und sie traten in einen kreisrunden Raum, über dem sich eine Kuppel aus Eis wölbte. Oder war es Elfenkristall? Der Unterschied ließ sich nicht feststellen, und vielleicht gab es ja auch gar keinen …

Da soll es keinen Unterschied geben? Du bist mir ein Zauberlehrling!

»Dies«, erklärte Farawyn, »ist ein Übungsraum. Es gibt viele davon in Shakara, dennoch liegt mir dieser besonders am Herzen, denn unter dieser Kuppel habe ich selbst meine ersten Lektionen erlernt.«

»Wer war Euer Meister?«, wollte Granock wissen – und dann schoss ihm der Gedanke durch den Kopf, ob ihn das überhaupt etwas anging.

»Semias«, antwortete Farawyn bereitwillig. »Er war ein gütiger und weiser Lehrer, vielleicht bisweilen etwas zu milde. Ein Fehler, den ich keinesfalls machen werde.«

»Natürlich nicht«, erwiderte Granock ein wenig vorlaut und auch nicht ohne sarkastischen Unterton.

»Das Verhältnis zwischen Lehrer und Schüler«, fuhr Farawyn fort, »sollte von gegenseitigem Respekt geprägt sein sowie vom Gehorsam des Novizen seinem Meister gegenüber. Hast du damit ein Problem?«

»Wenn es so wäre«, antwortete Granock ausweichend, »hätte ich wohl kaum die letzten Wochen mit dem Erlernen Eurer Sprache zugebracht, während alle anderen Schüler bereits in praktischen Dingen unterwiesen wurden.«

Farawyn nickte, aber dann tadelte er Granock sogleich. »Bisweilen klingt dein Elfisch, als würdest du die Laute mit dem Hintern formen und nicht mit dem Mund. Aber du hast viele Wörter gelernt, und im Großen und Ganzen …«

Meister!, tönte es entsetzt in Granocks Kopf – und offenbar nicht nur in seinem. *Eure Ausdrucksweise!*

»Ich passe mich lediglich menschlichen Gepflogenheiten an, Argyll«, entgegnete Farawyn laut. »Die Menschen bedienen sich einer sehr direkten, groben und bisweilen auch bildhaften Sprache.«

Das ist nicht zu überhören.

»Verzeiht, Meister«, bat Granock sichtlich verwirrt, »aber wer ist das, der immerzu …?«

»Der Novize hat völlig recht, Argyll«, unterbrach ihn Farawyn. »Es ist unhöflich, sich in anderer Leute Gedanken zu mischen, ohne sich zumindest vorgestellt zu haben. Also komm heraus und zeig dich.«

Wenn's unbedingt sein muss …

Das Echo der Stimme, die durch Granocks Kopf geisterte, klang wenig begeistert. Dennoch regte sich im nächsten Moment etwas unter dem weiten Umhang, den der Zauberer trug, und ein kleinwüchsiges Wesen mit einer Knollennase und winzig kleinen Äuglein, die Granock scharf musterten, kroch darunter hervor. Die Kleidung des Kobolds war waldgrün, sein weißes Haar im Nacken kurz geschnitten, während es über der Stirn als hoher Schopf aufragte. Den eigentlich obligatorischen Blütenkelch-Hut trug der Kobold nicht; seine spezielle Haartracht machte das praktisch unmöglich.

»Darf ich vorstellen, Granock?«, fragte Farawyn. »Dies ist Argyll, mein Kobold und persönlicher Diener. Argyll – Granock.«

Danke, wir kennen uns bereits. Wie kann jemand nur ein solches Durcheinander zwischen seinen Ohren haben?

»Ist es denn wirklich so schlimm?«, fragte Granock ehrlich besorgt – immerhin war dies schon das zweite Mal, dass er darauf angesprochen wurde.

Schlimm ist gar kein Ausdruck – katastrophal trifft es eher. Wie kommt ihr Menschen nur mit diesem ganzen Drunter und Drüber zurecht?

»Bisweilen gar nicht«, gab Granock zu, was dem Kobold ein Grunzen der Genugtuung entlockte, und das nicht nur gedanklich; Granock hörte es auch mit den Ohren.

»Schön, wenn ihr euch gut versteht«, meinte Farawyn, und ein Lächeln huschte über seine Lippen. »Für die Dauer deiner Ausbildung wird Argyll nicht nur mein Diener sein, sondern auch der deine, Granock …«

Muss das wirklich sein?

»… und zwar so lange«, fuhr Farawyn unbarmherzig fort, »bis du die Prüfungen abgelegt hast und dir ein eigener Kobold zugeteilt wird. Vorausgesetzt natürlich, du bringst die Ausbildung zu Ende.«

»Ihr zweifelt an mir?«, fragte Granock erschüttert.

»Du zweifelst ja selbst an dir«, entgegnete der Zauberer, »und das aus gutem Grund. Sollte es auch nur den geringsten Anlass zur Beschwerde gegen dich geben, wird der Rat dich von der Ausbildung ausschließen und aus Shakara hinauswerfen. Allerdings erst, nachdem man *ángovor* über dich verhängt hat.«

»Was meint Ihr?«, fragte Granock, der das Wort nicht kannte.

»Der *ángovor* ist ein Bann«, erklärte Farawyn, »der den Verurteilten seine Erinnerungen raubt. In alter Zeit wurde er oft angewandt, inzwischen gehört er jedoch zu den *anmeltith*, zu jenen Bannsprüchen, die nur mit besonderer Genehmigung des Rates ausgesprochen werden dürfen.«

»Ich verstehe.« Granock grinste, doch dahinter ließ sich seine Unsicherheit kaum verbergen. »Dann sollte ich mich wohl besser benehmen, was?«

Pfff! Erst mal wissen, was Benehmen ist!

»Unglücklicherweise«, sagte Farawyn mürrisch, wobei er Argyll mit einem strafenden Blick bedachte, »bist du nicht der Einzige, der hier ein wenig Nachhilfe in Sachen Anstand dringend brauchen könnte.« Er richtete seine Augen wieder auf Granock. »Aber die Tatsache, dass du meine Weisungen die Sprachstudien betreffend ohne Klagen und Rumgejammer befolgst, lässt mich hoffen.«

»Darf ich Euch etwas fragen, Meister?«

»Was möchtest du wissen?«

»Warum wollt Ihr nun doch mit meiner Ausbildung beginnen? Meine Kenntnisse in Eurer Sprache sind noch längst nicht vollkommen, und ich ...«

»Sie reichen aus«, war Farawyn überzeugt, worauf Granock meinte, abermals ein *Pfff* in seinem Kopf zu vernehmen.

»Meister Cethegar ist der Ansicht, dass ich nicht mehr länger warten sollte«, fuhr Farawyn fort, »weil der Abstand zu den anderen Novizen sonst zu groß werde.«

»Meister Cethegar?« Granock machte große Augen. Dass sich ausgerechnet der stets so grimmige Zauberer auf seine Seite stellte, hatte er nicht erwartet, und er fragte sich, ob es etwas mit jenem Zwischenfall in seiner Kammer zu tun hatte, der sich vor einiger Zeit ereignet hatte ...

»Ich selbst bin nicht dieser Ansicht«, erklärte Farawyn, »aber ich kann mich dem Wunsch des Stellvertretenden Ordensmeisters nicht verschließen. Also werden wir mit deiner Ausbildung jetzt beginnen.«

Nach all den Tagen der Niedergeschlagenheit und der Frustration bemächtigte sich Granocks ein Hochgefühl. »Dann werde ich jetzt lernen, meine Kräfte gezielt und konzentriert einzusetzen?«, fragte er aufgeregt. »Ich werde einen Zauberstab bekommen und in die Geheimnisse der Magie eingeweiht werden?«

»So ist es.«

»Jetzt sofort?«

Man kann über ihn sagen, was man will, kommentierte Argyll ebenso lautlos wie trocken. *Geduld ist jedenfalls nicht seine Stärke ...*

»Du hast es wohl sehr eilig?«, fragte Farawyn, die Zwischenbemerkung des Kobolds nicht beachtend.

»Ist das nicht verständlich?«, fragte Granock dagegen. »Nach all der Zeit, die ich verschw… ich meine, die ich mit dem Studium eurer Sprache verbracht habe, bin ich natürlich sehr begierig darauf, auch mal was Praktisches zu lernen.«

»Du hältst das Erlernen einer Sprache für Zeitverschwendung?«, hakte Farawyn nach, und eine Zornesfalte bildete sich über den dunklen Brauen des Zauberers.

»N-nein«, versicherte Granock.

Er lügt, stellte Argyll ungerührt fest. *Und er hat eine Menge Wut im Bauch …*

»Wut? Auf wen?«

»Auf niemanden«, beteuerte Granock und schaffte es, seine wahren Gedanken zu verbergen, indem er still und leise ein Sauflied rezitierte, das er irgendwann in einer Spelunke aufgeschnappt hatte.

Was, in aller Welt, haben denn Agathas Schenkel mit dem Erlernen der elfischen Sprache zu tun?, wollte der Kobold wissen. *Und warum sind ihre Brüste wie Weinfässer?*

»Meister Cethegar hat mir etwas anderes berichtet«, erwiderte Farawyn auf Granocks Antwort, die Bemerkung seines Kobolds einmal mehr überhörend.

Also doch, dachte Granock. Grund für Cethegars plötzlichen Meinungswandel war also tatsächlich der Vorfall in seiner Kammer, bei dem Alannahs Lehrer so unverhofft hinzugekommen war.

»Was hat Meister Cethegar denn berichtet?«, fragte Granock sehr vorsichtig.

»Er sagte, du hättest Streit gehabt. Streit mit anderen Novizen.«

»Das ist nicht wahr.«

»Willst du behaupten, der Stellvertretende Ordensmeister hätte mich belogen?« Farawyns ohnehin Respekt gebietende Stimme schwoll furchteinflößend an.

»Nein.« Granock schüttelte hastig den Kopf. »Nein, aber es gibt nur *einen* Novizen, mit dem ich immerzu Ärger habe.«

»Wie ist sein Name?«

»Aldur«, antwortete Granock rundheraus. Einerseits fühlte es sich nicht gut an, einen anderen Novizen anzuschwärzen, andererseits fragte er sich, weshalb er jemanden decken sollte, der ihm ständig Knüppel zwischen die Beine warf und ihn herausforderte, wann immer er konnte. »Der Kerl kann mich nicht leiden und lässt keine Gelegenheit aus, mich vor den anderen zu demütigen.«

Hatte sich Granock Verständnis von seinem Meister erhofft, so wurde er bitter enttäuscht, denn Farawyn fuhr auf: »Du solltest dich schämen!«

»Weshalb?«, fragte der junge Mensch erstaunt.

»Was du sagst, ist übelwollend und verleumderisch. Aldur ist einer unserer talentiertesten Novizen. Er ist der Spross einer vornehmen Familie und folgt einer großen Tradition. Sein Vater Alduran war einst selbst hier und hat den Pfad der Magie beschritten. Und anders als du ist Aldur sein ganzes bisheriges Leben lang auf diese Ausbildung vorbereitet worden.«

»Tatsächlich?« Trotz flackerte in Granocks Augen. »Warum fragt Ihr mich dann, wenn Ihr die Wahrheit nicht wissen wollt?«

»Ist es denn die Wahrheit, was du mir berichtest?«, fragte Farawyn dagegen. »Oder ist es nicht vielmehr das, was dein Neid und deine Eifersucht dir diktieren?«

»Neid und Eifersucht?« Granock glaubte, nicht recht zu hören. »Ihr habt keine Ahnung, wovon Ihr sprecht!«

»Sei vorsichtig, Novize!« Farawyn hob mahnend den Zeigefinger. »Du vergreifst dich im Ton …«

»Die Wahrheit ist, dass ich ausgeschlossen werde«, fuhr Granock ungeachtet der Warnung fort, und er sprach in seiner Erregung lauter, als er beabsichtigte. »Die Wahrheit ist, dass die meisten anderen Novizen in mir eine minderwertige Kreatur sehen, Ungeziefer, das es aus Shakara zu vertreiben gilt. Und die Wahrheit ist auch, dass ich …« Er stockte, dann brachte er den Satz leise zu Ende, den Blick zu Boden gerichtet: »… dass ich oft zweifle.«

»An wem? An dir?«

»An mir. An Euch. An allem«, erklärte Granock, hob den Kopf und sah Farawyn direkt ins Gesicht. »Meine Mitschüler, allen voran der geschniegelte Aldur, beugen sich den Regeln des Ordens ohne Zögern und offenbar mit großer Freude, während ich …«

Er unterbrach sich erneut, diesmal, weil er sich an die Warnung erinnerte, die Farawyn ihm vorhin hatte zukommen lassen, an die

Androhung, ihn nicht nur der Ordensburg zu verweisen, sondern auch den Bann *ángovor* über ihn auszusprechen. Aber wahrscheinlich hatte er sich bereits um Kopf und Kragen geredet. Aldur würde sich bestimmt darüber freuen …

»Während du was?«, hakte Farawyn nach. Die Zornesfalte auf seiner Stirn war noch tiefer geworden, die Augenbrauen hatten sich zur Nasenwurzel hin geneigt.

»Während ich mir immerzu Fragen stelle«, sagte Granock mit Resignation in der Stimme. »Was soll das alles hier? Welchen Sinn hat es? Warum hat das Schicksal oder was auch immer gerade mich dazu auserwählt, als erster Mensch Shakara betreten zu dürfen? Was steckt hinter alldem? Hat das alles eine höhere Bedeutung?«

Farawyn betrachtete ihn eine endlos scheinende Weile lang. Dabei hellte sich seine Miene zu Granocks Überraschung wieder auf, und die Zornesfalte verschwand. »Das ist alles?«, fragte er schließlich.

»Genügt das denn nicht?« Verzweiflung schwang in Granocks Stimme. »Ich habe keine Ahnung, was ich hier soll, und ich komme mir vor wie ein Ausgestoßener. Mein Leben lang habe ich auf der Straße gelebt, wie Ihr wisst, und ich habe gelernt, mich dort durchzuschlagen. Aber noch niemals zuvor habe ich mich auch nur annähernd so einsam gefühlt wie hier in Shakara.«

»Ich weiß«, sagte Farawyn nur.

»Ihr … wisst es?«

»Ich bin dein Meister. Es gehört zu meinen Aufgaben, zu wissen, was mit dir los ist, was in dir vorgeht. Außerdem«, fügte Farawyn mit entschuldigendem Lächeln hinzu, »bist du für Argyll wie ein offenes Buch.«

»Aber wenn Ihr wisst, wie es in mir aussieht, wieso fragt Ihr mich dann?«

»Muss ich dir darauf wirklich antworten?«

Granock dachte kurz nach, dann schüttelte er den Kopf. »Nein«, sagte er leise, »das müsst Ihr nicht. Es war eine Prüfung, nicht wahr? Ihr wolltet wissen, ob ich Euch die Wahrheit sage.«

»Vieles von dem, was wir hier tun und was hier geschieht, mag dir auf den ersten Blick sinnlos erscheinen«, erklärte Farawyn. »Aber ich darf dir versichern, Junge, dass nichts davon wirklich sinnlos ist. Alles dient dem Zweck, dein Talent zu fördern und dich umfassend auszubilden, was auch die Stärkung deines Charakters mit einbezieht, auch in Augenblicken, in denen du es vielleicht nicht vermutest.«

Granock nickte. »Ich … verstehe.«

»Befreie deshalb deinen Geist von allen Zweifeln und Fragen, Junge, und verlasse dich ganz auf die Regeln und Traditionen des Ordens. Öffne dich ihnen, gib dich ihnen hin, dann verleihen sie dir Sicherheit. Sie mögen dich zu Beginn einengen und dir das Gefühl geben, gefangen zu sein. Aber sie geben dir auch Halt bei all dem, was du im Zuge deiner Ausbildung noch sehen und erleben wirst. Darauf musst du vertrauen.«

»Das fällt mir ziemlich schwer, Meister«, gestand Granock. »Bisher habe ich immer nur das getan, was *mir* richtig erschien, und ich habe nie Regeln befolgt, deren Sinn ich nicht verstand.«

»Dann wirst du es lernen müssen«, sagte Farawyn. »Weißt du, aus welchem Grund?«

»Nein, Meister«, gab Granock zu. »Vielleicht aus Dankbarkeit?«

»Dummkopf«, sagte Farawyn. »Glaubst du tatsächlich, ich hätte dich aus reiner Freundlichkeit hergeholt? Oder dass der Hohe Rat deiner Aufnahme in den Orden zugestimmt hätte, nur um mir einen Gefallen zu tun? Die Sache ist denkbar knapp ausgegangen; es hätte nicht viel gefehlt, und mein Ersuchen, dich als Novizen anzunehmen, wäre abgeschmettert worden.«

»Ich … weiß«, antwortete Granock kleinlaut. Der Kobold Ariel hatte ihm ja bereits erzählt, dass Farawyn viel riskiert hatte, damit er – Granock – in Shakara aufgenommen wurde. Doch das war Wochen her, und Granock hatte sich keine Gedanken mehr darüber gemacht; andere Dinge hatten ihn beschäftigt.

»Es hat darüber eine heftige Debatte gegeben«, fuhr Farawyn fort, »und meine Gegner im Rat haben versucht, die Situation zu ihren Gunsten zu nutzen, um meine Position hier in Shakara ganz allgemein zu schwächen. Am Ende jedoch hat der Rat deiner Aufnahme zugestimmt und damit das in meinen Augen einzig Richtige getan.«

»Doch warum denkt Ihr so, Meister?«, fragte Granock.

»Weil ich die Zukunft gesehen habe«, erklärte Farawyn. »Wir mögen die Augen fest vor ihr verschließen, mögen uns selbst blenden und uns über die Tatsachen hinwegzutäuschen versuchen – aber die Zukunft lässt sich nicht aufhalten, mein Junge. Sie kommt auf uns zu, unerbittlich. Selbst du mit deiner erstaunlichen Fähigkeit kannst die Zeit nicht lange genug festhalten, um der Zukunft Einhalt zu gebieten. Und in dieser Zukunft bricht eine neue Ära an, in der deinesgleichen eine wichtige Rolle spielen wird.«

»Meinesgleichen?« Granock schaute ihn an. »Ihr meint die … die Menschen?«

Farawyn nickte. »Selbst meine Gegner im Rat haben längst erkannt, dass deiner Rasse die Zukunft gehört. Du magst der erste Mensch in Shakara sein, Granock, aber sicher nicht der letzte. Ich sehe große Entwicklungen voraus, und ich ahne, dass du ein großer Zauberer werden wirst. Ja, den Menschen gehört die Zukunft, und verwehrt man sie den Menschen, wird es keine Zukunft geben. Die Menschen nämlich sind unsere Erben, die Erben des Elfengeschlechts. Treten sie dieses Erbe nicht an, wird irgendwann das Böse siegen. Damit das nicht geschieht, Granock, und damit meine Vision von der Zukunft wahr wird, müssen wir uns gegenseitig Vertrauen schenken. Nicht nur du und ich, sondern die Elfen den Menschen und umgekehrt.«

Farawyns Stimme war leiser geworden, dabei aber nicht weniger eindringlich. Zuletzt hatte er Granock die Hand auf die Schulter gelegt und ihm dabei tief in die Augen geschaut – und obwohl die harte Schule des Lebens auf der Straße Granock gelehrt hatte, allem und jedem mit Misstrauen zu begegnen, war er sich sicher, dass zumindest dieser Elf nicht sein Feind war.

»Ich verstehe, Meister«, sagte er leise.

»Wirklich?«

»Ich hoffe es«, meinte Granock mit entschuldigendem Lächeln. »Was Ihr über die Zukunft sagt, kann ich nicht wirklich nachvollziehen, aber ich will Euch einfach glauben.« Er machte eine kurze Pause, bevor er weitersprach: »Vieles hier ist neu und ungewohnt für mich. Aber ich will und werde lernen, denn ich möchte mehr über mich herausfinden und über diese seltsame Fähigkeit, die ich habe.

Nach all den Jahren, in denen ich kein Zuhause hatte, keine Familie und keine Freunde, möchte ich endlich wissen, wer ich bin.«

»Ein guter Vorsatz«, sagte Farawyn anerkennend. »Die Menschen werden es dir danken. Irgendwann.«

»Dankbarkeit brauche ich nicht, ich bin bis jetzt auch ohne ausgekommen. Aber ich will Anerkennung.«

»Auch die wirst du bekommen«, war Farawyn überzeugt. »Folge dem Pfad der Magie und sei ein gelehriger Schüler, und sie werden dich alle respektieren, ungeachtet deiner Herkunft. Man wird dir einen Zaubernamen geben, so wie allen Zauberern, und er wird nicht nur für die Fähigkeit stehen, die dir das Schicksal verliehen hat, sondern für dich als ganze Person.«

»Aber ich habe schon einen Namen«, wandte Granock ein.

»Du hast schon einen Namen?« Farawyn schien ehrlich erstaunt.

»Ja. Aldur hat ihn mir gegeben. Er nennt mich Gwailock.«

»Oh«, machte Farawyn.

»Alannah und Ogan wollen mir nicht sagen, was es bedeutet. Wollt Ihr es mir verraten?«

»Nun«, erwiderte Farawyn ein wenig zögernd, »offenbar handelt es sich um eine Verballhornung deines Namens und ist von dem Wort *gwaila* abgeleitet. Allerdings ist dies kein Begriff, den ich der elfischen Hochsprache zurechnen würde, deshalb hast du dieses Wort bislang auch nicht gelernt.«

»Was bedeutet es?«

»So viel wie ›schäbig‹ oder ›schmutzig‹, und das mit einer ziemlich wertenden Note.«

»Ich verstehe«, sagte Granock nur.

»Aldur ist nicht böse«, versuchte sein Meister zu erklären. »Es fällt ihm nur schwer zu verstehen, weshalb mit einer uralten Tradition gebrochen wurde. Und wahrscheinlich findet er es ungerecht, dass dir in den Schoß gefallen ist, wofür er sein Leben lang hart arbeiten und kämpfen musste.«

»Kämpfen?«, wiederholte Granock. »Was immer er bislang auch getan hat, ums nackte Überleben hat Aldur sicher noch nie gekämpft.«

»Kaum«, stimmte Farawyn zu.

»Wie kann er dann behaupten, dass ich es leichter gehabt hätte als er?«

»Mit demselben Recht, mit dem du bislang angenommen hast, dass alle Elfen arrogant und hochmütig wären«, konterte Farawyn mit mildem Lächeln.

Granock wollte widersprechen, aber Argyll machte mit einem leisen Räuspern auf sich aufmerksam; der Kobold las in seinen Gedanken und wusste, dass Farawyn mit seiner Vermutung richtig lag: Es stimmte, Granock hatte für Elfen tatsächlich nie sehr viel übrig gehabt. Vielleicht aber hatte er sich in ihnen geirrt. Zumindest gab es Ausnahmen …

»Wir alle werden unsere Vorurteile revidieren und einander vertrauen müssen«, sagte Farawyn. »Auch Aldur wird das eines Tages begreifen. Er braucht nur etwas Zeit.«

»Wenn Ihr meint, Meister …« Granock war hinsichtlich des Aldurans Sohn nicht wirklich überzeugt.

»Und nun kommen wir zu deiner ersten Lektion«, sagte der Zauberer unvermittelt.

»Die erste Lektion?« Granock schaute ihn fragend an – er hatte angenommen, dass das Gespräch selbst schon die erste Lektion gewesen wäre, dass Meister Farawyn ihn damit auf die Probe hatte stellen wollen.

»Willst du denn nichts Neues lernen?«, fragte Farawyn verwundert.

»Doch, natürlich«, beeilte sich Granock zu versichern. »Was wollt Ihr mir beibringen?«

Farawyn bedachte Argyll mit einem amüsierten Seitenblick. »Ich werde dir zeigen, wie du deine Gedanken vor fremdem Zugriff schützen kannst. Du willst doch bestimmt nicht, dass ständig ein Kobold darin herumschnüffelt, oder?«

»Nein«, bestätigte Granock grinsend, »das will ich wirklich nicht, Meister Farawyn.«

Pfff, machte es in seinem Kopf, und erstmals seit seiner Ankunft in der Ordensburg hatte Granock das Gefühl, dass die Versprechungen, mit denen Farawyn ihn nach Shakara gelockt hatte, möglicherweise wahr werden könnten.

19. AMWELTHYR RHYFANA

Die Gerüche, die für gewöhnlich über einem *bolboug* lagen, waren für Wesen, die nicht zur Gattung Ork gehörten, ohnehin schwer zu ertragen. Fäulnis und Moder waren allgegenwärtig, und es roch auch nach verfaulendem Fleisch. All das mutete jedoch wie zarter Blütenduft an im Vergleich zu dem bestialischen Gestank, der nach dem nächtlichen Massaker über dem Dorf der Orks lag.

Es war eine einsame, vermummte Gestalt, die sich an diesem Morgen einen Weg zum Grund der Schlucht suchte, über baufällige Brücken, die aus grauer Vorzeit stammen mochten und die von den Orks dann benutzt worden waren, und über schmale Pfade. Kleine Steine rieselten bei jedem Schritt in die Tiefe, und wäre auch nur einer der Dorfbewohner noch am Leben gewesen, so hätte der Vermummte, der die Kapuze seines Mantels tief ins Gesicht gezogen hatte, seine Unvorsichtigkeit mit dem Leben bezahlt. So jedoch blieb er unbehelligt.

Der erste Leichnam, auf den er stieß, war der eines Wachtpostens, der offenbar vom Rand der Schlucht in die Tiefe gestürzt war. Seine Glieder standen in grotesken Winkeln von seinem Körper ab, der Armbrustbolzen, der ihn getroffen hatte, steckte noch in seiner Kehle, und sein zähnestarrendes Maul war zu einem stummen Schrei aufgerissen. Der Angriff musste unerwartet erfolgt sein, das war deutlich zu erkennen, und er schien schon einige Zeit zurückzuliegen: Die narbige grüne Haut des Unholds hatte bereits begonnen, sich zu zersetzen, und verwesendes Fleisch war darunter hervorgetreten, an dem sich Ratten, Moorwürmer und anderes

Ungeziefer zu schaffen machten. Schon zuvor hatten sich die Krähen an dem Kadaver gütlich getan und ihm die Augen ausgehackt, sodass der unförmige Schädel den Besucher aus leeren Augenhöhlen anstarrte.

Es war kein erhebender Anblick, dennoch nahm ihn der Vermummte mit Gleichmut zur Kenntnis. Unberührt bewegte er sich weiter, und nachdem er an zwei weiteren Leichen vorbeigegangen war, die ähnlich grausig zugerichtet waren wie die erste, erreichte er das eigentliche Dorf. Der Gestank, der wie zäher Nebel zwischen den fast senkrecht aufragenden Wänden der Schlucht hing, war so durchdringend, dass sich die Kapuzengestalt eine Hand auf Mund und Nase legte.

Kadaver lagen überall, entlang der in den Fels gehauenen Stiegen und Pfade ebenso wie in den Eingängen der Höhlen, die zu beiden Seiten der Schlucht im Fels klafften. Die meisten waren jedoch um die große Feuerstelle zu finden, die an der breitesten Stelle der Schlucht angelegt worden war. Offenbar hatten die Orks gerade ein Fest abgehalten, als sie aus dem Hinterhalt attackiert worden waren. Darauf wiesen auch die abgenagten Gnomenknochen hin, die ringsum verstreut lagen; die Gnomen waren nicht nur die Erzfeinde der Orks, mit denen sie um die Vorherrschaft in der Modermark stritten, sie schmeckten ihnen auch gut.

Der Zustand der Orkleichen an der Feuerstelle ähnelte dem des Wachtpostens. Überall sah der Vermummte verwesendes Fleisch, aus dem hier und dort bereits bleiche Rippenknochen ragten, abhängig davon, in welchem Umfang die Aasfresser sich daran gelabt hatten und wie weit der Verfall fortgeschritten war. Die Nächte in der Modermark waren klamm, tagsüber jedoch sorgte schwüle Feuchte dafür, dass die Verwesung rasch voranschritt.

Die Spuren der Angreifer, die offenbar ebenso unerwartet wie erbarmungslos zugeschlagen hatten, waren allenthalben noch zu finden: Armbrustbolzen, die in den Leichen steckten, oder Dolche, die man im Herzen der Opfer zurückgelassen hatte. Aber der Vermummte bemerkte auch, dass manche Dinge fehlten: Vielen der Toten waren die Kettenhemden ausgezogen worden, die die Orks nicht nur zu Kriegszeiten trugen, sondern als alltägliche Kleidung;

anderen hatte man ihre Waffengurte abgeschnallt – das folgerte der Unbekannte, weil er wusste, dass Orks selten unbewaffnet herumliefen, auch nicht, wenn sie daheim im *bolboug* feierten –, und er sah auch nur noch sehr wenige *saparak'hai*, jene Speere, wie Orks sie benutzten, und nur noch hier und dort eine breitschneidige Axt, ebenfalls eine bevorzugte Waffe der Orks.

Der Vermummte nickte. Die Angreifer hatten die Orks beraubt, das war eindeutig …

*»Kuun!«**, erklang plötzlich ein grollender Ruf, der den Vermummten herumfahren ließ – dann sah er sich einer Horde bis an die Hauer bewaffneter Orks gegenüber. Ihre Harnische waren rostig, ebenso wie die Helme, die Kettenhemden und die stachelbewehrten Schulterbrünnen, die einige von ihnen trugen. Blutunterlaufende Augenpaare starrten feindselig aus grünen Fratzen, gelbe Zähne wurden gefletscht, während die Unholde drohend ihre Waffen schwangen – Speere, Äxte und Schwerter, an denen noch das Blut derer klebte, die sie bereits gemeuchelt hatten.

Aus den Blutzeichen, die sie sich in die Gesichter geschmiert hatten, und den noch frischen Skalps, die an ihren Gürteln hingen, folgerte der Vermummte, dass es sich nicht um Überlebende aus dem Dorf handelte, sondern um Angehörige eines anderen Clans, die sich auf dem Kriegspfad befanden. Vermutlich hatten sie den *bolboug* ihrer Artgenossen überfallen wollen und hatten dann überrascht festgestellt, dass ihnen jemand zuvorgekommen war …

»Oignash, oignash!«, rief einer der Orks, der die anderen überragte und auch breiter gebaut und muskulöser war; fraglos handelte es sich um den Anführer der Gruppe. Eine breite Narbe zog sich quer über sein hässliches grünes Gesicht. *»Achgosh-bonn ann bolboug. Krich'dok'dh umbal sabal'dok?«***

Die anderen Orks, fünfzehn an der Zahl, verfielen in höhnisches Gelächter. Für sie stand fest, dass sich der Vermummte in die Modermark verirrt hatte – ein leichtes Opfer, das zu bezwingen

* Orkisch: »Fremder!«

** »Was für eine Überraschung – ein Mensch im Dorf der Orks. Ist der Idiot gekommen, um zu kämpfen?«

und zu verhackstücken nicht viel Zeit in Anspruch nehmen würde. Ihre Waffen drohend erhoben, traten sie näher.

Der Fremde war jedoch weit davon entfernt, in Panik zu geraten. Er wandte sich nicht zur Flucht, sondern blieb gelassen stehen, hob die Hände, griff nach der Kapuze und schlug sie zurück.

»Sul-coul!«, rief der Anführer der Orkmeute daraufhin, und in seiner Stimme lag eine Mischung aus Abscheu und Entsetzen, und auch seine Krieger schreckten zurück, als sie ihren Irrtum erkannten.

Es war kein Mensch, der sich im *bolboug* herumtrieb, sondern ein Elf. Und das war nicht die einzige Überraschung, die der Fremde zu bieten hatte ...

»Achgosh-douk«, begrüßte er den Anführer des Kriegstrupps ungerührt, um in fließendem Orkisch fortzufahren: »Kuruls dunkle Ausgeburten sollten sich schämen, einem einzelnen Wanderer aufzulauern. Das bringt weder Ruhm noch Ehre noch einen vollen Magen.«

Erstaunt schauten sich die Unholde an, und ihr Anführer raunte verblüfft: »Du ... du sprichst unsere Sprache?«

»Wenn ihr dieses Gegrunze eine Sprache nennt, dann ja«, bestätigte der Fremde. Sein Haupthaar war schütter, der Bart ergraut. Für die Orks jedoch machte es keinen Unterschied. Für sie sahen alle Schmalaugen – wie sie die Söhne Sigwyns nannten – gleich aus, nämlich abgrundtief hässlich.

»Was willst du hier?«, verlangte der Narbige zu erfahren, nachdem er seine Überraschung verwunden hatte. »Die Modermark gehört den Orks.«

»Korr, das weiß ich«, bestätigte der Elf. »Nur fragt sich, ob diejenigen, die dieses Dorf überfallen haben, das genauso sehen.«

»Hast du eine Ahnung, was hier geschehen ist?«

Der Grauhaarige nickte. »Ich habe mich umgeschaut. So wie es aussieht, hat der Angriff die Dorfbewohner völlig überrascht. Die meisten von ihnen ereilte der Tod im Schlaf, ohne dass sie auch nur die Möglichkeit gehabt hätten, sich zu wehren.«

Der Anführer der Orks verzog angewidert das blutbeschmierte grüne Gesicht. »Der Clan der Bluthunde war ein feiges und hinterhältiges Pack, aber ein solches Ende haben nicht einmal sie verdient.«

»Anscheinend blieb keiner von ihnen am Leben«, sagte der Elf. »Man hat sie alle getötet – und das schon vor einigen Wochen.«

»Korr«, bejahte der Anführer des Kriegstrupps und grunzte. »Aber wer hat das getan? Die Milchgesichter, die auf der anderen Seite der Berge siedeln, sind Schwächlinge – ihnen ist so etwas nicht zuzutrauen. Der Clan der Pestfresser kann es ebenfalls nicht gewesen sein, und wir Knochenbrecher ...«

»Es waren Schmalaugen«, stellte der Grauhaarige fest.

Die Orks starrten ihn überrascht an. »Was?«

»Ich sagte, es waren Schmalaugen«, wiederholte der Elf. »Seht euch nur diese Bolzen an. Kein Ork vermag so etwas herzustellen, geschweige denn, es mit dieser Genauigkeit abzuschießen. Und dann der Zustand der Leichen – hätten Orks hier gewütet, wären zumindest einige von ihnen verstümmelt. Die Toten wurden auch nicht skalpiert, um Kriegstrophäen mitzunehmen. Wer immer den *bolboug* angegriffen hat, ist zudem äußerst diszipliniert und effektiv vorgegangen.«

Der Anführer des Orktrupps nickte. Das war weder die übliche Herangehensweise der Orks noch die der als dumm verschrienen Menschen. »Angenommen, du hättest recht«, sagte er, und seine narbigen Züge zerknitterten sich noch mehr; er schien angestrengt nachzudenken. »Wieso verrätst du deine eigene Rasse? Was hast du davon?«

»Ich bin hier, um euch zu warnen«, sagte der Grauhaarige schlicht.

»Uns?« Die gelben Augen des Orks weiteten sich, sodass die blutroten Adern darin noch deutlicher sichtbar wurden. »Uns willst du warnen? Wir sind die Knochenbrecher, der größte und gefährlichste aller Stämme!«

»Auch die Bluthunde haben sich für groß und gefährlich gehalten«, gab der Elf zu bedenken. »Beides bedeutet nichts, wenn der Feind in der Nacht und aus dem Hinterhalt angreift.«

»Und vor diesem Feind willst du uns warnen?«

»*Korr,* aber ich werde nicht mit einem niederen Diener darüber sprechen, sondern nur mit eurem Häuptling.«

»*Sul-coul!*«, fuhr der Anführer des Kriegstrupps den Elfen an, und seine Untergebenen zuckten erschrocken zusammen; der Grauhaarige jedoch ließ keine Reaktion erkennen. »Willst du mich beleidigen? Ich bin kein Diener, damit du es weißt! Ich bin Gunrak der Gefürchtete, und wenn du mich nicht mit Respekt behandelst, reiße ich dir den Kopf von den Schultern!«

Zornig schlug er sich mit der Faust auf die Brust, und die erwartungsvollen, blutgierigen Blicke, mit denen ihn die anderen Orks bedachten, ließen vermuten, dass er seine Drohung schon des Öfteren wahr gemacht hatte.

Der Elf jedoch blieb auch weiterhin gelassen. »Ich bin gekommen, um euch mitzuteilen, was ich weiß«, stellte er klar, »aber ich werde es nur eurem Häuptling Borgas sagen. Also bringt mich entweder zu ihm und lebt, oder lasst es bleiben und endet wie die Bluthunde. Mir ist es gleich.«

»Du … du weißt, wer unser Häuptling ist?«, fragte Gunrak. Das Schmalauge versetzte ihn immer wieder in Erstaunen.

»Allerdings.«

»Und du wirst nur ihm verraten, was du weißt?«

»Das sagte ich.«

Der Ork überlegte, und man konnte seiner gerunzelten Stirn ansehen, wie sehr ihn das anstrengte.

Das Ergebnis war durchwachsen …

»Kannst du mir«, knurrte er feindselig, »auch nur einen einzigen Grund nennen, weshalb ich auf dich hören sollte, anstatt dich einfach an Ort und Stelle zu massakrieren?«

»Sehr einfach – weil dein Überleben davon abhängt, deshalb«, antwortete der Elf. »Und nicht nur deins, sondern das deines ganzen Stammes.«

Erneut dachte Gunrak nach und machte ganz den Eindruck, als hätte man ihm ein unlösbares Rätsel aufgegeben. Dann jedoch hellte sich seine Miene etwas auf, und ein verschlagenes Grinsen breitete sich sogar darauf aus. »Ich weiß jetzt!«

»Was weißt du?«

»Was ich tun werde.«

»Ich auch«, versicherte der Alte voll Überzeugung. »Du wirst mich zu deinem Häuptling bringen.«

»Douk«, widersprach Gunrak und schüttelte trotzig das Haupt, »ich werde dich aufschlitzen und dir das freche Maul mit deinen Eingeweiden stopfen!«

»Ork«, sagte der Grauhaarige ungerührt, »deine Gedanken reichen nicht weiter, als du spucken kannst. Wie hat es dein Volk nur geschafft, all die Jahrtausende zu überleben? Wenn du mich tötest, ändert das nichts an der Gefahr, in der ihr alle schwebt. Ihr beraubt euch nur der Möglichkeit, etwas darüber in Erfahrung zu bringen, sodass ihr euch verteidigen könntet.«

»Wenn schon!«, konterte Gunrak, und er zitierte – weil ihm das besonders gelehrig erschien – eine orkische Weisheit, die in Anlehnung an ein Sprichwort der Menschen entstanden war: *»Krich'dok umm, krich'dok sochgash.** Los, macht ihn fertig!«

Ob die anderen Orks die Entscheidung ihres Anführers für richtig hielten, war nicht festzustellen. Wenn nicht, war ihre Furcht vor ihm so groß, dass sie alle Zweifel überwog. Die *saparak'hai* drohend gesenkt, stapften sie auf den Elfen zu, der ihnen mit lauter Stimme Einhalt zu gebieten suchte – vergeblich.

Schon wollten die ersten Krieger mit ihren Kampfspeeren zustoßen, um deren mit Widerhaken versehene Spitzen in die Eingeweide des Elfen zu treiben, als dieser die Handflächen nach vorn streckte und gleichzeitig ein Wort ausstieß, das in den Ohren der Unholde geradezu schmerzte, und es war, als würden die vordersten Angreifer gegen eine unsichtbare Mauer rennen.

»Was, bei Koruk, ist los?«, rief Gunrak erbost. »Los doch, ihr Schwächlinge! Holt euch seinen Kopf!«

Die Angst vor dem Zorn ihres Anführers trieb die Orks erneut gegen den Elfen an. Der war einige Schritte zurückgewichen, jedoch nicht aus Furcht, wie sich schon im nächsten Moment zeigte, denn wieder streckte der Grauhaarige seine Hände aus, doch diesmal beschrieb er mit beiden Armen eine gegenläufige Bewegung –

* »Kommt Zeit, kommt Krieg.«

der eine Arm strich nach unten, der andere nach oben –, und erneut stieß der Alte ein Wort hervor, das in die Ohren der Unholde stach.

Die Wirkung des Zaubers war eine andere als zuvor. Diesmal war es nicht, als würden die Orks gegen ein unsichtbares Hindernis laufen, sondern als wäre es genau umgekehrt, als würde etwas gegen sie rammen, sie erfassen und zurückschleudern.

Einer der Orks flog in hohem Bogen durch die Luft, vier weitere stolperten nach hinten und stießen mit ihren nachrückenden Kumpanen zusammen. Einer der Unholde hatte das Pech, in den *saparak* seines Hintermanns geworfen und aufgespießt zu werden, die anderen stürzten und rissen ihre Gefährten mit zu Boden.

Fassungslos starrte Gunrak auf den Haufen grüner Leiber und rostiger Rüstungsteile, in den sich seine eben noch so furchterregende Truppe verwandelt hatte. Dann hob er den Blick und sah den Alten ungläubig an, und plötzlich kam ihm die erschreckende Einsicht.

Der Fremde hatte es abermals geschafft, ihn zu überraschen. Nicht nur, dass er ein Schmalauge war und die Sprache der Orks beherrschte, er war auch ein *dhruurz*, ein …

»Zauberer!«, stieß der Ork erschrocken hervor. Seine Krieger, kaum dass sie begriffen hatten, mit welcher Sorte Gegner sie es zu tun hatten, wichen furchtsam zurück.

Die Angst vor jenen, die sich übernatürlicher Kräfte bedienten, war bei den Orks tief verwurzelt. Zum einen war das ihrer Geschichte zuzuschreiben und ihrer Entstehung, zum anderen auch ihren Erfahrungen. Wut blitzte hier oder dort in den eitrig gelben Augen auf und unverhohlene Aggression – aber beides war nicht stark genug, die Furcht zu überwinden.

»Wie steht es also?«, fragte der Alte. »Werdet ihr mich nun zu eurem Häuptling Borgas bringen?«

»Korr«, sagte Gunrak unterwürfig, »das werden wir. Dein Wille ist uns Befehl, großer Zauberer …«

20. CRĒUNA'Y'MARGOK

Ein *bolboug* war wie der andere.

Kannte man eines der Orkdörfer, die wie Schimmelpilz entlang der Westseite des Schwarzgebirges wucherten und sich bis weit in die Modermark erstreckten, kannte man im Grunde alle.

Die Behausungen bestanden aus Höhlen oder Spalten im Fels, die eine Laune der Natur geschaffen hatte und die häufig schon vor Unzeiten von anderen halb intelligenten Wesen bewohnt worden waren. In der Mitte befand sich ein Versammlungsplatz, auf dem abends für gewöhnlich ein großes Feuer brannte. Über diesem hing dann ein riesiger Kessel, in dem es brodelte und zischte und von dem ein strenger Geruch von kochenden Ghulaugen, Maden und gestopften Gnomendärmen ausging. Wenn sie nicht gerade auf Beutezug oder Jagd waren (was allerdings die meiste Zeit über der Fall war), pflegten die Krieger nach Sonnenuntergang um das Feuer mit diesem Kessel zu sitzen, gierig zu fressen und sich mit Blutbier zu berauschen. Gelegentlich fielen sie dann wie tot um, und zumindest einige von ihnen wachten nie wieder auf. In diesem Fall überließ man ihre Körper dem natürlichen Verfall – ihre Köpfe jedoch, zumindest jene der tapfersten Krieger, wurden zu Ehren Kuruls geschrumpft, des dunklen Geistes, den die Orks mehr als alles andere fürchteten.

Aufbewahrt wurden die *shrouk-koum'hai*, wie die Schrumpfköpfe in der Orksprache genannt wurden, in der Höhle des Häuptlings, die zugleich auch den Schrein für Kurul barg. Diese Höhle war natürlich größer als alle anderen, und bis an die Zähne bewaffnete

Orkkrieger, die *faihok'hai*, hielten davor Wache und schlugen jeden in Stücke, der sich der Höhle unbefugt näherte, ob Freund oder Feind; um Fragen zu stellen oder Einzelheiten zu klären, war später immer noch genügend Zeit.

Auch als sich Gunrak der Häuptlingshöhle näherte, zuckten die Waffen der Krieger nervös, doch die beiden *faihok'hai* hielten sich zurück. Ein Bote war vorausgeschickt worden und hatte sowohl die Rückkehr des Kriegstrupps angekündigt als auch den unheimlichen Besucher, der ihn begleitete.

Die *faihok'hai* verzogen ihre Fratzen in unverhohlener Missbilligung, als sie den Fremden in seiner dunklen Kutte gewahrten. Es handelte sich bei dem Unbekannten nicht nur um ein Schmalauge, er war auch ein *dhruurz*, was schon zwei gute Gründe waren, ihn nach allen Regeln der Kunst zu massakrieren. Aber Borgas wünschte den Fremden zu sehen, also mussten sie ihn am Leben lassen. Denn die Furcht vor ihrem Häuptling saß den *faihok'hai* noch weit tiefer in den Knochen als die Verachtung, die sie allen Zauberern entgegenbrachten.

Ungerührt schritt der Elf an den Leibwächtern vorbei auf den Höhleneingang zu, der zu beiden Seiten von auf Pfählen gesteckten Köpfen gesäumt wurde. Gnomenschädel waren darunter, aber auch solche von Menschen, die sich zu weit über das Gebirge gewagt hatten. Wenn der Zauberer davon beeindruckt war, so ließ er es sich nicht anmerken. Scheinbar ungerührt passierte er die grausige Staffage und trat in die Höhle. Schummriges Halbdunkel empfing ihn, das von bestialischem Gestank durchdrungen war. Am Schrein vorbei, von dem ihm Dutzende schrumpeliger, an ihren Haaren aufgehängter Orkköpfe entgegengrinsten, gelangte er in die eigentliche Häuptlingshöhle, das Herz des *bolboug*.

Oder, wie der Magier angesichts des beißenden Geruchs dachte, wohl eher seinem Gedärm …

Was Borgas, das Oberhaupt der Knochenbrecher-Orks, seinen Hof nannte, war eine stinkende Ansammlung von Schmutz und Unrat. Abgenagte Knochen übersäten den Boden, an denen vereinzelt noch faulige Fleischreste hingen, und der Geruch von Blutbier hing schwer und ranzig in der ohnehin schlechten Luft. Tageslicht drang nicht bis hierher, der Schein einiger Fackeln musste ausreichen, um den Thronsaal des Stammesführers zu beleuchten.

Gleichwohl schien Borgas nichts zu entbehren, und auch an Selbstbewusstsein mangelte es ihm nicht. Gelassen, die Glieder weit von sich gestreckt, fläzte er auf einem unförmigen Steingebilde, das mit Fellen gepolstert war und wohl sein Herrscherstuhl sein sollte. Eine große Axt mit rostigem Blatt, das fleckig war von getrocknetem Blut, lehnte daneben, der Griff glatt und abgewetzt vom häufigen Gebrauch.

Borgas selbst war ein Ork, wie man ihn sich vorstellte: groß und von enormer Leibesfülle, dabei vor Kraft und Bosheit strotzend. An seinen Waden und Armen spannte sich die grüne Haut über Berge von Muskeln, als würde sie im nächsten Moment reißen, sein Gesicht war eine verschlagene Fratze, die eine Unzahl von Narben aufwies – ein Zeichen dafür, dass Borgas seine Machtposition bereits eine Weile innehatte und schon manchen Rivalen aus dem Feld geschlagen hatte, und das im wörtlichen Sinn. Sein langes schwarzes Haar hatte er über dem Scheitel zu einem Schopf gebunden, sodass es fast wie eine Helmzier aussah; der Knochen, der hineingebunden war, verstärkte diesen Eindruck noch. Das eine Auge des Orkhäuptlings war trübe, wohl infolge eines Messerstichs, der darüber und darunter eine tiefe Narbe hinterlassen hatte, das andere jedoch starrte dem Besucher blutunterlaufen entgegen.

»*Achgosh-douk,* großer Borgas, Häuptling des großen und gefürchteten Stammes der Knochenbrecher«, entbot der Zauberer ihm seinen Gruß, sich erneut des Orkischen bedienend, das er so flüssig beherrschte. »Es ist gut, dass du mich in deinen Hallen empfängst«, fügte er in Ermangelung eines Dankeswortes hinzu, das die Sprache der Orks nicht kannte.

»Ob es gut ist oder nicht, Zauberer, wird sich erst zeigen«, entgegnete Borgas zähnefletschend. Weder machte er Anstalten, sich zu erheben, noch den Gruß zu erwidern. »Wenn du meine Zeit verschwendest, wirst du dir wünschen, deinen Fuß niemals in meine Höhle gesetzt zu haben.«

»Ich schätze mich glücklich, dass du mich überhaupt empfangen hast, großer Borgas«, sagte der Zauberer ölig; er wusste genau, welchen Ton er anschlagen musste, um sich bei einem Ork einzuschmeicheln. »Unter allen Unholden und Häuptlingen wollte ich dir die Nachricht überbringen, denn dein Stamm ist der gefürchtetste von allen, deine Krieger sind die tapfersten und mutigsten.«

»Korr«, stimmte der Häuptling zu. »Aber um das zu erfahren, brauche ich dich nicht, Zauberer. All das weiß ich schon längst.«

»Natürlich«, stimmte der Fremde zu. »Ich bin jedoch gekommen, um dir etwas mitzuteilen, das du noch *nicht* weißt.«

»Nämlich?«

»Ich will dich warnen«, eröffnete der Zauberer rundheraus. »Dich und deinen ganzen Stamm.«

»Vor wem?« Borgas grinste über seine ganze von Narben verunstaltete Visage. »Etwa vor dir?«

»Nein, Häuptling – sondern vor dem, was dem Stamm der Bluthunde widerfahren ist. Ihr Dorf wurde mitten in der Nacht überfallen, die Krieger im Schlaf gemeuchelt ...«

»Ich hab's gehört, der Bote hat es berichtet«, unterbrach ihn Borgas gleichmütig. »Die Bluthunde waren unsere Todfeinde, also erwarte nicht, dass ich mich darüber aufrege.«

»Das tue ich nicht – aber was, wenn dieser Feind, der die Bluthunde meuchelte, auch dein *bolboug* überfallen und alle Bewohner niedermetzeln will?«

»Mein *bolboug*?« Das Grinsen fiel aus Borgas' Gesicht wie getrockneter Dung vom Hintern eines Trolls. Er griff nach der Axt, die an seinen Thron gelehnt stand. »Bei Borsh dem Stinkfisch – willst du unbedingt sterben, Zauberer?«

»Noch lange nicht«, antwortete dieser, »und ich nehme an, dass du es auch noch nicht so eilig damit hast. Aus diesem Grund wollte ich dich vor der drohenden Gefahr warnen und dir sagen, wie du ihr begegnen kannst.«

»Gefahr.« Borgas' Mundwinkel bogen sich spöttisch nach unten. »Die Knochenbrecher fürchten keine Gefahr.«

»Diese hier werden sie fürchten, wenn sie erst wissen, worum es sich handelt«, war der Elf überzeugt. »Denn es waren keine gewöhnlichen Feinde, die die Bluthunde überfielen, keine Zwerge und keine Gnomen, keine Trolle und keine Menschen.«

»Was soll es dann gewesen sein?«, fragte jemand, der sich bislang unauffällig im Hintergrund gehalten hatte und nun in gebückter, fast lauernder Haltung um den Thron herumschlich. Für einen Ork war er ungewöhnlich klein und hager. Sein grüner Schädel war kahl geschoren, das rostige Kettenhemd, dessen Gewicht ihn zu Boden ziehen wollte, schlotterte knirschend um seinen Leib wie ein Sack. Um seinen Hals hatte er an dünnen Lederschnüren allerlei Gegenstände hängen, darunter Knochen, Federn und andere Talismane. Die Augen, die tief in den Höhlen lagen, starrten in unverhohlener Feindseligkeit.

»Wer will das wissen?«, fragte der Elf.

»Unser Schamane«, erklärte Borgas, ehe der Hagere etwas erwidern konnte. »Sein Name ist Rambok.«

»Genießt er dein Vertrauen?«

Borgas streifte den Schamanen mit einem geringschätzigen Blick. »Ich bin ein Ork«, erklärte er. »Mein Vertrauen schenke ich niemandem. Aber Rambok versteht sich gut mit Kurul, also beantworte seine Frage: Was war es, das die Bluthunde die warzige Haut über die Ohren gezogen hat?«

»Kreaturen, wie sie keiner von euch kennt«, sagte der Zauberer. »Ausgeburten der Dunkelheit.«

»Schmarren!«, schnaubte Rambok und wedelte abwehrend mit der knochigen Klaue. »Wir Orks entstammen selbst der Dunkelheit! Womit also willst du uns Angst machen, Zauberer?«

»Vor geflügelten Kreaturen, die auf knöchernen Schwingen durch die Nacht gleiten und sich lautlos auf jene stürzen, die es am wenigsten erwarten«, gab der Zauberer zur Antwort. »Und vor grausamen Kriegern, die auf diesen Kreaturen reiten und nur Mord und Vernichtung im Sinn haben. *Davor* will ich euch warnen.«

»Korr«, sagte Borgas, und das laute Schlucken, das dem Wort folgte, war Beleg dafür, dass die Warnung zumindest bei ihm angekommen war.

Nicht so bei Rambok. »Hör nicht auf ihn, Häuptling«, sagte der Schamane. »Der Fremde lügt. Kreaturen wie die, von denen er spricht, gibt es in der ganzen Modermark nicht.«

»Ich habe auch nicht behauptet, dass sie aus der Modermark kämen.« Der Zauberer strich sich das lange graue Haar zurück, das seine Glatze umgab. »Niemand weiß, woher genau sie kommen, denn sie sind in der Lage, große Entfernungen in nur einem Augenblick zurückzulegen. Schon morgen könnten sie in die Modermark zurückkehren und sich neue Opfer suchen. Vielleicht einen anderen Stamm. Vielleicht euch.«

Der Grauhaarige ließ seine Worte wirken, die wiederum für einige Sorgenfalten in den ohnehin zerknitterten Zügen des Orkhäuptlings sorgten.

»Natürlich«, fuhr der Zauberer schließlich fort, »kannst du einfach nur abwarten, Häuptling. Aber was, wenn es tatsächlich dein Dorf sein sollte, das sich die Todbringer als Nächstes vornehmen? Wer wird den Orks zu Hilfe kommen, wenn sich die dunklen Schwingen des Grauens auf sie herabsenken und jeden Krieger, jedes Weib und jeden Orkling im *bolboug* töten?«

Borgas schaute ihn an. Ratlosigkeit sprach aus seinen Zügen, und einmal mehr betrachtete sein Schamane es als seine ureigenste Pflicht, seinen Häuptling zu beruhigen.

»Hör nicht auf ihn«, zischelte er Borgas von der Seite ins spitze, schartige Ohr. »Er ist ein Elf, vergiss das nicht. Welchen Grund sollte er haben, uns vor einer tatsächlich drohenden Gefahr zu warnen? Außerdem hat er nicht einen Beweis für seine Behauptung vorgelegt …«

Für einen Ork war dies erstaunlich scharfsinnig gesprochen, aber der Zauberer hatte auch darauf eine Antwort parat.

»Ihr wollt Beweise?« Er griff unter seine weite Robe, worauf Gunrak und einige der *faihok'hai*, die an der Höhlenwand Wache hielten, nervös zusammenfuhren und ihre *sparak'hai* hoben. Aber es war keine Waffe, die der Graue hervorholte, sondern eine Kugel.

Eine harmlos aussehende Kugel aus Glas …

»Was willst du denn damit?«, spottete Rambok.

»Euch die Existenz der Todbringer beweisen«, entgegnete der Zauberer schlicht.

»Mit diesem Ding da?«

»Allerdings. Die Kugel besteht aus Elfenkristall und ist dank meiner Fähigkeit in der Lage, mir Dinge und Begebenheiten zu zeigen, die sich an weit entfernten Orten ereignen.«

»Elfenzauber«, stieß der Schamane hervor, und es klang nicht nur geringschätzig, sondern geradezu angewidert.

»Ihr wusstet, was ich bin, als ihr mich in euer Dorf ließet«, konterte der Graue.

»Nun gut«, sagte Borgas, »ich will Gewissheit. Los doch, befrag schon deine Kugel, Zauberer. Ich will sehen, ob du die Wahrheit gesprochen oder gelogen hast.«

»Aber Häuptling«, wandte Rambok ein, entsetzt über so viel Naivität. »Er ist ein Elf! Täuschung ist sein Geschäft! Er kann dir in seiner Kugel alles Mögliche zeigen, das ...«

»Ich will es sehen!«, rief Borgas energisch, und dem Schamanen war klar, dass es seiner Gesundheit nicht zuträglich sein würde, noch weitere Einwände vorzubringen.

Der Zauberer trat näher, die Kugel in der Hand. Er stellte sich damit vor Borgas hin und hielt ihm das Ding unter die Schnauze, während er leise Beschwörungen sprach. Obwohl ihre eigene Sprache eine Abwandlung des Elfischen war, verstanden die Orks nichts davon, gleichwohl berührte sie der Klang der Worte unangenehm; Gunrak und die *faihok'hai* zuckten unter jeder Silbe zusammen, Rambok empfand sogar Schmerzen. Lediglich Borgas schien nichts zu spüren, er starrte nur gespannt auf das Kristall.

Im einen Moment war noch nichts zu sehen, und der Häuptling sagte sich, dass sein Schamane wohl recht hatte und der Zauberer ein Betrüger oder Aufschneider war, ein Wichtigtuer, der mit seinem Leben spielte. Er dachte sich bereits eine möglichst qualvolle Todesart für den dreisten Elfen aus, als sich die Kugel plötzlich ... *veränderte*.

Der Kristall, eben noch klar wie Wasser, trübte sich ein. Milchiger Nebel schien die Kugel plötzlich zu erfüllen, und Borgas merkte, wie sich seine Nackenborsten sträubten. Der Nebel zerriss zu einzelnen Schwaden, dahinter wurde grauer Himmel sichtbar. Und aus diesem Himmel stürzten sie im nächsten Moment herab.

Die Todbringer.

»Iiieeeh!«, schrie Rambok, der aller Abneigung gegen Elfenzauber zum Trotz dennoch in die Kugel geblickt hatte, und auch Borgas war das Entsetzen anzumerken.

Es waren riesige Skelette, die sich aus dem Himmel senkten, mit furchterregenden, länglichen Schädeln und spitzen Schnäbeln. Ihre Körper bestanden aus wenig mehr als bleichen Knochen, und so auch ihre Flügel, die wie die von Fledermäusen geformt waren. Dennoch hielten sie sich in der Luft, von dunkler Magie getragen.

Die knochigen Kreaturen wurden gelenkt von Kriegern in schwarzen Rüstungen und Helmen, die die obere Hälfte ihrer Gesichter bedeckten. An ihrem schlanken Wuchs, ihrer aufrechten Haltung und ihrer bleichen Haut war zu erkennen, dass es sich um Elfen handelte. Bewaffnet waren sie mit Lanzen, an denen dunkle Banner wehten, mit gebogenen Elfenklingen sowie mit Armbrüsten, die sie über den Schultern hängen hatten.

Obwohl die Kugel nicht größer war als Borgas' Klaue, konnte der Häuptling darin seltsamerweise alle Einzelheiten erkennen – und so sah er auch die Mordlust, die in den Sehschlitzen der Helme loderte, so kalt und tödlich, dass sie selbst einem Ork das Blut in den Adern gefrieren ließ. Der Schwarm der Todesvögel war offenbar zu einem einzigen Zweck ausgesandt worden: um zu vernichten!

»Nun?«, fragte der Zauberer genüsslich, als sich die Kugel wieder eintrübte und das Bild verschwand. »Will dein Schamane immer noch behaupten, ich würde mir das alles nur ausdenken, Borgas?«

Der Häuptling streifte seinen Berater mit einem fragenden Seitenblick. Rambok schien nicht weniger entsetzt als er selbst. Ein Orkschamane vermochte Gnomenknochen zu befragen und die Zukunft aus dem Satz des *bru-mill* zu lesen – angesichts einer solchen Bedrohung jedoch verblassten seine Fähigkeiten. Kleinlaut zog sich Rambok zurück.

»Wer sind sie?«, wollte Borgas schaudernd wissen. »Wer sind die Krieger, die auf Knochen reiten?«

»Ich schäme mich, es dir einzugestehen, Häuptling«, sagte der Zauberer leise, »aber jene Kämpfer gehören, wie du sicherlich selbst erkannt hast, meiner Rasse an – es sind Elfen.«

»Dass die Schmalaugen unsere Dörfer angreifen und Orks töten, wenn diese im Blutbierrausch schnarchen, ist nicht weiter verwunderlich«, entgegnete Borgas, »schließlich sind sie unsere erklärten Feinde. Aber warum greifen sie uns gerade jetzt an? Der letzte Krieg gegen die Schmalaugen liegt lange zurück.« Er beugte sich vor, und seine Unterlippe, von der ein Speichelfaden hing, zitterte leicht. »Und warum bedienen sich die Elfen auf einmal schwärzester Magie, wo sie doch immer von sich behaupteten, auf der Seite des Lichts zu stehen?«

»Sehr einfach, Häuptling«, sagte der Zauberer. »Weil viele Meilen von eurem *bolboug* entfernt, jenseits des Gebirges, im fernen Tirgas Lan, eure *Ausrottung* beschlossen wurde.«

»Unsere Ausrottung?«, fragte Borgas.

»So ist es. Elidor, der König der Elfen, will sich in die Tradition Sigwyns des Eroberers stellen und seinen Namen unauslöschlich in die Bücher der Geschichte schreiben – und zwar mit eurem Blut.«

Borgas nickte, doch dann wandte er ein: »Aber warum hat er uns dann nicht den Krieg erklärt? Warum kommt er nicht an der Spitze seiner Armee geritten, um uns aus der Modermark zu vertreiben?«

»Eine Kriegserklärung wird es diesmal nicht geben, Häuptling, und auch keine Armee«, sagte der Zauberer. »Stattdessen wurden die Todbringer ausgesandt, eine geheime Vereinigung, gegründet, um alle Unholde zu töten, da sie seit dem Ende des letzten großen Krieges wie ein Stachel im Fleisch des Reiches sitzen.«

Borgas schluckte erneut. Zwar imponierte ihm das Vorhaben des Elfenkönigs, seine Gegner allesamt zu verderben, ungemein, aber er verspürte nicht das geringste Verlangen, nächtens von Elfenkriegern auf knöchernen Flugtieren massakriert zu werden.

»Und warum erzählst du mir das alles, Zauberer?«, fragte er. »Wieso verrätst du deinesgleichen, um uns zu warnen?«

»Weil ich denke, dass König Elidor einen Fehler begeht«, antwortete der Graue. »Bei allem, was uns trennt, dürfen wir nie vergessen, dass Orks und Elfen gemeinsame Wurzeln haben.«

»Du glaubst an dieses Märchen?«

»Es ist kein Märchen – aber wenn es dich glücklich macht, daran zu glauben, dass Kurul dich in die Welt gespuckt hat, dann tu das ruhig. Mir jedoch ist klar geworden, dass die Orks nicht untergehen dürfen, denn indem wir sie töten, töten wir auch uns selbst.«

»Was du nicht sagst«, schnaubte Borgas. Was der Zauberer von sich gab, war für ihn das übliche Elfengeschwätz, das aus den Schmalaugen zu plätschern pflegte wie das Blut aus einer frisch durchschnittenen Gnomenkehle, und es ergab wie immer wenig Sinn.

»Du musst mir keinen Glauben schenken, wenn du nicht willst«, sagte der Zauberer. »Ich bin sicher, in einem der anderen *bolboug'hai* wird sich ein Häuptling finden, der geneigt ist, sich mit mir zu verbünden, wenn er auf diese Weise die Herrschaft über alle Orks antreten kann und ...«

»Wie war das?« Borgas horchte auf. Das war das erste vernünftige Wort, das der Elf von sich gegeben hatte.

»Ich bin nicht nur gekommen, um dich vor der drohenden Gefahr zu warnen, Häuptling der Knochenbrecher«, erklärte der Zauberer großspurig. »Meine Warnung wäre sinnlos, würde ich dir nicht auch ein Bündnis anbieten.«

»Ein Bündnis?« In den Winkeln von Borgas' Augen zuckte es misstrauisch. »Mit einem Elfen?«

»Einem Elfen, der sich der Vergangenheit und seiner Verantwortung bewusst ist«, sagte der Graue.

»Dennoch einem Elfen«, beharrte Borgas. »Muss ich dich daran erinnern, wie viele von uns ihr abgeschlachtet habt während des letzten großen Krieges?«

»Und muss ich dich daran erinnern, wie viele Elfen eure *saparak'hai* niederstreckten?«, fragte der Zauberer dagegen. »Deine Haltung wird dir nicht Macht und Ruhm eintragen, sondern einen baldigen Tod. Und am Ende wird dein Kopf nicht zu Kuruls Ehren geschrumpft, sondern auf einen Stock gespießt durch die Straßen von Tirgas Lan getragen werden. Aber wenn das der Pfad ist, den du beschreiten willst ...«

Der Zauberer machte Anstalten zu gehen. Die *faihok'hai* schielten unruhig nach ihrem Häuptling und warteten auf sein Zeichen, sich den unverschämten Kerl vornehmen zu dürfen.

»Warte«, sagte Borgas, worauf die Orkkrieger enttäuscht die gepanzerten Schultern sinken ließen. »Einen Augenblick noch.«

»Ja?«, fragte der Zauberer, der stehen geblieben war.

»Was genau bietest du mir?«, wollte Borgas wissen.

»Kurz gesagt: das Überleben«, gab der Elf zur Antwort, indem er sich wieder umdrehte. »Und wenn du ein treuer Verbündeter bist und den Pakt nicht brichst, den wir schließen werden, noch sehr viel mehr.«

»Die Herrschaft über alle Orkstämme?« Die Augen des Häuptlings funkelten begehrlich.

»Und was immer deine Kraft und meine Klugheit zusammen bewirken können«, antwortete der Zauberer nickend. »Und zudem reiche Beute und grenzenlose Macht.«

»Was soll das heißen?«, rief Rambok dazwischen. Schweigend und fassungslos hatte der Schamane dem Wortwechsel gelauscht, nun jedoch konnte er nicht länger an sich halten. »Willst du behaupten, unser großer und mächtiger Häuptling wäre weniger klug als du?«

»Keineswegs, ich …«

»Lass es gut sein, Borgas«, wandte sich der Schamane beschwörend an seinen Anführer. »Wir brauchen den Elfen und seine Ratschläge nicht.«

»Und ob wir sie brauchen!«, widersprach der Häuptling knurrend. »Oder hast du eine Kristallkugel, in der du unsere Feinde sehen kannst?«

Rambok schüttelte den Kopf. *»Douk.«*

»Kannst du das Überleben unseres Stammes garantieren?«

Wieder Kopfschütteln. *»Douk.«*

»Oder mir vielleicht ein Bündnis anbieten, das mich zum Oberschädel aller Orks macht?«

Erneutes Kopfschütteln.

»Dann tu mir – verdammt noch mal! – den Gefallen und halt die Schnauze!«, fuhr Borgas seinen Berater an und schlug gleichzeitig mit der Faust zu; der Hieb traf Rambok mitten ins Gesicht und ließ seinen Rüssel in einem Regen aus schwarzem Orkblut zerplatzen. Stöhnend versank der Schamane hinter dem Thron und tauchte nicht wieder auf.

»Und nun wieder zu uns«, wandte sich Borgas an den Zauberer. »Worin besteht mein Teil des Abkommens?«

»Du musst dich bereithalten.«

»Wofür?«

»Das werde ich dir noch früh genug mitteilen. Aber du darfst meine Befehle weder hinterfragen noch jemals zögern, sie auszuführen, auch wenn du ihren Sinn und Zweck nicht gleich durchschaust. Bedenke immer: Wenn du deinen Teil der Abmachung erfüllt hast und wir über unsere Feinde triumphieren, wirst du über die ganze Modermark herrschen.«

»Was genau hast du vor, Zauberer?«, fragte Borgas. »Willst du einen Aufstand anführen? Gegen den Elfenkönig?«

Darauf blieb der Zauberer eine Antwort schuldig. Stattdessen sagte er: »Bist du einverstanden, so willige in das Bündnis ein.«

Borgas brauchte nicht lange zu überlegen. Der Zauberer kannte die Mentalität und das Wesen der Unholde genau, denn er hatte den richtigen Ton getroffen, jene Mischung aus Dreistigkeit, Prahlerei und haltlosen Versprechungen, mit der sich ein Ork beeindrucken ließ. Die Aussicht, sich zum Anführer aller Stämme aufzuschwingen, war für einen Orkhäuptling so verlockend, dass sie alle Vernunft und Vorsicht überwog. Ganz abgesehen davon, dass Borgas etwas unternehmen musste, um den *bolboug* vor den Todbringern zu schützen.

»*Korr*«, willigte er ein, »ich bin einverstanden.«

»Bist du sicher?«

»Ja doch, Zauberer! Was erwartest du? Dass ich unser Abkommen mit meinem Blut unterschreibe?«

»Keine schlechte Idee«, meinte der Graue, »wenn auch etwas veraltet. Ich bevorzuge diese Methode …«

Und auf einmal knisterte aus der Kristallkugel, die noch immer in seiner Rechten lag, ein gezackter lilafarbener Blitz, der Borgas traf. Brüllend und am ganzen Körper zuckend, saß der Häuptling auf seinem Thron, während der Blitz über seine Brust tanzte – und im nächsten Moment wieder erlosch. Rauch kräuselte vom Leib des Orks auf, und der beißende Gestank von verschmorter Haut war zu riechen.

Das alles war so schnell gegangen, dass die Leibwächter nicht dazu gekommen waren zu reagieren. Jetzt sprangen sie vor, die *saparak'hai* drohend gesenkt, aber Borgas hielt sie zurück. Der Schmerz war ebenso schlagartig verschwunden wie der Blitz, allerdings schien irgendetwas … *anders* zu sein.

Verwundert schaute der Ork an sich herab und stellte fest, dass sowohl sein Kettenhemd als auch der darunter liegende Rock aus Leder über seiner Brust zerfetzt waren. In die grüne Haut hatte sich ein Zeichen eingebrannt, dessen Ränder noch immer schwelten. Wäre der Häuptling der Orks des Lesens mächtig gewesen, hätte er erkannt, dass es sich dabei um eine Rune aus dem elfischen Alphabet handelte, um den Buchstaben »M«.

»Das«, erklärte der Zauberer schlicht, »wird dafür sorgen, dass du unser Abkommen niemals vergisst.«

»Ver-verstanden«, stöhnte Borgas, während sich zumindest ein kleiner Teil von ihm fragte, ob es nicht doch besser gewesen wäre, auf seinen Schamanen zu hören. Aber ein anderer Teil, der bedeutend größere, sagte ihm, dass es weitaus schrecklichere Folgen gehabt hätte, sich jetzt noch gegen den Zauberer zu wenden.

»Ich werde euer Dorf verlassen«, kündigte der Graue an, »aber schon in wenigen Tagen werdet ihr Nachricht von mir erhalten. Rüstet euch inzwischen zum Krieg. Die Zeit der Veränderung ist angebrochen.«

»Korr«, grunzte Borgas. Bevor er sich aber ganz der Aussicht auf grenzenlose Macht und Beute hingab, sagte er schnell: »Eines allerdings musst du mir noch verraten.«

»Nämlich?«

»Deinen Namen, Zauberer. Du hast uns noch nicht gesagt, wie du heißt.«

Der Elf bedachte ihn mit einem eisigen Blick, und sein hageres Gesicht hatte, wie Borgas in diesem Moment feststellte, etwas von einem Raubvogel.

»Nennt mich Rurak«, sagte der Zauberer.

21. ÍAS SHA LHUR

»Sieh an, haben sie dich endlich aus der Bibliothek gelassen. Da sollte ich mich wohl fürchten.«

Granock brauchte sich nicht nach dem Sprecher umzudrehen, um zu wissen, dass es Aldur war, der sich über ihn lustig machte. In Begleitung der Novizen Zenan und Haiwyl, die ihn trotz – oder gerade wegen – seiner großtuerischen Art bewunderten und ihm auf Schritt und Tritt folgten, betrat Aldurans Sohn den Übungsraum, in dem sich erstmals auch Granock hatte einfinden dürfen, nachdem Farawyn ihn eine Woche lang unterwiesen und ihm die Grundregeln angewandter Zauberkraft beigebracht hatte.

Natürlich war Granock noch weit vom Kenntnisstand der anderen Novizen entfernt. Aber es war ihm endlich gestattet, am Unterricht teilzunehmen, und er war nicht gewillt, sich die Freude, die er darüber empfand, von einem neidischen Elfen verderben zu lassen.

»Ob du dich fürchtest oder nicht, ist deine Sache«, beschied er Aldur deshalb kühl. »Aber du solltest dich an den Gedanken gewöhnen, dass du jetzt einen Konkurrenten mehr hast.«

»Konkurrenz?« Aldur verzog das Gesicht. »Habt ihr das gehört, Freunde? Dieser … dieser *Mensch* glaubt, er wäre eine Konkurrenz für mich.«

»Unglaublich«, meinte Zenan.

»Wie vermessen«, sagte auch Haiwyl herablassend. »Weißt du denn nicht, dass Aldur der beste Novize unseres *dysbarth* ist?«

»Es gibt immer einen, der noch besser ist«, antwortete Granock.

»Und du glaubst, das wärst du?« Haiwyl lachte silberhell.

Doch Aldur war über Granocks Äußerung sichtlich verärgert. Die blasse Miene des jungen Elfen hatte sich verfinstert, und es war wohl gut, dass sie weitere Gesellschaft bekamen.

Alannah und Ogan betraten den Saal. Genau wie Aldur waren sie überrascht, Granock anzutreffen, aber anders als dieser empfanden sie darüber ehrliche Freude.

»Wie schön«, meinte Ogan. »Dann darfst du also endlich am Unterricht teilnehmen!«

»Farawyn hat es mir erlaubt, sofern ich das Sprachstudium dadurch nicht vernachlässige«, erklärte Granock. »Ich werde also in Zukunft in der Nacht lernen müssen.«

»Du Armer«, meinte Alannah, und es klang ehrlich. »Brauchst du ein wenig Hilfe? Ogan und ich könnten dich unterstützen bei …«

»Natürlich, nur zu«, fiel Aldur ihr ins Wort. »Helft dem Menschen noch dabei, die Geheimnisse unseres Volkes zu ergründen, und sorgt dafür, dass …« Was der Elf weiter sagte, konnte Granock nicht verstehen, denn wieder entzogen sich zu viele Verben seiner Kenntnis der elfischen Sprache, und Aldur redete auch zu schnell. Als Alannah antwortete, schnappte er ein paar Worte wie »Tradition«, »Verrat« und »Glaube« auf, doch in welchem Zusammenhang sie gesprochen wurden, erkannte er nicht.

Die anderen Novizen, von denen immer mehr eintrafen, versammelten sich um die Streitenden, sodass sich innerhalb kürzester Zeit eine Traube aus neugierigen Zuhörern um sie bildete. Einige der Hinzukommenden kannte Granock bereits, wenn auch nur sehr flüchtig – Sinian beispielsweise, der seine Größe verändern konnte, oder Dryn, die in der Lage war, mit den Tieren zu sprechen. Andere hatte Granock noch nie zuvor gesehen – den Blicken nach, mit denen sie ihn bedachten, kannten sie ihn jedoch alle.

Granock hatte noch nicht viel Übung darin, das Mienenspiel von Elfen zu deuten, jedoch glaubte er, in ihren Gesichtern ein gutes Maß an Misstrauen zu erkennen und hier und dort auch unverhohlene Ablehnung. Offenbar war Aldur bei Weitem nicht der

Einzige, der es für eine schlechte Idee hielt, einen Menschen in Shakara aufzunehmen – aber anders als noch vor ein paar Tagen ließ sich Granock dadurch nicht mehr entmutigen. Er würde kämpfen und wenn schon nicht die Sympathie, so doch den Respekt der anderen erlangen.

Schon Alannahs wegen …

Granock kam nicht umhin, sie zu bewundern. In ihrem hellen Gewand und mit dem langen Haar, das sie zu einem Zopf geflochten hatte, sah sie geradezu bezaubernd aus. Die spitzen Ohren störten nicht, im Gegenteil, ihre Schönheit war im besten Sinn des Wortes überirdisch. Beleuchtet vom blauen Schein des Elfenkristalls, der unter der hohen Decke hing und für Licht und Wärme sorgte, kam sie ihm vor wie ein Wesen aus einer anderen, fernen Wirklichkeit, und für einen kurzen Augenblick gab er sich der Überlegung hin, wie es wohl sein müsste, die pfirsichweiche Haut ihrer Wangen zu berühren …

Der Gedanke genügte, um Granock innerlich erbeben zu lassen. Gleichzeitig zuckte er zusammen und war froh darüber, dass Farawyn ihm beigebracht hatte, wie man die eigenen Gedanken vor Fremden abschirmte. Schweigend lauschte er dem Disput, von dem er auch weiterhin kaum ein Wort verstand und der jäh abbrach, als die Lehrerin den Saal betrat.

Granock hatte schon gehört, dass sich die Meister der einzelnen Novizen beim Gruppenunterricht abwechselten. Und ausgerechnet an diesem Tag war Riwanon an der Reihe, die Meisterin Aldurs!

Das überlegene Grinsen in den Zügen des jungen Elfen deutete darauf hin, dass er sich einen Vorteil von dieser Konstellation versprach.

Die Zauberin mit dem langen schwarz gelockten Haar bot stets einen betörenden Anblick. Selbst Alannahs Anmut verblasste im Vergleich zu ihr. Aber Riwanons Schönheit war eine andere als die Alannahs – eine oberflächliche, die für Granock etwas Verruchtes hatte (und er hatte einige Erfahrung im Umgang mit verruchten Frauen). Oder hatte er diesen Eindruck nur, weil er wusste, dass sie Aldurs Meisterin war?

»Schau an«, sagte Riwanon zu Aldur und Alannah, deren Streitgespräch abbrach; Einigkeit jedoch hatten sie nicht erzielt. Mit grimmigen Mienen standen sich die beiden inmitten des Kreises gegenüber, den die anderen Schüler um sie herum gebildet hatten. »Wie es scheint, haben wir hier eine exakte Nachbildung der Verhältnisse im Hohen Rat«, fuhr die Zauberin fort, und auf einmal lächelte sie, doch für Granock war unmöglich zu erkennen, ob dieses Lächeln ehrlich gemeint war oder nicht. »Auf der einen Seite die Traditionalisten unter Palgyr, in unserem Fall repräsentiert durch Aldur; auf der anderen Farawyn und seine Anhänger, die mutig vorwärtsstreben und die Zukunft nicht fürchten, so wie Alannah ...«

»Mit Verlaub, Meisterin«, wandte Aldur ein, »auch ich fürchte mich nicht vor der Zukunft. Ich denke nur, dass es gewisse Regeln gibt, die man nicht gedankenlos brechen sollte.«

»Sie wurden nicht gebrochen«, widersprach Riwanon in aller Ruhe. Sie schien ihren Novizen bereits gut genug zu kennen, um genau zu wissen, wovon er sprach. »Der Hohe Rat hat ihre *Änderung* beschlossen. Das ist ein Unterschied.«

»Ich weiß«, murrte Aldur, und er klang wenig überzeugt.

»Bei allen Meinungsverschiedenheiten und Differenzen«, sagte Riwanon, nicht nur an Aldur und Alannah, sondern an alle gerichtet, »dürft ihr niemals vergessen, was euch eint: Ihr alle seid hier, um die Geheimnisse der Magie zu erforschen, und ihr alle seid Schwestern und Brüder im Dienst für das Reich. Habt ihr das verstanden?«

Allenthalben wurde beifällig genickt, lediglich Aldur ließ es bei einer leichten Andeutung bewenden. Granock wusste nicht recht, was er von Riwanons Ansprache halten sollte: Dass es Streitigkeiten unter den Elfen gab, hatte er nicht gewusst, und er tat sich schwer damit, in den anderen Novizen Brüder und Schwestern zu sehen.

Als könnte sie seine Unsicherheit spüren, wandte sich Riwanon ihm zu. »Wie ich sehe«, sagte sie, »haben wir einen neuen Schüler in unseren Reihen.« Mit diesen Worten schenkte sie ihm ein Lächeln, so bezaubernd, dass es sein Misstrauen beinahe hinwegwischte. »Du bist Granock, richtig? Bruder Farawyn hat mir bereits von dir erzählt.«

Granock konnte nicht verhindern, dass er rot wurde. Alannah und einige andere Novizinnen kicherten, und er kam sich vor wie ein Idiot.

»Natürlich«, fuhr Riwanon fort, »sind die anderen Schüler dir bereits um einiges voraus. Dennoch ist es wichtig, dass ich zunächst erfahre, auf welchem Kenntnisstand du dich befindest. Wärst du bereit für einen kleinen Versuch?«

»Klar«, erwiderte Granock lapidar, obwohl er sich keineswegs so selbstsicher fühlte, wie seine Antwort vielleicht klang.

»Meine Aufgabe ist es, jene speziellen Fähigkeiten, die euch das Schicksal verliehen hat, zu trainieren«, erklärte Riwanon. »Sie mögen unterschiedlich sein – die Strategien, nach denen ihr sie einsetzen könnt, sind es nicht. Um beurteilen zu können, auf welchem Stand du dich befindest, werde ich dich gegen einen der anderen Schüler antreten lassen. Gibt es jemanden, der sich freiwillig dafür meldet?«

Zu Granocks Bestürzung ging Alannahs Hand nach oben, aber Riwanon schien damit nicht einverstanden. »Sonst niemand?« Sie schaute erwartungsvoll ihren eigenen Novizen an. »Wie wäre es mit dir, Aldur?«

»Mit Vergnügen«, versicherte der Elf grinsend, und Granock wäre am liebsten auf und davon gerannt. Auf eine Gelegenheit wie diese hatte sein Erzfeind bestimmt nur gewartet. Nun konnte er ihn nach allen Regeln der Kunst fertigmachen und bekam am Ende sogar noch eine Auszeichnung dafür.

»Bei allem Respekt, Meisterin«, mischte sich Alannah ein, »haltet Ihr das für eine gute Idee?«

»Willst du meine Entscheidung infrage stellen, Alannah? Gerade du?« Riwanons Tonfall hatte sich kaum merklich verändert, doch auf einmal lag in ihrer Stimme eine Autorität, der sich keiner der Schüler entziehen konnte.

»Natürlich nicht«, versicherte Alannah. »Es ist nur, ich weiß nicht, ob …«

Granock traute seinen Augen nicht. Natürlich, es fiel ihm noch immer schwer, die Mienen der Elfen zu deuten. Aber wenn er sich nicht sehr irrte, empfand Alannah ehrliche Sorge um ihn. Offenbar hatte sie sich nur aus dem Grund freiwillig gemeldet, um ihn im Übungskampf zu schonen.

Er würde dem eingebildeten Elfen zeigen, was ein Mensch, der auf den Straßen Andarils aufgewachsen war, konnte!

»Ich verstehe, was du meinst«, sagte Riwanon jedoch, und ihr Blick glitt zwischen Aldur und Granock hin und her. »Vielleicht sollten wir euren neuen Mitschüler in seinem ersten Duell nicht allein antreten lassen. Willst du ihm zur Seite stehen, Alannah?«

»Gewiss, Meisterin.« Die Elfin schien unsagbar erleichtert – und auch Granock konnte mit dieser Entscheidung gut leben. Im Grunde, sagte er sich, war er mit allem zufrieden, was ihn in Alannahs Nähe sein ließ.

»Dann bezieht Aufstellung«, wies Riwanon die drei Teilnehmer des Kampfes an, während die übrigen Schüler respektvoll zurückwichen. Die Tatsache, dass sie nicht nur ein wenig Platz machten, sondern sich bis an den äußersten Rand der Halle zurückzogen, verhieß nach Granocks Ansicht nichts Gutes.

Riwanon führte die Duellanten in die Mitte des Gewölbes, wo sie einander gegenüber Aufstellung nehmen mussten, Alannah und Granock auf der einen Seite, Aldur auf der anderen.

»Ihr kennt die Regeln«, sagte die Zauberin. »Keine unlauteren Bannsprüche und keine verbotenen Flüche. Ich möchte, dass ihr lediglich eure Fähigkeiten zum Einsatz bringt. Der Kampf ist dann zu Ende, wenn eine Partei wehrlos ist. Habt ihr verstanden?«

Die Schüler nickten.

»Dann möge der Begabtere gewinnen!« Riwanon wollte sich bereits zurückziehen, wandte sich aber noch einmal um. »Eines noch, Aldur.«

»Ja, Meisterin?«

»Ich soll dir Grüße von Meister Farawyn bestellen. Wenn dieses Duell vorüber ist, wirst du Granock nie wieder ›Gwailock‹ nennen, ganz gleich, wie der Kampf ausgeht.«

»Aber Meisterin, ich …« Eine leichte Veränderung in ihrem Gesichtsausdruck genügte, um seinen Einwand verstummen zu lassen. »Verstanden«, sagte er nur und nickte.

Granock, der sich ein Grinsen verkneifen musste, glaubte zu verstehen. Dieses Duell sollte weniger sein bisheriges Können demonstrieren, als ihm vielmehr die Möglichkeit zur Bewährung geben. Wenn er Aldur vor den Augen der anderen Novizen einen ordentlichen Kampf lieferte, würde ihm das vielleicht ein wenig Respekt einbringen.

Auf einmal war es ihm unangenehm, Alannah an seiner Seite zu haben, schließlich hatte er gelernt, auf sich aufzupassen. Und hatte er nicht schon einmal unter Beweis gestellt, dass er diesen arroganten Elfen schlagen konnte?

Ein grimmiges Lächeln spielte um seine Züge, während er Aldur zunickte. Der Elf erwiderte die Geste, und beiden war klar, dass sie einander in dem bevorstehenden Duell nichts schenken würden.

»Viel Glück, Mensch!«, sagte Aldur spöttisch. »Glaub mir, du wirst es brauchen.«

»Warte es ab«, konterte Alannah, während sie zurücktraten und voneinander Abstand nahmen.

Erst da fiel Granock auf, dass der Boden der Halle mit Markierungen versehen war, die blass leuchteten – oder waren sie vorhin noch gar nicht da gewesen? Eine der Linien beschrieb einen weiten Kreis, der von einer weiteren Linie in der Mitte geteilt wurde und so jeder der Parteien ihren Platz zuwies. Granock bemerkte, dass die Luft oberhalb der Trennlinie flimmerte, so als gäbe es dort eine unsichtbare Barriere, die verhindern sollte, dass sie den Kampf verfrüht begannen.

Die Duellanten nahmen ihre Plätze ein und warteten. Plötzlich war Granock wieder dankbar dafür, dass er nicht allein in seiner Hälfte stehen musste. Alannah neben sich zu wissen, gab ihm ein Gefühl von Sicherheit, auch wenn er das niemals offen zugegeben hätte.

»Parur?«, erkundigte sich Meisterin Riwanon, die sich zu den anderen Schülern gesellt hatte und den Kampf aus sicherer Entfernung beobachten würde.

»Parur«, versicherten Alannah und Aldur wie aus einem Munde – und das Flimmern über der Trennlinie erlosch.

Wenn Granock jedoch glaubte, dass die Auseinandersetzung sogleich beginnen würde, irrte er sich. Denn trotz seiner gegenteiligen Beteuerungen schien Aldur doch zumindest so viel Respekt vor ihm zu haben, dass er nicht unüberlegt losschlug.

»Was ist?«, rief er stattdessen herüber. »Wo bleibt dein Zauber, Mensch?«

»Wollte ich dich auch schon fragen«, konterte Granock. Ihm war klar, dass der andere ihn zu einem Angriff provozieren wollte, aber so leicht wollte er es ihm nicht machen. »Du bist der Erfahrenere von uns beiden, nicht wahr? Warum also machst du nicht den ersten Schritt? Fürchtest du etwa meine Erwiderung?«

Aldur lachte – und im nächsten Moment flammte grelles Feuer in seiner rechten Hand auf.

»Granock, Vorsicht!«, rief Alannah – aber der Glutball, den Aldur schleuderte, kam so schnell auf ihn zugeflogen, dass Granock nicht mehr reagieren geschweige denn seine Fähigkeit zum Einsatz bringen konnte. Mit vor Schreck aufgerissenen Augen sah er das lodernde Geschoss heranrasen, und es hätte ihn voll erwischt, wäre es nicht an einer Eiswand zerschellt, die sich im Bruchteil eines Augenblicks vor ihm errichtete.

Alannah hatte eingegriffen!

Ein Klirren wie von zersplitterndem Glas lag in der Luft, als Feuer und Eis aufeinander prallten. Funkelnde Bruchstücke stoben davon, die noch in der Luft schmolzen und als glitzernde Wassertropfen zu Boden spritzten. Gleichzeitig stieg zischender Dampf auf, als Hitze und Wasser einander verzehrten.

»Was soll das, Aldur?«, rief Alannah durch die Schwaden zur anderen Seite der Halle. »Das ist nur eine Übung, hörst du?«

»Für dich vielleicht«, entgegnete der Elf mürrisch, dann entfesselte er abermals seine Kräfte: Auf einmal loderten links und rechts von Granock und Alannah zwei Flammenwände empor, von denen mörderische Hitze ausging.

Diesmal jedoch war Granock darauf gefasst und handelte. Blitzschnell breitete er die Arme aus und verlangsamte mit einem Gedankenimpuls die Zeit. Daraufhin wirkten die Flammen wie eingefroren, als bestünden sie nicht aus Feuer, sondern aus Glas. Alannah zauberte zwei Eislawinen, die tosend auf die Feuerwälle niederprasselten, sodass sie zischend verlöschten.

»Was sagst du nun?«, rief Granock triumphierend. »Dass wir damit so leicht fertig werden, hättest du nicht gedacht, was?«

»So wie ihr offenbar nicht daran gedacht habt, dass es sich um eine Falle handeln könnte«, konterte Aldur und schuf erneut knisternde Flammen, die sich zu einer lodernden Walze formten und auf Granock zurollten.

Granock konzentrierte sich, um erneut die Zeit zu bannen – aber er vermochte es nicht. Weder konnte er seine Gedanken in der erforderlichen Intensität bündeln, noch verspürte er die innere Kraft dazu – und jäh fiel ihm ein, dass er noch nie in seinem Leben mehrmals hintereinander von seiner Fähigkeit Gebrauch gemacht hatte. Offenbar bedurfte er einer gewissen Erholung, einer Phase der Regeneration, bis er erneut einen Zeitzauber wirken konnte.

Die Feuerwalze rollte unaufhaltsam heran, während Aldurs schadenfrohes Gelächter durch das Gewölbe hallte. Er hatte darauf spekuliert, dass Granocks Kräfte nachlassen würden. Mit einem Scheinangriff hatte er sie ausgezehrt und dann zur eigentlichen Attacke ausgeholt. Eine geschickte Taktik, die eigentlich Bewunderung verdiente – im Augenblick allerdings hätte Granock dem Elfen lieber die Faust ins Gesicht gedroschen, als ihn zu beglückwünschen.

»Granock! Den Kopf runter!«, gellte Alannahs Ruf, und Granock warf sich an Ort und Stelle zu Boden. Im nächsten Moment zuckten mehrere Eisgeschosse durch die Luft, die jedoch allesamt von der Flammenwalze verzehrt wurden und zu unscheinbaren Wolken verpufften. Das lodernde Inferno schien diesmal nicht aufzuhalten zu sein – und im nächsten Moment hatte es Granock erreicht.

Er spürte die Hitze auf seiner Haut und warf sich gleichzeitig zur Seite. Er spürte, wie ihm die Flammen den Nacken versengten, und der beißende Geruch von verbranntem Haar stieg ihm in die Nase. Er rollte über den harten Boden und wollte sich wieder aufraffen, doch schon sah er sich einer weiteren Bedrohung gegenüber.

Der Feuerwalze mochte er mit knapper Not entgangen sein – aber er sah in einiger Entfernung Aldur, der die gespreizten Hände direkt auf seinen menschlichen Rivalen richtete und …

»Aldur, nicht!«, schrie Alannah. Granock drehte sich nach ihr um und sah sie in einiger Entfernung schwer keuchend dastehen. Zorn sprach aus ihren Blicken, schweißnasse Haarsträhnen hingen ihr ins gerötete Gesicht – und trotz der Gefahr, in der er schwebte, fand Granock, dass sie nie besser ausgesehen hatte.

»Warum nicht?«, fragte Aldur höhnisch. »Ich tue nichts, was gegen die Regeln verstoßen würde.«

Und dann griff er an!

Gleich mehrere Feuerbälle schossen aus seinen Händen, und Alannah gab ihr Bestes, sie abzuwehren. Um erneut einen Schutzwall zu errichten, um sie aufzuhalten, reichten ihre Kräfte nicht mehr aus. Also schickte sie den Brandkugeln wiederum Speere aus Eis entgegen, die Aldurs Feuerbälle verlöschen ließen. Einer jedoch fand seinen Weg durch Alannahs Phalanx – und traf Granock.

Gleißende Hitze blendete ihn und versengte ihm Haut und Haare, während er gleichzeitig das Gefühl hatte, von einem riesigen Hammer getroffen zu werden. Der Aufprall schleuderte ihn in hohem Bogen durch die Halle und ließ ihn gegen die Wand krachen.

»Nein!«, hörte er Alannah entsetzt rufen, doch ihr Mitgefühl kam die Elfin teuer zu stehen. Sie verfehlte einen weiteren Feuerball, den Aldur ihr entgegenschleuderte, und wurde ebenfalls getroffen.

Auch sie spürte die sengende Hitze, auch sie wurde von der Wucht des Aufpralls zurückgeworfen und taumelte gegen die Wand, an der sie matt und entkräftet niedersank, geradewegs neben Granock, der bereits dort kauerte. Anders als Granock, der im Gesicht und an den Händen Verbrennungen davongetragen hatte und aus einer Platzwunde am Kopf blutete, hatte sie jedoch kaum Blessuren erlitten. Ihr Gesicht und ihr Kleid waren lediglich rußgeschwärzt, und ihr Haar war in Unordnung geraten, ansonsten war sie unversehrt.

»Bist du in Ordnung?«, erkundigte sie sich besorgt bei Granock.

»D-denke schon«, stammelte er und griff sich an den blutenden Kopf. »Hat mich voll erwischt …«

»Hast du denn noch keinen Heilzauber gelernt?«

Er schaute sie staunend an; deshalb also war sie unverletzt, während er sich fühlte, als wäre ein wütender Troll über ihn hergefallen. »Nein«, stöhnte er, »das muss Farawyn wohl vergessen haben …«

»Willst du dich ergeben?«

»Wieso ergeben? Das Duell ist vorbei, oder nicht?«

»Noch ist keiner von uns kampfunfähig«, sagte Alannah und schaute zu Aldur hin. »Das Duell geht also weiter – es sei denn, wir geben auf.«

»Kommt nicht infrage.« Entschlossen stand Granock auf, obwohl er noch ein wenig unsicher auf den Beinen war.

»Bist du sicher?« Alannahs Blick verriet ehrliche Besorgnis. »Ohne Heilzauber könntest du sterben.«

»Wenn schon«, knurrte Granock. »Ich *muss* Aldur eine Lektion erteilen, sonst wird er keine Ruhe geben, bis ich …«

»Vorsicht!«, unterbrach ihn Alannahs Warnruf. Fast gleichzeitig wurde er von den Füßen gerissen.

Und das war gut so. Denn dort, wo er eben noch gestanden hatte, klatschte ein weiterer Feuerball gegen die Wand, der mit noch größerer Wucht geschleudert worden war als die zuvor. Hätte Alannah ihn nicht im letzten Moment mit sich nach unten gerissen, wäre Granock abermals getroffen worden.

»Verdammt!«, maulte er. »Der Kerl will mich tatsächlich umbringen.«

»Er hält sich genau an die Regeln«, wandte Alannah ein.

»Warum nur tröstet mich das nicht?«

Erneut zischten faustgroße Glutbälle heran, die schwarze Rauchfahnen hinter sich herzogen, jagten über Granock und Alannah hinweg und zerplatzten an der Wand. Aldur stand in einigem Abstand, ein überlegenes Grinsen im blassen Gesicht. Offenbar waren seine Kräfte bedeutend größer als jene von Granock und Alannah, oder er hatte einfach nur gelernt, sie effektiver zu nutzen. Eine Erholungspause jedenfalls schien er nicht zu brauchen, denn schon startete er den nächsten Angriff.

»Auseinander!«, rief Alannah, und sie und Granock warfen sich nach links und rechts, während die zornige Lohe zwischen sie fuhr. Fauchend schlug der Feuerball gegen die Wand, so heftig, dass das ganze Gewölbe zu zittern schien, und zerplatzte zu Myriaden kleiner Flammen, die zu Boden regneten und dann verloschen.

»Verdammt«, fluchte Granock in der Sprache der Menschen. »Wir müssen ihm das Handwerk legen, ehe er einen von uns ernsthaft verletzt!«

Fieberhaft überlegte er. Wahrscheinlich hatten sich seine Kräfte inzwischen so weit erholt, dass er einen weiteren Zeitzauber wirken konnte – aber Aldur war ihm überlegen. Der Elf hatte in der Tat gelernt, seine Gabe gezielt einzusetzen, und Granock begriff allmählich, was Farawyn meinte, als er von der Vervollkommnung magischer Fähigkeiten gesprochen hatte; sie konnte den Unterschied zwischen Leben und Tod bedeuten.

»Gebt euch geschlagen!«, rief Aldur. »Alles andere wäre Wahnsinn!«

»Von wegen!«, schrie Granock zurück, dessen Novizentunika in Fetzen an seinem Körper hing; dass er einige schmerzhafte Verbrennungen davongetragen hatte, spürte er kaum. »Noch hast du uns nicht besiegt!«

»Doch, das hat er«, wandte Alannah leise ein. »Eine Niederlage einzugestehen, ist keine Schande – in Starrheit unterzugehen hingegen Dummheit.«

»Wir werden nicht untergehen«, war Granock überzeugt. »Vertrau mir.«

»Hast du einen Plan?«

»Vielleicht – aber ich weiß nicht, ob er funktionieren wird.«

Das war keine sehr zuverlässige Auskunft, und Granock konnte es Alannah nicht verdenken, dass sie ihr Gesicht argwöhnisch verzog. Wer war er denn, dass sie ihm ihr Leben anvertrauen sollte? Doch nur ein Mensch, und noch nicht einmal einer, den sie besonders gut kannte. Und was seine Kenntnisse in Sachen Zauberei betraf, war dies seine allererste Lektion – und mit etwas Pech auch seine letzte.

»Einverstanden«, sagte sie dennoch. »Ich vertraue dir.«

Er war davon so überrascht, dass erst das hässliche Fauchen, das von der anderen Seite der Halle herüberdrang, ihn wieder aus seiner Erstarrung riss.

Aldur formte erneut eine Feuerwalze, die noch größer und vernichtender werden sollte als die davor. Er rief aus dem Nichts einen Strudel lodernder Flammen hervor, den er vor sich hertrieb. Unaufhaltsam wirbelte das Feuer auf Granock und Alannah zu, und nichts und niemand schien ihm Einhalt gebieten zu können …

»Eis, wir brauchen Eis!«, brüllte Granock, um das Fauchen des Feuers zu übertönen, das auf einmal die Halle erfüllte.

»Ich bin geschwächt«, rief Alannah zurück. »Meine Kräfte werden nicht ausreichen, das Feuer zu löschen.«

»Darauf kommt es nicht an. Schick ihm alles, was du hast – den Rest übernehme ich!«

Alannahs ratloser Gesichtsausdruck ließ erkennen, dass sie keine Ahnung hatte, was Granock vorhatte. Dennoch stellte sie keine weiteren Fragen, hob die Hände, und dann explodierte ihre geballte Gedankenkraft nahezu in einer Eruption gletscherblauen Eises, das direkt aus ihren Handflächen zu kommen schien, sich zu einer Lawine vereinte und in einem kurzen Bogen auf Aldurs Feuerwalze zuschoss.

Die Elemente prallten aufeinander, und durch die Hitze schmolz das Eis augenblicklich, verpuffte zu zischendem Dampf, doch aufgrund der enormen Wucht, mit der Alannah das Eis geschleudert hatte, verdampfte es nicht vollständig, sondern gischtete als Wasser durch die feurige Barriere und traf Aldur als warmer Schwall.

Gleichzeitig wirkte Granock seinen zweiten Zeitzauber, und indem er die Zeit um Aldur herum nahezu zum Stehen brachte, ließ er das Wasser erstarren, das den Elfen wie ein bizarr geformter Glaspanzer einhüllte. Auch Aldur bewegte sich nicht mehr, er war in dem erstarrten Wasser gefangen und sein Kontakt zur Außenwelt unterbrochen, sodass sein Zauber und damit auch die Feuerwalze in sich zusammenfielen.

Das Duell war entschieden.

»Wer ist Sieger?«, fragte Granock schwer atmend in Riwanons Richtung; erneut den Zauber zu wirken, hatte ihn nahezu seine ganze Kraft gekostet.

»Alannah und du«, kam es ein wenig widerwillig zurück. »Aldur hat verloren.«

Ogan und zwei oder drei andere verfielen in lauten Jubel – die übrigen Novizen verharrten in stiller Betroffenheit. Granock war dennoch zufrieden und hob den Bann auf.

Das Wasser, das allen Naturgesetzen zum Trotz Aldur wie einen harten Panzer umgeben hatte, klatschte zu Boden. Der Elf war bis auf die Haut durchnässt und prustete. Seine Busenfreunde Zenan und Haiwyl eilten besorgt zu ihm.

Aldur brauchte einen Moment, um zu begreifen, was geschehen war, dann wurden seine sonst so blassen Züge purpurrot. »Nein!«, brüllte er so laut, dass sich seine Stimme überschlug. »Das kann nicht sein! Das ist nicht möglich! Das Duell ist noch nicht zu Ende!«

»Doch, das ist es«, widersprach Alannah, »und du bist der Unterlegene.«

»Nur weil dieser da nicht ehrlich gekämpft hat«, fauchte Aldur, anklagend auf Granock zeigend.

»Was meinst du mit ehrlich?«, fragte Ogan genüsslich, der sich mit Meisterin Riwanon und den anderen Novizen näherte. »Meinst du etwa, er hätte rücksichtsvoller gegen dich vorgehen sollen? Was bringt dich auf den Gedanken, dass wir hier Rücksicht lernen? Im Kampf gegen die Mächte des Bösen stehst du wütenden Trollen gegenüber oder Horden von Unholden – was glaubst du wohl, wie rücksichtsvoll die mit dir umspringen?«

Aldur erkannte, dass es seine eigenen Worte waren, die nun gegen ihn verwendet wurden, und wütend marschierte er davon, während Granock und Alannah die Gratulationen ihrer Mitschüler entgegennahmen. Die meisten davon waren halbherzig dahingesagt und hörten sich nicht sehr aufrichtig an; dennoch hatte Granock das Gefühl, dass er sich zum ersten Mal die Achtung und den Respekt der anderen Novizen erworben hatte. Nicht einmal das

Lob, das Meisterin Riwanon ihm aussprach, bedeutete ihm jedoch auch nur annähernd so viel wie der Kuss, den Alannah ihm auf die Wange hauchte.

»Gut gemacht, *cyfail*«, flüsterte sie.

Erst sehr viel später an diesem Tag, als er wieder in der Abgeschiedenheit seiner Kammer weilte und eines seiner Lehrbücher zurate zog, erfuhr er, dass dieses Wort »Freund« bedeutete.

Nachdem Riwanon Granocks Verletzungen mit einem Heilzauber innerhalb von Augenblicken kuriert hatte, begann der eigentliche Unterricht, für den an diesem Tag allerdings kaum noch jemand wirkliches Interesse aufbringen konnte. Das dramatische Duell stand den Novizen noch viel zu deutlich vor Augen, als dass sie gleich wieder zur Tagesordnung hätten übergehen können. Zu ungeheuerlich war das, was geschehen war, zu überraschend der Ausgang des Kampfes, zu eindeutig die Niederlage, die der beste Schüler des *dysbarth* vor aller Augen erlitten hatte.

Als die Lektion beendet war und alle Schüler den Saal verließen, blieb Aldur allein bei seiner Meisterin zurück, noch immer mit bebender Brust und zorngeballten Fäusten.

»Besiegt zu werden ist schwer zu ertragen, nicht wahr?«, fragte ihn Riwanon sanft.

»Er hat mich nicht besiegt, Meisterin«, widersprach Aldur trotzig. »Dass er das Duell für sich entscheiden konnte, war reines Glück.«

»Sich eine Niederlage einzugestehen, ist keine Schande, Aldur. Im Gegenteil, wenn wir unsere Schwächen erkennen, um an ihnen zu arbeiten und sie auszumerzen, ist das der Beginn unseres Triumphs.«

»Ich verstehe«, sagte Aldur widerwillig. Ihm stand der Sinn im Augenblick so gar nicht nach abgedroschenen Weisheiten.

»Du fühlst dich erniedrigt und gedemütigt, nicht wahr?«, sagte sie und legte ihm tröstend die Hand auf die Schulter. »Und du bist nicht gewillt, diese Schmach auf dir sitzen zu lassen.«

»Das stimmt«, gab Aldur mit leiser Stimme zu. »Woher wisst Ihr das, Meisterin?«

»Es ist meine Begabung, mich in die Herzen anderer Wesen zu versetzen und ihre geheimen Wünsche, Ängste und Hoffnungen zu erkennen«, erinnerte ihn seine Meisterin. »Ich weiß, was du fühlst. Ich weiß, dass du dir große Ziele gesetzt hast. Der größte Zauberer von allen willst du werden. Dein Leben lang hast du dich im väterlichen Hain darauf vorbereitet und dafür auf vieles verzichtet. Doch nun, da du alles erreichen könntest, was du dir vorgenommen hast, hast du auch Angst zu versagen, die Erwartungen nicht zu erfüllen, die sowohl dein Vater als auch du selbst in dich gesetzt haben. Oder sollte ich mich irren?«

Aldur schaute seine Meisterin an. Es war ihm unangenehm, dass sie ihn so vollkommen durchschaute. Am liebsten hätte er ihr gesagt, dass sie mit ihren Vermutungen völlig falsch lag, aber so war es nicht.

»Nein«, sagte er leise, »Ihr irrt Euch nicht.«

»Ich rate dir, lass deine Ängste und Unsicherheiten fahren und besinne dich auf deine Stärken«, sprach Riwanon zu ihm. »Dann nämlich wirst du nicht nur ein mächtiger Zauberer werden – sondern vielleicht tatsächlich der mächtigste von allen.«

Ihre Hand verließ seine Schulter und berührte seine Wange, zärtlich und liebkosend. Nicht wie die einer Meisterin bei ihrem Novizen.

Sondern wie eine Frau bei ihrem Geliebten.

22. YMOSURIAD NYSA

Hoch über jenem zerklüfteten Landstrich, der die natürliche Grenze zwischen dem Elfenreich und dem wilden Niemandsland Arun bildete, thronte, eingebettet in den mächtigen Wall von Cethad Mavur, die Grenzfestung Carryg-Fin.

Sie war bereits in alter Zeit errichtet worden, noch vor dem großen Krieg, der Erdwelt entzweite, doch ihre Türme reckten sich so stolz in den Himmel wie ehedem. Acht Grenzfestungen hatte es einst gegeben, doch die anderen sieben waren allesamt im Krieg zerstört worden. Einzig Carryg-Fin war übrig geblieben, und dort befand sich die Kommandantur der Grenztruppen, die am äußersten Rand der Zivilisation ihren Dienst versahen, viele Meilen von Tirgas Lan entfernt, zum Schutz und zum Wohl des Reiches.

Der Name des Elfenkriegers, der das zweifelhafte Glück hatte, Carryg-Fin zu befehligen, war Accalon. Als Soldat in der Armee zu dienen, gehörte zur Bürgerpflicht eines jeden einfachen Elfen, der sich später in Politik oder Gemeinwesen verdingen wollte; nur wenige gab es, die von dieser Regelung ausgeschlossen waren, etwa der *celfaidydian*, der *tavalian* oder der *dwethian**. Derartige Tätigkeiten konnte ein Elf jedoch nur dann ergreifen, wenn er über die entsprechende Fähigkeit verfügte und in besonderer Weise dazu ausersehen war.

Accalons Familie hatte solche Fähigkeiten stets missen lassen. Seit Generationen wartete man in seinem Heimathain darauf, dass

* Künstler, Heiler und Zauberer

sich in dieser Hinsicht etwas ändern, dass ein Elf geboren würde, dessen Gaben ihn dazu prädestinierten, etwas anderes zu sein als ein Soldat der königlichen Armee – aber als hätte das Schicksal nichts als Missachtung für Accalons Sippe übrig, hatte sie noch nie etwas anderes als Krieger hervorgebracht, Beamte oder Verwalter, von denen es im Elfenreich so viele gab.

Immerhin war es Accalon gelungen, sich vom einfachen *rhyfal'ras* zum *swaidog* emporzuarbeiten, zum königlichen Offizier. Mit vorbildlichem Einsatz und bemerkenswertem Mut in unzähligen Scharmützeln gegen die Orks hatte er sich dieses Privileg erstritten – zum Vorteil jedoch hatte es ihm kaum gereicht.

An den Tag, an dem er noch auf dem Schlachtfeld zum Leutnant befördert worden war, erinnerte sich Accalon genau; denn an jenem Tag hatte er geglaubt, dass er das Schicksal wenden und der Erste aus seiner Familie sein könnte, der zu Höherem ausersehen wäre. Mit Fleiß und Strebsamkeit hatte er seine Offizierskarriere weiterverfolgt, hatte unzählige Strafexpeditionen gegen die Unholde befehligt, die ihn bis weit in die Modermark geführt und mehrmals fast das Leben gekostet hatten. Und wie hatte das Reich es ihm gedankt?

Indem man ihn zum Hauptmann befördert und zum Befehlshaber einer Grenzfestung ernannt hatte, die sich jedoch nicht an der Ostgrenze des Reiches befand, sondern tief im Süden, zwischen Meer und Ostsee, auf jener Landzunge, die das Elfenreich und das dunkle Land Arun verband und die von alters her durch die Große Mauer geteilt wurde. Dorthin versetzt zu werden, war keine Auszeichnung, sondern kam einer Strafe gleich.

Der erste Grund dafür war das Klima, drückend und von entsetzlicher Schwüle. Die feuchte Hitze kam aus dem Süden, machte die Luft schwer und war vor allem in den Sommermonaten unerträglich. Hinzu kamen die Einsamkeit und die karge, trostlose Landschaft, die jedes Leben zu entbehren schien; für einen Elfen, der an den fruchtbaren Ufern des *Gylafon* aufgewachsen war, ein schier unerträglicher Anblick, der auf Geist und Seele lastete. Immer wieder kam es vor, dass einen Soldat unerträgliche Schwermut überkam und er sich von einer der hohen Burgzinnen zu Tode stürzte.

Aber obwohl er wenig begeistert darüber gewesen war, hatte Accalon die Versetzung widerspruchslos hingenommen und sich damit getröstet, dass man seit Generationen niemanden aus seiner Familie mehr ein so hohes Amt übertragen hatte. Im Lauf der Jahre jedoch, in denen er an der Grenze seinen Dienst versah, hatte er sich zu fragen begonnen, ob Carryg-Fin und die Große Mauer überhaupt noch einen militärischen Sinn machten oder vielleicht eher Relikte aus einer anderen, längst vergangenen Zeit waren.

Der letzte Angriff aus dem Süden war während des Krieges erfolgt – seither waren die gefährlichsten Gegner, mit denen es die Grenztruppen zu tun bekommen hatten, ein paar halbnackte Menschen gewesen oder eine Herde verirrter *ilfantodion*. Vielleicht, so vermutete Accalon bisweilen, wollte man in Tirgas Lan einfach nicht zugeben, dass die Grenze sicher und die Befestigungen deshalb überflüssig geworden waren. Mit Rechthaberei und Starrsinn, das hatte Accalon gelernt, ließ sich manches erklären, was in der Politik vor sich ging, ganz anders als beim Militär: Wer in der Hitze des Gefechts eine Fehlentscheidung traf, wurde augenblicklich dafür bestraft und bekam meist keine zweite Möglichkeit, sich zu bewähren.

Darüber dachte Accalon nach, während er zum ungezählten Mal am Fenster der Kommandantur stand und gen Süden blickte. Dort zeichneten sich der Dschungel und die Berge Aruns als gezacktes dunkles Band ab, über dem sich der Abendhimmel blutrot färbte. Vielleicht, so überlegte er, wäre es gut gewesen, wenn sich auch der König und seine Berater hin und wieder auf einem Schlachtfeld hätten bewähren müssen. Dann hätten sie womöglich besser verstanden, was es bedeutete, für seine Entscheidungen verantwortlich zu sein. Und vielleicht hätten sie dann auch begriffen, was es hieß, ein Kommando auf einem entlegenen Außenposten zu führen, fernab von jeglicher Zivilisation und von allen vergessen.

Nicht Angreifer von außen waren der gefährlichste Feind von Accalons Truppe, sondern die Langeweile. Der Stumpfsinn des Alltags setzte den Elfen zu, und längst nicht nur den einfachen Soldaten, sondern auch den Korporälen und Offizieren. Zwar bemühte sich Accalon, dem entgegenzuwirken, indem er täglich Übungen ansetzte: Mit endlosem Exerzieren, Waffendrill und Märschen durch das trostlose Niemandsland versuchte er, die Disziplin aufrechtzuerhalten, aber es war ein aussichtsloser Kampf, dessen Scheitern absehbar war. Wie giftiges Unkraut wucherten Nachlässigkeit und Ungehorsam unter seinen Leuten, und wo immer Accalon sie auszurotten versuchte, schienen sie nachher nur umso üppiger zu gedeihen.

Erst vergangene Woche hatte er einen jungen Fähnrich auspeitschen lassen, der volltrunken und in schmutziger Uniform zum Wachdienst erschienen war. Woher er den Schnaps gehabt hatte, mit dem er sich betrunken hatte, war noch immer ungeklärt, aber Accalon hatte nicht gezögert, ein Exempel zu statuieren und den Fähnrich vor aller Augen mit fünf Peitschenhieben zu bestrafen. Der Offiziersanwärter, ein junger Mann aus Tirgas Dun, war bei seinen Untergebenen beliebt, entsprechend groß war die Abneigung, die Accalon seither entgegenschlug. Doch als Befehlshaber einer Grenzfestung war es nicht seine vordringlichste Aufgabe, von seinen Männern gemocht zu werden, sondern dafür zu sorgen, dass sie zu jeder Zeit wachsam und einsatzbereit waren – auch wenn er selbst nicht mehr an die Notwendigkeit dieser Mission glaubte. Er hatte jedoch einen Befehl, und ein guter Soldat führte Befehle aus, die man ihm auftrug, und zwar stets nach bestem Gewissen, auch dann, wenn sie den eigenen Überzeugungen zuwiderliefen.

Die Nacht brach herein, während er darüber nachsann, und der ferne Dschungel Aruns verschmolz mit dem Dunkel des Himmels; nur der bleiche Mond am Himmel und die lodernden Fackeln auf den Wehrgängen spendeten noch spärliches Licht. Wie jeden Abend, ehe er zu Bett ging, ließ Accalon seinen Blick noch einmal über die Türme und Mauern der Festung schweifen.

Die Kommandantur in den großen Turm zu verlegen, der die Mitte der Festung einnahm, war Accalons erste Amtshandlung gewesen, nachdem er den Befehl über Carryg-Fin übernommen hatte. Von dort aus hatte er einen guten Überblick und konnte nicht nur den Innenhof der Burg einsehen, sondern sah auch den großen Wall, der sich nach Nordosten und Südwesten wie eine leuchtende

Schlange durch die trostlose Landschaft wand. Im Laufe der vergangenen Jahrhunderte war der Cethad Mavur immer wieder ausgebessert worden; unter Verwendung dessen, was der Krieg von den anderen sieben Grenzzitadellen übrig gelassen hatte, hatte man versucht, dem Zahn der Zeit zu trotzen, der in Form von Wind und Wetter an dem alten Mauerwerk nagte – ein weiterer schier aussichtsloser Kampf, den man an der Südgrenze des Reiches austrug.

Der Anblick der Wachen, die mit Piken, Hellebarden oder Armbrüsten bewaffnet im Schein der Fackeln ihren Dienst versahen, besänftigte Accalon ein wenig. Im Grunde, sagte er sich, waren es gute Männer, denen wie ihm selbst nur wenig Glück beschieden war. Welchem ungünstigen Schicksal sie es zu verdanken hatten, dass es sie ausgerechnet hierher verschlagen hatte, wusste er nicht, aber er hoffte, dass, wenn sie sich bewährten und ihr Los nur tapfer genug ertrugen, der König sich irgendwann ihrer entsinnen und sie in die Heimat zurückholen würde, in zehn Jahren oder hundert, vielleicht auch erst in tausend …

Ungezählte Briefe hatte Accalon nach Tirgas Lan geschickt, in denen er von der Situation an der Grenze berichtet hatte, aber keiner von ihnen war beantwortet worden. Abgesehen von dem Versorgungstransport, der einmal im Monat in Carryg-Fin eintraf, bestand ansonsten kein Kontakt zur Außenwelt. Der Befehl, dem sie alle zu gehorchen hatten, lautete unverändert, die Südgrenze zu sichern gegen alle Feinde des Reiches.

»Was für Feinde, mein König?« Accalon sprach die Frage laut aus, und Hohn und Resignation schwangen in seiner Stimme mit. Er nahm nicht an, dass auch nur einer seiner Briefe König Elidor tatsächlich erreicht hatte – vermutlich hatten dessen Berater, allen voran der verschlagene Fürst Ardghal, sie alle abgefangen.

Es war kein Geheimnis, dass Ardghal mit dem Militär nicht viel anfangen konnte und er fürchtete, die Generäle könnten ihm seine Machtposition beim König eines Tages streitig machen. Also war er darauf bedacht, Elidors Aufmerksamkeit möglichst auf andere Dinge zu lenken. So war es seit Jahrzehnten, und so würde es vermutlich auch bleiben, solange Elidor regierte.

Dennoch würde Accalon seine Pflicht erfüllen.

Tag für Tag.

Monat für Monat.

Jahrzehnt für Jahrzehnt …

Der Gedanke deprimierte ihn, und er beschloss, sich zur Ruhe zu legen – allerdings nicht, ohne sich vorher noch einen Schluck von dem Schnaps zu gönnen, den er dem pflichtsäumigen Fähnrich abgenommen hatte. Das Zeug stank wie Schwefel und brannte wie Feuer, aber es sorgte für einen traumlosen Schlaf. Vermutlich, nahm Accalon an, stammte es aus einer Zwergenbrennerei und war mit dem letzten Versorgungszug nach Carryg-Fin geschmuggelt worden. So genau wollte er es gar nicht wissen, denn dann wäre er verpflichtet gewesen, dagegen vorzugehen, und eigentlich wollte er das nicht. Was konnte es schaden, sich hin und wieder einen Schluck zu genehmigen, solange die Disziplin nicht darunter litt?

Noch einmal ließ er seinen Blick über die in Dunkelheit versinkende Festung schweifen, dann wollte er sich vom Fenster abwenden – und hielt plötzlich inne.

Einer der beiden Doppeltürme, die das Eingangstor säumten, war unbesetzt!

Zuerst glaubte Accalon, einer Täuschung erlegen zu sein, aber da war tatsächlich niemand auf der Turmplattform zu sehen; von dem Wachtposten fehlte jede Spur.

»Was bei Sigwyns Erben …?«

Accalon fühlte heißen Zorn durch seine Adern wallen. Aufgrund der ereignislosen Jahrzehnte, die er nun schon in Carryg-Fin verbrachte, dachte er, es mit einem neuen Fall von dreister Pflichtverletzung zu tun zu haben – dass das Fehlen des Turmpostens einen anderen Grund haben könnte als die eine unentschuldbare Nachlässigkeit, kam ihm nicht in den Sinn.

Dies änderte sich schlagartig, als der Hauptmann zum anderen Turm hinüberblickte und sah, wie der Wachmann dort in wilde Zuckungen verfiel. Der Soldat ließ seine Hellebarde fallen und machte groteske Verrenkungen, deren Ursache Accalon zunächst schleierhaft war. Dann jedoch erblickte er die Klaue, die sich von hinten um den Hals der Wache gelegt hatte und dem Elf die Luft abdrückte. Eine zweite Klaue erschien, packte den Kopf des Elfen und riss ihn ruckartig herum, sodass das Genick des Soldaten brach. Leblos sackte der Elf zu Boden, und sein Mörder, der unmittelbar hinter ihm stand, kam zum Vorschein.

Accalon zog scharf die Luft ein.

War es möglich?

Nein, es musste ein Trugbild sein, etwas, das ihm seine abgestumpften und gleichwohl übermüdeten Sinne vorgaukelten. Der Leichnam des Soldaten jedoch, der leblos auf der Turmplattform lag und im Fackelschein deutlich zu sehen war, war absolut real – also war es auch sein Mörder!

Entsetzen ergriff von Accalon Besitz, während er die scheußliche Gestalt anstarrte, die aufrecht auf zwei Beinen ging, mit einem Reptil jedoch sehr viel mehr gemein hatte als mit einem Elfen: schuppenbesetzte Haut, ein langer Schweif, der wie eine Peitsche zuckte, und ein grässliches, nach vorn gewölbtes Maul, in dem mörderische Zähne prangten. Mit geschlitzten, von bösem Lodern erfüllten Augen blickte sich die grässliche Kreatur um, und in diesen Moment wurde Hauptmann Accalon klar, dass das Warten ein Ende hatte.

Carryg-Fin war nicht länger ein vergessener Posten.

Die Festung wurde angegriffen!

Der Name der Kreatur, die die Ostmauer überwunden hatte, lautete Dinistrio, und er beschrieb genau, was sie war und was der einzige Zweck ihres frevlerischen Daseins.

Zerstörung …

Zusammen mit ihren Artgenossen war sie vor langer Zeit ins Leben gerufen worden, nicht auf natürliche Weise, sondern in einem verbotenen Experiment, das Elfen und Tiere zu einer neuen, anderen Rasse verschmolzen hatte. Der Frevler, der dies gewagt hatte, war nicht mehr – seine Erben jedoch hatten die Krieger der Dunkelheit erneut gerufen, auf dass sie wieder Furcht und Schrecken verbreiteten.

Carryg ai gwaith.

Stein zu Blut.

Dinistrio sah, wie das Leben aus der zerbrechlich wirkenden Kreatur wich, die er mit seiner rechten Klaue gepackt und hoch in die Luft gehoben hatte. Zunächst hatte das Wesen noch dagegen angekämpft und versucht, sich aus dem Todesgriff zu befreien. Doch seine Bewegungen wurden matt und fahrig, panische Furcht sprach aus seinen geweiteten Augen.

Dinistrio war es gleichgültig. Mit einem Schnauben warf er den erschlaffenden Körper über die Mauerbrüstung in die Tiefe. Ein weiterer Elfenkrieger kam auf ihn zugerannt, dem er mit einem einzigen Hieb seiner riesigen Pranke die Kehle zerfetzte. In einem Blutschwall kippte der Soldat vom Wehrgang und verschwand in der Dunkelheit.

Dinistrio schaute sich um. Das elfische Erbe, das in ihm steckte, verlieh ihm ein ausgezeichnetes Sehvermögen. Im Licht seiner unheilvoll lodernden Augen konnte er beobachten, wie seine Artgenossen die Zinnen der Festung erklommen, um sich im nächsten Moment ebenso erbarmungslos auf deren Besatzung zu stürzen wie er selbst.

Die gespaltene Zunge fuhr aus seinem Maul und nahm Witterung auf, schmeckte den Geruch des Blutes, der die Nachtluft tränkte. Dinistrio wollte seinen Weg fortsetzen, als er merkte, wie ihn etwas in den Rücken stieß.

Mit einem Zischeln fuhr er herum – und sah sich zwei weiteren der schmächtigen Kämpfer gegenüber, die die Festung bewachten. Mit Rüstungen aus Leder und Helmen aus Metall versuchten sie ihre zerbrechlichen Körper zu schützen, bewaffnet waren sie mit seltsamen Äxten, die überlange Stiele hatten und oben, über dem Axtblatt, zusätzlich eine dornenartige Spitze. Dinistrio wusste nicht, dass man diese Waffen »Hellebarden« nannte. Die Verteidiger reckten sie ihm abwehrend entgegen. Von einer der Dornenspitzen troff schwarzes Blut.

Sein Blut.

Dinistrio fühlte keinen Schmerz, aber der Anblick seines eigenen Lebenssafts machte ihn wütend. Fauchend griff er nach einer der Waffen und riss sie dem Krieger aus der Hand, um das Axtblatt schon im nächsten Moment mit großer Kraft herabfahren zu lassen.

Der Helm des Elfen hatte dem furchtbaren Hieb nichts entgegenzusetzen, und der Schädel des Elfen wurde bis zum Nasenbein gespalten. Blutüberströmt kippte er vom Wehrgang, sein Kamerad folgte ihm wenig später mit durchbissener Kehle.

Schmatzend und mit dem Blut des Kämpen gurgelnd, blickte sich Dinistrio noch einmal um, die Augen zu Schlitzen verengt. Verteidiger, die noch aufrecht standen, waren auf den Mauern nicht mehr zu sehen; wohin er auch schaute, sah er seine Artgenossen, die ihrem Blutdurst freien Lauf ließen.

Über den Innenhof eilten weitere Wachen heran, die der Kampflärm aus dem Schlaf gerissen hatte und die aus den Unterkünften drängten. Mit weit aufgerissenen Schlünden fielen die Echsenkrieger auch über sie her, und keine Brünne war stark genug, dem Biss ihrer Kiefer zu widerstehen. Pfeile schwirrten durch die Nacht, aber ihre Spitzen vermochten die Schuppenhaut der Angreifer nicht zu durchdringen. So fiel ein Verteidiger nach dem anderen, und Dinistrio näherte sich seinem Ziel.

Der Kommandantur von Festung Carryg-Fin …

Accalon empfand tiefe Bestürzung.

Nicht so sehr über die Tatsache, dass Carryg-Fin einem Angriff ausgesetzt war – für einen solchen Fall war er ausgebildet worden, darauf hatten seine Leute und er sich in zahllosen Übungen vorbereitet –, sondern vielmehr darüber, dass er je an der Notwendigkeit ihrer Mission gezweifelt hatte.

Wie oft hatte er sich in letzter Zeit gefragt, ob der Dienst an der äußersten Grenze des Reiches überhaupt noch sinnvoll war, da es jenseits des Cethad Mavur doch nichts mehr zu geben schien als endlose Wildnis. Doch aus ebendieser Wildnis war unvermittelt ein mörderischer Gegner erwachsen, der mit erbarmungsloser Härte zuschlug.

»Die Reihen schließen! Schilde nach vorn! Die … Arrrgh!«

Der Ruf des Unterführers, der auf dem Innenhof stand und die in Unordnung geratene Verteidigung zu organisieren suchte, wurde zu einem heiseren Schrei. Accalon sah, dass eine Pike den Elf durchbohrt hatte, gestoßen von einem der furchterregenden Angreifer. Damit nicht genug, richtete der grässliche Gegner die Waffe auch noch auf und rammte ihr stumpfes Ende in den Boden, sodass der aufgespießte Unterführer schreiend in der Luft zappelte, zum Entsetzen der Soldaten, deren Reihen daraufhin noch mehr ins Wanken gerieten.

Ohnehin gab es keine feste Schlachtordnung. Die Feinde waren so unvermittelt und mit derartiger Gewalt über die Festung hergefallen, dass sie die äußere Verteidigung rasch durchbrochen hatten. Scheinbar ohne Mühe hatten sie die Mauern überwunden und die Posten überwältigt. Sie befanden sich bereits im Innenhof, wo ihrer Raserei nur noch schwer beizukommen war. Entsetzt sah Accalon vom Turmfenster aus, wie ein weiterer Unterführer von einer Pike durchbohrt wurde, und dem Hornisten, der das Signal zum Gegenangriff geben wollte, wurde mit bloßen Klauen der Kopf abgerissen. Mit bestialischer Wildheit fielen die Echsenwesen über die Besatzung der Festung her, und Accalons Krieger hatten ihnen kaum etwas entgegenzusetzen.

Vergeblich schienen aller Waffendrill und alle Übungen. Vielleicht hatte sich der Hauptmann aber auch nur selbst etwas vorgemacht, und die jahrzehntelange Routine hatte seine Männer müde und träge werden lassen, sodass sie keine ernstzunehmenden Gegner mehr waren. Wut überkam ihn, als ein weiterer Wachsoldat von den Pranken eines Angreifers zerfetzt wurde, während die anderen panikerfüllt die Flucht ergriffen, nur um kurz darauf kaltblütig niedergemetzelt zu werden. An Gegenwehr dachte kaum noch jemand. Mit dem Schwert in der Hand fuhr Accalon herum, um hinauszustürzen und sich selbst in den Kampf zu werfen. Harcon jedoch, sein Stellvertreter und seine rechte Hand, hielt ihn zurück.

»Nein, Accalon!«, beschwor er seinen Kommandanten. »Tu das nicht!«

»Aber unsere Leute werden sterben, wenn wir nichts unternehmen! Sie haben gegen diese Kreaturen keine Chance!«

»Und du glaubst, sie hätten eine, wenn du dich opferst?« Harcon, der unmittelbar nach Beginn des Kampfes mit zwei Unterführern in die Kommandantur gestürmt war, um seinen Anführer zu bewachen, schüttelte den Kopf. »Sobald wir den Turm verlassen, sind wir verloren. Nur diese Mauern können uns noch schützen.«

»Aber die Männer im Hof und auf den Wehrgängen …«

»Sind verloren«, sagte Harcon so hart und endgültig, dass es Accalon wieder zur Besinnung brachte.

So sehr es ihm widerstrebte, sein Stellvertreter hatte recht. Im Falle eines Angriffs lautete ihr Auftrag, die Festung so lange wie möglich zu halten und einen Boten nach Tirgas Lan zu entsenden. Dies und nichts anderes hatte er zu tun.

»Lasst zum Sammeln blasen«, wies er die beiden anderen Unterführer an. »Alle ziehen sich in diesen Turm zurück und werden ihn mit ihrem Leben verteidigen.«

»Verstanden«, schnarrte es zurück, und die beiden eilten hinaus, um den Befehl auszugeben.

»Wer sind diese Angreifer? Woher kommen sie?«, fragte Harcon, und Accalon hörte Todesangst in der Stimme seines Stellvertreters, der über die Jahrzehnte auch sein Freund und Vertrauter geworden war.

Doch wie so viele Male, wenn er im Gefecht gewesen war und seine Leute angesichts des schrecklichen Feindes in Panik auszubrechen drohten, überkam ihn selbst eine innere Ruhe, deren Ursprung er nicht zu ergründen vermochte. Vielleicht war es lediglich sein Pflichtgefühl, das ihn zur Räson rief und ihm sagte, was er zu tun und zu lassen hatte; vielleicht war es aber auch eine besondere Gabe, mit der ihn das Schicksal gesegnet hatte …

»Ich weiß es nicht, Harcon«, erwiderte er ebenso ruhig wie entschlossen. »Der schwärzeste Dschungel Aruns mag diese Kreaturen ausgespien haben, aber sie werden diese Grenze nicht überschreiten. Denn hier stehen wir, und wir werden unser Blut dafür geben, sie aufzuhalten.«

»Glaubst du denn, dass wir das können?«, fragte Harcon, während grässliche Laute vom Hof her in die Kommandantur drangen.

»Auch das weiß ich nicht«, entgegnete Accalon und brachte es fertig, dem Freund ein verwegenes Lächeln zu schenken. »Aber die Männer und ich werden unser Bestes geben.«

»Die Männer und du?« Harcon hob die Brauen. »Was … was hat das zu bedeuten?«

»Du weißt, was es bedeutet, Harcon. Nimm dir das schnellste Pferd, das wir im Stall haben, und dann reite nach Norden.«

»Nein!«, rief Harcon entsetzt und schüttelte den Kopf.

»Der König muss erfahren, was hier geschehen ist.«

»Dann schick jemand anderen.«

»Wen? Wenn es jemandem gelingen kann, sich nach Tirgas Lan durchzuschlagen, dann dir.«

»Aber mein Platz ist hier bei dir! Ich will bleiben und zusammen mit dir und den anderen sterben!«

»So eilig hast du es damit?«

»Du wirst deine Meinung nicht ändern, oder?«, fragte Harcon resignierend.

»Nein, treuer Soldat. Du wirst nach Tirgas Lan reiten und dort berichten, was hier geschehen ist. Das ist der Befehl, den ich dir erteile. Womöglich ist es der letzte, also beschäme mich nicht, indem du ihn missachtest.«

In Harcons Augenwinkeln zuckte es, und seiner verkniffenen Miene war anzusehen, welchen inneren Kampf er austrug. »Ich werde deinen Befehl befolgen«, flüsterte er.

»Dann geh jetzt. Leb wohl, Bruder.«

»Leb wohl, Bruder.«

Sie umarmten einander, dann wandte sich Harcon zum Gehen. Er hatte die Kommandantur kaum verlassen, als von draußen stampfende Schritte zu hören waren und Leutnant Nivan hereingestürzt kam, einer der beiden Unterführer, die Accalon vorhin losgeschickt hatte. Er blutete aus einer Schulterwunde, sein Gesicht war von Entsetzen gezeichnet. »Die Bestien!«, brüllte er heiser. »Sie sind auf dem Vormarsch! Dugan ist tot, sie haben ihn bei lebendigem Leib zerfetzt …«

»Wo sind die anderen Krieger?«, wollte Accalon wissen. »Wo sind die Wachen?«

»Die meisten tot«, stieß Nivan hervor. »Der Innenhof ist übersät von Leichen …«

»Wie viele Leute haben wir noch?«, wollte er wissen.

»Nur eine Handvoll.«

Das blanke Schwert in der Hand, stürzte Accalon an Nivan vorbei nach draußen und die breite Treppe hinab. Der Anblick, der sich ihm bot, war erschreckend.

In der Eingangshalle des Turms drängten sich an die fünfzig Mann, der klägliche Überrest der einstmals stolzen Besatzung von Carryg-Fin. Einige von ihnen waren verwundet, die meisten nur leicht bewaffnet – und ihnen allen stand das Entsetzen in die leichenblassen und blutbesudelten Züge geschrieben.

Accalon wusste, was zu tun war. Die Männer brauchten Führung.

»Korporäle zu mir!«, bellte er, während er wieder einige Stufen hinaufstieg, um sich einen besseren Überblick über den versprengten Haufen zu verschaffen. Nur zwei Mann traten vor, einer von ihnen so schwer verwundet, dass er sich kaum noch auf den Beinen halten konnte. Sein Oberschenkel war aufgerissen. Fleischfetzen hingen aus der Wunde, die er mit blutigen Händen zu schließen versuchte.

Accalon war klar, dass er mit diesem jämmerlichen Aufgebot dem Ansturm der Feinde nicht lange würde standhalten können. Aber er hatte einen Auftrag zu erfüllen – und daran würde er sich halten …

»Dieser Turm«, verkündete er mit lauter Stimme, »stellt das letzte Bollwerk dar, das letzte Hindernis, das zwischen diesen Kreaturen und dem Reich steht – und ich schwöre, dass ich bis zum letzten Atemzug dafür kämpfen werde, dass keine dieser Bestien ihren frevlerischen Fuß auf unsere geliebte Heimaterde setzt!«

»Heimaterde!«, schrie ein Soldat panisch. »Dreck ist das! Ich will hier weg …!«

»Wer hat das gesagt?«, rief Accalon mit scharfer Stimme.

»Wer immer es sagte, er hat recht«, pflichtete der unversehrte Korporal dem Unbekannten zu. »Carryg-Fin ist ein verlorener Posten. Jeder weiß das, und wenn Ihr ehrlich wärt …«

Weiter kam er nicht.

Accalons gebogene Elfenklinge durchbohrte seine Kehle, noch ehe er weitere aufrührerische Worte hervorbringen konnte. In einem Blutschwall brach der Korporal zusammen.

Accalon blickte sich mit fiebrigen Augen um. »Ist hier noch jemand der Ansicht, dass wir das Feld räumen und Carryg-Fin dem Feind kampflos überlassen sollten?«

Niemand antwortete, doch schon im nächsten Augenblick spielte es ohnehin keine Rolle mehr – denn etwas warf sich mit fürchterlicher Wucht gegen das Tor, sodass sich die dicken Holzriegel bogen.

»Sie kommen!«, schrie jemand panisch.

»Sie sind hier!«, brüllte ein anderer.

»Zurück vom Tor, bildet eine Reihe!«, rief Accalon mit derartiger Autorität, dass seine Leute ihm selbst angesichts des nahenden Todes gehorchten. Indem sie sich am Fuß der Treppe dicht aneinander drängten, bildeten sie einen waffenstarrenden Kordon, der dem Feind – so hoffte Accalon – für eine Weile Widerstand leisten würde. Wenigstens so lange, wie Harcon brauchte, um ein Pferd zu besteigen und ein gutes Stück zwischen sich und der Festung Carryg-Fin zu bringen.

Der Gedanke an Harcon machte Accalon einen Moment lang traurig, und er bedauerte, dass sie einander niemals wiedersehen, dass sie niemals Gelegenheit erhalten würden, ihre Freundschaft zu vertiefen und sich ihre gegenseitige Wertschätzung zu versichern. Gleichzeitig jedoch tröstete er sich mit dem Gedanken, dass zumindest einer von ihnen dem Massaker entgehen würde.

Wieder krachte etwas mit Urgewalt gegen die Pforte. Die Männer zuckten zusammen, klammerten sich an ihre Hellebarden und Spieße wie Ertrinkende an ein Stück Treibholz.

Dann ein letzter Stoß – und der mächtige Holzriegel zerbarst, die Splitter prasselten Accalon und seinen Leuten entgegen. Im nächsten Moment brach das nackte Grauen aus dem flackernden Zwielicht jenseits der Pforte hervor.

Es waren fünf, und erst jetzt, da er sie aus der Nähe erblickte, registrierte Accalon, wie furchterregend sie tatsächlich waren. Große, kräftige Kreaturen, die aufrecht gingen, deren Beine jedoch nach hinten gebogen waren wie die Hinterläufe eines Tieres und in dreizehigen scharfen Krallen ausliefen. Ihre kraftstrotzenden Körper waren von grünbrauner Schuppenhaut bedeckt und an einigen Stellen gar mit dicken Hornplatten gepanzert. Bekleidet waren sie lediglich mit rostigen Ketten, die mehrfach um Hüfte und Brust geschlungen waren. Die langen Arme, die fast bis zum Boden reichten, liefen in riesigen klauenbewehrten Pranken aus, in denen einige der Ungeheuer erbeutete Elfenwaffen trugen, die darin allerdings wie Spielzeuge wirkten und um die sich bisweilen noch die Hände der unglücklichen Vorbesitzer klammerten.

Am scheußlichsten jedoch waren die Köpfe der Echsenkrieger, die mit ihren langen, zähnestarrenden Mäulern etwas von den *coracdai* des Smaragdwaldes hatten ...

Selbst Accalons Entschlossenheit geriet für einen Augenblick ins Wanken. Er wollte zurückweichen, aber dann erinnerte er sich an den Auftrag, an den Schwur, den er geleistet hatte, und an seine Familie, der er Ehre machen wollte.

»Armbrustschützen – schießt!«, brüllte er, und die wenigen Armbrustschützen, die verblieben waren, jagten den Angreifern ihre Bolzen entgegen.

Die meisten dieser Geschosse, die auf kurze Distanz selbst Brünnen und Schilde zu durchschlagen vermochten, prallten wirkungslos von den Schuppen und Hornplatten ab, mit denen die Echsenkrieger vor allem im Bereich von Brust und Schultern gepanzert waren. Wenn ein Bolzen eine Schwachstelle fand und in das Fleisch einer der Kreaturen drang, schien er keinen Schaden anzurichten; die Echsenmänner scherten sich nicht darum, Schmerz schienen sie ebenso wenig zu kennen wie Furcht oder Nachsicht.

Ihr Anführer, der die anderen noch um Haupteslänge überragte, verfiel in markerschütterndes Gebrüll, dann schleuderte er den Elfenkriegern etwas entgegen. Es landete vor ihnen auf dem Boden und rollte hin und her, ehe es schließlich liegen blieb.

Accalon hätte am liebsten laut aufgeschrien.

Harcon schien ihn aus weit aufgerissenen Augen direkt anzustarren.

»Bruder!«, entfuhr es Accalon, und Trauer und Verzweiflung ergriffen von ihm Besitz. Ihm wurde klar, dass jener erbarmungslose Feind, mit dem sie es so unverhofft zu tun bekommen hatten, noch um vieles gefährlicher war als zunächst vermutet. Denn die Echsenkreaturen waren nicht nur roh und grausam, nahezu unverwundbar und von körperlicher Überlegenheit – sie waren offenbar auch intelligent und verschlagen. Wahrscheinlich hatte sich Harcon noch ein Pferd schnappen können, bevor die Echsenkrieger ihn erwischten. Sie hatten erkannt, dass er ein Bote war, und nun hatten sie den letzten Überlebenden der Elfen den Kopf dieses Boten zu Füßen geworfen, um ihnen zu zeigen, dass alles, was sie unternahmen, zum Scheitern verurteilt war. Es ging ihnen darum, Furcht und Schrecken zu verbreiten, und sie machten ihre Sache gut.

Aus der Kehle des Anführers drang etwas, das wie Gelächter klang. Accalon sah das Haupt des geliebten Freundes auf dem Boden liegen, musste an die vielen Getreuen denken, die der Überfall der Kreaturen das Leben gekostet hatte – und heißer Zorn ergriff von ihm Besitz, der alle Furcht und alle Schrecken bei Weitem überwog.

»Zum Angriff!«, brüllte er aus Leibeskräften. »Zeigen wir ihnen, was es heißt, sich mit Tirgas Lan anzulegen!«

»Zum Angriff!«, echote es aus den Reihen seiner verbliebenen Männer, und mit einer Mischung aus Mut, Verzweiflung und ohnmächtiger Wut stürzten sich die letzten Verteidiger von Carryg-Fin auf den grauenvollen Feind.

Accalon drängte sich in die erste Reihe und stellte sich dem Anführer der Echsenwesen zum erbitterten Duell. Elfenstahl und Reptilienkrallen prallten mit furchtbarer Wucht gegeneinander.

Als Soldat der königlichen Armee hatte Accalon viele Gefechte geführt und gegen so manchen Gegner gekämpft, vor allem gegen Orks und Trolle. Kein Unhold, und wäre er noch so wild gewesen, konnte es jedoch an Blutdurst und Raserei mit den Kreaturen aufnehmen, die so unvermittelt aus dem Dunkel der Nacht aufgetaucht waren. Vergeblich stieß Accalon seine Klinge immer wieder vor – der Stahl glitt wirkungslos von der Panzerung des Echsenwesens ab. Erneut ließ die massige Kreatur ein Lachen vernehmen, dann fuhren ihre Pranken wie Fallbeile herab – und die beiden Wachsoldaten, die eben noch an Accalons Seite gewesen waren, gingen blutüberströmt nieder.

Accalon gab einen lauten Schrei von sich, als wollte er seinen Schrecken und seine Furcht übertönen, und schlug abermals mit dem Schwert zu. Diesmal traf er das Bein des Wesens, was dieses nicht einmal zu registrieren schien, obschon dunkles Blut aus der Wunde schoss.

»Beim Licht von *calada*!«, entfuhr es dem Anführer der Elfen. »Was sind dies nur für Kreaturen?«

Die Frage blieb unbeantwortet – dafür holte das Monstrum zu einem weiteren Schlag aus. Accalon sah die Pranke des Echsenwesens heranwischen und duckte sich geistesgegenwärtig. Nur um Haaresbreite verfehlte ihn die mit messerscharfen Krallen bewehrte Klaue und fällte einen Soldaten, der hinter ihm gestanden hatte. Das Kettenhemd des Kriegers riss wie altes Pergament, und eine tiefe Wunde klaffte quer über seiner Brust. Dennoch gelang es dem Soldaten, sich noch aufrecht zu halten und seine Hellebarde abermals zu heben.

»Für Elidor und Tirgas Lan!«, brüllte er mit heiserer Stimme und wollte die Waffe in einem weiten Bogen gegen den Angreifer schwingen, als zwei von dessen Artgenossen über ihn herfielen. In Windeseile hatten sie ihn zu Boden gerungen, dann schnappten ihre grässlichen Kiefer zu und setzten seinem Heldenmut ein Ende.

Accalon hatte viel gesehen, er war auf vielen Schlachtfeldern gewesen und hatte dem Tod manches Mal ins Auge geblickt. Diesmal aber musste er sich abwenden.

Doch wohin er auch blickte, überall bot sich das gleiche grässliche Bild: Geschuppte Echsenwesen mit peitschenden Schwänzen fielen über seine Leute her und metzelten sie ohne Gnade nieder. Hier und dort versuchte noch ein Elf, Widerstand zu leisten, aber der Kampf war zu Ende, die Schlacht längst entschieden. Starr vor Entsetzen musste Accalon mit ansehen, wie auch die letzten seiner Soldaten ein grausames Ende fanden und ihren Kameraden in den Tod folgten.

Anders als in Liedern besungen und in Gedichten verklärt, lag nichts Heldenhaftes darin; es war ein elendes Zugrundegehen, und die Schreie seiner Männer, die mit dem Mut der Verzweiflung fochten, klangen Accalon im Ohr. Schließlich verstummte ihr Gebrüll, und eine Stille setzte ein, die nicht weniger grausam war – und jäh wurde Accalon bewusst, dass er als einziger Elf noch am Leben war.

Der letzte Krieger von Carryg-Fin …

Wankend schaute er sich um, sah ringsum nichts als die blutüberströmten Leichen seiner Krieger – und ihre erbarmungslosen Mörder, die sich über sie gebeugt hatten und ihr Fleisch und ihre Eingeweide fraßen.

Erneut überkam ihn unsagbare Wut, und er verspürte nur noch den einen Wunsch: dorthin zu gehen, wohin auch Harcon und die anderen gegangen waren, in ein Reich, das jenseits allen irdischen Strebens lag und in dem sie Erfüllung fanden. Accalon war bereit zu sterben. Er würde nicht zögern, seinen Freunden und Kameraden zu folgen.

»Für Elidor und die Elfenkrone!«, schrie er so laut, dass sich seine Stimme überschlug – dann stürzte er sich auf den nächstbesten Gegner, wild entschlossen, ihm die Klinge bis zum Heft in den Leib zu rammen.

Er erreichte den Echsenkrieger jedoch nie – denn von unerwarteter Seite zuckte die Pranke des Anführers heran und schmetterte ihn zu Boden. Accalon hörte seine eigenen Knochen knacken und verlor für einen kurzen Moment die Besinnung. Als er die Augen wieder aufschlug, lag er inmitten blutiger, zerfetzter Leiber und war bestürzt darüber, noch am Leben zu sein. Sein Schwert hatte er verloren, aber es war ohnehin nutzlos im Kampf gegen einen Gegner wie diesen.

»Na los!«, herrschte er den Anführer der Kreaturen an, der über ihm stand und mit glühenden Augen auf ihn herabblickte. »Worauf wartest du, widerwärtige Missgeburt? Tu endlich, was du tun musst, und bring es zu Ende!«

Der Echsenmann schnaubte, dann ließ er wieder jene kehligen Laute vernehmen, die wohl Gelächter sein sollten.

»Du … verspottest mich?«, fragte Accalon fassungslos. »Nachdem du meine Festung eingenommen und alle bis auf mich ermordet hast, verspottest du mich auch noch?«

Die Kreatur lachte immer noch. Dann bückte sie sich und hob etwas vom Boden auf. Es war ein Schwert, nicht Accalons, sondern irgendeins, das der Echsenmann vom Boden aufgelesen hatte und ihm vor die Füße warf.

Accalon griff danach, ohne sich jedoch zu erheben. Misstrauisch fragte er sich, was die Kreatur damit bezweckte. Wollte sie keinen Wehrlosen töten? Nach der bestialischen Wildheit, mit der die Echsenwesen über die Elfenkrieger hergefallen waren, war dies mehr als unwahrscheinlich. Was aber hatte das Ungeheuer vor?

Ein grunzender Laut drang aus dem Rachen des Reptilwesens, ein Laut, der sich wie eine Aufforderung anhörte. Als Accalon nicht augenblicklich reagierte, fuhr die Pranke des Wesens auf ihn zu, packte ihn, riss ihn in die Höhe und stellte ihn auf die Beine. Und als wäre dies noch nicht genug, hob sie auch noch einen blutigen Helm vom Boden auf, den sie ihm aufsetzte.

Auch die anderen Echsenwesen verfielen daraufhin in kehliges Gelächter, während ihr Anführer erneut ein dumpfes Grunzen ausstieß, wieder und wieder – bis Accalon begriff, dass dies nicht nur der willkürliche Laut eines Tieres war.

Die Kreatur versuchte zu sprechen, und – was noch schlimmer war – sie bediente sich der Elfensprache!

Das Wort, das ihre Zunge zu formen suchte, lautete *negésidan* …

Der Bote!

Das also war es, was diese grauenvollen Wesen von ihm wollten, aus diesem Grund hatten sie ihn am Leben gelassen: damit er nach Hause ging und dort berichtete, was sich zugetragen hatte – so wie Elfenkrieger es hin und wieder mit gefangenen Orks taten, auf dass ihre Kunde Angst und Schrecken verbreitete und sie von den Grenzen fernhielt.

Sie hatten Harcon nicht entkommen lassen und ihm den Kopf abgeschlagen. Denn einerseits hatten sie mit seinem abgetrennten Haupt das Entsetzen der Überlebenden schüren wollen, andererseits hatte er das Grauen noch nicht in seinem ganzen Ausmaß gesehen und miterlebt. Das war bei Accalon anders; er hatte mit angesehen, wie seine Krieger bis auf den letzten Mann dahingemetzelt worden waren. Außerdem fügten sie ihm, indem sie ausgerechnet ihn überleben ließen, eine besondere Schmach zu.

Sein von Trauer, Angst und Zorn gepeinigter Verstand hatte Mühe, mit all diesen Erkenntnissen zurechtzukommen, aber eines begriff er doch: dass diese Wesen nicht nur halbwegs intelligent und der Sprache mächtig waren, sondern offenbar auch einen Plan verfolgten.

Alles in ihm wehrte sich dagegen, sich zum Werkzeug dieser Kreaturen machen zu lassen. Er brauchte nur das Schwert zu heben, das der Anführer der Echsenmänner ihm gegeben hatte, und sich hineinzustürzen, dann wäre sein Dasein zu Ende, und jede weitere Schmach würde ihm erspart bleiben.

Aber er entschied sich anders.

Auch wenn es ihm widerstrebte und es das genaue Gegenteil von dem war, was ein königlicher Offizier nach Accalons Verständnis zu tun hatte, würde er die Forderung der Echsenmänner erfüllen – denn auf diese Weise würde er Tirgas Lan vor dem neuen Feind aus dem Süden warnen können. Vielleicht war es dann möglich, geeignete Abwehrmaßnahmen zu treffen …

»Negésidan«, blökte der Anführer der Bestien noch einmal, während sich Accalon langsam zurückzog, das Schwert in der Hand und sich wachsam umblickend.

Die Echsenkrieger bedachten ihn mit feindseligen Blicken, jedoch griff ihn keiner von ihnen an. Sie ließen ihn am Leben, damit er die Kunde des Überfalls verbreitete – und genau das hatte er vor. Es war ein weiter Weg bis nach Tirgas Lan, aber er würde ihn auf sich nehmen. Der König und seine Berater mussten erfahren, was sich an der Südgrenze des Reiches zugetragen hatte und welcher grässliche neue Feind den Elfen erwachsen war. Vielleicht würden Harcon und all die anderen dann nicht völlig umsonst gestorben sein.

Accalon wankte hinaus in den Hof. Die Leichen gefallener Soldaten lagen überall verstreut, die Gliedmaßen teils abgehackt oder abgerissen, und der Geruch des Todes tränkte die schwüle Nachtluft. Während Accalon zum Stall ging, um sich ein Pferd zu holen, wurde ihm klar, dass nichts mehr war wie noch vor einigen Stunden.

Eine Zeit der Veränderung war angebrochen.

Nach Jahrhunderten des Friedens hatte der Krieg wieder in Erdwelt Einzug gehalten.

23. GWYR PERAIGA …

»Nun, Schüler? Machst du Fortschritte?«

Granock, der gerade die Schrittfolge übte, die Meister Cethegar ihn gelehrt hatte, blickte auf, und da er gerade einen Ausfall geprobt und sein ganzes Gewicht auf das rechte Bein verlagert hatte, verlor er das Gleichgewicht und geriet ins Taumeln. Er ruderte mit den Armen, um nicht zu stürzen, den Übungszauberstab in beiden Händen.

»So leicht bist du aus der Balance zu bringen?« Farawyn konnte sich ein Schmunzeln nicht verkneifen. Er trat in die kreisrunde Arena, die für die Waffenübungen vorgesehen war. »Dann musst du noch viel und lange üben.«

»Ich weiß, Meister«, gab Granock zu und wischte sich mit dem Ärmel den Schweiß von der Stirn. »Deshalb bin ich hier. Meister Cethegar, der uns im Umgang mit dem Zauberstab unterweist, hat gesagt, dass ich den anderen gegenüber noch viel aufzuholen habe, wenn ich die Prüfungen bestehen will.«

»Und damit hat er recht, fürchte ich«, stimmte Farawyn zu.

Die Ausbildung der Novizen in der Ordensburg von Shakara war strengen Regeln unterworfen. An den meisten Tagen war Gruppenunterricht angesetzt, und sie lernten von Zauberern, die sich auf bestimmte Gebiete spezialisiert hatten. Meisterin Riwanon beispielsweise brachte ihnen bei, ihre speziellen Fähigkeiten zu vervollkommnen, bei Meister Codan wurden sie in den Gesetzen der Natur unterrichtet und bei Syolan dem Schreiber in der Geschichte des Ordens und des gesamten Elfenreichs. Nur an zwei

Tagen pro Woche wurden die Schüler von ihren eigenen Meistern unterwiesen, was in Granocks Fall bedeutete, dass er stumpfsinnige Sprachübungen zu pauken hatte, worauf Farawyn bestand. Auf diese Weise wurde sein Elfisch zwar immer besser, doch gleichzeitig vergrößerte sich der Abstand zu den anderen Schülern stetig, die bereits Bannsprüche wirken und Gedankenbarrieren errichten konnten.

Was den Unterricht mit dem Zauberstab betraf, so war es Tradition, dass dieser von einem der beiden Ältesten erteilt wurde. Meister Cethegar hatte es übernommen, die Schüler in die hohe Kunst der Selbstverteidigung einzuführen – mit der ganzen Strenge, die dem alten Zauberer mit der grimmigen Miene zu eigen war.

Daran, etwas anderes als einen Übungszauberstab in die Finger zu bekommen, war für die Novizen im Augenblick noch nicht zu denken. Einen eigenen Stab, in der Elfensprache *flasfyn* genannt, würden sie erst sehr viel später erhalten, wenn sie alle Prüfungen abgeschlossen und sich bewährt hatten.

»Du übst den Schattenkampf?«, erkundigte sich Farawyn bei Granock, der den rund fünf Ellen langen Stab mit beiden Händen vor sich hielt.

»Ja«, antwortete Granock. »Meister Cethegar hat es mir befohlen. Aber ich verstehe nicht, warum …«

»Fragen«, tadelte Farawyn. »Immer wieder Fragen. Warum kannst du nicht einfach vertrauen?«

»Ich vertraue Euch, Meister«, versicherte Granock und wischte sich eine Strähne seines schweißnassen dunklen Haars aus der Stirn. »Dennoch würde ich bisweilen gern den Grund erfahren, warum ich was tue und wofür es gut sein soll. Was ist so falsch daran?«

»Fragen verwirren deinen Geist, mein Junge. Sie lenken dich vom Wesentlichen ab und verleiten dich dazu, dort nach Antworten zu suchen, wo es keine gibt.«

»Dann gebt Ihr sie mir«, verlangte Granock – die elfische Eigenart, aus allem ein Mysterium zu machen, ging ihm mitunter ungemein auf den Geist.

Farawyn seufzte. »Nun gut«, meinte er. »Vorher gibst du ja doch keine Ruhe. Der Schattenkampf geht auf die Elfenkrieger der Vorzeit zurück, die tatsächlich mit Holzstäben bewaffnet waren. Aus diesen Stäben, die sie *fyna* nannten, gingen später die Zauberstäbe hervor. Zwar setzen wir sie heute nicht mehr in direktem Kampf als Waffe ein, ihre Form jedoch ist nahezu unverändert. Und der Schattenkampf ist wie vor Tausenden von Jahren für uns eine Methode, mit dem Stab eins zu werden.«

»Eins werden mit einem Stück Holz?« Granock bedachte den Stab in seinen Händen mit einem abschätzigen Blick. »Ich weiß nicht recht …«

»Nur auf diese Weise lernst du den Stab genau kennen – und auch dich selbst«, erklärte Farawyn. »Wenn Meister Cethegar also sagt, dass du den Umgang mit dem *flasfyn* weiter üben sollst, dann aus gutem Grund.«

»Hm«, machte Granock und führte einige der genau festgelegten Bewegungsabläufe aus, die Cethegar den Novizen beigebracht hatte: ein Stoß nach vorn, gefolgt von einem Ausfallschritt, dann eine Vierteldrehung nach links und eine halbkreisförmige Bewegung mit der linken Hand …

»Was genau macht der Zauberstab, Meister?«, fragte Granock und brach mitten in der Bewegung ab. »Ist in Wahrheit er es, der die magischen Kräfte birgt?«

»Keineswegs. Hast du je beobachtet, wie ein Blitz in einen Baum einschlägt, der auf einem einsamen Berggrat steht?«

Granock schüttelte den Kopf.

»Oder in die Fahnenstange auf einem hohen Turm?«

Diesmal nickte Granock. »Das schon.«

»Mit dem Zauberstab verhält es sich nicht sehr viel anders. Er empfängt die Kraft der Kristalle, jene Energie, die ganz Erdwelt durchdringt, und verleiht uns ihre Stärke. Dabei ist nicht entscheidend, wie groß ein *flasfyn* ist oder aus welchem Material er gefertigt wurde, sondern wer sein Träger ist. In den Händen dessen, der diese Kräfte zu bündeln und zu kontrollieren weiß, kann ein Zauberstab eine tödliche Waffe sein. Es kommt auf die Gedanken dessen an, der ihn führt. *Tarthan* und *dailánwath* beispielsweise sind gefährliche Werkzeuge in den Händen dessen, der sie zu nutzen weiß.«

»Was heißt das, Meister?«, fragte Granock. Er hatte andere Schüler diese Worte verwenden hören, wusste jedoch nicht, was sie bedeuteten.

»Der *tarthan* ist eine Art Gedankenstoß, ein Impuls, der hier seinen Anfang nimmt« – Farawyn deutete auf seinen Kopf – »und den Gegner so hart zu treffen vermag wie ein Hammerschlag. Die Kraft des *dailánwath* hingegen zwingt anderen Wesen deinen Willen auf, allerdings nur unter bestimmten Voraussetzungen.«

»Ihr meint, Ihr könnt andere in ihrem Denken und Handeln beeinflussen?«

»Mit gewissen Einschränkungen durchaus.«

»Das kann nicht sein.« Granock schüttelte den Kopf.

»Nein?« Farawyn lächelte schwach. »Bildest du dir so viel ein auf deinen angeblich freien Willen? Du solltest deine Zweifel besiegen, Junge, sonst wirst du die Prüfungen niemals bestehen, die am Ende der Ausbildung auf dich warten. Wie ich schon sagte: Es kommt nicht auf den Zauberstab an, sondern auf den, der ihn benutzt. Die uns verliehene Gabe und die Macht der Elfenkristalle sind letztlich immer nur so stark wie unser eigener Glaube an unsere Fähigkeiten.«

»Ich verstehe«, murmelte Granock. Denn das erklärte auch, weshalb Aldur stärker war als alle anderen Novizen: Selbstzweifel waren bestimmt nicht seine Sache. »Ihr meint also, dass ich in der Lage bin, alles zu bewirken, was ich mir vorstellen kann?«

»Es ist eher andersherum«, erklärte sein Meister geduldig. »Du wirst niemals in der Lage sein, etwas zu tun, das du dir *nicht* vorstellen kannst. Denn ganz gleich, wie ausgeprägt deine Begabung sein mag und wie bedeutend deine Fähigkeit«, sagte Farawyn und deutete auf die linke Seite von Granocks Brust, »letzten Endes ist *das Herz* der Ort, wo entschieden wird, ob aus einem durchschnittlichen Wesen ein Zauberer wird.«

Granock kam nicht mehr dazu, etwas zu erwidern. Stimmen drangen in den Saal. Die anderen Schüler kamen, die nächste Unterrichtseinheit begann.

»Glaub mir, Junge«, sagte Farawyn, der sich bereits zum Gehen wandte, »du wirst noch mehr als genug Gelegenheit erhalten zu zeigen, zu welcher Sorte du gehörst.«

Kaum hatte Farawyn das Rund der Arena verlassen, erschienen Alannah, Ogan und die anderen Novizen. Und natürlich auch Aldur und seine ständigen Begleiter Zenan und Haiwyl. Auch Trea, das Waldelfenmädchen, dessen Blick selbst massiven Fels zu durchdringen vermochte, gehörte zu der Gruppe; wie man munkelte, hatte sie eins ihrer magischen Augen auf Zenan geworfen.

Es dauerte nicht lange, bis Meister Cethegar kam, den üblichen grimmigen Ausdruck im Gesicht. Die vielen Zöpfe, zu denen sein Haar und sein Bart geflochten waren, verliehen dem alten Zauberer ein geradezu furchterregendes Aussehen, und Granock schwor sich, dass er sein Haar ebenfalls einmal auf diese Weise tragen würde, irgendwann, wenn er ein großer und weiser Zauberer geworden war.

Ein weiser Zauberer willst du werden? Dann lern zuerst, deine Gedanken zu beherrschen, Granock Holzkopf, plärrte eine Stimme in seinem Kopf.

Granock schalt sich selbst einen Narren, dass er immer noch vergaß, seine Gedanken abzuschirmen, wie Farawyn es ihm beigebracht hatte. Der Kobold mit der langen roten Nase und dem triefäugigen Blick, der auf Cethegars Schulter hockte und, wie Granock wusste, auf den Namen Flynn hörte, starrte ihn mit einem Blick an, in dem sich Hohn und Grimm mischten.

»Was bringt Ihr uns heute bei, Meister Cethegar?«, fragte Alannah beflissen; als Cethegars Novizin war sie eine der wenigen, die es wagten, den Ältesten direkt anzusprechen. Besonders Aldur verhielt sich in Cethegars Anwesenheit auffallend still, was Granock ganz angenehm war. »Vielleicht einen neuen Schattenkampf?«

»Nein, Mädchen«, antwortete Cethegar brummend, während Ogan und ein weiterer Novize namens Pryll die Übungsstäbe ausgaben. »Ich habe euch alles beigebracht, was es über den Schattenkampf zu wissen gibt. Nun will ich sehen, ob ihr auch aufgepasst habt oder ob ich meine Zeit mit euch vergeudet habe. Ihr werdet das, was ihr im Schattenkampf gelernt habt, nun an eurem Gegner erproben. – Granock, Aldur, in die Arena!«

Die Aufforderung war so unvermittelt und in so beiläufigem Ton erfolgt, dass Granock zögerte. »M-Meister?«, fragte er unsicher.

»Du hast mich doch gehört, oder nicht? Los, auf den Kampfplatz mit dir, und nimm des Aldurans Sohn mit, wenn er sich nicht von allein bewegen kann!«

Den Namen von Aldurs Vater sprach Cethegar stets mit einer gewissen Distanz aus, die man auch als Spott deuten konnte. Wäre es nicht der Älteste gewesen, hätte ihn Aldur längst zur Rede gestellt. Seinen verkniffenen Zügen war anzumerken, dass ihm das nicht gefiel.

Wortlos leistete er der Aufforderung des Meisters Folge und fand sich in der Mitte des Kampfplatzes ein, wobei er es fertigbrachte, Granock nicht ein einziges Mal anzusehen. Granock scherte sich nicht darum. Es war ihm mittlerweile völlig schnuppe, dass der Elf ihn für einen Barbaren hielt, mit dem er sich nicht abgeben wollte. Nun, im bevorstehenden Übungskampf würde ihm nichts anderes übrig bleiben.

Dem Duell blickte Granock mit gemischten Gefühlen entgegen. Zweimal war es ihm gelungen, des Aldurans Sohn mit einer Mischung aus Gewitztheit und Glück zu bezwingen und vor den Augen der anderen Novizen bloßzustellen. Ein drittes Mal, da war er sich sicher, würde der Elf dies nicht mit sich machen lassen. Im Gegenteil würde Aldur alles daransetzen, sich an ihm zu rächen, und da Granock nur über unzureichende Erfahrung im Umgang mit dem Stab verfügte, würde ihm dies fraglos auch gelingen.

Zögernd fand sich auch Granock in der Mitte des Runds ein, das auf dem Boden markiert war. Die anderen Schüler gruppierten sich auf Cethegars Zeichen hin rings um den Kampfplatz. Granock trat unruhig von einem Fuß auf den anderen, während er den Stab in seinen Händen wog und immer wieder den Griff wechselte. Bald hielt er das Holz waagrecht vor der Brust, dann wie einen Speer auf seinen Gegner gerichtet, schließlich wie ein Schwert an einem Ende.

Aldur hingegen war die Ruhe selbst. Überlegenheit sprach aus seiner Haltung, Spott aus dem Grinsen in seinem blassen Gesicht. »Gibt es bestimmte Regeln?«, erkundigte er sich.

»Natürlich«, antwortete Cethegar grimmig. »Erinnert euch an die Bewegungsabläufe, die wir einstudiert haben, und denkt daran, dass der Stab die Erweiterung eures Bewusstseins ist. Aus ihm kommt all eure Kraft.«

»Dürfen wir diese Kraft auch einsetzen?«, erkundigte sich Aldur lauernd.

Cethegar schüttelte so entschieden den Kopf, dass seine Zöpfe flogen. »Es ist euch verboten, eure speziellen Fähigkeiten zu gebrauchen. Wenn ihr jedoch einen Bannspruch kennt, der sich mithilfe des Zauberstabs anwenden lässt, so steht es euch frei, ihn zu benutzen.«

»Verstanden.« Aldur schien zufrieden, denn sein Grinsen wurde noch breiter.

»Hast auch du verstanden, Mensch?«

»Natürlich«, antwortete Granock, obwohl er von Bannsprüchen im Zusammenhang mit Zauberstäben nicht die geringste Ahnung hatte. Er erinnerte sich an das, was Meister Farawyn ihm vorhin über *tarthan* und *dailánwath* gesagt hatte, aber er wusste nicht, wie sich diese Dinge bewerkstelligen ließen. In dem bevorstehenden Kampf würde er sich allein auf seine Schnelligkeit verlassen müssen und statt Zaubermuskelkraft zum Einsatz bringen.

»Dann möge der Kampf beginnen«, sagte Cethegar und nickte den beiden zu – und abermals standen sich Granock und Aldur als Gegner gegenüber.

Was ihre Lehrer dazu anstiftete, sie immer wieder gegeneinander antreten zu lassen, konnte Granock nur vermuten. Vielleicht waren die Meister der Ansicht, dass sie ihre Feindschaft und Rivalität nur bezwingen konnten, indem sie sich immer wieder miteinander maßen – Elfen pflegten mitunter solch verquere Ansichten zu haben. Vielleicht war es aber auch nur so, dass ihre gegenseitige Abneigung so groß war, dass sich ihre Wege zwangsläufig immer wieder im Kampf kreuzten.

Die Erfahrung des Zauberduells hatte Granock gelehrt, dass er aufgrund seines geringeren Wissensstandes sehr viel verwundbarer war als seine elfischen Mitschüler. Diese Tatsache würde sich Aldur fraglos zunutze machen. Was immer Granock also tat, er musste ihm zuvorkommen und schneller sein.

Ein langes Belauern und Umkreisen gab es diesmal nicht. Mit einem Kampfschrei und einer Bewegung aus der Schattenkampftechnik drehte sich Granock um die eigene Achse und wirbelte auf Aldur zu, so unerwartet und schnell, dass diesem keine Zeit zum Reagieren blieb – und noch ehe er begriff, was geschah, traf ihn ein Stoß von Granocks Stab vor die Brust und schleuderte ihn von den Beinen.

Unsanft landete der Elf auf dem Allerwertesten, was unter den Novizen allgemeine Heiterkeit auslöste – und einmal mehr die Zornesröte in Aldurs Gesicht schießen ließ.

Wütend sprang er auf, aber Granock gab ihm nicht die Zeit, zum Gegenschlag auszuholen. Abermals ging sein Stab nieder und traf den Elfen am Kopf, woraufhin ein Raunen durch die Reihen der Schüler ging. Vermutlich, dachte Granock, war es Frevel, den *flasfyn* auf diese primitive Weise einzusetzen.

Aldur wankte. Mit der rechten Hand griff er sich an die Stirn und stellte fest, dass er eine blutende Wunde davongetragen hatte. »Du kämpfst wie ein Eisbarbar«, stellte er fest, »mit roher Kraft und ohne Verstand.«

»Es hat gereicht, um dich zu verwunden«, konterte Granock, während sie einander umkreisten.

»Ja«, stimmte Aldur zu, »aber zu mehr auch nicht.« Er wirkte einen Heilzauber, und die Wunde an seiner Stirn schloss sich. »Jetzt bin ich an der Reihe.«

Unvermittelt stieß er den Stab nach vorn. Der Abstand zwischen ihnen war viel zu groß, als dass das Holz Granock hätte erreichen können. Der Stoß traf den jungen Menschen trotzdem, und zwar mit großer Wucht. Stöhnend brach er in die Knie.

Aldur riss seinen Stab waagrecht hoch, und Granock hatte das Gefühl, einen Tritt gegen das Kinn zu bekommen. Er hörte seinen Unterkiefer knacken, seine Zähne schlugen hart aufeinander, und sein Kopf wurde mit derartiger Wucht in den Nacken geschleudert, dass er glaubte, er würde ihm von den Schultern fliegen. Ihm wurde schwarz vor Augen.

Erneut ging ein Raunen durch die Reihen der Novizen. Das Duell schien ziemlich einseitig zu werden. Nach der Begegnung von vergangener Woche hatten die meisten vermutet (und einige wohl auch gehofft), dass ihr menschlicher Mitschüler wieder für eine Überraschung sorgen würde, und zumindest der Beginn des Kampfes hatte zu dieser Hoffnung auch Anlass gegeben. Nun jedoch hatte sich das Blatt gewendet. Aldur war am Zug, während sich Granock mühte, wieder auf die Beine zu kommen.

Schwerfällig rappelte er sich auf und ging zum Gegenangriff über. Den Stab schwingend, wollte er Aldur zurücktreiben, aber der war darauf gefasst, und während Granock die Folgen der beiden vorherigen Attacken noch gar nicht verkraftet hatte, erfolgte schon die nächste.

»*Flasfyn-an!*«, rief Aldur mit einer Stimme, die nicht nur in Granocks Ohren dröhnte, sondern auch in seinem Kopf, und der Zauberstab wurde ihm aus der Hand gerissen. Hilflos sah er das Holz durch die Luft fliegen, geradewegs auf Aldur zu, der es mühelos auffing und nun zwei Zauberstäbe zur Verfügung hatte und damit auch doppelt so viel Macht.

»Aldur, nicht!«, hörte Granock eine helle Stimme rufen, von der er wusste, dass sie Alannah gehörte. Offenbar sorgte sie sich um ihn – und das aus gutem Grund.

Der nächste *tarthan*, den Aldur dem Menschen verabreichte, warf Granock ein Stück durch die Luft. Rücklings landete er auf dem Boden und schlug hart mit dem Hinterkopf auf. Sterne tanzten vor seinen Augen, und mittendrin sah er Aldurs Gesicht, das vom blanken Hass verzerrt war.

Granock kam nicht dazu, sich noch einmal aufzuraffen. Eine riesige, unsichtbare Faust traf ihn, er krümmte und wand sich, hatte plötzlich den Geschmack von Blut auf den Lippen und spuckte aus. Irgendwer lachte, ein anderer (war es Ogan?) verlangte lautstark den Abbruch des Kampfes. Aber offenbar hatte Cethegar noch nicht genug gesehen. Er schien gewillt, das einseitige Spektakel bis zum bitteren Ende austragen zu lassen.

Granock warf sich herum. Sehen konnte er nichts mehr, weil ihm Blut in die Augen rann. Mit einer fahrigen Bewegung versuchte er, es aus dem Gesicht zu wischen, aber noch während er den Arm hob, traf ihn ein weiterer magischer Hieb.

Offenbar kannte Aldur weder Gnade, noch schien er es als Schande zu empfinden, einen Gegner, der bereits am Boden lag und ihm hoffnungslos unterlegen war, weiterhin zu attackieren. Und da ihm niemand Einhalt gebot, konnte sich Granock allmählich ausmalen, wie die Sache für ihn ausgehen würde.

Ein weiterer Hieb traf ihn, und hart krachte sein Kinn auf den kalten Steinboden. Er hatte das Gefühl, in einen dunklen, bodenlosen Abgrund zu stürzen. Über sich konnte er Stimmen hören, aber er begriff nicht mehr, was sie sagten. Er wartete darauf, dass Aldur seinen letzten, tödlichen Schlag ausführte …

24. … GWYR SIWERWA

»B-bitte …«

Granock hätte niemals geglaubt, dass er eines Tages einen Elfen um Gnade anflehen würde, aber in diesem Augenblick tat er es. Er hatte das Gefühl, keinen einzigen heilen Knochen mehr im Leib zu haben. Aber sein Wimmern um Gnade erstickte in einem kehligen Gurgeln, er spuckte Blut, und über dem Gewirr der Stimmen war auf einmal schallendes Gelächter zu hören.

Es war Aldur, der laut lachte.

Der Elf konnte sich nun endlich seines unliebsamen Rivalen entledigen, und zwar ein für alle Mal. Und er würde diese Gelegenheit nicht ungenutzt lassen. Granock schloss die Augen, wartete auf das Ende …

Aber es kam nicht.

»Arwen! Arwen!«, hörte er wie aus weiter Ferne eine Stimme rufen, offenbar die einer Frau.

Im nächsten Moment berührte ihn jemand an der Schulter und half ihm, sich auf den Rücken zu drehen. Etwas wischte sanft über sein Gesicht und tupfte das Blut auf seinen Lidern weg. Er blinzelte und konnte wieder ein wenig sehen, und er erblickte Alannah, die bei ihm kniete. Den Ausdruck in ihrem Gesicht, das schwor er sich, würde er sein Leben lang nicht mehr vergessen: Ehrliche Sorge lag darin, heillose Bestürzung – und eine unausgesprochene Entschuldigung.

Es war das erste Mal, dass Granock das Gefühl hatte, dass sie sich innerlich von ihrem Volk distanzierte, um für ihn, einen Menschen, Partei zu ergreifen. Und das war noch nicht alles. Denn irgendwo in ihren anmutigen Zügen glaubte Granock auch noch, eine Spur von Zuneigung zu erkennen, und das entschädigte ihn für alle Schmach und alle Schmerzen, die er erlitten hatte.

»D-danke«, brachte er mühsam hervor. Der krächzende Klang seiner Stimme erschreckte ihn. »Ohne deine Hilfe …«

»Ich habe nichts getan«, entgegnete sie. Das Blut in seinem Gesicht hatte sie mit einer Spitze ihres Umhangs abgewischt. »Wie geht es dir?«

»Als hätte mich ein Eisbär zum Frühstück gefressen und dann wieder ausgespuckt«, antwortete Granock. »Was, in aller Welt, sollte das?«

»Es war eine Prüfung«, erklärte Alannah leise. »Wie so vieles an diesem Ort.«

»Eine … Prüfung? Für mich?« Granock hob die Brauen; noch immer tosten Schmerzen durch seinen ganzen Leib. »Schon wieder?«

»Nicht für dich«, sagte sie mit leiser, traurig klingender Stimme. »Für Aldur.«

Mit diesen Worten deutete sie zur anderen Seite der Arena. Schwerfällig wandte Granock den Kopf. Es dauerte einen Moment, bis sich sein verschwommener Blick fokussierte, dann erkannte er drei vertraute Gestalten.

Eine von ihnen war Aldur, der jedoch ganz und gar nicht wie ein strahlender Sieger wirkte. Mit hängenden Schultern und gesenkten Hauptes stand er da, und das Grinsen war ihm längst vergangen.

Die anderen beiden waren Meister Cethegar, wie immer grimmig und schlecht gelaunt, und Meisterin Riwanon, die offenbar in der Zwischenzeit hinzugekommen war. Sie sprach so laut, dass Granock trotz seines brummenden Schädels hören konnte, was sie sagte. Jäh begriff er, was Alannah gemeint hatte, denn Riwanon hielt ihrem Schützling Aldur eine zornige Strafpredigt.

»Dass ich mit eigenen Augen sehen muss, wie mein Schüler alle Werte dieses Ordens mit Füßen tritt – ich kann es immer noch kaum fassen!«

»Ich habe es dir gesagt, Riwanon«, knurrte Cethegar. »Er ist überheblich, arrogant, und er lässt sich leiten von Zorn, Hass und blinden Vorurteilen. Es hätte ihm nichts ausgemacht, einen Schüler dieses Ordens zu töten, nur um einen Rivalen aus dem Feld zu räumen und aus Verachtung gegenüber den Menschen.«

»Ist das wahr, Aldur?«, fragte Riwanon streng, doch in ihrer Stimme schwang auch tiefe Enttäuschung mit. Die Fäuste in die Hüften gestemmt stand sie vor ihrem Schüler. Nie zuvor hatte Granock die wasserblauen Augen der Zauberin so funkeln sehen – und nie zuvor war sie so schön gewesen.

»Nein, Meisterin«, versicherte der Gescholtene kleinlaut und schüttelte den Kopf. »Ich habe nur getan, was Vater … *Meister* Cethegar mir aufgetragen hat: Ich trat gegen den Menschen an und habe ihn bezwungen.«

»Ihn bezwungen?« Der alte Zauberer lachte freudlos auf. »Getötet hättest du ihn um ein Haar. Es war nur ein Übungskampf, Junge! Es ging nicht darum, deinen Mitschüler vor aller Augen zu demütigen – und erst recht nicht darum, ihn zu töten! Dennoch hättest du es getan, hätte Riwanon dich nicht aufgehalten.«

Granock merkte auf. So also war es gewesen. Cethegar hatte den ungleichen Kampf angezettelt, weil er Aldurs Charakter auf die Probe hatte stellen wollen, und da er offenbar mit nichts anderem als dem Versagen des jungen Elfen gerechnet hatte, hatte er Riwanon hinzugerufen, die Aldurs Meisterin und in besonderer Weise für ihn verantwortlich war. Nicht Alannah, sondern sie war es gewesen, die den Kampf abgebrochen und damit sein Leben gerettet hatte.

»Wo ist dein Mitgefühl, Aldur?«, fragte die Zauberin streng. »Wo deine Fürsorge für einen Mitschüler?«

Aldur, der betreten zu Boden blickte, blieb eine Antwort schuldig.

»Und was mich am meisten erschreckt«, fügte Cethegar hinzu, »er scheint es genossen zu haben, den Menschen zu quälen!«

»Was für dunkle Abgründe verbergen sich in dir?«, fragte Riwanon ihren Schüler.

Erneut schwieg Aldur, und Granock konnte nicht verhehlen, dass er eine gewisse Genugtuung empfand. Immerhin, er war noch am Leben, aber eine Abreibung gönnte er Aldur durchaus, auch wenn die anderen Schüler, die in einiger Entfernung standen und verstohlen zu den Meistern blickten, darüber eher betroffen schienen. Es war nicht zu leugnen, dass Aldur innerhalb des *dysbarth* eine herausragende Stellung einnahm; alle respektierten ihn und einige fürchteten ihn sogar, was nicht zuletzt damit zusammenhing, dass seine Kräfte und Fähigkeiten denen der meisten anderen überlegen waren. Und da Selbstbewusstsein und Zauberkraft, wie Granock inzwischen wusste, in direktem Zusammenhang standen, war dies nicht weiter verwunderlich. Doch verlief zwischen Selbstbewusstsein und Arroganz eine Grenze, auch wenn diese manchmal sehr schwammig war. Eine Grenze, die Aldur regelmäßig überschritt.

Selbst eine Standpauke durch zwei Mitglieder des Hohen Rates, von denen eines immerhin ein Ältester war, vermochte daran offenbar nichts zu ändern, denn auf einmal erwiderte Aldur: »Was ich getan habe, tat ich, weil ich als der Stärkere das Recht dazu hatte. Granock ist kein Zauberer, und er wird nie einer sein, sonst wäre er in der Lage gewesen, sich zu verteidigen. Einer wie er sollte nicht in Shakara weilen. Mein Sieg über den Menschen hat das doch wohl deutlich unter Beweis gestellt, oder?«

»Nein«, widersprach Cethegar. »Nicht nur unsere magische Stärke macht uns zu dem, was wir sind, sondern auch moralische Verantwortung.«

»Was ist falsch daran, seine Überlegenheit auszuspielen?«, fragte Aldur. »Auch die Helden der alten Zeit haben es getan.«

»Das stimmt«, räumte Cethegar bitter ein, »und damit Mächte heraufbeschworen, die die Welt um ein Haar ins Chaos gestürzt hätten. Hüte dich, junger Novize, diesen Pfad zu beschreiten, sonst wirst du alles verlieren, woran du glaubst.«

»Höre auf Vater Cethegar«, pflichtete Riwanon dem Ältesten bei. »Wir alle wissen, was in dir vorgeht und was dich solche Dinge tun lässt.« Mit diesen Worten deutete sie in Granocks Richtung, der noch immer am Boden lag, den Kopf in Alannahs Schoß gebettet. »So wie jeder Zauberer musst auch du dich entscheiden, Aldur, ob du dein Dasein in den Dienst einer höheren Sache stellen oder nur deinen eigenen Zielen folgen willst. Der eine Weg führt ins Licht, der andere aber, dessen sei dir gewiss, in die Dunkelheit. Denn wenn es keine Moral mehr gibt, keine Gesetze und Regeln, an die du dich hältst, wie willst du dann das Richtige vom Falschen unterscheiden? Wie Unrecht erkennen, wenn du dich selbst zum Maß aller Dinge erhebst?«

Aldur hatte ihr zugehört, aber er zeigte keine Reue und entschuldigte sich auch nicht für sein Verhalten. Seine Sturheit war nach Granocks Meinung schon fast bewunderungswürdig.

Riwanon und Cethegar wechselten einen Blick. »Wenn du deine Einstellung nicht änderst«, wandte sich die Zauberin daraufhin wieder an Aldur und griff zum äußersten Mittel, »lässt du dem Rat keine andere Wahl, als dich von der Ausbildung auszuschließen und aus Shakara zu verbannen.«

Das zeigte Wirkung. »D-das dürft Ihr nicht«, stammelte Aldur, und zum ersten Mal erkannte Granock etwas wie Furcht in seinem Mienenspiel.

»Natürlich dürfen wir das«, brummte Cethegar. »Wer sollte uns daran hindern? Dein Vater, der sich damals zurückgezogen hat, als der Orden ...« Er unterbrach sich und schüttelte unwillig die grauen Zöpfe, die von seinem Haupt hingen. »Das gehört nicht hierher«, maßregelte er sich selbst. »Und du vielleicht auch nicht, Aldur, des Aldurans Sohn.«

Der Blick, mit dem er den Novizen bedachte, war vernichtend, aber Aldur hielt ihm dennoch stand. Die Blässe auf seinen Zügen jedoch wich einmal mehr der Zornesröte. Im nächsten Moment wandte er sich ab und stürzte aus der Halle.

Einen Augenblick stand Riwanon da und sah Cethegar an. Der Blick, den ihr alter Lehrer und sie tauschten, war unmöglich zu deuten. Dann verließ auch sie die Arena, offenbar um ihrem Schüler zu folgen.

»Aldur!«

Des Aldurans Sohn hörte die aufgebrachte Stimme seiner Meisterin durch den eisigen Korridor hallen, aber er reagierte nicht darauf, sondern ging einfach weiter.

»Aldur! Was fällt dir ein? Bleib hier!«

Erst als Riwanon ihre ganze Autorität in ihre Worte legte, hielt der Novize inne. Zornig blieb er stehen und stampfte mit dem Fuß auf. Dann fuhr er herum.

»Was ist?«, wollte er wissen.

»Niemand hat dich entlassen«, schalt sie ihn, während sie wie ein purpurfarbener Blitz den Gang herabkam, das vor Wut verzerrte Gesicht von schwarzem Haar umweht. »Wie kommst du darauf, dich einfach abzuwenden und den Ältesten und mich stehen zu lassen? Ein solches Verhalten ist unerhört!«

»Und was ist mit Eurem Verhalten?«, konterte Aldur nicht weniger erregt. Nun, da sie ganz allein waren und es weder andere Schüler gab, die ihnen zuhörten, noch einen Ältesten, der ihn nicht leiden konnte, sah er nicht ein, weshalb er sich noch länger zurückhalten sollte.

»Wie bitte?«, fragte Riwanon verblüfft.

»Was fällt Euch ein, Meisterin?«, wiederholte Aldur, ein wenig ruhiger diesmal. »Als meine Lehrerin hättet Ihr mir beistehen und mich verteidigen sollen. Ihr wisst, dass es Meister Cethegar auf mich abgesehen hat und mich fortwährend ungerecht behandelt. Dennoch habt Ihr nichts unternommen, um mich vor ihm in Schutz zu nehmen. Im Gegenteil, Ihr habt ihm noch recht gegeben. Und Ihr habt Euch an dieser Falle, die man mir stellte, beteiligt. Oder wollt Ihr etwa leugnen, dass es so gewesen ist?«

Zwar hatte er im ruhigen Tonfall gesprochen, dennoch stand außer Frage, dass er sich in der Wahl seiner Worte gehörig vergriffen hatte. Bei einem anderen, weniger begabten Schüler wäre dies Grund genug für eine sofortige Entlassung aus dem *dysbarth* gewesen. Und wohl auch bei einem anderen Meister. Riwanon jedoch fühlte nicht nur Aldurs Zorn, sondern auch seine Verletztheit und den tiefen Schmerz, der in ihm tobte, und ihre Wut verrauchte.

»Nein«, sagte sie entwaffnend ehrlich, »ich leugne es nicht. Aber du hast unrecht, wenn du glaubst, dass Vater Cethegar etwas gegen dich hat.«

»Vielleicht hat er nichts gegen mich persönlich, aber ganz bestimmt gegen meinen Vater. Immerzu macht er Andeutungen, aber wenn ich dann nachfrage, hüllt er sich in Schweigen. Wisst Ihr, was zwischen ihnen vorgefallen ist?«

»Nein«, antwortete die Zauberin, »das weiß ich nicht. Alles, was ich weiß, ist, dass sich Vater Cethegar um dich sorgt, und aus diesem Grund bat er mich, ein besonderes Auge auf dich zu haben. Ich sagte ihm, dass ich an deinem Verhalten nichts Auffälliges oder gar Anstößiges finden könnte, deshalb schlug er mir die Sache mit dem Duell vor. Es hat mir nicht gefallen, aber Cethegar ist nicht nur dir vorgestellt, sondern auch mir.«

»Ich verstehe«, knurrte Aldur bitter. »Also habt Ihr seinen Vorschlag angenommen ...«

»Ich sollte heimlich dazukommen, wenn er dich zu einem Duell gegen den Menschen aufgefordert hätte. Er sagte, ich würde sehen, wie du die Beherrschung verlieren würdest und mit ihr die Kontrolle über deine negativen Empfindungen. Er kündigte an, dass ich dich von einer Seite kennenlernen würde, die ich noch nie zuvor gesehen hätte. Und leider hat er recht behalten. Was ist nur in dich gefahren, Aldur?«

Erneut starrte der junge Elf zu Boden und schwieg.

»Du hättest den Menschen getötet, nicht wahr?«, fragte sie leise, fast flüsternd.

»Wollt Ihr darauf wirklich eine Antwort?«

»Nein«, gab sie zu, »wahrscheinlich nicht. Aber es ist notwendig, dass du deinen Hass zu beherrschen lernst. Der Mensch mag nicht dein Freund sein, aber er ist ebenso ein Schüler des Ordens wie du, und daher bist du ihm zur Loyalität verpflichtet, genau wie allen anderen Novizen.«

»Wenn Ihr es sagt ...« Er hob den Blick, und Zorn und Trotz lagen darin.

»O Aldur«, flüsterte sie, »was ist dir nur widerfahren, dass du solche Wut in dir trägst? Sie ist der Quell deiner Stärke, aber gleichzeitig birgt sie auch große Gefahr.«

Sie streckte die Hand aus, um ihn sanft an der Wange zu berühren, aber er zuckte zurück.

»Nein«, wehrte er ab, »tut das nicht!«

»Habe ich dich so enttäuscht?«, fragte sie, während er das Gefühl hatte, im Meer ihrer wasserblauen Augen zu ertrinken.

»Ich dachte, Ihr wärt anders als die übrigen Meister«, gestand er.

»Inwiefern?«

»Seht sie Euch doch nur an, alt wie sie sind und selbstgefällig. Nehmt nur Farawyn und Palgyr: Statt dem Rat zu dienen, verlieren sie sich in sinnlosem Streit, bei dem es letztlich nur um sie selbst geht. Der Orden und seine Zukunft sind ihnen gleichgültig, sie wollen nur ihre Namen in den Geschichtschroniken verewigt finden.«

»Und du glaubst, ich wäre anders?«

»Das *dachte* ich, aber jetzt …«

»Aldur«, sagte Riwanon, »es ist nicht so, dass ich deine besonderen Fähigkeiten nicht erkannt hätte oder sie nicht zu schätzen wüsste …«

»Wieso hintergeht Ihr mich dann?«, unterbrach er sie. »Wieso sprecht Ihr nicht mit mir, statt Euch mit Cethegar gegen mich zu verschwören?«

»Ich habe mich nicht gegen dich verschworen, Aldur. Aber ich fürchtete auch, dass du meinen Tadel nicht annehmen würdest. *Gwyr peraiga, gwyr siwerwa** heißt es.«

»Also habt Ihr stattdessen beschlossen, mich vor allen anderen zu demütigen.«

»Aber nein, Aldur, ich …«

Er ließ sie nicht mehr zu Wort kommen, sondern sagte: »Ihr habt mich verraten, Meisterin.« Er klang mit einem Mal unendlich traurig; Tränen traten ihm in die Augen. »Warum nur? Warum?«

»Es tut mir leid, Aldur«, versicherte sie. »Wenn ich gewusst hätte, wie sehr es dich verletzt …«

»Was habt Ihr denn erwartet?« Er schüttelte den Kopf. »Welchen Anlass habe ich Euch gegeben, mich derart zu behandeln? Warum habt Ihr das getan?«

* Elfisches Sprichwort, sinngemäß übersetzt: »Bittere Wahrheit ist gefährlich.«

»Weil ich …«, begann sie zögernd, aber die Wahrheit fand nicht den Weg über ihre Lippen.

»Warum?«, verlangte Aldur noch einmal zu wissen. »Sagt es mir, Meisterin! Bin ich Eurer Meinung nach nicht würdig, ein Zauberer zu sein?«

Sie riss die Augen weit auf. »Ob du nicht würdig wärst?«, fragte sie fassungslos. »Du glaubst, es ginge darum?«

»Worum denn sonst?«

»Aldur, Aldur«, sagte sie leise; nun endlich verstand sie seinen Schmerz und seine Furcht. »Ich halte dich keineswegs für unwürdig. Ich denke, dass du der begabteste Novize bist, der seit vielen hundert Jahren das Tor von Shakara durchschritten hat.«

»Was sagt Ihr?«, fragte er verdutzt.

»Nicht weil wir dich für unwürdig halten, haben wir dich dieser Prüfung unterzogen, sondern weil wir denken, dass Außergewöhnliches in dir steckt. Mit deiner Fähigkeit und deiner magischen Begabung könntest du einst der mächtigste Zauberer von allen werden. Das sagte ich dir bereits, und auch Cethegar weiß es.«

»Aber …«, stammelte Aldur verwundert. »Aber Ihr habt mich vor allen anderen Novizen gescholten und mich zum Idioten gemacht.«

»Weil ich sonst zu viel offenbart hätte.«

»Zu viel wovon?«

Als Antwort trat sie auf ihn zu und umfasste mit ihren schlanken Händen sein Gesicht. Diesmal wich er ihr nicht aus. Ein wohliger Schauer durchrieselte ihn unter ihrer Berührung. Gleichzeitig spürte er, wie sie ihren von purpurner Seide umflossenen, reifen und dennoch jugendlich straffen Körper in unverhohlenem Verlangen gegen ihn drängte, und ihre Lippen näherten sich seinen.

Der Augenblick, da sie sich küssten, war voller Magie. Nicht jener Sorte, die von den Meistern gelehrt wurde und zu deren Durchführung die Kenntnis alter Geheimnisse vonnöten war. Nein, es war eine andere Art von Zauber, die ungleich ursprünglicher war und so alt wie das Leben selbst. Aldur, der im väterlichen Hain aufgewachsen und dessen bisheriges Leben nur darauf ausgerichtet gewesen war, alle Prüfungen von Shakara zu bestehen und seiner Familie Ehre zu machen, hatte das Gefühl, in eine andere, neue Welt einzutauchen.

Sein Vater hatte ihm stets eingeredet, dass das Zusammenkommen von Mann und Frau eine notwendige Prozedur wäre und allein der Erhaltung des Elfengeschlechts diene. Aber so fühlte es sich ganz und gar nicht an. Er war überwältigt von der Zärtlichkeit, die Riwanon ihm schenkte, betört von ihrem Duft und hingerissen von den weichen und dennoch festen Rundungen ihres schlanken Leibes.

»Und nun«, flüsterte ihm die Meisterin ins Ohr, während sie ihren Schüler in Richtung ihres Gemachs zog, »werde ich dich auf andere Art und Weise prüfen …«

Aldur glaubte fast, einen Traum zu durchleben.

Aber es war die Wirklichkeit.

25. NEGÉSIDAN

Vollständig bei Bewusstsein war Accalon längst nicht mehr, aber sein soldatisches Pflichtgefühl ließ auch nicht zu, dass sein Geist vollends in den finsteren Abgrund der Ohnmacht glitt.

Eisern hielt er die Zügel des Pferdes umklammert, das nicht mehr jenes war, mit dem er Carryg-Fin verlassen hatte; schon am darauf folgenden Tag war es zusammengebrochen, und er hatte eine weite Wegstrecke durch das trostlose Niemandsland zu Fuß zurücklegen müssen. Erschöpft und halb verhungert hatte er schließlich die Gestade des *dwaímaras* erreicht. In einem der Dörfer, die das diesseitige Ufer der Ostsee säumten, hatte er sich mit dem Nötigsten versorgt, sich jedoch kaum eine Pause gegönnt, sondern seine Reise nach Tirgas Lan sogleich fortgesetzt. Zuvor hatte er sich ein neues Reittier besorgen müssen. Dessen Vorbesitzer hatte ihm das Pferd überlassen müssen, denn Accalon war Hauptmann der königlichen Armee und erklärte, auf einer wichtigen Mission zu sein, von der die Sicherheit des ganzen Reiches abhing. Zudem hatte er dem Elfen eine fürstliche Belohnung für seine patriotischen Dienste versprochen.

Tag und Nacht war er geritten und hatte sein Pferd seither noch dreimal gewechselt. Schlaf hatte er sich nur dann gegönnt, wenn er beim Reiten einnickte und vom Pferd zu fallen drohte. Seine geschundenen Glieder und die Wunden, die er beim Kampf gegen die Echsenkrieger davongetragen hatte, spürte er kaum noch; vor Erschöpfung war sein Bewusstsein nicht mehr in der Lage, Schmerz, Trauer oder auch Zorn zu empfinden. Nur seine Disziplin war es, die ihn im Sattel hielt und dafür sorgte, dass er sich Tirgas Lan unaufhaltsam näherte.

Meile um Meile …

Natürlich hätte er auch eine der südlichen Garnisonen aufsuchen und seine Wunden dort versorgen lassen können; der zuständige Kommandant hätte ihm sicherlich augenblicklich einen Boten zur Verfügung gestellt, der nach Tirgas Lan geritten wäre und die Nachricht von dem Überfall überbracht hätte. Aber Accalon wollte die Botschaft persönlich überbringen, wollte dem König selbst berichten, welch schrecklichen neuen Feind der schwarze Dschungel Aruns hervorgebracht hatte.

Noch immer stand ihm das Geschehen deutlich vor Augen, sah er seine Kameraden und Untergebenen unter den Pranken der grausamen Echsenkreaturen sterben, überall waren Blut und zerfetztes Fleisch.

Weder wusste er, woher die unheimlichen Krieger gekommen waren, noch wie viele es von ihnen gab – ein ganzes Heer von ihnen jedoch, das war ihm klar, konnte das Reich vernichten.

In solch trübe Gedanken versunken, lenkte er das Pferd nach Nordwesten. Und je müder er wurde und je mehr ihn die Erschöpfung niederdrückte, desto weniger war er in der Lage, Erinnerung und Gegenwart zu unterscheiden; immer wieder blickte er sich im Sattel um, ob ihm nicht jemand folgte. Jedes Mal erwartete er, schuppige Kreaturen aus dem Unterholz brechen zu sehen, was zwar nicht geschah, doch in Hauptmann Accalons Gedanken wurden aus den ohnehin grässlichen Echsenkriegern unbesiegbare Monstren von apokalyptischer Gestalt, und noch ehe er die ausgedehnten Wälder von Trowna erreichte, war er zu der Überzeugung gelangt, dass das Reich dem Untergang geweiht war und es in ganz Erdwelt nur eine einzige Person gab, die dieser schrecklichen Entwicklung noch Einhalt gebieten konnte.

Elidor, König aller Elfen und Herrscher des Reiches von Tirgas Lan …

26. CARIAD GWAHARTHUN

»Komm schon! Versuch es noch einmal!«

Doch Granock hörte seinen Freund Ogan kaum. Seine Laune war so weit gesunken, dass sie die frostigen Temperaturen außerhalb der Eisfestung noch weit unterbot.

»Was hast du denn?«, rief Ogan besorgt. »Möchtest du lieber eine Pause machen?«

»Nein«, entgegnete Granock genervt, »ich möchte am liebsten alles hinschmeißen. Ich komme mit diesem elenden Ding einfach nicht zurecht!« Und um zu demonstrieren, was er meinte, warf er den Übungszauberstab, den er in den Händen gehalten hatte, zornig zu Boden.

»Das ist nicht gut«, sagte der Elf voller Bestürzung. Er stand auf der anderen Seite des Kampfplatzes, den eigenen Zauberstab fest umklammernd. »Ihr müsst eins werden, der *flasfyn* und du, und das geht nicht, wenn du ihn wegwirfst.«

»Was du nicht sagst«, fuhr Granock seinen elfischen Mitschüler an, der fast zwei Köpfe kleiner war als er und dessen Kleidung über Bauch und Hüften auffällig spannte. Ogan wurde von Tag zu Tag dicker, und seitdem er auf der Ordensburg Shakara weilte, hatte man ihm bereits die dritte Tunika schneidern müssen.

»Du musst dich konzentrieren, Granock«, beharrte er. »Nur wenn du es dir vorstellen kannst, kannst du es auch tun.«

»Das habe ich allmählich verstanden«, knurrte Granock. »Aber es mir vorzustellen und es tatsächlich zu tun, sind zwei völlig verschiedene Dinge.«

»Sind sie nicht«, widersprach Ogan. »Sieh nur, selbst ich kann es, obwohl ich sonst der Schwächste von allen bin.«

Und um seine Worte unter Beweis zu stellen, ließ er ihnen einen konzentrierten Gedankenimpuls folgen, der Granock mit Wucht gegen die Brust traf und ihn zurücktaumeln ließ, bis sich seine Beine ineinander verhedderten und er zu Boden fiel.

»Siehst du?«, fragte Ogan und grinste übers ganze bleiche, feiste Gesicht.

»Ja«, stöhnte Granock, sich nur mühsam beherrschend, »ich seh's.«

Es war nicht das erste Mal, dass er an diesem Morgen auf den Hintern gefallen war – und das nicht nur im übertragenen Sinne. Anfangs hatte er sich darüber gefreut, dass sich Ogan als einer der wenigen Elfen, die sich überhaupt mit ihm abgaben, erboten hatte, ihm ein wenig Nachhilfeunterricht zu geben. Denn während die anderen Novizen bereits dabei waren, ihren Umgang mit dem Zauberstab zu perfektionieren, brachte der junge Mensch noch nicht einmal einen einfachen *tarthan* zustande, von einem *dailánwath* ganz zu schweigen.

Auf allen anderen Unterrichtsgebieten – von angewandter Metaphysik über Geschichts- und Naturkunde bis hin zur hohen Mysterik – hatte er rasch aufgeholt und brauchte den Vergleich mit den anderen Novizen nicht mehr zu scheuen. Auch seine Sprachkenntnisse wurden immer besser, und im Umgang mit der ihm eigenen Gabe wurde er zusehends geschickter. Wenn es allerdings darum ging, das zu wirken, was man landläufig als Zauberei bezeichnete, in Wirklichkeit jedoch nichts anderes war als das exakte Zusammenwirken mentaler Fähigkeiten und den Kräften, die den Elfenkristallen innewohnten, versagte er kläglich, und bislang hatte er diesen Missstand auch nicht beseitigen können.

Er wusste selbst nicht, woran es lag, nicht einmal Meister Farawyn konnte es sich erklären. Nachdem ihn die Niederlage gegen Aldur fast das Leben gekostet hätte, hatte sich Granock geschworen, den Umgang mit dem Zauberstab möglichst rasch zu erlernen, um niemals wieder einem Angriff so schutzlos ausgeliefert zu sein. An mangelnder Motivation konnte es also nicht liegen, und seine spezielle Gabe einzusetzen, fiel ihm unter Meister Farawyns Anleitung ebenfalls immer leichter.

Aber warum versagte er dann in der Zauberei? Das größte Kunststück, das Granock je mit einem Zauberstab zustande gebracht hatte, war, Aldur damit zu verprügeln, was nüchtern betrachtet ziemlich jämmerlich war. Allerdings hatte er einen Verdacht, worin sein Versagen begründet sein mochte, und er nahm an, dass auch Farawyn bereits darüber nachgedacht hatte. Aber bislang war noch keiner von beiden bereit gewesen, diese Vermutung laut zu äußern. Je länger seine fruchtlosen Übungen jedoch andauerten und je mehr Misserfolge Granock zu verzeichnen hatte, desto größer wurde seine Verzweiflung, und nun war er an den Punkt gelangt, an dem er sich erlaubte, das Ungeheuerliche zu Ende zu denken.

Vielleicht, sagte er sich, lag es daran, dass kein Elfenblut in seinen Adern floss – und dieser Gedanke deprimierte ihn noch ungleich mehr als alle misslungenen Versuche zusammen. Denn er bedeutete, dass, was immer er auch versuchen und wie hart er auch trainieren würde, er nie erreichen konnte, was arroganten Wichtigtuern vom Schlage Aldurs in den Schoß fiel.

Ärgerlich raffte er sich wieder auf die Beine. »Musste das schon wieder sein?«, rief er Ogan zu.

»Aber ja«, kam es unschuldig zurück. »Du möchtest doch etwas lernen, oder nicht? Also los, versuch es noch mal! Richte deinen Stab auf mich, konzentriere dich, und dann ...«

»Und dann was?«, fragte Granock missmutig.

»Dann wirf mich mit deiner Gedankenkraft um«, brachte der Elf den Satz zu Ende. »Du musst es nur wirklich wollen. Leg deine ganze Energie in diesen einen Gedanken, deine ganze Leidenschaft und ...«

»Blödmann«, knurrte Granock halb laut und auch nicht in der Elfensprache, sondern in seiner eigenen. »Was glaubst du wohl, was ich die ganze Zeit mache?«

Mit einer unwirschen Bewegung riss er den Zauberstab herum und brachte ihn in Position, richtete das Ende auf Ogan, der an die zwanzig Schritte von ihm entfernt stand. Dann schloss er die Augen, konzentrierte sich und …

Poff.

»War das alles?«, fragte Ogan. Der Umhang des Elfen hatte sich ein wenig gebläht, als ob ein leichter Windhauch hineingefahren wäre. Er selbst jedoch stand noch immer fest auf beiden Beinen – und das gönnerhafte Grinsen, das er zur Schau trug, fand Granock ausgesprochen unpassend. »Ein bisschen mehr musst du dich schon anstrengen, wenn du's lernen willst. Sieh her, so geht's!«

»Nein«, ächzte Granock – vergeblich. Der nächste Stoß erwischte ihn mit derartiger Kraft, dass er nicht nur abermals stürzte, sondern auch ein Stück über den glatten Boden schlitterte.

»Noch einmal?«, fragte Ogan unbedarft.

»Ja, noch einmal«, maulte Granock halb laut vor sich hin. »Komm doch einfach her, statt mit diesem blöden Stück Holz auf dich zu zielen, dann polier ich dir die Fresse!«

»Aber, aber«, sagte plötzlich eine Stimme hinter ihm. »Wer wird denn gleich so grob werden?«

Granock wandte den Kopf – und seufzte laut, als er Alannah erblickte, die im Eingang zur Halle stand und in ihrer schlichten weißen Tunika und mit ihrem langen Haar eine fast übernatürlich schöne Erscheinung bot.

»Du bist es«, sagte er wenig geistreich.

»Ich bin es«, bestätigte sie lächelnd.

Er hatte sie seit einer ganzen Woche nicht gesehen, weil ihr Meister sie auf eine Erkundung in die Eiswüste mitgenommen hatte. Nun war sie zurückgekehrt.

»Ich habe dich gar nicht eintreten hören«, sagte er.

»Das wundert mich nicht.« Sie lachte, dass es von der hohen Decke der Arena widerhallte, und es war das erste Mal, dass er sie so unbeschwert und heiter erlebte. Überhaupt kam sie ihm verändert vor, so als wäre in den zurückliegenden Tagen etwas geschehen, das sie zu einem anderen, fröhlicheren Wesen gemacht hatte. »Du warst ja auch ziemlich mit dir selbst beschäftigt.«

»Das ist wahr«, musste er zugeben und errötete.

»Was ist los?«, wollte sie wissen. »Du siehst aus, als hätte man dich der Schule verwiesen.«

»Dazu wird es vielleicht schon bald kommen«, befürchtete Granock. »Ich kann mit diesem verdammten Ding ...«, er hob den Zauberstab, »... einfach nichts anfangen.«

»Und was kann Ogan dafür?«, fragte sie spitz.

»Nichts«, gestand er ein und errötete abermals. Alannah strahlte plötzlich Autorität und Selbstbewusstsein aus, wie er es zuvor nicht an ihr gekannt hatte.

»Vielleicht solltest du einfach härter trainieren, statt dich im Selbstmitleid zu ergehen und andere zu beschimpfen«, schlug sie vor. Der Blick, mit dem sie ihn dabei bedachte, war kaum weniger streng als der von Meister Farawyn.

»Wie bitte?«, fragte er ungläubig und glotzte sie an.

»Du hast mich schon verstanden. Wie willst du jemals ein Zauberer werden, wenn du nur am Boden hockst und lamentierst?«

Erst da fiel ihm auf, dass er tatsächlich noch immer auf dem Allerwertesten saß. Wie von einem wilden Gnom gebissen sprang er auf. »Du bist ungerecht«, hielt er ihr vor. »Ich habe hart für meine Ausbildung gearbeitet, vielleicht härter als jeder von euch. Ich musste eigens eine neue Sprache erlernen.«

»Zugegeben.« Sie nickte. »Aber willst du das jetzt für den Rest deines Lebens als Vorwand nehmen, nur Mittelmaß zu sein?«

»Wie bitte? Ich ...«

»Du bist der allererste Mensch an dieser Schule, Granock. Mach etwas daraus.«

»Das will ich ja, aber ...« Er verstummte.

»Was, aber?«

»Ich kann es nicht!«, herrschte er sie an und ertappte sich zum ersten Mal dabei, dass er nicht nur Sympathie für sie empfand. »Und möglicherweise werde ich es nie können!«

»Warum nicht?«

»Weil ...« Er verstummte, wollte seine geheime Angst nicht aussprechen.

»Warum nicht?«, hakte sie nach. »Fürchtest du dich, dass Aldur dir überlegen sein könnte?«

»Nein, warum sollte ich?«, konterte er spöttisch. »Der Kerl hat ja nur vor, mich umzubringen.«

»Umso härter solltest du daran arbeiten, selbst den Umgang mit dem Zauberstab zu erlernen.«

»Und wenn ich das nicht kann? Wenn es mir verwehrt ist, weil ich … weil ich …«

»Weil du *was*?«

»Weil ich *ein Mensch* bin«, führte Granock den Satz verdrossen zu Ende und senkte den Blick. »Was dann, Alannah?«

»Ist das deine Angst?«, fragte sie, nun wieder mit sanfter Stimme.

Er nickte.

Alannah schaute Ogan fragend an. »Hältst du das für möglich?«

»Es könnte sein, ja.« Der dickliche Elf zuckte mit den breiten Schultern. »Womöglich ist ein Sterblicher nicht in der Lage, die Macht der Elfenkristalle zu beschwören, sie im Zauberstab zu bündeln und als gerichteten Impuls zu entsenden. Das würde bedeuten, dass ihm der Pfad der Weisheit auf ewig verwehrt ist.«

»Verstehst du nun meine Wut?«, fragte Granock.

»Durchaus«, bejahte Alannah, »aber ich kann es dennoch nicht gutheißen. Denn ehe du nicht alles versucht hast …«

»Ich *habe* alles versucht«, versicherte Granock. »Tagein, tagaus komme ich hierher, um zu üben, während die anderen noch meditieren oder längst zu Bett gegangen sind. Aber das ändert nichts daran, dass dieses verdammte Ding in meinen Händen nicht mehr ist als ein wertloses Stück Holz.«

In seiner Frustration hob er das Knie und wollte den Stab darüber zerbrechen – Alannah jedoch ließ es nicht zu: »Halt!«

»Was denn?«

»So einfach ist es also für dich? Du hast es versucht, es hat nicht geklappt, und das war's?«

»Du siehst doch, dass ich es nicht kann.«

»Und du glaubst, damit wäre alles erledigt? Dass du den Zauberstab nur zerbrechen bräuchtest, um deine Ängste und Selbstzweifel los zu sein?«

»Meine Ängste und Selbstzweifel – sollte ich welche haben – gehen dich nichts an.«

»Doch, Granock, das tun sie«, widersprach Alannah. »Denn wir sind beide Novizen von Shakara, und ob es dir gefällt oder nicht, wir tragen Verantwortung füreinander. Du kannst jetzt nicht aufgeben. Du hast die Verpflichtung, deine Ausbildung zu beenden.«

»Die Verpflichtung?« Er sah sie herausfordernd an. »Wem gegenüber?«

»Gegenüber deinem Meister ebenso wie deinen Mitschülern.«

Granock blies die Luft durch die Nase aus und erzeugte ein spöttisches Schnauben. »Willst du mir erzählen, Aldur würde es kümmern, wenn ich den Kram hinwerfe?«

»Aldur würde darüber hinwegkommen«, sagte Alannah spöttisch, »aber Ogan und ich wären sehr traurig. Und du vergisst Meister Farawyn.«

»Farawyn? Was hat er damit zu tun?«

»Genau das meine ich!«, tadelte Alannah, während sie selbst nach einem der Übungszauberstäbe griff, die am Eingang des Arensaals auf einem Tisch mit schwungvoll geschnitzten Beinen bereitlagen. »Diese Ichsucht! Diese Ignoranz! Und immer wieder dieses Selbstmitleid! Denkst du denn nie darüber nach«, fragte sie, während sie den Zauberstab in der Hand kreisen ließ und damit bedrohlich auf Granock zutrat, »dass Farawyn etwas riskiert hat, indem er dich zum Schüler nahm?«

»Das musste er nicht«, wehrte Granock ab. »Ich habe ihn nie darum gebeten. Vielleicht ist es gut, wenn ich gehe, dann kann er sich einen anderen Schüler nehmen. Einen Elfen, der seine Erwartungen erfüllt.«

»Glaubst du denn, das könnte er noch?« Alannah begann ihn zu umkreisen, den Oberkörper leicht nach vorn gebeugt und das Haupt gesenkt, wie eine Raubkatze kurz vor dem Angriff, während sie den Zauberstab in der Hand locker umherwirbeln ließ. »Meister Farawyn hat alles aufs Spiel gesetzt, indem er dich nach Shakara holte: seinen guten Ruf, seinen Stand, seinen Einfluss. Denkst du nicht, dass du ihm etwas schuldig bist?«

»Nein!«, rief Granock trotzig, der sich immerzu um seine Achse drehte, um die Elfin im Auge zu behalten. »Ich habe ihn nie um seine Hilfe gebeten. Er hätte mich ebenso gut auch in Andaril lassen können.«

»Du Trottel!«, schalt sie ihn. »Begreifst du denn nicht, dass es hier um sehr viel mehr geht, als dir das Zaubern beizubringen? Du bist ein Symbol, Granock! Und ein Experiment!«

»Was soll denn das wieder heißen?«, fragte Granock, verwirrt von ihren Worten, obwohl er zugeben musste, dass er sich tatsächlich so vorkam: wie ein Experiment, das allerdings gründlich danebengegangen war.

»Meister Farawyns geistige Kräfte, seine Visionen und Träume, haben ihm offenbart, dass wir an der Schwelle eines neuen Zeitalters stehen – einer Epoche, in der Menschen und Elfen gleichberechtigt nebeneinander leben. Du bist sein Versuch, die anderen Zauberer davon zu überzeugen und zu beweisen, dass ihr Menschen uns Elfen ebenbürtig seid.«

»Ich? Aber ...«

»Die meisten Elfen«, fuhr Alannah unbarmherzig fort, »sehen in euch Menschen nur Barbaren, die ihren Instinkten folgen wie Tiere. Farawyn und wenige andere jedoch sind der Überzeugung, dass noch ungleich mehr in euch steckt. Gelingt es ihm, einen menschlichen Novizen zum Zauberer auszubilden, wäre dies ein erster schlagkräftiger Beweis dafür und würde viele Elfen dazu bringen, ihre Einstellung euch Menschen gegenüber zu überdenken. Misslingt der Versuch, werden sich jene bestätigt sehen, die in euch nie etwas anderes gesehen haben als grunzende Totschläger. Dann wird Farawyn seinen Sitz im Rat verlieren und die Menschen den einzigen Fürsprecher, den sie bei den Elfen haben. Verstehst du jetzt, worum es in Wirklichkeit geht? Und warum Farawyn dabei weitaus mehr riskiert als du? Du hast eine Verantwortung!«

»Nein!«, widersprach Granock abermals. Alannahs Argumentation leuchtete ihm zwar ein, aber erneut spürte er die bohrende Angst zu versagen in sich. Diese Verpflichtung war zu viel für ihn, die Bürde zu schwer für seine Schultern.

»Du kannst dich ihr nicht entziehen«, beharrte Alannah, den Zauberstab drohend auf Granock gerichtet. »Du glaubst, du könntest Shakara einfach verlassen? Da irrst du dich, denn es geht längst nicht mehr nur um dich allein.«

»Aber ich will diese Verantwortung nicht, ich habe sie nie gewollt«, beschwerte sich Granock. »Vielleicht liegen Farawyns Gegner ja richtig und mein Volk besteht tatsächlich nur aus grunzenden Totschlägern und Barbaren! Vielleicht bin auch ich nur ein halbes Tier! Wer kann das sagen? Jedenfalls war ich immer ein Dieb und Herumstreuner, also haben sie vielleicht recht!«

»Du willst, dass sie triumphieren?«, fragte Alannah erbost. »Dass die Aldurs dieser Welt recht behalten? Dass sie es sind, die am Ende lachen? Dass sie mit dem Finger auf dich zeigen und sagen: Seht her, da ist Granock, der Mensch, der Zauberer werden wollte und damit nur bewiesen hat, dass kein Mensch zu etwas taugt?«

»Sei vorsichtig!«, stieß Granock wütend hervor. »Du wählst gefährliche Worte!«

»Diese Worte sind nichts im Vergleich zu dem, was man über dich erzählen wird, wenn du einfach aufgibst. In Schimpf und Schande werden sie dich aus der Ordensburg jagen und in die Einsamkeit des Nurwinters verstoßen. Und während du dort langsam erfrierst, werden sie über dich lachen und sich über die schwachen Menschen auslassen, und sie werden sich für die uneingeschränkten Herren Erdwelts halten, und daran wird sich die nächsten tausend Jahre auch nichts ändern, denn du, *Gwailock*, hast versagt!«

»Nenn mich nicht so!«, schrie er.

»Warum nicht? Der Name passt zu dir – vermutlich besser als jeder andere, den du dir …«

Weiter kam sie nicht.

Als würde eine unsichtbare Faust sie treffen, taumelte sie plötzlich einige Schritte zurück, strauchelte und fiel hin.

»Was zum …?« Verwirrt und entsetzt blickte Granock zu Ogan hinüber, aber der stand einfach nur da und hatte den Streit gebannt verfolgt, und seinen Zauberstab hatte er nicht einmal in der Hand. Der Impuls, der die Elfin von den Beinen gestoßen hatte, musste also von woanders gekommen sein.

Granock schauderte, als er auf den unscheinbaren Holzstab in seiner Hand blickte. Sollte es wirklich geschehen sein? Sollte er das Unbegreifliche getan haben?

»Sieh an«, meinte Alannah, während sie geschmeidig wieder auf die Beine kam. »Es scheint mehr in dir zu stecken, als selbst du vermutest.«

»Aber das ... das war ich nicht«, sagte Granock fast entschuldigend.

»Wer soll es denn sonst gewesen sein?«, fragte sie. »Ogan vielleicht? Oder ich selbst?«

»Also ich nicht«, versicherte Ogan grinsend.

»Aber ich ... ich ...«, stammelte Granock verwirrt.

»Hör auf, an dir zu zweifeln!« Alannah richtete erneut den Zauberstab auf ihn. »Verteidige dich lieber. Der Kampf ist noch nicht vorbei!«

Sie hatte kaum zu Ende gesprochen, als ihn ein *tarthan* traf und einige Schritte zurücktaumeln ließ. Es gelang ihm, sich auf den Beinen zu halten, dann riss er den eigenen Zauberstab empor – und als Alannah einen weiteren Gedankenstoß entsandte, parierte ihn Granock mit einer instinktiven Bewegung.

Er merkte, wie etwas mit enormer Kraft an dem Holzstab rüttelte und ihn aus seiner Hand reißen wollte, aber im nächsten Moment war es wieder vorbei. Der Stoß hatte sich verflüchtigt, und Granock fasste den Zauberstab mit beiden Händen und schickte einen neuerlichen Gedankenimpuls los, der Alannah mit voller Wucht von den Beinen riss und gegen die Wand schleuderte.

»Alannah!« Entsetzt über das, was er getan hatte, ließ Granock den Übungsstab fallen und eilte zu ihr. Alannah war an der Wand niedergesunken und ein wenig benommen. Ansonsten schien sie jedoch unversehrt.

»Alles in Ordnung?«, fragte er sie dennoch besorgt. »Bitte entschuldige! Ich wusste nicht, dass ...«

»Schon gut.« Sie lächelte. »Offenbar hat Meister Farawyn doch recht. Oder was meinst du?«

»Sieht so aus«, sagte er verlegen und half ihr dann auf. »Woher wusstest du ...?«

»Was?« Sie schaute ihn durchdringend an. »Dass nackte Aggression deine magischen Kräfte entfesseln würde?«

»So ungefähr.«

Er dachte, sie würde nun antworten: Weil du ein Mensch bist, und ihr Barbaren seid nun mal voller Aggression.

Stattdessen aber sagte sie: »Aus eigener Erfahrung.« Ein Anflug von Trauer huschte über ihre Züge, der jedoch schon im nächsten Moment wieder verflogen war.

Granock begriff, dass sie niemals wirklich wütend auf ihn gewesen war. In Wahrheit war es ihr nur darum gegangen, ihn in die Enge zu treiben, weil sie geahnt hatte, dass dies seine verborgenen Fähigkeiten zutage fördern würde. »Ich danke dir.«

»Schon gut«, sagte sie und tat im nächsten Moment erneut etwas, womit er nicht rechnete. Sie trat vor, fasste ihn an den Schultern, beugte sich zu ihm und küsste ihn sanft und zart auf den Mund.

Der Kuss währte nur einen winzigen Augenblick – Granock jedoch kam es vor wie eine Ewigkeit. Nie zuvor hatte er eine Berührung als zärtlicher und erregender empfunden. Wie vom Donner gerührt stand er da, während sie ihm ein bezauberndes Lächeln schenkte und sich dann wortlos umdrehte, um zu gehen.

Granock starrte ihr hinterher, auch dann noch, als sie die Halle längst verlassen hatte, wobei er nicht wusste, ob er verwirrt oder einfach nur glücklich sein sollte. Etwas an Alannahs Verhalten hatte sich *ganz offensichtlich* verändert.

»Verschwende erst gar keinen Gedanken daran«, riss Ogan ihn unsanft aus seinen Gedanken.

»Woran?«, fragte Granock, der einen Moment brauchte, um wieder ins Hier und Jetzt zurückzufinden.

»Alannah«, sagte der Elf. »Ich habe deinen Blick bemerkt.«

»Ach?«

»Es lag Liebe darin«, war Ogan überzeugt.

»Schwachsinn.«

»Dein Mund mag es leugnen, doch deine Augen verraten dich. Aber wie auch immer, du solltest dich keinen falschen Hoffnungen hingeben. Alannah sieht in dir einen Kameraden und Freund, mehr nicht.«

»So? Und warum nicht mehr?«, fragte Granock trotzig. »Etwa weil ich ein Mensch bin? Habe ich nicht gerade bewiesen, dass wir Menschen euch Elfen ebenbürtig sind?«

»Auch wenn du ein Elf wärst, würde es nichts ändern«, behauptete Ogan, und dann fügte er noch hinzu, so als würde dies alles erklären: »Alannah ist ein Kind der Ehrwürdigen Gärten.«

»Und?«, fragt Granock, dem das nichts sagte.

»In der Obhut der Weißen Mauern aufzuwachsen, bedeutet, zu Höherem geboren und ausersehen zu sein. Das heißt, dass sie sich aufsparen und irdischen Freuden entsagen muss.«

»Ernsthaft?« Granock wusste nicht, ob er lachen oder heulen sollte.

»Mein voller Ernst. Du kannst sie selbst fragen, wenn du willst. Sie spricht sehr offen über diese Dinge.«

»Ich weiß«, murmelte Granock versonnen und wandte dann ein: »Aber Alannah ist dabei, eine Zauberin zu werden.«

»Die Geheimnisse der Magie zu kennen und sein Leben in Kontemplation zu verbringen schließen einander nicht aus, mein Freund«, erklärte Ogan. »Im Gegenteil – viele behaupten, dass nur jemand, der dem Irdischen entsagt, zum Kern wahrer Geheimnisse vorzudringen vermag.«

Granock sah so erschrocken aus, dass Ogan lachen musste. »Was ist daran so komisch?«, blaffte der junge Mensch.

»Nichts.« Der Elf gab sich Mühe, seine Heiterkeit zurückzudrängen. »Verzeih mir, aber die Vorstellung, dass Alannah und du ...«

»Wieso?«, fragte Granock verärgert. »Was ist denn so verdammt abwegig daran? Ich meine abgesehen davon, dass sie ein Kind der Ehrwürdigen Gärten ist?«

»Siehst du diesen Stock?«, fragte Ogan und hob den Zauberstab in seiner Hand.

»Natürlich.«

»Und siehst du auch die Kuppel dort oben?«

Granock legte den Kopf in den Nacken und schaute hinauf zu der Halbkugel aus Kristall, die sich über der Arena wölbte und das Tageslicht in unzählige Blautöne filterte.

»Klar«, bestätigte er.

»Das eine hat mit dem anderen so viel zu tun wie eine Elfenprinzessin mit dir, mein Freund«, sagte Ogan mit einer Spur von Mitleid in der Stimme, dann ließ er ihn stehen.

»Aber …« Granock wollte noch etwas erwidern, doch der Elf wandte sich nicht mehr um, sondern verließ die Halle.

Granock blieb allein zurück.

So sehr er sich zunächst über den Erfolg, den er mit dem Zauberstab errungen hatte, gefreut hatte, so deprimiert war er nun wieder. Wofür er sich jedoch schon im nächsten Moment einen Narren schalt. Wer war er denn, dass er annehmen konnte, eine Elfin, noch dazu eine, die unbestritten das schönste Wesen Erdwelts war, würde sich ausgerechnet für ihn interessieren? Und warum verschwendete er überhaupt seine Gedanken an solchen Unsinn? Alannah war im Augenblick seine geringste Sorge. Vielmehr musste er sich gegen Aldur behaupten.

Für seine elfischen Mitschüler mochte es nur darum gehen, die Prüfung zu bestehen und in den Kreis der Zauberer aufgenommen zu werden. Für ihn – und in gewisser Weise auch für seinen Meister Farawyn – ging es um ihr Dasein …

27. GALWALAS'Y'TWAR

Elidor fühlte Panik in sich aufsteigen.

Es war einer jener Momente, in denen sich der Herrscher des Elfenreichs unendlich einsam fühlte, in denen die Krone zentnerschwer auf seiner Stirn zu lasten schien.

Gehetzt flogen seine Blicke zwischen seinen Beratern und dem Offizier hin und her, der vor dem Thronpodest kniete, das Haupt ehrerbietig gesenkt und ein Zerrbild seiner selbst: Der Waffenrock ging in Fetzen, er war über und über mit Blut besudelt, und Beine, Arme und Gesicht waren von Blessuren übersät.

»Und wann genau soll sich das alles zugetragen haben, Hauptmann Accalon?«, hakte Fürst Ardghal noch einmal nach. Elidor entging nicht der misstrauische Unterton in der Stimme des obersten königlichen Beraters. Offenbar hegte Ardghal seine Zweifel an dem Bericht des Offiziers.

»Vor acht Tagen, Sire«, antwortete Accalon mit brüchiger Stimme. »Seither war ich beinahe ununterbrochen unterwegs, um Eurer Majestät die Nachricht zu überbringen.«

»Und du sagst, außer dir hätte niemand überlebt?«

»Das ist wahr, Sire.«

»Wie ist das möglich?«, fragte Ardghal mit gerunzelter Stirn.

»Was – was meint Ihr?«

»Wie kann es sein, dass ausgerechnet der Befehlshaber einer Grenzfeste einen Überfall, wie du ihn schilderst, überlebt, während seine Soldaten bis auf den letzten Mann dahingemetzelt werden? Hätte ein Feind, der so grausam ist, wie du ihn beschreibst, nicht alles darangesetzt, die Verteidiger zunächst ihres Anführers zu berauben? Wäre das nicht die angemessene Strategie gewesen?«

»Vielleicht«, räumte Accalon ein. »Aber dieser Feind hatte kein solches Vorgehen nötig. Meine Männer hatten ihm auch so nichts entgegenzusetzen, und der einzige Grund, weshalb ich noch am Leben bin, ist der, dass der Anführer der Bestien es so wollte.«

»Seltsam ...« Ardghal rieb sich das spitze Kinn. »Als Kommandant der Festung Carryg-Fin wäre es aber doch deine Pflicht gewesen, bei deinen Männern zu bleiben und bis zum letzten Tropfen Blut gegen den Feind zu kämpfen, richtig?«

»Bei allem Respekt, Sire«, begehrte Accalon auf, »wenn Ihr damit andeuten wollt, ich hätte mich dem Kampf entzogen, so wisst Ihr nicht, was Ihr sagt. Ihr seid nicht dabei gewesen, als diese Bestien über uns kamen und ...«

»Du sprichst immerzu von Bestien«, unterbrach ihn König Elidor. »Welche der Kreaturen Erdwelts meinst du? Waren es Orks? Trolle?«

»Weder das eine noch das andere«, antwortete Accalon mit erschöpfter Stimme. Das Hofprotokoll hätte ihm längst gestattet, sich wieder zu erheben, aber dazu war er nicht mehr in der Lage. Eine Hand auf die unterste Stufe des Thronpodests gestützt, hockte er gebeugt da. »Diese Kreaturen waren nicht natürlichen Ursprungs.«

»Nicht natürlichen Ursprungs?« Ardghal schüttelte unwillig den Kopf und trat näher. »Was soll das nun wieder heißen?«

»Damit will ich sagen«, erwiderte Accalon leise, »dass dunkle Mächte im Spiel waren.«

»Dunkle Mächte?« Ardghal wandte sich an Elidor, der oben auf seinem Thron saß, vorgebeugt und Accalon verwirrt musternd. »Mein König, bedarf es noch eines weiteren Beweises?«

»Beweise?«, fragte Accalon. »Wofür?«

»Dass du die Unwahrheit sprichst, Hauptmann«, erklärte der Berater mit messerscharfer Stimme. »Willst du wissen, was ich glaube? Ich denke, dass die Festung in Wahrheit von Eingeborenen angegriffen wurde und dass deine Männer entweder zu feige oder aber zu nachlässig waren, um den Angriff abzuwehren. Dadurch ging Carryg-Fin verloren – und du erzählst uns etwas von unheimlichen Bestien und geheimnisvollen Mächten, um von deinem eigenen Versagen abzulenken.«

»Denkt Ihr das wirklich, Sire?«, fragte Accalon müde; er war zu erschöpft, um seiner Empörung ob dieser Anschuldigung Ausdruck zu verleihen.

»Allerdings, Hauptmann. Uns ist durchaus bekannt, dass es um die Moral der Grenztruppen schlecht bestellt ist. Du selbst hast mehrere Schreiben an den König geschickt, in denen du beklagtest, dass deine Truppen abstumpften und sich langweilten. Statt die Zeit mit Waffenübungen und Exerzieren zu verbringen, haben deine Soldaten wahrscheinlich Saufgelage abgehalten und ihre Sinne mit Rauchwerk aus dem schwärzesten Arun betäubt. Wer weiß, Hauptmann, vielleicht hast du selbst zu viel Lotus zu dir genommen, und die Schauergeschichten, die du uns hier auftischst, sind nur die Ausgeburten deines eigenen Rausches!«

Accalons Züge zeigten keine Regung; sie waren maskenhaft erstarrt. Er glotzte Ardghal fassungslos an, dann löste er den Blick vom königlichen Berater und richtete ihn auf seinen Herrscher. »Denkt auch Ihr so, mein König?«

»Nun, ich …« Elidor zögerte. Einerseits hatte der Soldat die weite und sehr beschwerliche Reise nach Tirgas Lan ganz offensichtlich auf sich genommen, angeblich, um vor einer neuen Gefahr zu warnen, die dem Reich erwachsen war. Andererseits war Fürst Ardghal überzeugend wie immer, und die Art und Weise, wie der königliche Berater die Dinge deutete, war ungleich erträglicher als die Annahme, die grausigen Schilderungen des Offiziers könnten der Wahrheit entsprechen.

»Ich denke, dass wir uns zurückziehen und eingehend darüber beraten sollen«, entschied Elidor schließlich, froh darüber, dass ihm eine derart unverbindliche Formulierung eingefallen war. »Betrachten wir den Bericht des Hauptmanns im Licht des Tages und in Ruhe, dann werden wir sicher …«

»Mit Verlaub, mein König, was gibt es da zu betrachten?«, wagte es Accalon, ihm ins Wort zu fallen; sein Entsetzen darüber, dass man ihm offenbar keinen Glauben schenkte, überwog nun doch seine Erschöpfung und seine Müdigkeit. »Meint Ihr wirklich, ich hätte mir das alles nur ausgedacht? Es ist die Wahrheit, Wort für Wort!«

»Wir zweifeln nicht daran, dass du es für die Wahrheit *hältst*, Hauptmann«, beschwichtigte Ardghal, »sondern wir …«

»Sondern Ihr bezweifelt, ob ich noch recht bei Verstand bin«, brachte Accalon den Satz zu Ende, und obwohl er müde war und der Ohnmacht nahe, gab ihm der Zorn Kraft genug, sich mühsam zu erheben. »Mein König, darf ich offen sprechen?«

»Ihre Majestät haben genug gehört«, sagte Ardghal, noch ehe Elidor etwas erwidern konnte. »Der König hat entschieden. Er wird deinen Bericht bedenken und dann …«

»Und was dann?«, rief Accalon klagend. »Sich der Wahrheit verschließen, bis es zu spät ist und der Feind vor den Mauern dieser Stadt steht?«

»Hauptmann!«, zischte Ardghal. »Ihr vergreift Euch im Ton!«

»Mein Leben lang bin ich Soldat der königlichen Armee gewesen«, entgegnete Accalon mit einer Stimme, die zu gleichen Teilen vor Wut und Müdigkeit zitterte. »In unzähligen Schlachten habe ich Euch gedient, Sire – zunächst an der Westgrenze im Kampf gegen die Orks, später dann als Offizier im Süden –, und obwohl es nicht immer leicht gewesen ist, war ich doch die meiste Zeit stolz darauf, Teil Eurer Armee zu sein. Als man mich zum Hauptmann beförderte und nach Carryg-Fin abkommandierte, da bin ich – ich gesteh's – nicht begeistert gewesen, aber ich hab es ohne Murren hingenommen, denn ich sah ein, dass die Grenzen unseres Reiches gesichert werden müssen. Das ist viele Jahre her, Sire. Inzwischen habe ich manches Mal an unserem Auftrag gezweifelt, denn – Fürst Ardghal wies bereits darauf hin – das endlose Nichtstun und scheinbar sinnlose Warten können die Kampfkraft eines Kriegers mehr zermürben als eine Belagerung über Jahre hinweg. Als Kommandant von Carryg-Fin habe ich alles darangesetzt, die Moral meiner Männer aufrechtzuerhalten, allen Widrigkeiten zum Trotz, doch ich konnte dennoch nicht verhindern, dass auch ich allmählich keinen Sinn mehr in unserem Auftrag sah …«

»Sieh an«, kommentierte Ardghal spöttisch.

»Ich habe begonnen, an allem zu zweifeln, selbst an Euch, Majestät«, gestand Accalon offen, »während ich mich immerzu fragte, weshalb wir auf jenem Posten inmitten trostlosen Niemandslands ausharren mussten. In jener Nacht jedoch, als uns diese grässlichen Kreaturen überfielen, erhielt ich die Antwort auf meine Fragen. Meine Zweifel waren wie weggewischt, und statt ihrer kehrte das Vertrauen in Eure Führerschaft zurück, mein König. Dieses Vertrauen allein gab mir die Kraft, trotz meiner Verwundungen Tag und Nacht zu reiten und kaum zu ruhen, um möglichst rasch nach Tirgas Lan zu gelangen und Euch vor der drohenden Gefahr zu warnen.« Er hob die zitternden Hände wie ein Bettler, der um ein Almosen fleht, und fügte mit jammernder Stimme hinzu: »Sagt jetzt nicht, mein König, ich hätte mich in Euch geirrt!«

»Hauptmann!«, rief Ardghal streng und gab den königlichen Leibwächtern ein Zeichen.

Die Gardisten traten vor, senkten die Hellebarden. Accalon jedoch scherte sich nicht darum. In gebückter Haltung, weil er sich vor Erschöpfung nicht aufrecht halten konnte, stieg er die Stufen des Thronpodests empor. »Bitte, mein König«, flehte er, »nehmt einem Krieger, der sein Leben in den Dienst Eures Reiches gestellt hat, nicht den Glauben an Euch. Es gab eine Zeit, da vermutete ich, dass in diesen Mauern nur Gleichgültigkeit herrscht, und ich will nicht, dass sich dieser schier unerträgliche Gedanke bewahrheitet. Meine Männer haben allesamt ihr Leben gelassen für Euch und Euer Reich. Es waren gute Soldaten, Majestät, aufrechte Kämpfer. Tretet ihr Andenken nicht mit Füßen, indem Ihr behauptet, sie wären für ein Hirngespinst gestorben.«

Die blassen Züge Elidors, der nicht wusste, was er erwidern sollte, wurden länger und länger, und im gleichen Maß, in dem sich die Ratlosigkeit im Gesicht des Elfenherrschers immer mehr ausbreitete, wuchs Accalons Verzweiflung. Wankend näherte er sich dem Thron, Stufe für Stufe. Unruhe brach unter den königlichen Beratern aus, aber Accalon sah nur noch seinen Herrscher, den er warnen musste.

»Bitte, mein König«, flehte er. »Ihr müsst erkennen, dass ich die Wahrheit spreche! Diese Kreaturen sind nicht *irgendein* Feind –

sie sind Ausgeburten des Bösen! Nichts vermag ihnen zu widerstehen, und es wird nicht lange dauern, bis sie auch diese Stadt angreifen! Ihr müsst handeln, mein König, solange es noch nicht zu spät ist! Eine neue Zeit steht bevor, ein Zeitalter des Krie…«

Die letzten Silben verließen den Mund des Hauptmanns nicht mehr. Plötzlich verstummte er und erstarrte. Ungläubige Enttäuschung im Gesicht starrte er seinen König an – dann brach er zusammen und blieb auf den Stufen des Thronpodests liegen.

In seinem Rücken steckte der Bolzen einer Armbrust.

Einen Augenblick lang war Elidor zu entsetzt, um etwas zu sagen. »Was – was hast du getan?«, fuhr er dann den königlichen Leibwächter an, der den tödlichen Schuss abgegeben hatte.

»Ihn trifft keine Schuld, Euer Majestät.« Fürst Ardghal trat vor. »Ich war es, der ihm den Befehl dazu gab.«

»Ihr? Aber …?«

»Ich befürchtete, der Rasende könnte Euch angreifen, mein König«, behauptete Ardghal unterwürfig. »Das konnte ich als Euer Oberster Berater nicht riskieren.«

Elidor atmete schwer aus, dann nickte er und blickte betroffen auf den Leichnam zu seinen Füßen. So vieles hatte Accalon auf sich genommen, so viele Schmerzen ertragen und Mühen erduldet, um nach Tirgas Lan zu gelangen. Nun war er tot, niedergestreckt von denen, deren Leben er hatte retten wollen.

Elidor überkam dumpfe Trauer, und dann erkannte er, dass er es nicht so weit hätte kommen lassen dürfen. »Kurz bevor er starb«, murmelte er betroffen, »sagte er, dass eine neue Zeit bevorstünde. Eine Zeit der Veränderung …«

»Aber, mein König!«, rief Ardghal, und er klang geradezu erschüttert. »Wollt Ihr dem Gerede eines Wahnsinnigen Glauben schenken? Dieser Offizier hatte den Verstand verloren, das war offensichtlich. Er war eine Gefahr für Euch und uns alle!«

Wie immer war Fürst Ardghal sehr überzeugend, dennoch zögerte der König diesmal, der Auffassung seines Beraters zu folgen. »Dennoch«, beharrte er, »etwas muss dort im Süden geschehen sein. Eine ganze Garnison wurde gemeuchelt …«

»Das wissen wir nicht mit Bestimmtheit«, wandte Ardghal ein. »Es könnte ebenso gut sein, dass der Hauptmann den Anforderungen und Entbehrungen seines Postens nicht mehr gewachsen war. Er hat die Einsamkeit nicht ertragen und darüber den Verstand verloren. Dann ist er geflohen und …«

»Ihr meint, er war ein Deserteur?«

»Diese Möglichkeit besteht durchaus, mein König.«

»Ich verstehe«, sagte Elidor und betrachtete den Toten auf den Stufen gleich mit einem sehr viel weniger schlechten Gewissen.

»Sorgt Euch nicht, mein König«, fuhr Ardghal fort. »Schon der nächste Versorgungszug, der nach Carryg-Fin aufbricht, wird von dort gute Nachricht bringen, dessen bin ich gewiss.«

»Das ist gut möglich«, wandte jemand ein, der sich, ebenso wie die anderen Berater des Königs, bislang im Hintergrund gehalten hatte. »Aber was, wenn Ihr Euch irrt?«

Fürst Ardghal erkannte sofort die Stimme von Meister Palgyr, den Abgesandten des Hohen Rates. Mit einem wütenden Schnauben wandte sich Ardghal zu dem Zauberer um, der vorgetreten war und den Obersten Berater herausfordernd anblickte.

»Erwartet Ihr allen Ernstes, dass ich Euch auf diese Frage eine Antwort gebe?«, brachte Ardghal ungehalten hervor.

»Nein, denn Ihr seid mir keine Rechenschaft schuldig, Fürst Ardghal«, entgegnete Palgyr ruhig. »Aber Eurem König müsst Ihr Rede und Antwort stehen, ebenso wie seinen Untertanen. Was, wenn sie Euch fragen, weshalb Ihr eine so ernste Warnung einfach in den Wind geschlagen habt?«

»Eine ernste Warnung? Ihr haltet das für eine ernste Warnung?« Ardghal deutete mit ausgestrecktem Arm die Stufen hinauf, auf den Leichnam. »Dieser Mann war ganz offensichtlich geistig verwirrt. Jeder der Anwesenden kann das bezeugen.«

»Ich weiß nicht recht«, widersprach Palgyr, »auf mich machte er einen anderen Eindruck. Entkräftet und ausgezehrt – ganz sicher. Panisch und verängstigt – auch das. Dem Zusammenbruch nahe – vielleicht. Aber einen verwirrten Eindruck hat er eigentlich nicht auf mich gemacht, und ich frage mich, ob ich der Einzige bin, der so denkt.« Und mit den letzten Worten schaute er sich in der Runde der übrigen königlichen Berater um.

Sie alle hatten bisher in Ardghals Schatten gestanden, und sie nutzten die Gunst der Stunde, um am Stuhl ihres gemeinsamen Gegners zu sägen. Allenthalben wurde genickt, um Palgyr zu unterstützen, womit sie die Position des Obersten Beraters gleichzeitig erheblich schwächten, und im nächsten Moment fühlte Ardghal auch den kritischen Blick des Königs auf sich gerichtet.

»Was, wenn Meister Palgyr recht hat, Fürst Ardghal?«, fragte Elidor. »Was, wenn Ihr Euch in Hauptmann Accalon tatsächlich geirrt habt? Wenn es diese Bedrohung, von der er sprach, tatsächlich gibt?«

»Unheimliche Bestien, die irgendeine dunkle Macht ins Leben gerufen hat?«, fragte Ardghal mit vor Sarkasmus triefender Stimme, ungeachtet der Tatsache, dass er selbst es nun war, der sich dem König gegenüber im Ton vergriff.

»Es wäre immerhin möglich, oder nicht? In einem solchen Fall müssten wir Abwehrmaßnahmen ergreifen. Vielleicht steht dem Reich ein Angriff bevor …«

»Vielleicht«, wiederholte Ardghal nickend. »Wollt Ihr aufgrund einer solch vagen Vermutung das Heer zu den Waffen rufen? Wollt Ihr eine Streitmacht an die Südgrenze entsenden? Ist Euch klar, was ein solches Vorgehen im Volk bewirken würde? Panik und Furcht wären die Folgen! Bedenkt, was geschehen würde, wenn ich recht hätte und sich alles als Täuschung erwiese. Der große und mächtige Elidor würde vor ganz Erdwelt wie ein Narr dastehen, und was das bedeutet, brauche ich Euch wohl nicht zu sagen.«

Elidor schüttelte den Kopf; das war ihm tatsächlich nur zu klar. Menschen, Orks, Zwerge, Neider im Hohen Rat – sie alle warteten nur darauf, dass er Zeichen von Schwäche zeigte und sie auf seine Entmachtung drängen konnten. Chaos und erbitterte Machtkämpfe wären die Folgen …

»Ihr habt recht, Fürst Ardghal, wie immer«, sagte Elidor zur sichtlichen Zufriedenheit seines Obersten Beraters. »Vorschnell zu handeln, wäre äußerst unklug und zudem gefährlich. Wir werden warten, bis der nächste Versorgungszug aus Carryg-Fin zurückgekehrt ist. Dann werden wir Gewissheit haben.«

»Aber dann könnte es zu spät sein«, gab Meister Palgyr zu bedenken. »Wenn Hauptmann Accalon die Wahrheit sprach ...«

»Warum sollten wir das annehmen?«, blaffte Ardghal. »Habt Ihr auch nur einen einzigen ernstzunehmenden Hinweis dafür?«

»Vielleicht.« Palgyr stieg die Stufen zum Thron empor und auf den Toten zu. Er bückte sich und zog Accalons Schwert aus der Scheide, betrachtete die Klinge und rief dann: »Sieh an, das Schwert ist ganz schartig. Sogar tiefere Kerben befinden sich in der Klinge. Worauf immer dieses Schwert getroffen ist, es war härter als Elfenstahl.«

Elidor und die übrigen Berater schauten erschrocken drein, jedoch wagte niemand, ein zustimmendes Wort zu äußern, solange das Kräftemessen zwischen dem Zauberer und Fürst Ardghal nicht endgültig entschieden war.

»Wer kann schon sagen, was der Hauptmann mit seinem Schwert angestellt hat«, tönte Letzterer. »Aber nun gut, was sollen wir Eurer Ansicht nach tun?«

»Sehr einfach«, antwortete der Zauberer. »Eine Expedition gen Süden entsenden, die vor Ort herausfinden soll, was dort an der Grenze geschehen ist.«

»Eine Expedition, gewiss.« Ardghal rollte mit den Augen. »An der Westgrenze gibt es ständig Scharmützel mit marodierenden Orks, und im Osten, in den Menschenstädten, droht immerzu Unruhe; wir können nicht einen einzigen Mann entbehren. Ihr seht also, Meister Palgyr«, fügte er gönnerhaft hinzu, »Euer Rat ist gut gemeint, aber wertlos.«

»Ich habe nicht vorgeschlagen, Truppen an die Grenze zu entsenden«, sagte Palgyr.

»Nein?«

Er wandte sich direkt an Elidor. »Ihr bräuchtet nicht einmal einen einzigen Soldaten entbehren, mein König«, sagte er. »Der Orden soll im Süden nach dem Rechten sehen.«

»Der Orden der Zauberer?«, fragte Ardghal wenig begeistert. Er sah den König an. »Eure Majestät, wenn Ihr die Zauberer so bald hintereinander ein weiteres Mal um ihre Hilfe bittet und sich dann herausstellt, dass an der Südgrenze des Reiches alles in bester Ordnung ist, aber einer Eurer Festungskommandanten grundlos seinen Posten verließ ...« Er schüttelte den Kopf, breitete in einer dramatischen Geste der Verzweiflung die Arme aus. »Eure Feinde und die Feinde aller Elfen würden Euch das als Schwäche auslegen.«

»Wie ich schon sagte«, griff Palgyr ein, bevor Elidor etwas erwidern konnte, »gehört meine Loyalität in erster Linie Euch, Eure Majestät. Es genügt, wenn ich dem Hohen Rat erzähle, dass Gerüchte aus Carryg-Fin bis nach Tirgas Lan gelangten, in denen von einer möglichen, bisher unbekannten Gefahr die Rede ist. Daraufhin wird man ganz routinemäßig eine Abordnung aus Zauberern von Shakara aus nach Süden entsenden. Auf diese Weise braucht Ihr keinen einzigen Mann zu entbehren, mein König, und wenn im Süden alles in Ordnung ist, war es der Hohe Rat, der auf ein falsches Gerücht hereinfiel. Also, was sagt Ihr?«

Einmal mehr hatte Palgyr seine Rede direkt an den König gerichtet und Ardghal übergangen. Entsprechend verärgert war der königliche Berater. Und noch mehr ärgerte es ihn, dass sein Regent dem Zauberer direkt Antwort gab, ohne auch nur noch ein einziges Mal nach Ardghals Meinung zu fragen. »Ich gebe zu, Meister Palgyr«, sagte Elidor, »Euer Plan gefällt mir. So werden wir es machen.«

»Euer ergebener Diener, Majestät«, erwiderte Palgyr und verbeugte sich tief.

28. DYSBARTHAN

In der Bibliothek von Shakara lagerten Schätze von unschätzbarem Wert – nicht solche aus Gold und Edelstein, auf die Menschen oder Zwerge so begierig waren, sondern Reichtümer des Wissens und der Literatur, die dort gesammelt wurden, seit zum ersten Mal ein Elf seinen Fuß auf *amber* gesetzt hatte. Und anders als die Menschen hatten die Elfen einen Weg gefunden, ihr Wissen auf Dauer zu bewahren.

Schriftrollen oder gebundene Folianten, wie es sie in schier unüberschaubarer Zahl auch in der Bibliothek von Shakara gab, hatten nur eine begrenzte Lebensdauer, zumal in der Kälte des Nurwinters. Die Bibliothek der Ordensburg jedoch war für die Ewigkeit errichtet und sollte auch dann noch als Quell der Erkenntnis und Hort der Kunst dienen, wenn ihre Erbauer Erdwelt längst wieder verlassen hatten. Deshalb vertrauten die Elfen ihre Wissensschätze und literarischen Ergüsse nicht nur aus Holz gewonnenem Papier oder Tierhäuten an, sondern auch der Macht der Kristalle, von denen sich einige dazu eigneten, die Gedanken telepathisch begabter Zauberer aufzunehmen und in ihrem Inneren zu speichern, unvergänglich, für alle Zeit.

Atgyva war der Name der alten Meisterin, die in diesen Tagen als Einzige über die Gabe des *dysbarthan* verfügte – so wurde jene Fähigkeit genannt, die vonnöten war, das Wissen, das Syolan und andere Gelehrte und Geschichtskundige auf Papier und Tierhäuten sammelten, in die Kristalle zu übertragen. Aufbewahrt wurden jene Kristalle, von denen einige nur fingerlang waren, andere, die umfassendere Aufzeichnungen enthielten, jedoch fast Mannsgröße aufwiesen, in Vertiefungen, die man in das Eis geschmolzen hatte.

Da Wissen und Kunst Dinge sind, deren Wachstum unkontrolliert erfolgt, gab es sowohl bei den schriftlichen Hinterlassenschaften als auch bei den Kristallen keine Ordnung nach thematischen Gebieten; Geschichtschroniken lagerten unmittelbar neben Gedichtbänden, Abhandlungen über Flora und Fauna Erdwelts wurden zusammen mit mathematischen Kommentaren, geographische Texte zusammen mit philosophischen Traktaten, astronomische Beobachtungen mit Liedern und Balladen aufbewahrt. Es war einzig das Gedächtnis der Obersten Bibliothekarin, das den Unterschied ausmachte zwischen reicher Themenvielfalt und unüberschaubarem Chaos.

Atgyva war alt, und es hieß, dass sie schon bald ihre Reise zu den Fernen Gestaden antreten wollte; jedoch würden die Ordensmeister sie erst aus ihren Diensten entlassen, wenn eine Nachfolgerin oder ein Nachfolger gefunden war, dem das verantwortungsvolle Amt des Wissenshüters übertragen werden konnte. Denn ein Volk ohne Wissen, ohne Kunst und ohne Vergangenheit war, wie Syolan, der Schreiber, nie müde wurde zu betonen, *fal fahilai dai gynt …*

Wie Blätter im Wind.

Die Novizen, die in Shakara in die Geheimnisse der Magie eingeweiht wurden, waren vollauf damit beschäftigt, die Mysterien zu begreifen, die ihre Meister ihnen darzulegen versuchten, und wenn sie die Bibliothek aufsuchten, dann nicht, um den Wissensschatz der Elfen mit eigenen Beiträgen zu bereichern, sondern um zu lernen. Meisterin Atgyva hatte dafür gesorgt, dass klassisches Lehrmaterial zur Verfügung stand, und so mussten die Zauberschüler ihre Nase ebenso in Schriftrollen und Bücher stecken, wie es Studenten außerhalb Shakaras taten, sei es in den Hainen der Elfen, an den Zunftschulen der Menschen oder in den Gildeburgen der Zwerge.

Die meisten Novizen nahmen dies als gegeben hin, einer jedoch schien es geradezu als Schmach zu empfinden.

»Schwachsinn«, zischte Aldur zum ungezählten Mal, während er im Lesesaal der Bibliothek saß, über ein Exemplar von Saithians

Abhandlung über die Kraft des elfischen Willens gebeugt. »Absoluter Schwachsinn …«

Alannah, die am anderen Ende des Tisches saß, blickte verärgert auf. »Sag mal«, fragte sie, »könntest du das unterlassen? Es ist dem Verständnis eines Textes nicht zuträglich, wenn man bei der Lektüre immerzu unterbrochen wird.«

»Ach ja?« Er deutete auf die Bücherstapel, die sich zwischen ihnen auf der Tischplatte türmten. »Hast du dich noch nie gefragt, wieso wir das ganze Zeug überhaupt lesen müssen?«

»Wieso wir das lesen müssen?« Alannahs Blick war voller Unverständnis. »Vielleicht, weil es unser Bewusstsein erweitert. Weil es uns Dinge vor Augen führt, die wir sonst nie erfahren würden. Weil es uns Geheimnisse enthüllt, die anderen verborgen bleiben. Weil es ein Privileg ist, diese Schriften überhaupt lesen zu dürfen. Such dir eine Antwort aus.«

»Nein.« Aldur schüttelte den Kopf. »Du hast meine Frage nicht verstanden. Sie lautete nicht, warum wir *das ganze Zeug* lesen müssen, sondern warum wir das ganze Zeug *lesen* müssen.«

»Was meinst du damit?«

»Du weißt nicht, wovon ich spreche, oder?«

»Ehrlich gesagt – nein.«

Aldur nickte, dann blickte er sich argwöhnisch um, als befürchtete er, man könnte ihn belauschen. Aber Alannah und er waren die Einzigen, die sich zu dieser späten Stunde noch in der Bibliothek aufhielten, die eine aus Wissensdurst, der andere, weil ihn der Ehrgeiz dazu trieb.

»Diese Bücher und Schriftrollen«, sagte er, auf die Regale deutend, die die Wände des Lesesaals säumten, »stellen nur einen Bruchteil des Wissens dar, das in Shakara gehortet ist. Das meiste davon befindet sich in Gewölben und Kammern, zu denen wir Schüler keinen Zutritt haben.«

»Denkst du, das wüsste ich nicht?«, fragte Alannah kopfschüttelnd.

»Schön, aber weißt du auch, dass es in diesen anderen Gewölben und Kammern keine Bücher gibt, sondern dort alles Wissen in magischen Kristallen aufbewahrt wird?«

»Auch das ist mir bekannt.«

»Und dass man, um sich jenes Wissen anzueignen, diese Kristalle lediglich berühren und sich konzentrieren muss? Im nächsten Moment geht der gesamte Inhalt auf dein Bewusstsein über. Im Bruchteil eines Augenblicks erfährst du alles, was dir der Verfasser mitzuteilen hatte.«

Alannah sah ihn an. »*Das* wusste ich nicht.«

»Das ist noch gar nichts. Unglaublich ist, dass man uns diese Möglichkeit, rasch und mehr zu lernen als alle anderen Novizen vor uns, willentlich vorenthält, obwohl das Reich dringend neue Zauberer braucht.«

»Nun«, meinte Alannah vorsichtig, »die Meister werden ihre Gründe dafür haben.«

»Durchaus«, bekräftigte Aldur. »In den frühen Tagen des Ordens war es üblich, auch Novizen am Ritual des *áthrothan* teilhaben zu lassen. Später ist man jedoch davon abgerückt.«

»Wieso?«

Aldur schnaubte verächtlich. »Angeblich hatte diese Art der Wissensvermittlung für einige Novizen nachteilige Folgen – schwache Geister, die den Verstand verloren haben, weil sie der Fülle an Erkenntnissen nicht gewachsen waren.«

»Wie schrecklich«, flüsterte Alannah.

»Schrecklich? Wohl kaum. In jenen Tagen wurde zumindest zweifelsfrei festgestellt, wer zum Zauberer taugt und wer nicht. Halbblütler, Schwachgeistige und Anwärter niederer Herkunft schieden durch dieses Verfahren aus.«

»O Aldur«, sagte Alannah vorwurfsvoll, »was du da sagst, ist grässlich!«

»Warum? Weil es auch deinen Liebling treffen würde?«

»Wen meinst du?«

»Tu nicht so! Es ist mehr als offensichtlich, dass du eine Schwäche für ihn hast. Ich frage mich nur, woher diese Schwäche rührt. Ist es körperliche Anziehung, was wirklich schändlich wäre? Oder ist es nur jenes Interesse, das weibliche Wesen allzu oft hilfsbedürftigen, schwachen Kreaturen entgegenbringen, was zwar lächerlich, aber wenigstens irgendwie anrührend wäre.«

»Du … du sprichst von Granock?«

»Natürlich, von wem sonst?« Aldur grinste übers ganze Gesicht. »Du bist sehr freundlich zu ihm …«

»Was man von dir und deinen Kumpanen nicht behaupten kann«, entgegnete sie, seine Anschuldigungen einfach übergehend. »Es mag euch gefallen oder nicht, aber der Rat hat Granock als Novizen in Shakara aufgenommen, und das macht ihn zu unserem Mitschüler.«

Aldur schüttelte entschieden den Kopf. »Es mag ihn zu *deinem* Mitschüler machen, aber ganz gewiss nicht zu meinem. Weil ich die Notwendigkeit erkenne und sie nicht leugne.«

»Von was für einer Notwendigkeit, bitte schön, sprichst du?«

»Von der Notwendigkeit, die reine Lehre zu bewahren«, erwiderte Aldur ohne Zögern. »Was ist uns Elfen denn noch geblieben? Einst hat uns ganz Erdwelt gehört, und wir waren die uneingeschränkten Herrscher. Inzwischen jedoch müssen wir uns das Land teilen. Allerorts kommen Kreaturen hervorgekrochen, die unverschämte Ansprüche anmelden. Zuerst die Orks, dann die Zwerge, zuletzt die Menschen. Man braucht kein Hellseher zu sein wie Farawyn, um zu erkennen, wohin das führen wird – wenn wir uns nicht auf das besinnen, was unser Volk von jeher von allen anderen unterschieden hat.«

»Und das wäre?«

»Die magische Gabe, Alannah«, antwortete Aldur fast beschwörend. »Kein anderes Wesen Erdwelts weiß die Macht der Kristalle für sich zu nutzen. Dieses Privileg unterscheidet uns von diesen niederen Kreaturen und macht uns groß und erhaben. Die Geheimnisse der Magie an Außenstehende zu verraten ist zugleich ein Verrat an unserem Volk.«

»Du übersiehst dabei nur eine Kleinigkeit.«

»Nämlich?«

»Dass Meister Farawyn Granock nicht von ungefähr nach Shakara gebracht hat. Er verfügt ebenso wie wir über eine magische Begabung. Dein Privileg, wie du es nennst, scheint also nicht nur Elfen vorbehalten zu sein.«

»Lass mich dir eine Frage stellen«, konterte Aldur. »Tagsüber steht die Sonne am Himmel, nachts der Mond. Ist diese Behauptung richtig?«

»Natürlich«, antwortete Alannah.

»Würdest du sagen, dass es tatsächlich nur eine Behauptung ist oder eine Regel?«

»Eine Regel«, war die Elfin überzeugt.

»Gut. Würdest du diese Regel infrage stellen, wenn an einem Tag der Mond am Himmel stünde und die Sonne verfinsterte, sodass der Tag zur Nacht wird?«

»Natürlich nicht.« Alannah schüttelte den Kopf. »Das Phänomen einer Sonnenfinsternis ist den Astronomen wohlbekannt und wurde hinreichend ...« Sie unterbrach sich, als ihr klar wurde, worauf Aldur hinauswollte. »Willst du damit sagen, dass Granock eine Art Sonnenfinsternis ist?«

»Ich will damit sagen, dass es immer Ausnahmen von der Regel gibt, aber dass diese Ausnahmen kein Grund sind, die Regel deshalb infrage zu stellen. Vielleicht hat Farawyn ja recht, und dieser Mensch hat tatsächlich eine Gabe. Deshalb besteht noch längst kein Grund, seinesgleichen Tür und Tor zu öffnen und vom Beginn eines neuen Zeitalters zu schwafeln.«

»Sieh an«, sagte Alannah nur.

»Was meinst du?«

»Ich dachte immer, du könntest Granock nicht leiden, weil er ein Mensch ist. Aber das ist nicht der wahre Grund. In Wirklichkeit hast du Angst vor ihm.«

»Unsinn.«

»Natürlich streitest du es ab, aber ich durchschaue dich. Du fürchtest, dass er der Erste von vielen sein könnte, dass noch mehr Menschen hierher nach Shakara kommen und die Wege der Magie beschreiten, und das ängstigt dich.«

»Ja, und warum auch nicht?«, brauste Aldur auf. »Die Vorstellung, dass diese Barbaren, ichsüchtig und gewalttätig wie sie sind, die Geheimnisse des Kosmos ergründen, ist doch durchaus beängstigend, oder etwa nicht? Zumal wenn man bedenkt, dass es Elfen gibt, die daraus ihren Nutzen ziehen wollen.«

Alannah hob erstaunt die geschwungenen Augenbrauen. »Was soll das denn nun wieder heißen?«

»Bist du wirklich so naiv? Glaubst du, Farawyn hat Granock aus reiner Menschenfreundlichkeit hierher geschleppt? Weil er die

Menschen neben uns Elfen für gleichberechtigt hält? Natürlich nicht! Ihm geht es darum, Allianzen zu schmieden und Verbündete zu gewinnen.«

»Verbündete? Wofür?«

»Hast du denn noch nicht begriffen, was hier vor sich geht? Der Hohe Rat ist bis ins Mark gespalten, ein Richtungsstreit über die Zukunft des Ordens ist entbrannt. Während Meister Palgyr und einige andere die Rückkehr zu alten Werten und Traditionen fordern …«

»… setzen sich Meister Farawyn und die Seinen für eine Öffnung des Ordens nach außen und eine ganze Reihe weiterer Reformen ein«, vervollständigte Alannah, um zu zeigen, dass sie keineswegs so unwissend war, wie ihr Gegenüber wohl dachte. »Natürlich weiß ich das«, fügte sie deshalb energisch hinzu.

»Schön, dann dürfte dir auch klar sein, was dabei auf dem Spiel steht. Das letzte Mal, als der Rat so zerstritten war, ging es um die Macht des Dreisterns und die Kristallpforten, und wir beide wissen, wie die Sache ausging.«

Alannah wusste es aus den Geschichtsbüchern. »Der Zauberer Qoray, der einen Weg gefunden hatte, Zeit und Raum zu teilen, sagte sich vom Orden los, um eine eigene Schule zu gründen, was er schließlich auch tat – mit furchtbaren Folgen.«

»So war es.« Aldur nickte. »Bar jeder Ehrfurcht und losgelöst von allen Traditionen führte er Experimente durch, wie sie schändlicher und grauenvoller kaum vorstellbar sind. Er rief die Orks ins Leben und überzog mit seinem Heer der Finsternis das Reich mit Krieg und Vernichtung. Seinen Namen änderte er und nannte sich nicht mehr Qoray, sondern …«

»… Margok«, sagte Alannah schaudernd. »Aber was genau willst du damit sagen? Willst du Meister Farawyn in die Nähe des Dunkelelfen rücken?«

»Ich will damit gar nichts sagen«, stellte Aldur klar. »Ich frage mich nur, wie ein Mitglied des Hohen Rates dazu kommt, die grundlegendsten Prinzipien unseres Ordens infrage zu stellen – und die Regeln zu umgehen, die er für andere aufgestellt hat.«

»Von was für Regeln sprichst du?«

»Zum Beispiel von jener Regel, deretwegen wir hier sitzen und uns die Nacht um die Ohren schlagen, während gewisse andere Novizen längst im Bett liegen – nämlich dem Verbot, die Wissenskristalle zu benutzen.«

»Aber ich dachte, dieses Verbot gelte für alle Ordensschüler«, wandte Alannah ein.

»Für *fast* alle. Denn während wir gezwungen sind, unseren Kenntnisstand auf solch rückständige Weise zu mehren, ist es einem einzelnen Schüler erlaubt, auf die Kristalle zuzugreifen.«

Alannah zog die Stirn kraus. »Von wem sprichst du?«

Aldur seufzte laut, als hielte er Alannah für begriffsstutzig. »Von wem wohl? Von deinem Liebling natürlich. Von Granock!«

»A-aber – aber das ist doch Unsinn«, stammelte Alannah fassungslos. »Wie sollte Granock Zugang zu den verbotenen Bereichen der Bibliothek erlangen? Außerdem hast du selbst gesagt, dass sein Verstand der Macht der Kristalle wohl nicht gewachsen wäre und …«

»Es sei denn, sein Meister würde ihm helfen«, behauptete Aldur. »Farawyn ist schließlich sehr daran gelegen, dass sein Schützling die Prüfungen besteht.«

»Du redest dummes Zeug. Granocks Wissen ist das Ergebnis von viel Fleiß und harter Arbeit. Du hast ihn in seiner Kammer sitzen und lernen sehen!«

»Das haben wir beide. Und vielleicht sollten wir das ja auch, damit wir keinen Verdacht schöpfen. Aber ich habe noch keinen Menschen kennengelernt, der Elfisch so rasch erlernt hätte wie er.«

»Du hast zuvor noch *überhaupt* keinen Menschen kennengelernt«, verbesserte Alannah. »Es ist wahr, Granock macht rasche Fortschritte, aber das muss er auch, wenn er die Ausbildung zum Zauberer absolvieren will. Und er arbeitet härter dafür als jeder andere, mich eingeschlossen.«

»Härter als jeder andere?« Aldur lachte auf. »Wieso nur kommt es dann, dass nur wir uns hier die Zeit vertreiben?«

»Granock zieht es vor, allein zu lernen, und daran hast du keinen geringen Anteil. Statt böswillige Gerüchte über ihn in die Welt zu setzen, solltest du deine Nase wieder dorthin stecken, wohin sie gehört, nämlich in Saithians ›Kraft des elfischen Willens‹.«

Sie hatte sich sehr ereifert und sich dabei sogar von ihrem Stuhl erhoben. Das Gesicht zorngerötet stand sie am Ende des Tisches und starrte wütend auf ihren Mitschüler, der jedoch völlig gelassen blieb.

»Meine Teure«, sagte er und erhob sich ebenfalls, »wenn du mich besser kennen würdest, würdest du kein solches Urteil über mich fällen.«

»So?«

»Von frühester Jugend an wurde ich in der Kunst der Magie unterwiesen. Mein Vater Alduran, der selbst hier in Shakara weilte, war von jeher überzeugt davon, dass ein großer Zauberer aus mir wird, und dieses Ziel hat er mit aller Härte und Unnachgiebigkeit verfolgt.«

»Er?«, hakte Alannah nach. »Nicht du selbst?«

»Der Wunsch meines Vaters ist auch mein eigener«, behauptete Aldur. »Ich wollte nie etwas anderes, als in den Orden eintreten und ein Magier werden, so wie mein Vater es vor mir gewesen ist.«

»Dann verstehe ich jetzt«, sagte Alannah nur, deren Wut plötzlich verflogen schien.

»Was verstehst du?«

»Warum du nicht anders kannst, als so zu sein, wie du bist. Es ist nicht *dein* Ehrgeiz, der dich antreibt, sondern der deines Vaters.«

»Mein Vater hat nichts damit zu tun!«, brauste er auf und schlug mit der Faust auf den Tisch.

Doch unbeeindruckt fuhr Alannah fort: »Um seinetwillen willst du der Beste sein, um jeden Preis.«

»Ich selbst will der Beste sein«, korrigierte er sie. »Da du schon von Ehrgeiz sprichst, Alannah, will ich dir sagen, dass man davon nie genug haben kann, wenn man seine Ziele erreichen will.«

»*Seine* Ziele, Aldur«, sagte sie. »Gibt es denn nichts, was du dir selbst wünschst, unabhängig davon, was andere für dich geplant haben?«

»Ich will der Beste sein«, wiederholte Aldur steif. »Nicht mehr, aber vor allem nicht weniger. Das ist *mein* Wunsch.«

Alannah antwortete nicht sofort, sondern musterte ihn zunächst aus der Distanz, nun allerdings mit anderem Blick als zuvor. »Sieh an«, sagte sie schließlich. »Unter der rauen Schale ist ein weicher Kern zum Vorschein gekommen.«

»Ein weicher Kern? Wovon sprichst du?«

Alannah ließ die Frage unbeantwortet. Stattdessen schlug sie das Buch zu, in dem sie gelesen hatte, und legte es zu den anderen auf den Stapel. Dann wandte sie sich zum Gehen. Auf der Schwelle des Lesesaals jedoch wandte sie sich noch einmal um.

»Lass Granock in Ruhe«, sagte sie. »Er ist weder eine Gefahr noch eine Konkurrenz für dich.«

»Konkurrenz?« Aldur hob die Brauen. »In welcher Hinsicht?«

»In keiner einzigen«, erwiderte sie, ehe sie sich endgültig abwandte und die Bibliothek verließ.

29. CARIAD SHA RHIW

Aldur glaubte zu bersten.

Das Gefühl ähnelte dem, das er immer dann empfand, wenn er kraft seiner Gabe eine Feuerlohe entstehen ließ, ein Gefühl von einer übermächtigen Intensität, die sich in ihm anstaute und ihn ganz und gar ausfüllte, bis es in einer eruptiven Entladung aus ihm herausbrach. Aber diesmal war es nicht die Hitze des Feuers, die von ihm Besitz ergriffen hatte – sondern heiße Leidenschaft.

Das, was über ihm loderte, war aus Fleisch und Blut. Ein formvollendeter Körper, nackte Haut, feste Brüste, schweißglänzendes schwarzes Haar, das in wirren Strähnen herabhing.

Schließlich erlosch das Feuer in einer grellen Explosion, deren Nachwirkungen beide Leiber noch sekundenlang zucken ließ, dann glitt die Gestalt von ihm herab und neben ihn auf das weiche seidene Laken. Aldur wandte den Kopf und blickte in die ebenso erschöpften Züge seiner Meisterin, die sich merklich entspannten.

»Ich bin sehr mit dir zufrieden, mein braver Schüler«, flüsterte Riwanon lächelnd und strich ihm sanft durchs blonde Haar. »Du hast die Lektionen, die ich dir erteile, sehr gut begriffen.«

»Habt Ihr denn keine Angst?«, fragte Aldur leise und sah verstohlen auf Riwanons nackten Busen, der sich noch immer unter heftigen Atemzügen hob und senkte.

»Angst? Wovor?«

»Dass man uns entdecken könnte.«

Sie lachte leise. »Als deine Meisterin muss ich nun mal viel Zeit mit dir verbringen. Wie ich sie nutze, ist ganz allein mir überlassen.«

»Aber wenn Meister Cethegar davon wüsste …«

»Cethegar kennt mich«, versicherte Riwanon. »Ebenso wie Vater Semias.«

»Soll das heißen …?«

»Das heißt, dass sie sich meiner Schwächen nur allzu bewusst sind – ebenso wie meiner Stärken. Die Methoden meiner Ausbildung mögen ungewöhnlich sein, aber sie machen aus dir das, was du dir am meisten wünschst.«

»Und das wäre?«

Sie schaute ihn direkt an, und der Blick ihrer wasserblauen Augen schien geradewegs durch ihn hindurchzugehen, so als läge nicht nur sein Körper, sondern auch seine verborgensten Gedanken völlig unverhüllt vor ihr. »Du willst ein Mann sein, Aldur«, sagte sie. »Kein Jüngling mehr, dessen eigene Zweifel und Unsicherheit alles gefährden, wofür er sein Leben lang gearbeitet hat. Sondern ein erwachsener Mann, der sich seiner Fähigkeiten bewusst ist und der gelernt hat, seine Schwächen zu seinen Stärken zu machen.«

»Was meint Ihr damit?«, fragte Aldur. »Ich fürchte, ich verstehe nicht …«

»Das wirst du irgendwann«, war Riwanon überzeugt. »Es kommt der Tag, Aldur, an dem du begreifen wirst, dass alles, was wir hier in diesem Schlafgemach getan haben, deiner Ausbildung mindestens so förderlich war wie die anderen Dinge, die du in Shakara gelernt hast.«

»Da seid Ihr Euch sicher?«

»Ich weiß es«, sagte Riwanon. »Ich glaube an dich und deine Fähigkeiten, Aldur. Und ich denke, dass du einst der größte und mächtigste Zauberer von Shakara werden wirst – sofern du dir nicht selbst im Weg stehst.«

»Glaubt Ihr das wirklich, Meisterin?«, fragte er.

»Natürlich«, erwiderte sie, während sie sich aufreizend vor ihm räkelte, in ihrer ganzen unverhüllten Schönheit – und ihn dazu brachte, verschämt wegzusehen.

»Nun komm, Aldur«, kicherte sie. »Da ist nichts, das du nicht schon gesehen hättest.«

»Ich weiß, Meisterin, aber ich …«

»Was hast du?«

»Ich möchte Euch etwas sagen, das vielleicht ein bisschen respektlos klingt.«

»Nanu, plötzlich so förmlich?« Sie sah ihn von der Seite an, und ihre Hand wanderte nach seiner Leibesmitte. »Nachdem wir all diese Dinge miteinander getan haben?«

»Bitte, Meisterin, nicht«, wehrte er ab und wich vor ihr zurück. »Es ist wichtig, dass ich es Euch sage.«

»Nun gut.« Das Lächeln schwand aus ihrem Gesicht, und sie setzte sich im Bett auf, was die Situation für Aldur allerdings kaum entschärfte. Sie bemerkte, dass er erneut verschämt zur Seite blickte, und bedeckte mit dem Laken ihre Blöße. »Also«, fragte sie, »was ist so wichtig, dass du es mir unbedingt erzählen musst?«

»Es betrifft mich und Euch, Meisterin«, gestand Aldur.

»Inwiefern?«

»Ich habe in letzter Zeit viel nachgedacht«, sagte der junge Elf mit leiser Stimme. »Über das Schicksal und warum es Euch wohl zu meiner Lehrerin gemacht hat.«

»Und? Zu welchem Ergebnis bist du gekommen?«

»Ich denke, es war so geplant, von Anfang an. Es war kein Zufall, dass Ihr meine Meisterin wurdet. Nicht nur, dass Ihr mich in Dingen unterwiesen habt, die ich ... die ich niemals zuvor ...«

»Nicht doch«, neckte sie ihn, als er die richtigen Worte nicht fand und noch mehr errötete. »Nicht so schüchtern, junger Schüler.«

Aldur befeuchtete mit der Zunge nervös seine Lippen, bevor er weitersprechen konnte. »Also ... Als ich nach Shakara kam, war ich voller Angst«, gestand er, was er noch niemandem offenbart hatte. »Mein Leben lang hat mein Vater mir eingeredet, dass ich der Größte sein müsste, der Stärkste und Beste von allen. Aber er hat mir nie gesagt, wie schwierig dies sein würde. Alduran hat immer so getan, als wäre es für mich ein Leichtes, in Shakara aufgenommen zu werden und die Prüfungen zu bestehen. Aber das ist es nicht. Wie weit kann es mit meiner Begabung her sein, wenn doch ein Mensch mein ärgster Konkurrent ist, wenn sogar ein Abkömmling dieser barbarischen, ungebildeten Rasse mir das Wasser reichen kann? Je länger ich in Shakara weile, desto mehr begreife ich, dass mein Vater mir nichts gegeben hat außer Selbstüberschätzung, Arroganz und einem Pferd aus seinen Stallungen.«

»Nanu?« Sie schürzte die Lippen. »Das sind ungewohnte Töne aus deinem Mund. Was hat dich so nachdenklich gemacht, mein junger Freund? Oder sollte ich besser fragen: wer?«

»Ihr, Meisterin.«

»Ich?« Riwanon sah ihn verständnislos an.

»Erst in Eurer Gegenwart erkenne ich, wer ich wirklich bin, was ich fühle und was ich will. Ihr habt das Beste in mir entdeckt und kehrt es nach außen, und Ihr gebt mir ein Zuhause, ein Heim – auf jede erdenkliche Weise.«

»Das … ist sehr freundlich von dir«, erwiderte die Zauberin verwundert. »Ich wünschte, ich könnte etwas darauf erwidern, das auch nur annähernd so …«

»Ich liebe dich, Riwanon«, fiel Aldur ihr ins Wort.

»Was?«

»Das war es, was ich dir sagen wollte«, offenbarte ihr der junge Elf, sichtlich erleichtert, dass ihm die Wahrheit endlich über die Lippen gekommen war.

»Du … du *liebst* mich?«, fragte sie ungläubig.

»In der Tat.« Aldur rang sich trotz der Anspannung, unter der er stand, ein Lächeln ab.

Die Reaktion seiner Meisterin fiel völlig anders aus, als er erwartet hatte. Sie war weder erfreut über sein Geständnis, noch war sie verärgert oder fühlte sich in irgendeiner Weise brüskiert. Stattdessen lachte sie, und es war nicht etwa ein verschämtes Kichern, sondern ein heiteres, amüsiertes Lachen, das sich für Aldur anfühlte, als würde jemand einen Eimer eiskalten Wassers über ihn auskippen.

Riwanon klatschte vor Vergnügen in die Hände, so komisch schien sie zu finden, was ihr Schüler ihr gerade eröffnet hatte. Dabei rutschte das Laken wieder herab und entblößte ihre Brüste, was sie jedoch nicht kümmerte.

Aldur kam sich vor wie ein Idiot. »W-was habt Ihr?«, fragte er, wieder die formelle Anrede gebrauchend. »Habe ich etwas so Dummes gesagt?«

»Nicht doch«, wehrte Riwanon ab, nachdem sie sich ein wenig beruhigt hatte. »Es ist nur … Ich hatte nicht geglaubt, dass du mir deine Liebe zu einem solch frühen Zeitpunkt gestehen würdest. Was das betrifft, habe ich dich falsch eingeschätzt. Aber auch eine Netzknüpferin kann eben dann und wann noch überrascht werden.«

»Was – was meint Ihr damit, Meisterin?«, fragte Aldur, der ihr nicht ganz folgen konnte.

»Meine anderen Novizen rückten erst viel später damit heraus. Dass sie mich unsterblich lieben würden, meine ich.«

»Habt Ihr …?« Aldur fiel es schwer, es laut auszusprechen. »Habt Ihr ihnen denn allen die Tür zu Eurem Schlafgemach geöffnet?«, fragte er verschämt.

»Aber natürlich«, antwortete sie ohne Zögern. Dann wurde sie auf einmal sehr ernst; es bedurfte ihrer Gabe nicht, um zu erkennen, dass sich ihr Schüler wie ein Trottel vorkam, dessen Gefühle man verraten hatte und den man verlachte. »Aldur, mein lieber Aldur«, sagte sie sanft. »Du musst doch erkennen, dass Liebe mit dem, was zwischen uns ist, nicht das Geringste zu tun hat.«

»Woher wollt Ihr das wissen?«, fragte er betrübt.

»Weil ich deine Gefühle genau erkennen kann und selbst nicht in der Lage bin, Liebe zu empfinden«, gestand sie offen und mit einer Nüchternheit, die ihn bestürzte. »Es ist die Kehrseite meiner Fähigkeit. Ich vermag die geheimen Gedanken anderer zu erahnen und ihre verborgenen Wünsche zu erkennen. Aber ich bin nicht in der Lage, Gefühle zu entwickeln. Und das ist gut so, sonst würde ich mich selbst in jenen Netzen verstricken, die ich für andere knüpfe.« Sie sah ihm direkt ins Gesicht. »Was du vor dir siehst, ist eine Hülle, Aldur, eine Illusion. Eine schöne Illusion, zugegeben, aber gleichwohl eine Illusion.«

»Das ist nicht wahr, Meisterin!«, widersprach er trotzig.

»Es *ist* wahr«, sagte sie mit weicher Stimme. »Meine Gabe befähigt mich dazu, genau die Person zu sein, die du dir wünschst. Ich vermag deine geheimen Träume zu erfüllen und ein Netz um dich zu knüpfen, aus dem du niemals entkommen könntest, wenn ich es nicht wollte. Deine Zuneigung jedoch kann ich nicht erwidern.«

»Aber das, was ich empfinde«, war er überzeugt, »ist stark genug für uns beide. Meine Liebe reicht für zwei!«

»Nein«, sagte sie streng. »Du versuchst, mein Herz zu erobern, aber da ist nichts zu erobern. Und was du für mich empfindest, Aldur, ist auch keine Liebe.«

»Da seid Ihr Euch so sicher?«

»Ich weiß es«, sagte sie, »auch aus Erfahrung.« Und der Schmerz, der für einen Moment über ihr ebenmäßiges Gesicht huschte, hinderte ihn daran, noch mehr Fragen zu stellen.

Stattdessen senkte er den Blick und murmelte: »Ich dachte, Ihr empfindet etwas für mich ...«

»Das tue ich«, versicherte sie. »Ich schätze dich als meinen Novizen und meinen jugendlichen Liebhaber – deine Geliebte oder gar dein Weib kann ich jedoch niemals sein. Eine andere ist dafür ungleich besser geeignet.«

Aldur schaute auf. »Von wem sprecht Ihr?«

»Das weißt du genau.«

»Trea«, sagte Aldur. »Sie ist ein schönes Kind, gewiss, aber sie ist nicht annähernd wie Ihr.«

»Ich spreche nicht von Trea«, sagte Riwanon ernst, »sondern von Alannah.«

»Alannah?« Er riss erstaunt die Augen auf. »Aber ... sie ist ein Kind der Ehrwürdigen Gärten!«

»Dennoch glaube mir, wenn ich dir sage, dass sie nicht so unantastbar ist, wie es scheint. Und nicht halb so unschuldig, wie du vielleicht glauben magst.«

»Was heißt das?«

»Die Ältesten haben uns verboten, darüber zu sprechen. Vertraue mir einfach.«

»Nun gut ...«, sagte Aldur leise.

»Ich weiß, dass Alannah dir gefällt, schon vom ersten Tag an. Versuch erst gar nicht, es zu leugnen. Ich kenne jeden deiner Wünsche, kenne all deine Begierden. Aber etwas lass dir gesagt sein, junger Schüler.«

Aldur schluckte. »Ja?«

Mahnend hob sie den Zeigefinger. »Dein Herz magst du ihr schenken – dein Körper jedoch gehört mir, und zwar so lange, wie du mein Novize bist. Dies ist der Pakt, den wir beide schließen: Für die Dauer deiner Ausbildung wirst du dich von Alannah fernhalten und nur mir zu Gebote stehen!« Ihre Augen verengten sich zu schmalen Schlitzen, und auf ihrer Stirn hatte sich eine tiefe Falte gebildet, die sie gleich sehr viel weniger sinnlich und anmutig erscheinen ließ. »Was du danach machst, ist mir gleich. Bis zu deiner Entlassung als Novize jedoch gehörst du mir. Habe ich mich deutlich ausgedrückt?«

»Gewiss«, versicherte Aldur und fügte hinzu: »Meisterin.«

»Im Gegenzug«, führte sie weiter aus, »werde ich dir eine gute Lehrerin sein, dich auf die Prüfungen vorbereiten und das Beste in dir zutage bringen. Du weißt, dass ich das kann, du hast es vorhin selbst gesagt.«

»Ja, Meisterin.« Er nickte. »Das ist wahr.«

»Dann gilt unser Handel?«

Aldurs Zögern währte nicht allzu lange. »Er gilt«, sagte er, worauf sich die Züge seiner Meisterin entspannten und sie wieder makellos schön und begehrenswert wirkte.

»Ich muss mich jetzt anziehen«, sagte er. »Wenn Meister Cethegar die Runde macht, will ich in meiner Kammer sein.«

»Ich werde dich nicht aufhalten«, versicherte sie. »Nur eines noch …«

»Ja?«

»Ein Pfand«, verlangte sie. »Ich will ein Pfand dafür, dass du dich an unseren Pakt hältst. Ich habe mich dir offenbart. Was willst du mir im Gegenzug geben?«

»Ich weiß nicht, Meisterin.«

»Hast du mir nichts anzubieten?«

»Was ich an weltlichem Besitz hatte, hat man mir genommen«, erklärte er hilflos.

Sie lächelte nachsichtig, in ihren blauen Augen jedoch blitzte es. »Komm schon«, sagte sie, »ich kenne dich gut genug, um zu wissen, dass du nicht wirklich so naiv bist. Ich frage nicht nach materiellen

Dingen. Ich will etwas von dir wissen. Etwas, das du noch keinem anderen verraten hast und so bald auch keinem verraten wirst.«

»Ihr denkt an etwas Bestimmtes, oder nicht?«, fragte er.

Sie nickte. »Ich will deinen Geheimnamen erfahren.«

Aldur sog scharf die Luft ein. Dass sie sich so offen und unverblümt nach seinem *essamuin* erkundigte, war für ihn wie ein Schlag ins Gesicht. Dazu gehörte eine ganz Menge Unverfrorenheit.

Nur männliche Elfen hatten einen *essamuin*. Es war der geheime Name, der ihnen bei der Geburt gegeben wurde und den außer ihnen selbst nur ihr Vater kannte, bis zur Stunde ihrer Hochzeit. Seinen *essamuin* preiszugeben, galt als Zeichen äußersten Vertrauens, und im Allgemeinen verrieten Elfen ihn nur ein einziges Mal in ihrem Leben – jener Frau, an deren Seite sie den Rest ihres irdischen Daseins verbringen wollten.

Seine Liebe, der Tradition nach die unverzichtbare Voraussetzung für die Nennung des *essamuin*, hatte Riwanon zurückgewiesen, seinen geheimen Namen jedoch trachtete sie zu erfahren. Das war in höchster Weise ungebührlich – oder war es nur ein weiterer Test? Eine von den unzähligen Prüfungen, denen die Novizen von Shakara Tag für Tag unterzogen wurden und bei denen sie wieder und wieder ihre Eignung unter Beweis stellen mussten?

»Nun?«, fragte Riwanon, die sich auf den Bauch drehte, die Lippen schmollend geschürzt und das Kinn auf die verschränkten Arme gestützt. Die Rundungen ihres Körpers erhoben sich wie Inseln aus den Wellen, die das seidene Laken schlug. »Willst du ihn mir nicht verraten?«

»I-ich weiß nicht, Meisterin«, erwiderte Aldur unsicher. Zu sehr stand er noch unter dem Eindruck der vorangegangenen Eröffnungen, als dass er eine klare Entscheidung hätte treffen können.

»Du willst mir deinen geheimen Namen nicht nennen? Du lehnst also das Bündnis ab, das ich dir angeboten habe?«

»Nein, Meisterin, natürlich nicht.«

»Ich habe mich dir voll und ganz offenbart, meinen Leib und meine Seele. Und du willst mir nicht einmal einen Namen sagen?«

Noch einen Augenblick zögerte Aldur, dann überwand er sich.

»Ru«, sagte er leise, fast flüsternd. »Er lautet Ru …«

30. GAERA DAI CUTHUNA

Ein geheimer, verborgener Ort.

Eine verschworene Gemeinschaft.

Ein dunkles Ziel …

»Nun?«

»Ich freue mich, berichten zu können, dass sich alles wie vorgesehen entwickelt. Der Überfall auf die Grenzfestung hat den König in Zugzwang gesetzt. Er kann nicht mehr anders, als zu handeln.«

»Und Fürst Ardghal?«

»Ardghal ist gefährlich. Nach außen mimt er den Speichellecker, aber der König frisst ihm aus der Hand. Es hat einige Mühe gekostet, einen Keil zwischen sie zu treiben, doch schließlich ist es gelungen. Elidor fängt an, ihm zu misstrauen.«

»Das ist gut, denn umso mehr wird der König bereit sein, sein Vertrauen anderen zu schenken.«

»Genau so ist es. An dieser Stelle kommt der Hohe Rat ins Spiel, weise wie ehedem und hilfreich wie zu Sigwyns Tagen. Ich zweifle nicht daran, dass diese Narren eine Expedition entsenden werden. Wir müssen nur noch darauf achten, dass für die Mission die – wie soll ich es ausdrücken? – *geeignetsten* Zauberer ausgewählt werden. Das Verderben wird seinen Lauf nehmen, so wie wir es vorherbestimmt haben, und schon bald werden wir wieder stark sein und so mächtig wie in alter Zeit. Nicht als Helfer der Menschen und Handlanger der Zwerge, sondern als das, was wir gewesen sind und wieder sein werden: die Herrscher von Erdwelt!«

BUCH 2
GORWALA DWATHA
(Dunkle Horizonte)

1. DYTH'Y'PRAYF

Drei weitere Wochen waren vergangen. Wochen, in denen die Novizen von Shakara den Umgang mit ihren Fähigkeiten verfeinert und gelernt hatten, sie gezielt und überlegt einzusetzen. Man hatte ihnen beigebracht, die Macht der Elfenkristalle zu beschwören, und sie waren in den Grundzügen der Sterndeutung, der Philosophie, der Geschichte und der Naturkunde unterwiesen worden. Man hatte sie gelehrt, den *flasfyn* zu benutzen und ihn sowohl zur Heilung als auch zur Zerstörung einzusetzen. Man hatte den bewaffneten Kampf geübt, doch auch jenen, der nur mit Gedanken ausgetragen wurde, und man hatte darüber hinaus versucht, den Charakter und das Wesen der jungen Anwärter im Sinne des Ordens und nach dessen Prinzipien zu formen und zu fördern.

Der Tag der Prüfung war gekommen – jener Prüfung, nach der die Novizen die Einsamkeit der *yngaia* an der Seite ihrer Meister verlassen und wieder in die Welt zurückkehren durften. Der *safailuthan*, der erste, theoretische Teil ihrer Ausbildung zum Zauberer, war damit abgeschlossen, und was folgte, war sehr viel langwieriger und noch um vieles schwieriger: der *garuthan*, in dem die Schüler ihre Meister auf deren Missionen begleiteten und dabei lernten, wie die erworbenen Kenntnisse in der Praxis einzusetzen waren.

Für die Dauer des *garuthan* gab es keinen festgesetzten Zeitraum; er währte so lange, wie der Schüler brauchte, jenen Grad der Reife zu erlangen, der ihn dazu befähigte, ein Eingeweihter zu werden, und es oblag allein seinem Meister, darüber zu entscheiden, wann dies geschah. Es hatte Novizen gegeben, die sich um ihre Ausbildung und den Orden so verdient gemacht hatten, dass sie innerhalb weniger Tage in den Stand eines Eingeweihten erhoben worden waren; andere hingegen waren Jahrzehnte und Jahrhunderte ihren Meistern auf den Pfaden der Magie gefolgt, bis sie für würdig erachtet worden waren, den nächsten Schritt ihrer Ausbildung zu tun.

Mit der Beendigung des *garuthan* war eine wichtige Voraussetzung für die Ausbildung zum Zauberer geschaffen: Die Anwärter wurden aus der Obhut ihrer Meister entlassen und bekamen einen eigenen Kobold zugeteilt, der ihnen fortan als Diener zur Verfügung stand. Ihren eigenen Zauberstab jedoch erhielten sie erst, wenn sie nach einer weiteren Zeit der Übung und der inneren Reifung den Meistergrad erlangt und den dritten und letzten Teil der Ausbildung hinter sich gebracht hatten, den *hethfánuthan*. Aber auch für jene, die Meister der Magie geworden waren und entsprechend auch Mitglieder des Hohen Rates werden konnten, war die Zeit des Lernens niemals vorüber, wie Vater Semias nicht müde wurde zu erklären.

Baiwu dwan dysgu war sein Motto.

Zu leben heißt zu lernen …

Alannah, Aldur und Caia – eine weitere Novizin aus ihrem *dysbarth*, deren Fähigkeit darin bestand, zu einem Wesen aus reinem Licht zu werden – wussten das. Dennoch warteten sie gespannt darauf, dass endlich jenes Ereignis begann, auf das sie sich so sorgfältig vorbereitet und das sie in den zurückliegenden Wochen ebenso gefürchtet wie herbeigesehnt hatten.

Der *prayf*.

Die große Prüfung …

Und noch jemand hockte gemeinsam mit den drei Elfen in der Kammer, in der die Novizen darauf warteten, abgeholt und zur Prüfung vorgelassen zu werden: Granock, dessen Laune ins Bodenlose gesunken war.

Zwar war es üblich, dass die Schüler nicht einzeln, sondern in kleinen Gruppen die Aufgaben zu bestehen hatten, die sich der Hohe Rat für sie ausgedacht hatte. Dass man ihn jedoch ausgerechnet mit Aldur zusammengesteckt hatte, zeigte in Granocks

Augen nur, wie wenig ihm manche Angehörige des Hohen Rates den erfolgreichen Abschluss der Prüfung gönnten. Aldur, das war sicher, würde alles daransetzen, damit der junge Mensch im entscheidenden Augenblick versagte – und was das für Granock selbst, aber auch für seinen Meister Farawyn bedeutete, hatte Alannah ihm ja deutlich genug auseinander gelegt.

Man hatte den Prüflingen untersagt, sich miteinander zu unterhalten, und da niemand durchfallen wollte, nur weil er das Schweigegebot brach, herrschte in der Kammer eisige Stille. Einerseits hatte das den Vorteil, dass sich Granock die vernichtenden Kommentare seines Erzfeindes nicht anhören musste, andererseits konzentrierte sich so sein Denken auf ihn selbst, und wenn er ehrlich war, musste er sich eingestehen, dass er Angst hatte zu versagen.

Was im Zuge der Prüfung auf ihn und die anderen zukommen würde, wusste niemand. Wie es hieß, sollten sowohl ihre erlernten Fähigkeiten als auch ihr Charakter getestet werden. Granock hatte keine Ahnung, was das bedeutete, ihn tröstete nur der Gedanke, dass es den drei anderen genauso erging; niemand wusste, was sie draußen vor der Tür der Kammer erwartete.

Womöglich etwas, das ihre Vorstellungskraft überforderte, das ihre Fähigkeiten an ihre Grenzen brachte und vielleicht sogar ihr Leben gefährdete. Aus den Chroniken des Ordens wusste Granock, dass Schüler bei den Prüfungen tatsächlich schon den Tod gefunden hatten. Kein Meister würde eingreifen, um das Leben seines Novizen zu retten – so waren die Regeln. Dennoch hatte Granock in die Bedingungen der Prüfung eingewilligt. Welche andere Wahl hätte er auch gehabt, wenn nicht alle Mühen der vergangenen Monate vergeblich gewesen sein sollten?

Doch es war nicht nur sein pragmatischer Geist, der Granock dazu trieb, das Risiko einzugehen; in seinem Inneren hatte sich auch eine Menge Trotz aufgestaut, und er wollte es allen zeigen, die noch immer an ihm zweifelten. Er wollte sich endlich bewähren, nicht nur vor Aldur und vor dem Hohen Rat – sondern auch vor Alannah …

Immer wieder blickte er verstohlen zu der Elfin hinüber, während er heimlich dem Schicksal dafür dankte, dass es sie beide in einer Gruppe zusammengeführt hatte. Alannah jedoch reagierte nicht darauf. Die meiste Zeit über hielt sie die Augen fest geschlossen, um sich zu konzentrieren und ihre inneren Kräfte zu sammeln, ebenso wie Caia und Aldur es taten, dessen abschätzige Blicke Granock auf diese Weise wenigstens erspart blieben.

Am liebsten hätte Granock es ihnen gleichgetan, aber er konnte nicht; seine Unruhe war zu groß, und Meditation gehörte ohnehin nicht zu seinen Stärken, was vermutlich seinem menschlichen Erbe zuzuschreiben war. So blieb ihm nichts anderes übrig, als auszuharren und jeden einzelnen Augenblick der quälend langen Wartezeit bewusst mitzuerleben.

Was aus den anderen Prüfungsgruppen geworden war, wusste er nicht. Am frühen Morgen waren sie geweckt worden und gleich nach dem Frühstück, das nur aus etwas Wasser und Brot bestanden hatte, in kleine Gruppen aufgeteilt worden. Ob die anderen die Prüfung bereits hinter sich hatten, wer sie bestanden oder möglicherweise nicht überlebt hatte, entzog sich seiner Kenntnis, und diese Ungewissheit steigerte seine Anspannung noch.

Als es endlich so weit war und die Tür der fensterlosen, von schwachem blauem Licht erfüllten Kammer geöffnet wurde, fiel ihm ein Stein vom Herzen. Endlich war der Augenblick der Entscheidung gekommen. Der *prayf* begann.

Die erste Überraschung erwartete die vier Novizen bereits, als sie die Kammer verließen – denn auf der anderen Seite der Tür befand sich nicht mehr der lange Korridor, durch den sie hereingekommen waren, sondern die Weite der *yngaia*.

Heulender, eiskalter Wind schlug den Novizen entgegen, als sie hinaustraten in die ewige Dämmerung des Nurwinters. Firn knirschte unter ihren Füßen, vor ihnen erstreckte sich die Weiße Wüste als schier endlose Fläche, aus der nur hin und wieder vereinzelte Eisnadeln ragten. Es schneite leicht, und die wirbelnden Flocken sorgten dafür, dass die Eiswüste und der anthrazitfarbene Himmel am Horizont zu einem grauen Band verschmolzen.

Es war ein unheimliches Bild, jedoch nicht halb so einschüchternd wie der Anblick des monströsen Wesens, das vor den Mauern der Ordensburg auf die Novizen zu warten schien. Es stand auf vier Beinen, von denen jedes so dick wie eine Säule war, und sein wuchtiger Körper war von zottigem weißem Fell bedeckt. Das massige Haupt der Kreatur war stark nach vorn gewölbt und hatte ein Maul mit mörderischen Raubtierzähnen. Allerdings machte das riesige Tier, das so hoch wie zwei und so lang wie vier Pferde war, keine Anstalten, die Novizen anzugreifen. Im Gegenteil: Ledernes, aufwendig gearbeitetes Zaumzeug war um sein Haupt gelegt, und auf seinen Rücken war ein großer Korb geschnallt, der der Aufnahme von Passagieren diente.

Granock hatte von ihnen gehört – den *bóriai*, den riesigen Eisbären, die die *yngaia* bevölkerten und den Elfen als Reittiere dienten. Zu Gesicht bekommen hatte er bis zu diesem Tag noch keinen von ihnen, entsprechend eingeschüchtert war er, was allerdings nicht lange anhielt.

»Steigt auf!«, forderte der Zauberer, der die Tür ihrer Wartekammer geöffnet hatte. Granock hatte ihm bisher noch gar keine Beachtung geschenkt, zumal er hinter der Tür stand, die er aufgezogen hatte. Nun wandte Granock den Kopf und sah ihn an: Es handelte sich um einen hageren, langbärtigen Magier, dem Granock noch nie zuvor begegnet war. Seine Gewänder und die langen Haare flatterten im Wind. »Eure Reise beginnt hier und jetzt.«

»Wohin wird sie uns führen?«, erkundigte sich Alannah.

Der Granock unbekannte Zauberer hob den Arm und deutete zu einer besonders großen Eisnadel, die sich in einiger Entfernung gegen das Grau der Dämmerung abhob. »Dorthin«, erklärte er schlicht. »Die große Eisnadel zu erreichen ist eure Aufgabe. Wer auch immer von euch dieses Ziel erreicht, hat die Prüfung bestanden.«

»Das ist alles?«, fragte Granock ungläubig und war fast enttäuscht. »Sonst nichts?«

»Das genügt«, versicherte der Zauberer und bedachte Granock mit einem Blick, der den jungen Menschen erschaudern ließ.

Die Prüflinge verloren keine Zeit. Aldur war der Erste, der über die schmale Strickleiter den Reitkorb erklomm. Alannah und Caia folgten, ohne dass Aldur ihnen eine helfende Hand gereicht hätte, und zuletzt bestieg Granock den *bórias*, nicht ohne vorher noch einmal die schwarzen Augen und die furchterregenden Reißzähne des Raubtiers misstrauisch zu betrachten.

»Hast du Angst?«, fragte ihn Aldur höhnisch, als Granock in den Korb stieg. Es war das erste Wort, das er mit dem Menschen wechselte, seit sie am Morgen derselben Gruppe zugeteilt worden waren.

»Natürlich nicht«, schnaubte Granock verächtlich.

»Solltest du aber«, beschied ihm der Elf, während er nach den Zügeln des Eisbären griff. »Denn Angst ist es mitunter, die dafür sorgt, dass du am Leben bleibst.«

Aldur wartete, bis sich die Elfinnen auf den Sitzbänken, die an den Innenseiten des Korbs angebracht waren, niedergelassen hatten, dann ließ er die Zügel schnalzen, und mit einem ebenso verwegenen wie effektheischenden »Yaaah!« trieb er den Eisbär an.

Gehorsam setzte sich das Tier in Bewegung, langsam und schwerfällig zunächst, doch immer schneller werdend. Der Korb schwankte bei jedem seiner kraftvollen Schritte, die schließlich zu mächtigen Sprüngen wurden, und Granock hatte das Gefühl, die stählernen Muskeln zu spüren, die unter dem Boden des Korbs arbeiteten. Er blickte sich um, aber von der Ordensburg war nichts mehr zu sehen. Nicht etwa deshalb, weil sie sich schon so weit von ihr entfernt hätten oder weil der Schneefall so dicht gewesen wäre – der Zauberer hatte dafür gesorgt.

Die Kälte raubte Granock den Atem. Er hustete, und Dampfschwaden wölkten dabei aus seinem Mund. Dass man ihnen keine Mäntel gegeben, sondern sie in ihren dünnen Tuniken losgeschickt hatte, gehörte fraglos mit zur Prüfung. Man wollte sehen, wie sie mit widrigen äußeren Einflüssen zurechtkamen. Zu Beginn des Ritts fror Granock erbärmlich in der Tunika und dem leichten Umhang, aber dann erinnerte er sich an das, was Meister Farawyn ihn gelehrt hatte.

»Äußerlichkeiten«, hatte er Granock immer wieder eingeschärft, »sind nicht von Belang und vermögen dir nichts anzuhaben. Hitze und Kälte, Hunger und Durst, Erschöpfung und Schmerz – all das empfindest du nur, weil dein Körper dir diese Dinge signalisiert. Ignoriere diese Meldungen, konzentriere dich auf deinen Geist, finde zu dir selbst, dann registrierst du zwar diese äußeren Einflüsse, aber sie beeinflussen dich nicht mehr …«

Zu Beginn seiner Ausbildung hatte Granock das für Unsinn gehalten, für ein Ding der Unmöglichkeit. Doch mit jedem Tag, den seine Ausbildung länger dauerte, und mit jedem Schritt, den er weiter auf dem Pfad der Magie wandelte, war sein Vertrauen zu Farawyn gewachsen, und schließlich hatte er festgestellt, dass der Zauberer recht hatte: Hitze oder Kälte spielten keine Rolle für den, der gelernt hatte, sich allein auf sein geistiges Selbst zu konzentrieren. Granock tat sich immer noch schwer damit, was nicht zuletzt an seiner Vergangenheit lag. Der Kampf um die Befriedigung körperlicher Bedürfnisse hatte sein bisheriges Leben bestimmt, der Kampf um Nahrung und eine warme Unterkunft. In dieser Situation jedoch gelang es ihm, alle äußeren Einflüsse wegzudrängen, indem er sich sammelte und zur inneren Ruhe rief, und er glaubte zu spüren, wie die Kälte aus seinen Gliedern wich.

»Wie weit noch?«, erkundigte sich Caia bei Aldur, der den Eisbären lenkte, als hätte er nie etwas anderes getan.

»Schwer zu schätzen«, erhielt er zur Antwort. »Drei Meilen, vielleicht auch vier.«

»Bis dahin kann alles Mögliche passieren«, vermutete Alannah.

»Meinst du wirklich?«, fragte Granock. »Ehrlich gesagt sehe ich nichts, was uns gefährlich werden könnte.«

»Weil du ein blinder Narr bist«, beschied ihn Aldur abschätzig. »Dies ist der *prayf*. Wenn es so einfach wäre, zu der Eisnadel zu gelangen, hätten unsere Meister diese Aufgabe ganz sicher nicht zu unserer Prüfung bestimmt.«

Der Elf hatte natürlich recht. Granock verzog das Gesicht, presste die Lippen fest zusammen und beschloss, das Reden vorerst den anderen zu überlassen.

»Dieser Zauberer, der uns aus der Kammer entlassen hat«, rief Caia über das Heulen des Windes hinweg.

»Was ist mit ihm?«, fragte Alannah.

»Ich habe ihn noch nie zuvor gesehen.«

»Sein Name ist Daior«, rief Aldur über die Schulter zurück. »Meisterin Riwanon und er sind befreundet.«

»Befreundet?« Alannah lachte auf.

»Was gibt es da zu lachen?«

»Komm schon, Aldur, du weißt, warum ich lache. Wie es heißt, ist Meisterin Riwanon mit ziemlich vielen Männern *befreundet*. Nicht von ungefähr wird sie die ›Netzknüpferin‹ genannt, und in ihrem Netz hat sich schon so mancher verstr...«

Der Rest von dem, was sie sagen wollte, blieb ihr förmlich im Hals stecken. Unvermittelt hatte Aldur die Zügel losgelassen und sich zu Alannah umgewandt, und wie eine gefräßige Schlange schoss seine Rechte an ihre Kehle.

»Schweig!«, fuhr er sie an. »Es steht dir nicht zu, über meine Meisterin derart lästerliche Reden zu führen!«

Alannah, die ächzend nach Luft schnappte, konnte nichts erwidern, und Caia saß vor Schreck wie erstarrt auf ihrer Bank. Granock hingegen handelte.

»Bist du übergeschnappt? Lass sie los!«, rief er und erhob sich, um in dem schwankenden Korb auf Aldur zuzuwanken.

»Sie hat meine Meisterin beleidigt!«, zischte Aldur wütend.

»Nein«, rief Granock, »sie hat nur ausgesprochen, was jeder im Orden weiß. Außer dir, wie es scheint ...«

»Schweig, Mensch!«, fuhr Aldur ihn an. »Oder der nächste Augenblick in deinem jämmerlichen Leben wird auch dein letzter sein!«

Sein Blick verriet so ungestümen Zorn, dass Granock verharrte, nur eine Armlänge von ihm entfernt. »Willst du mich umbringen?«, fragte er. »Am Tag der Prüfung?«

»Wenn es sein muss.« Aldur stieß Alannah von sich – er hatte ein neues Objekt gefunden, auf das er seine Wut richten konnte. Keuchend sank die Elfin auf den Boden des Korbs. Caia bückte sich zu ihr hinab, um ihr zu helfen. »Glaubst du denn, es gäbe irgendetwas, was du meiner Macht entgegensetzen könntest?«, rief Aldur.

»Du nennst mich einen blinden Narren, aber du selbst bist nicht weniger blind in deinem Zorn«, konterte Granock, der schreien musste, um den immer stärker werdenden Wind zu übertönen. »Ich weiß, dass du auf eine Gelegenheit wie diese nur gewartet hast, also los! Kein Meister ist in der Nähe, und selbst wenn, wäre es ihnen untersagt einzugreifen. Worauf wartest du? Eine Gelegenheit wie diese kriegst du nicht wieder!«

Aldur war deutlich anzusehen, dass Granock ihm aus der Seele sprach. Die Züge des Elfen erröteten und schwollen an, als wollten sie bersten, seine Hände begannen zu beben.

»Nein, Aldur«, keuchte Alannah heiser, während der *bórias* führerlos über die Weite der Schneewüste sprang; die ferne Eisnadel war längst nicht mehr sein Ziel. »Tu das nicht!«

»Es muss getan werden«, war Aldur überzeugt. »Für den Orden, für die Zukunft …«

»Du bist ein dämlicher Schwätzer«, entgegnete Granock, der endgültig genug hatte von diesem erbärmlichen, hochnäsigen Kerl. Natürlich war ihm Aldur hinsichtlich seiner Zauberkraft weit überlegen, aber dieser überhebliche Mistkerl beleidigte und verhöhnte ihn nicht nur schon wieder, so wie er es schon die letzten Wochen nahezu ohne Unterlass getan hatte, er hatte auch noch Alannah angegriffen, und damit hatte er eine Grenze überschritten, an die er besser nicht gerührt hätte.

»Und du«, sagte der Elf voller Abscheu, »bist nur ein törichter Mensch!« Damit hob er die Arme, um seinen Erzfeind bei lebendigem Leib zu rösten.

Aber weder kam Aldur dazu, seinen Feuerzauber zu wirken, noch konnte Granock seine eigene Fähigkeit zum Einsatz bringen. Denn in diesem Augenblick durchlief eine Erschütterung das Eis der *yngaia*, die so gewaltig war, dass der Bär aus dem Tritt geriet und strauchelte. Der Passagierkorb schwankte dadurch so heftig, dass sich die beiden Kontrahenten nicht auf den Beinen halten konnten.

Mit einem überraschten Ausruf ging Aldur nieder, während Granock gegen die Schanzung des Korbs prallte, die ihm nur knapp bis zum Gesäß reichte; beinahe wäre er über Bord gegangen, was bei dieser Höhe und den stampfenden Beinen des Eisbären sein sicheres Todesurteil bedeutet hätte.

»Wa-was war das?«, schrie Caia panisch.

»Was weiß ich?«, rief Granock zurück. »Ein Erdbeben oder …«

Ein neuerlicher Stoß erschütterte die Eiswüste, gefolgt von einem Laut, der so grässlich war, dass er dem Mensch und den drei

Elfen bis ins Mark fuhr. Ein Splittern und Bersten folgte, als wollte die Welt entzweibrechen.

Fast im selben Augenblick ließ Caia einen heiseren Schrei vernehmen. Die junge Elfin hatte sich halb aufgerichtet, spähte über den Rand des Korbes, und das Entsetzen stand ihr in die bleichen Züge geschrieben.

Granock fuhr herum und sah, wie sich das Eis der Weißen Wüste teilte. Der gewaltige Erdstoß hatte den gefrorenen Boden aufbrechen lassen und eine Kluft gebildet, die sich unter lautem Knacken verbreiterte – und auf die der führerlose Eisbär geradewegs zuhielt!

»Die Zügel!«, schrie Granock und griff nach den ledernen Bändern, die auf dem Boden des Korbs lagen. Aldur jedoch, der sich wieder auf die Beine gerafft hatte, kam ihm zuvor.

»Hände weg, Mensch!«, herrschte er ihn an. »Oder willst du uns alle umbringen?«

Mit atemberaubender Geschwindigkeit hielt der Eisbär auf den sich immer weiter verbreiternden Schlund zu. Ein anderes Tier hätte vermutlich seinen Instinkten gehorcht und das Weite gesucht – dieses jedoch, der Natur entwöhnt und dem Willen fremder Herren unterworfen, reagierte in wilder Panik und rannte geradewegs in sein Verderben. Mit aller Kraft zerrte Aldur an den Zügeln, aber das Tier gehorchte nicht mehr. Unaufhaltsam setzte es auf seinen pfeilerstarken Beinen weiter voran, seinem sicheren Ende entgegen – und dem seiner Reiter.

»Komm schon, Aldur!«, rief Alannah. »Unternimm etwas, oder wir werden alle sterben!«

»Ja, verdammt!«, fügte Granock grimmig hinzu. »Zeig endlich mal, was in dir steckt, statt immer nur große Töne zu spucken!« Und tatsächlich wünschte er sich in diesem Moment inständig, dass Aldur zumindest dieses eine Mal hielt, was sein großtuerisches Mundwerk versprach.

Mit zusammengepressten Zähnen, das Leder so fest um die Hände geschnürt, dass sie tief ins Fleisch schnitten, riss Aldur an den Zügeln, damit das panische Tier seine Laufrichtung änderte und zur Seite ausbrach. Die sich noch immer knackend ausdehnende Kluft schien auf sie zuzurasen und war inzwischen so breit, dass der Eisbär die andere Seite auch mit einem gewaltigen Sprung nicht mehr erreichen konnte. Er würde in die unergründliche Tiefe stürzen, und die Reiter auf seinem Rücken mit ihm.

Granock spähte über den Rand des heftig hin und her schaukelnden Korbs. Einfach abzuspringen wäre selbstmörderisch gewesen; er wollte erst zu diesem letzten Mittel greifen, wenn alle anderen Möglichkeiten ausgeschöpft waren. Er hätte die Zeit anhalten können, aber so hätte er nur sich selbst gerettet, nicht jedoch seine Mitschüler, die ebenfalls erstarrt worden wären. Ob es Granock gefiel oder nicht – ihr Überleben hing ausgerechnet von ebenjenem Elfen ab, der sein erklärter Feind war.

Ein Blick voraus: Der *bórias* würde jeden Moment die Spalte erreicht haben – und dann …

»Springen!«, brüllte Granock heiser. »Wir müssen abspringen, hört ihr?«

»Nein!«, stieß Aldur trotzig hervor, während er die entfesselte Kreatur weiter zu kontrollieren suchte.

»Aber wenn wir nicht springen, werden wir jeden Augenblick …«

Granock verlor abermals das Gleichgewicht, fiel in den Korb und stieß mit Alannah und Caia zusammen. Aldur hatte es endlich geschafft – der Eisbär hatte seine Laufrichtung urplötzlich geändert und preschte zur Seite.

Aldur hatte mit der Rechten eine Flammenkugel gebildet und sie dem Bären in den Weg geworfen, wo sie explosionsartig verknallt war. Daraufhin war das Tier erschrocken nach links hin ausgebrochen.

»Yaaah!« Die rechte Hand zur Siegerfaust geballt, die linke noch immer um die Zügel geschlossen, stand der Elf vorn im Korb und zwang dem Eisbären seinen Willen auf.

Alannah und Caia jubelten, und Granock kam nicht umhin, seinem Erzfeind seine Anerkennung auszusprechen.

»Gut gemacht«, lobte er, während Aldur den Eisbären auslaufen und schließlich in ruhigen Trab verfallen ließ.

»Spar dir deine Heuchelei, Mensch!«, schnauzte ihn der Elf an. »Außerdem habe ich es nicht für dich getan!«

»Natürlich nicht, entschuldige«, fauchte Granock und wandte sich enttäuscht ab.

Da jedoch durchlief eine neuerliche Erschütterung die Eiswüste. Wieder war infernalisches Getöse zu vernehmen, und im nächsten Augenblick gingen von dem Spalt Verzweigungen aus, die knackend und krachend durch das Eis fuhren. Nach allen Seiten setzten sie sich fort und verwandelten den eisigen Boden in ein Puzzle, und Aldur, der nicht wusste, wohin er den Eisbären lenken sollte, zögerte einen Augenblick zu lange. Zwar trieb er den *bórias* dann unbarmherzig an, jedoch tat sich unmittelbar vor dem Tier eine Kluft auf, zunächst schmal und ungefährlich, doch einen Herzschlag später klaffte sie auf wie das gefräßige Maul eines riesigen Untiers.

Zum Abspringen war es zu spät, schon traten die Vorderläufe des Eisbären ins Leere. Caia stieß einen gellenden Schrei aus, Granock eine wüste Verwünschung – dann kippte ihnen der gähnende Schlund entgegen, dessen senkrecht abfallende Wände aus graublauem Eis sich in bodenloser Schwärze verloren.

Schon glaubte Granock, dass sie verloren wären und der Abgrund sie verschlingen würde – doch da berührten die Pfoten des Bären plötzlich wieder festen Boden. Inmitten der tödlichen Leere hatte sich etwas gebildet, eine Art Untergrund, die dem Tier Halt gab und auf dem der Bär weiterlaufen konnte. Verblüfft blickten Granock, Aldur und Caia hinab und sahen die Brücke aus Eis, die eben noch nicht da gewesen war und nun die Kluft überspannte, und ihnen allen war klar, wem sie ihre unverhoffte Rettung zu verdanken hatten.

Alannah …

Die Elfin stand im rückwärtigen Bereich des Korbs, die Arme nach vorn gestreckt und das Gesicht verzerrt vor Anstrengung und Konzentration. Sie hielt sich gerade so lange aufrecht, wie der Eisbär brauchte, um die Brücke zu überqueren und die andere Seite der Spalte zu erreichen, dann sank sie erschöpft nieder.

»Das war großartig, einfach großartig!«, lobte Granock und sprang zu ihr. Auch Caia brach in lauten Jubel aus, während Aldur sich damit begnügte, anerkennend zu nicken. Natürlich war auch er froh, dass sie nicht in den Abgrund gestürzt waren, aber noch wesentlich lieber wäre es ihm gewesen, wäre er allein für ihre Rettung verantwortlich gewesen.

»Alles in Ordnung?«, fragte Granock die Elfin besorgt.

Alannah war sichtlich erschöpft, dennoch sagte sie leise: »Es geht mir gut …«

»Die Frage ist, wie lange noch«, versetzte Aldur.

»Wieso, was meinst du damit?«, fragte Caia.

»Seht euch das an!« Der Elf vorn im Korb deutete in die Richtung, die Granock für Norden hielt, aber da konnte er sich auch irren, denn graue Wolken verdunkelten den Himmel, sodass die Sonne nicht zu sehen war, und in dem immer dichter werdenden Schneegestöber reichte der Blick keine halbe Meile weit. Die Ordensburg war ebenso aus ihrem Blickfeld verschwunden wie die Eisnadel, die sie erreichen sollten.

Granock half Alannah auf die Beine, und sie blickten in die Richtung, die Aldur ihnen bedeutete: Ein Schneesturm rollte auf sie zu, eine Wand aus Nebel und flirrenden Flocken, die unaufhaltsam auf sie zuwalzte.

»Verdammt!«, rief Granock gegen den wieder stärker werdenden Wind an. »Wo kommt das denn plötzlich her?«

»Dieser Sturm ist nicht natürlichen Ursprungs«, war Alannah überzeugt, »ebenso wenig wie es das Beben war. Das alles ist Teil unserer Prüfung.«

Aldur drehte sich zu Granock um und bedachte ihn mit einem vernichtenden Blick. »Und du Narr hast gesagt, es würde leicht werden …«

Wäre es nicht gerade sein erklärter Erzfeind gewesen, der diese Worte sprach, Granock hätte seine Naivität eingestanden. So aber entgegnete er nichts, sondern starrte grimmig in die Richtung, aus der das Unwetter mit beängstigender Geschwindigkeit herangrollte. »So viel steht fest«, bemerkte er trocken. »Das wird ungemütlich.«

»Ich könnte eine Eiswand zum Schutz errichten«, sagte Alannah, noch immer sichtlich erschöpft, »aber meine Kräfte werden dazu kaum noch ausreichen …«

»Dann werden wir uns wohl etwas anderes einfallen lassen müssen«, murmelte Granock.

»Ach ja?«, fragte Aldur spöttisch. »Hast du einen Vorschlag, Mensch?«

»Allerdings«, sagte Granock. »Wir steigen ab, verwenden den Korb als Schutz und warten ab, bis der Sturm über uns hinweggefegt ist.«

»Was für ein Unsinn!«, wehrte Aldur ab. »Auf diese Weise werden wir dieses Inferno keinen Augenblick lang überstehen.«

»Du hast keine Ahnung vom Überleben, Elf«, beschied ihm Granock. »Ich habe schon ganz anderen Stürmen getrotzt als diesem.«

»Und wenn?«, hielt der überhebliche Elf dagegen. »Sich wie ein Insekt zu verkriechen, ist eines Elfen unwürdig.«

»Du kannst den Sturm auch gern wegzaubern«, schlug Granock mit bissigem Grinsen vor, »aber wenn du das vorhast, solltest du dich beeilen. Ich warte!«

Aldur erwiderte nichts. Aus seinen Augen jedoch schlugen unsichtbare Blitze, und seine Kiefer mahlten unter den Wangen.

»Hat wohl nicht funktioniert«, stellte Granock fest. »Dann machen wir es jetzt so, wie *ich* sage.« Dann befahl er mit lauter Stimme: »Alle raus aus dem Korb und abgestiegen, ehe der Sturm uns voll erwischt!«

»Verstanden«, bestätigte Alannah und schickte sich an, aus dem Korb zu klettern.

»Du … du folgst ihm?«, fragte Aldur verständnislos.

»Allerdings.« Sie nickte. »Denn ich will leben.«

Der Wind und der Schneefall hatten an Stärke zugenommen. Die Flocken waren kleiner geworden und schienen aus winzigen Eissplittern zu bestehen, die in ihre Gesichter nadelten. Dennoch harrte Granock aus, bis alle außer ihm den Korb verlassen hatten und von dem Eisbären geklettert waren. Dann erst stieg er selbst aus und löste die Schnallen, mit denen der Korb auf dem Rücken des Reittiers befestigt war. Der Korb rutschte seitlich herab und landete im Schnee, wo er sich überschlug und mit der Öffnung nach unten liegen blieb.

»Gut so!«, rief Granock gegen den Wind an, der sich inzwischen zu einem tosenden Orkan gesteigert hatte. Es war noch finsterer geworden, das Schneetreiben hatte weiter zugenommen, und der Tag war zur Nacht geworden. »Jetzt kriecht darunter und haltet den Korb fest, so gut ihr könnt, verstanden?«

»Was ist mit dem *bórias*?«, fragte Caia. »Wir müssen auch ihn schützen!«

»Der kann sich selbst am besten schützen!«, wehrte Granock ab. »Los jetzt, rein mit dir!«

Aldur und Alannah waren bereits unter den Korb geflüchtet, Caia und Granock folgten. Der dichte Schneefall, so hoffte Granock, würde binnen kürzester Zeit einen schützenden Wall um die behelfsmäßige Zuflucht auftürmen, damit der Orkan den Korb nicht wegriss, denn dann wären sie der Vernichtungskraft des Sturmes schutzlos ausgeliefert.

Unter dem Korb war es dunkel, und das Heulen des Orkans war nur noch gedämpft zu vernehmen. Für einen Moment glaubten die Novizen, die den Korb mit aller Kraft festhielten, damit er nicht davonflog, das heisere Gebrüll des Eisbären zu vernehmen. Doch schon im nächsten Moment war es wieder verstummt, und nur noch der heisere Atem des Windes war zu hören, der an dem Korb rüttelte und ihn davonzufegen drohte.

»Das ist Wahnsinn!«, rief Aldur. »Der Orkan wird den Korb hinwegreißen!«

»Wenn ich mich recht entsinne, hattest du keinen besseren Vorschlag, Elf«, konterte Granock. »Also hör gefälligst auf mit deinem Gejammer.«

»Gejammer?«, empörte sich Aldur. »Du wagst es, mich als einen Feigling hinzustellen?«

»Das hat er nicht getan«, setzte sich Caia für Granock ein.

»Wenn schon, er hat mich beleidigt«, zischte Aldur, »und dafür wird er eines Tages bezahlen …«

Er unterbrach sich, als ein Windstoß ihren Unterschlupf an einer Seite hochhob und ihn fortzerren wollte. Schnee wirbelte herein, und Granock fürchtete schon, der Korb würde davonfliegen, aber dann ruckte er wie von selbst wieder zu Boden.

»Schön und gut«, erwiderte Granock ruhig, »aber erst müssen wir das hier überleben.«

Dem konnte nicht einmal Aldur widersprechen, und so saßen sie alle vier schweigend in der Dunkelheit und hielten mit schmerzenden Armen und Händen den Korb fest, während draußen der Schneesturm tobte. Erst nach einer halben Ewigkeit, als sie schon nicht mehr daran glaubten, dass das Inferno jemals enden würde, ließ der Sturm tatsächlich nach.

2. ARSWYTH OU DUFANOR

Das Heulen des Windes legte sich, ebenso wie die ungestüme Kraft, mit der an ihrem Unterschlupf gerüttelt wurde. Ihre Glieder schmerzten, aber mithilfe der Fähigkeiten, die ihre Meister ihnen beigebracht hatten, trotzten sie erfolgreich der Kälte.

»Alles wohlauf?«, fragte Granock an Caia und Alannah gewandt; Aldur war ihm ziemlich gleichgültig.

»Einigermaßen«, antwortete Alannah. »Immerhin sind wir noch am Leben.«

»Zufall«, zischte Aldur gehässig. »Nichts als glücklicher Zufall.«

»Wie du meinst«, entgegnete Granock, der sich ein Grinsen verkneifen musste – diese Runde war an ihn gegangen, da konnte der Elf sagen, was er wollte.

Mit vereinten Kräften hoben sie den Korb, was gar nicht so einfach war, weil er halb in einer Schneewehe steckte. Gegen die Helligkeit blinzelnd, krochen sie nacheinander aus dem Dunkeln.

Der Schneefall hatte aufgehört, der Wind nachgelassen. Dafür herrschte Nebel, der so dicht war, dass nicht einmal eines Elfen Blick ihn zu durchdringen vermochte. Schon nach ein paar Dutzend Schritten verlor sich der weiße Boden in zähem Grau. Von dem Eisbär, der sie getragen hatte, war weit und breit nichts mehr zu sehen. Vielleicht war es dem Tier gelungen, dem Sturm zu entfliehen, vielleicht war es auch in eine der Spalten gestürzt.

»Großartig«, kommentierte Aldur mit vor Sarkasmus triefender Stimme. »Den Sturm haben wir überstanden, aber was nun? In diesem Nebel werden wir den Weg zurück nicht finden.«

»Zurück?« Granock bedachte ihn mit einem geringschätzigen Blick. »Wovon sprichst du?«

»Wovon ich spreche, Mensch?« Der Elf schnitt eine Grimasse. »Ich dachte, das wäre angesichts unserer Lage sogar für dich offensichtlich. Ich spreche davon, zurück zur Ordensburg zu gehen, wo wir in Sicherheit sind.«

»Die Ordensburg ist nicht unser Ziel«, wehrte Granock ab. »Unser Auftrag lautet, zur Eisnadel zu gelangen.«

»Hast du den Verstand verloren?«, blaffte Aldur. »Unser Reittier ist weg, und wir haben die Orientierung verloren. Wie sollen wir diese verdammte Nadel jemals finden?«

»Wir müssen uns eben etwas einfallen lassen.«

»Und werden dabei elend erfrieren!« Aldur schüttelte den Kopf. »Das ist typisch für euch Menschen. Ihr wisst nicht, wann es Zeit ist aufzuhören. Das ist schon immer so gewesen, und deshalb werdet ihr es auch nie zu etwas bringen.«

»Und euch«, konterte Granock, »ist der Biss abhandengekommen, der unbedingte Wille. Ihr seid zu satt geworden, voll gefressen, deshalb wird eure Rasse früher oder später untergehen, ob ihr es wahrhaben wollt oder nicht.«

»Nichtswürdiger!«, zischte Aldur und trat drohend auf ihn zu. »Was fällt dir ein?«

»Ich dachte, du willst die Prüfung unbedingt bestehen«, sagte Granock. »Wenn wir unverrichteter Dinge zurückkehren, haben wir alle vier versagt, und sehr wahrscheinlich werden wir keine zweite Möglichkeit bekommen, die Prüfung zu bestehen, wenn wir diese hier nicht nutzen.«

»Du ganz sicher nicht, Mensch«, war Aldur überzeugt. »Uns hingegen wird der Hohe Rat bestimmt ein zweites Mal zum *prayf* zulassen.«

»Wie schön für dich«, knurrte Granock. »Dann viel Glück beim nächsten Mal – ich jedenfalls gebe hier und jetzt nicht auf!«

»Ich ebenfalls nicht«, stellte sich Alannah auf seine Seite.

»Was?« Aus Aldurs Blick sprach pures Unverständnis. »Aber … wa-warum? Warum gehst du ein solches Risiko ein? Dazu besteht kein Anlass …«

»Weil wir nur zusammen bestehen können«, sagte die Elfin. »Granock hat uns geholfen, nun ist es an uns, ihm zu helfen.«

»Unsinn. Was er getan hat, tat er, um zu überleben.«

»Dennoch haben wir Nutzen daraus gezogen«, beharrte Alannah. »Ist dir noch nicht der Gedanke gekommen, die Ältesten könnten sich etwas dabei gedacht haben, als sie uns in einer Gruppe zusammenbrachten?«

»Offen gestanden – nein.«

»Aber mir«, sagte die Elfin. »Ich bin mir fast sicher, dass sie einen bestimmten Zweck damit verfolgen. Unser Ziel ist die Eisnadel, daran hat sich nach wie vor nichts geändert.«

»Das ist verrückt!«, regte sich Aldur auf, hilflos in den sie umgebenden Nebel starrend. »Einfach verrückt!«

»Hat deine Meisterin dir denn gar nichts beigebracht?«, fragte Granock.

Aldur fuhr herum. »Ich rate dir, Mensch«, sagte er gefährlich leise, »spotte nicht über meine Meisterin!«

»Meister Farawyn«, fuhr Granock unbeirrt fort, »hat mich gelehrt, dass nur unsere eigene Vorstellungskraft die Grenze unseres Handelns ist – und dass allein im Herzen entschieden wird, ob aus einem durchschnittlichen Wesen ein Zauberer wird oder nicht.«

»Schöne Worte«, höhnte Aldur. »Aber sie ändern nichts daran, dass wir nicht wissen, wo sich die Eisnadel befindet.«

»Mein Gefühl sagt mir, dass wir in diese Richtung gehen müssen«, sagte Alannah und wies mit ausgestrecktem Arm in den Nebel.

»Ach ja? Und wenn du dich irrst? Wir sind noch nahe genug an der Ordensburg, um vielleicht zurückzufinden. Wenn wir uns aber noch weiter von Shakara entfernen, sind wir verloren.«

»Dann müssen wir eben dafür sorgen, dass wir die Orientierung nicht verlieren«, sagte Granock.

»Was du nicht sagst, Mensch. Und wie, bitte sehr, soll das funktionieren?«

»Indem wir einen Bezugspunkt schaffen. Eine Markierung, zu der wir im Zweifelsfall wieder zurückkehren können.«

»Eine Markierung im Nebel.« Aldur stieß ein verächtliches Schnauben aus. »Und wie, Mensch, willst du das bewerkstelligen?«

Bevor Granock antworten konnte, trat Caia vor, die unscheinbare Novizin, die sich an dem Wortwechsel nicht beteiligt hatte. Sie schloss die Augen und konzentrierte sich, und schon im nächsten Moment verwandelte sich ihre schlanke, zerbrechlich wirkende Gestalt in reine Energie, die sich als grelles Leuchten manifestierte. Ein Leuchten, das auch im dichten Nebel meilenweit zu sehen sein würde …

»Danke, Caia.« Granock nickte. »Also, hier ist mein Plan: Alannah und Aldur gehen voraus, um nach der Felsnadel zu suchen, Caia und ich bleiben hier und markieren diese Position. Wenn eure Suche erfolgreich ist, gibt Aldur ein Feuersignal, und wir kommen zu euch. Wenn nicht, dann kehrt ihr hierher zurück, und wir brechen die Prüfung ab.«

»Das würdest du tun?«, fragte Aldur misstrauisch. »Die Prüfung abbrechen?«

»Ob du es glaubst oder nicht, Elf«, antwortete Granock, »ich habe ebenfalls kein Interesse daran, jämmerlich zu erfrieren. Aber ich möchte alle Möglichkeiten ausschöpfen. Also?«

»Ich bin dabei«, versicherte Alannah.

»Geht schon«, sagte auch Caia, die wieder ihre normale Gestalt angenommen hatte. »Worauf wartet ihr?«

Es gefiel Aldur nicht, von einer Mitschülerin, die er als ihm weit unterlegen einstufte, gedrängt zu werden, und ebenso wenig behagte es ihm, dass ein Mensch den Plan entwickelt hatte, dem er nun folgen sollte. Aber er widersprach nicht.

Wortlos wandte er sich ab und ging in die Richtung, in die Alannah zuvor gedeutet hatte. Die Elfin folgte ihm, nicht ohne vorher noch einen Blick mit Granock zu wechseln.

»Viel Glück«, gab er ihnen mit auf den Weg.

»Danke«, erwiderte sie und folgte dann Aldur in den dichten Nebel. Als sie sich nach wenigen Schritten noch einmal umwandte, konnte sie Granock und Caia schon nicht mehr ausmachen. Ein Gefühl der Schwermut überkam sie, das sie jedoch mit aller Macht niederkämpfte. Sie beeilte sich, zu Aldur aufzuschließen.

Das Vorankommen war mühselig, denn sie versanken bis zu den Knien im Schnee. Alannah musste daran denken, dass ihrem Volk nachgesagt wurde, über frisch gefallenen Schnee wandeln zu können, ohne auch nur einen Fingerbreit einzusinken. Was natürlich Unfug war. Allerdings hätte sie in diesem Moment einiges darum gegeben, über eine solche Gabe zu verfügen.

Aldur kam schließlich auf den Gedanken, in regelmäßigen Abständen kleine, kontrollierte Feuerstöße auszustoßen und auf diese Weise eine Schneise in den Firn zu schmelzen. Da er aber keine Ahnung hatte, wohin sie sich wenden mussten, war er gezwungen, sich immer wieder bei Alannah nach der Richtung zu erkundigen, die sie einzuschlagen hatten, und das ärgerte ihn sehr.

»Wohin jetzt?«, knurrte er genervt. Noch immer hielt er Granocks Plan für unsinnig.

»Diese Richtung, denke ich«, antwortete Alannah, ein Stück vorausdeutend.

»Was bringt dich darauf?«

»Ein Gefühl, mehr nicht.«

»Wir riskieren also unser Leben aufgrund eines Gefühls?«

»Wir riskieren gar nichts«, stellte sie klar. »Granocks Vorschlag ist gut und sicher. Du brichst dir keinen Zacken aus der Krone, wenn du es zugibst.«

»Gut und sicher.« Er ließ einen Feuerstrahl aus seiner Hand lodern, der eine schmale Rinne in den Schnee vor ihnen fraß. »Glaubst du das wirklich? Das Chaos folgt den Menschen auf Schritt und Tritt. Wir wären besser ohne ihn dran.«

Alannah blieb stehen. »Wie kannst du so etwas sagen?«, fragte sie. »Sein Einfall mit dem Korb hat uns das Leben gerettet.«

»So wie meine Fertigkeit im Umgang mit dem *bórias*«, konterte Aldur. »Und hast du meinetwegen auch so ein Aufheben gemacht? Natürlich nicht.«

»Du bist eifersüchtig«, stellte sie fest.

»Unsinn.«

»Ich sagte es dir schon, Aldur – Granock ist keine Konkurrenz für dich. Du hast so vieles, das er entbehrt, und du wirst ein größerer Zauberer werden, als er jemals sein kann.«

»So?« Er funkelte sie herausfordernd an. »Warum stehst du dann auf seiner Seite?«

»Sehr einfach«, entgegnete sie kühl und hielt seinem Blick stand. »Weil du von euch beiden zwar der größere Zauberer sein magst, aber dein ganzes Denken dreht sich nur um dich«, warf sie ihm vor. »Dein Blick ist so sehr auf dich selbst gerichtet, dass du andere nicht einmal bemerkst. Weder jene, die deiner Hilfe bedürfen, noch solche, die dir wohlgesonnen sind.«

»Vom wem sprichst du?« Er lachte provozierend. »Etwa von dir selbst?«

Sie reagierte nicht auf die provokante Frage, sondern fuhr fort: »In dir steckt so viel Gutes, Aldur, mehr als du ahnst, aber du musst es auch zulassen. Granock mag dir in fast jeder Hinsicht unterlegen sein, aber anders als du übernimmt er Verantwortung für andere, und er setzt seine Stärke ein, um die Schwachen zu unterstützen.«

»Und das gefällt dir an ihm?«, fragte er sie. »Deshalb fühlst du dich zu ihm hingezogen?«

»Das tue ich keineswegs.«

»Nein? Und warum hast du dich dann von Beginn an für ihn eingesetzt und stellst dich immer wieder schützend vor ihn? Was ist es, das dich so für diesen Menschen einnimmt?«

»Das geht dich nichts an«, beschied sie ihm und reckte sich dabei so weit vor, dass ihr schmales, von der Kälte gerötetes Gesicht unmittelbar vor seinem schwebte. Der dampfende Atem, der aus beider Münder drang, vermischte sich, ehe er sich in der Kälte verflüchtigte.

Für einen endlos scheinenden Augenblick schien die Zeit und alles um sie herum jede Bedeutung zu verlieren – dann beugte sich Aldur vor, legte eine Hand auf ihren Hinterkopf, die andere auf ihre Wange, den Daumen unter ihr Kinn, um sie festzuhalten, und küsste Alannah hart auf den Mund.

Sie zog sich nicht zurück, aber sie erwiderte den heftigen, leidenschaftlichen Kuss auch nicht. Sie stand nur da und wartete, bis sich Aldur von ihr löste. Der Blick, mit dem sie ihn bedachte, war unmöglich zu deuten.

»Tu das niemals wieder«, sagte sie leise.

»Wieso nicht? Weil du ein Kind der Ehrwürdigen Gärten bist?«

»Genau das.«

Aldur lachte leise. »Wir wissen beide, dass es sich damit nicht so verhält, wie du uns alle glauben machen willst«, sagte er in Erinnerung an die Andeutung, die seine Meisterin ihm gegenüber gemacht hatte.

Auch wenn er keine Ahnung hatte, was genau Riwanon damit gemeint hatte, seine Worte verfehlten ihre Wirkung nicht. »Wer hat dir das gesagt?«, fragte Alannah leise.

»Das spielt keine Rolle«, sagte er, während er grinsend weiterging. »Ich habe recht, oder nicht?«

Gesenkten Hauptes, vor Erregung schwer und stoßweise atmend und vor Kälte und Entsetzen zitternd blieb sie zurück. Ausgerechnet an diesem Ort, in dieser angespannten Lage, in einer Situation, die über ihre Zukunft entscheiden sollte, wurde sie mit der *Vergangenheit*, mit der *Wahrheit* konfrontiert. Es traf sie völlig unvorbereitet …

»Es stimmt«, gestand sie leise ein.

Abermals blieb Aldur stehen und wandte sich um. »Was stimmt?«

»Du scheinst es ohnehin zu wissen, also hat es wenig Sinn, es vor dir zu leugnen. Ich bin kein Kind der Ehrwürdigen Gärten mehr.«

Er betrachtete sie forschend, tat aber so, als würde ihre Eröffnung ihn keinesfalls überraschen.

»Ich wurde verstoßen, und Meisterin Riwanon sorgte dafür, dass ich in Shakara aufgenommen wurde«, fuhr sie fort. »Hätte sie es nicht getan, wäre ich vor Gericht gestellt worden.«

Deswegen also war Aldurs Meisterin mit Alannahs Geschichte so gut vertraut: Sie selbst war es gewesen, die die junge Elfin nach Shakara gebracht hatte. Dennoch waren ihm die Zusammenhänge noch immer schleierhaft …

»Vor Gericht gestellt, ja?«, sagte er vorsichtig, um sie zum Weitersprechen zu bewegen.

»Ja«, sagte Alannah leise und wie zu sich selbst, wobei sie immer noch beschämt zu Boden blickte. »Wegen Mordes …«

Diesmal konnte Aldur seine Überraschung nicht mehr verbergen. Mit manchem hatte er gerechnet, aber nicht damit.

»M-Mord?«, stammelte er verdutzt.

Alannah nickte nur.

»Aber wie …? Ich meine …«

»Es war keine Absicht«, erklärte sie und schaute wieder auf. Dass Aldur doch nicht so umfassend informiert war, wie er anfangs getan hatte, schien sie gar nicht zu registrieren; sie wollte nur noch ihre grausame Tat rechtfertigen. »Es ist einfach geschehen«, behauptete sie, und in ihrem Blick lag etwas Flehendes, die verzweifelte Bitte, Aldur möge ihr Glauben schenken. »Ein junger Mensch hat sich widerrechtlich Zugang zu den Ehrwürdigen Gärten verschafft und mich heimlich beim Baden beobachtet. Als ich ihn bemerkte, da … da …« Sie rang nach Worten. »Ich fühlte mich beschämt … und bedroht und … es passierte einfach.«

»Was passierte?«

»Meine *Gabe*«, sagte sie und hob die Hände an. »In diesem Moment erfuhr ich, dass ich über übernatürliche Kräfte verfüge – und der Mensch hat es ebenfalls erfahren, auf die denkbar schrecklichste Weise …«

»Du hast ihn umgebracht«, sagte Aldur, »mit deinem Eis.«

»So war es.« Wieder senkte sie das Haupt, schuldbewusst und verzweifelt.

»Aber du konntest nichts dafür«, war Aldur überzeugt. »Es war ein Unfall, und dieser Mensch hätte auch nicht dort sein dürfen!«

»Darum geht es nicht. Ich habe jemanden getötet, einen schwachen, wehrlosen Menschen«, sagte sie bekümmert. »Was auch immer ich jemals versuchen werde, was auch immer ich tun werde – niemals wird es mir gelingen, mich von dieser Untat reinzuwaschen.«

»Ich verstehe«, sagte er, und zum ersten Mal war das Lächeln, das sich auf seine hageren Züge legte, nicht von Hohn und Spott geprägt, sondern von Mitgefühl. »Und aus diesem Grund glaubst du, an Granock wiedergutmachen zu müssen, was du an jenem anderen Menschen verbrochen hast. Ist es so?«

Wieder nickte sie, zu einer verbalen Antwort war sie nicht fähig.

Aldur atmete tief durch, nahm die klare, eisige Luft in sich auf. Soweit es ihn betraf, war er mit dieser Erklärung sehr zufrieden, mehr noch, er freute sich sogar darüber. Denn es bedeutete zum einen, dass Alannah keine tieferen Gefühle für den Menschen empfand, wie er heimlich befürchtet hatte – und dass sie auch nicht unantastbar war. Dass sie eine angebliche Mörderin war, störte ihn nicht, schließlich hatte sie nur einen *Menschen* getötet, und dieser unverschämte Kerl hatte bei dem, was er getan hatte, durchaus eine drastische Strafe verdient …

»Lass uns weitergehen«, sagte er und streckte lächelnd die Hand nach ihr aus. »Meisterin Riwanon hat mich gelehrt, der Kälte mit der Kraft des Geistes zu trotzen – aber meine Füße haben keinen starken Geist.«

»Meine auch nicht«, sagte sie und schaute ihn an, dankbar dafür, dass er die Situation mit einem lockeren Spruch zu entschärfen versuchte.

»Dann komm«, forderte er sie auf. »Wir haben eine Eisnadel zu finden, irgendwo in diesem verdammten Nebel.«

»Dann bist du also mit Granocks Plan einverstanden?«, fragte sie, während sie auf ihn zuging, um dann seine ausgestreckte Hand zu ergreifen.

»Nein«, widersprach er und drückte ihre Hand, um ihr Mut zu machen, »aber ich verstehe jetzt, warum du diesem unsinnigen Plan zugestimmt hast, und ich werde an deiner Seite bleiben.«

Dann ließ er sie los, um mit einem erneuten Feuerstrahl einen Pfad in den knietiefen Schnee vor ihnen zu schmelzen …

Indem Aldur ihnen mit seiner feurigen Gabe einen Weg durch Schnee und Eis bahnte, kamen sie rasch voran, bis sich auf einmal irgendetwas in der weißen Nebelwand vor ihnen abzuzeichnen begann. Anfangs war es nur ein fahler Strich im milchigen Grau, aber während sie weiter darauf zugingen, traten die spitz zulaufenden Formen der Eisnadel hervor, die ihnen Meister Daior als Ziel genannt hatte.

»Siehst du das auch?«, fragte Alannah mit neuer Hoffnung.

»Tatsächlich«, sagte Aldur, der es kaum glauben konnte.

»Unser Ziel!«, rief die Elfin, und in ihrer Freude und Erleichterung fiel sie ihrem Mitschüler überschwänglich um den Hals. »Wir haben es fast erreicht!«

»Tatsächlich«, sagte Aldur noch einmal. Er grinste breit und war sich sicher, die Prüfung so gut wie bestanden zu haben.

»Worauf wartest du?«, drängte Alannah, noch immer außer sich vor Freude. »Gib das Signal, damit die anderen nachkommen können.«

»Nein«, sagte er nur.

»Wie-wieso nicht?«, fragte sie überrascht.

»Ich bin erschöpft«, erklärte er. »Die Art, wie ich uns den Weg durch den Schnee gebahnt habe, hat mich ausgelaugt.«

»Soll das ein Witz sein?«, stieß sie hervor, dann beäugte sie ihn misstrauisch und trat sogar einen Schritt zurück. »Damals in jenem Duell gegen Granock und mich hast du Flammenstürme entfesselt, die tausendmal größer waren. Worum geht es wirklich?«

»Schön«, erwiderte er. »Du hast mir die Wahrheit gesagt, also werde auch ich dir die Wahrheit sagen: Ich will nicht, dass er uns findet.«

»Wer?«

»Der Mensch natürlich, wer sonst?«

»Aber ...« Alannah schüttelte verständnislos den Kopf. »Aber er *soll* uns finden. Sobald wir auf die Eisnadel stoßen, sollst du ein Signal geben, so lautet der Plan.«

»*Sein* Plan«, sagte Aldur, »aber sicher nicht meiner. Nur wir zwei werden die Eisnadel erreichen, und wir werden behaupten, wir hätten die anderen beiden verloren. Oder besser noch: *sie* hätten *uns* verloren.«

»Was willst du damit erreichen?«, fragte sie atemlos und konnte kaum fassen, was er ihr da vorschlug.

Er hob beschwichtigend die Hände. »Keine Sorge, Caia wird die Prüfung ein zweites Mal ablegen dürfen.«

»Und Granock?«

»Nichts weiter«, sagte er mit unschuldigem Achselzucken. »Der Mensch wird des Ordens verwiesen, wie es längst hätte geschehen sollen, und dann hat alles seine Ordnung.«

»Sagt wer?«

»Sage ich«, antwortete Aldur. »Und außerdem auch alle, auf die es im Hohen Rat ankommt. Dieser aufsässige Mensch hat schon für genug Unruhe in Shakara gesorgt. Er muss verschwinden – und das ist *die* Gelegenheit.«

»Aber er vertraut uns!«

»Selbst schuld«, konterte der Elf kaltschnäuzig.

Er wollte sich abwenden und den Weg fortsetzen, aber Alannah lief auf ihn zu und packte ihn am Arm. »Das kannst du nicht tun!«

»Meine Liebe«, sagte er und wandte ihr das Gesicht zu, »wer sollte mich daran hindern? Natürlich könntest du versuchen, ihm ein Zeichen zu geben. Ich fürchte nur, du verfügst nicht über meine Fähigkeiten. Und deine Rufe wird niemand hören. Also …«

»Du Scheusal!«, schrie sie ihn an. »Du unfassbares widerwärtiges Scheusal!«

»Spar dir das. Vorhin hast du selbst zugegeben, dass du dich nur aus einem schlechten Gewissen heraus für ihn einsetzt«, sagte er. »Aber wenn sich in den Ehrwürdigen Gärten alles so zugetragen hat, wie du es mir geschildert hast, brauchst du kein schlechtes Gewissen zu haben, Alannah. Und solltest du mich belogen haben, so bist du eine ruchlose Mörderin und hast überhaupt kein Gewissen. Was ich damit sagen will, ist: Du gehörst zum Volk der Elfen, er ist nur ein Mensch, und es kann dir völlig egal sein, was mit ihm geschieht.«

Er schaute sie an, und sein Blick war voller Offenheit und Ehrlichkeit. Er meinte, was er sagte. Und es kam ihm gar nicht in den Sinn, dass ein vernünftiges Wesen der Logik seiner Argumentation nicht zustimmen würde.

Für einen Moment fehlten ihr die Worte. Dann holte sie Luft, um ihm eine geharnischte Entgegnung an den Kopf zu werfen und ihm zu erklären, dass er sich in ihr irrte und sie sehr wohl ein Gewissen hatte und dass dieses Gewissen sie daran hinderte, einen Kameraden, dem sie noch dazu ihr Leben verdankten, aufs Schändlichste zu verraten.

Aber gerade als sie den Mund öffnete, kam ihr in den Sinn, was ihr wohl widerfahren würde, wenn sie die Prüfung nicht bestand.

Vielleicht würde man ihr, nach weiteren Wochen oder gar Monaten der Bewährung, tatsächlich eine zweite Möglichkeit geben, die magischen Weihen zu erlangen. Aber wenn sie, und wäre es nur durch einen unglücklichen Zufall, noch einmal versagte, würde sie aus dem Orden ausgeschlossen und aus Shakara verstoßen werden, und da es kein Leben gab, in das sie zurückkehren konnte, würde sie fortan heimatlos sein, vogelfrei in einer Welt, deren Regeln und Gesetz sie eben erst zu begreifen begann. Sie würde nicht lange überleben, das war ihr klar.

Wie also sollte sie sich entscheiden? Wollte sie ihre sichere Zukunft als Angehörige des Ordens von Shakara wegwerfen für jemanden, für den sie eigentlich kaum mehr empfand als Mitleid? Wollte sie um Granocks willen auf den sicheren Triumph verzichten? Für einen *Menschen*, obwohl ein Mensch dafür verantwortlich war, dass sie die Ewigen Gärten hatte verlassen müssen und nun in dieser Lage steckte? Wer, bei Sigwyns Ahnen, sagte ihr, dass Granock für sie dasselbe tun würde? War es nicht völlig normal, in einer Situation wie dieser zuerst an sich selbst zu denken? Vielleicht hatte Aldur ja recht und ein Mensch gehörte tatsächlich nicht nach Shakara …

»Bisweilen mag ich mit Blindheit geschlagen sein«, gab Aldur zu, »aber in diesem Moment kann ich an deinen Augen erkennen, dass du mir im Grunde deines Herzens zustimmst, habe ich recht?«

Sie nickte langsam, entsetzt über sich selbst, und hörte ihn sagen: »Wir sind uns ähnlich, Alannah. Du magst es leugnen, aber es ist die Wahrheit.«

»Ja«, flüsterte sie, als fürchtete sie, ihr verräterisches Gespräch könnte belauscht werden.

»Dann komm jetzt mit mir«, forderte er sie auf und reichte ihr wieder die Hand. »Lass es uns gemeinsam zu Ende bringen, und schon morgen werden wir unserem großen Ziel ein gutes Stück näher sein.«

Wie in Trance streckte sie die Hand aus und wollte erneut nach Aldurs Hand greifen – aber plötzlich, nur einen Augenblick, ehe sich ihre Finger berührten, verharrte sie.

»Was ist?«, fragte Aldur.

»I-ich kann nicht«, erklärte sie, und es kostete sie alle Überwindung, diese drei Worte zu sprechen.

»Das ist ein Scherz, oder?«, fragte er. »Komm schon, worauf wartest du? Die Eisnadel, das Ziel unserer Prüfung, ist ganz nah!«

»Nein«, sagte sie, entschiedener diesmal, und zog ihre Hand zurück. »Ich werde nicht mit dir gehen.«

Er war völlig perplex. »Was?«

»Halt mich für verrückt«, hörte sie sich selbst sagen, »aber ich werde nicht jemanden, dem ich mein Leben verdanke, auf derart gemeine Weise hintergehen.«

»Aber das ... das ist gegen alle Vernunft!«

»Vielleicht«, räumte sie ein, »aber Granock ist unser Kamerad. Unabhängig von seiner Herkunft ist er ein Novize Shakaras wie wir.«

»Unsinn! Er ist ein Mensch, Alannah. Du bist ihm gegenüber zu rein gar nichts verpflichtet.«

»Doch, das bin ich«, erklärte sie störrisch. »Geh du nur. Ich werde bleiben.«

»Du tust es schon wieder«, keuchte er, die Augen vor Zorn weit aufgerissen. »Schon wieder ziehst du ihn mir vor.«

»Nein, Aldur. Es geht hier nicht um ihn oder um dich, sondern um grundsätzliche ...«

»Komm mir nicht mit Grundsätzen«, fiel er ihr laut ins Wort. »Ich habe deine wortreichen Erklärungen satt. Geh mit mir oder lass es bleiben, aber beschwer dich nicht, wenn du auf der Strecke bleibst. Ich habe dich gew...«

Eine schwere Erschütterung riss ihm das Wort von den Lippen, und Alannah und er hatten Mühe, sich auf den Beinen zu halten. Sie taumelten, und während es der Elfin gelang, auf den Beinen zu bleiben, wankte Aldur in den tiefen Schnee und fiel um.

»Was war das?«, rief er, während er sich sogleich wieder erhob.

»Wahrscheinlich eines dieser magischen Beben«, vermutete sie.

»Nicht schon wieder«, stöhnte Aldur.

Schon im nächsten Augenblick erfolgte der nächste Erdstoß, begleitet von einem markigen Knacken, das bis zu den Wurzeln der Welt hinabzureichen schien.

»Sieh!«, rief Alannah außer sich und deutete auf den Spalt, der sich im Boden bildete, genau zwischen ihnen und der Nadel, die sich verheißungsvoll im Nebel abzeichnete. Unter infernalischem Getöse teilte sich das Eis. Der Schnee, der darauf gelegen hatte, sackte in bodenlose Tiefe, und eine Kluft bildete sich, noch breiter als jene, in die sie alle ohne Alannahs Gabe gestürzt wären.

»Zurück!«, schrie sie entsetzt. »Wir müssen zurück …!«

»Nein«, beharrte er. »Ich werde nicht umkehren! Nicht so kurz vor dem Ziel!« Damit setzte er sich in Bewegung und stapfte geradewegs auf die Kluft zu.

Alannah, die ihn nicht ins Verderben rennen lassen wollte, folgte ihm und rief ihm hinterher: »Bleib stehen! Das ist Wahnsinn!«

»Wahnsinn wäre es, jetzt noch umzukehren!«, schrie er zurück, trotzig wie ein Kind.

Schon einen Herzschlag später jedoch blieb er tatsächlich stehen – nicht etwa, weil er seinen Starrsinn aufgegeben und sich eines Besseren besonnen hätte, sondern weil sich aus der dunklen Tiefe des Spalts plötzlich etwas erhob. Etwas, das so groß und so unfassbar war, dass Aldur mit einem gellenden Aufschrei zurückwich.

Er stieß gegen Alannah, und sie stürzten beide rücklings in den Schnee, wo sie liegen blieben und fassungslos das Schauspiel verfolgten, das sich ihren ungläubig geweiteten Augen bot.

Denn aus der Eisspalte reckte sich eine gewaltige Hand. Jeder ihrer Finger allein war so groß wie ein ausgewachsener Elf, und ihre Haut hatte die Farbe und Beschaffenheit von Gletschereis. Einen schrecklichen Augenblick lang schwebte die Hand über der Eisspalte, dann griff sie nach der Abbruchkante und krallte sich daran fest. Eine zweite Hand erschien, gesellte sich zu der ersten, und dann zog sich etwas aus der Tiefe nach oben, das größer war als alles, was die beiden Elfen je zuvor in ihrem Leben zu Gesicht bekommen hatten.

Jenseits der beiden Eispranken erschien ein gigantisches, bläulich schimmerndes Gesicht, von dessen scharf geschnittener Nase und dem spitzen Kinn Eiszapfen hingen. Die strengen Züge des Riesen wurden umrahmt von einem langen weißen Bart und ebenso weißen langen Haaren, die Augen hatten weder Pupille noch Iris und funkelten wie das Licht der Sterne, und im Mund des Giganten steckten Zähne aus gezacktem Eis, jeder so groß wie ein Felsblock. Das heisere Fauchen, das aus diesem schrecklichen Maul drang, schien die Luft ringsum gefrieren zu lassen.

Dem Haupt folgte ein kurzer Hals, dann ein breiter graublauer Körper mit gewaltigen Muskelbergen, der lediglich mit einem Schurz aus weißem, zottigem Fell angetan war, und zum Schluss erschienen zwei Beine, als der Gigant einen Fuß auf den Rand der Kluft setzte, um sich vollends hochzustemmen. Dann richtete er sich zu seiner ganzen Größe auf. Wie zwei Türme ragten seine Beine in den Nebel, der Oberkörper und das furchterregende Haupt darüber waren nur noch vage auszumachen.

Starr vor Entsetzen blickten Aldur und Alannah an dem Titan empor. Ob die ungeheure Kreatur tatsächlich aus reinem Eis bestand oder ob es sich in Wahrheit um ein lebendes, atmendes Wesen handelte, war unmöglich festzustellen. Dafür aber wusste Alannah genau, mit wem sie es zu tun hatten, denn als Tochter der Ehrwürdigen Gärten kannte sie die Erzählungen, die sich um den Anbeginn der Zeit und die Entstehung von Erdwelt rankten.

»Das ist Ymir«, rief sie voller Entsetzen, »der Eisriese aus den alten Mythen!«

Und in diesem Moment richtete der Gigant den stechenden Blick seiner weißen Augen auf die beiden Elfen herab …

3. BAUWUTHAN TA MARWURAITH

Granock hasste es zu warten.

Schon früher, als er sich noch als Dieb durchs Leben schlug, hatte er es kaum ertragen können, im Dunkeln zu hocken und darauf zu lauern, dass sich ein Opfer näherte. Das Warten selbst machte ihm dabei nicht so viel aus. Die Ungewissheit war es, die ihm zusetzte, die Fragen, die einen immerfort quälten: Würde alles gut gehen? Würde er auch diesmal wieder ungeschoren davonkommen? Oder würde dies der Tag sein, da seine Glückssträhne riss und man ihn zu fassen bekam?

Auch an diesem Tag, während Caia und er im Nebel kauerten und darauf hofften, aus der Ferne ein Signal zu erhalten, musste Granock sich mit bohrenden Fragen auseinandersetzen: Hatte Alannahs Gefühl sie nicht getrogen? Befand sich die gesuchte Eisnadel tatsächlich hinter dieser Nebelwand? Und wenn ja, würde der Weg dorthin erneut mit mörderischen Gefahren und Todesfallen gespickt sein?

Hinzu kam noch, dass für ihn keineswegs feststand, dass sich Aldur an die Abmachung halten und das Signal geben würde, wenn Alannah und er das Ziel erreichten. Granock gab sich keinen Illusionen hin; wäre es nach Aldur gegangen, der Elf hätte ihn vermutlich schon längst in eine der Eisspalten gestoßen, um den Zauberern gegenüber zu behaupten, der tollpatschige Mensch hätte nicht aufgepasst und wäre aus Unvorsicht abgestürzt. Nur der Anwesenheit der beiden Elfinnen war es zu verdanken, dass sich des Aldurans Sohn bislang an die Regeln gehalten hatte, und Granock konnte nur hoffen, dass dies auch so bleiben würde.

Anfangs hatte man hin und wieder noch blasse Flammen aufblitzen sehen, wenn Aldur seine Fähigkeit dazu benutzt hatte, eine Schneise durch den frisch gefallenen Schnee zu brennen, aber dann war auch das flackernde Leuchten vom Nebel verschluckt worden.

Unmittelbar neben Granock flammte greller Lichtschein auf. Es war Caia, die ihr stoffliches Wesen einmal mehr aufgab und sich in jene strahlende Erscheinung verwandelte, die man auch durch den dichtesten Nebel sehen musste, wie bei einem Leuchtturm, der heimkehrenden Schiffen den Weg wies.

Aber es kehrte niemand heim, von Alannah und Aldur fehlte jede Spur.

»Sie sind jetzt schon ziemlich lange fort«, stellte Caia fest, nachdem sie sich wieder zurückverwandelt hatte. Die Sorge um ihre Mitschüler war ihr anzusehen, und auch die unerbittliche Kälte setzte ihr allmählich zu.

»Ja, ich weiß«, erwiderte Granock nur, der seine Füße in den Stiefeln schon kaum mehr spürte.

»Ich glaube, du hast einen Fehler gemacht«, sagte die schlanke, zerbrechlich wirkende Elfin kleinlaut.

»Inwiefern?«

»Du hast Aldur herausgefordert, und das war nicht gut.«

»Er ist ein eingebildeter Großkotz«, sagte Granock; Ogan hatte ihm inzwischen auch einige Wörter der Elfensprache beigebracht, die nicht in Meister Farawyns Lehrbüchern zu finden waren.

»Bescheidenheit mag nicht seine Stärke sein«, gab Caia zu, »aber er ist der mächtigste von allen Novizen. Und es heißt, seine Familie hätte gute Verbindungen zum Ältesten.«

»Und wenn schon!« Granock hielt ein Nasenloch zu und rotzte durch das andere in den Schnee. »Die helfen ihm weder, die Prüfung zu bestehen, noch aus diesem Nebel herauszufinden.«

»Dennoch hätten wir auf ihn hören und zur Ordensburg zurückkehren sollen, solange es noch möglich war«, war die Elfin überzeugt.

»Es ist noch immer möglich«, versicherte Granock. »Wenn ihre Suche erfolglos ist, werden die beiden hierher zurückkehren und ...« Er verstummte, als er das Gesicht der Elfin sah. »Du hast Zweifel«, stellte er fest. »Du glaubst nicht, dass sich Aldur an den Plan hält.«

»Du bist ein Mensch und weißt nicht, was in einem Elfen vorgeht, dessen Ehrgefühl verletzt wurde.«

»Nein, das weiß ich nicht«, gab Granock zu. »Aber«, fügte er seinen eigenen Befürchtungen zum Trotz hinzu, um die Elfin zu beruhigen, »ich weiß, dass Alannah bei ihm ist, und ihr vertraue ich bedingungslos. Sie würde niemals zulassen, dass Aldur uns hier erfrieren lässt.«

Caia legte den Kopf schief. »Sie gefällt dir, nicht wahr?«

»Fang du nicht auch noch damit an«, knurrte er. »Leuchte lieber, damit sie uns sehen können, falls sie auf dem Rückweg sind.«

Erneut verblasste Caias stoffliche Erscheinung, und für einige Augenblicke wurde sie abermals zu einem Wesen aus reiner Energie, das so hell strahlte, dass sich Granock abwenden musste, um nicht geblendet zu werden.

»Ich sehe es dir an«, erklärte Caia, sobald sie wieder eine Elfin aus Fleisch und Blut war. »Du willst sie, und nachts träumst du von ihr. Aber du wirst sie niemals haben können.«

»Ich weiß«, murmelte Granock, »sie ist ein Kind der Ehrwürdigen Gärten.«

»Nicht nur das«, sagte Caia. »Selbst wenn sie sich entscheiden sollte, ihre Enthaltsamkeit aufzugeben und sich einen Mann zu nehmen, würde ihre Wahl nicht auf dich fallen.«

»Weil ich ein Mensch bin?«

»Nein«, antwortete Caia mit gnadenloser Ehrlichkeit, »weil auch Aldur ein Auge auf sie geworfen hat, und des Aldurans Sohn bekommt immer, was er will. Es ist ganz einfach, weil ... Da! Sieh nur!«

Granock fuhr herum und sah sofort, was die Elfin meinte: Jenseits des Nebels, in genau der Richtung, in die Alannah und Aldur verschwunden waren, flammten grelle Flammen auf.

Das Feuer selbst war nicht zu sehen, wohl aber sein Widerschein, der den Nebel orangerot flackern ließ, und das nicht nur einmal, sondern gleich mehrmals hintereinander, aber in unregelmäßigen Abständen.

»Dieser elende Hundesohn!«, rief Granock, aber es sollte keine Beleidigung sein, sondern seine ehrliche Bewunderung zum Ausdruck bringen. »Er hat es tatsächlich geschafft – und er gibt das Signal!«

»Aber warum hört er nicht damit auf?«, fragte Caia, das ferne Flackern im Nebel beobachtend. »Warum verschwendet er seine Kräfte?«

»Was weiß ich?« Granock zuckte mit den Schultern. »Vielleicht muss er mal wieder allen beweisen, was für ein toller Kerl er ist.«

»Nein, das ist es nicht«, beharrte Caia, und in diesem Moment spürte Granock mehrere dumpfe Erschütterungen unter seinen Füßen. »Etwas muss vorgefallen sein …«

»Was auch immer es sein mag – wir müssen los!«, rief Granock und setzte sich bereits in Bewegung.

Caia folgte ihm in kurzem Abstand …

Das Vorankommen nötigte ihnen viel ab. Nicht so sehr wegen des Schnees, durch den Aldur ja eine Schneise geschmolzen hatte, sondern ihrer klammen Glieder wegen, die ihnen nur widerwillig gehorchten und bei jeder Bewegung schmerzten. Doch unaufhaltsam näherten sie sich dem Feuerwerk im Nebel.

Granock, der einen guten Teil seines Lebens im Freien verbracht und von entsprechend robuster Konstitution war, verfiel in einen gleichmäßigen Laufrhythmus, der seinen Atem und seine Kräfte schonte und sich über eine lange Strecke beibehalten ließ.

Anders Caia. Ihr zarter Körper war für Strapazen wie diese einfach nicht geschaffen, und zudem hatten die vielen zurückliegenden Verwandlungen an ihren Kräften gezehrt. So dauerte es nicht lange, bis die Elfin hinter Granock zurückfiel. Obwohl sie alles gab, vergrößerte sich der Abstand zwischen ihnen immer mehr, sodass Caia ihren Mitschüler im dichten Nebel zu verlieren drohte.

»Granock!«, rief sie mit nahezu letzter Kraft. »Ich kann nicht mehr …!«

Die Elfin strauchelte und fiel der Länge nach in den Schnee, der sie weich, aber eisig kalt empfing. Nässe drang durch ihre dünne Tunika, die ohnehin schon klamm an ihrem Leib klebte, und sie verspürte den Drang, einfach liegen zu bleiben und aufzugeben. Dass es nicht so kam, lag an der kräftigen Hand, die sie packte und in die Höhe zerrte.

»Nicht im Schnee liegen«, schärfte Granock ihr ein. »Wenn du liegen bleibst, wirst du jämmerlich erfrieren, Zauberkraft hin oder her.«

»Aber ich … kann nicht mehr«, stieß sie hervor, während der Nebel vor ihnen erneut von einer Kaskade orangeroter Glut beleuchtet wurde.

»Du musst! Denn sonst wirst du sterben!«

»Lass mich zurück und lauf allein weiter!«

»Dann wirst du erfrieren!«

»Die Meister werden mich finden.«

»Und die Prüfung?«

Erschöpft und abgekämpft, wie sie war, blickte Caia ihm tief in die Augen. »Vielleicht«, flüsterte sie, »bin ich es nicht wert, den Weg der Magie zu beschreiten …«

»Von wegen«, widersprach er störrisch und lud sie sich kurzerhand auf die Arme. »Wer es bis hierher geschafft hat, der bringt es – verdammt noch mal – auch zu Ende.«

»Aber was … was tust du?«

»Ich trage dich«, erklärte er überflüssigerweise, während er wieder in denselben raschen Schritt verfiel, den er zuvor schon an den Tag gelegt hatte.

»Warum tust du das?«, fragte sie ebenso erschöpft wie hilflos und drückte ihre Wange gegen seine linke Brust, wo sie sein Menschenherz kraftvoll schlagen hörte.

»Keine Ahnung«, gab er zu. »Ich weiß nur, dass ich mir immer Freunde gewünscht habe – und nun, da ich endlich welche habe, lasse ich sie ganz sicher nicht im Schnee zurück …«

»Aldur! Vorsicht!«, gellte Alannahs Warnruf.

Die Sonne schien sich zu verfinstern, als sich die geöffnete Pranke des Eisriesen abermals herabsenkte, um nach Aldur zu greifen.

Der Elf tat, was er schon zuvor getan hatte: Er ließ dem Riesen einen kurzen fauchenden Feuerstoß entgegensengen, und der Gigant zog seine Pranke zurück. Mehr allerdings vermochten die Flammen nicht auszurichten. Und Aldur merkte, dass sich seine Kräfte allmählich erschöpften.

Er fuhr herum und rannte zu Alannah, die kurz zuvor einen Hagel aus Eisspeeren auf den Riesen abgegeben hatte. Der jedoch hatte die Geschosse, die scheinbar aus den Händen der Elfin gejagt waren, mit den Fäusten zerschmettert. Erschöpft war Alannah daraufhin in den Schnee gesunken und schwer atmend liegen geblieben.

»Was ist das nur für eine Albtraumgestalt?«, fragte Aldur gehetzt.

»Das ist Ymir, der Urriese aus den alten Sagen«, keuchte Alannah. »Wie es heißt, war er einst der Anführer der Riesen, die mit den Ersten um das Schicksal der Welt fochten, doch er wurde besiegt und in die Tiefen Erdwelts verbannt. Entsprechend groß ist sein Hass auf alles, was an der Oberfläche lebt, sagt man.«

»Ich verstehe«, knirschte Aldur.

»Aber ich dachte stets, dass die Geschichte nur eine Sage ist«, fuhr Alannah atemlos fort, »ein Mythos aus alter Zeit.«

»Achtung!«, schrie Aldur, als erneut eine der Pranken des Riesen niederfuhr. »Lauf um dein Leben!«

Sie sprangen nach links und rechts durch den Schnee, der bereits an vielen Stellen niedergetreten war – und im nächsten Augenblick schlug dort, wo sie sich eben noch befunden hatten, eine riesige Faust in den Boden, einem Meteor gleich. Offenbar hatte der Riese es aufgegeben, einen der Winzlinge fangen zu wollen. Ihre Attacken hatten ihm zwar nichts anhaben können, aber sie hatten ihn wütend gemacht, und deshalb wollte er die beiden töten.

Die Erschütterung ließ das Eis erbeben, und schon einen Lidschlag später zeigten sich Risse, die von der Stelle ausgingen, wo der Riese die Faust in den Boden gerammt hatte, und sich nach allen Richtungen ausbreiteten.

Um ein Haar wäre Alannah in eine der sich krachend öffnenden Spalten gestürzt, aber sie setzte reaktionsschnell darüber hinweg, rollte sich ab und war im nächsten Moment wieder auf den Beinen – um vor Schreck die Luft anzuhalten: Aldur stellte sich Ymir zum Kampf!

Abrupt war der Elf stehen geblieben und hatte sich umgewandt, um eine Feuerwand zu schaffen und sie dem Riesen entgegenzuschicken. Ymir schrie gequält auf, als die Flammen, die ihm gerade bis zu den Knien reichten, über seine nackten Füße zuckten. Der Schrei ließ die kalte Luft erbeben und war so durchdringend, dass die Zauberschüler sich die Ohren zuhalten mussten.

Der Gigant brach in die Knie, die mit dem ganzen Gewicht seines ungeheuren Körpers tiefe Krater in den Boden schlugen. Die Erschütterung ließ die *yngaia* erbeben, erneut entstanden Risse, und Aldur konnte einen von ihnen nicht mehr ausweichen.

Als Ymir niedergesackt war, hatte der Elf zu laufen begonnen, um nicht von den Körpermassen des Riesen erschlagen zu werden, falls dieser fiel. Die Richtung war ihm dabei gleichgültig gewesen, er hatte nur rasch möglichst großen Abstand zwischen sich und den Giganten bringen wollen. Doch das Schicksal holte Aldur schon nach wenigen Augenblicken ein – in Form eines Spalts im Eis, der wie ein Blitz auf ihn zuschoss und ihn im nächsten Moment verschlang. Mit einem dumpfen Aufschrei verschwand der Elf in der sich öffnenden Kluft – und Alannah, die aus der Distanz zusah und nichts unternehmen konnte, war nun im Kampf gegen den Riesen auf sich allein gestellt.

Auf dem Boden kniend war der Riese zwar kleiner als zuvor, jedoch noch immer von ungeheurer Größe. Wie ein Gebirge ragten seine graublauen Körpermassen im Nebel auf, gekrönt von dem schrecklichen, von weißen Haaren umrahmten Gesicht, dessen Augen suchend umherblickten – bis Ymir Alannah wiederfand.

Die Elfin war ängstlich zurückgewichen und dabei fast ebenfalls in eine der vielen Spalten gestürzt, die den Boden mittlerweile durchzogen. Fieberhaft überlegte sie, womit sie der Raserei des Urriesen Einhalt gebieten konnte. Wenn selbst Aldurs Kräfte versagten, was konnte sie dann ausrichten?

In ihrer Verzweiflung entfesselte sie ihre gesamte Kraft in einer wahrhaften Explosion aus Eis. Es wuchs aus ihren Händen und türmte sich innerhalb weniger Augenblicke zu einem riesigen Schutzwall auf, der höher und größer war als alles, was die Elfin je mittels ihrer Fähigkeit geformt hatte. Wie lang war der Weg gewesen, der hinter ihr lag, wie gewaltig die Entwicklung, die sie durchlaufen hatte: von einer unwillkürlichen, spontanen Reaktion, die einen dreisten, aber dennoch harmlosen jungen Menschen das Leben gekostet hatte, bis hin zu dieser erstaunlichen Leistung, die sich als massive Eismauer vor ihr manifestierte.

Elfen und Menschen, Orks und wohl auch Trolle hätte diese Wand für eine ganze Weile aufzuhalten vermocht, nicht jedoch den Eisriesen. Nur für einen kurzen Moment verschwand seine Gestalt aus Alannahs Sicht hinter der blau schimmernden Mauer, im nächsten Augenblick drosch etwas von der anderen Seite mit derartiger Wucht gegen das Bollwerk, dass sich sogleich knirschend Sprünge im Eis bildeten.

Alannah fuhr herum und rannte um ihr Leben. Mit ihrer Zauberkraft war sie am Ende, die Zerstörungswut des Eisriesen besänftigen zu wollen, wäre ein aussichtsloses Unterfangen gewesen. Die Jahrtausende, die Ymir in seinem Exil in den Tiefen der Welt zugebracht hatte, ehe das Beben ihn daraus befreit hatte (oder war er es erst gewesen, der das Beben ausgelöst hatte?), hatten seinen Zorn ins Unermessliche gesteigert. Alles, was Alannah noch blieb, war die Flucht.

Trotz ihrer Erschöpfung rannte sie mit weiten, ausgreifenden Schritten, während sie nur darauf wartete, dass sich ein Riss im Boden auftun und sie verschlingen würde wie Aldur. Sie rechnete auch jeden Augenblick damit, dass eine gigantische Faust aus dem weißen Himmel fiel und sie zerschmetterte, und dies umso mehr, da sie hinter sich die stampfenden Schritte des Riesen vernahm und dazu erneut das hässliche Geräusch von berstendem Eis. Splitter flirrten durch die Luft, die unter dem wütenden Gebrüll des Eisriesen zu erbeben schien, und Alannah, deren physische Kräfte immer mehr nachließen, beging den Fehler, einen Blick über die Schulter zu werfen.

Was sie sah, erfüllte sie mit Entsetzen – der Riese war bereits unmittelbar hinter ihr!

Wie die Türme einer gigantischen Festung ragten seine Beine über ihr, wie Sonnen stachen seine Augen durch den Nebel – und wie ein offener Rachen senkte sich seine gespreizte Pranke herab, um die Elfin zu ergreifen!

Alannah schrie, fiel in den Schnee und wartete darauf, entweder zerquetscht oder wie ein Spielzeug hochgerissen und durch die Luft geschleudert zu werden.

Aber nichts dergleichen geschah. Stattdessen erklang über ihr ein heiseres Schnauben, das Überraschung verriet.

Alannah hob den Kopf, um einen Blick zu riskieren, aber gleißend helles Licht blendete sie. Dafür war im nächsten Moment jemand bei ihr, der sie an den Schultern packte und ihr beim Aufstehen half, und eine vertraute Stimme fragte: »Bist du in Ordnung?«

4. GYWARTHAN

Granock war weit herumgekommen und hatte schon manches gesehen. Jedoch konnte sich nichts davon mit jenen Dingen messen, deren Zeuge er Tag für Tag wurde, seit er bei den Elfen in Shakara weilte. Was man andernorts und ganz besonders in den Städten der Menschen als ausgemachtes Wunder bezeichnet hätte, gehörte in der Ordensburg zum Alltag, sodass Granock gelernt hatte, das Außergewöhnliche mit einer gewissen Gelassenheit hinzunehmen.

Diese Gelassenheit war es, die seinen Verstand daran hinderte, dem Wahnsinn zu verfallen, als er auf einmal des Eisriesen ansichtig wurde.

Der Augenblick, da sich der Nebel lichtete und sie den Giganten erstmals zu Gesicht bekamen, würde Granock wohl sein Leben lang nicht vergessen. Denn in diesem Moment wurde ihm klar, was Farawyn meinte, als er damals in Andaril von einer »größeren Welt« gesprochen hatte.

Natürlich hatte Granock schon von den Riesen gehört, die angeblich einst den Norden bevölkert hatten und in der großen Schlacht am Anbeginn der Zeit in die Tiefen der Welt verbannt worden waren. Jedoch hatte er niemals angenommen, dass sie tatsächlich existierten. Auf einmal ein leibhaftiges Exemplar dieser Riesen vor sich zu haben, war, als würde ein Albtraum Wirklichkeit.

Zuerst wollte Granock kapitulieren – dann jedoch erinnerte er sich an seine Kameraden, die in Not waren und seine Hilfe brauchten, und ihm war, als ob er Meister Farawyns Stimme hörte, die ihm einmal mehr ins Bewusstsein rief, dass die Grenzen seines Handelns nur in seiner eigenen Vorstellungskraft lagen.

Und er erblickte Alannah, die sich mit letzter Kraft gegen den Eisriesen zur Wehr zu setzen versuchte, die aber dessen roher Gewalt und schierer Größe nichts entgegenzusetzen hatte.

Da ging ein Ruck durch ihn, und eine Seite von ihm kam zum Vorschein, die er selbst noch nicht an sich kannte. Mit einer Besonnenheit, die der Gefahr zu spotten schien, erfasste er die Situation und wusste, was zu tun war.

Er gab Caia ein Zeichen, und sie verstand sofort, was er wollte. Indem sie ihre körperliche Gestalt aufgab und sich erneut in reines Licht verwandelte, zog sie die Aufmerksamkeit des Riesen auf sich – und Granock hatte freies Feld, um zu Alannah zu eilen.

Er musste ihr aufhelfen, denn die Elfin war völlig entkräftet und zitterte am ganzen Körper. Aber zu seiner Erleichterung war sie unverletzt. »E-es geht mir gut«, beantwortete sie die Frage nach ihrem Befinden. »Aber du hättest nicht kommen sollen …«

»Meine Entscheidung«, erklärte er nur, während er sah, wie der wütende Riese auf Caia zustampfte. Solange sich die Elfin im Zustand des Lichts befand, konnte er ihr nicht gefährlich werden, aber sobald sie wieder in ihre stoffliche Gestalt wechselte, war sie angreifbar und verletzbar wie jedes andere Wesen aus Fleisch und Blut. Granock musste rasch handeln.

»Wo ist Aldur?«, wollte er wissen.

»Er ist in eine Eisspalte gestürzt, dort drüben!« Alannah zeigte auf die andere Seite des von Rissen zerfurchten Schneefelds, das erneut unter den schweren Schritten des Riesen erzitterte.

»Wunderbar«, knurrte Granock und blies verächtlich durch die Nase. Nicht, dass er gesteigerten Wert darauf gelegt hätte, den arroganten Elfen zu retten, aber wenn sie gegen den Eisriesen bestehen wollten, mussten sie ihre Kräfte vereinen – und dazu brauchte er des Aldurans Sohn, ob es Granock gefiel oder nicht. »Wird es gehen?«, erkundigte er sich bei Alannah.

»Natürlich«, presste sie mit gequältem Lächeln hervor. »Los jetzt, beeil dich!«

Er nickte, dann rannte er los, eilte in gebückter Haltung über das Schneefeld, wobei er immer wieder über abgrundtiefe Klüfte setzen und sich vorsehen musste, nicht abzustürzen. Dabei behielt er stets auch den Riesen im Auge, der noch immer vergeblich versuchte, Caias Licht zu löschen.

Granock hatte keine Ahnung, wie lange die Elfin diesen Zustand beibehalten konnte, aber irgendwann würden ihre Kräfte versiegen, und dann musste er zur Stelle sein. Er hoffte nur, dass sein Zeitzauber wirken würde, denn auf etwas so ungeheuer Großes hatte er ihn noch niemals angewandt.

Nur deine Vorstellungskraft setzt deinen Fähigkeiten Grenzen, hörte er erneut Meister Farawyns Stimme in seinem Kopf und rannte weiter.

»Aldur? Aldur!« Heiser brüllte er den Namen seines Erzfeindes, während er sich suchend umblickte. Die Anzahl der Spalten, die sich im Eis gebildet hatten, war unüberschaubar. Wie, in aller Welt, sollte Granock herausfinden, in welche Kluft der verdammte Elf gestürzt war? Womöglich war Aldur längst nicht mehr am Leben und …

»Hier! Hier bin ich!«, ließ sich plötzlich eine nur allzu vertraute Stimme vernehmen, und Granock ertappte sich dabei, dass er sich freute, sie zu hören – auch wenn er nicht genau wusste, woher sie kam.

»Wo bist du?«, rief er. »Verdammt, ruf lauter, ich habe schließlich kein Elfengehör!«

»Aber Augen habt ihr Menschen doch, oder?«, kam es zurück. »Dann gebrauch wenigstens die!«

Es *war* Aldur, daran bestand kein Zweifel, und Granock glaubte nun auch zu wissen, aus welcher Spalte die Stimme drang. Nach einem Blick in Richtung des Eisriesen – Caia schlug sich noch immer tapfer – rannte er auf die entsprechende Kluft zu, und tatsächlich erblickte er den Elfen, der sich mit aller Kraft an einen schroffen Vorsprung aus Eis klammerte, nur einen guten Meter unter der Abbruchkante, unter ihm der gähnende Abgrund.

Nie zuvor hatte Aldur einen elenderen Anblick geboten: Seine Hände hatten sich vor Kälte blau verfärbt, er blutete aus einer

Platzwunde an der Stirn, und sicherlich hatte er nicht mehr damit gerechnet, noch gefunden, geschweige denn gerettet zu werden. Schon gar nicht von einem Menschen.

»Gib mir deine Hand!«, rief Granock ihm zu, während er sich bäuchlings in den Schnee fallen ließ und dem Elfen seine Rechte entgegenstreckte. Ein heiseres Fauchen des Eisriesen lenkte ihn für einen Moment ab. Caias Lichtgestalt begann zu flackern. Vermutlich hatte sie diesen Zustand noch nie zuvor so lange beibehalten, und allmählich überstieg es ihre Kräfte. Jeden Augenblick würde sie wieder stofflich werden ...

»Hilf mir!«, verlangte Aldur ungeduldig.

»Was glaubst du wohl, warum ich hier bin? Greif zu!«

Einen kaum merklichen Augenblick lang zögerte der Elf, wohl weil ihm bewusst wurde, dass er sein Leben der Gnade eines erklärten Feindes übergab, wenn er Granocks Hand ergriff und den Vorsprung losließ. Aber er hatte keine Wahl, wenn er nicht sterben wollte. Er musste dem Menschen vertrauen, sonst war es aus mit ihm.

Des Aldurans Sohn biss die Zähne zusammen und riss seine Rechte vom Eis los, und nahezu gleichzeitig griff Granock zu.

»Die andere Hand«, verlangte er, und indem Aldur den Vorsprung ganz losließ und sich damit dem Wohlwollen seines Feindes auslieferte, rettete er sein Leben.

Der Elf war von hagerer Statur und somit leichter als Granock, sonst wäre der junge Mensch womöglich mit in den Abgrund gezogen worden. So jedoch gelang es ihm, Aldur aus der Eisspalte zu ziehen und über die rettende Kante hinweg auf einigermaßen sicheren Schnee. Keuchend lagen sie da, aber nicht lange.

»Caia!«, stieß Granock hervor. »Sie ist am Ende ihrer Kräfte. Wir müssen ihr helfen!«

Beide sprangen auf – und das keinen Augenblick zu früh. Caias Zauber war verloschen, und als zerbrechliches, im Vergleich zu dem Riesen winziges Wesen war sie dessen Zorn und Zerstörungswut schutzlos ausgeliefert.

»Hast du noch Kraft?«, fragte Granock den Elfen an seiner Seite.

»Soll das ein Scherz sein?«

Granock nahm an, dass dies eine Bejahung war, und rannte los, auf den Eisriesen zu. »Lauf, Caia! Lauf!«, brüllte er dabei so laut, dass sich seine Stimme nahezu überschlug.

Die Elfin fuhr herum und rannte, so schnell ihre dünnen, von den Strapazen entkräfteten Beine sie trugen.

»Was sollen wir tun?«, fragte Aldur, der Granock keuchend auf den Fersen blieb.

»Kannst du das Eis schmelzen?«, fragte der Mensch.

»Welches Eis?«

»Das zu seinen Füßen. Aber pass auf Caia auf!«

Aldur antwortete mit einem lauten Schnauben, das wohl signalisieren sollte, dass derlei Kleinigkeiten für ihn keine Schwierigkeit darstellten, dann streckte der Elf die Arme aus, konzentrierte sich einen Augenblick – und schickte einen lodernden Flammenstoß in Richtung des Riesen, der gerade nach seinem wehrlosen Opfer greifen wollte. Diesmal zielte das Feuer nicht auf Ymir selbst, sondern auf den Boden unter ihm.

Aldurs Angriff bewirkte zweierlei: Zum einen zog er die Aufmerksamkeit des Giganten auf sich, sodass er von Caia abließ, zum anderen bewirkte die Hitze, dass der Schnee und das Eis unter dem Riesen schmolzen, und ein unwahrscheinliches Schauspiel nahm seinen Lauf.

»Mehr! Mehr!«, forderte Granock, und Aldur steigerte seine Bemühungen. Eine Flammenlohe nach der anderen schoss aus seinen Händen und schnitt geradezu in den Boden, auf dem der Riese stand. Da das Eis von Rissen durchzogen war, drang die Hitze in die Spalten und schmolz auch dort das gefrorene Wasser.

Die aufsteigende Hitze vertrieb den Nebel, aber schon im nächsten Moment wurde er ersetzt von zischendem Dampf, der die Szenerie erneut in dichte Schwaden hüllte. Der Gigant, der nicht wusste, was geschah, reagierte entsprechend unentschlossen. Mit einer Mischung aus Ratlosigkeit und Wut schaute er sich um, während der Boden unter ihm nachgab.

Aldur, der inzwischen ahnte, was Granock vorhatte, gab alles, und in einem letzten Stoß feuriger Zerstörungskraft sorgte er dafür, dass sich das Eis vollends auflöste und der Gigant im Schmelzwasser versank. Den zornigen Aufschrei des Riesen bekam der Elf bereits nicht mehr mit, denn er brach entkräftet zusammen und verlor vor Erschöpfung das Bewusstsein.

Der Riese jedoch schwamm in einer dampfenden Flut aus Wasser und Eisschollen, die wie Korken auf und ab sprangen, als er wütend um sich schlug. Dann machte er Anstalten, aus dem Pfuhl herauszusteigen und sich dessen Urheber zu greifen – aber nun war Granock an der Reihe.

Indem er seine Hände auf den Riesen richtete und sich ganz und gar auf seine Fähigkeit konzentrierte, wirkte er einen seiner Zeitzauber.

Ohne Erfolg …

Die schiere Größe des Riesen und sein furchterregender Anblick sorgten dafür, dass Granocks Impuls an dem Giganten geradezu abprallte. Panik griff nach Farawyns Schüler, aber nur für einen kurzen Augenblick, dann war ihm erneut, als würde sein Meister zu ihm sprechen.

Die Macht der Vorstellung – du musst sie entfesseln!

Jetzt!

Granock schloss die Augen und redete sich ein, es nicht mit einer Kreatur von riesenhafter Größe zu tun zu haben, sondern mit einem Menschen aus Fleisch und Blut, einem ebenbürtigen Gegner.

Du wirst niemals in der Lage sein, etwas zu tun, das du dir nicht vorstellen kannst. Denn ganz gleich, wie ausgeprägt deine Begabung sein mag und wie bedeutend deine Fähigkeit, letzten Endes ist das Herz der Ort, wo entschieden wird, ob aus einem durchschnittlichen Wesen ein Zauberer wird …

Keine Zweifel mehr, redete sich Granock ein.

Nur noch Taten.

Und indem er seine ganze Überzeugung und seine ganze Kraft in einen einzigen entscheidenden Gedanken legte und dem Eisriesen seine Magie entgegenschleuderte, als wäre sie eine stoffliche Waffe, gelang es ihm, seine Fähigkeit voll zu entfalten.

Der Zeitzauber wirkte!

Von einem Augenblick zum anderen verstummte der Riese, und seine hektischen Bewegungen erstarrten. Sein Oberkörper, der bereits dabei gewesen war, sich aufs Trockene zu wälzen, glitt ins Wasser zurück, und da die gigantische Kreatur auch nicht mehr mit den Beinen strampelte, um sich an der Oberfläche zu halten, sackte sie in die bodenlose Tiefe des Eismeeres, das sich unter der *yngaia* erstreckte. Das Letzte, was von Ymir zu sehen war, waren seine grässlichen bärtigen Gesichtszüge und die weißen Augen, die in stummem Schrecken geweitet waren. Dann versank auch das Haupt des Riesen in der bodenlosen Tiefe, und das schäumende graue Wasser schloss sich über ihm.

Erschöpft brach Granock in die Knie und fiel vornüber. Auf allen vieren kauernd, rang er keuchend nach Luft, wobei er nicht zu sagen vermocht hätte, ob die körperliche oder die mentale Anstrengung größer gewesen war. Er brauchte eine Weile, um wieder zu Atem zu kommen, doch aufstehen konnte er auch dann noch nicht. Auf Fäusten und Knien kroch er durch den Schnee zu Aldur, der unweit von ihm lag und das Bewusstsein noch immer nicht zurückerlangt hatte.

»He«, sagte der Mensch und stieß den Elfen unsanft an.

Der blinzelte und schlug die Augen auf. Im ersten Moment verriet sein Blick pures Unverständnis, dann schien er sich schlagartig zu besinnen.

»Ymir!«, rief er, richtete sich auf und schaute sich mit weit aufgerissenen Augen um – aber wohin er auch blickte, er erspähte nichts als Schnee und Wasser, über dem weiße Schwaden lagen.

»Keine Sorge«, beschwichtigte ihn Granock. »Der kann uns nicht mehr gefährlich werden.«

»Er ist …?«

»… in die Grube gefallen, die du ihm gegraben hast«, vervollständigte Granock und grinste matt. »Gut gemacht.«

»Du … du hast mich gerettet«, stellte Aldur fest, Granocks Lob überhörend. »Du hast mich aus der Spalte gezogen …«

»Darauf würde ich mir an deiner Stelle nichts einbilden«, wehrte Granock ab. »Allein hätte ich den Riesen niemals besiegen können, also brauchte ich deine Hilfe. Ich habe dabei nur an mich gedacht.«

»Du hast mich gerettet«, wiederholte der Elf, so als müsste er sich den Sachverhalt laut vorsagen, um ihn zu begreifen. Einwände gleich welcher Art schienen ihn dabei nicht zu interessieren.

Sein Blick richtete sich auf die Eisnadel, die nach wie vor ihr Ziel war und sich schemenhaft im Nebel abzeichnete. In den grauen Schwaden war jedoch nicht zu erkennen, wie weit sie noch entfernt war. Sie hatten den Eisriesen bezwungen und damit ihre Leben gerettet, doch die Prüfung selbst galt erst als bestanden, wenn sie das vorgegebene Ziel erreicht hatten.

Granock folgte dem Blick des Elfen, und da erst wurde er der Eisnadel gewahr. »Da ist das verdammte Ding ja«, murmelte er, dann zerrte er an Aldurs Arm und sagte laut: »Nun komm schon, steh auf!«

»I-ich kann nicht«, flüsterte der Elf, der vergeblich versuchte, sich zu erheben.

»Mann, was soll das heißen?«

»Krämpfe«, stieß der Elf mit schmerzverzerrtem Gesicht hervor. »Eine Folge der Verausgabung ...«

»Was für ein Pech.« Granock verzog keine Miene.

»Worauf wartest du?«, fuhr Aldur ihn an. »Geh schon!«

Im ersten Moment wollte sich Granock tatsächlich abwenden, zumal der Tonfall des Elfen darauf schließen ließ, dass Aldur wieder die alte Arroganz annehmen wollte. Aber Granock besann sich und verharrte.

»Was starrst du mich an?«, fragte Aldur, der die Tränen der Wut und Enttäuschung kaum zurückhalten konnte. »Willst du dich an meinem Unglück weiden?«

Granock schüttelte den Kopf. »Ich versuche nur, aus dir schlau zu werden.«

»Was meinst du damit?«, knirschte Aldur zwischen zusammengebissenen Zähnen hervor.

Statt zu antworten, trat Granock vor, packte den Elfen und zerrte ihn kurzerhand hoch.

»W-was tust du?«

»Wonach sieht es denn aus?«, fragte der junge Mensch, während er sich den hageren Aldur quer über die Schultern lud. »Allmählich wird es wohl zur Gewohnheit für mich, euch Spitzohren durch die Gegend zu schleppen.«

»Warum tust du das?« Aldur war fassungslos und klang zugleich ziemlich elend. »Ich würde das für dich *niemals* tun. Im Gegenteil, ich wollte dich immer loswerden.«

»Ich bin eben kein Elf«, brummte Granock, der sich in Richtung Eisnadel in Bewegung setzte, »und deshalb mit einem Makel behaftet.«

»Mit was für einem Makel?«

»Menschlichkeit«, antwortete Granock schlicht.

5. YMARFA SHA DIFFROFUR

Wie lange der Marsch zur Eisnadel tatsächlich noch dauerte, wusste Granock später nicht mehr. Allerdings war der Weg noch um ein gutes Stück länger, als es zunächst den Anschein hatte. Alannah und Caia halfen ihm, Aldur zu stützen, der sich derart verausgabt hatte, dass sein Körper ihm erst ganz allmählich wieder gehorchte. So langten sie schließlich bei der Eisnadel an, erschöpft und verausgabt, aber überglücklich, das Ziel erreicht zu haben.

Allerdings brachen sie deswegen nicht in Jubel aus, dafür standen sie noch zu sehr unter dem Eindruck dessen, was sie erlebt hatten. Man beglückwünschte sich, und Caia küsste Granock, dem sie ihr Leben verdankte, zart auf die Wange, wohingegen Alannah ihn lediglich umarmte – das war es dann auch schon.

Und im nächsten Moment waren die Novizen nicht mehr allein: Unvermittelt trat Meister Daior zu ihnen. Ob er die ganze Zeit über am Fuß der Felsnadel gewartet oder eben erst zu ihnen gestoßen war, hätte keiner der vier Prüflinge zu sagen vermocht.

»Sehr gut«, sagte der Zauberer anerkennend. »Ihr habt euren Meistern Ehre gemacht. Ich beglückwünsche euch, die ihr die Prüfung bestanden habt – als Erste, wie ich hinzufügen möchte.«

»A-als Erste?«, fragte Caia verwundert.

Daior nickte. »Eure Gruppe ist bisher die Einzige, die den Anforderungen des Hohen Rats genügte«, erklärte er, »und das sicher nicht aus purem Zufall.«

»Was meint Ihr damit, Meister?«, wollte Alannah wissen.

Daior lächelte schwach. »Jeder Novize«, erklärte er, »wird bei seinem *prayf* mit dem konfrontiert, was ihm während der Ausbildung am schwersten fiel. Nur so kann der Hohe Rat beurteilen, ob ihr in der Lage seid, eure Schwächen zu bezwingen und über euch selbst hinauszuwachsen.«

»Aha«, sagte Aldur. »Und was waren unsere Schwächen?«

»Könnt ihr euch das nicht denken?«, fragte der Meister. »Allein euer Zorn ist es gewesen, der den Giganten geweckt und aus der Tiefe getrieben hat.«

»Moment mal«, hakte Granock ein. »Soll das heißen, dieser Kerl war Teil der Prüfung?«

»Natürlich war er das«, antwortete Alannah an Daiors Stelle. »Was hast du denn gedacht? Der Ymir ist eine Sagengestalt. Natürlich existiert er nicht wirklich.«

»Für mich war er real genug«, flüsterte Granock und schalt sich für seine eigene Naivität. Offensichtlich hatten die Zauberer bei der ganzen Sache ihre Hand im Spiel gehabt – würde ein Eisgigant so nahe bei der Ordensburg sein Unwesen treiben, hätten sie ansonsten längst eingegriffen.

»Nur aus Interesse«, fragte er, die Zusammenhänge erahnend, »worin besteht Eure Gabe, Meister Daior?«

»Man nennt mich Daior«, antwortete der Zauberer bereitwillig, »was von *daiórgryn** abgeleitet ist.«

»Ich verstehe«, sagte Granock. »Also seid Ihr es gewesen, der dafür sorgte, dass der Boden unter unseren Füßen erzitterte.«

»Für das Beben war ich zuständig«, gab Meister Daior zu, »für den Eisriesen jedoch hat die Einheit der Hunla gesorgt, die sich darauf verstehen, die Gestalten unserer Fantasie Wirklichkeit werden zu lassen.«

»Soll das heißen, der Riese war nur ein Traumgebilde?«, fragte Caia ungläubig.

»Sehr viel mehr als das«, widersprach Daior. »Was aus den Gedanken der Hunla erwächst, ist von der Wirklichkeit nicht zu

* elfisch für Erdbeben

unterscheiden und reagiert wie ein lebendes, atmendes Wesen. Der Eisriese hätte auch töten können, das steht außer Frage.«

»Das haben wir gemerkt«, kommentierte Aldur mit einem Zynismus, der eigentlich eher Granocks Domäne war.

»Ihr alle habt tapfer gekämpft, Novize Aldur«, sagte Daior und wandte sich dem jungen Elfen zu, »doch keiner so hart wie du. Du hast dich dem Riesen entgegengestellt und ihm getrotzt.«

»Nicht ich allein, Meister«, widersprach Aldur zur Verblüffung seiner drei Mitstreiter. »Wäre Granock nicht gewesen, würde ich nicht mehr unter den Lebenden weilen und hätte nichts zu unserer Rettung beitragen können. Ihm gebührt nicht weniger Lob als mir.« Damit wandte er sich dem Menschen zu, der noch vor wenigen Stunden sein erklärter Feind gewesen war, und hielt ihm die Hand hin.

»Am Tag, als wir uns das erste Mal trafen, wolltest du mir die Hand in Freundschaft reichen«, erinnerte Aldur. »Ich jedoch habe nur einen Gegner in dir gesehen. Ich war verblendet und töricht, doch die Geschehnisse dort draußen im ewigen Eis haben mir die Augen geöffnet. Hier ist meine Hand, Granock. Wenn du sie noch willst, ergreif sie, und ich will dir von nun an ein treuer Freund sein.«

»W-was war das?«, fragte Granock verblüfft, dessen Verstand tatsächlich Mühe hatte, mit der rasanten Entwicklung Schritt zu halten. »Ist das dein Ernst?«

»Du weißt, dass ich nicht scherze«, entgegnete Aldur. »Elfen haben keinen Humor.«

Da konnte Granock nicht anders, als herzhaft zu lachen, und in seiner Erleichterung und im Überschwang des Augenblicks trat er vor und umarmte Aldur, statt seine Hand zu ergreifen.

Der Elf wusste sichtlich nicht, wie er auf diesen Gefühlsausbruch reagieren sollte. Unter männlichen Elfen wurde der Austausch solcher Vertraulichkeiten als derb und bäuerisch empfunden. Noch am Morgen hätte sich Aldur daher entsprechend herablassend und abfällig geäußert, nun aber erwiderte er, nach einem kurzen Moment der Unsicherheit, die Umarmung des Menschen und dankte ihm dafür, dass Granock ihm nicht nur das Leben gerettet, sondern auch die Schande erspart hatte, den *prayf* wiederholen zu müssen.

»Sieh an«, kommentierte Alannah, die trotz ihrer Erschöpfung überglücklich war. »Wer hätte das gedacht? Sollten aus Feinden am Ende Freunde geworden sein?«

»Um nichts anderes geht es bei der Prüfung«, erklärte Daior. »Jeder *prayf* soll die Schüler etwas lehren, das sie zuvor noch nicht erkannt oder gegen das sie sich bisher gesperrt haben. Er soll ihr Bewusstsein weiten und ihnen eine der fundamentalen Wahrheiten offenbaren, die das Leben bestimmen.«

»Als da wäre?«, fragte Caia.

»Dass man in der Gemeinschaft stärker ist als allein«, sagte eine Stimme hinter ihnen, »und dass man Verbündete auch dort findet, wo man sie am wenigsten vermutet.«

Die Schüler wirbelten herum und sahen sich zu ihrer Verwunderung ihren Meistern gegenüber: Cethegar, Riwanon und Farawyn, die ebenso geheimnisvoll und unvermittelt aufgetaucht waren wie zuvor Daior. Riwanon und Farawyn stand der Stolz auf ihre Novizen in die Gesichter geschrieben, und sogar Cethegar blickte weniger grimmig drein als sonst.

»Eure Feindschaft«, fuhr Farawyn in seiner Erklärung fort, »blieb uns nicht verborgen, also beschlossen wir, sie zum Gegenstand eurer Prüfung zu machen. Aus diesem Grund wurdet ihr derselben Gruppe zugeteilt. Uns war klar, dass ihr die Mission nur bewältigen könnt, wenn ihr euren Zwist begraben und zusammenarbeiten würdet, wie es das Grundprinzip unserer Ordensgemeinschaft vorsieht.«

»Dann … war alles geplant?«, fragte Granock ungläubig. »Von Anfang an?«

»Bruder Daior und die Hunla haben lediglich dem Gestalt verliehen, was ihr in eurem Innersten empfunden habt«, erläuterte Riwanon. »In Wahrheit ist es euer Zorn gewesen, der das Eis erschütterte und den Riesen weckte, und es war euer Hass, der ihn nährte. Besiegen konntet ihr ihn erst, als ihr eure kindischen Rivalitäten hintanstelltet und euch füreinander eingesetzt habt.«

»Diese Lektion«, ergänzte Cethegar und strich sich über die Zöpfe seines Barts, »konnten wir euch nicht lehren. Ihr musstet von selbst darauf kommen – und das habt ihr getan. Ihr habt eure Rivalitäten und alles, von dem ihr glaubtet, es würde euch trennen, hinter euch gelassen und seid über euch hinausgewachsen. Deshalb verdient ihr Anerkennung – und habt zu Recht die Prüfung bestanden.«

Die Novizen wechselten staunende Blicke – so viel Lob auf einmal hatten sie noch nie zuvor aus dem Mund des gestrengen Ältesten vernommen. Doch Cethegar war noch für eine weitere Überraschung gut.

»Die letzten Wochen«, fuhr er fort, »waren der harten Arbeit gewidmet und der unermüdlichen Übung. Dieser Abend jedoch soll der Muße gehören. Der Saal der Novizen wird zur Stunde bereits geschmückt; dort werdet ihr heute Abend Gelegenheit haben, euren Triumph zu feiern, zusammen mit all jenen, die wie ihr die Prüfung bewältigt und den Sieg errungen haben – auch wenn sich abzeichnet, dass es diesmal nicht allzu viele sein werden.«

»Ogan?«, fragte Granock zaghaft.

Farawyn schüttelte den Kopf. »Er ist noch nicht so weit. Seine Gruppe hat aufgegeben.«

Granock nickte, und so sehr er sich über den eigenen Erfolg freute, überwog doch für einen Moment das Mitgefühl für den jungen Elfen, der ihm als einer der wenigen seiner Art von Beginn an freundschaftlich begegnet war.

»Und Zenan?«, wollte Aldur wissen. »Haiwyl?«

»Auch sie haben versagt«, stellte Riwanon unbarmherzig fest. »Aber sie werden Gelegenheit erhalten, sich ein zweites Mal zu bewähren. Der Orden braucht jene, die das Schicksal mit *reghas* bedachte. Ohnehin werden es immer weniger.«

»Aber daran wollen wir im Augenblick nicht denken«, vertrieb ausgerechnet Cethegar alle trüben Gedanken. Es war das erste Mal, dass Granock in den Augen des alten Zauberers Wohlwollen und Hoffnung blitzen sah – und es sollte auch das einzige Mal bleiben.

»Vater Cethegar hat recht«, pflichtete Farawyn dem Ältesten bei. »Wir wollen nicht über jene betrübt sein, die bei der Prüfung versagten, sondern uns über jene freuen, die sie bestanden und ihren Meistern Ehre gemacht haben.«

Farawyns Triumph überwog den der beiden anderen Meister bei Weitem, und das aus gutem Grund: Er hatte mehr als jeder andere Zauberer riskiert und alles gewagt, indem er einen Menschen als Novizen nach Shakara gebracht hatte, entgegen der Tradition und allen Widerständen zum Trotz. Nicht nur Granock war in den vergangenen Wochen und Monaten vielen Anfeindungen ausgesetzt gewesen, auch sein Meister, der sich immer wieder hatte vorhalten lassen müssen, er würde die alten Werte verraten und dem Orden erheblichen Schaden zufügen. Nun jedoch, nachdem der von ihm ausgewählte Mensch den *prayf* bestanden hatte, während Novizen elfischen Geblüts dabei versagten, würden die kritischen Stimmen verstummen oder zumindest bedeutend leiser werden.

Durch seinen Triumph hatte Granock Farawyns Theorie, dass Elfen und Menschen ebenbürtig seien, belegt und all jene Lügen gestraft, die in seinesgleichen nichts anderes als rohe Barbaren sehen wollten. Die Menschen waren in der Lage, Ungewöhnliches zu leisten – nicht mehr und nicht weniger hatte Granock bewiesen, und er konnte die Dankbarkeit, die ihm vonseiten seines Meisters dafür entgegenschlug, beinahe körperlich spüren. Vielleicht würden Farawyns Ansichten nun von mehr Mitgliedern des Ordens geteilt werden; vielleicht würde dieser Tag irgendwann als Wendepunkt in der Geschichte Shakaras angesehen werden, der dem Orden den Weg in eine neue Zukunft gewiesen hatte.

All das war möglich – aber Granock scherte sich nicht darum.

Nachdem sich die erste Begeisterung wieder gelegt hatte und die Erschöpfung sich bemerkbar machte, wollte er nur zurück in seine Kammer, die durchnässte Tunika durch trockene Kleidung ersetzen und sich etwas ausruhen. Danach wollte er seinen Sieg feiern, zusammen mit Alannah und Caia. Und sogar mit Aldur, was er noch vor ein paar Stunden für unmöglich gehalten hätte.

»Was ist das?«, fragte plötzlich Riwanon.

Granock schaute auf: Aus den weißen Nebelschwaden schälten sich die eindrucksvollen Formen eines *bórias*, auf dessen Rücken allerdings kein Reitkorb befestigt war. Es dauerte einen Moment, bis Granock den Reiter des Tieres ausmachen konnte. Eine geradezu winzige Gestalt kauerte im fellbesetzten Nacken des riesigen Eisbären: ein Kobold.

Es handelte sich um Ariel, den Diener des Hohen Rates. Um sich vor der Kälte der *yngaia* zu schützen, hatte sich der Wicht einen dicken Wollumhang übergeworfen, der allerdings fast größer war als er selbst, und die Blütenkappe hatte er durch eine Fellmütze ersetzt.

»Ariel!«, rief Farawyn überrascht. »Was führt dich zu uns?«

»Nachrichten vom Hohen Rat«, antwortete der Kobold, nachdem er den riesigen Bären zum Stehen gebracht hatte, wobei er weder Zügel noch Gerte gebrauchte. Offenbar bediente er sich dazu seiner mentalen Fähigkeiten.

»Was für Nachrichten?«, wollte Cethegar wissen. Die Freude über das gute Abschneiden seiner Schülerin war schlagartig aus seinen Zügen verschwunden, so als ahnte er, dass Unheil dräute.

»Eine Ratsversammlung wurde einberufen, die Euer sofortiges Erscheinen erforderlich macht, verehrte Meister. Ein unerwartetes Ereignis ist eingetreten ...«

6. ANTURAITH DARAN

Und wieder hieß es warten – mit dem Unterschied, dass es diesmal nicht um Leben und Tod ging.

Dennoch fühlte Granock wachsende Unruhe, während er in der kleinen Kammer, die sich unmittelbar hinter dem Ratssaal befand, auf und ab ging. Zwar hatte Alannah mehrmals an der Tür zu lauschen versucht, doch diese war – vermutlich unter Zuhilfenahme magischer Mittel – dergestalt verschlossen, dass nicht einmal das empfindliche Gehör der Elfin etwas von dem zu erlauschen vermochte, was jenseits der Tür vor sich ging. So blieb ihnen also nichts Weiteres, als auf das Ende der Ratssitzung zu warten und Mutmaßungen anzustellen.

»Das alles gefällt mir nicht«, meinte Aldur, der auf einem der steinernen Hocker Platz genommen und grübelnd das Kinn auf die Faust gestützt hatte, den Ellenbogen aufs Knie gestemmt. »Wenn der Hohe Rat so unvermittelt zusammentritt, kann das kaum etwas Gutes bedeuten.«

»Das stimmt«, pflichtete Alannah bei. »Etwas muss vorgefallen sein.«

»Der Kobold sprach von einem ›Ereignis‹«, überlegte Aldur. »Was er damit wohl gemeint haben mag?«

»Müßig, darüber nachzudenken«, sagte Granock zu seinem neuen Freund; zwar konnte er noch immer kaum glauben, dass Aldur jedes feindliche Gefühl ihm gegenüber aufgegeben hatte, andererseits war er aus den Elfen nie wirklich schlau geworden, darum nahm er sich vor, sich darüber nicht auch noch den Kopf zu zerbrechen. »Der Rat wird entscheiden, was zu tun ist.«

»Zweifellos wird er das«, räumte Aldur ein, »aber wird er auch die richtige Entscheidung treffen? Der Rat ist seit einiger Zeit gespalten, Granock, und nicht mehr das, was er mal war. Da stimmt die eine Partei gegen die andere, einfach nur, um den vermeintlichen Widersachern eins auszuwischen.«

»Aber in Krisenzeiten werden die Ratsmitglieder sicherlich wieder als Einheit handeln«, gab sich Alannah überzeugt.

»Wir wollen hoffen, dass du recht hast«, meinte Aldur, »sonst wäre es um die Zukunft des Ordens schlecht bestellt.«

»Meinst du damit was Konkretes?«, fragte Granock.

»In mancher Hinsicht mag ich mich in dir getäuscht haben, mein Freund. Aber über uns Elfen weißt du wirklich nicht sehr viel.« Aldur lächelte nachsichtig. »Das letzte Mal, als der Orden in zwei gegnerische Parteien gespalten war, hat dies jemand für seine Zwecke genutzt, ein junger Zauberer, der sich zum Herrscher über ganz Erdwelt aufschwingen wollte. Ein blutiger Krieg war damals die Folge, und es gibt manche, die der Überzeugung sind, dass das Reich erneut am Rande eines solchen Krieges stünde.«

»Unsinn«, widersprach Alannah. »Nur äußerst übel wollende Zeitgenossen behaupten so etwas.«

»*Realisten* behaupten so etwas«, verbesserte Aldur. »Wenn es zu einer Spaltung des Rates kommt, wird sich jeder von uns fragen müssen, auf wessen Seite er sich stellen will – auf die Palgyrs und der Traditionalisten oder auf jene von Farawyn und seiner verrückten Ideen.«

»Das sind keine verrückten Ideen, sondern Visionen!«, behauptete Alannah. »Selbst du hast doch wohl inzwischen erkannt, dass das Miteinander von Menschen und Elfen auch Vorteile birgt.«

Ein Lächeln glitt über Aldurs Züge, und er nickte dankbar in Granocks Richtung. »In der Tat. Ohne die Hilfe unseres menschlichen Freundes würde ich nicht mehr unter den Lebenden weilen. Ich gebe gern zu, dass ich mich in Granock geirrt habe. Und auch, dass er ein sehr viel besserer Zauberer ist, als ich es jemals für möglich gehalten hätte.«

»Mann!« Granock plusterte die Backen auf. »Und das aus deinem Munde …«

»Aber«, schränkte Aldur ein, »sollten wir einer einzigen rühmlichen Ausnahme wegen jahrtausendealte Regeln und Gesetze brechen und alles infrage stellen, wofür unsere Ahnen unter Einsatz ihres Lebens gekämpft haben? Hätten unsere Vorfahren nicht an den Traditionen festgehalten, hätte der Orden schon vor langer Zeit zu existieren aufgehört, und Margok hätte triumphiert. Wir entehren ihr Andenken, wenn wir bedenkenlos verschenken, wofür sie so große Opfer gebracht haben.«

»Darum geht es doch gar nicht!«, wandte Alannah ein.

»Doch, genau darum geht es«, beharrte Aldur. »Du solltest deine Augen nicht vor der Wahrheit verschließen. So sehr mich Granocks Erfolg erfreut ...«

In diesem Moment flog die Tür der Kammer auf, und Meister Cethegar erschien, den üblichen grimmigen Ausdruck im Gesicht. Aldur verstummte augenblicklich und sprang von seinem Hocker auf, um dem Ältesten Respekt zu erweisen.

Cethegar war nicht allein. Farawyn und Riwanon begleiteten ihn, und von ihren Gesichtern war die Besorgnis deutlich abzulesen. Als Letzter trat Vater Semias in die Kammer. Die Tür schloss sich hinter ihm von unsichtbarer Hand, fiel leise ins Schloss. Granock war sicher, dass von dem, was in der Kammer gesprochen wurde, ebenso wenig nach draußen drang, wie es zuvor umgekehrt der Fall gewesen war.

»Novizen«, sagte Vater Semias im Tonfall des gestrengen Lehrers, »wisst ihr etwas mit dem Begriff Carryg-Fin anzufangen?«

»Natürlich«, antwortete Alannah, die nicht lange nachzudenken brauchte. »Die Grenzfestung ist ein Teil des Cethad Mavur, des Schutzwalls zwischen Elfenreich und dem Südland Arun. Einst gab es mehrere dieser Festungen, aber nach dem Ende des großen Krieges ist nur diese eine geblieben, die seither das Reich nach Süden gegen das barbarische Wildland sichert.«

»Sehr gut«, sagte Cethegar und nickte seiner Novizin anerkennend zu.

»Und?«, fragte Granock vorlaut. »Was hat es mit dieser Festung auf sich?«

»Angeblich wurde sie erobert«, antwortete Farawyn. »Angegriffen in dunkler Nacht, die Besatzung niedergemetzelt bis auf den letzten Mann.«

»Wie entsetzlich«, hauchte Alannah.

»Bisher ist es nur ein Gerücht«, sagte Riwanon beruhigend.

Aldur nickte. »Wie könnte so etwas auch geschehen? Die Grenztruppen sind zahlreich und gut ausgebildet.«

»Längst nicht mehr«, widersprach Farawyn. »Die Kräfte der Grenzsoldaten sind ausgezehrt, und ihre Anzahl ist ebenso gesunken wie ihre Moral.«

»Das erklärt noch nicht, wie eine ganze Grenzgarnison einfach ausgelöscht werden soll«, wandte Aldur ein.

»So ist es«, stimmte Semias zu. »Aus diesem Grund werden wir einen Erkundungstrupp nach Carryg-Fin schicken und herausfinden, was genau dort geschehen ist. Die Gerüchte, die bislang über die Geschehnisse dort kursieren, sind teils widersprüchlich.«

»Inwiefern?«, fragte Alannah.

»Wie es heißt, soll der Kommandant der Festung das Massaker schwer verwundet überlebt haben. Aber was aus ihm geworden ist, weiß niemand«, erklärte der Älteste. »Und außerdem waren es angeblich keine irdischen Kräfte, die Carryg-Fin angriffen und zerstörten.«

»Keine irdischen Kräfte?«, echote Alannah. »Dann war Zauberei im Spiel?«

»Wir wissen es nicht«, gestand Cethegar. »Vielleicht ist gar nichts vorgefallen, und in Carryg-Fin ist alles in bester Ordnung. Wie gesagt, bisher haben wir nur Gerüchte.« Seine Miene verfinsterte sich, sodass er noch grimmiger wirkte als sonst. »Vielleicht aber hat etwas Dunkles, Bedrohliches die Grenze überschritten und ist ins Reich eingedrungen.«

»Und warum gehen die Zauberer von Shakara diesen Gerüchten nach?«, fragte Granock keck. »Warum kümmert sich nicht der König der Elfen um dieses Problem? Wofür hat er seine Armee?«

»Man muss bedenken, dass Elidor nicht gerade der stärkste Herrscher ist, der jemals auf dem Elfenthron saß«, erklärte Vater Semias. »In Wahrheit sind es Fürst Ardghal und die anderen Berater, die das Zepter schwingen und dem Hohen Rat in der Politik des Reiches eine Nebenrolle zugeschrieben haben. Elidor wird abwarten, bis sich das Gerücht als wahr oder falsch erweist.«

»Ich frage mich, warum Palgyr so erpicht darauf ist, gerade mich nach Carryg-Fin zu schicken«, murmelte Farawyn und strich sich nachdenklich mit einer Hand über den Bart.

»Womöglich hält er größere Stücke auf dich, als du ahnst«, sagte Semias. »Außerdem werden dich Bruder Cethegar und Schwester Riwanon auf der Reise begleiten.«

»Oder er will Cethegar und mich lediglich loswerden, um hier in Shakara freiere Hand zu haben als bisher«, befürchtete Farawyn. »Immerhin war er es, der uns über die Gerüchte hinsichtlich des Überfalls auf Carryg-Fin in Kenntnis setzte, die angeblich am Hofe in Tirgas Lan die Runde machen. Auch mir kommt es merkwürdig vor, dass König Elidor diesbezüglich gar nichts unternimmt, da muss ich Granock recht geben. Denn da Palgyr diese Gerüchte zu Ohren kamen und sie offensichtlich seine Besorgnis erweckten, dann muss auch Elidor davon erfahren haben. Zumindest hätte Palgyr in seiner beratenden Funktion den König über diese Gerüchte informieren müssen, wenn ihm die Bedrohung denn so real erscheint, dass er auf eine Expedition der Zauberer drängt.«

»Ich leugne nicht, dass es ungeklärte Fragen gibt«, gab Cethegar zu, »aber es liegt nun mal in unserem ureigensten Interesse, herauszufinden, ob diese Gerüchte überhaupt zutreffen und wenn ja, welche Macht hinter diesem Angriff steht, zumal wenn tatsächlich Zauberei im Spiel war.«

»Gut gesprochen, Bruder«, pflichtete ihm Semias bei. »Ich jedenfalls bin froh darüber, dass gerade ihr für diese Mission ausgesucht wurdet, denn wenn dem Reich tatsächlich eine Gefahr droht, möchte ich meine besten Zauberer am Ort des Geschehens wissen.«

»Danke, Vater«, sagte Farawyn und deutete eine Verbeugung an. »Ich bitte, meine unbedachten Worte und mein Misstrauen Bruder Palgyr gegenüber zu entschuldigen.«

»Schon gut«, sagte der Älteste, und für einen Moment war sein Blick der des Lehrers auf seinen Schüler.

»U-und was ist mit uns, ehrwürdiger Meister?«, erkundigte sich Alannah zaghaft und stellte damit die Frage, die auch den anderen Novizen auf den Nägeln brannte.

Riwanon wandte sich ihr zu, und ein Lächeln huschte über ihre sinnlichen Züge. »Als unsere Novizen, die den *prayf* erfolgreich abgelegt haben, werdet ihr uns natürlich begleiten.«

»I-ist das wahr?« Aldurs Augen weiteten sich in unverhohlener Begeisterung.

»Zügelt euren leichtsinnigen Drang nach Aufregung und Abenteuer«, wies ihn Meister Cethegar zurecht, »und betrachtet es als den Beginn eures *garuthan*, als eure erste große Möglichkeit, euch im Einsatz zu bewähren. Nicht nur die Blicke eurer Meister werden auf euch gerichtet sein, sondern die des gesamten Ordens. Macht ihm keine Schande, stattdessen tragt dazu bei, seine Ehre und sein gutes Ansehen unter den Völkern Erdwelts zu bewahren und zu fördern.«

»Das werden wir, Meister«, versicherte Granock – und zum ersten Mal empfand er Stolz. Stolz dazuzugehören und Teil von etwas Großem und Bedeutendem zu sein.

Die Situation erlaubte es nicht, in lauten Jubel auszubrechen oder sich gegenseitig zu beglückwünschen, aber ein Blick in die Gesichter seiner beiden Mitschüler verriet ihm, dass sie ebenso empfanden wie er. Sie begnügten sich damit, einander zuzulächeln, und eine Zuversicht, wie er sie noch nie zuvor verspürt hatte, ergriff von Granock Besitz.

Er zweifelte nicht mehr daran, dass er auch den *garuthan*, den zweiten Teil der Ausbildung zum Zauberer, erfolgreich absolvieren würde. Er würde nach Arun gehen und das erste große Abenteuer seines noch jungen Lebens bestehen – zusammen mit zwei Elfen, die entgegen jeder anfänglichen Erwartung seine Freunde geworden waren.

Alannah.

Und Aldur …

7. CASNOG SHA CENFÍGENA

Rurak.

Rurak …

Und immer wieder: Rurak!

Im Verlauf des letzten Mondes hatte Rambok, der Orkschamane, den Namen hassen gelernt – denn seit Rurak im *bolboug* aus und ein ging, hatte Rambok nichts mehr zu melden.

Wenn Borgas, der Häuptling des Knochenbrecher-Stammes, früher Rat und Hilfe benötigt hatte, so hatte er seinen Schamanen gefragt – entsprechend hoch war die Bewunderung gewesen, die man Rambok im ganzen Dorf entgegengebracht hatte. Mit dem Auftauchen Ruraks jedoch hatte sich dies grundlegend geändert, denn seit der sich Borgas' Gunst erschlichen hatte, hörte der Häuptling nur noch auf den Elfen. Schlimmer noch, er hatte ihm Treue und Gehorsam geschworen und schien sich zur Ausnahme sogar an seinen Schwur halten zu wollen, zumal ihm der Zauberer im Gegenzug die Herrschaft über die ganze Modermark versprochen hatte. Darüber hatte Borgas seinen alten Schamanen, der ihm über lange Jahre treu gedient und ihn vor so mancher Meuchelei gewarnt hatte, die der eine oder andere Ork im Schilde führte, schlicht vergessen. Dabei war doch offensichtlich, dass der Zauberer ein falsches Spiel trieb!

In der Häuptlingshöhle kein regelmäßiger Gast mehr zu sein und die Gesellschaft des ebenso dickbäuchigen wie selbstgefälligen Borgas nicht mehr täglich ertragen zu müssen, damit hätte Rambok noch ganz gut leben können. Nicht jedoch mit dem erheblichen Fratzenverlust, den er seit Ruraks Auftauchen erlitten hatte. Er konnte seine Höhle kaum noch verlassen, ohne mit einem hämischen Grinsen bedacht zu werden, selbst die Orklinge zeigten mit dem nackten Finger auf ihn und kicherten. Da es Kurul gefallen hatte, ihn mager und mit geringer Körpergröße in die Welt zu spucken, konnte Rambok nicht einfach in *saobh* verfallen und ein mittelschweres Blutbad anrichten wie andere Orks, die sich Respekt verschaffen wollten. Schon früh war ihm klar geworden, dass er seinen Verstand benutzen musste, wenn er es im *bolboug* zu etwas bringen wollte, deshalb hatte er sich von dem Schamanen Hussa in dessen Künste einweihen lassen und von ihm gelernt, bis er ihn eines Tages der Tradition folgend hinterrücks umgebracht und ihn in seinem Amt beerbt hatte.

Seither hatte sich alles zu Ramboks Gunsten entwickelt: Als neuer Schamane des Dorfes war er zu Ansehen und auch zu einigem Wohlstand gelangt, und nicht einmal die *faihok'hai*, die besten und gefürchtetsten Krieger des Stammes, hatten es mehr gewagt, ihn auch nur schief anzusehen. Aber das lag, so schien es, eine Ewigkeit zurück. Die Gegenwart sah anders aus, und daran musste Rambok unbedingt etwas ändern.

Seit Tagen schon hatte er die Rede vorbereitet, die er vor Borgas halten wollte, und nur auf eine Gelegenheit gewartet, sie ihm vorzutragen. Da Rurak immer häufiger im *bolboug* weilte – oder zumindest einer seiner von Kopf bis Fuß in schwarze Kapuzenmäntel gehüllten Handlanger –, war es immer schwieriger geworden, den Häuptling allein in seiner Höhle anzutreffen. Eines Abends jedoch ergab sich die Gelegenheit.

Rambok, der den ganzen Tag über auf dem Dorfplatz herumgelungert und dabei ständig nach dem Eingang der Häuptlingshöhle gespäht hatte, sah Rurak gehen – und war im nächsten Moment auch schon auf dem Weg.

»Was willst du?«, fuhr der *faihok*, der vor dem Eingang Wache hielt, den Schamanen an.

»Faulhirn!«, blaffte dieser zurück und warf sich so eindrucksvoll in Positur, wie es seine magere Gestalt nur irgend zuließ. »Weißt du nicht, wer ich bin?«

»Auf jeden Fall jemand, der keine so großen Töne spucken sollte«, konterte der Krieger gereizt, »weil ich dir nämlich sonst den *saparak* durch die Gedärme treibe. Und ich glaube nicht, dass Borgas sich darüber beklagen würde.«

Zu gern hätte Rambok widersprochen, aber so, wie die Dinge derzeit lagen, hatte der *faihok* leider nur zu recht. Vermutlich würde Borgas es nicht einmal merken, wenn sein Schamane plötzlich fehlte.

»Ich will zum Häuptling«, erklärte er deshalb ein wenig leiser.

»Nur zu.« Der Krieger entblößte seine gelben Hauer und gab den Weg frei. »Für diesmal ist's gut. Aber komm mir noch einmal unverschämt, Quacksalber, dann werde ich dich bei lebendigem Leib häuten und dir deine räudige Pelle in den Schlund stopfen, hast du verstanden?«

Rambok blieb eine Antwort schuldig – nicht nur, weil er nichts zu erwidern wusste, sondern auch, weil er nicht daran zweifelte, dass der *faihok* seine Drohung wahr machen würde. Es war höchste Zeit, dass sich die Dinge änderten …

Durch den dunklen Vorraum und vorbei an dem Gewölbe, in dem die zu Kuruls Ehren geschrumpften Köpfe ruhmreicher Krieger aufbewahrt wurden, gelangte Rambok vor Borgas' Thron. Der Häuptling war gerade dabei, sich von einem seiner fünf Weiber, von denen eines hässlicher war als das andere, die Krallen spitzen zu lassen. Das krächzende Geräusch der Raspel hallte von der Höhlendecke wider und ging Rambok durch Mark und Bein.

»Du?«, fragte Borgas, als er den Schamanen erblickte. Der Tonfall war so, als hätte er einen Furunkel an seinem *asar* entdeckt.

»Verzeih mein ungebetenes Eindringen, großer Häuptling«, bat Rambok und verneigte sich tief. »Es gibt etwas, das ich dir zu sagen habe.«

»Tatsächlich?« Borgas verzog das Gesicht, während die Orkin weiter an seinen Krallen feilte. »Was willst du?«

»Rurak«, sagte Rambok nur, als würde das alles erklären.

»Was ist mit ihm?«

»Er treibt ein falsches Spiel«, stellte der Schamane klar.

»Was du nicht sagst. Und um mir das mitzuteilen, bist du zu mir gekommen?«

»*Korr,* großer Häuptling, denn als dein Schamane und Berater ist es meine Pflicht ...«

»Was soll das geschwollene Geschwafel?«, herrschte ihn Borgas genervt an. »Als Berater habe ich dich entlassen, und als Schamane habe ich dich noch nie gebraucht. Also was willst du?«

»Dich vor einem großen Fehler bewahren«, fuhr Rambok in der Rede, die er vorbereitet hatte, fort, obgleich Borgas' nicht ganz so reagierte, wie er es bei seinen Proben vorausgesetzt hatte.

»Mich«, echote der. »Vor einem Fehler bewahren.«

»*Korr.*«

»Und vor welchem?«

»Du darfst dem Zauberer nicht über den Weg trauen. Ich fühle, dass er etwas plant. Unheil wird über den *bolboug* hereinbrechen, wenn du dem Elfen weiter folgst.«

»Sagt wer?«

»Die Knochen«, antwortete Rambok, auf das Sammelsurium kurioser Gegenstände deutend, das er um den dürren Hals baumeln hatte, »und die Knochen lügen nicht, das weißt du so gut wie ich. Sie sagen, dass es Unglück bringt, sich mit den Schmalaugen zu verbünden, noch dazu, wenn sie vorschlagen, dass wir unsere Traditionen und Gesetze über den Haufen werfen sollen!«

»Was meinst du damit?«

»Im Dorf wird erzählt, dass es schon bald einen Waffenstillstand mit den anderen Orkstämmen geben soll.«

»Und?«

»Das kann nicht dein Ernst sein!«, rief Rambok aus. »Du willst Waffenstillstand schließen? Mit den Blutbiersäufern? Den Kotzbalgern? Den Eisenfressern? Nachdem sie uns im vergangenen Winter so übel mitgespielt haben?«

»Die Zeiten ändern sich«, sagte der Häuptling nur.

»Die Zeiten, *korr*, aber nicht die Orks«, widersprach der Schamane. »Wo wären wir heute, wenn sich unsere Vorfahren geändert hätten und mit der Zeit gegangen wären? Womöglich würden wir bereits in gemauerten Behausungen leben und hätten es warm und behaglich – eine entsetzliche Vorstellung für einen Ork aus echtem Tod und Horn!«

»Ohne Zweifel«, stimmte Borgas zu. »Dennoch gibt es Zeichen, die auch deine Knochen nicht übersehen können – fliegende Ungeheuer beispielsweise, die unseren Fortbestand bedrohen.«

»Das wissen wir nicht«, gab Rambok zu bedenken. »Mit eigenen Augen haben wir sie nie gesehen.«

»Doch – in der Kugel des Zauberers«, beharrte Borgas, »und wir haben mitbekommen, was sie mit den Bluthunden gemacht haben. Es mag dir gefallen oder nicht, Schamane – aber wir leben am Beginn einer neuen Zeit. Vieles wird sich ändern. Ein Krieg wird kommen, der die Herrschaft der Schmalaugen hinwegfegen wird, und am Ende wird es in der Modermark nur noch einen einzigen Häuptling geben – nämlich mich. Geht das in deinen kahlen, hässlichen Schädel?«

»*Korr*«, versicherte Rambok, »aber wer sagt, dass du dich dazu des Zauberers bedienen musst? Auch ich kann dir all das verschaffen.«

»Du?«

»Gewiss, großer Häuptling«, behauptete der Schamane in seiner Not. Vom ursprünglichen Konzept seiner Rede hatte er sich inzwischen so weit entfernt, dass nichts mehr davon übrig war. Keines der Argumente, die er sich im miefigen Dunkel seiner Höhle zurechtgelegt hatte, hatte bislang verfangen, also musste Rambok improvisieren. »Habe ich dich je belogen?«

»Woher soll ich das wissen? Gemerkt habe ich jedenfalls nichts davon, sonst würde dein Kopf nicht mehr auf deinen Schultern sitzen!«

»Niemals«, gab sich Rambok selbst die Antwort, »und ich würde es auch niemals tun, denn die Knochen sagen stets die Wahrheit. Auf die kannst auch du dich verlassen, großer Häuptling, nicht jedoch auf die Versprechungen eines schmaläugigen Verräters, der dich lediglich für seine eigenen Ziele missbraucht und dich ausspeien wird wie giftigen *bru-mill*, sobald er keine Verwendung mehr für dich hat.«

»Ich verstehe.« Borgas nickte. »Du hingegen meinst es ehrlich mit mir und willst mir mit deinem Rat helfen, der Herrscher über alle *bolboug'hai* zu werden, richtig?«

»Korr.« Rambok nickte erleichtert. Endlich schien der Häuptling zu begreifen.

Doch Borgas verzog nur angewidert das Gesicht. »Ich sehe es anders«, erklärte er. »Ich denke, dass du nur neidisch bist und zerfressen von Eifersucht. Der Zauberer hat dich von deinem Platz verdrängt, und das macht dich madig, und jetzt willst du mich gegen ihn aufbringen. Aber das klappt nicht, Quacksalber, denn ich durchschaue deine Pläne, so wie ich sie immer durchschaut habe, von Anfang an. Eine Zeit lang war es ganz spaßig, dich in meinen Diensten zu haben, aber jetzt ...«

»Tu das nicht, Häuptling!«, fiel Rambok ihm rasch ins Wort, ehe Borgas den Satz zu Ende bringen konnte. »Ziehst du denn die Verschlagenheit eines elfischen Zauberers der Treue eines orkischen Schamanen vor?«

»Ja«, antwortete Borgas, ohne auch nur einen Augenblick nachzudenken.

»I-ist das deine endgültige Antwort?«, fragte Rambok erschüttert.

»Meine Entscheidung steht unverrückbar fest«, erklärte Borgas. »Rurak ist mein neuer Berater. Für dich habe ich keine Verwendung mehr, du zu kurz geratene Beleidigung für jeden halbwegs schrecklichen Ork!«

»A-aber ich ...«

»Was willst du? Dich beschweren?« Borgas schüttelte den Kopf. »Lass es bleiben. Das Leben war ohnehin besser zu dir, als so ein mickriger Kerl wie du es verdient hätte. Normalerweise hätte man dich schon als Orkling im Wald aussetzen oder an die Trolle verfüttern müssen, aber du warst schlau, und daher bist du Schamane geworden – wenn auch nur, indem du deinen Vorgänger im Schlaf erdolcht hast, statt ihn im ehrlichen Kampf zu besiegen, wie du immer behauptet hast.«

Rambok sog scharf die muffige Luft ein. »Woher weißt du ...?«

»Ich habe das schon immer gewusst, aber ich hielt es für nützlich, dich bei mir zu haben, also habe ich dich gewähren lassen. Nun jedoch brauche ich dich nicht mehr. Also geh, ehe ich es mir anders überlege und dich doch nach an die Trolle verfüttere.«

»Aber großer Häuptling, ich ...«

»Geh!«, brüllte Borgas so laut, dass selbst die Orkin zu seinen Füßen zusammenzuckte und für einen Moment zu raspeln vergaß.

Rambok griff sich an die Schläfe und taumelte zurück, als hätte ihn ein Schlag am Kopf getroffen. Tatsächlich fühlte er sich wie benommen, als er sich umdrehte und hängenden Hauptes aus der Höhle trottete, die er noch vor ein paar Wochen so selbstverständlich betreten hatte, als wäre sie seine eigene.

An den *faihok'hai*, die vor der Häuptlingsbehausung Wache hielten, schlich er vorbei wie ein geprügelter Hund, hoffend, dass sich der Krieger, mit dem er zuvor aneinandergeraten war, sich nicht an seine Drohung erinnerte. Denn eins war klar: Wäre tatsächlich jemand auf den Gedanken gekommen, dem Schamanen bei lebendigem Leibe die Haut abzuziehen und ihm damit das Maul zu stopfen, Borgas hätte nicht einen Krallenfinger gerührt, um dies zu verhindern.

So unmissverständlich, dass auch Rambok es verstehen musste, hatte ihm das Stammesoberhaupt klargemacht, dass an seiner Seite kein Platz mehr für den Schamanen war – und im selben Maße, wie seine Hoffnungen gesunken waren, waren Ramboks Wut und sein Hass gewachsen.

Borgas traf keine Schuld. Er verhielt sich lediglich so, wie es auch jeder andere halbwegs anständige Ork an seiner Stelle getan hätte: Er trachtete allein nach seinem Vorteil. Der tatsächliche Urheber des Übels war kein anderer als Rurak, und Rambok konnte es im Nachhinein kaum fassen, dass er den Zauberer so lange hatte gewähren lassen.

Was, bei Torgas Eingeweiden, hatte er erwartet? Dass der Elf irgendwann genug haben und aus dem *bolboug* verschwinden würde? Oder dass Borgas sein wahres Wesen durchschaute, um ihn dann eigenhändig zu ermeucheln?

Beides war gleich unwahrscheinlich. Wenn sich etwas ändern sollte, musste Rambok die Sache in die eigenen Klauen nehmen – auch wenn das bedeutete, sich dieselben mit Blut zu besudeln.

Die Überlegung war denkbar einfach: Bevor der Zauberer ins Dorf der Orks gekommen war und mit schönen Worten und bunten Bildern aus seiner Kristallkugel Borgas' bisschen Verstand durcheinandergebracht hatte, war – zumindest aus Ramboks Sicht – alles in schönster Ordnung gewesen. Verschwand der Elf also auf Nimmerwiedersehen, würde sich schon bald wieder alles so fügen, wie es vor seinem Auftauchen im *bolboug* gewesen war, und Borgas würde seinen Schamanen auf Knien bitten, wieder zu ihm zurückzukehren.

Die Vorstellung zauberte ein Grinsen in Ramboks grünes Gesicht und steigerte noch seine Entschlossenheit. Sein Plan stand fest. Es gab nur einen einzigen Ort, wo Rurak keinen Schaden mehr anrichten konnte – in Kuruls dunkler Grube.

Wenn der Zauberer das nächste Mal ins Dorf kam, würde Rambok ihn erwarten. Er würde sich an seine Fersen heften, ihm folgen und auf eine passende Gelegenheit warten – und seinen *saparak* in Ruraks verräterisches Elfenherz senken …

8. FAD AI DYR

Das Gefühl war überwältigend gewesen und mit nichts zu vergleichen, was Granock je erlebt hatte.

Ein blendend greller Blitz war aufgeflammt, und im nächsten Moment hatten sowohl der Mensch als auch seine elfischen Begleiter den Eindruck gehabt, ganz von Licht umhüllt zu sein. Aber das war noch nicht alles: Granock war es gewesen, als wäre er untergetaucht und rings von Wasser umgeben, während er gleichzeitig das Gefühl grenzenloser Freiheit verspürt hatte, so als wäre sein Geist keinen körperlichen Zwängen mehr unterworfen und könnte sich frei an jeden beliebigen Ort bewegen, zu jeder beliebigen Zeit.

Allerdings währte dieser Eindruck nur einen Augenblick. Schon im nächsten Moment war das Licht wieder erloschen, und Granock war enttäuscht, als die Reise unvermittelt endete und er sich wieder in den engen Grenzen seines eigenen Körpers wiederfand. Natürlich hatte man ihm gesagt, was geschehen würde, aber begreifen konnte er es dennoch nicht. Es war eines jener Wunder, von denen sein Meister Farawyn gesprochen hatte, vor – so schien es Granock – sehr langer Zeit.

Im Handumdrehen hatte sein Körper Tausende von Meilen zurückgelegt, hatte binnen weniger Augenblicke eine Entfernung überbrückt, zu deren Bewältigung normalerweise viele Tagesritte nötig gewesen wären. Die Weite der *yngaia*, die hohen Gipfel des Nordwalls, die Sümpfe und schließlich die Ebene von Scaria – all das hatte Granock hinter sich gelassen, ohne auch nur etwas davon zu sehen zu bekommen …

Auch noch mehrere Tage, nachdem seine Begleiter und er die Ordensburg von Shakara auf solch wundersame Weise verlassen hatten, hatte sein Verstand noch immer Mühe, es als Wirklichkeit zu akzeptieren, als etwas, das wirklich geschehen war.

»He! Sag mal, schläfst du mit offenen Augen?«

Er brauchte einen Moment, um zu begreifen, dass es Alannah war, die ihn angesprochen hatte. Dann jedoch war er schlagartig hellwach. Er wandte den Blick und sah sie neben sich auf dem Pferd sitzen, aufrecht und stolz, das lange Haar zum Schopf geflochten. Meister Cethegar, der ihren Trupp befehligte, hatte auf jeglichen Tross verzichtet. Nicht einmal ihre Koboldiener begleiteten die Zauberer, und so waren es nur drei Meister und ihre Schüler, die auf der Straße Richtung Südosten ritten.

Nachdem sie die erste Etappe ihrer Reise wie im Flug hinter sich gebracht hatten, ging es nun ungleich langsamer voran. In Tirgas Lan hatten sie sich Pferde gekauft. In Narnahal, einer Landstadt, die sich südöstlich von Trowna befand, hatten sie die Reittiere dann gewechselt und waren seither auf dieser uralten Straße unterwegs.

»Nein, ich bin wach«, antwortete Granock schnell, der sich ertappt fühlte wie ein kleiner Junge, der Naschwerk stibitzt hatte. Tatsächlich war er so in Gedanken versunken gewesen, dass er gar nicht gemerkt hatte, wie die Elfin ihr Pferd neben das seine gelenkt hatte. Und ihrem forschen Tonfall nach hatte sie ihn bereits mehrfach angesprochen, denn gerade rügte sie ihn: »Sieht aber nicht so aus!«

»Tut mir leid.« Er zuckte mit den Schultern. »Es ist nur … Ich kann diese Sache einfach nicht vergessen!«

»Du meinst die Kristallpforte?«

Granock nickte. »Es war das Großartigste, das ich je erlebt habe. Besser als mein erster Zeitzauber, besser als das Bestehen der Prüfung, besser als …«

»Besser als *rhiw*?«, fragte sie keck und mit einem unschuldigen Lächeln, das dazu angetan war, einen jungen Kerl um den Verstand zu bringen.

»N-nicht unbedingt«, stammelte er errötend, einmal mehr verblüfft über die Offenheit, mit der sie über derlei Dinge sprach. »I-ich meine, es kommt darauf an.«

»Worauf?«

»Na ja, zum Beispiel auf ...«

»Behelligt er dich schon wieder mit überflüssigen Fragen?«

Granock war fast dankbar, dass Farawyn auf der anderen Seite seines Pferdes erschien. Geschickt zügelte der Zauberer sein Reittier und brachte es dazu, dicht neben dem des Menschen zu traben. Der Umgang mit Pferden schien sämtlichen von Sigwyns Nachkommen in die Wiege gelegt zu sein.

»Nein, Meister, durchaus nicht«, versicherte Alannah. »Wir haben uns gerade sehr aufschlussreich unterhalten.«

»Darauf möchte ich wetten«, murmelte der Zauberer und streifte seinen Novizen mit einem Seitenblick, der nicht erkennen ließ, ob er den letzten Teil des Gesprächs mitbekommen hatte oder nicht. »Cethegar wünscht dich zu sprechen, Alannah.«

»Natürlich«, sagte sie nur und zügelte ihr Pferd, um sich zurückfallen zu lassen, denn ihr Meister hatte die Nachhut übernommen.

»Vorsicht, Schüler«, sagte Farawyn.

»Wieso? Was meint Ihr?«

»Du bist ein Mensch, vergiss das nicht. Mit den Wundern der Magie mag dein Verstand noch einigermaßen mithalten können – den Reizen einer Elfin jedoch wird er jederzeit erliegen.«

»Ich weiß nicht, wovon Ihr sprecht, Meister«, behauptete Granock, obwohl er sich in Wahrheit bis ins Mark durchschaut fühlte.

»Nein?« Farawyn verzog einen Mundwinkel zu einem halben Grinsen. »Dann ist es ja gut.«

Eine Weile lang ritten sie schweigend nebeneinanderher. Wenn Aldur, den Cethegar als Späher vorausgeschickt hatte, zurückkehrte, würde Granock die Vorhut übernehmen. Danach kam Alannah an die Reihe, und so ging es weiter. Während der Nacht ruhten sie nicht, sondern setzten ihren Ritt im Schein des Elfenlichts fort, das die Zauberstäbe ihrer Meister verbreiteten. Auf diese Weise würden sie schon bald das Grenzland erreichen.

»Darf ich Euch etwas fragen, Meister?«, erkundigte sich Granock nach einer Weile.

»Natürlich, was möchtest du wissen?«

»Die Kristallpforten ...«

Farawyn lachte auf. »Ich dachte es mir. Sie lassen dich nicht los, nicht wahr?«

»Ja, Meister«, gestand Granock. »Wenn ich ehrlich sein soll, ich habe noch niemals zuvor etwas so Großartiges erlebt.«

»Großartig, in der Tat.« Der Zauberer nickte. »Und ebenso gefährlich. Vergiss nicht, dass es die Kristallpforten waren, die einst Krieg und Vernichtung über Erdwelt brachten.«

»Ich weiß«, murmelte Granock. »Margok ...«

»Der Dunkelelf war einst ein geachtetes Mitglied unseres Ordens, und er brachte alle Voraussetzungen dafür mit, dereinst der mächtigste und größte aller Zauberer zu werden. Nicht von ungefähr war er es, der den Elfenkristallen die Fähigkeit entlockte, die Grenzen von Zeit und Raum zu durchbrechen. Aber leider hatte er nicht nur einen genialen Verstand und eine außerordentliche Begabung, sondern auch einen von Ehrgeiz zerfressenen ruchlosen Geist. Als man dies erkannte, schloss man Margok aus dem Orden aus und verstieß ihn. Allerdings versäumte man es, den Bann des *ángovor* über ihn zu verhängen ...«

»Das Vergessen«, murmelte Granock.

»... und so«, fuhr Farawyn düster fort, »wurde es möglich, dass der Dunkelelf an einem entlegenen Ort sein frevlerisches Treiben fortsetzte. Schlimmer noch, nach seiner Verbannung aus dem Orden verlor er jegliche Skrupel und tat fortan nur noch das, wozu sein krankhafter Ehrgeiz ihn anstiftete – und das war geradezu entsetzlich.«

»Die Orks, richtig?«, fragte Granock. »Sie sind das Ergebnis von Margoks Experimenten.«

»Die Unholde und noch weitere grässliche Kreaturen, deren Existenz die Natur in ihrer Weisheit niemals hervorgebracht hat. Margoks abartige Phantasie kannte keine Grenzen, und so scharte er ein Heer der Finsternis um sich, das er im Verborgenen für den Kampf ausrüstete, bis es groß und schlagkräftig genug war, um es mit den Legionen des Elfenkönigs aufzunehmen. Als der Dunkelelf zurückkehrte, rechnete niemand mehr mit ihm. Das war einer der beiden Vorteile, die er auf seiner Seite hatte.«

»Und der andere Vorteil?«

»Waren die Kristallpforten, denn mit ihrer Hilfe war es Margok möglich, im Bruchteil eines Augenblicks Truppen zu verlegen und sie dort auftauchen zu lassen, wo man am wenigsten mit ihnen rechnete. Sich gegen einen solchen Gegner zu verteidigen, ist praktisch unmöglich, und schon bald verbreiteten Margoks dunkle Krieger Angst und Schrecken in ganz Erdwelt.«

»Wie konnte es dennoch gelingen, sie zu besiegen?«, wollte Granock wissen, der das Ergebnis des Krieges aus den Geschichtsbüchern kannte, die er in Shakara studiert hatte.

»Mit viel Mut und unter großen Opfern«, antwortete Farawyn, »vor allem aber, indem es uns gelang, die Kontrolle über die Kristallpforten zu erlangen. Seither befindet sich der Dreistern unter der Kontrolle des Hohen Rates.«

»Der Dreistern?« Granock schaute seinen Meister fragend an.

»Das Symbol der Kristallpforten«, erläuterte dieser, »denn mit Dinas Anar, Shakara und den Fernen Gestaden als Endpunkten und mit Dinas Lan, wie die Hauptstadt des Elfenreichs damals noch hieß, als strahlendem Zentrum bildeten die Strecken, auf denen man mittels der Kristallpforten reisen kann, einen dreizackigen Stern.«

»Dann war es wohl ein großes Privileg, dass wir die Kristallpforte durchschreiten durften.«

»Allerdings. Es gibt manch altgedienten Zauberer, dem das noch nie gestattet wurde.«

»Da sollte ich mich also glücklich schätzen, was?«

»Ja«, sagte Farawyn, »und nein.«

»Warum nicht?«

»Weil, mein unbedarfter Schüler, Ausnahmeregelungen nur in Ausnahmesituationen getroffen werden.«

»Habt Ihr Befürchtungen, was das Ziel unserer Reise betrifft?«, fragte Granock und konnte sich plötzlich einer gewissen Beklommenheit nicht erwehren.

»Allerdings«, bestätigte Farawyn und sandte ihm einen vieldeutigen Seitenblick, den Granock jedoch recht gut zu verstehen glaubte. Sein Meister wurde schließlich nicht von ungefähr »Der Seher« genannt. Offenbar hatte er Visionen gehabt oder hatte zumindest eine Ahnung von dem, was sie an der Grenze zu Arun erwartete …

»Darf ich …?«, wollte er sich zaghaft nach Einzelheiten erkundigen.

»Nein«, beschied ihm Farawyn barsch, und dann, ein wenig freundlicher, fügte er hinzu: »Noch nicht. Alles ist noch zu undeutlich und verschwommen, und ich habe noch zu wenig Hinweise.«

»Hinweise?«

Die Naivität, die aus Granocks Frage sprach, rang Farawyn ein Grinsen ab. »Eine Vision kommt nicht von allein zustande«, erklärte er. »Sie braucht etwas, worauf sie sich stützen kann. Vergleiche es mit einer Landkarte, mit deren Hilfe du in der Lage bist, dich auf unbekanntem Terrain zurechtzufinden, auch wenn du dort noch nie zuvor gewesen bist.«

»Ich verstehe«, sagte Granock, während er sich einmal mehr eingestand, dass er seinen Lehrer wohl niemals ganz begreifen würde. »Darf ich Euch trotzdem noch etwas fragen?«

»Sofern es nichts mit der Zukunft zu tun hat. Ich gebe es allmählich auf, dir das Fragenstellen abgewöhnen zu wollen. Es scheint in deiner menschlichen Natur zu liegen wie das Bedürfnis zu essen oder zu schlafen.«

»Ist das schlimm?«, fragte Granock betroffen.

»Nein.« Farawyn schüttelte den Kopf, während er sich vorbeugte und sein Pferd am Hals tätschelte, so als wollte er das Tier dafür loben, dass es seit Beginn des Ritts noch nicht eine einzige Frage gestellt hatte. »Also, was möchtest du noch wissen?«

»Es hat nichts mit den Kristallpforten zu tun«, versicherte Granock.

»Wie überraschend«, kommentierte sein Meister. »Es gibt also noch mehr Fragen, die deinen ruhelosen Geist beschäftigen.«

»Bei der Prüfung«, sagte Granock leise, »als wir gegen den Eisriesen kämpften …«

»Ja?«

»… da hatte ich plötzlich das Gefühl, Eure Stimme zu hören«, fuhr Granock fort, »und es war mir, als würde sie mir ganz genau sagen, was ich zu tun habe.«

»Und?«

»Meister, bitte verzeiht – wahrscheinlich ist es nur wieder eine jener Schwächen, die ich als Mensch nun einmal habe, aber ich frage mich immerzu, ob …« Er verstummte, als fehlten ihm die Worte.

»… ob es wirklich du gewesen bist, der den *prayf* bestanden hat«, sprach Farawyn aus, was seinem Schüler nicht über die Lippen wollte, »oder ob in Wahrheit ich es war, der dich aus dem Hintergrund gelenkt hat.«

»Ja, Meister«, gab Granock zu.

»Und wäre Letzteres der Fall?«

Granock war einigermaßen erschrocken. »Wenn das so wäre«, antwortete er, »müsste ich denken, dass es keinen einzigen vernünftigen Grund gibt, warum ich hier sein und Euch auf dieser Mission begleiten sollte.«

»Das würdest du denken?«

Granock nickte betreten, und Farawyn wollte zu einer Erwiderung ansetzen, als ihnen ein Reiter entgegenpreschte. Es war Aldur. Dicht über den Pferdehals gebeugt saß er auf dem Rappen, und sein weiter Umhang bauschte sich hinter ihm.

»Meister!«, rief er schon von Weitem, während das Tier mit trommelnden Hufen heransprengte.

»Was gibt's?«, rief Farawyn ihm entgegen und zügelte seinen eigenen Gaul. Riwanon und später auch Alannah und Cethegar schlossen auf.

»Dort, jenseits der Felsen!«, stieß Aldur atemlos hervor, auf die schroffen Gesteinsformationen deutend, welche die sanft ansteigende Straße zu beiden Seiten säumten. »Wir haben das Grenzland erreicht.«

»Gut, Sohn«, knurrte Cethegar durch seinen zu Zöpfen geflochtenen Bart. »Dann müssen wir von nun an vorsichtig sein. Denn jenseits dieser Felsen schwindet die Macht des Elfenkönigs mit jedem Schritt, den wir weiter nach Südosten tun.«

Er ließ die Zügel schnalzen und übernahm selbst die Vorhut, die anderen folgten mit etwas Abstand.

Der Anblick war eindrucksvoll, und eine Welle glutheißer Luft brandete ihnen entgegen und vermittelte eine erste Ahnung davon, was sie im Süden erwartete.

Eine weite Senke erstreckte sich vor den Reisenden, von niederem Gras und kargem Gebüsch bewachsen. Nur vereinzelt ragten Felsen auf. Und ganz im Südosten, wo sich die graubraune Ebene unter dem blassblauen Himmel verlor, erstreckte sich ein dunkles Band, das von einem Ende des Horizonts bis zum anderen reichte. Es war nur schemenhaft hinter der vor Hitze flirrenden Luft zu erkennen, aber unleugbar da.

Seit Zehntausenden von Jahren …

»Der Cethad Mavur«, sagte Cethegar. »Von den Erben Sigwyns wurde er einst errichtet, um die Grenzen des Reiches zu sichern. Niemand weiß genau, was sich jenseits davon befindet, denn Sigwyn der Eroberer war der Letzte, der seinen Fuß in das Gebiet jenseits der Mauer setzte.«

»Was für ein Land ist Arun eigentlich?«, wollte Granock wissen, der seine Neugier einmal mehr nicht in Zaum halten konnte.

»Ein wildes, ungezähmtes Land, mit nichts zu vergleichen, was es nördlich der großen Mauer gibt«, antwortete Cethegar. »In den alten Chroniken wird berichtet, dass es in grauer Vorzeit, als weite Teile Erdwelts noch von Eis bedeckt waren, den Namen Anwara trug und von Drachen bevölkert wurde. Doch die Drachen entzweiten sich untereinander, und in dem Krieg, den sie einander lieferten, barst die Erde und gab ihr Innerstes frei, und eine tiefe Kluft entstand, die Anwara teilte. Der Himmel verdunkelte sich für viele Tage, ehe es zu regnen begann, und das Wasser, das herabfiel, füllte die Kluft, und auf diese Weise entstand der *dwaimaras*, dem die Menschen den Namen ›Ostsee‹ gaben, während sich die austretende Lava im Norden zu jener Erhebung türmte, die ihr ›Ostgebirge‹ nennt und die bis auf den heutigen Tag von den giftigen Dämpfen aus den Tiefen Erdwelts durchdrungen ist. Als die lange Nacht zu Ende ging und der Morgen eines neuen Zeitalters heraufzog, existierte Anwara nicht mehr. Zwei Länder waren es fortan, getrennt durch die Gestade der See: Anar im Norden und Arun im Süden.«

»Ich wusste nicht, dass die Ostsee auf diese Weise entstanden ist«, sagte Granock leise.

Alannah, die neben ihm auf ihrem Pferd saß, kicherte, und auch Aldur konnte sich ein Grinsen nicht verkneifen. »Was in den

Chroniken überliefert wird, muss nicht zwangsläufig so geschehen sein«, erklärte er. »Oftmals sind es auch nur symbolhafte Bilder für Ereignisse, die zum damaligen Zeitpunkt unerklärlich waren.«

»Vorsicht, Novize«, warnte Cethegar. »Den *prayf* magst du bestanden haben, aber noch fehlt es dir an Reife und Erfahrung. Wer die Wahrheit der Mythen leugnet, der leugnet auch seine eigenen Wurzeln. Was auch immer den *dwaimaras* entstehen ließ und das Land teilte, es müssen außergewöhnliche Kräfte gewesen sein, denn Arun ist in der Tat unvergleichlich. Ein wildes, zerklüftetes Land, das keine Zivilisation kennt und in dem das Recht des Stärkeren regiert. Hohe Berge gibt es dort und tiefe Klüfte, in die turmhohe Wasserfälle stürzen, und alles ist von Dschungel bewachsen, der so dicht und undurchdringlich ist, dass kaum ein Sonnenstrahl je den Weg zum Boden findet. Unglaubliche und gefährliche Kreaturen lauern dort, nicht von ungefähr bediente sich Margok ihrer im Krieg …«

»Leben auch Menschen in Arun?«, wollte Granock wissen.

»Deinesgleichen, Junge«, erwiderte der Älteste düster, »hat die Eigenschaft, überall Fuß zu fassen und zu gedeihen, wie Unkraut, das an seinen Nährgrund keine Ansprüche stellt. Tatsächlich gibt es Menschen, die den Cethad Mavur überwunden haben und gen Süden gezogen sind.«

»Und? Was ist mit ihnen geschehen?«

»Sie haben die Errungenschaft der Zivilisation gegen das Gesetz des Dschungels getauscht und sind wieder zu Wilden geworden, zu primitiven Kreaturen, kaum der Sprache mächtig. Hin und wieder greifen sie sogar die Grenzbefestigungen an.«

»Könnten sie es gewesen sein, die Carryg-Fin überfielen?«, fragte Alannah.

»Sicher können wir erst sein, wenn wir uns vor Ort umgesehen haben. Dort vor uns liegen die Antworten, also verlieren wir nicht noch mehr Zeit.«

Damit trieb der Älteste sein Pferd an und ritt der Gruppe voraus die Straße hinab, die sich zunächst schnurgerade und dann in weiten Kurven durch das karge Land zog. Riwanon, Alannah und Aldur folgten ihm, nur Granock zögerte noch.

»Worauf wartest du?«, fragte Farawyn.

Granock schickte ihm einen Blick, der deutlich machte, dass sein Meister ihm noch immer eine Antwort schuldig war. Farawyn jedoch schien der Ansicht zu sein, dass der junge Mensch für diesen Tag genug Fragen gestellt hatte.

»Du hast den Ältesten gehört«, sagte er. »Dort vor uns liegen die Antworten.« Er drückte seinem Pferd die Hacken in die Flanken und preschte davon.

»Auch auf meine Fragen?«, rief Granock ihm hinterher.

Aber Farawyn tat so, als würde er ihn nicht mehr hören.

9. LAIGALAI DORWAI

Die Kreatur mit dem Namen Dinistrio sah sie kommen: eine Kolonne winziger Gestalten, die auf Pferden saßen und sich über die alte Straße näherten.

Genau wie sein Meister es vorhergesagt hatte …

Dinistrios reptilienhafte Züge dehnten sich, sein langes Maul klappte auf und entblößte die messerscharfen Reißer. Entdeckung brauchte er nicht zu fürchten: Seine grünbraune und an Schultern und Rücken zusätzlich gepanzerte Schuppenhaut verschmolz mit der Umgebung; sie bot nicht nur im Dickicht des Dschungels, sondern auch in der Ödnis der Steppe eine hervorragende Tarnung. Bis auf kürzeste Distanz konnte er sich seinen Opfern nähern, um dann erbarmungslos zuzuschlagen. Als die perfekten Krieger hatte sein ursprünglicher Herr und Meister ihn und seinesgleichen ersonnen.

Ein Außenstehender hätte die kehligen Laute, die aus dem Schlund Dinistrios drangen, wohl nicht als Sprache empfunden. Dennoch dienten sie unter den Echsenkriegern als Mittel der Verständigung. Zumindest die Möglichkeit zur Kommunikation hatte ihr Herr und Meister ihnen gelassen, alles andere hingegen, das die Wesen ausgezeichnet hatte, die sie einst gewesen waren, hatte er ihnen genommen; vor allem Empfindungen wie Reue oder gar Nachsicht gegenüber einem Feind wären unerwünscht gewesen. Alles, was zählte, war der absolute Gehorsam gegenüber jenem, der die magischen Worte kannte – und dieser Gehorsam war seit Jahrtausenden ungebrochen …

»Da sind sie«, stellte Dinistrio fest. »Genau wie Zauberer gesagt hat.«

»Kommen zu uns«, entgegnete sein Artgenosse, der mit ihm am Fuß des Felsens stand. »Werden töten und ihr Blut trinken.«

»Nein.« Dinistrio schüttelte den Kopf. »Das nicht unser Befehl. Befehl lautet warten.«

»Warten?« Die Reptilienaugen des Kriegers, der anders als sein Anführer keinen Namen trug, flackerten enttäuscht. »Worauf?«

»Kommen nach Süden. Kommen in Wald. Gehen in Falle. Dann angreifen«, knurrte Dinistrio.

Der andere Echsenmann schnaubte eine Bestätigung.

Widerspruch gab es nicht unter den Kriegern der Finsternis, ebenso wenig wie Zweifel. Denn sie alle waren vom gleichen Zorn erfüllt und von der gleichen Lust nach Zerstörung getrieben.

Und nach blutiger Rache …

10. UR'Y'DINISTRIO

Am Abend des nächsten Tages erreichte der Trupp die Festung Carryg-Fin.

Anders als auf ihrer bisherigen Reise hatte sich Cethegar dagegen entschieden, den Ritt auch bei Nacht fortzusetzen. In der Steppe wäre das Elfenfeuer weithin zu sehen gewesen und hätte jedermann ihr Nahen angekündigt, und der Mondschein reichte bei Weitem nicht aus, das unwegsame Gelände zu beleuchten; die Gefahr, dass eines der Tiere einen Fehltritt tat und Ross und Reiter sich beim Sturz das Genick brachen, war zu groß.

So waren sie gleich bei Sonnenaufgang aufgebrochen und – bis auf wenige Pausen, die sie den Pferden und sich selbst gegönnt hatten – den ganzen Tag durchgeritten, um dann, am frühen Abend, endlich das Ziel ihrer Reise vor sich zu sehen: In einiger Entfernung erhoben sich die Türme der Grenzfestung inmitten der gezackten Linie der großen Mauer, die sich quer durch das Land zog.

Aus der Distanz betrachtet sah die Burg beinahe unversehrt aus – doch kreisten Aasfresser kreischend und in Scharen über den Mauern. Und je weiter sich die Zauberer und ihre Novizen Carryg-Fin näherten, desto deutlicher rochen sie den beißenden Gestank des Todes, der über der alten Festung lag.

Unterhalb eines großen Felsens, der aus dem trockenen Boden ragte, ließ Cethegar die Gruppe rasten und ritt allein voraus, um sich ein Bild von der Lage zu machen. Als er zurückkehrte, war sein ohnehin stets grimmiges Gesicht kreidebleich und das Entsetzen darin unübersehbar, ein Spiegelbild des Grauens, das offenkundig innerhalb der Burgmauern herrschte.

»Und?«, erkundigte sich Riwanon. »Wie schlimm ist es, Vater?«

Der Blick, den Cethegar ihr sandte, war geradezu schauderhaft. »Der Tod regiert in diesen Mauern, meine Freunde«, sagte er tonlos. »Wappnet euer Herz und euren Geist, auf dass er nicht zerbreche an dem, was ihr sehen werdet.«

Die Ankündigung ließ Böses erahnen. Granock spürte einen eisigen Schauer. Plötzlich hatte er Angst. Obwohl er erst vergleichsweise kurze Zeit in der Obhut der Elfen lebte, hatte er dort schon manches gesehen, das ihn an seinem Verstand zumindest hatte zweifeln lassen. Was, wenn das, was er innerhalb der Burgmauern sehen würde, zu viel war für einen menschlichen Geist, da doch schon der gestrenge Cethegar bei dem Anblick vom Grauen geschüttelt wurde?

Farawyn schien zu ahnen, was ihn beschäftigte, denn er legte ihm die Hand auf die Schulter, wie ein treu sorgender Vater es bei seinem Sohn getan hätte. Die Berührung gab Granock ein wenig Zuversicht, und zusammen mit den anderen Novizen packte er den wenigen Proviant zusammen, den sie dabeihatten, und sie stiegen wieder in die Sättel. Kein Wort wurde gesprochen, als sich der Trupp erneut in Bewegung setzte und der Zitadelle entgegenritt.

Ein Trauerzug, dachte Granock unwillkürlich.

Immer höher ragten die Burgmauern vor ihnen auf, die sich dunkel und drohend gegen den inzwischen blutroten Himmel abzeichneten. Das Kreischen der Harpyen hallte von den Türmen wider und ließ Granock erneut erschaudern. Er fragte sich, ob die anderen Novizen ebenso empfanden wie er, und bedachte Alannah und Aldur mit verstohlenen Blicken, vermochte den Ausdruck in ihren Gesichtern jedoch nicht zu deuten. Elfen verstanden es ungleich besser als Menschen, ihre Gefühle zu verbergen, und Granock wiederum hatte nicht genügend Übung darin, die Fassaden ihrer Mienen zu durchschauen. So fühlte er sich irgendwie allein, während der Trupp das von zwei hohen Türmen gesäumte Haupttor ansteuerte.

Der Stein des jahrtausendealten Mauerwerks reflektierte das rote Abendlicht, als würde die Zitadelle leuchten. Die Fahnen über den Zinnen, die einst die Farben und das Wappen Tirgas Lans geziert hatten, flatterten trostlos im Wind. Und über allem hing der grauenvolle Odem der Verwesung …

Granock nahm seinen Umhang und schlang ihn sich so um die Brust, dass er gleichzeitig auch seine untere Gesichtspartie bedeckte, aber der Gestank war dennoch so durchdringend, dass der Magen des Novizen grummelte. Ob es seinen elfischen Kameraden ebenso erging, war unmöglich festzustellen, denn noch immer waren ihre Gesichter unbewegte Masken. Der Blick ihrer Augen jedoch, das fiel Granock jetzt auf, war nicht mehr kühl und gelassen wie zuvor, sondern von Entsetzen gezeichnet!

Und das aus gutem Grund …

Das diesseitige Tor der Festung, deren Mauern an den Flanken direkt in jene des Cethad Mavur übergingen, stand offen, und die Zugbrücke, die über den schmalen, aber tiefen Graben führte, war heruntergelassen. Doch das war es nicht, was die Aufmerksamkeit der Ankömmlinge in Beschlag nahm, sondern die Pfähle, die vor der Brücke zu beiden Seiten in den trockenen Boden gerammt worden waren – und auf denen die sterblichen Überreste von Soldaten aufgespießt waren.

Dass es Elfen gewesen waren, war nur noch an den Kettenhemden und den Stofffetzen in den Farben der königlichen Armee zu erkennen. Das Fleisch befand sich wegen der Hitze, die am Tage herrschte, im Zustand fortgeschrittener Verwesung, und dazwischen lugten teils abgenagte bleiche Knochen hervor. Am grässlichsten jedoch waren die Schädel anzusehen, denen Krähen die Augäpfel ausgepickt hatten und die den Besuchern in stiller Anklage entgegenstarrten, während langes, blutverklebtes Haar im Wind flatterte.

Alannah ließ ein leises Stöhnen vernehmen und schlug die Hand vors Gesicht.

»Ruhig, ganz ruhig«, sagte Cethegar beruhigend und dirigierte sein Pferd über die Zugbrücke.

Die schweren Holzbohlen dröhnten dumpf unter den Huftritten, und Granock befürchtete schon, die aufgespießten Leichen würden die Häupter heben und sich über die Störung ihrer Ruhe beklagen. Aber nichts dergleichen geschah, und so lenkte auch der Rest des Trupps die Tiere durch das grausige Spalier, über die Brücke und durch das offen stehende Tor.

Im Burghof fanden sie noch mehr Leichen. Sie übersäten den Boden, viele von ihnen grausig entstellt und die wenigsten am Stück. Granock sah sie in grotesker Verrenkung im Sand liegen, die Münder oft zu lautlosen Schreien aufgerissen.

Was immer der Besatzung der Zitadelle widerfahren war, es musste mit derartiger Gewalt über sie hereingebrochen sein, dass ihnen kaum die Möglichkeit zur Gegenwehr geblieben war. Denn wohin er auch blickte, sah er nur tote Elfen, jedoch keinen einzigen der geheimnisvollen Angreifer am Boden liegen.

Waren bei dem Angriff tatsächlich übernatürliche Kräfte zum Einsatz gekommen?

Obwohl der Anblick grauenvoll und der Gestank betäubend war, kannte Cethegar keine Nachsicht. Unbarmherzig befahl er seinen Begleitern, aus den Sätteln zu steigen und sich in der Burg umzusehen, ob es irgendwo einen Hinweis gab, der Rückschlüsse auf die Identität des Feindes zuließ.

Mit höchst gemischten Gefühlen glitt Granock vom Rücken seines Gauls und schloss sich Aldur an. Beide sollten sie den großen Turm erkunden, der sich inmitten der Mauern erhob und wohl die Kommandantur beherbergt hatte. Alannah blieb bei ihrem Meister, Farawyn und Riwanon durchsuchten die Festung jeweils allein.

»Kein schöner Anblick, nicht?«, fragte Aldur, als sie die Eingangshalle des Turms passierten. In der Halle und auf der großen Treppe lagen weitere Leichen, und einige Krähen flatterten aufgeschreckt auf, als sie bei ihrem grausigen Festmahl gestört wurden.

»Ja«, bestätigte Granock düster, »wirklich nicht.«

Mehr wurde nicht gesprochen. Wortlos folgten die beiden Novizen den Stufen in die höher gelegenen Stockwerke des Turms, wo sie tatsächlich auch die Kommandantur vorfanden. Der Anblick, der sich ihnen bot, war jedoch immer der gleiche: verwesende, grauenvoll verstümmelte Leichen, wohin das Auge blickte. Bei einigen der Toten hatte Granock sogar den Eindruck, ihre Gliedmaßen wären ihnen nicht etwa durch einen Schwert- oder Axthieb abgetrennt, sondern mit purer Körperkraft abgerissen worden, und das, während sie noch gelebt hatten. Ein schrecklicher Kampf musste in der Festung getobt haben, wovon auch der blutverschmierte Boden zeugte. Unbeantwortet blieb jedoch die Frage, wie es dem grausamen Feind gelungen sein konnte, in die Zitadelle einzudringen.

In den Trümmern der Kommandantur ließ sich kein brauchbarer Hinweis finden, also kehrten Granock und Aldur wieder in den Hof zurück, wo die anderen bereits warteten. Auch sie schienen Schreckliches gesehen zu haben. Alannah war zu keiner vernünftigen Aussage fähig, über Riwanons sonst so anmutige Gesichtszüge schien sich ein grauer Schleier gebreitet zu haben, und in den Augen des gestrengen Cethegar sah Granock – er wollte es kaum glauben – Tränen der Trauer. Dabei war es nicht allein der schreckliche Anblick, der den Zauberern und ihren Novizen so zusetzte, sondern die unbeschreibliche Brutalität, mit der die Feinde vorgegangen waren.

»Ich denke, eines lässt sich zumindest sagen«, stellte Farawyn fest. »Dass es tatsächlich keine Aruner waren, die diesen Überfall verübten, dass dies nicht das Werk einiger mit Pfeilen und Bogen und mit Speeren bewaffneter Wilder sein kann.«

»In der Tat«, stimmte Cethegar zu, der seine schon zuvor geäußerte These bestätigt sah. »Zum einen wäre es ihnen niemals gelungen, ohne Weiteres in die Festung einzudringen, und wir würden dann außerhalb der Mauern Hinweise auf eine Belagerung oder zumindest einen Kampf finden, was jedoch nicht der Fall ist. Zum anderen sind die Waffen der Gefallenen nicht geraubt worden, soweit ich gesehen habe.«

»Und?«, fragte Riwanon, die den Zusammenhang nicht verstand.

»Ein Schwert aus Elfenstahl ist eine Beute, die sich niemand entgehen lässt, der im Dschungel tagtäglich ums Überleben kämpft. Wären es Aruner gewesen, hätten sie auch die Festung geplündert und alles mitgenommen, was sie hätten tragen können.«

Niemand widersprach. Cethegars Argumentation war schlüssig, auch wenn sie die Frage nicht beantwortete, die Alannah offen aussprach: »Aber wer könnte es dann gewesen sein? Habt Ihr eine Ahnung?«

Farawyn nickte. »Die habe ich, aber es wäre zu früh, etwas darüber zu sagen.«

»Hast du etwas gesehen?«, wollte Cethegar wissen, und offenbar meinte er damit Farawyns besondere Fähigkeit.

»Nur verschwommene Bilder und Eindrücke, die ich nicht zuordnen kann. Aber während ich diese Burg durchstreifte, habe ich Dinge gespürt, die ich …« Er unterbrach sich und blickte zu Boden, schien sich einen Augenblick zu besinnen. »Morgen früh kann ich mehr darüber sagen, denke ich. Aber dazu ist es notwendig, dass ich die Nacht über innerhalb dieser Mauern verweile – allein.«

Granock glaubte, nicht recht zu hören. »Ihr wollt die Nacht *hier* verbringen? Und das ohne Beistand?«

»So ist es«, bestätigte Farawyn entschlossen und ohne die leiseste Unsicherheit in der Stimme. »Denn nur auf diese Weise werde ich Klarheit erlangen können über das, was hier geschehen ist.«

Granock schluckte. Obwohl ihm die Frage auf den Nägeln brannte, scheute er davor zurück, sie zu stellen: *Wie* wollte Farawyn herausfinden, was sich in Carryg-Fin zugetragen hatte? Nun, jedenfalls würde er nicht zulassen, dass sich sein Meister nachts ganz allein an einem so schrecklichen Ort aufhielt, und obwohl ihm der bloße Gedanke, ebenfalls innerhalb der Burgmauern auf das Morgengrauen zu warten, eine Gänsehaut bescherte, fasste er sich ein Herz und sagte: »Wenn Ihr bleibt, so werde ich auch bleiben, Meister.«

»Du?« Farawyn schaute ihn fragend an. »Wozu?«

»Um Euch beizustehen«, erklärte Granock schlicht. Er hätte gern noch manches mehr gesagt: dass er dem Zauberer dankbar dafür war, weil er an ihn geglaubt und ihn aus dem Schmutz und Elend Andarils geholt und ihm tatsächlich eine größere und bedeutendere Welt gezeigt hatte – und dass Granock, was er zuvor nie für möglich gehalten hätte, Vertrauen zu ihm gefasst hatte und sich um ihn sorgte. Aber er war kein großer Redner, deswegen kam ihm kein Wort davon über die Lippen.

»Du willst mir beistehen«, sagte Farawyn, »obschon ich dir ansehen kann, wie dieser Ort dich ängstigt?«

»Ängste sind dazu da, besiegt zu werden, oder nicht?«, fragte Granock.

Farawyn lächelte. »Selten hatte ein Zauberer einen treueren und mutigeren Novizen. Obwohl dich das Grauen in seinen Klauen hält, möchtest du deinem Meister beistehen.«

»Ich würde es nicht ganz so geschwollen ausdrücken«, sagte Granock lapidar, all seinen Instinkten zum Trotz, die ihn dazu drängten, die Leichenfestung so schnell wie möglich zu verlassen. »Also – erlaubt Ihr es?«

»Nein«, sagte Farawyn, und sein Schüler wusste nicht, ob er darüber enttäuscht oder erleichtert sein sollte. »Geh nur, Junge, es ist gut. Dieser Aufgabe muss ich mich allein stellen.«

Granock war verwirrt. »Seid Ihr sicher?«

»Völlig sicher. Und jetzt verlasst die Burg, allesamt. Wir sehen uns beim ersten Licht des Tages.«

»Beim ersten Licht des Tages«, bestätigte Cethegar, und damit schien alles gesagt zu sein.

An den Zügeln führten die Zauberer ihre Pferde nach draußen, die ob des allgegenwärtigen Todes unruhig die Köpfe hin und her geworfen und mit den Hufen gescharrt hatten. Inzwischen war das Rot des Himmels verblasst und die Nacht hereingebrochen. Der Mond stand als blasse Scheibe am dunkelgrauen Himmel und beleuchtete die schaurige Szenerie mit fahlem Schein.

Auf der Zugbrücke wandte sich Granock noch einmal um. Seinen Meister im Burghof stehen zu sehen, allein und von den grausam entstellten Leichen umringt, gefiel ihm ganz und gar nicht. Eine Hand griff ihn jedoch am Arm und zog ihn sanft, aber bestimmt weiter.

Alannah …

»Komm«, sagte die Elfin. »Du kannst deinem Meister nicht helfen.«

»Das ist mir klar«, murmelte Granock. »Es ist nur …«

»Ich weiß.« Sie sah ihn durchdringend an. »Es ist dieser Ort, nicht wahr? Das Grauen – man kann es beinahe stofflich fühlen.«

»Und nicht nur das«, stimmte Granock zu. »Ich habe auch den Eindruck, dass … dass …«

»Was meinst du?«, fragte Alannah leise. »Du kannst es mir ruhig sagen.«

»Dass es noch nicht vorbei ist«, antwortete Granock düster.

Farawyn sah seine Gefährten das Tor passieren und in die Dunkelheit entschwinden. Selbst sein Pferd hatte er ihnen mitgegeben, also war er nun völlig auf sich gestellt, das einzige lebende Wesen in einer Festung, in der noch bis vor Kurzem eine ganze Garnison ihren Dienst versehen hatte, Hunderte von Soldaten, deren Knochen jetzt bleich im Mondlicht schimmerten.

Zu gern hätte er Aldur angewiesen, von seiner Fähigkeit Gebrauch zu machen und die sterblichen Überreste der Kämpfer zu verbrennen, damit ihnen ein letzter Rest Würde blieb, aber das war nicht möglich. Der Feuerschein wäre weithin zu sehen gewesen, und wenn dort draußen eine Macht lauerte, die dem Elfenreich feindlich gesonnen war, wäre sie gewarnt gewesen.

Alles musste bleiben, wie es war. Es war nicht die Aufgabe der Zauberer, die Toten zu betrauern. Ihre Mission bestand darin herauszufinden, was geschehen war, und nichts anderes hatte Farawyn vor – auch wenn er sich vor dem Grauen, das er zu sehen kriegen würde, fürchtete …

Allein inmitten des Burghofs stehend, der zum Schauplatz eines grauenhaften Massakers geworden war, wartete der Seher ab. Der Mond verschwand hinter dichten Wolken, sodass sich absolute Finsternis über die Festung senkte, während es fern im Osten zu grollen begann.

Für Farawyn spielte es keine Rolle, ob es hell war oder dunkel; er schloss die Augen und versuchte, alles aus seinem Bewusstsein zu verbannen, was ihn ablenken konnte: das Entsetzen, die Trauer, den ohnmächtigen Zorn, selbst den beißenden Gestank der verwesenden Leichen. Und indem sich der Zauberer an seinen Stab klammerte und ihn dazu benutzte, eine schützende Aura hervorzurufen, die ihn umgab und sein Bewusstsein von äußeren Einflüssen trennte, gelang es ihm, seinen Geist zu fokussieren.

Langsam sank er nieder, nahm auf dem sandigen Boden Platz, der durchtränkt war vom inzwischen geronnenen Blut der Erschlagenen. Seine Sinne waren auf eine andere Welt, auf eine andere Wirklichkeit konzentriert, die sich jenseits des Sichtbaren befand, und auf einmal sah er durch die geschlossenen Lider schemenhafte Gestalten, die über den leblosen Körpern schwebten und nicht von ihnen lassen konnten.

Farawyn drängte die Furcht zurück, die ihn zu überkommen drohte. Langsam löste er eine Hand vom Zauberstab und führte sie zum Boden, legte sie flach auf den kalten, klumpigen Sand und wartete eine lange, sehr lange Zeit.

Dennoch erfuhr der Seher nicht, was er wissen wollte.

Aber als gegen Morgen das Gewitter heranzog, das sich in der Ferne zusammengebraut hatte, als der Himmel von dröhnendem Donner widerhallte und die uralten Burgmauern von flackernden Blitzen erhellt wurden, die auch die Knochen der Gefallenen aus der Dunkelheit rissen, um sie schon im nächsten Moment wieder darin versinken zu lassen – da fand ihn das Grauen …

11. YNSTA YMOSURIAD

Die Novizen und die beiden verbliebenen Meister hatten die Nacht im Schutz eines großen Felsens verbracht. Auf der Südseite des riesigen Steinblocks gab es einen Überhang, der sich über dem sandigen Boden wölbte, eine Art natürliches Dach, groß genug, um sowohl den Pferden als auch ihren Reitern vor dem Wolkenbruch Schutz zu bieten, der gegen Morgen niederging.

Es regnete selten im Grenzland von Arun, aber wenn, dann so heftig, dass das Wasser den kargen und festgebackenen Boden fast knöcheltief überschwemmte. Blitze zuckten am Himmel und ließen die nahe Burg und ihre Türme noch um vieles unheimlicher erscheinen, als es am vergangenen Abend im Licht der Dämmerung der Fall gewesen war.

Weder Granock noch einer seiner Kameraden hatte die Nacht über ein Auge zugetan. Zum einen hatten sie sich beim Wachehalten abgewechselt, zum anderen waren sie viel zu aufgewühlt von den grässlichen Bildern, die sie gesehen hatten, als dass sie hätten Ruhe finden können.

Den größten Teil der Nacht hatte Granock einfach nur unter dem Felsvorsprung gesessen und hinaus in die Schwärze gestarrt, während er sich immerzu gefragt hatte, was den Soldaten in der Zitadelle wohl widerfahren sein mochte. Genau wie Alannah und Aldur war auch ihm nicht verborgen geblieben, wie unruhig die grausigen Entdeckungen ihre Meister gemacht hatten, obwohl diese sich Mühe gaben, so beherrscht wie immer zu wirken. Selbst Cethegars Reaktion bewies, dass dies auch für ihn keine alltägliche Situation war. Etwas lauerte dort draußen in der Dunkelheit, und dieses Etwas flößte nicht nur den Novizen Angst ein, sondern auch ihren Lehrern. Und genau diese unbestimmte, nicht näher zu benennende Furcht war es, die Granock wach gehalten hatte.

Auch an Farawyn hatte er immerzu denken müssen, und er hatte sich gefragt, welche Schrecken sein Meister wohl gerade durchleben, welche Bilder er sehen und welche Wahrheiten er erfahren mochte. Er sprach Alannah darauf an, aber die Elfin war viel zu sehr mit ihren eigenen Gedanken beschäftigt, als dass sie ihm hätte Antwort geben können. Und so hatte jeder der Gefährten die Nacht in seine eigenen Gedanken versunken verbracht und den neuen Tag herbeigesehnt, der sich schließlich mit Blitz und Donner ankündigte.

Als die Dämmerung heraufzog, hatten sich die Wolken bereits entladen. Die Sonne schickte ihre ersten zaghaften Strahlen über die weite Ebene des Niemandlandes, und die Felsen und die Burg warfen lange Schatten – aus denen sich schließlich eine einsame Gestalt löste.

Farawyn …

Granock war erleichtert, nicht nur, weil die Nacht zu Ende war, sondern auch darüber, seinen Meister wohlbehalten wiederzusehen. Gemessenen Schrittes näherte sich der Zauberer, auf seinen Stab gestützt und den Saum seines Umhangs über den linken Arm geschlagen, damit er ihm beim Gehen im unebenen Gelände nicht hinderlich war.

»Darf ich ihm entgegenreiten, Meister?«, erkundigte sich Granock bei Cethegar. »Er sieht müde aus … und einsam.«

»Er ist nicht einsam, Junge«, versicherte der Zauberer, »auch wenn es dir so scheinen mag. Denn bei sich hat er die Bilder, die ihn während der Nacht ereilt haben und von denen er uns berichten wird.«

Granock war sich nicht sicher, ob dies im Hinblick auf seine Frage eine Erlaubnis oder eine Verneinung sein sollte, aber ein warnender Blick Riwanons sagte ihm, dass es wohl besser war, an Ort und Stelle zu bleiben und zu warten.

Es dauerte eine Weile, bis Farawyn zu ihnen stieß – inzwischen hatten die Novizen das Lager bereits abgebrochen und das wenige Gepäck, das sie mitführten, in die Satteltaschen gepackt. Alle waren gespannt, was Farawyn zu berichten hatte. Dem waren die Strapazen der vergangenen Nacht deutlich anzusehen. Und noch etwas glaubte Granock in der Miene des Meisters zu entdecken, das er zuvor noch nie darin erblickt hatte: leise Panik.

»Nun?«, erkundigte sich Cethegar, nachdem sich Farawyn gesetzt und einen Augenblick innegehalten hatte, um sich mit Wasser und etwas Proviant zu stärken. »Hattest du eine Vision? Konntest du mit den Geistern der Gefallenen sprechen?«

»Ihr habt mit den Geistern der gefallenen Soldaten gesprochen, Meister?«, fragte Granock verdutzt.

Farawyn lächelte matt, dann antwortete er rätselhaft: »Nun, vielleicht sah ich auch nur ein Echo von dem, was sich an jenem Ort zutrug.«

»Und was genau ist das gewesen, Bruder?«, fragte Riwanon und ließ sich bei ihm nieder.

Farawyn massierte sich die Schläfen. Es schien ihm schwerzufallen, sich zu erinnern – nicht deshalb, weil er es vergessen hatte, sondern weil sich sein Bewusstsein weigerte, die Bilder noch einmal heraufzubeschwören. »Eines weiß ich jetzt mit Bestimmtheit«, sagte er leise. »Es waren keine Menschen, die die Festung überfallen haben, ebenso wenig wie es Elfen waren.«

»Nein?«, fragte Cethegar und trat näher an ihn heran, während die Novizen respektvoll Abstand hielten. »Was ist es dann gewesen? Sag es mir.«

»Es waren grauenvolle Kreaturen«, flüsterte Farawyn leise. »Sie kamen aus dem Süden, und sie stammten weder aus dieser noch aus der anderen Welt.«

»Was willst du damit sagen?«

Farawyn blickte den anderen Zauberer betrübt an. »Ich bin mir nicht sicher, was für Wesen das waren. Aber ich stieß auch auf etwas anderes, das zutiefst beunruhigend ist …«

»Zutiefst beunruhigend?«, fragte Cethegar. »Wie nennst du dann das, was wir dort in der Festung vorgefunden haben?«

Er sprach Granock aus der Seele. Was, in aller Welt, mochte Farawyn noch entdeckt haben, das ihn derart verstörte?

Es schien Farawyn einige Überwindung zu kosten, offen auszusprechen, was er erlebt hatte, oder vielleicht fehlten ihm auch nur die passenden Worte dafür. »Ich habe das Grauen gesehen. Ich habe die Schreie der Sterbenden gehört und das Flehen derer, die am Leben bleiben wollten, aber keine Gnade fanden. Blut floss in Strömen und tränkte den Boden, und inmitten all dieses grausamen Mordens hatte ich den Eindruck, etwas ... etwas Vertrautes zu fühlen.«

»Etwas Vertrautes?«, hakte Riwanon nach. »Was meinst du damit?«

»Es war nur eine kurze Empfindung, nur ein Gefühl, das mich für einen Moment erfüllte, ehe es mich wieder verließ – aber ich erinnere mich, dieses Gefühl schon einmal verspürt zu haben. Zu Hause, in Shakara.«

»In Shakara?« Cethegar schnappte nach Luft. »Einen Augenblick, Sohn! Weißt du auch, was du da sagst?«

Farawyn nickte.

Cethegar schwieg eine Weile. Die Augen in dem von grauen Zöpfen umrahmten Gesicht starrten leer und blicklos, während sein Verstand scheinbar erfolglos Tritt zu fassen suchte. Granock erging es nicht anders. Wenn sein Meister in Carryg-Fin etwas gefühlt hatte, das er in ähnlicher Weise bereits in der Ordensburg verspürt hatte, dann musste dies doch bedeuten, dass ...

»Wie sicher ist diese Empfindung?«, erkundigte sich Aldur forsch. Der junge Elf musste die gleichen Schlüsse gezogen haben wie Granock, schien allerdings nicht gewillt, sie als Tatsachen hinzunehmen.

»Sehr sicher«, antwortete Farawyn. »Aber da ich keine Beweise habe, bleibt euch nichts als mein Wort.«

»Und wie oft habt Ihr dieses Gefühl in Shakara schon gespürt?«, fragte Aldur.

»Häufig«, antwortete Farawyn, was wiederum Anlass zu düsteren Spekulationen gab.

»Bei welchen Gelegenheiten?«, bohrte Aldur weiter.

Cethegar jedoch fuhr ihm scharf über den Mund. »Ein Zauberer muss sich vor keinem Novizen rechtfertigen, und es steht dir nicht zu, einen Meister zu verhören!«

»Das nicht«, gestand Aldur ein. »Aber wenn stimmt, was er uns gerade eröffnet hat, dann betrifft die Sache den gesamten Orden und geht uns alle etwas an.«

»Der Junge hat recht«, stimmte Farawyn zu und zog sich an seinem Zauberstab in die Höhe. Die kurze Pause schien ihm gutgetan zu haben, er wirkte ausgeruht und weniger angespannt als zuvor. Der gehetzte und leicht panische Ausdruck in seinen Augen allerdings war geblieben, wie Granock feststellte. »Ich weiß, was ich gespürt habe, und die Empfindung war so intensiv, dass kein Zweifel bestehen kann: Es gibt eine Verbindung zwischen dem, was hier geschehen ist, und der Ordensburg von Shakara.«

Nun war es heraus. Farawyn hatte das Unbegreifliche offen ausgesprochen. »Bei den Königen der alten Zeit«, flüsterte Cethegar, »ist dir klar, was du da sagst?«

»Nein, Vater – wie könnte es? Keiner von uns kann zu diesem Zeitpunkt ermessen, was dies bedeuten könnte. Aber wenn ich recht habe, so ist der Drahtzieher hinter diesem grässlichen Massaker nicht nur hier im Grenzland zu suchen, sondern er treibt auch in Shakara sein Unwesen.«

»Dann müssen wir zurück«, sagte Alannah hastig, »und das möglichst rasch. Wir müssen den Hohen Rat warnen und …«

»Warnen wovor?«, fiel ihr Granock ins Wort. »Man würde Meister Farawyn mit Fragen bedrängen, auf die er keine Antworten weiß. Seine Gegner im Rat würden sich das zunutze machen und seine Glaubwürdigkeit untergraben. Damit wäre nichts gewonnen. Im Gegenteil, wenn es einen Feind in Shakara gibt, so wäre er dadurch seinerseits gewarnt.«

»Für einen Novizen, in dessen Adern noch dazu kein elfisches Blut pulsiert, sprichst du erstaunlich vernünftig«, sagte Cethegar anerkennend. »In der Tat wäre es sinnlos, die Mission abzubrechen und zur Ordensburg zurückzukehren, solange Farawyn seinen Verdacht nicht mit Indizien untermauern kann.«

»Also?«, fragte Riwanon. »Was werden wir tun?«

»Was immer Carryg-Fin überfallen hat, ist laut Farawyn von Süden gekommen, aus Arun. Also werden wir dort hingehen und nach Hinweisen suchen in der Hoffnung, dass wir so auch etwas über den Drahtzieher des Überfalls in Erfahrung bringen. Bis dahin jedoch bleibt alles, was Bruder Farawyn gesprochen hat, unter uns, habt ihr verstanden?«

»Wem sollten wir davon erzählen?«, fragte Granock. »Es ist ja niemand hier.«

»Dennoch will ich euer Wort«, verlangte Cethegar. »Nichts von dem darf bis auf Weiteres diesen Kreis verlassen.«

»Natürlich nicht«, versicherte Alannah.

»Versprochen«, sagte Granock.

»Dein Versprechen in allen Ehren, Junge«, sagte Cethegar, »aber ich fürchte, ich brauche etwas, worauf ein wenig mehr Verlass ist. Deshalb werde ich euch allen hier und jetzt den feierlichen Schwur abnehmen, nichts von dem an fremde Ohren dringen zu lassen, was unter uns besprochen wurde.«

»Ich schwöre, Vater«, entgegnete Farawyn ohne Zögern, woraufhin sich Riwanon, Aldur und Alannah anschlossen. Auch Granock hob schließlich die rechte Hand und leistete den verlangten Eid, den Cethegar besiegelte, indem er ihn mit dem Zauberstab an der Stirn berührte. Granock war klar, wenn einer von ihnen wortbrüchig wurde, so würde dies schwere Bestrafung nach sich ziehen, vielleicht sogar den Ausschluss aus dem Orden, aber er sah ein, dass es keine andere Möglichkeit gab.

Solange sie keinen konkreten Anhaltspunkt dafür hatten, dass die Spur der Mörder tatsächlich zurück nach Shakara führte, war der von Farawyn geäußerte Verdacht höchst gefährlich, denn seine Feinde konnten sich dies zunutze machen, um ihn und seine Getreuen zu vernichten.

»Gut«, sagte Cethegar schließlich. »Verzeiht den Nachdruck meiner Forderung, aber wenn Farawyn richtig vermutet, so kann das, was hier am Rand der zivilisierten Welt geschieht, über das Wohl oder Wehe des Ordens und damit des ganzen Reiches entscheiden, und wir sollten nicht …«

Er verstummte, weil hinter ihm plötzlich heiseres Geschrei erklang. Der Zauberer fuhr herum, die knochige Hand um den Zauberstab geschlossen – nur um zu sehen, wie das eintönige Braun der Steppe zum Leben erwachte.

Allenthalben erhoben sich plötzlich hagere Gestalten, die nackt waren bis auf Lendenschürze und deren dunkles Haar ihnen bis zu den Schultern reichte. Ihre Haut war gebräunt von der Sonne und mit fremdartigen Symbolen aus weißer Farbe bemalt. Und sie waren mit dünnen, langen Speeren bewaffnet, von denen sie ganze Bündel bei sich trugen. Die Münder in den dunklen bärtigen Gesichtern waren weit aufgerissen, und sie schrien in unbändiger Wut.

»Wildmenschen aus Arun!«, rief Farawyn, der die Situation als Erster erfasste. »Sie müssen im Schutz der Dunkelheit die Mauer überwunden haben und herangekrochen sein!«

»Was, beim mächtigen Glyndyr, haben sie so weit nördlich zu suchen?«, rief Cethegar über das schrille Kreischen der Angreifer hinweg. »Ich wusste nicht, dass ...«

»Vorsicht!«

Es war Granocks Stimme, die warnend gellte, und das gerade noch rechtzeitig, denn schon sausten die ersten Speere heran und hätten ihr Ziel wohl gefunden, wenn Cethegar nicht mit einer geschmeidigen Bewegung nach hinten gesprungen wäre. Die Speere bohrten sich zu Füßen des Zauberers in den Boden, wo sie bebend stecken blieben.

Die Wut der angreifenden Meute wurde dadurch nur noch mehr angestachelt, und unter gellendem Geschrei setzten die Krieger weiter heran. Granock war sicher, dass es gut vierzig Wilde waren, die keinerlei Gnade zeigen würden, wenn sie ihre Opfer erst in ihrer Gewalt hatten.

»Wartet, ihr Strauchdiebe!«, wetterte Cethegar, während ein halbes Dutzend weitere Speere durch die Luft flog und ihn hinter einem Felsblock in Deckung zwang. »Das werden wir euch gründlich verderben. – Alannah!«

»Ja, Meister?«

»Diese Wilden scheinen ziemlich erregt. Wie wäre es, wenn du ihre Gemüter ein wenig abkühlen würdest?«

»Mit Vergnügen, Meister«, antwortete die Elfin.

Die Angreifer hatten sich dem Felsen inzwischen weiter genähert. Einige von ihnen ließen die Speere fallen und griffen an die Stricke, die sie um ihre Hüften gebunden hatten, um primitive Totschläger herauszuziehen, an denen vielfach noch Blut und Kopfhaar unterlegener Gegner klebten.

Im nächsten Moment jedoch hielten die Angreifer inne, denn massive Kälte schlug ihnen entgegen, und einen Augenblick später bildete sich vor ihnen eine Mauer aus Eis, die sich so hoch türmte, dass keiner von ihnen sie ohne Weiteres überwinden konnte, und die es dennoch schafften, wurden auf der anderen Seite der Barriere von züngelnden Flammen erwartet.

Aldur entfachte keine große Feuersbrunst, denn die hätte Alannahs Eisbarriere schmelzen lassen. Er begnügte sich mit kurzen, gezielten Flammenstößen, die den Angreifern Haut und Haare versengten, und es schien ihm fast diebische Freude zu bereiten.

»Vorsicht«, mahnte Farawyn. »Diese Wilden sind uns um ein Vielfaches unterlegen. Wir wollen sie nicht töten. Es geht lediglich darum, ihnen eine Lektion zu erteilen.«

»Wie Ihr meint, Meister«, entgegnete Aldur und klang fast ein wenig enttäuscht, während sein Feuer flackernden Schein auf seine Züge warf.

Es dauerte eine Weile, bis die Menschen begriffen, dass sie ihres Gegners, obwohl sie ihm zahlenmäßig weit überlegen waren, nicht würden habhaft werden können. In ihrer Raserei rannten sie immer wieder gegen die Mauern an, die Alannah vor ihnen errichtete, und wem es gelang, über die Eisbarriere zu klettern, der machte Bekanntschaft mit Aldurs Flammenzauber. Der Elf lachte, als er einem Angreifer das lange Haar versengte und einem anderen, der sich bereits zur Flucht gewandt hatte, den Hintern. Cethegar bedachte ihn dafür mit einem strafenden Blick, doch der Novize tat, als würde er es nicht bemerken.

Schließlich rannten die Wildmenschen in heller Panik davon. Aldur war anzusehen, dass er ihnen am liebsten noch eine Lohe mit auf den Weg gegeben hätte, aber er beherrschte sich. Umgeben von geschwärztem Boden und schmelzendem Eis standen

Zauberer und Novize am Fuß des Felsens und blickten den Wildmenschen nach, die schreiend nach Süden flohen, dem Grenzwall entgegen.

»Da laufen sie«, spottete Aldur, und an Granock gewandt, fügte er hinzu: »Nimm es mir nicht übel, Freund. Ich habe schon intelligentere Abkömmlinge deiner Rasse gesehen.«

»Die Vorfahren dieser Menschen haben vor langer Zeit den Cethad Mavur überquert«, erklärte Farawyn. »Was sie dort vorgefunden haben, hat ihre Sitten verrohen lassen, ihre Instinkte jedoch geschärft. Elfen an ihrer Stelle hätten womöglich gar nicht überlebt.«

»Denkt Ihr das wirklich, Meister?«, fragte Alannah.

»Es ist durchaus möglich.«

»Und wenn schon.« Aldur zuckte mit den Schultern. »Heute haben sie sich mit den Falschen angelegt, da haben ihnen ihre Instinkte auch nichts genutzt.«

»Sei nicht so stolz auf deine Kunststücke«, wies Cethegar ihn zurecht. »Ein großer Zauberer brüstet sich nicht mit dem, was er vermag. Du solltest dir lieber die Frage stellen, was diese Menschen so weit im Norden zu suchen hatten, diesseits des Cethad Mavur.«

»Ihr habt einen Verdacht, nicht wahr?«, fragte Alannah. »Was genau ist es, das Euch Sorge bereitet?«

»Dass die Wildmenschen die Mauer überwunden haben, ist eine Sache«, meinte Cethegar verdrossen. »Schon in der Vergangenheit haben sie öfter Überfälle auf dieser Seite des Grenzwalls verübt, wurden jedoch immer wieder vertrieben.«

»Aber?«, fragte Farawyn.

»Diese Wilden stammen aus den dampfenden Dschungeln Aruns«, führte Cethegar aus. »Eis haben sie noch nie zuvor in ihrem Leben gesehen, ebenso wenig wie einen Mann, aus dessen Händen Feuer züngelte. Aber haben sie sich davor gefürchtet? Oder sich zumindest auch nur darüber gewundert? Nein! Sie ließen sich davon nicht beeindrucken und haben weiter angegriffen. Geflohen sind sie erst, als ihnen klar wurde, dass sie uns unterlegen waren, jedoch nicht aus Furcht vor unserem Zauber.«

»Was folgert Ihr daraus, Vater?«, fragte Riwanon.

»Diese Menschen müssen bereits zu einem früheren Zeitpunkt Kontakt mit Zauberern gehabt haben«, vermutete Cethegar, »und dieser Gedanke gefällt mir ganz und gar nicht, weil …«

»… weil es sich mit dem deckt, was ich in den Mauern von Carryg-Fin gespürt habe«, vervollständigte Farawyn.

»So ist es, Sohn.« Cethegar nickte grimmig, und auch Granock und den anderen wurde nun klar, was ihn so sorgte. Die Wildmenschen hatten auf Alannahs und Aldurs Zauber tatsächlich nicht so reagiert, wie man es von Primitiven erwarten durfte, was darauf schließen ließ, dass sie schon zu einem früheren Zeitpunkt mit vergleichbaren Phänomenen zu tun gehabt hatten. Und das wiederum deutete darauf hin, dass Cethegar und seine Begleiter nicht die ersten Zauberer waren, denen sie begegnet waren. Zusammen mit Farawyns Verdacht, dass man denjenigen, der für das Massaker von Carryg-Fin verantwortlich war, in Shakara finden würde, ergab das ein zutiefst beunruhigendes Bild.

»Was nun?«, fragte Riwanon. »Was sollen wir tun?«

»Was wir eben bereits vorhatten: Wir werden die Grenze überschreiten und uns nach Süden wenden, den Wildmenschen hinterher. Wenigstens haben wir jetzt eine Fährte, der wir folgen können.«

Die Novizen und ihre Meister wechselten angespannte Blicke. Auch wenn es niemand mehr offen aussprach, jedem von ihnen war klar, dass ihre Mission einen Wendepunkt in der Geschichte nicht nur des Ordens, sondern ganz Erdwelts bedeuten konnte. Wenn sich tatsächlich Beweise für das fanden, was Farawyn in Carryg-Fin gespürt hatte, würde dies Folgen haben, die zum gegenwärtigen Zeitpunkt noch völlig unabsehbar waren, vielleicht einen Krieg, einen neuen blutigen Konflikt, der ganz Erdwelt entzweite.

Keiner von ihnen ahnte, dass sie beobachtet wurden – von kalten Reptilienaugen, in denen unbändiger Hass loderte …

12. PENTHERFAD LAIMA

Rambok hatte lange warten müssen. Tage. Nächte. Zwei ganze Wochen. Dann endlich war seine Chance gekommen …

Inmitten des Waldes aus uralten, moosüberwucherten Eichen oberhalb des *bolboug* hatte sich der Schamane auf die Lauer gelegt. Er hatte Hunger gelitten und Durst, und in den Nächten, die um diese Jahreszeit feucht und empfindlich kalt waren, hatte er erbärmlich gefroren.

Mehrmals war er drauf und dran gewesen, in seine Höhle zurückzukehren, sich dort an einem Feuer zu wärmen und sich den Schlund mit einer Krallevoll frischer Maden vollzustopfen, aber er hatte dem Drang widerstanden und war geblieben. Zum einen, weil er im Dorf fortwährend verspottet und angefeindet wurde, seit Borgas ihn offiziell als Schamanen abgesetzt hatte. Zum anderen aber auch, weil sein Hass auf den dafür Verantwortlichen einfach zu groß war, um einfach aufzugeben.

Und schließlich war seine Ausdauer belohnt worden …

Ein Pfad führte durch den Wald hinab in die Schlucht mit dem *bolboug*. Rurak, der elfische Zauberer, der aus dem Nichts aufgetaucht war und Ramboks Leben zunichtegemacht hatte, erschien in Begleitung zweier weiterer Schmalaugen. Gemeinsam waren sie zum *bolboug* hinuntergestiegen und für einige Zeit in der Häuptlingshöhle verschwunden. Und als sie den Pfad wieder heraufkamen, schlich Rambok ihnen nach, die Klaue am Griff des *saparak*.

Zu gern hätte der eifersüchtige Schamane den kurzen, mit Widerhaken versehenen Speer einfach geschleudert und den Rücken des verhassten Zauberers damit durchbohrt. Aber in Anbetracht der beiden Begleiter wäre dies wohl ein törichtes, weil tödliches Unterfangen gewesen, und eines wollte Rambok ganz sicher nicht: selbst in Kuruls Grube hüpfen, in die er seinen Feind stoßen wollte.

Er besann sich also und folgte den drei Wanderern in sicherem Abstand und so lautlos er es vermochte. Er wusste, dass er sich vorsehen musste: Elfen hatten nicht nur lange und spitze, sondern auch sehr gute Ohren, und ihre Augen waren scharf wie die eines Falken. Vorsichtig setzte er einen Fuß vor den anderen. Das Moos und das welke, faulige Laub, das den Waldboden übersäte, dämpften seine Schritte, und er nutzte jeden Baum und jeden Strauch als Deckung.

Schließlich lichtete sich der Wald, und Rurak und seine Gefolgsleute traten auf eine Lichtung, wo sich – zu Ramboks Entsetzen – noch weitere Schmalaugen aufhielten!

Auch sie trugen weite Kutten, deren Kapuzen ihre Gesichter verhüllten. Soweit der Schamane es beurteilen konnte, waren sie unbewaffnet, aber ihre schiere Überzahl hätte ausgereicht, ihn zu bezwingen, zumal er kein sehr geschickter Kämpfer war. Außerdem sagte ihm ein Gefühl, dass diese Schmalaugen ganz besonders gefährlich waren, auch wenn sie keine sichtbaren Waffen trugen.

Im Schutz des Unterholzes pirschte er noch weiter vor. Was die Elfen miteinander beredeten, konnte er nicht verstehen, da sie sich ihrer eigenen Zunge bedienten. Aber er konnte sehen, dass einer von ihnen wild gestikulierte, und das galt auch bei den Schmalaugen als Zeichen von Aufregung. Offenbar war etwas geschehen, das die Schmalaugen unruhig machte.

Rambok grinste breit. Wie unruhig würden sie erst werden, wenn ihr Anführer in seinem Blut lag ...

Der Schamane hatte Zeit. Er brauchte nur zu warten, würde Rurak auf den Fersen bleiben, und irgendwann, wenn der Zauberer am wenigsten damit rechnete, würde ihn der Zorn des Orks treffen. Die Vorstellung, wie es sich anfühlen würde, den *saparak* mit beiden Händen am Schulterblatt des Rivalen vorbei geradewegs in dessen Herz zu treiben, versetzte Rambok in Hochstimmung – so sehr, dass er zunächst gar nicht merkte, wie sich plötzlich etwas Hartes, Spitzes in *seinen* Rücken bohrte!

»Waffe fallen lassen«, zischte jemand in erbärmlich schlechtem Orkisch. »Augenblicklich, oder du bist tot!«

Die zweite Alternative gefiel Rambok ganz und gar nicht, also ließ er den *saparak* los, wenn auch höchst widerwillig.

»Hoch mit dir!«, verlangte die Stimme, und Rambok erhob sich aus seiner hockenden Haltung. »Umdrehen!«

Auch das tat Rambok, und er sah, dass der harte Gegenstand, den er in seinem Rücken gespürt hatte, ein Elfenspeer war, nadelspitz und messerscharf. Rambok war froh, keinen Widerstand geleistet zu haben. Die Tatsache allerdings, entdeckt worden zu sein, machte ihn weit weniger glücklich. Mit vorgehaltener Waffe zwang ihn der Elfenkrieger auf die Lichtung hinauszutreten, zu Rurak und seinen Kumpanen.

Als die Vermummten sahen, dass sich jemand näherte, unterbrachen sie ihr Gespräch. Auch Rurak wandte sich um, und es blitzte in seinen schmalen Augen, als er den Ork erkannte.

»Mein guter Rambok«, sagte er in seiner heuchlerischen Art. »Was führt dich zu mir? Hat Borgas dich geschickt?«

Der Schamane holte tief Luft. Er musste Zeit gewinnen, sich eine passende Ausrede zurechtlegen. Aber noch ehe er antworten konnte, ergriff sein Bewacher das Wort und sprach einige Sätze auf Elfisch. Rambok verstand die Sprache nicht, aber er konnte sich auch so denken, was der Kerl sagte – dass er den Unhold im Dickicht aufgestöbert hatte und dass er bewaffnet gewesen war.

Der Ausdruck in Ruraks blassem Gesicht veränderte sich daraufhin ein wenig, und seine Augen wurden noch schmäler. »Sieh an«, sagte er, wieder im flüssigen Orkisch. »Offenbar bist du uns durch den Wald gefolgt. Doch ich frage mich, aus welchem Anlass.«

»Aber nicht doch, großer Zauberer«, stritt der Schamane sogleich alles ab. »Ich war gerade zufällig auf der Jagd und …«

»Wenn ich recht darüber nachdenke«, fuhr Rurak in seinen Überlegungen fort, als würde er Ramboks Worte gar nicht hören,

»kann es eigentlich nur zwei Gründe dafür geben. Entweder, unser guter Häuptling Borgas treibt ein falsches Spiel und nimmt den Eid, den er mir gegenüber geleistet hat, nicht halb so ernst, wie ich es erwarten würde; deshalb hat er dich ausgeschickt, um mich auszuspionieren und meine wahren Pläne in Erfahrung zu bringen …«

»Nein, großer Zauberer!«, beeilte sich Rambok zu versichern und schüttelte entschieden den Kopf, weil er, wenn Rurak von dieser Version überzeugt war, nicht nur mit dem Zauberer Ärger kriegen würde, sondern auch mit Borgas.

»… oder aber du hast auf eigene Faust gehandelt, weil du dich an mir rächen willst«, schloss Rurak.

»Ich? Mich an Euch rächen?« Rambok lachte laut auf, was allerdings nicht sehr überzeugend klang. »Wieso, bei Torgas stinkenden Eingeweiden, sollte ich etwas so Verrücktes tun?«

»Nun, immerhin habe ich dich von dem Platz verdrängt, den du als Schamane des *bolboug* innehattest. Ich könnte mir vorstellen, dass man dir im Dorf seither mit Missachtung und Spott begegnet, und das konntest du natürlich nicht auf dir sitzen lassen. Und in der geistigen Beschränktheit, die deinesgleichen nun einmal zu eigen ist, wolltest du mich aus dem Weg räumen, damit alles wieder so wird wie früher. Ist es nicht so?«

»A-a-aber nein!«, schnappte Rambok, die gelben Augen entsetzt geweitet. Konnte der Elf etwa seine Gedanken lesen? »So war es nicht, glaubt mir! Eure erste Vermutung war richtig – Borgas hat mich geschickt, um Euch auszuspionieren!«

»Borgas?«

»*Korr.*«

»Nachdem er mir Gefolgschaft geschworen hat?«

»*Korr.*« Rambok nickte. »Mit der Treue eines Orks ist es nicht allzu weit her, das solltet Ihr wissen.«

»Das ist wahr«, räumte der Zauberer ein. »Mit der Wahrheitsliebe deinesgleichen allerdings auch nicht. Wie soll ich also wissen, ob du mich belügst oder nicht?«

»Gar nicht.« Ein entschuldigendes Grinsen dehnte Ramboks Züge in die Breite. »Ihr werdet mir also vertrauen müssen.«

»Das muss ich keineswegs«, berichtigte Rurak. »Es gibt Mittel und Wege, durchtriebene Kreaturen wie dich dazu zu bringen, dass sie die Wahrheit sagen. Leutnant?«

»Ja, Meister?« Einer der anderen Vermummten, die offenbar keine Zauberer waren, sondern Soldaten, trat vor.

»Ich will, dass Ihr ihn in den Wald führt«, sagte Rurak auf Orkisch, damit Rambok alles verstand. »Sucht Euch zwei junge Weiden, biegt sie nach unten und nehmt Stricke, um sie am Boden zu halten. Dann bindet jedes seiner Beine an einem Baumwipfel fest. Gebt ihm eine Stunde, das Maul aufzumachen und zu reden. Wenn er danach nicht geplaudert hat, schneidet die Stricke durch.«

»Verstanden, Meister.«

»A-aber dann gibt es mich ja zweimal«, konstatierte Rambok entsetzt.

»Ganz recht.« Rurak nickte. »Die Kraft der Bäume wird deinen dürren Körper in zwei Hälften reißen und deine Eingeweide über den halben Wald verstreuen. Die Aasfresser werden ihre Freude daran haben – falls sie dein stinkender Kadaver überhaupt interessiert.«

»Nein, nicht!«, schrie der Schamane entsetzt und quiekte wie ein Ferkel, als ihn die Vermummten abführen wollten. »Das dürft Ihr nicht tun!«

»Mein unbedarfter Freund«, sagte Rurak mit unelfischem Grinsen. »Wer sollte mich daran hindern? Dein Häuptling hat dir seine Gunst entzogen, und es wird dich nicht überraschen, wenn auch ich dir nicht mehr besonders freundlich gesonnen bin.«

»Aber«, wandte Rambok mit rollenden Augen ein und suchte verzweifelt nach einem Grund, warum er nicht in zwei Hälften gerissen werden durfte, »ich könnte Euch vielleicht noch nützlich sein!«

»Eine Made wie du? Unwahrscheinlich.«

»Ich gebiete über die Macht der Knochen«, erklärte Rambok, »und ich kann die Geister der Ahnen anrufen. Kurul selbst hat mir die Fähigkeit dazu verliehen!«

»Was du nicht sagst«, bemerkte Rurak gelangweilt.

»Allerdings. Im Grunde«, führte der Schamane in seiner Not weiter aus, »bin ich ein Zauberer wie Ihr.«

»Ein Zauberer wie ich, sagst du?« Erstmals schien Ruraks Aufmerksamkeit geweckt.

»*Korr*, so ist es«, beteuerte Rambok, während er sich hilflos im Griff seiner Bewacher wand. »Seht nur die Talismane vor meiner Brust! Jeder einzelne davon macht mich mächtig und ...«

»Ein Zauberer also ...«, murmelte Rurak, und es war unmöglich festzustellen, was auf einmal hinter den blassen Gesichtszügen und den schmalen, verkniffenen Augen vor sich ging.

»*Korr*«, bestätigte Rambok eifrig nickend, um ein wenig hoffnungsvoll hinzuzufügen: »Ändert das irgendetwas zwischen uns?«

Rurak ließ sich mit der Antwort Zeit. Eine Weile lang musterte er den Ork von Kopf bis Fuß, während er ein Argument gegen das andere abzuwägen schien. »Ich denke schon«, sagte er dann zu Ramboks unendlicher Erleichterung. »Lasst ihn los!«, wies er seine Leute an. »Dann fesselt ihn und richtet ihn her.«

»M-mich herrichten?«, fragte Rambok bestürzt. »Wofür?«

»Das wirst du schon sehen«, beschied ihm Rurak mit einem Grinsen, das dem Ork nicht recht gefallen wollte. »Wir beide werden eine Reise machen, mein *Freund* ...«

13. CODANA'Y'ARUN

Sie folgten den Spuren der Wildmenschen.

Nach zweitägigem Marsch hatten sie das karge Grenzland weit hinter sich gelassen, und der schier undurchdringliche dampfende Dschungel Aruns hatte sie in sich aufgenommen wie der Magen einer alles verzehrenden Bestie.

Unter den dichten Baumkronen, von denen Schlinggewächse und Moos bis zum Boden herabhingen, herrschte trübes Dämmerlicht und feuchte Hitze, in der sich der Geruch von Moder und Fäulnis stauten. Hinzu kamen die Moskitos, die in Schwärmen die schwere Luft durchflirrten, ohne dass man sich ihrer erwehren konnte. Was das Dickicht noch an anderen, größeren und weitaus gefährlicheren Kreaturen verbergen mochte, darüber wollte Granock lieber nicht nachdenken. Er selbst kam mit der Umgebung noch einigermaßen gut zurecht, doch den empfindsamen Elfen kam es so vor, als wären sie tatsächlich im Inneren eines riesigen Organismus gelandet, der fortwährend verdaute.

Anders als der Smaragdwald des Nordens, der seine Existenz der Hitze aus den Vulkanen und Erdspalten des Ostgebirges verdankte, wucherte der Dschungel von Arun über unwegsamem Gelände, das steil war und gebirgig und von tiefen Klüften durchzogen wurde. Dunkelgraue Felswände ragten jäh aus dem Dickicht auf und öffneten sich unvermittelt zu schmalen Schluchten, Hunderte von Mannslängen tief, in denen sich oft tosende Katarakte aus dem Grün des Waldes ergossen. Der Grund jener Täler, die in das Land schnitten, war derart von Pflanzen überwuchert, dass es scharfer Klingen bedurfte, sich einen Weg hindurchzuschlagen.

Oder Zauberei …

Da es anstrengend war, mit dem Zauberstab und kraft der Magie Äste und Zweige beiseitezubiegen, sodass ein Pfad durch den Dschungel entstand, wechselten sich die Meister darin ab, wer an der Spitze des Trupps ging, jeweils in Begleitung ihres jeweiligen Novizen. Die Pferde hatten sie zurücklassen müssen; zum einen hätten sich die Tiere einfach nicht in dieses nach Tod und Fäulnis stinkende Gebiet führen lassen, zum anderen wären sie im Dickicht ohnehin nicht von Nutzen gewesen. Also hatte Cethegar sie am Waldrand laufen lassen. Da es Tiere aus elfischen Gestüten waren, würden sie in der Nähe bleiben, bis ihre Reiter zurückkehrten, was – so hoffte Granock wenigstens – schon bald der Fall sein würde.

Im Norden des Reiches, im Territorium der Menschen, kannte er sich einigermaßen aus. Andaril und Sundaril hatte er ebenso kennengelernt wie Girnag, Taik und Suln, die großen Siedlungen im Westen, und auch die unzähligen Dörfer und Weiler dazwischen, die oft nur aus ein paar Blockhütten bestanden. Seit er jedoch unter den Elfen weilte, war seine Welt in so ziemlich jeder Hinsicht unüberschaubar geworden, und er bekam Dinge zu sehen, die er noch vor einigen Monden nicht für möglich gehalten hätte.

Natürlich hatte er von den unglaublichen Wundern gehört, die Erdwelt bereithielt, in den Eiswüsten des fernen Nordens, an den Gestaden des Südreichs und in den Dschungeln Aruns, aber für die meisten Menschen, die in den Städten lebten und dort einen täglichen Kampf ums Überleben führten, waren diese Orte so unerreichbar wie die Sterne. Auch Granock hätte niemals geglaubt, sie jemals zu bereisen, doch nun musste er feststellen, dass auch in jenen exotischen, teils sagenumwobenen Gebieten dasselbe eiserne Gesetz herrschte wie bei den Menschen – nämlich das des Stärkeren …

Allenthalben drangen scheußliche Laute durch den Dschungel: das Kreischen von Vögeln und anderen Kreaturen, die diese dampfende Hölle hervorgebracht hatte, und immer wieder auch heiseres Gebrüll aus riesigen zähnestarrenden Schlünden. Granock musste ich bemühen, seine Phantasie in Zaum zu halten, die sich entsetzliche, klauenbewehrte Bestien ausmalte. Sein Meister Farawyn schien das zu bemerken, denn er blieb auf dem schmalen Dschungelpfad stehen und wandte sich zu ihm um.

»Alles in Ordnung?«

»N-natürlich, Meister? Wieso fragt Ihr?«

»Vielleicht deshalb, weil du mir während der vergangenen Stunde nicht eine einzige Frage gestellt hast«, sagte Farawyn und ging weiter, wobei er den Zauberstab mit beiden Händen senkrecht vor sich hielt. Das Kraftfeld, das er dabei hervorrief, bog Zweige und Schlinggewächse wie von Geisterhand zur Seite und brach Äste gleich ab, sodass ein schmaler Durchgang entstand.

Granock folgte ihm dichtauf. »Vermisst Ihr meine Fragen denn?«

Farawyn schmunzelte. »Das nicht gerade. Aber ich überlege, was dir die Sprache verschlagen haben mag.«

»Dieser Dschungel«, gestand Granock und warf einen verstohlenen Blick zurück. Alannah und Aldur folgten ihnen mit einigem Abstand, sodass sie nichts von der Unterhaltung mitbekamen. »Er ist mir … unheimlich.«

»Aha«, sagte Farawyn. »Warum?«

»Ich weiß nicht, Meister.« Granock schaute sich erneut argwöhnisch um. »Ich glaube, es ist diese Dunkelheit. Und die ständigen Geräusche. Man hat das Gefühl, dass überall der Tod lauert.«

»Oder das Leben«, wandte Farawyn ein. »An einem Ort wie diesem, mein junger Novize, herrscht der ewige Kreislauf von Werden und Vergehen. Es gibt keine Vernunft, die ihn lenkt, und keine Barmherzigkeit, die ihn aufhält. Das mussten auch meine Ahnen bereits erfahren.«

»Eure Ahnen?«, hakte Granock nach. »Sind denn bereits Elfen hier gewesen?«

»Natürlich«, antwortete Farawyn, offenbar froh darüber, dass sein Schüler die Sprache wiedergefunden hatte. »Sigwyn selbst war es, der nach Süden zog, um Arun für das Elfenreich zu erobern.«

»Und warum gehört Arun heute nicht mehr zum Reich?«, fragte Granock.

»Weil, mein junger Freund, Sigwyn und die Seinen es damals mit einem Feind zu tun bekamen, der stärker war als jede Elfenarmee. Und dieser Feind war der Dschungel.« Farawyn machte eine kurze Pause und schüttelte sich leicht, als würde es ihm eiskalt über den Rücken rieseln. Dann fuhr er fort: »Gegen Drachen, Zwerge und Trolle hatte sich Sigwyns Streitmacht behauptet – vor diesem Urwald jedoch kapitulierte sie. Die grässlichen Kreaturen Aruns und die feuchte Hitze unter diesem grünen Blätterdach setzten den Elfen erheblich zu. Zwar unternahm Sigwyn alles, um dieses Gebiet zu besiedeln und dem Reichsverband einzugliedern, doch als sich angesichts der vielen Opfer, die man zu beklagen hatte, sogar innerhalb der Armee Widerstand bildete, blieb Sigwyn schließlich nichts anderes übrig, als aufzugeben und sich wieder aus Arun zurückzuziehen.«

»Und seither ist niemals wieder ein Elf in Arun gewesen?«

»Nein«, antwortete Farawyn. »Zumindest nahmen wir das immer an«, fügte er nachdenklicher hinzu.

»Und die Menschen?«

»Deinesgleichen kam erst viel später nach Arun, lange nachdem die Elfen das Land verlassen und den Cethad Mavur errichtet hatten zum Schutz vor den Bestien, die in den Tiefen des Urwalds hausen. Man tut gut daran, sich vor ihnen zu schützen.«

»Die Wildmenschen aber leben hier«, wandte Granock ein.

»Richtig«, gab sein Meister zu. »Wenn man allerdings bedenkt, was aus ihnen geworden ist, hätten sie sicherlich gut daran getan, nördlich des Grenzwalls zu bleiben. Aber darüber dachten sie nicht nach. Menschen brauchen keinen dringenden Anlass, um etwas zu tun. Allein es tun zu *können* genügt ihnen schon. Sie sind eine ebenso junge wie zähe Rasse, und sie fürchten die Gefahr nicht, wenn auch häufig genug deshalb nicht, weil sie die Konsequenzen ihres Handelns nicht absehen können.«

»Das … das klingt fast, als würdet Ihr die Menschen bewundern, Meister.«

»Beneiden trifft es wohl besser, Junge«, gestand Farawyn, ohne sich umzudrehen. »Ihr Menschen habt all das, was auch wir einst hatten, was uns im Lauf der Jahrtausende jedoch verloren ging:

Neugier, Tatendrang, unerschütterlichen Mut – und wohl auch die Torheit, die damit einhergeht. Aber darauf kommt es nicht an. Wir Elfen haben den Zenit unserer Macht längst überschritten und die großen Tage hinter uns gelassen. Ihr Menschen hingegen habt noch alles vor euch, euch gehört die Zukunft.«

Granock wusste beim besten Willen nicht, was er erwidern sollte. Dass Farawyn den Menschen aufgeschlossener gegenüberstand als die meisten anderen Zauberer, war kein Geheimnis, schließlich hatte er seine Position und seinen guten Ruf aufs Spiel gesetzt, um einen Abkömmling dieser Spezies als Schüler nach Shakara zu holen, auch wenn der Hauptgrund dafür sicherlich seine Visionen oder übersinnlichen Ahnungen gewesen waren. Derart überschwänglich wie soeben aber hatte er seine Gewogenheit gegenüber dem Menschenvolk noch nie zum Ausdruck gebracht, jedenfalls nicht in Granocks Gegenwart.

Wortlos ging der junge Menschennovize weiter hinter seinem Meister her, und er war ganz rot geworden, so sehr fühlte er sich persönlich angesprochen von den hehren Worten Farawyns hinsichtlich der Menschheit.

Auf einmal hielt der Zauberer inne, drehte sich zu ihm um und forderte Granock auf: »Bevor dir meine Worte noch mehr zu Kopf steigen, versuch es auch mal.«

Im ersten Moment wusste Granock nicht, wovon die Rede war, dann jedoch hielt ihm Farawyn den Zauberstab hin. »I-Ihr wollt, dass ich vorausgehe?«, fragte Granock. »Dass ich uns einen Weg durch den Dschungel bahne?«

»Sofern das nicht unter deiner Menschenwürde ist«, bestätigte Farawyn mit mildem Lächeln.

Granock schüttelte entgeistert den Kopf. Es war das erste Mal, dass er den *flasfyn* des Meisters gebrauchen durfte, und dies zeugte von großem Vertrauen. Stolz nahm er den Stab entgegen und wog ihn in den Händen. Er fühlte sich anders an als die Übungszauberstäbe, mit denen die Novizen bislang gearbeitet hatten, leichter von Gewicht, aber schwerer von Bedeutung.

Wie Granock schon herausgefunden hatte, glich kein *flasfyn* dem anderen. Sich einen Zauberstab zu suchen und ihn durch entsprechende Bearbeitung seinen Erfordernissen anzupassen, war die letzte Aufgabe eines Eingeweihten, ehe er zum vollwertigen Zauberer wurde – seine letzte Prüfung gewissermaßen, sein Meisterstück.

Farawyns *flasfyn* bestand aus Lindenholz, war an die sechs Fuß lang und von schlichter Schönheit; die Windungen und Verzierungen, die die Stäbe anderer Zauberer aufwiesen, entbehrte er, lediglich eine Reihe von Elfenrunen waren in Griffhöhe eingeschnitzt. Am oberen Ende teilte sich der Stab, und in die Gabel war ein kleiner, blau schimmernder Kristall eingesetzt.

»Komm schon«, drängte Farawyn. »Worauf wartest du?«

Granock nickte und trat vor, entschlossen, sich der Herausforderung zu stellen und seinem Meister zu zeigen, wozu er fähig war. Wie zuvor Farawyn trug er den Stab in beiden Händen senkrecht vor sich her, während er bedächtig einen Fuß vor den anderen setzte. Dabei konzentrierte er sich, bündelte alle geistige Kraft, die er aufzubringen vermochte, und übertrug sie in den Stab – doch das erhoffte Ergebnis blieb aus. Schon nach ein paar Schritten endeten seine Bemühungen, denn er musste vor einer undurchdringlichen Wand aus Ästen, Schlingpflanzen, Lianen und abgestorbenem Gestrüpp stehen bleiben.

»Was zum …?«

»Dein Problem ist immer dasselbe«, kritisierte Farawyn und machte ein mürrisches Gesicht. »Du gehst von vornherein davon aus, dass du versagst, dabei könntest du noch so vieles mehr tun.«

»Aber so ist es diesmal nicht, Meister«, verteidigte sich Granock. »Ich habe an mich geglaubt. Dennoch konnte ich das Dickicht nicht durchdringen. Es war, als hätte sich mir etwas entgegengestellt, eine unsichtbare Grenze.«

»Nur die Grenze deiner eigenen Vorstellungskraft«, war Farawyn überzeugt. »Versuch es noch einmal, und vergiss dabei alles um dich herum. Nur für deine Sinne macht es einen Unterschied, ob du dich im Dschungel Aruns befindest oder in der Übungshalle in Shakara – für dein Herz muss es ein und dasselbe sein, wenn du über dich hinauswachsen und die Wege der Magie erlernen willst.«

»Ein und dasselbe«, murmelte Granock, hob den Zauberstab wieder an und versuchte es abermals. Erneut versuchte er, seine Gedankenkraft zu bündeln, aber die Tatsache, dass die anderen inzwischen aufgerückt waren und er plötzlich Zuschauer hatte, war nicht gerade förderlich. Granock erwartete fast, dass Meister Cethegar fragen würde, was die Verzögerung solle, aber der Zauberer schwieg und ließ Farawyn gewähren. Den Regeln der Ausbildung zufolge bestimmte der jeweilige Meister ganz allein, wann er seinem Schüler im Zuge des *garuthan* eine Lektion erteilen wollte, und in Granocks Fall war es wohl gerade so weit.

Der junge Mensch bildete mit den Lippen lautlos eine Verwünschung, während er vor der Wand aus Dickicht stand, den Zauberstab seines Meisters in Händen, denn er kam sich vor wie ein Idiot. Er musste an Aldur und Alannah denken, die hinter ihm standen und ihn beobachteten, und er fühlte sich zutiefst verunsichert. Was würden die beiden über ihn denken, wenn er versagte? Und vor allem: Was würde *sie* über ihn denken?

Granock ertappte sich dabei, dass ihm das alles andere als gleichgültig war. Nach seinem sensationellen Abschneiden bei der Prüfung wollte er sich nicht vor Alannah blamieren, und die Angst vor dieser Blamage ließ ihn wütend werden. Da verfügte er schon über eine höchst ungewöhnliche Gabe, und was nützte sie ihm nun? Rein gar nichts! Den Dschungel erstarren zu lassen, machte nun wirklich keinen Sinn, denn die Zeit schien an diesem Ort ohnehin stillzustehen. Gegen Menschen und Elfen mochte man diese Gabe wirkungsvoll einsetzen können, den Wald und seine jahrtausendealten Bäume hingegen beeindruckte es nicht im Geringsten, dass man über die Zeit gebieten konnte.

»Worauf wartest du?«, sagte Farawyn. »Versuch es noch einmal. Ich weiß, dass du es kannst.«

»Na schön.« Granock schloss die Augen und stellte sich vor, nicht im dampfenden Dschungel zu stehen, sondern in der beruhigenden Kühle seiner Kammer in Shakara (was angesichts der Temperaturen und der schwirrenden Moskitos an sich schon eine Leistung war). Mit eiserner Disziplin gelang es ihm sogar, jeden Gedanken an Alannah aus seinem Bewusstsein zu verdrängen, und er gewann seine innere Ruhe zurück. Wenn es ihm nun noch gelang, seinen Willen zu bündeln und auf den *flasfyn* zu übertragen …

Er konzentrierte sich erneut – und merkte im nächsten Moment, dass er bereit war, gespannt wie ein Bogen, dessen Sehne so weit zurückgezogen war, dass sie jeden Augenblick reißen würde. Pfeilschnell verließ Granocks Gedankenimpuls sein Bewusstsein und ließ den Stab in seinen Händen erbeben.

Granock war sich sicher, diesmal erfolgreich gewesen zu sein und die Aufgabe gemeistert zu haben. Erwartungsvoll öffnete er die Augen – um sich nach wie vor derselben grünen Wand gegenüberzusehen.

Einen Moment lang war er fassungslos, dann packte ihn der Zorn. »Zum Henker!«, wetterte er, wohlweislich in seiner eigenen Sprache. »Da soll doch gleich der ganze verdammte …«

»Da stimmt etwas nicht«, sagte Farawyn hinter ihm.

»Was? W-wie …?«, stammelte Granock, während sich Farawyn an ihm vorbeidrückte und ihm den Stab abnahm, um sich seinerseits an dem Dickicht zu versuchen.

»Zurück!«, wies er Granock an, der sich daraufhin zu Aldur und Alannah gesellte, während Riwanon und Cethegar vortraten, um dem anderen Zauberer im Falle eines Falles beistehen zu können. Die Zauberstäbe hielten sie einsatzbereit in ihren Händen.

»Was ist?«, wollte Cethegar wissen.

»Offenbar eine Barriere«, antwortete Farawyn. »Ein Schutzzauber …«

»… oder ein Fluch«, ergänzte Riwanon.

Als sich auch Farawyn vergeblich mit dem Dickicht abmühte, hob sie ebenfalls den Stab, und sie bündelten ihre Kräfte – und endlich begann das Dickicht zurückzuweichen. Allerdings nicht wie zuvor, als es den Anschein gehabt hatte, als würde sich ein unsichtbarer Oger durch den Dschungel wälzen, sondern sehr viel träger und langsamer, so als würde sich etwas der Macht der Zauberer entgegenstellen. An ihrer Körperhaltung konnte Granock erkennen, wie viel Kraft es die beiden kostete, gegen die Barriere vorzugehen, die jemand – aus welchem Grund auch immer – an dieser Stelle errichtet hatte.

»Schwer zu glauben, dass Wildmenschen so etwas getan haben«, sagte Alannah mit leiser Stimme.

»Da hast du allerdings recht«, erwiderte Aldur flüsternd. »Vielleicht haben wir ihre Fährte ja längst verloren.«

»Oder wir wurden mit irgendeiner Absicht hergelockt«, sagte Granock.

Knarrend bogen sich die Äste, die von einem eigenen Willen erfüllt zu sein schienen, einige brachen mit dumpfem Knacken.

»Los!«, zischte Farawyn, nachdem er und Riwanon einen schmalen Korridor geschaffen hatten, und setzte sich in Bewegung. Die anderen, Meister und Novizen, folgten ihm, aber schon nach zwanzig Schritten endete der Pfad, denn auf der anderen Seite des schützenden Dickichts lag eine Lichtung, die erste, auf die sie gelangten, seit sie den Wald betreten hatten. Entsprechend empfindlich reagierten ihre Augen, obwohl das Sonnenlicht nur trübe durch die grauen Wolken sickerte. Da sich die Augen der Elfen offenbar rascher umgewöhnten als die von Granock, bekamen Aldur und Alannah vor ihm zu sehen, was sie auf der Lichtung erwartete, und ihren überraschten Lauten zufolge musste es ziemlich überwältigend sein.

Granock blinzelte, sein Blick klärte sich – und dann sah auch er das steinerne, moosüberwucherte Bauwerk in Form einer Pyramide.

Die Seitenwände des Monuments, das an die fünf Mannslängen hoch war, bestanden aus großen Steinquadern, und sie waren fast nahtlos aneinandergefügt, was von großer Baukunst zeugte. Die Spitze des Gebäudes krönte eine steinerne Säule, die allerdings abgebrochen war, und obwohl sie einst völlig glatt gewesen sein musste, hatten Sporen und Wurzeln daran Halt gefunden, sodass der Säulenstumpf wie ein uralter, knorriger Baum aussah; nur hier und dort lugte grauer Stein hervor, in den an einigen Stellen fremdartige Symbole gemeißelt waren. Auf der Vorderseite der Pyramide hatte es früher einen Eingang gegeben, der allerdings eingestürzt und von Trümmern verschüttet war. Die Überreste der abgebrochenen Spitze lagen auf der Lichtung verstreut und waren ebenso von Schlinggewächsen und Moos überwuchert wie das Gebäude selbst.

Der Bauweise nach war es elfischen Ursprungs. Aber da war auch noch etwas anderes. Etwas Düsteres, Dunkles, das sich nicht näher benennen ließ und das dennoch wie ein Schatten über der Lichtung lag.

»Was ist das?«, fragte Granock.

»Ein Schrein«, erklärte Farawyn.

»Ein Schrein? Wofür?«

Farawyn überließ Cethegar die Antwort. »In den alten Tagen«, erklärte der ältere Zauberer, »nachdem sich Margok vom Rat losgesagt hatte, gründete er seinen eigenen Orden und ließ sich von dessen Getreuen kultisch verehren. Pyramiden wie diese« – er deutete auf das uralte Bauwerk – »sprossen schon bald in ganz Erdwelt wie Pilze aus dem Boden. Sie dienten nur dem einen Zweck: dem Dunkelelfen zu huldigen.«

»Aber ich habe noch nie zuvor so etwas gesehen«, wandte Granock ein.

»Natürlich nicht. Die Zähne Margoks, wie seine Anhänger sie nannten, wurden nach dem Krieg zerstört. Nichts sollte mehr an den Dunkelelfen erinnern und an die Schrecken, die er über Erdwelt gebracht hat. Dieses Exemplar hier wurde wohl ... übersehen.«

»Übersehen?«, wiederholte Alannah. »Irgendetwas stimmt doch hier nicht. Immerhin mussten zwei Zauberer gegen eine magische Barriere ankämpfen, damit wir hierher gelangen konnten. Und weshalb hat sich der Wald diese Lichtung nicht längst zurückerobert?«

»Er ist dabei«, sagte Cethegar mit Blick auf die überwucherte Pyramide. »Aber mancher Zauber ist so stark, dass er Jahrhunderte oder gar Jahrtausende überdauert.«

Alannah nickte. »Ich verstehe, Meister.«

»Ich nicht«, gestand Granock. »Ich verstehe ehrlich gesagt *überhaupt* nichts. Ich dachte, es hat nach Sigwyn keine Elfen mehr in Arun gegeben, und Sigwyn der Eroberer hat lange Zeit vor Margok gelebt, oder nicht? Wie also passt das zusammen? Wer hat dieses hässliche Ding gebaut?«

»Eine gute Frage, in der Tat«, brummte Cethegar.

»Vielleicht haben es die Menschen errichtet, die damals über die Grenze gekommen sind«, vermutete Alannah.

»Sicher nicht.« Farawyn schüttelte den Kopf. »Außerdem kann ich etwas fühlen, das diesen Ort umgibt.«

»Was ist es?«, fragte Riwanon.

»Etwas Dunkles«, entgegnete der Zauberer düster. »Elfen sind hier gewesen, hier auf dieser Lichtung, und sie sind einen grausamen Tod gestorben ...« Er richtete den Blick auf die Wand aus Blättern und Gestrüpp, die die Lichtung wie eine Mauer umgab. »Irgendetwas verbirgt sich in diesen Wäldern, meine Freunde. Etwas Unheimliches, Böses.«

»Na großartig.« Granock schnitt eine Grimasse.

»Etwas Böses, sagt Ihr?« Aldur trat vor. »Meister, wäre es möglich, dass das, was Ihr fühlt, und das, was über die Grenze gekommen ist und die Besatzung von Carryg-Fin getötet hat ... dass es ein und dasselbe ist?«

Granock sah das Erschrecken, das diese Frage im Gesicht seines Meisters hervorrief, doch noch ehe Farawyn etwas erwidern konnte, gab Cethegar die Antwort: »Man könnte zu dieser Vermutung gelangen, junger Novize – aber du würdest wohl keinen Meister finden, der sie offen ausspricht.«

»Weshalb nicht?«

»Weil bisweilen schon die Erwähnung eines Namens genügen kann, um die Herzen mit Furcht zu erfüllen und Entscheidungen herbeizuführen, die man bei klarem Verstande niemals treffen würde. Verstehst du, was ich meine?«

»Ich ... äh ... ich denke schon«, erwiderte Aldur unsicher, wobei Granock sich fragte, ob er tatsächlich verstand, was der Zauberer meinte, oder ob er sich nur keine Blöße geben wollte.

»Schön und gut«, sagte Granock unbedarft, »aber ich kapier noch immer kein Wort. Wovon genau sprecht Ihr da, Meister?«

»Wir alle wollen hoffen«, sagte Farawyn, nachdem Cethegars einzige Erwiderung aus einem düsteren Blick bestand, »dass du niemals eine Antwort auf diese Frage erhalten wirst, mein Junge, denn in diesem Fall ...«

»Vorsicht!«

Riwanons Warnruf scholl über die Lichtung, und alle wirbelten zu ihr herum. Was sie sahen, entlockte zumindest den Novizen entsetzte Ausrufe – denn aus dem Gewirr der Moose und Farne, die den Boden der Lichtung bedeckten, walzte sich eine absonderliche Kreatur hervor. Ihr Körper war schwarz und schillernd und dabei an die zwei Fuß dick. Wie lang das Ding war, ließ sich noch gar nicht abschätzen. Ein Kopf war nicht wirklich zu erkennen, lediglich eine Phalanx langer Fühler, die offenbar die Schritte der Zauberer und Novizen als Erschütterungen wahrgenommen hatten, und ein scheußliches kreisrundes Maul, das die gesamte Vorderseite der Kreatur einnahm. Nicht nur der Rand, sondern der gesamte Rachen war von spitzen, nach innen gerichteten Zähnen versehen. Der ungeheure Körper, der sich aus einzelnen Segmenten zusammensetzte, wurde von Myriaden winzig kleiner Beine in atemberaubender Geschwindigkeit nach vorne getragen.

Es handelte sich bei dem Wesen um einen Tausendfüßler, wenn auch um den größten, den Granock je zu Gesicht bekommen hatte. Granocks Mund verzerrte sich vor Abscheu – dann war das Monstrum auch schon heran!

»Zurück! Zurück!«, rief Cethegar, während er seinen Stab hob und dem Tausendfüßler eine unsichtbare Barriere in den Weg stellte, um ihn aufzuhalten.

»Was, bei Glyndyrs Erben, ist das für eine Kreatur?«, schrie Riwanon.

»Frag nicht, Schwester!«, entgegnete Cethegar. »In den Tiefen Aruns gibt es Wesen, die noch um vieles gefährlicher und schrecklicher sind als dieses!«

»Wirklich?«, fragte Granock. »Also, für meine Verhältnisse reicht's!«

»Ich schließe mich an«, meinte Aldur – und entließ einen Flammenstoß auf die Bestie. Blitzschnell sank der Tausendfüßler nieder und ließ den Feuersturm über sich hinwegbranden. Die Flammen leckten dennoch über seinen Leib, doch der Panzerung seiner Ringsegmente schienen sie nichts anhaben zu können. Kaum war das Feuer erloschen, flitzte die Kreatur auf ihren winzig kleinen Beinen weiter.

Inzwischen war sie ganz aus ihrem Versteck gekrochen: Die Gesamtlänge des wulstigen, schillernden Körpers mochte an die zehn Schritte betragen. Mit einer Geschwindigkeit, die man ihrer Masse nicht zugetraut hätte, schoss sie auf die Zauberer zu, die bis zum Rand der Lichtung zurückgewichen waren.

Alannah war das Opfer, auf das es der Tausendfüßler abgesehen hatte!

Die Elfin hob die Arme und jagte dem Monster einen Eisspeer entgegen, der an der Panzerung des Untiers jedoch ebenso wirkungslos abprallte wie zuvor Aldurs Flammen.

»Vorsicht, Kind!« Cethegar, der die Gefahr erkannt hatte, in der seine Schülerin schwebte, eilte herbei, Farawyn kam von der anderen Seite. Beide hoben die Zauberstäbe, um die Kreatur aufzuhalten – aber der Tausendfüßler änderte abrupt die Laufrichtung und wich den unsichtbaren Hindernissen aus.

Die Segmente seines Körpers zogen sich eng zusammen, wie bei einer Stahlfeder – und im nächsten Augenblick schoss sein mörderisches Maul wie von einem Katapult geschossen auf die Elfin zu!

Das alles war so schnell vonstatten gegangen, dass Alannah nur noch schreien konnte, während sie den weit geöffneten Rachen auf sich zuschießen sah. Blitzschnell zuckte er heran – um nur wenige Schritte vor ihr zu verharren.

»Gib ihm Eis zu fressen!«, schrie Granock in seiner Sprache – die elfischen Worte wären ihm auf die Schnelle und in dieser unglaublich angespannten Situation niemals eingefallen. Sein Zeitzauber hatte bewirkt, dass der Angriff des Untiers verlangsamt war, dennoch war zu sehen, wie sich der offene Schlund des Tausendfüßlers weiter auf Alannah zubewegte …

… die in diesem Moment genau das tat, wozu Granock ihr geraten hatte!

Ein weiterer Speer aus Eis jagte scheinbar aus ihren Händen, und der prallte diesmal nicht an der Panzerung des Untiers ab, sondern fuhr geradewegs in dessen weit geöffneten Rachen.

Es gab ein hässliches Geräusch, als sich der eisige Spieß durch die Innereien des Tausendfüßlers grub und ihn der Länge nach aufspießte. Im nächsten Moment ließ die Wirkung von Granocks

Zauber nach, doch Alannah war bereits beiseitegetreten, sodass das Tier an ihr vorbeiflog. Zuckend wand es sich am Boden und verendete.

Die Gefährten wollten aufatmen – als ein gellender Schrei Cethegars sie abermals herumfahren ließ.

»O nein!«, rief Alannah, als sie sah, was ihrem Meister widerfahren war.

Von ihnen allen unbemerkt war ein weiterer Tausendfüßler aus dem Dickicht gekrochen, hatte sich von hinten auf den Zauberer zubewegt und die vorderen Reihen seiner spitzen Zähne in seinem rechten Fußgelenk vergraben.

»Cethegar!«, rief Farawyn entsetzt, während er und die anderen sich in Bewegung setzten, um ihrem Anführer zu Hilfe zu eilen. Was jedoch in den nächsten Augenblicken geschah, konnte keiner von ihnen mehr verhindern – selbst Granock nicht, der noch zu geschwächt war, um einen weiteren Zeitzauber zu wirken.

Einen gellenden Schrei ausstoßend kam Meister Cethegar zu Fall, woraufhin die Kreatur noch nachsetzte. Ihr zähnestarrender Schlund schien sich nach außen zu stülpen, verschlang den Fuß des Zauberers und fraß sich an seinem Bein empor bis zum Knie.

Alannah schleuderte einen Eisspeer, der jedoch wiederum an der Panzerung abprallte; auf die ungepanzerte Kopfpartie zu zielen, war Alannah nicht möglich, ohne Cethegar zu gefährden.

Der Zauberer erlitt grässliche Qualen. Sein Gesicht war schmerzverzerrt, und er schrie wie von Sinnen. Im nächsten Augenblick durchtrennten die Zähne des Untiers Fleisch, Sehnen und Knochen, und wo eben noch das rechte Bein des Zauberers gewesen war, gab es plötzlich nur noch einen blutigen Stumpf, aus dem schwallweise Blut pulste, während der Fuß und der Unterschenkel im Inneren der gefräßigen Kreatur verschwunden waren.

»Neeein!«, brüllte Alannah außer sich und wollte zu ihrem Meister eilen, Farawyn jedoch hielt sie zurück.

»Riwanon, hilf mir!«, brüllte er und brachte einen *tarthan* auf den Weg, der den Tausendfüßler seitlich traf. Obwohl Farawyn nicht gelang, was er beabsichtigt hatte, war klar ersichtlich, worauf er hinauswollte, und Riwanon unterstützte seine Bemühungen: Der nächste Gedankenstoß, der das Monstrum traf, erwischte es mit derartiger Wucht, dass es von seinen unzähligen Beinen gerissen wurde und umkippte. Für einen Moment lag es sich windend und ringelnd am Boden und bot seine ungepanzerte Unterseite dar.

»Aldur! Jetzt!«, befahl Farawyn – und der junge Elf, der darauf nur gewartet hatte, warf zwei Flammenspeere, die in die Bauchseite des Tausendfüßlers fuhren und ihn mit feuriger Glut verzehrten. Rauch drang zwischen den Ringsegmenten hervor, während sich die Kreatur zuckend hin und her warf und schließlich verendete.

Farawyn, Riwanon und die Novizen waren inzwischen längst zu Cethegar geeilt, der sich am Boden wand, sein rechtes Bein ein blutender Stumpf.

»Bei allen Mächten des Lichts!«, entfuhr es Alannah, als sie die grauenvolle Verwundung sah und das Blut, das den Boden tränkte. Sie sprach es nicht aus, aber es war klar, was ihr durch den Kopf ging – nämlich genau das, was auch Granock und Aldur in diesem Moment dachten: dass Cethegar verloren war.

Zu Hause in Shakara, wo es Heiler gab und die Macht der Kristalle stark war, konnte man eine Wunde wie diese vielleicht versiegeln und so die Blutung stoppen. Doch auch dann wäre Cethegar fürs Leben gezeichnet gewesen, und hier draußen, inmitten des tiefen Dschungels, sah es für sein Überleben sehr düster aus. Riwanon und Farawyn würden alles versuchen, ihn zu retten, gewiss, aber er würde dennoch sterben, und es würde ein langsames, grausames Dahinsiechen werden …

»Cethegar! Vater, könnt Ihr mich hören?«, fragte Riwanon, die an seiner Seite auf die Knie gesunken war, ungeachtet des Blutes, das den Boden tränkte. Der ältere Zauberer starrte sie aus weit aufgerissenen Augen an, aber er erwiderte nichts. Sein Körper zuckte, seine Zähne waren fest aufeinander gepresst. »Vater, ich bin es, Riwanon! Könnt Ihr mich verstehen?«

Er antwortete noch immer nicht, aber er nickte krampfhaft. »Sorgt Euch nicht, Vater«, fuhr Riwanon fort und senkte ihren Zauberstab, in dessen ovales Ende ein funkelnder Kristall eingesetzt war. Sie wollte die Wunde mit dem Kristall berühren, aber es gelang ihr nicht, weil Cethegar in immer unkontrolliertere Zuckungen verfiel.

»Festhalten!«, rief sie, worauf Farawyn, Granock und schließlich auch Aldur beherzt zupackten und den Zauberer am Boden hielten, sodass Riwanon ihrer Arbeit nachgehen konnte. Der Kristall an der Spitze ihres Stabes leuchtete auf, und als sie den blutigen Stumpf damit berührte, schloss sich die durchtrennte Schlagader, und der Blutschwall verebbte von einem Augenblick zum anderen.

Und das war noch nicht alles. Riwanon führte das Ende ihres Stabs über den entsetzlich anzusehenden Stumpf, aus dem zerfetztes Fleisch und zersplitterte Knochen ragten – und Granock traute seinen Augen nicht, als er sah, wie sich die Wunde mit atemberaubender Geschwindigkeit schloss.

In den Menschenstädten hatte Granock Kriegsveteranen gesehen, die im Kampf Gliedmaßen verloren hatten: Ihre vernarbten Stümpfe hatten ebenso ausgesehen wie der Cethegars, mit dem bemerkenswerten Unterschied, dass bei ihnen Jahre, wenn nicht Jahrzehnte seit ihrer Verwundung verstrichen waren und im Fall des Zauberers nur Augenblicke. Granock konnte nicht anders, als Riwanon mit einer Mischung aus Bewunderung und Bestürzung anzustarren.

Aber nicht nur er war höchst beeindruckt, auch Aldur sah seine Meisterin plötzlich mit anderen Augen. »D-das ist unfassbar«, stammelte er, während seine Blicke ungläubig zwischen der Zauberin und dem verheilten Stumpf hin und her flogen. »I-ich wusste nicht, dass Ihr auch ein *tavalian* seid …«

»Das bin ich keineswegs«, versicherte sie bescheiden. »Eine echte Heilerin hätte nicht nur die Blutung gestoppt, sondern ihm auch einen neuen Fuß wachsen lassen. Meinem Unvermögen ist es zu verdanken, wenn Cethegar von nun an verkrüppelt ist.«

»Das ist Unsinn«, wehrte Farawyn ab. »Ohne deine Hilfe wäre Cethegar verblutet, also mach dir keine Vorwürfe. Du hast sein Leben gerettet. Auch er selbst würde das sagen, wenn er könnte.«

Cethegar war in Ohnmacht gefallen, der grausame Schmerz war selbst für ihn zu viel gewesen. Ohnehin fragte sich Granock, wie jemand so etwas überleben konnte; ein Mensch im vergleichbaren Alter wäre mit Sicherheit gestorben. Da musste etwas sein, das den alten Zauberer schützte. Eine Kraft, die nur magischen Ursprungs sein konnte und die ihn offenbar am Leben hielt.

»Was machen wir jetzt?«, fragte Aldur leise. Ratlosigkeit schwang in seiner Stimme, und zum ersten Mal lernte Granock des Aldurans Sohn von einer sehr ruhigen, fast schüchternen Seite kennen. Was Meister Cethegar widerfahren war, schien ihn tief erschüttert zu haben, wohl weil es ihm drastisch vor Augen führte, dass Zauberer zwar mächtig und weise sein mochten, jedoch keineswegs unverwundbar waren.

»Wir werden weitergehen«, sagte Farawyn. »Schließlich haben wir noch immer eine Mission zu erfüllen.«

»Weiter*gehen*?« Granock schaute seinen Meister zweifelnd an. »Ihr wollt weitergehen? Trotz allem, was geschehen ist?«

»Haben wir eine andere Wahl?«, fragte Farawyn. »Nach allem, was wir hier vorgefunden haben, könnte das Fortbestehen des gesamten Reichs vom Gelingen unseres Auftrags abhängen.«

»Aber ich ... ich meine ... Meister Cethegar wird wohl kaum in der Lage sein, den Marsch fortzusetzen.«

»Wir werden sehen«, sagte Farawyn. »In wenigen Stunden wird er zu sich kommen und beschließen, was mit ihm selbst geschehen soll. Wir werden uns seiner Entscheidung fügen, ganz gleich, wie sie ausfällt.«

»Und wenn er verlangt, dass wir ihn zurücklassen?«, fragte Granock erschüttert.

»Dann werden wir auch das tun«, erwiderte Farawyn, ohne mit der Wimper zu zucken, was seinen menschlichen Novizen zutiefst entsetzte.

»Aber Meister!«, rief er. »Cethegar ist wie ein Vater für Euch! Ihr könnt doch unmöglich wollen, dass er ...«

»Es geht nicht um das, was ich *will*. Wir alle wissen das. Und Cethegar weiß es auch.«

»Aber wir können ihn doch nicht einfach zurücklassen!«, widersprach Granock und schaute sich um in der Erwartung, dass die anderen seine Meinung teilten. Stattdessen blickte er jedoch in versteinerte Mienen. »Alannah, was ist los mit dir?«, fragte er. »Cethegar ist dein Meister, du bist ihm zur Treue verpflichtet.«

»Ich weiß«, erwiderte sie leise, »und genau aus diesem Grund werde ich mich an das halten, was er mir befiehlt, und werde keinesfalls etwas tun, was seiner Ehre und seinem Andenken schaden könnte.«

»Seiner Ehre und seinem Andenken?« Granock schnaubte angewidert. »Darum also geht es euch – selbst wenn ihr den armen Kerl dafür elend verrecken lassen müsst.«

»Vielleicht«, äußerte Riwanon in dem Versuch, zu vermitteln, »ist so etwas für einen Menschen nur schwer zu verstehen …«

»So etwas, Meisterin«, erwiderte Granock kopfschüttelnd, »ist für einen Menschen *überhaupt nicht* zu verstehen.«

»Ich denke, es ist besser, wenn du jetzt gehst«, sagte Farawyn ebenso leise wie bestimmt.

»Wohin?«, fragte Granock verwundert.

»Kletter auf den Baum und behalte die Umgebung im Auge!«, befahl der Zauberer, auf einen der knorrigen, von Würgefeigen überwucherten Waldriesen am Rand der Lichtung deutend. »Schlag Alarm, sobald sich jemand – oder etwas – nähert.«

»Aber ich …«

»Auf deinen Posten!«, befahl Farawyn, und Granock war klar, dass es besser war, nicht weiter zu widersprechen. Verärgert wandte er sich ab, nicht ohne Alannah noch einen verständnislosen Blick zuzuwerfen, dann lief er auf den Baum zu und kletterte empor. Schon im nächsten Moment war er zwischen den Blättern verschwunden.

»Menschlich, allzu menschlich«, sagte Riwanon zu Farawyn.

»Ja«, bestätigte dieser. »Das ist sein Makel – und sein größter Vorzug …«

Die ganze Nacht über kauerte Granock im Geäst und starrte ins mondbeschienene Halbdunkel, das über der Lichtung herrschte. Noch in der Nacht zuvor hätte er es vielleicht als bedrückend empfunden, an einem Ort wie diesem allein zu sein, nun jedoch war er richtiggehend dankbar dafür, denn auf die Gesellschaft der anderen konnte er im Moment gut verzichten.

Verwirrung war das Wort, das seinen Gemütszustand am besten umschrieb. Verwirrung über die Dinge, die er gesehen und erfahren hatte. Verwirrung über die Gefühle, die er dabei empfunden hatte. Verwirrung über die Reaktion der anderen.

Er war beinahe froh darüber, zum Wachdienst verdonnert worden zu sein, denn er hätte ohnehin nicht geschlafen. Sobald er die Augen schloss, sah er den blutenden Stumpf von Cethegars verstümmeltem Bein und hörte die entsetzlichen Schreie des Stellvertretenden Ordensmeisters. Die Erinnerung daran genügte, um Granock am ganzen Körper zittern und seinen Magen rebellieren zu lassen, nicht nur vor Entsetzen, sondern auch und vor allem aus Wut.

Wut auf Farawyn, der ihn vor den anderen zurechtgewiesen hatte. Wut auf Alannah, für die hohle Phrasen wie Ehre und Ansehen mehr zählten als das Wohl ihres Meisters. Vor allem aber Wut auf sich selbst – und während er über sich und seine Situation nachdachte, ließ der Zorn auf die beiden anderen nach und steigerte sich jener, den er gegen sich selbst empfand, sodass er im Lauf der Nacht zu regelrechtem Selbsthass wurde.

»Granock ...?«

Es war die Stimme Aldurs, die ihn irgendwann gegen Morgen aus seinen Gedanken riss. Die Farbe des Himmels hatte jene von Schiefer angenommen, und von Osten her schickte sich die Dämmerung an, den Bann der Nacht zu brechen. Die Lichtung, auf die Granock von seinem hohen Posten aus blicken konnte, lag still und friedlich, und nichts erinnerte mehr an den dramatischen Kampf vom Vortag. Fast hätte man glauben können, alles wäre nur ein Albtraum gewesen – dass es nicht so war, war Aldurs bekümmertem Gesichtsausdruck zu entnehmen.

»Morgen«, begrüßte Granock den Elfen, der zu ihm auf den Baum geklettert war – und das so lautlos, dass Granock ihn nicht einmal gehört hatte. »Willst du mich ablösen?«

»Nein.« Aldur schüttelte den Kopf. »Ich soll dir sagen, dass wir in einer Stunde aufbrechen.«

»Also doch.« Granock nickte.

»Es ist das Beste für uns alle«, erklärte Aldur achselzuckend.

»Vielleicht. Es ist nur ...«

»Was denkst du?«, fragte der Elf und schaute ihn erwartungsvoll an. »Willst du es mir verraten?«

Granock zögerte. Die ganze Nacht über hatte er nachgedacht und gegrübelt, und gegen Morgen war ihm tatsächlich aufgegangen, weshalb er sich tags zuvor derart vehement gegen seinen Meister aufgelehnt hatte. Aber sollte er das jemandem anvertrauen, der noch bis vor Kurzem sein erklärter Feind gewesen war? Zwar hatten sie ihre Rivalität offiziell begraben, aber konnte er Aldur wirklich vertrauen?

Zu seiner Überraschung verzog der Elf das Gesicht zu einem breiten Lächeln. »Ob du es mir verraten willst oder nicht – ich weiß ohnehin, was in dir vorgeht.«

»So?«

»Du machst dir Vorwürfe, weil du Meister Cethegar nicht rechtzeitig zu Hilfe gekommen bist. Ein Zeitzauber im rechten Augenblick hätte manches verhindern können ...«

»Und?«, fragte Granock scharf, der sich durchschaut fühlte. »Würde es dir nicht ebenso ergehen?«

»Vielleicht«, räumte Aldur ein. »Aber dann würde mir einfallen, dass ich durch den Zauber, den ich zuvor gewirkt hatte, bereits jemanden gerettet habe und dass sich ein Leben niemals gegen ein anderes aufrechnen lässt. Und diese Regel gilt, so vermute ich, nicht nur bei uns Elfen, sondern auch bei euch Menschen.«

»Das ... ist wahr«, gab Granock zu.

»Du brauchst dich also nicht zu grämen. Meister Cethegar hat seine Entscheidung getroffen. Mit dir hat das nichts zu tun.«

»Dann ist er inzwischen also erwacht?«

Aldur nickte. »Kurz nach Mitternacht kam er zu sich.«

»Und?«, erkundigte sich Granock besorgt. »Wie geht es ihm?«

»Du kennst den alten Knochen doch.« Aldur schnitt eine Grimasse. »Den kriegt so leicht nichts unter.«

»Also machen wir weiter.« Granock nickte düster. Der Gedanke, dass sie einen der Ihren verstümmelt im Dschungel zurücklassen würden, gefiel ihm noch immer ganz und gar nicht.

»Natürlich. Cethegar kann es kaum erwarten. Er brennt darauf, den Marsch fortzusetzen.«

»Er … tut was?«, fragte Granock verwundert.

»Er brennt darauf, den Marsch fortzusetzen«, wiederholte Aldur grinsend. »Was hast du denn gedacht? Der Alte ist so stur, dass er notfalls auch auf seinen Händen weiterlaufen würde.«

Granock wollte seinen Ohren nicht trauen. »Dann … lassen wir ihn nicht zurück?«

Aldur schüttelte den Kopf. »Um einen so zähen Brocken wie Cethegar aufzuhalten, muss man ihm wohl mehr als ein Bein abbeißen. Dank Riwanon ist die Wunde gut verheilt, und seiner robusten Natur ist es wohl zu verdanken, dass er sich auch ansonsten gut erholt hat. Du siehst also, es wird niemand zurückgelassen. Jedenfalls vorerst nicht.«

Granock war unsagbar froh, das zu hören. Zugleich aber kam er sich vor wie ein ausgemachter Trottel.

»Ich Idiot«, schalt er sich selbst. »Ich hätte mir denken können, dass Meister Farawyn niemanden seinem Schicksal überlässt.«

»Täusch dich nicht«, warnte Aldur. »Wäre es notwendig gewesen, hätte Farawyn keinen Augenblick gezögert, es zu tun – ebenso wenig, wie Cethegar gezögert hätte, es ihm zu befehlen. Die Mission hat Vorrang.«

»Ich weiß«, sagte Granock leise. »Aber das muss mir ja nicht gefallen, oder?«

»Seltsam«, sagte Aldur nur.

»Was ist seltsam?«

»Farawyn hat vorausgesehen, dass du genau das sagen würdest. Und er merkte an, dass es nichts mit der Gabe der Weissagung zu tun hätte, dass er es schon vorher wusste.«

»Nein?« Granock hob die Brauen. »Womit denn dann?«

»Mit deiner menschlichen Natur, mein Freund«, erwiderte Aldur lächelnd. »Und weißt du, was ich ihm erwidert habe?«

»Was?«, fragte Granock.

Das Zögern des jungen Elfen währte nur einen unmerklichen Augenblick. »Dass ich dich jederzeit mit mir nehmen würde, mein *Bruder*.«

14. HAUL'Y'ATHRO

Kristallklares Licht erhellte die große Halle, die einmal mehr erfüllt war von aufgeregtem Gemurmel. Erneut war der Hohe Rat zusammengetreten, diesmal zu einer außerordentlichen Sitzung.

Die Ratsmitglieder hatten zu beiden Seiten des lang gestreckten Gewölbes Platz genommen. Viele Sitze waren jedoch leer geblieben, denn einige Meister waren im Auftrag des Rates als Boten unterwegs, andere befanden sich im Zuge des *garuthan* mit ihren Schülern auf Reisen, wieder andere durchstreiften das Reich auf der Suche nach Begabten, die das Schicksal mit *reghas* bedacht hatte, und natürlich fehlten auch die Meister Farawyn, Riwanon und Cethegar, die an die Südgrenze des Reiches entsandt worden waren, um die geheimnisvollen Vorfälle dort zu untersuchen.

Vater Semias war es nicht gewohnt, eine Ratssitzung allein zu führen. Seine Nachsicht und Milde legten ihm manche Zauberer als Schwäche aus, und es dauerte eine ganze Weile, bis er für Ruhe gesorgt hatte und von seinem erhöhten Sitz an der Stirnseite der Ratshalle aus das Wort ergreifen konnte.

»Hochweise Schwestern und Brüder«, sagte er, »wir sind heute auf einen Antrag unseres geschätzten Bruders Palgyr zu dieser außerordentlichen Sitzung zusammengetreten. Wollen wir hoffen«, fügte der Älteste in einem seltenen Anflug von Sarkasmus hinzu, »dass der Anlass unser Erscheinen auch rechtfertigt.«

»Das tut er«, versicherte Meister Palgyr. »Und ich will deine letzte Bemerkung nur deinem hohen Alter zuschreiben, geschätzter Vater.«

»Du vergreifst dich im Ton!«, rügte ihn Semias.

»Hätte dein ehemaliger Schüler Farawyn den Antrag auf eine außergewöhnliche Ratssitzung gestellt, hättest du ihm sicher mit größter Freude entsprochen«, entgegnete Palgyr.

Das Gemurmel, das sich eben erst gelegt hatte, setzte wieder ein. Einige Ratsmitglieder, vor allem Angehörige des rechten Flügels, dem auch Palgyr angehörte, drückten ihre Zustimmung aus, während sich andere ob einer solchen Respektlosigkeit dem Ältesten gegenüber empörten.

Semias, dem die Einheit des Rates zu wichtig war, als dass er seine persönliche Eitelkeit über sie gestellt hätte, versuchte die Gemüter zu beschwichtigen: »Solltest du den Eindruck haben, dass deine Anliegen vor diesem höchsten Gremium unseres Ordens weniger Beachtung fänden als die anderer Ratsmitglieder, so ist dies unzutreffend, Bruder Palgyr«, versicherte er. »Jeder Angehörige dieses Rates hat selbstverständlich das Recht, eine Versammlung einzuberufen, wenn es die Situation erfordert.«

»So wie in diesem Fall«, bekräftigte Palgyr. Er verließ seinen Sitz und trat in die Mitte der Halle. Die Aufmerksamkeit, die ihm von allen Seiten entgegenströmte, genoss er dabei sichtlich. »Ich bedanke mich bei Vater Semias dafür, dass er meinem Antrag so rasch entsprochen und diese Zusammenkunft einberufen hat. Und ich danke auch euch, Schwestern und Brüder, für euer ebenso rasches wie zahlreiches Erscheinen.«

»Wir sind längst nicht vollzählig«, sagte Vater Semias einschränkend. »Wie ihr wisst, weilen zahlreiche Ratsmitglieder, unter ihnen auch der Stellvertretende Vorsitzende Cethegar, derzeit nicht in Shakara.«

»Dennoch befindet sich in dieser Halle, wenn mich meine Augen nicht trügen, eine beschlussfähige Mehrheit, oder nicht?«, wandte Palgyr ein.

»Das ist durchaus richtig«, bestätigte der Älteste seufzend. »Trage dein Anliegen also vor.«

»Hab Dank, Vater.« Palgyr deutete eine Verbeugung an, während sich unter Farawyns Anhängern Unmut regte. Ihnen allen war klar, weshalb dessen Rivale gerade zu diesem Zeitpunkt eine außerordentliche Versammlung einberufen hatte, ebenso wie sie nur zu gut wussten, weshalb er Semias gleich zu Beginn der Beratung angegriffen hatte: Er vermittelte dem Ältesten das Gefühl, ihn ungerecht behandelt zu haben, und sicherte sich damit schon im Voraus Zugeständnisse. Was immer Palgyr im Schilde führte, er schien es um jeden Preis erreichen zu wollen. Aber worum konnte es sich dabei handeln?

Zumindest in dieser Hinsicht herrschte bei seinen Gegnern im Rat Unklarheit. Bis zu dem Augenblick, da Palgyr nach einer wortreichen Einleitung auf den Kern der Sache zu sprechen kam …

»Und aus diesem Grund, Schwestern und Brüder«, rief er, »nehme ich für mich das Recht in Anspruch, das auch jedem anderen Meister zusteht, ob Mitglied dieses Rates oder nicht: das Recht, Lehrer zu sein!«

»Du … du willst dir einen Schüler nehmen?«, fragte Semias mit gerunzelter Stirn.

»So ist es, Vater.«

»Aber weshalb berufst du dann eine außerordentliche Versammlung ein? Du bedarfst nicht der Zustimmung des Rates, um dir einen Novizen zu wählen.«

»Dessen bin ich mir bewusst, weiser Vater«, versicherte Palgyr, der offenbar etwas verbarg. »Und ich hätte auch ganz sicher nicht die Dreistigkeit besessen, euch alle wegen etwas einzuberufen, das zur guten und bewährten Tradition unseres Ordens gehört. Der wahre Grund ist ein anderer. Ich nehme nicht nur das Recht für mich in Anspruch, mir einen Schüler nehmen zu dürfen, sondern auch jenes Sonderrecht, das unserem allseits geschätzten Bruder Farawyn vor diesem ehrwürdigen und hochweisen Rat eingeräumt wurde.«

»Von welchem Recht sprichst du?«, wollte Semias wissen.

»Wird der Rat mir zugestehen, was er auch Farawyn zugestanden hat?«, fragte Palgyr dagegen, und es blitzte in den schmalen Augen seines Raubvogelgesichts.

Semias' Zögern währte nur einen kaum merklichen Augenblick. Dem Ältesten war klar, dass er die Einheit des Rates und damit des gesamten Ordens nachhaltig gefährdete, wenn Palgyr nicht die gleichen Privilegien zugestanden wurden wie seinem Rivalen. »Nun«, erwiderte er deshalb, wenn auch zurückhaltend, »ich möchte doch annehmen, dass vor diesem Gremium alle gleich sind …«

»Nichts anderes habe ich erwartet«, behauptete Palgyr, und sein triumphierendes Lächeln gab Semias das Gefühl, einen folgenschweren Fehler begangen zu haben. Einen Fehler, der sich niemals wieder korrigieren ließ – auch wenn er in Wahrheit nicht wirklich die Wahl gehabt hatte.

»Diener«, rief Palgyr laut, »führe den Novizen herein!«

Wie Ihr wünscht …

Es dauerte einen Moment, dann wurde die große Pforte, die sich auf der anderen Seite der langen Halle befand, dem Sitz des Ältesten gegenüber, von außen geöffnet. Scheinbar wie von selbst schwang sie auf, und zwei Gestalten erschienen – die eine winzig und von schmächtigem Wuchs, die andere mannsgroß und in einen weiten Mantel gehüllt, dessen Kapuze sie tief ins Gesicht gezogen hatte und dessen Saum um ihre hageren Beine schlug.

Wenn die Aufnahme mehrerer Novizen in den Orden anstand, wurde dafür ein eigenes Ritual abgehalten, bei dem sich die Schüler in Einsamkeit und Askese geistig und körperlich reinigen mussten, ehe sie in den Lichtschein *caladas* treten durften und sich der Musterung durch den Hohen Rat zu stellen hatten. Bei einzelnen Aufnahmeanträgen wurde auf diese Prozedur verzichtet; der Schüler wurde sofort dem Rat vorgeführt, und sein Meister hatte dafür zu bürgen, dass er sich körperlich und geistig auf die bevorstehende Herausforderung vorbereitet hatte.

Ariel, der Ratsdiener, verließ nach einer Verbeugung wieder den Saal, schloss die Pforte, und zurück blieb nur der Schüler, der eingeschüchtert verharrte.

»Komm nur«, ermutigte ihn Palgyr und winkte ihn heran, worauf sich der Novize wieder in Bewegung setzte. Sein Gang war seltsam schleppend, der Mantel schlotterte um seine Gestalt, als bestünde sein Träger nur aus Haut und Knochen.

Anfangs bedachten die Ratsmitglieder Palgyrs Novizen mit Wohlwollen. Als jedoch die ersten einen Blick unter die Kapuze erheischten, setzte erneut Gemurmel ein, und als der Novize die Reihen der Zauberer passierte, sprangen sogar einige von ihnen auf, schwangen die Fäuste und bekundeten lautstark ihren Unmut.

»Unerhört!«, rief jemand.

»Eine Provokation ohnegleichen!«, schrie ein anderer.

»Das ist ein Angriff!«, meinte ein dritter. »Ein Angriff auf die Werte des Ordens!«

Semias fragte sich, was den Zorn seiner Schwestern und Brüder derart erregt haben mochte. Als Palgyrs Schüler schließlich bei seinem Meister anlangte und die Kapuze zurückschlug, sah auch der Älteste, was die Zauberer so in Aufruhr versetzte.

Palgyrs Novize war – ein Ork!

Er war nicht unbedingt ein typischer Vertreter seiner Art, dazu war er zu schmächtig und zu klein. Aber dieses Wesen mit der schmutziggrünen Haut, den fast waagrecht abstehenden Ohren und den gelben, blutunterlaufenen Augen war ganz zweifellos ein Unhold, ein Nachfahre jener unglücklichen Kreaturen, die der verschlagene Margok vor Tausenden von Jahren in der Abgeschiedenheit seines Schlupfwinkels gezüchtet hatte …

»Darf ich vorstellen?«, rief Palgyr in die aufgebrachte Runde. »Dies ist Rambok, der Schamane des Knochenbrecher-Clans!«

Die namentliche Vorstellung des Unholds trug in keiner Weise dazu bei, die Situation zu entschärfen. Im Gegenteil, die Zauberer des linken Flügels spien Gift und Galle und bedachten Palgyr lautstark mit Beschuldigungen aller Art, und selbst seine eigenen Leute, von denen offenbar längst nicht alle eingeweiht gewesen waren, machten lange Gesichter. Zwar unterstanden sie sich, ihren Wortführer öffentlich zu kritisieren oder gar anzugreifen, doch auch in ihren Zügen war zu lesen, dass sie die Anwesenheit eines Orks in Shakara zumindest für fragwürdig hielten, wenn nicht gar für blanken Frevel.

Selbst der sonst so sanftmütige Semias, dem die Eintracht des Ordens über alles ging, konnte nicht länger an sich halten. Seine von schlohweißem Haar umrahmten Züge röteten sich, und Blitze schienen aus seinen Augen zu schießen, als er sich von seinem Sitz erhob, die knochige Hand um den Zauberstab gekrallt.

»Schweigt!«, gebot er mit einer Stimme, die keinen Widerspruch duldete und bis in den letzten Winkel der Halle drang. Die Zauberer, die den Ältesten noch niemals zuvor so aufgebracht erlebt hatten, verstummten tatsächlich, und eisige Stille kehrte im Ratssaal ein, in der man eine Nadel fallen gehört hätte. Semias' schmaler Brustkorb hob und senkte sich unter heftigen Atemzügen, mit denen er versuchte, seine Wut unter Kontrolle zu bekommen, während er seinen Blick zuerst über die Ratsmitglieder schweifen ließ und dann hinauf zu den Statuen der Könige, die die Halle säumten. Doch die steinernen Standbilder blickten mit unbewegtem Gleichmut auf den Frevel hinab, der sich zu ihren Füßen abspielte.

»Was, Bruder Palgyr, hat dies zu bedeuten?«, fragte Semias, wobei er sich bemühte, nicht loszubrüllen. »Willst du dieses ehrwürdige Gremium beleidigen?«

»Keineswegs, Vater«, versicherte der Zauberer. »Ich bitte lediglich, mir zuzugestehen, was auch Farawyn zugestanden wurde: ein Wesen in den Orden einzuführen, das kein Elf ist, jedoch über Fähigkeiten verfügt, die ansonsten seine Aufnahme rechtfertigen.«

»Dieses ... *Wesen*, wie du es nennst«, polterte Semias, »ist ein Feind. Wie kannst du es wagen, es hierher zu bringen? Du trittst die Grundsätze dieses Ordens mit Füßen!«

»Auch das ist nicht der Fall«, wiegelte Palgyr ab. »Ihr selbst wart noch vor wenigen Wochen auf der Seite derer, die den Aufbruch in ein neues Zeitalter beschworen, in eine neue Zukunft. Ihr saget, dass der Orden sich verändern und sich anderen Völkern öffnen müsse ...«

»An *dieses* Volk hatte ich dabei ganz sicher nicht gedacht«, konterte der Älteste. »Die Unholde sind, wie du sehr wohl weißt, aus Margoks frevlerischen Experimenten hervorgegangen. Bösartige Kreaturen sind sie, verdorben bis ins Mark und ...«

»... und mit uns Elfen verwandt«, brachte Palgyr den Satz sicherlich anders zu Ende, als Semias es beabsichtigt hatte. »Das kannst du nicht leugnen, Vater.«

»Ich leugne es nicht«, entgegnete Semias widerstrebend.

»Wie schön.« Palgyr schnitt eine Grimasse. »Nachdem wir uns also in diesem Punkt einig sind, frage ich dich, wie es sich zwischen Elfen und Menschen verhält. Besteht zwischen ihnen auch nur die geringste Verwandtschaft?«

»Nicht, soviel bekannt ist«, gab der Älteste zu.

»Wie, so fragte ich, kann es dann aber zulässig sein, einen Menschen in diese Hallen aufzunehmen und ihn teilhaben zu lassen an den Geheimnissen unseres Ordens, dies einem Ork, dessen nahe Verwandtschaft zu unserem Volk eine Tatsache ist, hingegen zu verwehren?«

»Die Menschen waren niemals unsere Feinde, Palgyr«, belehrte ihn Semias. »Gegen Margoks Kreaturen hingegen haben wir in einem langen und blutigen Krieg gekämpft ...«

»... der Tausende von Jahren zurückliegt«, ergänzte der Zauberer. »Sollen wir uns deshalb bis in alle Ewigkeit sämtlichen Veränderungen verweigern? Die Augen vor dem verschließen, was in der Welt vor sich geht?« Palgyr machte eine Pause und sah Semias herausfordernd an. »Das waren Farawyns Worte«, stellte er fest.

»Du scheust dich nicht, die Argumente deines Gegners ins Feld zu führen, um deine Ziele durchzusetzen«, brummte Semias.

»Wer sagt, dass der geschätzte Bruder Farawyn und ich Gegner wären?«, fragte Palgyr in gespieltem Entsetzen. »Hat er das behauptet?«

Semias biss sich auf die dünnen Lippen.

»Ich gebe zu, dass Bruder Farawyn und ich in der Vergangenheit nicht immer einer Meinung waren«, gestand Palgyr ein. »Aber ist es denn nicht erlaubt, seinen Standpunkt zu ändern und den eines anderen anzunehmen? War es nicht genau das, was vor nicht allzu langer Zeit in diesem Saal gefordert wurde? Aus den Bahnen althergebrachten Denkens auszubrechen und neue Wege in eine neue Zukunft einzuschlagen?«

»Und du willst behaupten, dass du dazu bereit wärst?«, fragte Semias missmutig. »Dass du die Gesetze und Traditionen unseres Ordens nicht mehr gefährdet siehst?«

»Die Frage erübrigt sich, ehrwürdiger Vater«, erwiderte Palgyr. »Denn wenn es so wäre, hätte ich wohl kaum einen Ork hergebracht, um seine Aufnahme in den Kreis der Zauberer anzuregen.«

»Mit welchem Recht tust du dies? Was für eine Gabe hat der Unhold, die seine Aufnahme in unseren Kreis rechtfertigen würde?«

»Mit Verlaub, Vater«, sagte Palgyr, »er braucht über keine spezielle Gabe zu verfügen. Die Statuten unseres Ordens legen eindeutig fest, dass der Eintritt nicht nur Begabten und mit *reghas* Gesegneten offensteht, sondern auch ausgebildeten Zauberern anderer Orden. Rambok ist ein Schamane, also ein Zauberer seines Volkes, was ihn zu einem berechtigten Anwärter macht. Wenn du mir nicht glaubst, lese im Buch des Gesetzes nach, und du wirst meine Worte bestätigt finden.«

Erneut brach Gemurmel unter den Anwesenden aus, vor allem auf der linken Seite. Es war erschreckend, wie Palgyr die Regeln und Mechanismen des Rates aushebelte und die Argumente, die seine Gegner noch vor nicht allzu langer Zeit gegen ihn ins Feld geführt hatten, zu seinen eigenen machte. Jeder im Saal wusste das, einschließlich des Ältesten, aber keiner traute sich aufzustehen und Palgyr mit ebenso sachlichen wie überzeugenden Worten in seine Schranken zu verweisen. Denn niemand im Saal, nicht einmal seine Anhänger, wusste genau, was Palgyr im Schilde führte – aber den meisten war klar, dass es nicht das Wohl des Ordens war, das er dabei vor Augen hatte, sondern nur sein eigenes.

Unsicher, fast Hilfe suchend glitt Semias' Blick zunächst zu dem leeren Sitz neben seinem, dann hinüber zum linken Flügel, wo ebenfalls einige Plätze unbesetzt waren. Sein Bedauern darüber, dass weder Cethegar noch Farawyn anwesend waren, wurde mit jedem Herzschlag größer.

»Bruder Palgyr«, sagte Semias schließlich, nicht mehr aufgebracht wie zuvor, sondern ruhig und im sachlichen Tonfall, »du kennst die Regeln unseres Ordens ebenso, wie du seine wechselhafte Geschichte kennst.«

»Das will ich meinen, Vater. Und?«

Semias deutete auf den Ork. »Ich weiß nicht, was du mit dem hier bezweckst, aber ich bitte dich inständig, damit aufzuhören.«

»Womit? Wovon sprichst du, *nahad*?«

»Du weißt, wovon ich spreche. Jeder hier im Rat kennt dich, Bruder Palgyr, und schätzt dich als Verfechter der Moral, der Traditionen und Gesetze. Was du zu tun im Begriff bist, läuft allem zuwider, wofür du je vor diesem Gremium eingetreten bist.«

»Mit Verlaub, Vater, das sehe ich anders. Ich habe meine Lektion gelernt und stimme zu, dass sowohl das Reich als auch dieser Orden auf Dauer nur bestehen können, wenn wir uns nach außen hin öffnen und in unseren vermeintlichen Feinden Freunde zu finden suchen.«

»Und das ist wirklich deine Meinung?«, fragte Semias zweifelnd.

»Aber natürlich – den Fortbestand des Reiches und des Ordens zu sichern und ihren Ruhm zu fördern«, zitierte Palgyr aus der Eidesformel. »Etwas anderes hätte ich nie im Sinn. Früher nicht und auch jetzt nicht.«

»Und es geht dir nicht darum, es einem Rivalen heimzuzahlen, indem du dich seiner Argumentation bedienst, um damit genau Gegenteiliges zu erreichen?«

»Vater, wo denkst du hin?«, fragte Palgyr entrüstet, und um alle Zweifel auszuräumen, fügte er, auf die Statuen der Könige deutend, hinzu: »Der Zorn unserer Ahnen soll mich treffen, würden solche niederen Beweggründe mein Handeln diktieren.«

Vater Semias erwiderte nichts. Steif saß er da, den Blick auf Palgyr gerichtet, und dachte angestrengt nach.

»Vater!«, rief Meister Codan entsetzt. »Du wirst solchen Worten doch nicht etwa Glauben schenken? Palgyr geht es nur darum, uns alle bloßzustellen!«

»*Bruder* Palgyr lautet die korrekte Anrede, Bruder Codan«, verbesserte Palgyr kaltschnäuzig. »Und ich versichere sowohl dir als auch allen anderen Schwestern und Brüdern, dass ich keineswegs etwas so Schändliches plane. Gewiss, ich gebe es zu: Die Niederlage, die unser geschätzter Bruder Farawyn mir vor einiger Zeit in dieser Halle beibrachte, hat mich geschmerzt. Aber wie man es mir einst als jungen Novizen beibrachte, habe ich aus meiner Niederlage gelernt und eine Schwäche zur Stärke gemacht. Das Ergebnis meiner Läuterung seht ihr hier vor euch.« Und mit den letzten Worten wies er auf den Orkschamanen.

»Das Ergebnis deiner Läuterung?«, rief Codan erbost. »Du hast die Frechheit zu behaupten, dieser Unhold wäre deine Wiedergutmachung an Bruder Farawyn?«

»Nun, Bruder Codan, wenn du es so sehen willst …«

»Unerhört, unerhört!«, rief eine junge Zauberin, die unweit von Codan saß und aufgesprungen war. Doch sofort meldeten auch Palgyrs Anhänger sich zu Wort, und zu beiden Seiten des Saals erhoben sich die Ratsmitglieder von ihren Plätzen, verfielen in lautes Geschrei und schwenkten drohend die Fäuste.

Von seinem hohen Sitz aus sah Semias mit Besorgnis, was im Saal vor sich ging. Dies war fraglos eine historische Stunde. Genau das war geschehen, was zu verhindern der Älteste stets als die wichtigste seiner Aufgaben betrachtet hatte: Der Rat stand kurz davor, sich zu spalten, und mit ihm der ganze Orden. Und dies in einer Zeit der Unsicherheit und der Veränderung. Was auch immer geschah und welche Opfer er dafür auch immer bringen musste, der Älteste durfte nicht zulassen, dass die Einheit des Ordens verloren ging. Nicht in einer Zeit wie dieser, wie hoch der Preis dafür auch immer sein mochte …

Er hob die Arme, um den Tumult einzudämmen, aber es war, als wollte er kraft seiner Gesten und Worte einen tobenden Sturm besänftigen. Erst als er zum Zauberstab griff und eine energetische Entladung aus dem großen Kristall unterhalb des Gewölbes die Gestalt des Ältesten für einige Augenblicke sonnenhell erstrahlen ließ, legte sich das wüste Geschrei ein wenig, völlige Stille kehrte jedoch nicht ein, dazu war die Erregung zu groß.

»Schwestern! Brüder!«, beschwor Semias. »Haltet ein in eurer Raserei und eurem sinnlosen Streit!«

»Aber Vater!«, rief jemand. »Seht Ihr denn nicht, was hier geschieht?«

»Das tue ich«, versicherte der Älteste mit bebender Stimme, »und es erfüllt mein Herz mit tiefer Trauer, dass Bruder gegen Bruder und Schwester gegen Schwester steht. Wir sollten uns in diesen Augenblicken auf das besinnen, was uns eint, statt uns zu entzweien. Eine gemeinsame Vergangenheit. Gemeinsame Werte.

Und schließlich ein Schwur, den ihr alle geleistet habt und der uns aneinander bindet.«

Das erregte Getuschel, das hier und dort noch in der Halle zu hören gewesen war, verstummte, und aller Augen waren auf den Ältesten gerichtet, der es mit Autorität und Besonnenheit noch einmal geschafft hatte, die Ratsmitglieder beider Parteien zu beruhigen. Vermutlich das letzte Mal, wenn es nicht gelang, eine Lösung zu finden, mit der beide Seiten leben konnten. Die Existenz des Ordens stand auf dem Spiel.

»Es ist nicht zu leugnen«, sagte Semias leiser, »dass Bruder Palgyrs Argumentation auch etwas für sich hat.«

»Aber Vater …«

»Persönlich bin ich nicht seiner Meinung, doch objektiv betrachtet nimmt er für sich nur in Anspruch, was auch Bruder Farawyn zugestanden wurde.«

»Ich danke dir, Vater«, sagte Palgyr, der noch immer in der Mitte des Saales stand, den orkischen Anwärter neben sich, und deutete eine Verbeugung an.

»Die Unholde sind unsere Feinde, das steht außer Frage. Aber es gibt auch viele unter uns, die in den Menschen Feinde sehen und sich von ihnen bedroht fühlen. Wir alle wissen, dass Krieg und anderweitige gewalttätige Konfrontationen keine Lösung sind. Wenn wir die Grenzen des Reiches dauerhaft sichern und in Frieden leben wollen, so kann die Antwort nur ein gegenseitiges Einvernehmen sein, und dazu gehört auch, dass wir alte Vorurteile und Abneigungen überwinden.«

Der Älteste legte eine kurze Pause ein, so als würde er fast hoffen, dass sich Widerspruch regte. Aber die Ratsmitglieder, selbst Palgyrs erbitterte Gegner, hörten aufmerksam zu.

»Bei den Menschen«, fuhr Semias fort, »ist es uns gelungen, unser Urteil zu revidieren, und das Ergebnis erfreut uns alle: Der Novize Granock hat die Prüfung bestanden und befindet sich mit seinem Meister bereits auf einer Mission, die dem Wohl unseres Volkes und der Sicherheit des Reiches dient. Warum also sollte dies nicht auch für einen Unhold gelten? Wollen wir uns bei unserer Entscheidung wirklich von Äußerlichkeiten leiten lassen? Von der Farbe der Haut? Oder der Augen? Ich war gerade ebenso erschrocken wie ihr, eine von Margoks Kreaturen an diesem geweihten Ort zu erblicken. Aber den Prinzipien unseres Ordens folgend, trachte ich danach, hinter das Offenkundige zu schauen und die Wahrheit hinter dem Offensichtlichen zu ergründen. Und wer weiß, vielleicht steht dort die Zukunft des Ordens, auch wenn wir es zu diesem Zeitpunkt noch nicht ermessen können. Denn eines hat uns die Geschichte ganz sicher gelehrt: dass Kriege nicht allein durch Wachsamkeit und Misstrauen verhindert werden können, sondern dass Bündnisse und gegenseitiges Vertrauen mindestens ebenso wichtig sind.«

»Und wenn man unser Vertrauen missbraucht, Vater?« Es war Codan, der gesprochen hatte, nicht erregt und im Zorn wie zuvor, sondern beherrscht und ruhig, dafür aber voller Besorgnis. Der Blick, mit dem er Semias bedachte, traf den Ältesten bis ins Mark, denn er verlieh all jenen Bedenken Ausdruck, die auch der Älteste hegte – und die er doch leugnen musste, wollte er nicht, dass die Institution, an die er glaubte und der er zeit seines Lebens gedient hatte, in einem einzigen Sturm der Entrüstung auseinanderbrach.

Vielleicht hatte er sich etwas vorgemacht, und der innere Zerfall des Rates war schon sehr viel weiter fortgeschritten, als er es sich hatte eingestehen wollen. Wenn es so war, würde sich dieser Prozess nicht beliebig lange aufhalten lassen. Aber noch war es nicht so weit, noch war nicht alles verloren. Nicht an diesem Tag. Nicht unter seinem Vorsitz.

»Lass mich dir mit einer Gegenfrage antworten, Bruder«, sagte er ebenso beherrscht wie zuvor Codan. »Wenn wir dem Wort eines Mitbruders nicht mehr Glauben schenken dürfen, eines Elfen, der die Eidesformel geschworen und sein Leben in den Dienst des Ordens gestellt hat, wem können wir dann noch trauen? Sein Leben lang hat sich Bruder Palgyr für den Erhalt des Ordens und für die Wahrung seiner Werte und Traditionen eingesetzt …« Während er sprach, schaute er Palgyr direkt an, als wolle er ihn auf der Stelle bannen. »Ich kann nicht glauben, dass er all dies leichtfertig und eines kurzfristigen Vorteils willen aufs Spiel setzt.«

»Gut gesprochen, Vater.« Palgyr verbeugte sich abermals. »Tatsächlich liegt mir nichts ferner als dies. Und euch allen«, fügte er hinzu, an den linken Ratsflügel gewandt, »kann ich nur zurufen, nicht nachzulassen in eurem Bemühen, den Orden zu erneuern und ihn einer neuen Zukunft entgegenzuführen. Ich selbst habe mich dagegen gesträubt, aber das war ein Fehler. Farawyn hat mir die Augen geöffnet, und dafür bin ich ihm dankbar. Wir dürfen nicht abwarten, bis die Veränderungen uns einholen, sondern müssen ihnen mutig und entschlossen entgegentreten, so wie es auch unsere Vorfahren stets getan haben. Nur so werden wir der Geschichte auch weiterhin unser Siegel aufdrücken.«

Seine Worte verhallten und hinterließen nichts als Stille. Obwohl sie sicher nicht genügt hatten, um alle Vorbehalte auszuräumen, war die Aufregung schweigender Nachdenklichkeit gewichen. Semias wertete sie als ermutigendes Zeichen dafür, dass dieser Tag nicht als jener in die Chroniken Shakaras eingehen würde, an dem der Hohe Rat zerfallen war.

»Schwester und Brüder«, sagte er schließlich, nachdem er das Schweigen eine Weile hatte bestehen lassen, »wir wollen nun zur Abstimmung schreiten. Wer von euch ist dafür, Bruder Palgyrs Antrag auf Aufnahme eines Orks als Ordensnovizen zuzustimmen?«

Die ersten Meldungen erfolgten vom rechten Flügel, und das war wenig überraschend. Labhras und Cysguran, Palgyrs treue Parteigänger, hielten die Zauberstäbe hoch und signalisierten damit Zustimmung. Weitere Elfinnen und Elfen aus ihrem Umfeld gesellten sich hinzu, aber es waren nicht nur Ratsmitglieder der rechten Seite, die dem Antrag entsprachen, auch Codan und einige andere hoben die Zauberstäbe – nicht so sehr, weil sie Palgyrs Vorhaben befürworteten, sondern aus Vertrauen zu Vater Semias, der seine ganze Autorität in die Waagschale geworfen hatte, um eine Spaltung des Rates zu verhindern.

Es war eine politische Abstimmung. Nur wenige entschieden aufgrund ihres persönlichen Empfindens, die meisten nach den Zwängen, die die Situation ihnen auferlegte: Das Wohl des Ordens überwog alles andere. Auf diese Weise stimmte eine satte Mehrheit dafür, Palgyrs Antrag auf Aufnahme eines Orks in den Orden von Shakara zu entsprechen. Mehr, als es bei dem Menschen Granock und der angeblichen Mörderin Alannah gewesen waren …

»Ich danke euch, Schwestern und Brüder, für euer Vertrauen und euer Wohlwollen!«, rief Palgyr, der sich bemühte, sich seinen Triumph nicht zu sehr anmerken zu lassen. »Und natürlich danke ich auch dir, Vater«, wandte er sich an Semias, »denn ohne deine Vermittlung wäre diese Abstimmung sicherlich anders ausgegangen.«

»Ja«, sagte Semias leise, »das wäre sie ohne jeden Zweifel.« Und er wusste nicht, ob er darüber in Tränen ausbrechen sollte vor hilfloser Wut und Scham. »Damit ist es beschlossen, und es bleibt nur noch eines zu tun: den Novizen zu fragen, ob er gewillt ist, sich den Herausforderungen zu stellen, die in diesen ehrwürdigen Mauern auf ihn warten.«

Aller Augen richteten sich auf den Ork, der bereits während des Disputs den Anschein vermittelt hatte, immer noch kleiner und hagerer zu werden. Nun jedoch sank er regelrecht in sich zusammen, zumal als Palgyr ihm den Umhang von den Schultern riss und ihn der Ratsversammlung so präsentierte, wie der Dämon Kurul ihn der orkischen Überlieferung nach in die Welt gespuckt hatte: Der Ork schien nur aus unbehaarter grüner Haut und Knochen zu bestehen.

»Auf die Knie!«, verlangte Semias. Wie alle Zauberer beherrschte auch er die Dunkelsprache, aber deren Worte kamen ihm nur zögernd über die Lippen.

Der Unhold leistete der Aufforderung nicht nur Folge, sondern neigte sein Haupt so weit hinab, dass seine Stirn den Boden berührte.

»Rambok ist dein Name, richtig?«, erkundigte sich der Älteste.

»K-korr«, kam es zurück, während der Ork wieder leicht den Kopf hob, um mit blutunterlaufenen gelben Augen furchtsam zu Semias emporzuschielen.

»Ich frage dich also, Rambok«, sagte Semias, die uralte Formel ins Orkische übersetzend, was ihm allein schon wie ein Verrat vorkam, »bist du hier, um Aufnahme zu erbitten in den Orden und die ehrwürdigen Hallen von Shakara? Und willst du ferner dem Orden, dem Reich und der Krone dienen?«

Die Formulierung schien angesichts dessen, an den sie gerichtet waren, wie blanker Hohn. Semias fragte sich, wie Cethegar entschieden hätte, hätte er der Sitzung beigewohnt. Aber sein Freund und Vertrauter war nicht anwesend, und so oblag es Semias, die Entscheidung zu treffen, und genau das hatte er getan.

Der Unhold, der grün und nackt auf dem kalten Marmor kauerte und den Kopf noch immer dicht über dem Boden hielt, musste nicht lange überlegen.

»Korr«, stimmte er schlicht zu.

So unterwürfig sich Rambok den Elfen auch gegenüber gab, ein Ork ließ sich nicht einfach vor den Karren spannen wie ein gutmütiger Ochse, sondern behielt stets seinen eigenen Willen und verfolgte seine eigenen düsteren Ziele.

Auch dann, wenn es nicht den Anschein hatte …

15. DARGANFAITHAN ÉRSHAILA

Der Marsch durch den Urwald ging weiter, trotz der grässlichen Verstümmelung, die Meister Cethegar davongetragen hatte. Aufgrund des wirren Dickichts kamen die Gefährten ohnehin nur langsam voran, und indem Aldur und Granock Cethegar stützten, gelang es dem alten Zauberer tatsächlich, mit dem Marschtempo der anderen mitzuhalten. Zwar waren seine Gesichtszüge dabei vor Anstrengung verzerrt, denn trotz der stark beschleunigten Wundheilung hatte er mit heftigen Schmerzen und den Folgen des hohen Blutverlusts zu kämpfen, aber wann immer Farawyn, der die Führung übernommen hatte, eine Pause vorschlug, lehnte Cethegar ab. Granock bezweifelte, dass es gewöhnliche Körperkraft war, von der Cethegar zehrte; vermutlich schöpfte er aus ganz anderen Energiequellen, von denen ein Novize noch nichts wusste und die nur den erfahrensten und mächtigsten Zauberern vorbehalten waren …

Jenseits der Lichtung, auf der der Kampf gegen die Tausendfüßler stattgefunden hatte, waren sie erneut auf Spuren gestoßen. Ein Trupp Wildmenschen hatte den Wald durchquert und sich dabei alle Mühe gegeben, keine Fährte zu hinterlassen – Farawyns scharfem Blick jedoch waren auch die kleinsten Hinweise nicht entgangen: geknickte Zweige; Moos, das niedergetreten worden war und sich noch nicht wieder ganz aufgerichtet hatte; schließlich ein Zahn von einem Raubtier, mit einer Schnitzerei versehen, der offenbar als Talisman gedient hatte. Ob es tatsächlich jene Menschen waren, die die Zauberer vor dem Cethad Mavur angegriffen hatten, wusste niemand zu sagen. Aber da es die einzige Spur war und sie nach Süden führte, folgten sie ihr in der Hoffnung, am Ende der Fährte auf Antworten zu stoßen – während sie gleichzeitig befürchteten, dass jene Antworten den Zauberorden und mit ihm ganz Erdwelt in seinen Grundfesten erschüttern könnten …

Eineinhalb Tage lang währte der Marsch durch das endlose Grün, das mit jeder Meile, die die Reisenden weiter nach Süden gelangten, dichter und urwüchsiger zu werden schien. Bäume, die so dick und so hoch waren wie Wachtürme, ragten rings um ihnen auf; ihre Stämme verloren sich im dichten Gewirr der Äste und Blätter, das kaum je einen Sonnenstrahl durchließ und für modriges Halbdunkel sorgte und von dem ein dichtes Gewirr von Lianen hing, das wiederum von Moos und Flechten durchwachsen war. Und über allem lagen die feuchte Hitze und die ständigen Geräusche des Urwalds, Letzteres bisweilen so nah und drohend, dass die Wanderer zusammenzuckten und einen neuerlichen Angriff befürchteten.

Granock vermied es, darüber nachzudenken, was für Schrecken dieser Dschungel noch beherbergen mochte. Oben im Norden, in den Menschenreichen, hätte schon ein Tausendfüßler von solcher Größe als Abnormität gegolten – in Arun aber schienen derlei Kreaturen die Regel zu sein. Niemand hatte je ermessen, wie weit sich der Urwald nach Süden erstreckte und was für absonderliche Wesen ihn außerdem noch seine Heimat nannten.

Nachdem sie ein weites Tal durchquert hatten, durch das sich ein ebenso breiter wie dunkler Fluss schlängelte, führte ihr Weg steil bergan zwischen zwei riesigen Felsnadeln hindurch, die das Blätterdach durchstießen. Granock kam es vor, als würden sie ein riesiges Tor passieren, das in eine fremde, feindselige Welt führte.

Sie stießen auf einen natürlichen Pfad, der um eine der Nadeln herumführte und den wohl auch die Wildmenschen benutzt hatten. Zur Bergseite hin schmiegte er sich eng an den grauen Fels, über den verästelte Rinnsale krochen, die den Boden feucht und glitschig machten, zur anderen Seite fiel der Weg fast senkrecht ab, und je höher die Gefährten gelangten, desto mehr lichtete sich der Wald und desto weiter war der Ausblick, der sich ihnen über das grüne Meer bot.

Zum ersten Mal konnten sie wieder den Himmel sehen und frei atmen, und vor allem den Elfen war anzumerken, wie sehr sie beides entbehrt hatten. Jenseits der Felsnadeln jedoch fiel der Pfad steil ab und tauchte schon bald wieder in das schummrige Halbdunkel des Waldes ein, und ein dumpfes Rauschen kündete von einem nahen Wasserfall. Farawyn ordnete eine Pause an. Erschöpft sanken die sechs Wanderer am Fuß eines moosüberwucherten Baumriesen nieder, dessen knorrige Wurzeln ihnen als Sitzgelegenheit dienten.

Granock nahm den ledernen Wasserbeutel, den er an einem Riemen um die Schulter hängen und am Morgen erst aufgefüllt hatte, und gönnte sich einen Schluck. Es beeindruckte ihn sehr, mit wie wenig Wasser und Verpflegung seine elfischen Kameraden auskamen – ein Mensch war in dieser Hinsicht nicht ganz so genügsam, zumal wenn er noch einen Verwundeten zu stützen hatte. Cethegars Zustand war stabil, aber der Älteste sprach kaum ein Wort, und seine Haut hatte infolge der Anstrengung die Farbe und Beschaffenheit von altem Pergament angenommen. Seine Wangen waren eingefallen, die Augen lagen tief in den Höhlen und waren dunkel gerändert – die Entschlossenheit darin war jedoch ungebrochen.

Granock hielt Cethegar den Wasserbeutel hin, aber der Zauberer lehnte ab. »Heb das für dich selbst auf, Junge«, riet er ihm mit heiserer Stimme, »du brauchst es nötiger als ich …«

»Wo, in aller Welt, sind wir hier?«, fragte Aldur, dem der Marsch und die Hitze erheblich zusetzten. Wie alle anderen hatte auch er sich längst seines Umhangs entledigt, der nicht nur zu warm, sondern beim Marsch durch den Wald auch hinderlich war, und trug nur die einfache Tunika, die allerdings schweißdurchtränkt war und dreckverschmiert.

»Diese Doppelspitze, die wir heute Mittag passiert haben, muss jene sein, die der Geograph Ruvian in seinen Schriften erwähnt. Er ist damals mit Sigwyns Heer in Arun gewesen.«

»An der Doppelspitze hat Sigwyn sein Heer damals lagern lassen und nur noch Expeditionen ins Umland übernommen«, wusste Alannah zu berichten. »Sehr viel weiter ist er nie gekommen.«

»Das ist richtig«, bestätigte Farawyn.

»Moment mal«, meinte Granock. »Soll das heißen, dass wir … dass ihr die ersten Elfen seid, die jemals so weit nach Süden vorgedrungen sind?«

»Das stimmt«, bestätigte Farawyn nickend. »Jedenfalls so weit die Chroniken zurückreichen. Und dennoch habe ich das Gefühl, dass …« Er verstummte und biss sich auf die Lippen.

»Was, Meister?«, hakte Granock nach.

»Nichts weiter.« Farawyn schüttelte den Kopf. »Wir gehen weiter, dann werden wir sehen, was uns erwartet.«

Noch einen Augenblick gönnten sie sich Ruhe, dann setzten sie den Marsch fort. Erneut führte der Weg durch unwegsames Dickicht, das nur Zauberkraft zu entwirren vermochte, und mit jedem Schritt nach Süden nahm das Rauschen zu. Schließlich wurde es so laut, dass die Gefährten ihr eigenes Wort nicht mehr verstanden, und unvermittelt endete der Wald, und der Boden fiel lotrecht ab. Dort, in der bodenlosen Tiefe, aus der weißer Nebel emporstieg, lag die Quelle des Tosens.

Den alten Cethegar stützend, der seine Arme um ihre Schultern gelegt hatte, traten Aldur und Granock vorsichtig an den Rand der Kluft und spähten hinab. Ein Wasserfall war zu sehen, der in die Tiefe stürzte und sich zwischen schroffen Felswänden verlor – der Grund der Schlucht war von nebliger Gischt verschleiert. Nur das Donnern des Wasserfalls war zu hören und das Rauschen der Fluten, die gen Südwesten strebten, der See entgegen.

»Dies muss der Carryg sein«, schrie Farawyn gegen das Tosen an. »Weiter sind Sigwyns Mannen nie gekommen. Ruvian hat ihn als Grenzfluss in die alten Karten eingetragen.«

»Ich verstehe, warum«, sagte Granock – denn die Kluft, die sich vor ihnen erstreckte, stellte mit einer Breite von rund hundert Schritten ein Hindernis dar, das nicht ohne Weiteres überwunden werden konnte. Dass es dennoch keine Schwierigkeit darstellen würde, auf die andere Seite zu gelangen, lag an einem entwurzelten Baum, der so gestürzt war, dass er den Abgrund überbrückte. Tritte waren in die Rinde geschlagen, sodass man auf den dicken Stamm gelangen konnte, um dann auf ihm die Kluft zu überqueren. Offensichtlich würden die Zauberer nicht die Ersten sein, die ihn benutzten, um auf die andere Seite zu gelangen. Vielleicht hatte ein Sturm oder eine andere Laune der Natur den Baum derart niedergerissen, aber eine dumpfe Ahnung sagte Granock, dass die Wahrheit anders aussah.

Farawyn schien seinen Verdacht zu teilen. »Entweder«, meinte er, »die Wildmenschen haben sehr viel mehr Glück, als Sigwyn es damals hatte ...«

»Oder?«, rief Riwanon über das Tosen des Flusses hinweg.

»... oder sie hatten fremde Hilfe«, brachte Farawyn seinen Gedanken zu Ende, wobei er offen ließ, was genau er damit meinte. Dem düsteren Gesichtsausdruck des Zauberers jedoch war zu entnehmen, dass er schlimme Befürchtungen hegte. Er wandte sich zu Cethegar um und bedachte ihn mit einem besorgten Blick. »Wird es gehen, Vater? Der Weg über den Abgrund ist gefährlich.«

»Gefährlich?« Der alte Zauberer bleckte die Zähne zu einem freudlosen Grinsen. »Dann sollte ich mich wohl besser vorsehen, nicht wahr?«

Farawyn übernahm erneut die Vorhut und bestieg als Erster den Stamm, dessen Oberseite bemoost und entsprechend glitschig war. Alannah folgte, dann Granock und Aldur, die es gemeinsam übernahmen, Cethegar über die behelfsmäßige Leiter nach oben zu stemmen. Obwohl ihm die Anstrengung sicher zusetzte, ließ der Zauberer kein Wort der Klage vernehmen, sondern stützte sich sogar auf seinen narbigen Beinstumpf. Sein Wille, die Kluft zu überwinden, war stärker als jeder Schmerz und jede Anstrengung.

Endlich hatten sie den Stamm erklommen, dessen Durchmesser an die zwei Mannslängen betrug, und gefolgt von Riwanon, die die Nachhut bildete, überquerten sie den Abgrund, dabei vorsichtig einen Fuß vor den anderen setzend. Nur ein Fehltritt, und alles würde vorbei sein – dann würden nicht nur sie selbst, sondern auch der alte Cethegar in den tosenden Abgrund stürzen, der unter ihnen klaffte und dessen weiße, nasskalte Nebel sie nach wenigen Schritten einhüllten.

Behutsam, den Blick auf ihre Füße gerichtet, arbeiteten sich Aldur und Granock voran, den Verstümmelten zwischen sich und endlich lichtete sich der Dunst wieder. Die andere Seite, die sich als grüne Mauer jenseits der Kluft erhob, rückte in greifbare

Nähe, und sie konnten Farawyn und Alannah erkennen, die an der Kante standen und ihnen zuwinkten.

In diesem Moment geschah es.

Für einen winzigen Augenblick war Granock unaufmerksam und setzte den Fuß auf eine Stelle, wo Moos und Rinde von Feuchtigkeit durchdrungen waren – und schon glitt er aus!

Ein erstickter Schrei kam ihm über die Lippen, während er merkte, wie er den Halt verlor. Es gelang ihm gerade noch, sich aus Cethegars Umarmung zu lösen, um den Ältesten und Aldur nicht mit in die Tiefe zu reißen – dann taumelte er vom Stamm.

Vergeblich ruderte er mit den Armen. Weder gelang es ihm, das Gleichgewicht zu bewahren, noch gab es etwas, woran er sich hätte festhalten können. Über die abschüssige Wölbung des Stammes strauchelnd, ließ er sich nach vorn fallen in der Hoffnung, sich an der Borke festkrallen zu können – aber seine Finger fanden kaum Halt auf der glitschigen Oberfläche, und wo sie es doch taten, griffen sie nichts als Moos, das sich im nächsten Moment löste.

»Hiiilfe!«, schrie er panisch und warf sich herum, raste dem tödlichen Abgrund auf seinem Allerwertesten entgegen – und im nächsten Augenblick stürzte er in die Tiefe. »Neeeiiin …!«

Granocks Schrei gellte so laut, dass er das Donnern des Wasserfalls übertönte, der Abgrund kam ihm vor wie ein riesiges Maul, das ihn verschlingen würde und …

Just in dem Augenblick, als Granock mit dem Hintern voraus in die Tiefe stürzte, spürte er plötzlich festen Boden unter sich. Boden, der spiegelglatt war.

Und feucht und kalt.

Eis …

Verblüfft nahm er wahr, dass sich unter ihm eine Plattform aus gefrorenem Wasser gebildet hatte, einer großen Bratpfanne gleich, deren Stiel um den Stamm gewickelt war und ihn auf diese Weise in der Luft hielt.

Alannah!

Der Zauber der Elfin hatte Granock vor dem Sturz in die Tiefe bewahrt, aber in der drückenden Schwüle des Dschungels knackte das Eis bereits drohend. Granock war klar, dass er die Plattform sofort verlassen musste – wenn sie brach, würde es keine Rettung mehr geben.

Vorsichtig erhob er sich und versuchte, wieder auf den breiten Rücken des Stamms zu klettern, was infolge des Eises, das die Rinde überzog, jedoch nicht ohne Weiteres möglich war.

»Hier!«, rief jemand von oben, und Aldurs grimmig lächelndes Gesicht erschien über der Wölbung. Der Elf schob ihm etwas entgegen, und Granock traute seinen Augen nicht, als er Cethegars Zauberstab erkannte. »Halt dich fest!«

Granock zögerte keinen Augenblick.

Unter anderen Voraussetzungen wäre es wahrscheinlich ein Frevel gewesen, einen *flasfyn* auf solch profane Weise zu benutzen, noch dazu, wenn dieser dem Stellvertretenden Vorsitzenden des Hohen Rates gehörte. Wenn es um Leben oder Tod ging, schien es das Protokoll der Elfen aber nicht ganz so genau zu nehmen.

Zum Glück, dachte Granock. Kurzerhand griff er nach dem Ende des Stabes, und indem Aldur von oben zog, gelang es ihm tatsächlich, sich an der glatten Rinde und dem bereits schmelzenden Eis emporzuarbeiten. Der Moment, da er den sicheren Rücken des Stammes erreichte, kreidebleich im Gesicht, war auch jener Augenblick, da die Eisplattform ihrem eigenen Gewicht nachgab, mit markigem Knacken brach und in der Tiefe verschwand.

Granock war es einerlei – er war in Sicherheit. Und wie er nun feststellte, war es nicht nur Aldur, der das andere Ende des Stabes festgehalten und ihn wieder heraufgezogen hatte, sondern auch Meister Cethegar. Woher der Zauberer die Kraft dazu nahm, war Granock ein Rätsel, aber er konnte sehen, dass Cethegar noch um vieles blasser und ausgezehrter wirkte als zuvor. Husten schüttelte ihn, das jugendliche Feuer in seinen Augen schien nachgelassen zu haben. Ließen die magischen Kräfte, von denen er zehrte, allmählich nach? Hatte der Zwischenfall gar dazu beigetragen?

»A-alles in Ordnung, Meister?«, erkundigte sich Granock besorgt, noch ehe er ein Wort der Erleichterung oder des Dankes äußerte.

Cethegar stieß ein heiseres Keuchen aus. »Du stürzt um ein Haar in diesen bodenlosen Abgrund, und dann fragst du mich, ob alles in Ordnung ist?«

»Nun … ja.« Granock nickte.

»Du bist verrückt, Mensch«, beschied ihm der Zauberer schlicht. »Aber ich fange allmählich an zu verstehen, was Farawyn an dir und deinesgleichen findet. Los, helft mir gefälligst auf!«

Granock und Aldur rafften sich auf die Beine und halfen dann auch Cethegar dabei, sich wieder aufzurichten. Wie zuvor stützten sie ihn, und gemeinsam schleppten sie sich das restliche Stück zur gegenüberliegenden Seite der Schlucht, dabei peinlich auf jeden einzelnen Tritt achtend.

»So ist es gut, Meister«, versuchte Aldur ihm ein wenig Mut zuzusprechen. »Wir haben es gleich geschafft …«

»Du elender Grünschnabel nennst mich Meister?«, knurrte Cethegar.

»Natürlich.«

»Verdammt, Junge – du hast dir längst das Recht verdient, mich ›Vater‹ zu nennen«, fuhr ihn der Zauberer an.

Dann herrschte Schweigen, bis sie die andere Seite erreichten, wo sich die zerschmetterte Krone des Baumriesen wie ein kleiner entlaubter Wald erhob.

Alannah erwartete sie dort, und natürlich wollte sich Granock bei ihr für die unverhoffte Rettung bedanken – doch sie hob abwehrend die Hand und sagte: »Ich habe für dich lediglich das getan, was du auch für mich getan hast. Es gibt keinen Grund, mir zu danken.«

»Das sehe ich anders«, versicherte er. »Was ist nur los mit dir?«, fügte er fragend hinzu.

»Meister Farawyn und Meisterin Riwanon«, erwiderte sie, über die Schulter deutend. »Sie haben etwas entdeckt …«

Granock, Aldur und Vater Cethegar wechselten betroffene Blicke. Worauf immer die beiden Zauberer gestoßen waren, es schien wichtiger zu sein als das Leben eines Novizen.

Rasch folgten sie Alannah, die Cethegars Zauberstab trug. Sie fanden Farawyn und Riwanon jenseits des Gestrüpps der Baumkrone, zwischen zerklüftetem und von Wurzeln überwuchertem Fels.

Eine steinerne Säule erhob sich dort, die eindeutig nicht natürlichen Ursprungs war. Anders als die Bäume und Felsen ringsum war sie nicht von Moos bedeckt, was nur zwei Schlüsse zuließ: Entweder, sie war erst vor Kurzem davon befreit worden, oder etwas hatte dafür gesorgt, dass die Säule wider alle Regeln der Natur niemals davon befallen worden war.

Ohne dass er den genauen Grund dafür nennen konnte, merkte Granock, wie sich leises Grauen seiner bemächtigte. Trotz der schwülen Hitze, die ringsum herrschte, durchrieselten ihn kalte Schauer.

Den Elfen ging es nicht anders. Wie gebannt waren ihre Blicke auf die Säule gerichtet, die nur an die zwei Fuß dick war und rund zwei Mannslängen hoch. Ihre Oberfläche war nicht glatt, sondern mit reliefartigen Ornamenten versehen, die etwas Bedrohliches an sich hatten. An einigen Stellen sah Granock steinerne Augen aus der Säule starren, an anderen klafften aufgerissene, zähnestarrende Mäuler. All diese grausigen Verzierungen dienten jedoch nur dazu, ein großes Ornament zu umrahmen, das auf der Vorderseite der Säule in den Stein gemeißelt war – ein fremdartiges Zeichen, wie Granock es noch nie zuvor gesehen hatte.

»Was ist das?«, fragte er leise, auf das Symbol deutend.

»Eine Rune«, antwortete Cethegar mit einer Stimme, die aus einem tiefen Abgrund zu dringen schien.

»Eine Rune? Von welcher Schrift?«, wollte Granock wissen. Im Zuge seiner Sprachstudien hatte er auch das Elfenalphabet erlernt, aber keines der Zeichen darin ähnelte diesem.

»Von der alten Schrift«, erwiderte der Zauberer ebenso leise wie tonlos. »Jener Schrift, die verboten wurde, nachdem einer aus unseren Reihen sie für seine dunkle Magie missbrauchte. Sie war durchdrungen von der Macht des Bösen.«

Granock nickte, auch wenn er keine rechte Vorstellung davon hatte, was Cethegar ihm damit sagen wollte. Die Elfen jedoch schienen es genau zu wissen.

»Kennt Ihr die alten Zeichen, Vater?«, fragte Alannah, und die Tatsache, dass ihre Stimme dabei kaum zu vernehmen war, verriet ihre Anspannung.

»Bedauerlicherweise«, sagte Cethegar nur.

»Und? Wofür steht dieses dort?«

Cethegar seufzte und schloss die Augen, so als wünschte er sich, diese Frage hätte man ihm nicht gestellt. Er schien die Antwort zu scheuen, sie fast zu fürchten, denn sein Zögern währte lange. »Dieses Zeichen«, entgegnete er dann, »steht für viele Dinge, mein Kind. Am häufigsten jedoch wird es verwendet für den Buchstaben ›M‹.«

»Ein ›M‹?«, fragte Granock unbedarft. »Und wofür steht es?«

Diesmal war es Farawyn, der antwortete, ohne Zögern und mit entwaffnender Offenheit. »In den alten Tagen, vor dem Krieg«, erklärte er, »war dies das Zeichen, unter dem sich das Heer des Bösen sammelte. Es steht für Margok.«

Es war, als hätte man einen Stein in ein stilles Gewässer geworfen. Nach allen Seiten breitete sich die Erschütterung aus, und eine Welle schauriger Furcht erfasste die Gefährten.

»Margok …«, geisterte es umher, und Granock konnte die tiefe Besorgnis in den Augen der anderen sehen. Alannahs von der anstrengenden Wanderung gerötete Züge wurden leichenblass; Riwanon wandte sich ab, in der Hoffnung, man würde ihr dann ihr Entsetzen nicht ansehen; Farawyns Kiefer mahlten in seinem hageren Gesicht; und selbst der sonst so unerschrockene Aldur wirkte bekümmert. Am meisten jedoch traf es Granock, dass Vater Cethegar, der sonst ein Bollwerk der inneren Ruhe war, plötzlich am ganzen Leib zu zittern begann.

Natürlich – auch Granock hatte von Margok gehört, und er wusste, wie dieser einst gewütet und dass er Erdwelt in ein blutiges Schlachtfeld verwandelt hatte. Aber das lag lange zurück, viel länger, als die Geschichte oder die Erinnerung der Menschen reichte. Weshalb sich vor etwas fürchten, das vor so langer Zeit bezwungen worden war?

»Verzeiht, Meister«, wandte sich Granock deshalb an Farawyn und kam sich unendlich dumm dabei vor – wie ein Kind, das noch zu jung und zu unreif war, um die Zusammenhänge zu verstehen.

»Ja, mein Junge?«

»Was hat das alles zu bedeuten?«

»Es kann Verschiedenes bedeuten«, entgegnete der Zauberer leise. »Vor allem aber macht uns dieses Zeichen eines klar – dass dies hier das Land des Dunkelelfen ist …«

16. CYNLUNA TAITHA

Die Orte, an denen sie sich trafen, waren ebenso dunkel und verborgen wie ihre Ziele.

Aus Vorsicht wechselten sie immer wieder die Treffpunkte, denn eines war jedem von ihnen klar: dass eine vorzeitige Entdeckung ihrer Pläne sie vor den Lordrichter bringen würde – und auf Hochverrat standen die entsetzlichsten Strafen, die der König und der Hohe Rat verhängen konnten.

Flüche.

Verbannung.

Und schließlich – das Vergessen.

Dennoch ließen sie nicht ab von ihrem Vorhaben, denn die Aussicht auf die Belohnung, die sie sich davon versprachen, verdrängte alle Furcht.

»Ich gratuliere«, sagte die eine der beiden Stimmen, die sich im Dunkel der Zisterne unterhielten, aus der schon seit langer Zeit kein Wasser mehr geschöpft wurde. Das Gewölbe selbst jedoch war noch intakt und ließ jeden Laut flüsternd widerhallen, während es irgendwo leise plätscherte. »Alles entwickelt sich genau so, wie du es geplant hast.«

»Hast du etwa daran gezweifelt?«

»Anfangs«, gab der andere zu. »Ich konnte mit nicht vorstellen, wie du die Sache mit dem Unhold so einfädeln würdest, dass der Rat deinem Ansinnen entspricht. Aber du hast klug argumentiert. Am Ende konnte Semias nicht anders, als dich zu unterstützen.«

»Irrtum. Es waren nicht meine Argumente, die den alten Narren dazu gebracht haben, dem Antrag zuzustimmen, sondern einzig und allein die Furcht vor einer Spaltung des Rates. Nur aus diesem Grund war er bereit, etwas zu tun, das er selbst aus tiefster Seele hasst.«

»Aber er hat es getan, und nur das zählt.«

»Ich habe es gewusst, die ganze Zeit über. Wäre Cethegar dabei gewesen, hätten wir mit erheblich mehr Widerstand rechnen müssen, und wer weiß, ob wir dann Erfolg gehabt hätten. Semias jedoch ist ein Träumer. Wie ein Ertrinkender klammert er sich an vergangene Ideale und wäre bereit, dafür jedes Opfer zu bringen – dabei ist offensichtlich, dass nicht länger fortbestehen kann, was bis ins Mark zerstritten ist.«

»Viele der Ratsmitglieder sind seiner Empfehlung gefolgt …«

»Weil sie ebensolche Narren sind wie Semias. Dennoch werden sie weiter an der Entscheidung zweifeln und sich in endlosen Debatten darüber ergehen, ob es richtig war, den Unhold aufzunehmen. Das wird diese Idioten eine Weile beschäftigen und von unseren eigentlichen Plänen ablenken, während sich der Rat weiter auflöst und zersetzt.«

»Das Gift, das du ihm verabreicht hast, wirkt sehr zuverlässig.«

»Auf niedere Empfindungen war schon immer Verlass, mein Freund. Missgunst, Neid und Hass – was täten wir nur ohne sie? Und dabei glaubte unser Volk, derlei Gefühle längst überwunden zu haben. Aber wie, so frage ich dich, hätten Margoks Kreaturen aus dem Elfengeschlecht hervorgehen können, wenn die Seele unseres Volkes nicht auch dunkle Seiten hätte? Und ist es nicht eine süße Ironie, dass ausgerechnet ein Unhold in dem Plan eingegliedert ist, an dem der Hohe Rat der Zauberer letzten Endes zerbricht, jene Institution, die es sich zur Aufgabe gemacht hat, nicht nur über die Geschicke, sondern auch über die Moral unseres Volkes zu wachen?«

»Fürwahr, das ist es«, stimmte der andere zu. »Und der Unhold selbst? Ahnt er etwas davon?«

»Rambok? Natürlich nicht. Was weiß die Fliege schon von der Kuh, an deren Hintern sie klebt? Vermutlich hasst er mich immer noch, aber er fürchtet mich auch, deshalb wird er in seiner Feigheit alles tun, was ich von ihm verlange.«

»Und dann? Was wirst du mit ihm tun, wenn er seinen Zweck erfüllt hat?«

»Dann wird er den Weg all derer gehen, deren Dienste ich bereits in Anspruch genommen, jedoch nicht für würdig erachtet habe, mir weiterhin zu dienen.«

»Und du fürchtest nicht den Zorn der Ahnen?«

»Wieso sollte ich?«

»Vor Semias und dem Hohen Rat hast du gesagt, dass du von den Ahnen bestraft werden willst, wenn du solch niedere Ziele verfolgst.«

»Und?«

»Das war eine Lüge.«

»Eine Lüge? Keineswegs, mein guter Cysguran. Als ich dem alten Narren versicherte, dass ich keine niederen Ziele verfolge, da habe ich in keinster Weise die Unwahrheit gesagt – denn ich strebe in der Tat nach sehr viel höheren Zielen, als er oder einer seiner jämmerlichen Schranzen im Rat jemals begreifen wird ...«

Damit warf Palgyr das kahle Haupt in den Nacken und lachte so laut, dass es von den feuchten Wänden widerhallte – und selbst die Ratten, die in dem uralten Gewölbe hausten, ergriffen quiekend die Flucht.

17. GELAN CARRYG FARUN

Während des weiteren Marsches wurde kaum ein Wort gewechselt. Und das nicht nur, weil jedes Mitglied des Erkundungstrupps aus Shakara seinen eigenen Gedanken nachhing; sie hatten das Gefühl, sich auf feindlichem Boden zu bewegen und von unsichtbaren Augen beobachtet zu werden, einfach nicht an diesen Ort zu gehören, ein fremder Klang in der Kadenz des wilden, gefährlichen Lebens zu sein, das um sie herum herrschte. Spätestens seit dem Angriff der Tausendfüßler war ihnen klar geworden, dass ein unachtsamer Augenblick im Dschungel Aruns einen ebenso schnellen wie grausamen Tod bedeuten konnte.

Es war nicht nur die erbarmungslose Natur, die sie gegen sich hatten, sondern auch etwas, das sich nicht greifen ließ, etwas, das im Dickicht und im Gewirr der Lianen lauerte und jeden Baum, jeden Farn und jeden Stein des Urwalds durchdrang.

Die grausame Präsenz des Bösen …

Den Elfen schien sie fast körperlich zuzusetzen, während Granock wachsende Verfolgungsangst beschlich. Immer wieder drehte er sich um, um dann jedes Mal nur Riwanon und Alannah zu sehen, die gemeinsam die Nachhut bildeten. Das unangenehme Gefühl, beobachtet zu werden, blieb jedoch bestehen.

Farawyn, der wiederum die Führung übernommen hatte und an der Spitze des kleinen Zuges schritt, schien Granocks Empfindungen zu teilen. Die Sorgenfalten, die sich tief in die Stirn des Zauberers eingegraben hatten, gaben davon schweigend Zeugnis, und die Augenbrauen des Sehers waren düster über der Nasenwurzel zusammengezogen.

Der Weg der Wanderer führte nicht nur durch das dichte Dickicht des Urwalds, sondern auch über schroffe, moosüberwucherte Felsen und an Wasserläufen vorbei, in denen sich mehr giftiges Gewürm tummeln mochte als in der ganzen Westmark. All dies endete jedoch schlagartig, um einer großen kreisrunden Fläche Platz zu machen, auf der mehrere steinerne Sockel standen, deren Anordnung zu geometrisch war, um zufälligen Ursprungs zu sein. Die Sockel, alle zwei Fuß hoch und etwa doppelt so breit, waren zudem sorgfältig behauen.

Jenseits davon, auf der gegenüberliegenden Seite der Lichtung, stieg steil ein Berg an, an dessen schroffem Fels üppiges Grün wucherte; im Licht der Dämmerung sah es aus, als würden schwarze Schlangen daran emporkriechen.

»Lauschiges Plätzchen«, murmelte Granock; dass Farawyn die Bemerkung wenig passend fand, gab er dem jungen Menschen mit einem strengen Blick zu verstehen.

»Was ist das hier?«, fragte Alannah. Mit dem Finger deutend, zählte sie die Steine. »Es sind zehn«, stellte sie fest. »Und sie sind im Kreis verteilt.«

»Zehn«, echote Cethegar düster.

»Offenbar handelt es sich um eine Art Kultstätte«, vermutete Farawyn.

»Möglich«, sagte Aldur, der zusammen mit dem jungen Menschennovizen Cethegar stützte. »Die Frage ist nur, wer hier einst verehrt wurde.«

»Oder was«, sagte Farawyn, der an einen der Sockel herangetreten war, um ihn näher in Augenschein zu nehmen. »Das letzte Ritual, das an diesem Ort abgehalten wurde, liegt noch nicht lange zurück.«

»Was bringt dich darauf?«, fragte Riwanon erstaunt und gesellte sich zu ihm.

Farawyn wies auf die Oberfläche des grauen Gesteins. »Blut«, sagte er. »Und zwar das von einem Menschen …«

»Was?« Granock vergewisserte sich, dass Aldur auch allein in der Lage war, Cethegar zu stützen, dann löste er sich aus dessen Um-

genutzt hatte, um seine frevlerischen Experimente durchzuführen. Dinge tat er, die kein Zauberer von Ehre jemals tun würde.«

»Zum Beispiel?«, hakte Granock nach.

»Er entschlüsselte das Geheimnis des Lebens und verging sich daran«, gab der Älteste zur Antwort, die Stimme gallebitter. »Mit falschen Versprechungen brachte er seine eigenen Gefolgsleute dazu, sich seinen Versuchen zu unterziehen, und so ging aus dem vornehmen Elfengeschlecht das grausame Volk der Orks hervor, die in so ziemlich jeder Hinsicht das Gegenteil von dem sind, was wir repräsentieren: Hässlichkeit statt Schönheit, Körperkraft statt Geistesstärke, Lüge statt Wahrheit, Niedertracht statt Edelmut. Margoks Hass war es, der jene Kreaturen formte, ein exakter Gegenentwurf des Volkes, von dem er selbst abstammte.«

»Das wissen wir, Meister«, sagte Alannah sanft. »Aber was hat es mit den *neidora* auf sich?«

»Die Orks waren nur der Anfang, Margoks wohl erfolgreichste Züchtung, da sie sich so hemmungslos vermehrte. Aber der Dunkelelf hat sich noch an vielen anderen Kreaturen versucht, in denen er die Eigenschaften verschiedener Wesen sammelte – Mischlinge, in deren Körpern vereint wurde, was niemals hätte zusammenkommen dürfen. So auch die *neidora*, die ihren Namen zu Recht tragen, denn Margok brachte es fertig, bei ihnen Elfen- und Echsenblut zu mischen. Das Ergebnis waren Wesen, noch um vieles grässlicher und gefährlicher als die Orks. Ungeheuer, die auf Befehl ihres Meisters ohne Widerspruch und Reue töteten. Sie waren Sklaven, für die nur das Wort ihres Meisters zählte, gefangen in ihren riesigen, schuppenbesetzten und beinahe unverwundbaren Körpern.«

»Und diese *neidora* waren Margoks Leibwächter?«, hakte Granock nach.

»Allerdings«, bestätigte Cethegar, »und sie machten ihre Sache gut, das kannst du mir glauben.«

»Warum hat er dann nicht noch mehr von ihnen ins Leben gerufen? Warum nicht ein ganzes Heer?«

»Du sprichst grässliche Dinge sehr gelassen aus, mein unbedarfter junger Freund«, rügte Cethegar. »Margok hat auch während des Krieges nie damit aufgehört zu experimentieren und immer neue, absonderliche Wesen ins Leben zu rufen. Die *neidora* jedoch blieben einzigartig. Ich nehme an, dass Margok durchaus vorhatte, mit diesen Kreaturen eine Armee aufzustellen. Der Krieg ging jedoch zu Ende, noch ehe es dazu kam.«

»Was ist mit den Leibwächtern geschehen?«, fragte Aldur.

»Sie verschwanden ebenso wie ihr Anführer, und schon bald ging die Erinnerung an sie in den Wirren der Nachkriegszeit verloren. Vielleicht hatten die Bewohner Erdwelts auch so viel Schreckliches durchgemacht, dass sie sich nicht mehr an sie erinnern wollten. Nun jedoch, nach so vielen Jahrtausenden, scheinen wir endlich Aufschluss darüber zu erhalten, was mit ihnen geschehen ist.«

»Ihr meint …?«, ächzte Alannah.

»Wenn es stimmt, was wir vermuten – und darauf deutet im Augenblick alles hin«, antwortete Farawyn anstelle Cethegars, »haben die *neidora* die letzten Jahrtausende auf dieser Lichtung überdauert, zu Stein erstarrt und vor den Augen der Welt verborgen.«

»Aber wie ist das möglich?«, fragte Granock verblüfft. »Eine so lange Zeit …«

»Jemand hat die Echsenkrieger unmittelbar nach Ende des Krieges hierher gebracht und sie mit einem Bannfluch versteinert«, gab Cethegar zur Antwort. »Auf diese Weise haben sie die Jahrtausende überdauert, bis sie vor Kurzem wieder zum Leben erweckt wurden.«

»Mit Menschenblut«, ergänzte Farawyn. »Ihr habt recht, Vater. Auf diese Weise fügt sich alles zusammen.«

»Die *neidora* sind zurückgekehrt …« In stiller Verzweiflung schaute sich Cethegar auf der Lichtung um. Inzwischen war es noch dunkler geworden. »Böse Dinge gehen in diesem Land vor sich«, flüsterte er. »Böse Dinge …«

18. CARRYG MARWURAITHA

Unweit des Rings, den die steinernen Sockel bildeten, fanden die Wanderer die Überreste eines Bauwerks, das aus dem grünen Dickicht ragte. Das Dach fehlte längst, das Mauerwerk war zur Hälfte eingestürzt und von Moos überwuchert. Dennoch konnte man erkennen, dass es sich einst um eine Art Wachtturm gehandelt hatte. In dessen Ruinen schlugen die Zauberer und ihre Novizen ihr Nachtlager auf.

Sie entrollten ihre Decken auf dem weichen Moos und packten den verbliebenen Proviant aus, der aus wenig mehr als einigen Brocken Pökelfleisch für Granock und Ambrosia-Zwieback für die Elfen bestand. Und wie an jedem Abend, wenn sie rasteten, wurden die Wachschichten festgelegt. Riwanon und Aldur übernahmen freiwillig die erste Wache, aber obwohl der Tag lang und der Marsch durch den Dschungel anstrengend gewesen war, fanden auch jene, die noch nicht zur Wache eingeteilt waren, keine Ruhe. Während Farawyn loszog, um die Steinsockel noch einmal eingehend zu untersuchen, kauerten Granock und Alannah bei Meister Cethegar, der ausgestreckt auf seiner Decke lag, jedoch ebenfalls kein Auge zutun konnte. Zu aufregend war das, was sie entdeckt hatten, zu beunruhigend, was es bedeuten mochte.

Granock sehnte sich nach einem Feuer. Nicht etwa, weil es kalt gewesen wäre und er sich daran wärmen wollte, sondern um die Schatten der Nacht zu vertreiben, die von allen Seiten herankrochen und sich dunkel und schwer auf die Seele des menschlichen Novizen legten.

»Nun«, sagte Meister Cethegar leise, der Granocks Unruhe zu spüren schien, »wenigstens wissen wir jetzt, wer die Grenzfestung überfallen hat.«

»Ihr meint, es waren diese Kreaturen?«, fragte Alannah.

»Was sonst?«

»Aber die Spur führt doch auch nach Shakara«, wandte Granock ein, einigermaßen froh darüber, sich ablenken zu können.

Cethegar nickte. »So scheint es.«

»Dann ist jemand aus Shakara für das Erwachen der *neidora* verantwortlich?«, fragte Alannah erschüttert und mit ängstlichem Blick.

»Genau das, mein Kind«, sagte der alte Cethegar. »Ich gebe es ungern zu, aber diese Möglichkeit ängstigt mich noch weitaus mehr als alle Kreaturen der Finsternis zusammen.«

»Verrat?«, fragte Granock fassungslos. »Aber wer sollte so etwas tun? Ich meine, wer käme infrage?«

»Es müsste jemand sein, der die Geheimnisse kennt«, sagte Cethegar.

»Geheimnisse? Was für Geheimnisse?«

»Die Ergebnisse seiner frevlerischen Experimente hat Margok in einem Buch festgehalten, dem *laiffro'y'essathian*«, erklärte Cethegar, »eine Sammlung verbotener Flüche und Bannsprüche und Wissen, das niemals hätte errungen werden dürfen. Gehalten in der alten geheimen Sprache, die Generationen lang unter Zauberern verwendet und nur jeweils vom Meister an den Novizen weitergegeben wurde, weswegen es keine schriftlichen Aufzeichnungen über sie gibt. Nach dem Ende des Krieges wurde ihre Benutzung aufgrund des Missbrauchs, den Margok mit ihr getrieben hatte, verboten. Wer immer die *neidora* aber zum Leben erweckte, muss nicht nur das ›Buch der Geheimnisse‹ gefunden haben, sondern auch die alte Zaubersprache beherrschen.«

»Und auf wen treffen diese Voraussetzungen zu?«, wollte Granock wissen.

Cethegar zuckte mit den Schultern. »Ich selbst beherrsche einige Brocken dieser Sprache«, gestand er bereitwillig, »ebenso wie Vater Semias, und wir beide haben unseren Schülern ein wenig davon beigebracht – allerdings nur so viel, dass sie das Böse erkennen, wenn es ihnen begegnet. Und natürlich nehme ich an, dass auch Meisterin Atgyva als Oberste Bibliothekarin und Hüterin des Wissens einige Kenntnisse darin besitzt …«

»Aber sie ist keine Verräterin«, war Alannah überzeugt, »ebenso wenig wie Vater Semias oder Ihr. Außerdem erklärt all das noch nicht, woher das Wissen stammte, mit dem man die Echsenkrieger aus ihrem steinernen Schlaf geweckt hat.«

»Was ist nach dem Krieg mit dem ›Buch der Geheimnisse‹ geschehen?«, wollte Granock wissen.

»Es verschwand spurlos, genau wie sein finsterer Urheber«, antwortete Cethegar. »Im Lauf der vergangenen Jahrhunderte hieß es immer wieder, Margoks Aufzeichnungen wären plötzlich irgendwo aufgetaucht, aber jeder Fund stellte sich dann als Fälschung heraus. Das Original blieb verschollen – bis zum heutigen Tag.«

»Also hat es jetzt tatsächlich einer gefunden, ja?«, fragte Granock.

»Gefunden und gelesen«, bestätigte Cethegar mit finsterem Blick, »und sich das Wissen des Dunkelelfen angeeignet, ohne dass wir in Shakara auch nur das Geringste davon ahnten. Aber wie auch? Wie es aussieht, ist Margoks Geist hier im Süden noch sehr viel lebendiger, als uns lieb sein kann.«

»Sein Geist?«, fragte Granock erschrocken.

»Kein Geist im wörtlichen Sinn«, beschwichtigte Alannah, ehe Cethegar antworten konnte. »Der Meister will damit lediglich sagen, dass die Macht des Bösen noch immer präsent ist.«

»Und irgendwo in Shakara einen willigen Diener gefunden hat«, fügte Cethegar hinzu und schüttelte verständnislos den Kopf, als könne er selbst nicht glauben, was er da sagte.

»Entweder das, meine Freunde«, erklang auf einmal Farawyns Stimme, der von seiner Erkundung zurückgekehrt war und die Turmruine durch einen breiten Riss in der Mauer betrat, »oder aber der Herrscher des Bösen selbst ist wiederauferstanden!«

Die Novizen erschraken, nicht über das unerwartete Auftauchen Farawyns als vielmehr über seine Worte. »Was genau wollt Ihr damit sagen, Meister?«, flüsterte Alannah.

»Ich habe den Schauplatz des Rituals noch einmal in Augenschein genommen, und die Visionen, die mich dabei heimsuchten, sind höchst beunruhigend. Sie zeigen mir etwas, das sehr alt ist und sehr böse – und zugleich sehr vertraut.«

»Die *neidora* sind tatsächlich sehr alt und sehr böse, selbst ohne ihren dunklen Herrn«, meinte Cethegar.

»Das stimmt«, räumte Farawyn ein, »aber vergessen wir nicht, dass außergewöhnliche Voraussetzungen nötig sind, um einen Bann, den der Dunkelelf selbst ausgesprochen hat, wieder aufzuheben. Du weißt genau wie ich, dass Margoks Leichnam nie gefunden wurde. Nachdem die letzte Schlacht zwischen Elfen und Orks geschlagen und die Niederlage der Unholde besiegelt war, verschwand der Dunkelelf spurlos. Einige behaupten, Drachenfeuer hätte ihn vernichtet. Andere sagen, er wäre in der Schlacht verwundet worden und später in einem unbekannten Versteck seinen Verletzungen erlegen. Wieder andere jedoch behaupten, er hätte überlebt und würde bis zum heutigen Tag nur auf eine Möglichkeit zur Rückkehr warten.«

»Geschwätz!«, stieß Cethegar abfällig hervor und – wie Granock feststellte – mit einem gewissen Maß an Trotz. Offenbar gab es auch Dinge, die Cethegar so sehr fürchtete, dass er über sie nicht einmal nachdenken wollte …

»Keiner von uns ist damals dabei gewesen«, räumte Farawyn ein, »sodass wir alle nur Vermutungen anstellen können. Aber die Chroniken berichten, dass Margoks Leichnam niemals gefunden wurde.«

»Und?«, fragte Granock, dem es auf einmal war, als würde ihm etwas die Kehle zuschnüren. »Soll das heißen, der Kerl ist noch am Leben?«

»Leben würde ich es nicht unbedingt nennen«, antwortete Farawyn. »Theoretisch gibt es Wege, einen Geist über eine sehr lange Zeitspanne zu bewahren, jedoch wurde meines Wissens noch nie der Versuch unternommen.«

»Ich verstehe nicht«, sagte Granock. »Ich dachte, Elfen wären unsterblich …«

Farawyn lächelte matt. »Ich wünschte, es wäre so. Aber auch wenn wir nicht sterblich sind in dem Sinne, wie es Menschen oder Orks sind, so sind auch unserer Lebensspanne Grenzen gesetzt. Das *lu*, unsere Lebensenergie, hält nicht ewig vor, und wenn sie nachlässt, so befällt uns eine unwiderstehliche Sehnsucht, der sterblichen Welt zu entsagen und nach den Fernen Gestaden zu reisen, jener Insel am Ende der Welt, auf der immerwährender Friede und Freude herrschen. Es hat Elfen gegeben, die in Erdwelt alt geworden sind, und einige, die sogar *sehr* alt geworden sind. Früher oder später jedoch sind sie alle in den Nebeln des Vergessens entschwunden.«

»Und wenn sie nicht gegangen wären?«, fragte Granock. »Wenn etwas sie aufgehalten oder daran gehindert hätte, die sterbliche Welt zu verlassen?«

»Dann wären ihre Körper verfallen, und ihr Dasein wäre ein Schatten dessen geworden, was es einst war«, sagt Farawyn sehr ernst. »Genau das könnte Margok widerfahren sein. Nicht tot und nicht lebendig, sondern irgendwo dazwischen, gefangen zwischen den Welten …«

»Autsch«, kommentierte Granock und kratzte sich am Hinterkopf. Auf solche Weise zu existieren, schien ihm wenig erstrebenswert.

»Das wäre möglich«, räumte Cethegar ein, »aber sehr wahrscheinlich ist es nicht. Derlei Vermutungen wurden schon zu früherer Zeit angestellt und haben sich allesamt als haltlos erwiesen.«

»Doch wir haben zum ersten Mal einen konkreten Beweis dafür, dass Margoks Macht noch immer wirkt«, widersprach Farawyn. »Vielleicht hat er sich in den Wirren der letzten Kriegstage hierher geflüchtet, in diesen Dschungel, hat seine Leibwächter in Stein gebannt und alles vorbereitet, um eines fernen Tages zurückkehren zu können. Und vielleicht hat er in dieser langen Zeit seine Kräfte gesammelt, um …«

Geräusche waren plötzlich zu vernehmen, ein Rascheln im nahen Gebüsch. Granock und Alannah sprangen auf, während Farawyn und Cethegar nach ihren Zauberstäben griffen. Das Rascheln näherte sich. Jemand lief durch den nächtlichen Wald und schien es sehr eilig zu haben.

Im nächsten Moment erschienen zwei schattenhafte Gestalten im Mauerdurchbruch – Riwanon und Aldur. Ihre Gesichter waren wegen der Dunkelheit zwar kaum zu sehen, aber dennoch war zu erkennen, dass sie von Schrecken gezeichnet waren.

»Was ist los?«, fragte Cethegar streng. »Warum habt ihr eure Posten verlassen?«

»Da kommt etwas«, presste Aldur zwischen keuchenden Atemzügen hervor. »Direkt auf uns zu …«

»Etwas?«, fragte Farawyn.

»Wir wissen nicht, was es ist, Vater«, antwortete Riwanon, »aber es bewegt sich rasch und bahnt sich mit brachialer Gewalt einen Weg durch das Unterholz.«

»Wir hörten nur stampfende Schritte und das Bersten von Holz«, erklärte Aldur. »Was es ist, vermögen wir nicht zu sagen – aber es weiß, dass wir hier sind, denn es kommt genau auf die Ruine zu.«

»So 'n Scheiß!«, stieß Granock hervor und in seiner eigenen Sprache – das Elfische kannte keine wörtliche Entsprechung.

Farawyn verzichtete darauf, seinem Schüler eine Rüge wegen seiner ungebührlichen Ausdrucksweise zu erteilen. Er und Cethegar tauschten einen Blick.

»Die *neidora*«, flüsterte Cethegar. »Sie kehren zurück …«

»Wir müssen augenblicklich aus diesem Trümmerhaufen raus«, entschied Farawyn. »Wenn sie die Mauern zum Einsturz bringen, werden wir lebendig begraben.«

Das Argument leuchtete allen ein, und so huschten sie nach draußen in das ungewisse Dunkel – zuerst Farawyn, dann Riwanon und Alannah und schließlich Granock und Aldur, die einmal mehr Vater Cethegar stützten.

»Dorthin!«, rief Farawyn, auf die Mitte der Lichtung deutend. »Dort haben wir freien Blick nach allen Seiten!«

»Und nicht den Hauch einer Deckung!«, warnte Granock.

»Im Kampf gegen die *neidora* wird keine Deckung benötigt, törichter Mensch«, beschied ihm sein Meister streng, »denn es gibt ohnehin nichts, was vor ihren Zerstörungskräften schützt. Es ist ein offener Kampf, wir gegen sie.«

»So sei es!«, rief Aldur grimmig, während sie sich ins Zentrum des Steinkreises begaben. »Ich werde diese elenden Kreaturen bei lebendigem Leib rösten!«

»Wir bilden einen Kreis, sodass wir uns nach allen Seiten verteidigen können«, ordnete Farawyn an. »Aldur – auf diese Seite. Riwanon – du hältst ihm den Rücken frei. Alannah – schicke ihnen alles entgegen, was du hast. Und Granock …«

»Keine Sorge«, versicherte dieser, während Aldur und er Cethegar behutsam zu Boden sinken ließen. »Ich werde die Zeit stillstehen lassen – so etwas haben diese miesen Ausgeburten sicher noch nie zuvor erlebt.«

Farawyn nickte und bedachte seinen Schüler mit einem ermunternden Lächeln, das zugleich eine Entschuldigung für die harschen Worte von vorhin war, die ihm Granock aber ohnehin längst verziehen hatte. Sie alle standen unter Anspannung, und der junge Mensch konnte fühlen, dass selbst sein Lehrer nicht frei von Angst war, was Granock einerseits beruhigte, andererseits aber auch seine eigenen Befürchtungen noch schürte.

In der Mitte des Kreises verharrend, Schulter an Schulter, starrten die Gefährten in die Nacht und auf den Rand des Waldes, der ringsum wie eine dunkle Mauer emporragte. Sie konnten das Geräusch hören, von dem Riwanon und Aldur berichtet hatten, und tatsächlich schien es sich rasch zu nähern: ein Krachen und Bersten, als ob sich etwas mit brachialer Gewalt einen Weg durch den Wald bahnte. Woher es kam, war schwer auszumachen, aber mit jedem Augenblick schien es näher zu kommen. Und schließlich war auch noch ein dumpfes Poltern zu hören, ein Stampfen, das den Boden jedes Mal leicht erbeben ließ.

Die Novizen tauschten ebenso ratlose wie bange Blicke.

»Das sind nicht die *neidora*«, stellte Cethegar fest, der in der Mitte der Zauberer und Novizen am Boden hockte.

»Nein?«, fragte Granock hoffnungsvoll.

Cethegar schüttelte den Kopf, dass die Zöpfe nur so flogen. »Nein«, bekräftigte er. »Das ist etwas noch sehr viel Größeres!«

»Was immer es sein mag«, ermahnte Farawyn seine Gefährten, »wir weichen nicht zurück, verstanden?«

»Verstanden«, bestätigte Granock bitter, während er mit zu schmalen Schlitzen verengten Augen auf den Waldrand starrte.

Das Stampfen wurde noch lauter und wuchtiger, und plötzlich wankten die Urwaldriesen auf einer Seite der Lichtung.

»Dort!«, schrie Alannah, und mit vor Entsetzen geweiteten Augen starrten die Gefährten auf die dunkle Wand, aus der im nächsten Moment ein ebenso riesiger wie grauenvoller Gegner hervorbrach. Mit Urgewalt sprengte er den Gürtel, den die Natur um den Steinkreis gezogen hatte, und in einer Kaskade aus Holzsplittern, abgerissenen Ästen und umherwirbelndem Blattwerk sprang sie auf die Lichtung – eine bizarre Kreatur, mit zwei Beinen, so dick wie Baumstämme, und zwei Armen, die fast bis zum Boden reichten und in hammerartige Enden ausliefen. Einen Kopf im eigentlichen Sinn hatte das Ding nicht, lediglich eine leichte Erhebung zwischen den breiten Schultern, in deren Mitte es rot leuchtete. An Größe jedoch übertraf der Koloss selbst einen ausgewachsenen Waldtroll: An die vier Mannslängen war er hoch und damit größer als jedes andere Wesen, das Granock jemals zu Gesicht bekommen hatte.

»Dies ist keine natürliche Kreatur!«, erklärte Cethegar, am Boden liegend. »Die Kraft des Bösen hat sie ins Leben gerufen – und die Kraft des Lichts soll sie vernichten!«

Damit hob er den Stab und stieß einen gellenden Schrei aus, woraufhin eine unglaublich starke, sogar schemenhaft sichtbare Energiewelle auf den Koloss zuraste. Granock zweifelte nicht, dass sie ausgereicht hätte, einen ganzen Trupp Orks zu Boden zu werfen. Der kopflose Riese jedoch wurde nur für einen Moment ins Wanken gebracht. So als müsste es sich gegen ein unsichtbares Hindernis stemmen, warf sich das Ungetüm nach vorn, und da es sein ganzes Gewicht in die Bewegung legte, beschleunigten sich seine Schritte noch, und es stampfte mit beängstigender Geschwindigkeit heran.

»Alannah!«, brüllte Farawyn, während er seinerseits einen Gedankenimpuls schleuderte, der den Riesen allerdings nicht mehr beeindruckte als jener Cethegars. Die Kreatur war nahe genug heran, dass Granock Einzelheiten erkennen konnte – und mit Erschrecken sah er, dass sie es nicht mit einem Wesen aus Fleisch und Blut zu tun hatten!

Der ganze kopflose Körper des Riesen bestand aus von Moos überwuchertem nacktem Fels. Ein ganzer Hagel von Eisspeeren brach über das Ungetüm herein, die jedoch an seinem steinernen Körper zersplitterten, ohne irgendeinen Schaden anzurichten.

»Warte nur«, schrie Aldur, und eine Flammenwand loderte auf einmal vor dem Riesen in die Höhe und umhüllte ihn für einen Augenblick, sodass die Gefährten bereits zu hoffen wagten. Aber im nächsten Moment durchbrach das Monstrum die Feuerwand, schritt unbeeindruckt durch die lodernden Flammen. Zwar schwelten kleine Brände auf seinem Leib, doch das war nur das Moos, das Feuer gefangen hatte.

Der Koloss stampfte unbeirrt weiter, und die Lichtung erzitterte unter seinen steinernen Beinen. Noch zwei Schritte, und er würde die Zauberer und ihre Novizen erreicht haben. Schon hob er die hammerähnlichen Fäuste, um sie auf die Elfen und den Menschen niedergehen zu lassen!

Granock wusste, dass er nun handeln musste. Statt zurückzuweichen wie zuvor, sprang er nach vorn. Er spürte sein Herz bis in die Kehle schlagen, Furcht wollte von ihm Besitz ergreifen, aber er zwang sich zur Ruhe und konzentrierte sich, rief sich ins Gedächtnis, was er gelernt hatte – und wirkte den stärksten Zeitzauber, den er je hervorgerufen hatte!

Jedes Lebewesen konnte er mit diesem machtvollen Zauber erstarren lassen …

Nicht jedoch den Riesen aus Stein!

Anders als bei den Angriffen von Farawyn und Cethegar zuckte der Koloss nicht einmal – und im nächsten Moment war er heran.

»Granock!«, gellte Farawyns Warnschrei.

Es wäre nicht nötig gewesen – der junge Mensch gehorchte seinen Instinkten, warf sich zur Seite und entging dem furchtbaren Hammerschlag des Steinmonstrums. Der Boden erzitterte, als die beiden Fäuste herabfielen und einen Krater in die weiche Erde schlugen. Granock spürte die Erschütterung, ebenso wie er den Atem des Todes spürte, der ihn streifte. Blitzschnell warf er sich herum, kam wieder auf die Beine – und sah seine Gefährten in einen verzweifelten Kampf verwickelt, gegen eine Kreatur, die ihnen sowohl an Größe als auch an Kraft um ein Vielfaches überlegen war.

Farawyn, Riwanon und Cethegar setzten ihre Zauberstäbe ein und trugen verschiedenartige Angriffe vor, die sich gegen eine Kreatur dieser Größe und Schwere jedoch allesamt als wirkungslos erwiesen. Aldur und Alannah versuchten mit Feuer und Eis gegen das Monstrum vorzugehen. Im Gegensatz zu Alannah, deren Kräfte rasch ermatteten, war Aldur in der Lage, mehrere Feuerstürme hintereinander zu entfesseln, aber auch das erwies sich gegen dieses Wesen als wirkungslos.

Granock verspürte den jähen Impuls, sich abzuwenden und zu fliehen, um zumindest sein Leben zu retten. Offensichtlich war der Kampf völlig aussichtslos, und seine Kameraden waren verloren. Jener Granock, der auf der Straße aufgewachsen und sein Leben lang auf sich allein gestellt gewesen war, hätte vermutlich auch keinen Augenblick gezögert, aber jener Granock existierte nicht mehr. Ausgerechnet unter den Elfen hatte er etwas gefunden, was er nie zuvor gekannt und wonach er sich stets gesehnt hatte. Die Zauberer hatten ihm ein Zuhause gegeben, er hatte unter den Elfen Freunde gefunden, fühlte sich ihnen zugehörig – und er würde sie keinesfalls im Stich lassen!

Einen wilden Kampfschrei ausstoßend lief Granock auf den Riesen zu, wobei er sich vorsehen musste, nicht von dessen im Sekundentakt herabfallenden Hammerhänden getroffen zu werden. Mit Urgewalt schlugen sie rings um ihn ein und zerpflügten den Boden, warfen das Erdreich auf und verwandelten die Lichtung in eine Kraterlandschaft.

Die Schlachtordnung der Gefährten hatte sich längst aufgelöst. Jeder Zauberer und jeder Novize kämpfte für sich und versuchte, dem Koloss auf seine Weise Schaden zuzufügen – mit verhaltenem Ergebnis.

Granock versuchte es abermals mit einem Zeitzauber. Wenn er sich auf einen der beiden Hammerarme konzentrierte, würde es ihm vielleicht gelingen, zumindest einen Teil des Riesen erstarren zu lassen. Aber auch diese Hoffnung zerschlug sich. Der Riese reagierte darauf ebenso wenig wie zuvor.

»Lass es, du Narr!«, fuhr Meister Cethegar ihn an, der sich kriechend in Sicherheit zu bringen versuchte. »Zeit vermag dem

Stein nichts anzuhaben, verstehst du nicht? Stein ist härter als Zeit!«

Granock begriff. Dies war der Grund, weshalb ihre Fähigkeiten allesamt versagten: Das Monstrum lebte nicht wirklich und hatte also auch nicht die Eigenschaften eines Wesens aus Fleisch und Blut. Weder vermochte ihm die Hitze des Feuers noch die Kälte des Eises etwas anzuhaben, und selbst der Zahn der Zeit fügte ihm keinen Schaden zu. Hartes Gestein und verderbliche Zauberkraft waren der Stoff, aus dem der Gigant bestand, und dagegen vermochte keine der Fähigkeiten der Novizen etwas auszurichten.

Erneut gingen die beiden Hämmer nieder. Aldur und Riwanon warfen sich nach verschiedenen Seiten, um ihnen zu entgehen, und wieder bäumte sich die gepeinigte Erde unter den vernichtenden Hieben geradezu auf, und Lehm- und Gesteinsbrocken wurden durch die Luft geschleudert.

»Hierher!«, rief Granock den beiden anderen Novizen zu. Er selbst hatte in einer Mulde Zuflucht gesucht und half Riwanon, sich in Sicherheit zu bringen. Die Meisterin wirkte abgekämpft, ihre Tunika war schmutzig und zerschlissen.

»Wo ist Aldur?«, fragte sie und warf sich herum – um zu sehen, wie ihr Schüler zwischen den stampfenden Pylonen des Riesen hin und her rannte und seiner Vernichtung zu entgehen suchte, während Farawyn das Monstrum von der anderen Seite attackierte: Ein gleißender Lichtblitz nach dem anderen jagte aus dem Ende seines Zauberstabs, aber auch dagegen schien der Koloss gefeit. Das Licht hüllte ihn Augenblicke lang ein, doch es vermochte seiner Zerstörungswut nicht Einhalt zu gebieten. Im Gegenteil. So als würde die Kreatur die zerstörerische Kraft der Blitze absorbieren, gebärdete sie sich nur noch wilder, und die Glut ihres Auges nahm an Intensität zu.

Abermals krachten die Hammerhände herab und rissen den Boden auf, und Farawyn entging dem Angriff nur mit knapper Not. Aldur nutzte die Gunst des Augenblicks, um sich in Sicherheit zu bringen, und revanchierte sich bei seinem Retter, indem er eine Flammensäule emporzüngeln ließ, die die Lichtung für Augenblicke taghell beleuchtete und die Aufmerksamkeit des Riesen auf sich zog. Das Monstrum fuhr herum, und zum ersten Mal war aus seinem Inneren etwas wie ein Knurren zu vernehmen. Es war kein Laut, wie ein lebendiges Wesen ihn verursacht hätte, sondern als würde Stein auf Stein scharren, ein Geräusch, das vor allem den Elfen durch Mark und Bein ging.

»Aldur, lauf!«, rief Granock entsetzt, als er sah, dass sein Freund der Nächste war, den der Koloss in sein glühendes Auge gefasst hatte. Schon stampfte das Monstrum auf den Elfen zu, und jeder einzelne Tritt ließ den Erdboden erbeben.

In seiner Not jagte Granock zwei dicht aufeinander folgende Gedankenimpulse los, die ohne die Verstärkung eines *flasfyn* jedoch nicht die geringste Wirkung zeigten. Im nächsten Moment hatte die steinerne Kreatur Aldur bereits erreicht, doch da trat der Elf in einen der Erdkrater und kam zu Fall. Granock sah ihn stürzen und fürchtete, dass dies Aldurs Ende war, denn der Gigant holte aus, um seinen winzigen Gegner mit seinen steinernen Fäusten zu zerschmettern, und es gab nichts, was sich dagegen tun ließ.

Da erhob sich plötzlich eine vertraute Gestalt nahe des Geschehens: Cethegar!

Er stützte sich auf seinen Stab, sodass er auf einem Bein stehen konnte, und trotz der Behinderung hatte der Anblick des Zauberers etwas Ehrfurchtgebietendes. Aufrecht stand er da, dabei so auf seinen Stab gestützt, dass seine Verstümmelung kaum auffiel. Wind zerrte an den Zöpfen seines Haupthaars und seines langen Bartes, und seine Augen schienen kaum weniger zu glühen als das des Giganten.

»Du!«, brüllte er mit lauter Stimme, die selbst der Riese zu vernehmen schien. »Ich weiß nicht, welche finstere Macht dich aus dem Boden gerissen und dir die Kraft verliehen hat, Leben zu heucheln – aber hier endet dein Weg, fürchterliche Kreatur!«

Trotzig blickte Cethegar an der steinernen Bestie empor, die einen Augenblick lang nicht zu wissen schien, was sie von alldem halten sollte. Dann jedoch verdunkelte sich das rote Leuchten des Auges, und der Gigant hob einen seiner beiden Hammerarme.

»Cethegar, nicht!«, brüllte Farawyn entsetzt und rannte los – aber es war absehbar, dass er zu spät kommen würde.

»Die dunkle Magie, die dich geboren hat, mag dich vor unseren Angriffen schützen!«, rief Cethegar, und Granock glaubte, eine Spur von Triumph in der Stimme des Zauberers zu hören. »Aber aus fester Materie bist du doch, daran vermochte auch dein finsterer Herrscher nichts zu ändern!«

Der Zauberer hatte kaum zu Ende gesprochen, als der steinerne Hammer niederfuhr – und Cethegar unter sich begrub!

»C-Cethegar …?«, hörte Granock Alannah rufen, während er selbst noch wie gebannt auf die Stelle starrte, wo der Zauberer eben noch gestanden hatte, ein Abbild des Mutes und der Unbeugsamkeit – ehe der Riese ihn geradezu in den Boden gestampft hatte.

Granock spürte, wie unbändige Wut in seine Adern schoss, und obwohl Riwanon ihn zurückzuhalten versuchte, setzte er sich in Bewegung, riss sich von ihr los und rannte auf den Koloss zu, zusammen mit Aldur und Farawyn, die den Tod Cethegars ebenfalls rächen wollten – so aussichtslos es auch sein mochte.

Auch wenn Granock den Stellvertreter Semias erst vergleichsweise kurze Zeit gekannt hatte, so schien es ihm doch in größtem Maße unrecht, dass dieser ehrwürdige und verdiente Zauberer ein solches Ende gefunden hatte. Tränen des Zorns traten ihm in die Augen, während er über die verwüstete Lichtung auf den Koloss zurannte, der in diesem Moment langsam die Hammerpranke hob, um die Überreste des Zauberers zu beschauen.

Aber – da war nichts!

Kein zerschmetterter Körper, keine Kleidungsfetzen, noch nicht einmal Blut …

Verwirrt hielt Granock in seinem Lauf inne und fragte sich, was das zu bedeuten hatte – als ihm plötzlich die Wahrheit dämmerte. Cethegar war nicht tot. Just in dem Augenblick, da ihn die Pranke des Kolosses ereilte, hatte er von seinem *reghas* Gebrauch gemacht, von seiner Gabe, sich durch feste Materie zu bewegen!

Auch dem Riesen dämmerte in diesem Moment, dass etwas nicht stimmte. Nicht nur, dass er keine Überreste seines Opfers fand – ganz plötzlich verfiel er auch in wilde Zuckungen. Abrupt warf er seine steinernen Arme in die Höhe, schien jedoch nicht mehr in der Lage, ihre Bewegungen zu kontrollieren. Wie ein Ork, der zu viel Blutbier getrunken hatte, wankte er hin und her, um schließlich auf einem Bein einzubrechen und mit dumpfem Schlag zu Boden zu gehen. Wie ein riesiger Käfer wand er sich auf dem Rücken, ehe es ihm endlich gelang, sich herumzudrehen und wieder aufzuraffen – doch im nächsten Moment richteten sich seine mörderischen Fäuste gegen ihn selbst!

Mit der ganzen Masse ihres Gewichts fielen die beiden Hämmer herab und krachten auf das rudimentäre Haupt, worauf sich Gesteinsbrocken daraus lösten und nach allen Seiten spritzten. Erneut wankte das Ungetüm, und Granock fühlte sich unwillkürlich an die Faustkämpfer erinnert, die in den Straßen Andarils für ein paar Kupferstücke gegeneinander antraten. Knirschend hob der Koloss die Fäuste, aber sie taten nicht das, was er wollte, sondern fuhren mit Urgewalt in seinen Unterleib, wo sie knackende Sprünge im Gestein hinterließen. Offenbar hatte Cethegar das geeignete Mittel gefunden, wie sich gegen den Koloss vorgehen ließ.

Granock wollte ob dieser Wendung einen heiseren Triumphschrei ausstoßen, aber der blieb ihm im Halse stecken, als er den entsetzten Ausdruck auf Farawyns Zügen bemerkte.

»Nein, Cethegar, nicht!«, schrie der Zauberer dem Steinmonstrum zu, das in diesem Moment abermals auf sich einschlug, worauf eine der Hammerfäuste mit hässlichem Knacken zerbarst.

Granock begriff: Es war nicht nur der Riese, der sich selbst zerstörte, sondern auch Cethegar, der in sein Inneres geschlüpft war und die Kontrolle über die ungeheure Kreatur übernommen hatte. Was immer der Zauberer dem Ungetüm zufügte, das fügte er auch sich selbst zu.

Die verbliebene Hammerfaust ging erneut mit der Wucht eines Kometeneinschlags nieder und zertrümmerte das flache Haupt des Riesen, und die drei Novizen und die beiden verbliebenen Meister hielten den Atem an: Was sich vor ihnen abspielte, war nicht nur das Ende einer finsteren, von dunkler Magie hervorgerufenen Kreatur, sondern auch eines der größten Zauberer, die Erdwelt je gesehen hatte. Mit einer Mischung aus Entsetzen und Bewunderung starrten Granock und Aldur auf den sich selbst zerstörenden Riesen, der schwerfällig von einem Bein auf das andere wankte, dann jedoch in einen Krater trat und das Gleichgewicht verlor. Unter fürchterlichem Getöse ging er nieder und wand sich am Boden; aus dem eben noch so Furcht einflößenden Monstrum war eine elende, todgeweihte Kreatur geworden.

»Cethegar, nein!«, rief Farawyn abermals und wollte auf den Giganten zueilen, der zwar ziellos um sich schlug, aber noch immer eine Gefahr darstellte. Riwanon war zur Stelle und hielt Farawyn zurück, und es schmerzte Granock zu sehen, wie sehr sein Meister beim Anblick des sterbenden Giganten litt.

»Lass mich los!«, fuhr Farawyn die Zauberin an, die ihn mit aller – und wohl nicht nur körperlicher – Kraft umklammert hielt. »Ich muss Cethegar retten!«

»Das kannst du nicht«, beschied sie ihm. »Er hat seinen Weg gewählt, wir müssen unseren wählen ...«

Die Worte kamen ohne erkennbare Regung über Riwanons Lippen. Niemals hätte Granock geglaubt, dass die schöne Zauberin derart gefühlskalt war, aber es änderte nichts daran, dass sie recht hatte. Es stand nicht in ihrer Macht, Cethegar zu helfen. Der alte Zauberer hatte sich entschieden – hätte er es nicht getan, wäre inzwischen wohl keiner von ihnen mehr am Leben.

Der Koloss hatte sich wieder auf den Rücken gewälzt, eine seiner Beinsäulen war abgebrochen, und noch einmal fiel seine Faust mit vernichtender Wucht herab, zerschmetterte seinen nur ansatzweise vorhandenen Schädel, Trümmer wurden nach allen Seiten gesprengt, sodass sich die Zauberer und ihre Novizen in Deckung werfen mussten, und das rot leuchtende Auge verlosch.

Granock, der sein Gesicht in die feuchte Erde grub, konnte hören, wie Gesteinsbrocken pfeifend über ihn hinwegflogen und ringsum einschlugen. Dann kehrte Stille ein.

Der Novize zögerte noch einen Augenblick, ehe er es wagte, den Kopf zu heben und einen Blick zu riskieren. Ein Bild der Verwüstung bot sich ihm.

Der Steingigant war tot – wenn er überhaupt je gelebt hatte. Jedenfalls war der Zauber, der die unnatürliche Kreatur erfüllt hatte, erloschen, und ihre Trümmer lagen über die Lichtung verstreut.

Granock sah Farawyn und Riwanon, und zu seiner Erleichterung erblickte er auch Aldur und Alannah, und alle schienen sie unverletzt. Nur von Meister Cethegar fehlte jede Spur.

Unter anderen Voraussetzungen hätte Granock womöglich laut gejubelt, hätte grimmig die Faust geballt, weil sie dem Ungetüm die Stirn geboten hatten. Aber der Sieg schmeckte schal, und zum Jubeln gab es keinen Anlass. Der steinerne Riese mochte bezwungen sein, aber der Preis dafür war hoch gewesen, vielleicht zu hoch. Cethegar, ihr Anführer auf dieser Mission und der Stellvertretende Vorsitzende des Hohen Rates, war nicht mehr am Leben …

Benommen kamen die Gefährten in der Mitte der Trümmerlandschaft zusammen. Zunächst sagte keiner ein Wort. Alannah, Aldur, selbst Riwanon hatten Tränen in den Augen, und Farawyn schien sich kaum aufrecht halten zu können.

Auch Granock musste gegen die Trauer ankämpfen, damit sie ihn nicht überwältigte, aber seine Augen blieben trocken. Vielleicht lag es an seiner robusten menschlichen Natur oder daran, dass das entbehrungsreiche Leben, das er geführt hatte, ihn hart gemacht hatte. Vielleicht war es aber auch nur so, dass er anders als die Elfen den Verlust noch nicht erfasste, den sie alle erlitten hatten.

»Cethegar ist von uns gegangen«, sagte Farawyn schließlich mit bebender Stimme. »Er hat sich geopfert, damit wir leben. Wir alle werden ihm das niemals vergessen.«

»Eriod«, bestätigten die anderen wie aus einem Munde.

Niemals …

Schweigen kehrte ein, das eine quälende Ewigkeit lang dauerte. Während die Elfen stumm verharrten und in Gedanken von Cethegar Abschied nahmen, hielt Granock es irgendwann nicht mehr aus. So viele drängende Fragen gab es, die unbeantwortet waren, Entscheidungen, die getroffen werden mussten …

»Und was jetzt?«, fragte er deshalb zaghaft.

Farawyn schaute ihn an. »Was meinst du?«

»Wollt Ihr die Reise immer noch fortsetzen?«

»Mehr denn je«, antwortete Riwanon an Farawyns Stelle. »Zuvor war es nur unser Auftrag, der uns angetrieben hat – nun ist es auch unsere Verpflichtung Cethegar gegenüber. Wenn sein Opfer nicht umsonst gewesen sein soll, müssen wir weitermachen.«

»Um was zu tun? Ebenfalls getötet zu werden?« Granock konnte selbst kaum glauben, dass er die Worte offen aussprach.

»Hast du Angst?«, fragte Farawyn.

»Ja, Meister«, gestand Granock, »aber das ist nicht der Grund für meine Frage, denn Furcht ist dazu da, vom Mut bezwungen zu werden – und Ihr habt mich Mut gelehrt. Allerdings hat mir mein bisheriges Leben gezeigt, dass es unklug ist, sich einem Feind zu stellen, der stärker ist als man selbst.«

»Das ist nicht der Weg eines Zauberers«, belehrte ihn Aldur.

»Nein«, räumte Granock ein, »aber der des Überlebens.«

»Menschliche Pragmatik«, stellte Farawyn fest, als würde er an Granock erstmals etwas entdecken, das er bislang nur aus Lehrbüchern kannte. »Überaus interessant. Allmählich verstehe ich, wie ihr in so kurzer Zeit so viel erreichen konntet …«

»Ganz sicher nicht, indem wir sinnlose Opfer gebracht haben«, bekräftigte Granock. »Ich gebe Meisterin Riwanon recht, dass wir Cethegar ehren müssen – aber das tun wir nicht, indem wir unser aller Leben wegwerfen. Wir sollten zurückkehren, Verstärkung holen und diesen verdammten Wald dann Zoll für Zoll durchkämmen.«

»Wonach?«, fragte Farawyn. »Wir wissen ja noch nicht einmal, wer unser Gegner ist. Eines allerdings scheint mir offensichtlich.«

»Nämlich, Meister?«

»Wir sind ihm näher als je zuvor. Nicht von ungefähr hat er uns seinen Diener geschickt.« Er deutete auf einige Trümmerstücke, die in seiner Nähe lagen.

»Ihr meint, der Koloss war eine Art Wächter?«, fragte Alannah.

»Jedenfalls sollte er verhindern, dass wir diese Lichtung passieren«, war Farawyn überzeugt. »Also werden wir genau das tun. Denn erstmals, seit wir den Wald von Arun betreten haben, befinden wir uns im Vorteil.«

»Im Vorteil?« Granock sah ihn verdutzt an. »Wie könnt Ihr das sagen, Meister, nach allem, was geschehen ist?«

»Weil ich eines erkannt habe, mein junger Schüler«, erklärte Farawyn. »Nämlich dass all dies Teil eines hinterhältigen Plans ist. Der Überfall auf die Festung hat nicht etwa dazu gedient, die Grenze zu überrennen oder einen Angriff vorzubereiten, jedenfalls jetzt noch nicht.«

»Nein? Was dann?«

»Wir sollten dadurch hergelockt werden«, war Farawyn überzeugt.

»Hergelockt?«, wunderte sich Aldur. »Warum?«

»Um uns zu vernichten.«

»Vernichten?«, fragte Granock. »Wovon sprecht Ihr, Meister?«

»Erinnerst du dich, als ich sagte, ich hätte in Carryg-Fin etwas Vertrautes gespürt? Etwas, das ich aus Shakara kenne?«

Granock nickte.

»Dasselbe Gefühl habe ich jetzt wieder. Und es sagt mir nicht nur, dass der Ursprung von alldem in Shakara zu suchen ist, sondern dass wir auch bewusst in eine Falle gelockt wurden. Alles, was geschehen ist, seit wir Shakara verlassen haben, war sorgfältig geplant.«

»Sogar der Überfall durch die Wildmenschen?«, fragte Alannah ungläubig.

»Das nehme ich an. Ziel des Überfalls war es, dass wir den Wildmenschen in den Dschungel folgen, auf der Spur eines Rätsels, das wir nicht entwirren können und das uns lediglich beschäftigen soll.«

»Was für ein Rätsel?«, fragte Aldur vorsichtig. »Meint Ihr damit den Schrein, den wir gefunden haben, oder die *neidora*?«

»Die Echsenkrieger sind zurückgekehrt«, war Farawyn überzeugt. »Sie sind so wirklich, wie dieser Koloss aus Stein es war. Wer oder was auch immer diese Kreaturen der Dunkelheit zum Leben erweckt hat, verfügt über große Kraft und hat uns hergelockt, um uns zu töten.«

»Angenommen, Ihr hättet recht, Meister«, wandte Granock ein. »Wäre es dann nicht wirklich besser zu verschwinden?«

»Nein, Junge.« Farawyn schüttelte den Kopf. »Denn dies ist der Vorteil, von dem ich sprach: Unser Feind, wer immer er sein mag, wähnt uns vernichtet oder rechnet zumindest nicht damit, dass wir an seinem Wächter vorbeikommen, und das bedeutet, dass wir ihm zum ersten Mal einen Schritt voraus sind. Wenn wir uns jetzt zurückziehen, hätte Cethegars Opfer uns zwar vor dem Untergang bewahrt, aber wir würden es ihm schlecht danken. Denn er gab sein Leben nicht nur dafür, uns zu retten, sondern auch, damit wir herausfinden, welche Bedrohung sich in diesem Dschungel verbirgt. Und genau das werden wir tun.«

»Wohl gesprochen, Bruder«, stimmte Riwanon zu und nickte entschlossen.

»Und wenn auch das eine Falle ist?«, fragte Alannah. »Wenn unser unsichtbarer Feind damit gerechnet hat, dass wir den Wächter überwinden, und nun erst recht auf uns lauert?«

»Was denn?«, fragte Riwanon mit unverhohlenem Spott. »Fürchtest du dich etwa? Bereust du, die Ehrwürdigen Gärten verlassen zu haben? Es war nicht ganz freiwillig, wie du dich erinnerst«, fügte sie mit einem vielsagenden Blick in Aldurs Richtung hinzu.

»Riwanon, lass es!«, ermahnte Farawyn die Zauberin. »Das gehört nicht hierher. Vielleicht hat Alannah recht, und wir finden jenseits dieser Bäume tatsächlich unser Verderben.«

»Wirst du jetzt etwa auch schwach?«, fragte Riwanon. »Willst du dich zurückziehen, wie der Mensch es vorgeschlagen hat?«

»Ich keineswegs.« Farawyn schüttelte den Kopf. »Aber ich frage mich, ob wir die Novizen ziehen lassen sollten. Wenn selbst ein mächtiger Magier wie Cethegar sein Leben lassen musste, welche Möglichkeiten haben sie zu überleben?«

»Ich lasse meine Meisterin nicht im Stich«, verkündete Aldur trotzig. »Wenn sie sich in Gefahr begibt, dann folge ich ihr.«

Farawyn musterte den jungen Elfen einen Moment lang, dann wandte er sich seinem Schüler zu: »Und du, Granock?«

»Wie ich schon sagte, Meister: Es fehlt mir nicht an Mut. Wenn Ihr der Ansicht seid, dass dies der Weg ist, den wir einschlagen sollten, dann folge ich Euch.«

»Ebenso wie ich«, fügte Alannah entschlossen hinzu.

»Dann sei es.« Farawyn nickte und streckte die Rechte aus, die Handfläche nach unten gekehrt. »Für Cethegar«, sagte er, und die Gefährten traten heran und legten ihre Hände auf die seine.

»Für Cethegar«, wiederholten sie und besiegelten damit den Schwur, der sie aneinander band, gegen alle Gefahren, die in den Tiefen des Dschungels auf sie lauern mochten – und gegen die dunkle Verschwörung, deren Ursprung im fernen Shakara zu liegen schien und die bereits einen von ihnen das Leben gekostet hatte.

19. CRANUTHAN PELA

»Und du bist dir wirklich ganz sicher?«

Palgyrs bange Frage hallte vom hohen Gewölbe der Ratshalle wider, wo der riesige Kristall hing und schimmerndes Licht verbreitete.

»Das bin ich, Bruder«, bestätigte Semias, der gebeugt auf dem Sitz des Ältesten kauerte, die Züge kreidebleich und eingefallen. Ohnehin hatte es stets den Anschein, dass der Vorsitzende des Zauberrates an seinem hohen Alter schwer zu tragen hatte; in diesem Augenblick jedoch schien er kurz vor dem Zusammenbruch zu stehen, und es hatte weder mit der Last des Alters noch mit der Verantwortung seines hohen Amtes zu tun, sondern mit dem Verlust, den der alte Zauberer verspürt und der nicht nur sein Innerstes, sondern seine ganze Welt in ihren Grundfesten erschütterte. »Meister Cethegar ist tot«, sagte er leise. »Daran besteht nicht der geringste Zweifel.«

»Cethegar? Tot?«

Wie gestaltlose Phantome geisterten die Worte durch die Ratshalle, während die versammelten Zauberer entsetzte Blicke tauschten. Ihnen allen war klar gewesen, dass etwas Bedeutsames vorgefallen sein musste, wenn Semias so plötzlich eine Krisensitzung des Rates einberief. Mit einer solch schlimmen Nachricht jedoch hatten keiner gerechnet.

»Das kann nicht sein, Vater!«, rief Syolan, der Oberste Schreiber und Chronist von Shakara. »Erforsche dein Herz nach der Wahrheit!«

»Dies ist die Wahrheit, Sohn«, entgegnete der Älteste mit vor Schmerz verkniffener Miene. »Cethegars Geist und der meine waren durch unsichtbare Bande eng miteinander verknüpft. Der Stellvertretende Vorsitzende dieses Rates weilt nicht mehr in dieser Welt, glaubt mir.«

»Aber wie ist das möglich, Vater?«, fragte ein anderer fassungslos. »Cethegar war einer der mächtigsten Zauberer, die dieser Orden jemals gekannt hat.«

»Ich weiß«, sagte Semias bitter. »Doch scheint er auf jemanden getroffen zu sein, der noch mächtiger war.«

Noch immer sträubten sich einige dagegen, Semias' Worten Glauben zu schenken, während sich andere bereits der Trauer um ein geschätztes Ratsmitglied hingaben.

»Wenn es wahr ist, was Vater Semias sagt«, verschaffte sich Palgyr irgendwann über das aufgeregte Geraune der anderen Ratsmitglieder hinweg Gehör, »so müssen wir reagieren. Der Tod eines so großen und einflussreichen Zauberers darf nicht ohne Folgen bleiben.«

Von seinen Anhängern kam lautstarke Zustimmung. Fäuste wurden geballt, Trauer und Fassungslosigkeit schlugen in Zorn und Aggression um.

»Was schlägst du vor, Bruder Palgyr?«, fragte Semias mit resignierendem Kopfschütteln. »Was auch immer wir unternehmen, Cethegar wird davon nicht wieder lebendig. Nichts kann den Verlust, den wir erlitten haben, wiedergutmachen und die Lücke füllen, die Cethegar hinterlässt.«

»Das ist mir klar, und es liegt mir fern zu behaupten, jemals in seine Fußstapfen treten zu können, Vater«, konterte Palgyr ebenso beredt wie schmeichlerisch. »Aber wir sollten in dieser dunklen Stunde nicht in Trauer verfallen, sondern uns auf das besinnen, was wir tun können und müssen. Denn so erschütternd Cethegars Tod für uns alle sein mag, unsere Sorge hat zuvorderst den Lebenden zu gelten.«

»Wohl gesprochen, Bruder«, stimmte Labhras zu, Palgyrs loyaler Parteigänger.

»Wir alle wissen«, fuhr Palgyr fort, »dass Cethegar Shakara verlassen hat, um in unser aller Auftrag den angeblichen Überfall auf die Grenzfestung Carryg-Fin zu untersuchen, zusammen mit zwei weiteren Angehörigen dieses Rates, nämlich Bruder Farawyn und Schwester Riwanon. Wenn Cethegar nun also Unheil widerfahren ist – und daran zweifle ich nach Vater Semias' Worten nicht –, so bedeutet dies, dass auch die anderen Teilnehmer des Unternehmens in großer Gefahr schweben. Ihnen sofort und ohne Zögern beizustehen, muss unser vorrangiges Ziel sein, ehe wir uns der Trauer um ein so hohes und angesehenes Mitglied unseres Ordens hingeben.«

»Aber was schlägst du vor, Palgyr?«, verlangte Semias zu wissen. »Dass wir einen weiteren Erkundungstrupp entsenden, der dem ersten zu Hilfe kommt?«

»Genau das, Vater«, bestätigte Palgyr, »und ich zögere keinen Augenblick, mich hierfür freiwillig zu melden.«

»Du?«, fragte Semias, und aller Augen richteten sich auf Palgyr.

»Ja, ich«, versicherte dieser genüsslich und wandte sich an die ganze Versammlung, indem er effektheischend die Arme hob. »Jeder von euch weiß, dass Bruder Farawyn und ich nicht immer einer Meinung waren und dass wir hier, im Licht des Kristalls, manchen Disput erbittert ausgetragen haben. Dies bedeutet jedoch nicht, dass ich Farawyn nicht zu schätzen wüsste oder mir nicht an seinem Wohlergehen läge. Aus diesem Grund möchte ich es sein, der in offiziellem Auftrag an die südliche Grenze des Reichs geschickt wird, um nach unserem Bruder und unserer Schwester sowie ihren Novizen zu suchen. Nehmt es als Zeichen dafür, dass ich mich trotz mancher Meinungsverschiedenheit mit Farawyn und dem Ältesten Semias treu zum Orden und seinen Mitgliedern bekenne.«

Von Palgyrs Flügel kam tosender Beifall, und selbst auf der anderen Seite der Halle wusste man kaum anders als mit Zustimmung zu reagieren. Codan, Syolan und den anderen Ratsmitgliedern des linken Flügels kam es zwar seltsam vor, dass sich ausgerechnet Farawyns erbittertster Gegner so vehement für dessen Rettung einsetzte, jedoch wollte keiner von ihnen die ohnehin schon prekäre Lage noch komplizierter machen. Für Parteigezänk war dies die falsche Zeit, denn zumindest in einer Hinsicht hatte

Palgyr in jedem Fall recht: Jedes Zögern konnte den Tod Farawyns und Riwanons bedeuten.

Vorausgesetzt, sie waren überhaupt noch am Leben …

Semias, der den Zweiten Vorsitzenden an seiner Seite schmerzlich vermisste und sich einmal mehr gezwungen sah, über Dinge zu entscheiden, die ihn allein überforderten, schickte nervöse Blicke in Richtung des linken Flügels. Als von dort kein Widerspruch kam, sagte er sich, dass es wohl am besten wäre, Palgyrs Vorschlag anzunehmen.

»So sei es«, verkündete er deshalb, »deinem Ersuchen wird stattgegeben, Bruder Palgyr. Als Vorsitzender des Hohen Rates erteile ich dir hiermit den offiziellen Auftrag, nach Carryg-Fin zu gehen und dort nach unseren Freunden zu suchen. Finde sie und bringe sie nach Shakara zurück – wohlbehalten, wenn es möglich ist, tot, wenn das Schicksal es so will. – *Diogala ys lynca, marwura ys tingan.*«

Semias hatte bewusst ein Zitat aus dem *Darganfaithan* gebraucht, dem Heldenepos über die Entdeckung der Welt, das die Sängerin Euriel vor mehr als dreißigtausend Jahren irdischer Zeitrechnung verfasst hatte. Der Held Asur wurde darin mit diesen Worten ausgesandt, die Welt der Sterblichen zu bereisen und zu erforschen, was allgemein als mythischer Beginn der Zeitrechnung gewertet wurde. Palgyr mit diesen Worten auf den Weg zu schicken und ihn so auf eine Stufe mit dem sagenhaften Helden zu stellen, sollte ihm schmeicheln; gleichzeitig sollte es ihm aber auch klarmachen, welche Verantwortung er damit auf sich nahm.

Wenn Palgyr den Hinweis bemerkt hatte, so ließ er es sich nicht anmerken. »Ich danke für das entgegengebrachte Vertrauen«, sagte er und deutete eine Verbeugung an. »Ich werde alles daransetzen, euch nicht zu enttäuschen.«

»Das glaube ich dir gern, Bruder Palgyr!«, versicherte Codan. »Dennoch würde ich es für eine gute Idee halten, dich auf deiner Reise zu begleiten.«

»Wozu?« Palgyr sah den Zauberer mit gespieltem Erschrecken an. »Misstraust du mir etwa?«

Codan beantwortete die Frage nicht direkt. »Ich werde dir mit meinen Kenntnissen die Natur und den Wald betreffend von großem Nutzen sein. Außerdem solltest du nicht allein gehen.«

»Keine Sorge, das habe ich nicht vor«, entgegnete Palgyr. »Allerdings möchte ich das Privileg jedes Anführers für mich in Anspruch nehmen und mir meinen Trupp selbst zusammenstellen, wenn es erlaubt ist.«

»Das ist dein gutes Recht«, räumte Semias ein.

»Aber Vater …«, wollte Codan widersprechen.

»Es ist sein gutes Recht«, wiederholte Semias mit Nachdruck. »Gerade in Augenblicken wie diesen sollten wir die Grundregeln unseres Zusammenlebens nicht vergessen. Ich frage dich, Bruder Palgyr: Wen willst du mitnehmen auf deiner Reise?«

»Bruder Sgruthgan«, antwortete Palgyr, »der mir bereits mehr als einmal treu beigestanden hat. Und Bruder Labhras, dessen Fähigkeit, in jedweder Zunge zu sprechen, auf einer Reise in unbekannte Gefilde von unschätzbarem Wert sein kann.«

»Sind die genannten Zauberer bereit, sich Bruder Palgyr anzuschließen?«, fragte Semias.

»Das sind wir«, beteuerte der fette Labhras und erhob sich schwerfällig von seinem Sitz. Sgruthgan tat es ihm gleich und sagte nur: »Jawohl.«

»So sei es«, willigte Semias ein. »Was immer dort an der Grenze lauert, hat Cethegar getötet, also wird es mehr als der Kraft eines einzelnen Zauberers bedürfen, Farawyn und die anderen davor zu retten.«

»Natürlich werde ich auch meinen Novizen auf die Reise mitnehmen«, kündigte Palgyr an, »damit er lernt und sieht, was es bedeutet, ein Zauberer in den Diensten des Reiches zu sein. Noch heute werden wir die Kristallpforte durchschreiten, um nach Tirgas Lan zu gelangen, und von dort augenblicklich aufbrechen und weder rasten noch ruhen, bis wir die Grenze erreicht und unseren Bruder und unsere Schwester gefunden haben. Das gelobe ich feierlich, ihr alle seid meine Zeugen!«

»Das sind wir«, bestätigte Semias, »und trotz der Trauer, die wir alle empfinden und die unsere Herzen schwer macht, hegen wir die Hoffnung, dass Farawyn und Riwanon noch am Leben sind und ihr sie finden werdet. Unsere guten Wünsche begleiten euch.«

»Danke, Vater«, entgegnete Palgyr, dann verließ er auch schon den Ratssaal, seine Parteigänger im Schlepp, deren Mienen ebenso zum Äußersten entschlossen schienen wie die seine.

Erst als sie draußen waren und sich das große Tor zum Ratssaal hinter ihnen geschlossen hatte, verzog ein zufriedenes Grinsen Palgyrs Gesicht.

20. TAMPYLA'Y'MARGOK

Es ging steil bergauf, durch Hohlwege und Schluchten, und Farawyn und Riwanon brauchten ihre Zauberstäbe nicht mehr, um durch das Dickicht zu gelangen, denn jenseits des Steinkreises, wo Meister Cethegar sein Leben gelassen hatte, waren die beiden Zauberer und die Novizen erneut auf einen Pfad gestoßen, der sich durch den Urwald schlängelte, und waren ihm gefolgt. Zwar waren im immer weicher und feuchter werdenden Boden keine Spuren auszumachen, aber Farawyn hatte dennoch das untrügliche Gefühl, dass der Weg erst vor Kurzem beschritten worden war und dass sie ihm nur zu folgen brauchten, um ans Ziel ihrer Reise zu gelangen.

Immer weiter ging es hinauf, über armdicke Wurzeln hinweg, und schließlich führten enge Serpentinen an einer moosüberwucherten Felswand empor. Sie mussten verdammt achtgeben, dass sie auf dem glitschigen Boden nicht ausglitten, denn auf der einen Seite des Pfades ging es tief hinab, auf der anderen ringelte sich allerlei giftiges Gewürm im Moos, das sich auf dem Fels der Bergflanke festkrallte.

Der Weg war mühevoll und schweißtreibend, nicht nur des steilen Aufstiegs wegen, sondern auch wegen der Hitze, und die Luftfeuchtigkeit nahm mit jedem Schritt noch zu und lastete schwer und drückend auf Granock und seinen Gefährten. Ihr Haar war klitschnass, und ihre Kleidung hatte sich schon bald derart voll gesogen, dass sie formlos und bleiern an ihnen hing.

Sehen konnten sie längst nichts mehr, denn sie marschierten durch die grauen Wolken, die sich über dem Dschungel ballten, und so umgab milchiger Dunst die Wanderer und ließ sie nicht einmal erkennen, wohin ihr Marsch sie führte. Am Mittag des zweiten Tages schließlich ging strömender Regen nieder, ohne dass sich die Dunst- und Nebelwand auflöste.

Für die Gefährten selbst machte es kaum einen Unterschied; ihre Kleidung, Ausrüstung und ihr Proviant waren bereits durchnässt, und da das Regenwasser lauwarm war, brachte es auch keine Abkühlung. Der von Feuchte gesättigte Boden allerdings vermochte kein Wasser mehr aufzunehmen, und auf einmal ergoss sich ein wahrer Gebirgsbach den Pfad herab und den Wanderern entgegen.

»Festhalten!«, ermahnte Farawyn seine Begleiter, was Granock mit einem freudlosen Schnauben quittierte. Woran denn, bitte schön? An leerer Luft? An glitschigem Felsgestein oder dem giftigen Moos? Er bekam schließlich eine Wurzel zu fassen, die von irgendwo herabhing und die ihm halbwegs vertrauenerweckend schien.

Vorsichtig arbeiteten sich die Gefährten weiter auf dem Pfad voran und erreichten eine Engstelle, die zwischen zwei Felsen hindurchführte. Im Wolkendunst, der sie noch immer umgab, sah Granock die Steine zunächst nur als dunkle Schemen zu beiden Seiten des Weges. Erst als er sie erreichte, erkannte er, dass sie glatt behauen waren und es sich um zwei Obelisken handelte, die eine Art Pforte bildeten. Sie schienen also nach wie vor auf dem richtigen Weg zu sein.

Granock drehte sich um. Als verschwommenen Umriss konnte er einige Schritte hinter sich Meisterin Riwanon erkennen, die einmal mehr die Nachhut übernommen hatte und sich beim Gehen auf ihren Stab stützte. Es war Granock nicht entgangen, dass die *flasfyna* ihren Trägern mehr Halt und sicheren Tritt verschafften, als dies ein gewöhnlicher Wanderstab vermochte, geradeso als würden sie für einen kurzen Moment mit dem Untergrund verwachsen.

Während sein argwöhnischer Blick zwischen den zwei bis drei Mannslängen hohen Obelisken hin und her pendelte, passierte Granock die Engstelle. Auf der anderen Seite erwarteten ihn mehrere verschwommene Schemen, die auseinanderzuhalten er allerdings inzwischen gelernt hatte: Die schlanke Gestalt, die sich schwer atmend auf einen Felsen stützte, war Alannah; der Schatten, der am Boden kauerte und das Gesicht in den Händen vergraben hatte, während er sich vom anstrengenden Aufstieg zu erholen suchte, war Aldur; und derjenige, der nach wie vor aufrecht stand, den Zauberstab mit dem matt leuchtenden Kristallkopf in den Händen, war Farawyn.

Granocks Meister blickte sich um, konnte in Dunst und Regenschleiern aber ebenso wenig ausmachen wie die anderen. Tatsächlich fragte sich Granock, ob diese undurchdringliche Suppe, die sie umgab, überhaupt natürlichen Ursprungs sein konnte. Nach allem, was er bislang erlebt hatte, hielt er es durchaus für möglich, dass jemand dieses Phänomen herbeigerufen oder künstlich erzeugt hatte. Die Zauberer jedoch würden sich dadurch nicht aufhalten lassen.

Da Farawyn nichts erkennen konnte, legte er den Kopf in den Nacken, so als würde er angestrengt lauschen, aber abgesehen vom immerwährenden Rauschen des Regens war nichts zu vernehmen. Selbst die Geräusche des Urwalds waren darunter verstummt, so als hätte der Regen alle Vögel und Tiere hinweggeschwemmt. Anderswo mochte Wasser, das vom Himmel fiel, Leben und Wachstum verheißen; an diesem Ort jedoch hatte Granock das Gefühl, dass es nur dazu diente, drohendes Verderben zu verschleiern.

»Weiter!«, bestimmte Farawyn, nachdem er sich und seinen Begleitern eine kurze Pause gegönnt hatte, wobei er sie selbst am wenigsten zu brauchen schien. Ähnlich wie Meister Cethegar schien auch Farawyn die Magie als Quelle körperlicher Kraft zu nutzen – eine Kunst, von der Granock und die anderen Novizen noch meilenweit entfernt waren; ihnen blieb nichts anderes, als ihre Muskeln anzustrengen und die Fähigkeiten ihrer Meister mit jugendlicher Kraft auszugleichen. Auch wenn es verdammt anstrengend war und Granock manche bittere Verwünschung auf den Lippen führte, für die er vorsichtshalber seine eigene Sprache benutzte …

Jenseits der Obelisken gab es – zu aller Überraschung – einen gepflasterten Weg. Die Steine waren uralt und ausgewaschen, und an vielen Stellen war Wurzelwerk durchgebrochen und schlängelte sich über die steinernen Platten, aber es war unleugbar ein künstlich angelegter Pfad, der sich zwischen mächtigen Bäumen wand.

Die Zauberer beschleunigten ihre Schritte und kamen nun viel rascher voran. Die Frage allerdings, wer diesen Weg angelegt haben und wohin er führen mochte, hielt sie nicht weniger in Atem als zuvor der anstrengende Aufstieg. Granock war sicher, dass Farawyn Vermutungen hegte, aber der Meister hatte damit aufgehört, den anderen seine Gedanken mitzuteilen. Wahrscheinlich, so nahm Granock an, wollte er die Novizen nicht beunruhigen, allerdings war die Ungewissheit, in der sie nun alle schwebten, auch nicht dazu angetan, trübe Gedanken zu mildern.

Ab und zu wechselte Granock einen Blick mit Aldur, der vor ihm marschierte und sich hin und wieder zu ihm umwandte. Obwohl Aldur ein Elf war und sehr viel mehr über den Orden und seine Vergangenheit wusste, schien auch er ziemlich ratlos, was all dies betraf. Was hatten die Entdeckungen zu bedeuten, auf die sie gestoßen waren? Was hatte es mit den geheimnisvollen Echsenkriegern auf sich, die angeblich zum Leben erweckt worden waren? Wer hatte das Steinmonstrum geschickt, das für den Tod des alten Cethegar verantwortlich war? Waren sie tatsächlich, wie Farawyn vermutete, an diesen Ort gelockt worden? Und wenn ja, wer steckte hinter all dem? Gab es tatsächlich einen Verräter in Shakara?

Noch vor ein paar Monaten hätte diese Frage Granock völlig kaltgelassen. Was ging es ihn an, wenn sich die Elfen gegenseitig das Leben schwer machten? Ob die Spitzohren einander gern hatten oder umbrachten, machte das Leben in den Menschenstädten nicht erträglicher und milderte nicht den harten Kampf ums Überleben, den die Sterblichen tagein, tagaus führen mussten. So oder ähnlich hätte er wohl gedacht.

Inzwischen jedoch hatte sich vieles geändert. Granock war nicht mehr der zornige junge Mann, als der er nach Shakara gekommen war. Er hatte erkennen müssen, dass die Welt tatsächlich sehr viel größer war, als er es sich hatte vorstellen können, und dass es im Leben um mehr ging als darum, sich den Magen zu füllen und ein festes Dach über dem Kopf zu haben.

In diese Gedanken war Granock so versunken, dass er nicht sofort registrierte, wie sich der Wald ringsum lichtete und jenseits des Regens und des Nebels etwas auftauchte, das auf den ersten Blick wie die Umrisse eines riesigen, spitzen Berges erschien. Aber es war kein Berg, der sich da aus Regen und Nebel schälte. Es war ein Bauwerk.

Granock, der den Blick gesenkt hielt, um auf dem unebenen Pflaster keinen Fehltritt zu tun, bemerkte es erst, als er gegen Aldur stieß, der verblüfft stehen geblieben war. Verwundert schaute auch Granock in die Richtung, in die der junge Elf starrte – und gab ein leises Ächzen von sich, als er das ebenso riesige wie unheimliche Gebilde gewahrte.

Eine Pyramide. Spitz zulaufend und aus schwarzen Quadern errichtet. Es handelte sich um ein wesentlich größeres Bauwerk als bei dem Schrein auf der Lichtung, wo sie gegen die riesigen Tausendfüßler gekämpft hatten. Um das massige Fundament des Gebäudes, verwittert von Wetter und Feuchtigkeit, hatten sich Wurzeln und Strauchwerk geschlungen; je höher es jedoch hinaufging, desto unberührter und makelloser wirkte das Mauerwerk.

Auf halber Höhe gab es einen Einschnitt, ein fremdartiges Muster, das in das dunkle Gestein gehauen war und um das Gebäude verlief. Oberhalb des Einschnitts entsprang auf jeder Seite der Pyramide ein Turm, der wiederum aus zwei aufeinander gestellten Pyramiden bestand, wobei die untere auf dem Kopf stand. Granock fand, dass die steinernen Stacheln, die so von allen vier Seiten des düsteren Bauwerks aufragten und deren Spitzen im Dunst mehr zu erahnen waren, ein wenig wie ein Zerrbild der großen Elfenkristalle aussahen, die er in Shakara gesehen hatte.

Auf der Vorderseite des Gebäudes gab es einen breiten Eingang. Eine Treppe, deren unterste Stufen noch von Moos und Wurzelwerk überwuchert waren, führte empor zu einem Portal, das den Besuchern wie ein dunkles Maul entgegenstarrte. Die viereckigen, sich nach oben verjüngenden Säulen, die die Eingangshalle stützten und wie riesige Zähne wirkten, verstärkten diesen Eindruck noch. Dahinter, im Halbdunkel nur noch schemenhaft zu erkennen, klaffte wie ein dunkler Schlund der Eingang mit zwei offen stehenden Türflügeln aus schwerem Eisen, von Rost arg zerfressen – Granock bezweifelte, dass sie ein großes Hindernis dargestellt hätten, wären sie geschlossen gewesen.

Das Portal sowie die Säulen, die es trugen, waren ebenfalls mit jenen fremden Schriftzeichen versehen, die die Wanderer schon auf der rätselhaften Stele vorgefunden hatten, und sie hatten auf Granock eine bedrückende, geradezu Furcht einflößende Wirkung. Er riss sich zusammen und sagte sich, dass es nichts gab, wovor er sich ängstigen musste.

Die Gesichter seiner elfischen Begleiter jedoch sagten etwas anderes …

»Was ist das, Meister Farawyn?«, erkundigte sich Alannah mit vor Anspannung fast versagender Stimme. Ihr flackernder Blick verriet, dass sie bereits einen Verdacht hatte.

»Etwa auch ein Schrein?«, fragte Granock. »Diese Pyramide ist allerdings wesentlich größer als die auf der Lichtung und auch … anders.«

»Ein Tempel«, antwortete Farawyn leise und mit der düstersten Stimme, mit der Granock seinen Meister je hatte sprechen hören.

»Dergleichen habe ich noch nie gesehen«, sagte Aldur leise.

»Dergleichen hat man in Erdwelt seit Tausenden von Jahren nicht mehr gesehen«, erwiderte Farawyn, »obwohl es einst mehrere von diesen Bauwerken gab.«

»Und jetzt gibt es sie nicht mehr?«, fragte Granock, der seine wachsende Unruhe mit Forschheit zu überspielen suchte.

»Doch, es gibt sie noch«, versicherte Farawyn. »Kennst du die Ruine südlich von Andaril?«

»Ich hab davon gehört«, sagte Granock, »aber ich war noch nie dort. Die Ruine ist der Schlupfwinkel von Mördern und Halsabschneidern.«

»Die Ruine«, erklärte Farawyn, »war einst ein Tempel wie dieser, erbaut von den Margokai.«

»Den was?«

»Den Anhängern Margoks«, half Riwanon aus. »In Tempeln wie diesen pflegten sie sich zu versammeln und ihre dunklen Rituale abzuhalten. Genau wie die Schreine wurden die Pyramidentempel nach dem Krieg eingerissen – aber dieser hier ist der Zerstörung offenbar entgangen.«

»Offenbar«, bestätigte Farawyn und schritt auf das Gebäude zu. Granock vermochte nicht zu sagen, weshalb, aber er spürte eine innere Blockade, seinem Meister zu folgen. Irgendetwas war an diesem Bauwerk, das sich nicht ohne Weiteres erklären ließ. Eine unheilvolle Aura, der sich Granock am liebsten entzogen hätte. Dass er es nicht tat, lag einerseits an dem Pflichtbewusstsein, das er neuerdings verspürte, andererseits aber auch an Aldur und Alannah, die ähnlichen Widerwillen zu empfinden schienen wie er und sich dennoch überwanden und Farawyn folgten.

Am Fuß der Treppe blieb der Zauberer stehen und blickte an den Säulen empor, um die Zeichen der verbotenen Schrift und Sprache zu entziffern. »Dieser Ort«, übersetzte er mit tonloser Stimme, »gehört Margok, Herrscher der Dunkelheit … Wer ihn betritt und nicht reinen Glaubens ist, der wird … *kroo-urk*«, sprach Farawyn das letzte Wort aus, das in die Säule gemeißelt war.

»Kroo-urk?«, wiederholte Granock, wobei ihn ein kalter Schauer durchrieselte. »Was bedeutet das?«

»Einen Tod unsagbarer Qualen sterben«, übersetzte Farawyn leise und mit einem Tonfall, der keinen Zweifel daran ließ, dass er der Drohung Glauben schenkte.

»Ach so«, meinte Granock, »und ich dachte schon, wir müssten uns Sorgen ma…«

Die letzte Silbe blieb ihm im Hals stecken, denn ein Laut drang plötzlich durch den Urwald, ein zugleich schriller und heiserer Schrei, der von solch roher Wildheit war, dass er unmöglich aus einer menschlichen Kehle stammen konnte.

Die Gefährten tauschten erschrockene Blicke. Niemand fragte, woher der Schrei gekommen war oder was er bedeuten mochte, zu sehr schreckten alle vor der Antwort zurück.

»Dort drüben!«, rief Aldur plötzlich und deutete auf den Waldrand. »Das Gebüsch bewegt sich!«

»Dort auch!« Alannah deutete in eine andere Richtung – und im nächsten Moment sah Granock in den sich lichtenden Regenschleiern eine wahre Albtraumgestalt: grobschlächtiger Wuchs, grünbraune Haut, das Haupt eines Reptils ...

»Die *neidora*!«, rief Farawyn. »Sie sind hier! Sie haben uns eingeholt!«

Wie um seine Worte zu bestätigen, wiederholte sich der grässliche Schrei, und eine weitere der grausigen Kreaturen tauchte auf, die halb menschliche, halb tierische Formen hatte und deren Augen wie rote Lichter durch den Dunst stachen.

»Hinein, rasch hinein!«, drängte Farawyn und stürmte die Stufen zum Tempelportal hinauf, den Zauberstab in der Hand.

»Aber Meister ...«, wandte Granock ein.

»Willst du bei lebendigem Leib zerfetzt und gefressen werden?«, fragte Farawyn über die Schulter zurück. »Dann bleib nur draußen. Wer überleben will, der folgt mir! Im Tempel können wir uns verteidigen!«

Das leuchtete ein, und so stürmte Granock seinem Meister hinterher die Stufen hinauf, gefolgt von Aldur und Alannah, während Riwanon einmal mehr den Rückzug der anderen deckte. Aus dem Augenwinkel erheischte Granock einen Blick auf weitere Echsenwesen, die aus dem milchigen Nebel traten, die zähnestarrenden Mäuler aufgerissen und die tödlichen Pranken schwingend. Gleichzeitig wiederholte sich das schreckliche Gebrüll, und Granock verspürte eine Angst, wie er sie noch nie zuvor in seinem Leben empfunden hatte. Sie schnürte ihm die Kehle zu und sorgte dafür, dass er kaum noch atmen konnte. Keuchend kämpfte er sich zusammen mit Aldur und Alannah die steilen Stufen empor.

»Los doch, ihr Narren!«, mahnte Riwanon sie zur Eile, während sie leichtfüßig an ihnen vorbeihuschte. Für einen Moment blickte Granock zurück und gewahrte die zehn Echsenkrieger – Monstren, die schrecklicher waren als alles, was er je zu Gesicht bekommen hatte. Ihre Augen glommen in unstillbarem Blutdurst, Geifer troff aus ihren Mäulern, während sie in grotesken Bewegungen auf den Tempel zusetzten.

»Scheiße!«, stieß Granock in der Menschensprache hervor.

»Wo du recht hast …«, sagte Aldur nur. Sie liefen ihren Meistern hinterher, an den Säulen vorbei und durch die Pforte.

Jenseits des Eingangs war es nicht nur einfach dunkel; Granock hatte das Gefühl, gegen eine Mauer aus bodenloser Schwärze zu laufen, und jede Faser seiner Existenz drängte danach, sofort wieder umzukehren. Aber hinter ihm waren die *neidora*, erklommen bereits die Stufen des Tempels.

»Das Tor! Schließt das Tor!«, wies Farawyn seine jungen Begleiter an, und obwohl Granock bezweifelte, dass das altersschwache und vom Rost zerfressene Eisen den *neidora* lange Widerstand leisten würde, tat er sofort, was sein Meister ihm sagte. Gemeinsam mit den anderen stemmte er sich gegen die Torflügel, die sich quietschend in ihren Angeln bewegten und dann donnernd zuschlugen.

Die Finsternis, die von einem Moment zum anderen herrschte, war so vollkommen, dass Granock das Gefühl hatte, davon verschluckt worden zu sein. Einen endlos scheinenden Augenblick lang blieb es dunkel, dann flammten die Elfenkristalle an Farawyns und Riwanons Zauberstäben auf.

»Rasch, den Riegel vor!«, mahnte Farawyn, und die Novizen legten die Schließvorrichtung des Tores um. Zahnräder, die sich wohl seit einer halben Ewigkeit nicht mehr bewegt hatten, griffen mit markigem Knirschen ineinander und verschlossen das Tor, und im nächsten Moment war von außerhalb des Tempels ein wilder, lang gezogener Schrei zu hören, voll unsagbarer Wut und Enttäuschung.

Die *neidora* waren leer ausgegangen – aber sie würden sich damit nicht abfinden …

In der Erwartung, dass sich schon im nächsten Moment etwas mit zorniger Urgewalt von außen gegen die Torflügel werfen würde, wichen Granock und seine Gefährten zurück.

Aber die erwartete Attacke erfolgte nicht.

Augenblicke verstrichen.

Noch immer kein Angriff.

»Sie haben sich zurückgezogen«, flüsterte Alannah hoffnungsvoll.

»Unwahrscheinlich«, knurrte Farawyn. »Schon viel eher hat sie etwas zurück*gerufen*. Oder aber sie fürchten sich vor diesem Ort.«

Er wandte sich um und hob seinen Stab, um die Umgebung ein wenig auszuleuchten. Erst jetzt kamen die Gefährten dazu, sich anzusehen, wohin sie sich geflüchtet hatten.

Es war eine Eingangshalle, quadratisch in ihrer Form und von vierkantigen Säulen getragen, die Decke so hoch, dass sie im spärlichen blauen Licht der Elfenkristalle nicht zu erkennen war; dem Widerhall der Stimmen nach zu urteilen, musste die Raumhöhe jedoch beträchtlich sein.

Auf der rückwärtigen Seite, der Pforte genau gegenüber, gab es einen weiteren Eingang, der in unergründliche Schwärze führte. Auch das viereckige Portal wurde von den unheimlich anmutenden Schriftzeichen der verbotenen Zaubersprache umlaufen, die zumindest ansatzweise zu entziffern Farawyn und Riwanon von ihren Meistern gelernt hatten.

Als Farawyns Blick jedoch auf die Zeichen fiel, tat er etwas, das er noch nie zuvor getan hatte und das Granock zutiefst entsetzte: Der Zauberer stieß einen lauten Schrei aus, und derartiges Entsetzen schien von ihm Besitz zu ergreifen, dass er sich nicht mehr auf den Beinen halten konnte. Am ganzen Körper zitternd, sank er an seinem Stab nieder.

»Was ist mit Euch, Meister?«, fragte Granock entsetzt und eilte zu ihm. »Was habt Ihr?«

»D-die Inschrift«, stammelte Farawyn nur, noch zu schockiert, um ausführlich antworten zu können.

»Was ist damit?«, wollte Aldur wissen.

»Ja, was bedeutet sie?«, drängte auch Granock.

»Sie besagt: ›Dies ist die Ruhestätte des Dunkelelfen. Der Ort, an den er gebracht wurde, um die Zeit zu überdauern‹«, übersetzte Meisterin Riwanon ohne erkennbare Regung.

»D-die Ruhestätte des Dunkelelfen?«, fragte Alannah entsetzt. »Soll das heißen, dass … dass …?«

»Genau das«, bestätigte Riwanon. »Das hier ist Margoks Grab.«

21. CYSGURA'Y'GORFÉNNUR

Das Entsetzen griff um sich wie eine Seuche.

Bislang waren die düsteren Vermutungen, die während des Marsches geäußert worden waren, nichts als Spekulationen gewesen, auch wenn sie aus dem berufenen Mund eines Sehers gekommen waren. Das Auftauchen der *neidora* jedoch und erst recht die Inschrift, auf die die Gefährten in der Eingangshalle des Tempels gestoßen waren, machten aus düsteren Mutmaßungen harte Tatsachen, die nicht mehr länger zu leugnen waren: Es musste tatsächlich jemandem gelungen sein, in den Besitz des *laiffro'y'essathian* zu gelangen, des »Buches der Geheimnisse«, in dem der Dunkelelf verbotenes Wissen und frevlerische Erkenntnisse niedergelegt hatte, mit denen auch die Echsenkrieger aus ihrem Jahrtausende währenden Schlaf geweckt worden waren. Und was beinahe noch schwerer wog: Jene Gerüchte, die seit dem Ende des Krieges umhergeisterten und in denen behauptet wurde, der Leichnam des Dunkelelfen wäre von seinen Anhängern nach der letzten Schlacht an einen verborgenen Ort gebracht und dort beigesetzt worden, entsprachen offenbar der Wahrheit.

Was all dies bedeutete, war im Augenblick noch nicht zu ermessen. Eines jedoch schien offensichtlich: dass der ebenso verräterische wie vernichtende Geist des Dunkelelfen noch immer am Wirken war …

»Ihr glaubt, dass diese Pyramide wirklich Margoks Grab beherbergt?«, fragte Alannah leise.

»Die Vorgeschichte dieser Reise, der Überfall auf Carryg-Fin, die Säule, das Auftauchen der *neidora*, das Ungeheuer aus Stein – alles deutet darauf hin«, bestätigte Farawyn. »Dennoch können wir nicht von diesem Ort weichen, ohne uns Gewissheit verschafft zu haben.«

»Gewissheit? Worüber?«, fragte Granock, aber die Blicke, mit denen sowohl sein Meister als auch die anderen ihn bedachten, machten deutlich, dass es eine höchst überflüssige Frage war.

Die Antwort lag auf der Hand – auch wenn sie Granock ganz und gar nicht gefiel …

»Wir müssen wissen, ob diese düsteren Mauern tatsächlich Margoks Leichnam bergen«, entgegnete Farawyn, »und wenn es so ist, müssen entsprechende Maßnahmen ergriffen werden.«

»Was für Maßnahmen? Der Kerl ist tot, oder nicht?«

»Das waren die *neidora* auch«, brachte Farawyn in Erinnerung, »und es war toter Stein, der verantwortlich ist für den Tod unseres Gefährten Cethegar. Das Böse vermag manches, Junge. Es kann kein Leben neu erschaffen, aber es vermag die Gesetze der Schöpfung auf manche Art zu manipulieren.«

Granock hatte keine Ahnung, was das genau bedeutete, und er war sich auch nicht sicher, ob er es überhaupt wissen wollte. Sein Meister jedenfalls schien entschlossen, dem Geheimnis des Tempels auf den Grund zu gehen, ganz gleich, was ihn in jenem finsteren Stollen erwarten mochte, der sich jenseits der Eingangshalle erstreckte.

»Wartet hier auf mich«, wies er seine Gefährten an und wollte gehen.

Riwanon hielt ihn jedoch zurück. »Farawyn, ich komme mit dir. Wenn du tatsächlich findest, was du vermutest, so werden unser beider Kräfte vonnöten sein.«

»Dann kommen wir auch mit«, erklärte Aldur entschlossen.

»Nein.« Farawyn schüttelte den Kopf. »Ihr müsst hierbleiben und die Stellung halten für den Fall, dass die *neidora* doch noch versuchen, durch das Tor zu brechen.«

»Aber Meister«, wandte Granock ein, »Ihr sagtet doch vorhin, dass sich die *neidora* wahrscheinlich vor dem Tempel fürchten und …«

»Ihr bleibt!«, befahl der Zauberer in einem Tonfall, der jeden Widerspruch ausschloss. »Nur Schwester Riwanon und ich werden gehen. Habt ihr verstanden?«

»Verstanden«, bestätigte Granock leise.

»Und wenn die *neidora* kommen?«, fragte Alannah.

»Dann ruft nach uns«, beschied ihr Farawyn. »Einstweilen habt ihr Waffen genug, um sie aufzuhalten.«

»Die haben wir«, bestätigte Aldur und ließ eine kleine Flamme auf seiner rechten Handfläche auflodern. »Fragt sich nur, *wie lange* wir sie aufhalten können.«

»Lange genug«, war Farawyn überzeugt, und nachdem er Granock versöhnlich zugezwinkert hatte, wandte er sich zum Gehen. Im nächsten Augenblick waren sowohl der Seher als auch die Netzknüpferin im dunklen Stollen verschwunden. Für kurze Zeit waren noch die leuchtenden Elfenkristalle ihrer Zauberstäbe auszumachen, dann waren auch sie nicht mehr zu sehen. Dass es in der Eingangshalle nicht stockdunkel wurde, lag an Aldurs Flamme.

»Du meine Güte!«, stieß Granock hervor. »So aufgebracht habe ich den Alten noch nie erlebt!«

»Er sorgt sich um uns«, war Alannah überzeugt.

»Ach ja?«, fragte Aldur, während er die Flamme zu einem beträchtlichen Feuerstrahl formte und diesen gegen einige der steinernen Bodenfliesen lenkte. Das Gestein begann daraufhin zu glühen und verbreitete orangeroten Schein. »Mir kam es eher so vor, als würde er uns absichtlich zurücklassen, damit wir ihm den Rückweg offen halten.«

»Mir auch«, stimmte Granock zu.

»Dann habt ihr alle beide keine Ahnung«, konterte die Elfin fast wütend. »Meister Farawyn hat uns aus einem einzigen Grund befohlen, hierzubleiben: weil er wusste, dass nichts von dem, was uns hier widerfahren wird, auch nur annähernd so schrecklich und gefährlich ist wie das, dem Meisterin Riwanon und er sich aussetzen werden.«

»Und das wäre?«, fragte Granock.

»Das absolut Böse«, entgegnete sie, und es hatte den Anschein, als würde die Glut dämonische Schatten auf ihre sonst so anmutigen Züge werfen.

Granock schauderte und schlug den Blick nieder. Einerseits schämte er sich, weil er für einen Moment tatsächlich an seinem

Meister gezweifelt hatte. Andererseits befiel ihn wieder jene unbegreifliche, aus seinem Innersten kommende Furcht, gegen die es kaum ein Mittel gab und die offenbar nicht nur sein Herz ergriffen hatte, sondern auch an seinem Verstand zu nagen begann.

Er fröstelte in seiner klammen Tunika und ließ sich unweit der wärmenden Glut auf den Boden nieder, das Gesicht in den Händen vergraben.

Erst da fiel ihm auf, wie still es in der Halle war, wenn niemand sprach. Kein Regenprasseln war zu hören, die Stimmen des Waldes waren ebenso verstummt wie das Gebrüll der Echsenkrieger. Schweigen herrschte.

Tödliche Stille – die Granock irgendwann nicht mehr aushielt.

»Glaubt ihr«, fragte er leise, »dass der Geist von diesem Kerl tatsächlich noch existiert?«

»Wessen Geist? Margoks?«, fragte Aldur.

»Still«, zischte Alannah energisch. »An einem Ort wie diesem seinen Namen laut auszusprechen, ist keine gute Idee.«

»Du denkst, er ist hier?«, fragte Granock.

»Es spielt keine Rolle, was ich denke. Die Fakten zählen, die Hinweise, auf die wir gestoßen sind. Diesen Tempel dürfte es streng genommen überhaupt nicht mehr geben, der Zahn der Zeit müsste ihn längst zerstört haben. Wer anders sollte diesen Tempel vor dem Zerfall bewahrt haben als die Anhänger des Dunkelelfen? Und zu welchem Zweck, wenn nicht dazu, seinen sterblichen Körper zu bewahren?«

Sie verstummte und überließ es ihren Gefährten, sich selbst die weiteren Antworten zu geben.

Ein seltsames Gefühl beschlich Granock und gesellte sich zu der Furcht, die ihn ohnehin schon in ihren Klauen hielt. Es war eine Ahnung, das dumpfe Gefühl, dass sie mit ihren Vermutungen erst an der Oberfläche der Wahrheit kratzten und dass das Geheimnis, das diese Mauern bargen, noch sehr viel erschreckender war, als sie es sich auszumalen vermochten …

»Habt ihr Angst?«, erkundigte sich Aldur plötzlich bei seinen Gefährten. Als niemand antwortete, schickte er Granock einen forschenden Blick.

»Ein wenig«, gestand dieser widerstrebend ein. »Und du?«

»Ein wenig«, wiederholte Aldur die Antwort des Menschen. »Alannah?«

»Es wäre im höchsten Maße töricht, an einem Ort wie diesem nicht von Furcht erfüllt zu sein«, sagte die Elfin, die sich sichtlich unwohl fühlte in ihrer Haut. Ihr Blick fiel auf die schmucklosen, aus großen Quadern zusammengefügten Wände, an denen große Eisenringe hingen, mit rostigen Ketten durchzogen. »Grässliches ist hier geschehen«, flüsterte sie. »Grässliches ...«

»Ist das so 'ne Art Vision?«, neckte Granock, um sie ein wenig aufzumuntern. »Willst du meinem Meister Konkurrenz machen?«

»Ich meine es ernst«, entgegnete sie ein wenig verärgert. »Fühlt ihr das denn nicht? Als ob die Geister derer, die hier zu Tode gequält wurden, noch immer da wären.«

»Hör auf!«, ermahnte Aldur sie. »Mit derlei Dingen treibt man keinen Spaß.«

»Mir ist auch nicht nach Spaß zumute«, versicherte sie, während sie abermals argwöhnisch umherspähte. »Dies ist ein dunkler, unheimlicher Ort. Ich kann das Böse fühlen ...«

»So wie du es in dir selbst fühlen konntest?«

Weder Granock noch Aldur hatte dies gesagt, sondern eine Stimme, die sehr viel sonorer war und von der Gelassenheit und der Erfahrung eines langen, sehr langen Lebens zeugte.

Erschrocken fuhr Alannah herum – und gab einen spitzen Schrei von sich, als kein anderer als Meister Cethegar vor ihr stand.

Cethegar, der sich geopfert hatte, damit sie alle überlebten, der vor ihren Augen eins geworden war mit einer Kreatur, die zerstörerischer gewesen war als alles, was ...

Oder hatte sie sich das nur eingebildet? War es nur ein Traum gewesen, eine Täuschung?

Natürlich, so musste es sein. Wie wäre es sonst möglich, dass sie selbst sich weder in der drückenden Hitze Aruns wiederfand noch in einem steinernen Gewölbe, sondern unter freiem Himmel, inmitten der klirrenden Kälte der *yngaia*?

Cethegar stand vor ihr, die Arme energisch in die Hüften gestemmt. In den Zöpfen seiner Haare und seines Bartes hatten sich kleine Eiskristalle verfangen, die im unwirklichen Nordlicht funkelten und dem alten Zauberer etwas Ehrfurchtgebietendes verliehen. Und er stand fest auf beiden Beinen, war nicht verstümmelt.

»W-was habt Ihr gesagt, Meister?«, fragte Alannah, noch immer verwirrt.

»Ich habe dich gefragt, ob du das Böse in dir fühlen konntest, damals, als du diesen Menschenjungen getötet hast.«

Die Last der Erinnerung ließ die Elfin zusammenzucken. »Verzeiht, Meister«, bat sie, »ich möchte nicht ...«

»Was denn? Daran erinnert werden?« Er lachte spöttisch. »Dabei ist das noch die geringste Herausforderung, die hier in Shakara auf dich wartet. Stelle dich ihr und erweise dich deines Erbes als würdig, statt dich im Selbstmitleid zu suhlen.«

»Das tue ich nicht!«, verteidigte sie sich entschieden.

»Nein? Bist du nicht überzeugt davon, schuldig zu sein wegen des Todes dieses Menschen? Bist du in der Tiefe deines Herzens nicht der Auffassung, bestraft werden zu müssen?«

»Das ist nicht w...«, setzte sie erneut zum Widerspruch an, verstummte dann aber. Denn wenn sie ehrlich zu sich selbst war, dann hatte ihr Meister recht.

»Beantworte mir nur diese eine Frage, Novizin«, verlangte Cethegar streng. »Konntest du das Böse in dir fühlen, als du den Menschen getötet hast?«

Alannah brauchte nicht lange zu überlegen. Sie hatte ihre Gefühle oft genug erforscht, um genau zu wissen, was sie empfunden hatte. »Nein«, antwortete sie.

»Warum nicht?«, hakte er nach. »Du hast fraglos Böses getan. Warum hast du nicht entsprechend dabei gefühlt?«

»Weil alles so schnell geschah, dass ich nicht mehr dazu kam, etwas zu empfinden. Das erste Gefühl, woran ich mich entsinne, ist blanker Schrecken, Entsetzen über das, was ich getan hatte.«

»Also hast du nicht aus Vorsatz gehandelt.«

Alannah schüttelte den Kopf. »Nein, Meister.«

»Warum gibst du dir dann die Schuld an dem Geschehenen? Weder wusstest du, was passieren würde, noch hast du es absichtlich getan.«

»Dennoch *habe* ich es getan«, beharrte sie. »Ich war leichtfertig. Und ich habe Zorn verspürt, mich ihm hingegeben …«

»Das war möglicherweise ein Fehler«, räumte er ein. »Schuld und Versäumnis sind jedoch zwei verschiedene Dinge. Ahnungslosigkeit und Absicht sind es, die den Törichten vom Frevler unterscheiden.«

»Für den Jungen machte es keinen Unterschied«, wandte Alannah mit leiser Stimme ein.

»Nein«, gab Cethegar zu, »aber für dich wird es einen Unterschied machen. Hör auf, dir die Schuld für etwas zu geben, wofür du nichts kannst, sondern bekenne dich zu deinen Fehlern und arbeite an ihnen. Was geschehen ist, ist geschehen, du kannst es nicht rückgängig machen. Aber du musst die Gabe anerkennen, die dir das Schicksal gegeben hat, denn sie ist ein Teil von dir. Durch sie erwächst dir nicht nur die Möglichkeit, sondern auch die Pflicht, deinen Fehler wiedergutzumachen.«

Sie sah ihn an und fragte zaghaft: »Meint Ihr?«

»Das Schicksal hatte einen Grund, dir *reghas* zu verleihen, Kind, das solltest du nie vergessen. Wer warum dazu ausersehen ist, vermag niemand von uns zu sagen. Wir wissen nicht, welche Maßstäbe das Schicksal anlegt. Aber eines haben wir in all der Zeit gelernt: dass es nicht auf das ankommt, was wir waren oder getan haben, sondern was wir daraus machen …«

»Nein. Nein. Und nochmals: nein.« Resignierend schüttelte Alduran das Haupt, und sein blondes Haar schimmerte dabei im Sonnenlicht, das in goldenen Schäften durch das Blätterdach des Haines fiel. »Schon wieder hast du versagt, Aldur. Wie willst du jemals die Wege deiner Ahnen beschreiten, wenn du bei so geringen Herausforderungen schon so kläglich scheiterst?«

Aldur hielt den Blick gesenkt. Es war nicht mehr der Körper eines jungen Mannes, in dem er steckte, sondern der eines heranwachsenden Knaben, der sich alle Mühe gab, den strengen Weisungen seines Vaters zu folgen und dabei ständig das Gefühl hatte, den hohen Anforderungen nicht zu genügen, was offenbar auch der Wirklichkeit entsprach.

»Versuch es noch einmal«, verlangte Alduran streng. »Konzentriere deinen Geist nur auf diese eine Sache. Lege alles hinein, dein ganzes Streben. Du musst es in diesem Augenblick mehr wollen als alles andere, musst bereit sein, sogar dein Leben zu geben für diesen einen Moment. Bist du dazu in der Lage?«

»I-ich denke schon, *nahad*«, entgegnete der Knabe, zu eingeschüchtert, um etwas anderes zu erwidern.

»Dann tu es!«, rief sein Vater. »Jetzt! Für mich! Und für all deine Ahnen!«

Aldur nickte und schloss die Augen. Langsam streckte er die rechte Hand aus und richtete sie auf den dürren Wurzelstock, der vor ihnen auf der Lichtung stand – und indem er einen gezielten Gedankenimpuls entsandte, setzte der Junge die Wurzel in Flammen. Knisternd züngelte das Feuer daran empor, und Aldur öffnete die Augen in der Erwartung, wenigstens den Anflug eines stolzen Lächelns im Gesicht seines Vaters zu entdecken.

Vergeblich …

»Weiter!«, forderte Alduran. »Du hast erst die Hälfte der Aufgabe bewältigt. Nun lass das Feuer wieder verlöschen!«

Aldur nickte und schloss die Augen erneut. Abermals streckte er die Hand aus und konzentrierte sich, legte sein ganzes Sehnen und Streben in die Absicht, die soeben entfesselten Flammen wieder zu löschen.

»Los doch!«, redete sein Vater ihm beschwörend zu. »Du kannst es …«

Aldur gab alles, setzte seine ganze Kraft ein. Indem er die ausgestreckte Hand zur Faust ballte, wollte er die Flamme ersticken – aber wie schon unzählige Male zuvor gelang es ihm nicht. Das Feuer brannte weiter, und schließlich war es ein Bediensteter, der die Flammen auf profane Weise löschen musste – mit einem Eimer Wasser.

»Es tut mir leid, Vater«, sagte der Knabe hängenden Hauptes. »Ich habe schon wieder versagt …«

»In der Tat«, brummte Alduran. »Und du bist weit hinter meinen Erwartungen zurückgeblieben.«

Aldur nickte, mit den Tränen kämpfend.

»Feuer hervorzurufen scheint alles zu sein, was du kannst«, stellte sein Vater mit unverhohlener Missbilligung fest. »Ein Werk der Zerstörung entfesseln, weiter nichts.«

»Es ist eine mächtige Gabe«, verteidigte sich der Knabe kleinlaut.

»Mächtig«, pflichtete Alduran ihm bei, »und gefährlich. Denn eine Gabe wie diese, die nur die Kraft der Zerstörung birgt, verlangt nach einem ebenso starken wie besonnenen Geist. Hast du die Fähigkeit, sie zu beherrschen?«

»Ja, *nahad*«, beteuerte Aldur beflissen.

»Deine Antwort ist nichts wert, denn du weißt noch nichts von den Anfechtungen, denen sich ein Zauberer ausgesetzt sieht, von den Verlockungen des Bösen, denen er widerstehen muss. Je gefährlicher die Gabe, desto größer ist die Versuchung. Das gilt für alle Novizen, Aldur, aber ganz besonders für dich.«

»Warum, *nahad*?«

»Weil ...« Alduran unterbrach sich und biss sich auf die Lippen. »Das genügt«, entschied er kurzerhand. »Ich habe dir ohnehin schon zu viel gesagt.«

»Hat es ... etwas mit der Vergangenheit zu tun?«, fragte Aldur vorsichtig. »Mit meiner ... Mutter?« Das letzte Wort hatte er nur noch flüsternd gesprochen und mit furchtsam verkniffenen Augen – zu Recht, wie sich zeigte.

»Was fällt dir ein?«, fuhr Alduran ihn an, dass selbst die Diener, die sich am Rand der Lichtung aufhielten, erschrocken zusammenfuhren. »Was fällt dir ein, nach ihr zu fragen? Habe ich dir nicht gesagt, dass ich nicht über sie sprechen will?«

»D-doch, *nahad*. Ich dachte nur ...«

»Hör mir zu«, sagte Alduran beschwörend, packte seinen Sohn bei den Schultern und drehte ihn so, dass er ihm direkt in die Augen schaute. »Es hat nichts mit ihr zu tun. Deine Mutter weilt nicht mehr unter uns, schon seit vielen Jahren, und dabei wollen wir es belassen. Deine Zukunft, Aldur, liegt wie ein unbeschriebenes Blatt vor dir, und ich will sichergehen, dass du den rechten Weg einschlägst. Ich werde alles daransetzen, dass du eines Tages in Shakara aufgenommen wirst. Und dann wirst du unserem Namen Ehre machen, hast du verstanden?«

»Ja, *nahad* …«

»Die Erwartungen, die an dich gestellt werden, sind hoch, aber ich bezweifle nicht, dass du ihnen gerecht werden wirst. Wage es niemals, unserer Familie Unehre zu machen, oder ich schwöre bei allen *rhegai*, dass ich dich als meinen Nachkommen verleugnen werde. In dir ruht die Kraft, der beste und mächtigste Zauberer von allen zu werden – dies und nicht weniger erwarte ich von dir, diesem Ziel hast du dein Leben zu weihen. Hast du verstanden?«

Aldurs Zögern währte nur einen unmerklichen Augenblick.

»Ja, *nahad*«, sagte er dann.

Granock konnte es kaum glauben – wieder war ein Jahr vorüber.

Der Winter war gekommen, Schnee bedeckte das Land. Und wie immer, wenn die Tage kurz wurden und die Nächte lang, begingen die Menschen Erdwelts jenes Fest, an dem sie ihrer Familie und ihrer Freunde gedachten: das Lichtfest.

Als kleiner Junge hatte Granock es lustig gefunden, sich in den Straßen der Dörfer und Städte herumzutreiben, durch die Scheiben der Fachwerkhäuser zu blicken und den Menschen dabei zuzusehen, wie sie ihre Stuben schmückten und Speisen zubereiteten, wie sie gemeinsam sangen und sich beschenkten. Doch je älter er geworden war, desto deutlicher war ihm aufgegangen, dass er nie dabei war, wenn sie den Braten anschnitten und die Geschenke verteilten, wenn sie Punsch tranken und einander in den Armen lagen und sich ihrer gegenseitigen Liebe versicherten.

Denn das Lichtfest begingen nur jene, die eine Familie hatten oder andere Menschen, die ihnen etwas bedeuteten.

Granock jedoch war allein …

Als Junge hatte man ihm hin und wieder noch eine Zuckerstange oder ein Stück Gewürzbrot zugeworfen, das er dann heißhungrig verschlungen hatte. Dabei hatte er sich vorzustellen versucht, wie es sein musste, ein Heim zu haben und eine Familie, Menschen, die für ihn da waren. Rückblickend waren das schöne Lichtfeste gewesen, aber mit den Jahren hatte seine Freude daran nachgelassen.

Aus dem Knaben war ein Heranwachsender geworden, der nichts mehr geschenkt bekam und den die Leute nicht mal auf den öffentlichen Plätzen haben wollten, wo Freudenfeuer entzündet und ausgelassen gesungen und getanzt wurde. Sie schlossen ihn aus und mieden ihn, was ihm stets aufs Neue vor Augen führte, wie anders er war …

Und wie einsam.

Das ganze restliche Jahr über konnte er ganz gut damit leben, und er tröstete sich damit, dass er eine Fähigkeit besaß, die kein anderer Mensch außer ihm hatte. In den Tagen des Lichtfests jedoch wurde ihm schmerzlich bewusst, wie sehr er sich insgeheim nach menschlicher Nähe sehnte, nach Freundschaft und Geborgenheit, nach der Familie, die er nie gehabt hatte – und diese Sehnsucht war es, die ihn Jahr für Jahr die Gesellschaft der Menschen suchen ließ, um zumindest einen Hauch der Freude und der Nähe zu empfinden, die sie einander schenkten.

Den Namen des Dorfes kannte er nicht einmal.

Der Duft von Braten und von frischem Gewürzbrot hatte ihn angelockt, zusammen mit dem Flötenspiel und dem ausgelassenen Gelächter, das vom Dorfplatz her drang, und Granock, der den ganzen Tag über gewandert und bis auf die Knochen durchgefroren war, hatte das dringende Bedürfnis verspürt, sich ein wenig auszuruhen. Vielleicht, so sagte er sich, bekam er am Rande ja auch etwas vom Lichtfest mit.

Den ganzen Tag über hatte es geschneit, sodass die Dächer der Hütten von dickem Weiß bedeckt waren. Auch in den schmalen Straßen und Gassen lag Schnee, der niedergetreten war und Granocks Schritte dämpfte. Vor Kurzem jedoch hatte der Schneefall ausgesetzt, und die dichte Wolkendecke war aufgerissen, sodass sich ein glitzerndes Sternenmeer über den Häusern spannte, in das die aufsteigende Glut des Feuers rote und gelbe Funken mischte. Die Luft war klirrend kalt, dabei aber trocken, sodass die Nacht wie geschaffen war, sich um das Feuer zu versammeln und ein Freudenfest zu begehen.

Jedenfalls für jene, die eingeladen waren …

Dass Granock nicht dazu gehörte, war unübersehbar. Anders als die Dorfbewohner, die bunte Festtagskleidung angelegt hatten, trug er einen alten wollenen Umhang und dazu den Sack über der Schulter, in dem er seine wenige Habe mit sich führte. Sein dunkles Haar war lang und ungepflegt und hing ihm in fettigen Strähnen ins Gesicht, und seine schäbigen Stiefel verrieten, dass er in ihnen schon viele Meilen zurückgelegt hatte. Kurz, es war unschwer festzustellen, dass er als Landstreicher umherzog, und entsprechend missliebig waren die Blicke, die er auf sich lenkte.

Dennoch ließ er sich nicht beirren. Er war es gewohnt, angestarrt zu werden. Fremdenfeindlichkeit gehörte zu den hervorstechendsten Eigenschaften der Siedler, die die Westlande bewohnten, und natürlich entbehrte sie nicht einer gewissen Grundlage: Marodierende Orks und diebische Zwerge, aber auch Menschen, die sich als Räuber, Betrüger und Plünderer betätigten, waren in dieser Gegend eher die Regel als die Ausnahme.

Granock wusste das, insofern hatte er Verständnis für die vorsichtigen und argwöhnischen, ablehnenden und mitunter auch feindseligen Blicke, die ihm begegneten, als er den Dorfplatz erreichte. Die Feier hatte bereits begonnen. Eine Gruppe Flötenspieler hatte Aufstellung genommen und spielte einen fröhlichen Reigen, zu dem junge Männer und Frauen um das Feuer tanzten, während die Älteren beisammenstanden und sich lachend und scherzend unterhielten. Unter einem verschneiten Baldachin wurde über glühenden Kohlen ein Spanferkel geröstet, an einem Stand Gewürzbrot und allerhand süßes Zeug verkauft, dessen verlockender Geruch die kalte Luft tränkte.

Granock merkte, wie ihm das Wasser im Mund zusammenlief, und er trat auf den Verkaufsstand zu, hinter dem eine dicke Westländerin stand. Unter der spitzenverzierten Haube, die auf ihrem runden Kopf ruhte, lugten kleine Äuglein hervor, die sich missbilligend verengten, als sie den Fremden näher kommen sahen.

»Ein frohes Lichtfest, von ganzem Herzen«, entbot Granock freundlich den üblichen Gruß. »Sagt, ist es Euer Gewürzbrot, das da so köstlich duftet?«

Die Siedlerin antwortete nicht. Dafür fielen ihre vollen Wangen in unverhohlener Ablehnung herab.

»Bitte ein großes Stück«, verlangte Granock und griff in seinen Beutel, um das Geld hervorzuholen.

»Nein«, sagte die Siedlerin nur.

»Nein?« Granock hob die Brauen. »Ich verstehe nicht …«

»Es ist nicht genügend Gewürzbrot da«, schnarrte die Siedlerin im den Westländern eigenen Dialekt.

»Nicht genug da?« Granock deutete auf den riesigen Berg kleiner und großer, mit Nüssen oder Rosinen gespickter Brote, die sich auf dem Tisch häuften. »Aber da sind doch so viele …«

»Du hast sie gehört«, sagte plötzlich jemand so dicht neben ihm, dass er zusammenfuhr. Vier Männer aus dem Dorf, allesamt grobschlächtige Naturen mit tellergroßen Pranken, waren herangetreten, die Fäuste in die Hüften gestemmt. »Es sind nicht genügend Brote.«

»A-aber ich kann bezahlen«, versicherte Granock und zog die Hand aus der Tasche, die voller Kupfermünzen war, die er auch vorzeigte. »Gutes Geld, sundarilische Prägung …«

»Wir wollen dein Geld nicht«, stellte der Wortführer klar. »Also pack es wieder ein und verschwinde, ehe wir dich aus dem Dorf prügeln!«

»Ihr wollt mich vertreiben? Aber ich habe niemandem etwas getan …«

»Geh«, beharrte ein anderer der vier, ein Mann mit bärtigem, grimmigem Gesicht. »In unserem Dorf ist kein Platz für Landstreicher und anderes Gesindel.«

»Aber ich bin kein …«, setzte Granock zu einer Verteidigung an, um dann resignierend zu seufzen. Was sollte er lange erklären, wer er war und woher er kam – für die Leute aus dem Dorf machte es keinen Unterschied. Er war ein Fremder, ein Störenfried, und sie wollten ihn nicht bei sich haben, am allerwenigsten in dieser Nacht.

Der Wortführer der vier deutete sein Schweigen falsch und legte die Pranke demonstrativ auf den Griff des Dolchs, der an seinem Gürtel hing. Die Siedler des Westens waren bekannt dafür, dass sie hartgesottene Kerle waren, die nicht lange fackelten – anders hätten sie sich in diesem Land wohl auch kaum behaupten können.

»Schon gut«, sagte Granock und hob in einer Unschuldsgeste die Hände, nachdem er das Geld zurück in den Beutel gesteckt hatte. »Ich gehe schon. Aber ihr solltet wissen, dass dies nicht dem Wesen des Lichtfests entspricht. Das Fest ermahnt uns dazu, freundlich zu sein gegen jedermann, großherzig und …«

»Es reicht«, verkündete der andere und zog den Dolch ein Stück aus der Scheide.

Granock trat den Rückzug an.

Erst da bemerkte er, dass die Musik ausgesetzt und die Leute aufgehört hatten zu tanzen. Alle standen nur da und starrten ihn an, und einmal mehr kam er sich verlassen und zurückgewiesen vor.

Er schalt sich einen Narren, weil er sich eingebildet hatte, dieses Lichtfest werde anders verlaufen als die vorherigen, und gesenkten Hauptes passierte er die Gasse, die die Dorfbewohner für ihn bildeten. Ihre Blicke, die voll stummer Anklage waren, trafen ihn wie Stockschläge, und er schwor sich insgeheim, niemals, niemals wieder das Lichtfest begehen zu wollen. Eine junge Frau starrte ihn an, als wäre er ein Monstrum, und eine alte Frau spuckte aus, als er an ihr vorbeiging. Am meisten jedoch traf ihn der Blick eines kleinen Jungen, der ängstlich vor ihm zurückwich.

Was, in aller Welt, hatten sie diesem Knaben erzählt? Dass er sich bei Vollmond auf einsamen Waldlichtungen herumtrieb und heimlich kleine Kinder fraß?

Der Blick des Knaben schmerzte ihn deshalb so, weil er ihm klarmachte, dass sich niemals etwas ändern würde, weder an diesem noch am nächsten Tag noch irgendwann. Stets würden die Leute in ihm einen Fremden sehen, einen Feind, den sie mieden und vertrieben – und diese ernüchternde Einsicht war es, die hilflosen Zorn in Granocks Adern schießen ließ und ihn dazu brachte, einen jähen Entschluss zu treffen …

»Ihr wollt mich nicht in eurem Dorf haben?«, rief er, blieb stehen und wandte sich um. »Ihr jagt mich hinfort?«

»So ist es!«, rief der Wortführer der vier Kerle vom anderen Ende der Menschengasse. »Und jetzt verschwinde endlich, oder wir machen dir Beine!«

Zustimmendes Gemurmel wurde laut, das Granock nur noch mehr in Rage brachte. »Von wegen!«, rief er. »Ich werde nicht gehen. Dieses Mal werde ich bleiben, und wir alle werden zusammen das Lichtfest feiern!«

»Willst du frech werden?«, scholl es zurück, während der Dolch endgültig aus der Scheide gerissen wurde und im Widerschein des Feuers blitzte. »Dann werde ich dir wohl zeigen müssen, was es heißt …«

Weiter kam der Hüne nicht.

Die Worte erstarrten auf seinen Lippen, und das im wörtlichen Sinn. Denn der Mann mit dem Dolch hatte jäh aufgehört, sich zu bewegen, ebenso wie alle anderen, die den Dorfplatz bevölkerten. Von Enttäuschung getrieben, hatte Granock seine Fähigkeit zum Einsatz gebracht, und aufgrund der unbändigen Wut, die er verspürte, war die Wirkung diesmal noch durchschlagender als sonst. Nicht nur der Wortführer, sondern jeder Mann, jede Frau und jedes Kind auf dem Dorfplatz waren erstarrt, samt der Abneigung in ihren Gesichtern.

»Und?«, fragte Granock in grimmiger Genugtuung. »Wollt ihr immer noch, dass ich gehe?«

Natürlich kam keine Antwort, und er ging die Gasse zurück zu dem Verkaufsstand, vorbei an dem Mann, der den Dolch in der Hand hielt und blöde vor sich hinstarrte.

»Zwei von denen mit Rosinen«, verlangte er und legte das Geld auf den Tisch, und als die reglose Siedlerin keine Anstalten machte, ihn zu bedienen, griff er einfach selbst zu. Herzhaft biss er in das Brot und genoss den süßherben Geschmack des Gewürzes, ehe er sich mit feierlicher Miene zu den erstarrten Dorfbewohnern umdrehte.

»Und jetzt«, verkündete er lauthals, »werden wir zusammen ein Lichtfest begehen, wie es noch keines gegeben hat …«

22. *DRAGNADHA*

Die erste Etappe der Reise war rasch vonstatten gegangen.

Indem sie die Kristallpforte durchschritten, waren Palgyr und seine Begleiter auf schnellstem Wege nach Tirgas Lan gelangt. Dort hatten sie keine Zeit verloren und zu Pferd ihren Weg nach Südosten fortgesetzt, der fernen Grenze entgegen, wo zwei Ordensmitglieder in Not waren und – wenn man Vater Semias' Ahnung trauen durfte – der weise Cethegar sein Leben gelassen hatte. Was aus den Novizen geworden war, die ihre Meister auf der Reise begleiteten, wusste niemand, und es war Palgyr auch gleichgültig.

Sehr viel wichtiger waren ihm seine eigenen Pläne – und diese entwickelten sich zu seiner vollsten Zufriedenheit. Lange genug hatte er die Maske eines loyalen Mitglieds des Rates getragen, lange genug sich als jemand ausgegeben, dem die Werte und Prinzipien des Ordens über alles gingen, während er sie in Wirklichkeit lieber heute als morgen allesamt für erloschen erklärt hätte. Er hasste die Rolle, in die er hatte schlüpfen müssen, um seine wahren Absichten und Ziele zu verbergen – aber der Tag war nicht mehr fern, an dem er der Welt sein wahres Gesicht präsentieren konnte.

Der Tag der Befreiung.

Der Tag der Rückkehr ...

In den vergangenen Jahren hatte Palgyr auf diesen Tag hingearbeitet. Er hatte im Stillen geplant und vorbereitet, hatte den Schein gewahrt, um sich nicht verdächtig zu machen. Er war im Auftrag des Rates als offizieller Gesandter am Hof von Tirgas Lan gewesen, aber in Wahrheit hatte er dort seine eigene Diplomatie betrieben. Er hatte nach außen hin die Traditionen gewahrt, während er in Wirklichkeit an ihrer Auflösung gearbeitet hatte. Er hatte jene verdammt, die von althergebrachten Regeln abwichen, während er selbst sie alle gebrochen hatte. Er hatte Wissen gesammelt und Dinge gesehen, die, wenn es nach der Auffassung des Rates ging, kein Zauberer je erfahren durfte. Er hatte Wasser gepredigt und Nektar gesoffen, und er hatte kübelweise Kreide gefressen, wenn er sich bei den langweiligen, trägen Idioten angebiedert hatte, die sich Ratsmitglieder schimpften.

Nun jedoch nahte der Augenblick, da er die Belohnung erhalten würde für all das. Er konnte es kaum erwarten, die Maske der Täuschung abzulegen und seine wahren Absichten zu offenbaren – und er war erpicht darauf, die dämlichen Gesichter seiner Feinde zu sehen …

»Werden sie kommen?«, erkundigte sich Labhras besorgt. Der feiste Zauberer, auf dessen kahlem, schweißnassem Schädel eine dreieckige Tätowierung glänzte, saß im Schatten einer mächtigen Eiche. Nicht weit von ihm hockte Sgruthgan auf einem Felsen und blickte nicht weniger argwöhnisch drein als sein fetter Kumpan. »Wir riskieren viel dieses Mal«, gab er zu bedenken. »Wenn auch nur einer von ihnen zurückkehrt oder …«

»Keiner von ihnen wird zurückkehren«, war Palgyr überzeugt. »Habt ihr nicht gehört, was geschehen ist? Sogar der ach so mächtige Cethegar hat sein Leben lassen müssen. Das sollte selbst einem Feigling wie dir einige Sicherheit geben.«

»Ich bin kein Feigling«, verteidigte sich Sgruthgan. »Aber ich verspüre auch kein Verlangen danach, die Abgründe von Borkovor unmittelbar kennenzulernen.«

»Das wirst du nicht«, versicherte Palgyr. »Mein Plan berücksichtigt jede Eventualität. Wir sind unseren Feinden stets einen Schritt voraus, und sie tun genau das, wozu wir sie …«

»Achtung!«, zischte Labhras. »Der Unhold kommt zurück!«

Palgyr verzog das Gesicht. Er hielt es für nicht notwendig, eines Primitiven wegen in seiner Rede innezuhalten, aber um seine Anhänger nicht noch mehr zu beunruhigen, tat er ihnen den Gefallen. Labhras und Sgruthgan waren verlässliche Helfer, standen loyal auf seiner Seite – jedoch nur, solange alles klappte und ihr persönliches Risiko nicht zu hoch war. Im Zweifelsfall, davon war Palgyr überzeugt, würde ihr eigenes Wohlergehen ihnen wichtiger sein als die Sache. Deshalb musste er auch bei ihnen stets auf der Hut sein.

Es raschelte im Gebüsch, und Rambok erschien, der Ork, den Palgyr zu seinem Zauberschüler gemacht hatte. Der Entschluss dazu war aus einer Laune heraus geboren worden. Die Aussicht, den Rat zu demütigen und ihn mit den eigenen Waffen eine Niederlage zu bereiten, war Palgyr zu verlockend erschienen, um die Gelegenheit ungenutzt hätte verstreichen zu lassen. Inzwischen allerdings ging ihm der Unhold, dessen Dummheit geradezu bodenlos war und dessen Ungeschick beklagenswert, auf die Nerven.

Die Dämmerung war über der Waldlichtung hereingebrochen, auf der die Zauberer ihr Lager aufgeschlagen hatten. Tirgas Lan hatten sie weit hinter sich gelassen und die südöstlichen Ausläufer des Waldes von Trowna erreicht. Die nächstgelegene Stadt war Narnahal, aber Palgyr hatte nicht vor, zur Landstadt zu reiten und dort die Pferde zu wechseln, wie Farawyn und die anderen es zweifellos getan hatten. Denn er hatte für sich und seine Gefährten ein sehr viel effizienteres Fortbewegungsmittel ausgewählt …

»Und?«, wandte er sich an Rambok, dessen gelbe Augen im Halbdunkel blitzten.

»Douk.« Der Schamane schüttelte den Kopf. »Weit und breit nichts zu sehen.«

»Weit und breit nichts zu sehen, *Meister*«, verbesserte ihn Palgyr.

»Weit und breit nichts zu sehen, *Meister*«, wiederholte der Ork mit unterwürfig gesenktem Haupt. Kaum zu glauben, dachte Palgyr verächtlich, dass dieser feige Speichellecker von einer Kriegerrasse abstammte, vor der sich einst sogar die Elfen gefürchtet hatten. Vermutlich waren schon seine Ahnen Feiglinge gewesen, und auch seine Nachkommen – wenn es denn jemals welche gab – würden nichts anderes als Feiglinge sein. Undenkbar, dass eine solche Kreatur jemals einen mutigen Krieger hervorbringen könnte oder gar zwei …

Als Margok die Orks züchtete, hatte er an vieles gedacht: Er hatte sie robust gemacht und widerstandsfähig, hatte ihren Blutdurst groß und ihre Moral winzig klein gemacht und damit gewissermaßen einen Gegenentwurf der Elfenrasse ins Leben gerufen. Nur eines entbehrten die Unholde leider, was den Dunkelelfen letztlich den Sieg gekostet hatte: Verstand.

»Halte dennoch weiterhin die Augen offen, Schüler«, beschied Palgyr dem Ork streng, »und wenn du sie siehst, dann tu genau das, was ich dir befohlen habe.«

»*Korr,* Meister.«

»Wenn du schon unterwegs bist, dann bring mir gleich noch etwas zu essen mit«, fügte Labhras grinsend hinzu.

»Und mir etwas zu trinken«, verlangte Sgruthgan. »Meine Kehle fühlt sich an wie ausgedörrt. Ich hasse den Süden und seine Hitze.«

»Korr«, wiederholte der Ork und verbeugte sich abermals, allerdings blieb Palgyr nicht das rebellische Blitzen in den gelben, blutunterlaufenen Augen verborgen.

»Im Gehorsam«, erklärte er deshalb, »erschließen sich dem Novizen die Geheimnisse der Zauberei. Es ist wie ein Handel zwischen Lehrer und Schüler.«

»Das verstehe ich, Meister«, versicherte Rambok. Eine Brise strich über die Lichtung und trieb den erbärmlichen Gestank, den der Ork am Leibe hatte, geradewegs an die Nasen der Zauberer, die angewidert die Gesichter verzogen. »Ich frage mich nur …«

»Ja?«, wollte Palgyr wissen.

»… wann Ihr mir endlich etwas beibringen wollt«, brachte Rambok den Satz vorsichtig zu Ende. »Seit vielen Tagen diene ich Euch nun, aber noch immer habt Ihr mich nicht einen einzigen Moment in der Zauberkunst unterrichtet.«

»Geduld, mein junger Novize«, entgegnete Palgyr mit gönnerhaftem Grinsen. »Schon bald, das schwöre ich dir, wirst du deine verdiente Belohnung erhalten für …«

»Da! Sie kommen!« Es war Labhras, der gerufen hatte. In freudiger Erregung war der feiste Zauberer aufgesprungen (wobei die Fettmassen unter seinem weiten Gewand ein Eigenleben zu bekommen schienen) und deutete mit den kurzen Fingern hinauf zum roten, von grauen und violetten Strichen durchzogenen Himmel.

Und tatsächlich – von Norden her, wo das Land bereits in Dunkelheit versunken war, näherten sich mehrere große Schatten, die auf weit ausgebreiteten Flügeln majestätisch durch die Lüfte glitten. Auf den ersten Blick hätten sie als – wenn auch ziemlich große – Vögel durchgehen können, allerdings hockten Reiter auf den Rücken der Kreaturen, und als sie weiter heran waren, konnte man schließlich auch erkennen, dass die fliegenden Schatten weder Haut noch Fleisch am Leib hatten, sondern lediglich aus Knochen bestanden.

Acht Skelette waren es, die durch die hereinbrechende Dunkelheit glitten, die Überreste von Kreaturen, die vor langer Zeit Erdwelt bevölkert hatten. Es waren schlanke Körper mit langen, stachelbewehrten Hälsen, an denen längliche Schädel hingen. Die kurzen Hinterbeine liefen in gefährliche Klauen aus, die vorderen Extremitäten waren verkümmert. Der Schwanz bestand lediglich aus Wirbeln und peitschte hin und her, während die Kreaturen auf Flügel dahinglitten, die wenig mehr waren als mit ledriger Haut bespannte dürre Knochenkonstrukte, aber dennoch auszureichen schienen, um die unheimlichen Kreaturen in der Luft zu halten. Ihr Geist mochte längst entschwunden sein und ihr Fleisch verrottet – ihre Gebeine jedoch wurden von magischer Kraft am Leben erhalten, um im Dienst ihrer dunklen Herren weiterhin ihre Pflicht zu tun.

»Los, entzünde die Lampen!«, wies Palgyr den Ork an, der daraufhin nach der Fackel griff, die im Boden steckte, und damit die mit ölgetränkter Erde gefüllten Tongefäße abschritt, die um die Lichtung verteilt waren. Im Nu hatte er sie alle entzündet, und die Flugkreaturen, die Augenblicke lang suchend über dem Wald gekreist waren, setzten zur Landung an.

Pfeilschnell schossen sie heran, ehe sie die löchrigen Schwingen ausbreiteten, um ihren Flug zu verlangsamen. Eine nach der anderen sank zwischen den Bäumen nieder und setzte im weichen Gras auf – Furcht einflößende, knochige Gestalten, deren lange Schädel keine Augen mehr hatten. Dennoch hatte es den Anschein, als würden die Tiere sich wachsam umblicken, während ihre zähnestarrenden Mäuler auf- und zuschnappten.

»Willkommen, Hauptmann«, grüßte Palgyr einen der Reiter, deren hoch zwieselige Sättel auf den blanken Rückenwirbel ihrer unheimlichen Flugtiere saßen. Darunter wölbten sich armdicke Rippen um einen hohlen Brustkorb. Weder schlug ein Herz darin, noch gab es sonstige Organe, ebenso wenig wie die Kreaturen Sehnen oder Muskeln hatten.

Der Angesprochene trug eine schwarze Lederrüstung, deren Helm die obere Hälfte seines blassen Gesichts bedeckte. Er erwiderte den Gruß, dann glitt er seitlich vom Rücken seines bizarren Reittiers. Die übrigen Krieger taten es ihm gleich, blieben jedoch bei ihren Skelettkreaturen, die unruhig die Schädel hoben und senkten und mit den Fußklauen im weichen Erdreich scharrten.

»Zu Euren Diensten, *dun'ras*«, sagte der Hauptmann und verbeugte sich tief und ehrfürchtig vor dem Zauberer, der sich die Geste gern gefallen ließ.

»Wurde alles erledigt, wie ich es angeordnet habe?«, verlangte Palgyr zu wissen.

»Ja, *dun'ras*. Ihr werdet zufrieden sein. Die Menschen müssten den Bestimmungsort inzwischen erreicht haben.«

»Gut so.« Palgyr nickte. Nichts würde dem Zufall überlassen sein, nicht dieses Mal ... »Wir werden sofort aufbrechen.«

»Euer Wunsch ist uns Befehl«, versicherte der Unheimliche.

Palgyr grinste. Die *dragnadha* benötigten weder Futter noch Erholung. Das war einer der Vorteile, wenn man tot war ...

Er wandte sich zu Sgruthgan und Labhras um. Die beiden Elfen waren schon dabei, sich für den Abflug zu rüsten, wobei Letzterer den Skelettkreaturen immer wieder argwöhnische Blicke zuwarf, wohl weil er sich fragte, ob deren Kräfte auch dazu ausreichten, seinen feisten Hintern in die Luft zu bekommen. Und noch jemanden gab es, der die *dragnadha* mit äußerst seltsamen Blicken bedachte: Rambok.

Der Ork, der pflichtschuldig die Signalfeuer entzündet und sie sofort nach der Landung der Krieger wieder gelöscht hatte, stand am äußersten Rand der Lichtung, wohin er sich furchtsam zurückgezogen hatte. Von dort aus betrachtete er die Skelette mit deutlich erkennbarem Unbehagen.

Palgyrs Hand umfasste den Schaft des *flasfyn* fester, während er auf Rambok zuschritt. Der hatte die geflügelten Kreaturen, die er bereits in der Kristallkugel gesehen hatte, natürlich wiedererkannt. Die Frage war nur, ob er die richtigen Schlussfolgerungen zog ...

»Nun, Schüler?«, fragte der Zauberer, als er den Ork erreichte. Er genoss es, den Unhold so anzusprechen, weil es ihn jedes Mal daran erinnerte, wie er ihn dem Hohen Rat vorgeführt hatte.

»Das ... das ist erstaunlich, Meister«, entgegnete Rambok stockend.

»Was ist erstaunlich?«

»Dass Ihr ebenfalls über solche Kreaturen gebietet«, erwiderte Rambok und machte große Augen. »Genau wie jene, die über den *bolboug* der Bluthunde hergefallen sind. Und jene Krieger dort sehen auch genau so aus wie jene, die die Orks getötet haben.«

»In der Tat«, sagte Palgyr und atmete innerlich auf. Offenbar war es um die Intelligenz des Schamanen tatsächlich so schlecht bestellt, wie er angenommen hatte. So brauchte er den Unhold noch nicht zu töten, und Rambok würde ihm weiterhin von Nutzen sein. »Ich sagte dir ja, dass es Elfenkrieger waren, die die Orks überfielen, und natürlich waren sie auch wie Elfen gekleidet.«

»Das wusste ich nicht«, sagte Rambok und senkte ein wenig schuldbewusst das Haupt.

»Du weißt manches nicht«, beschied ihm Palgyr großmütig.

»Was sind das für Kreaturen? Sie sind tot und trotzdem lebendig ...«

»Nein«, widersprach Palgyr. »Sie *sind* tot. So tot, wie man nur sein kann. Aber sie bewegen sich. Das ist der Unterschied.«

»Was sind sie?«, fragte Rambok staunend. »Und was sind sie einmal gewesen?«

»Mein kleiner Ork.« Palgyr schüttelte mitleidig den Kopf. »Du weißt so wenig über die Welt, in die du geboren wurdest.« Dann fragte er Rambok: »Hast du je von Dragan gehört?«

»Douk«, verneinte Rambok.

»Dragan war einst ein mächtiger Drache. Sein Hort befand sich dort, wo heute Tirgas Lan steht, und es war König Sigwyn, der ihn bekämpfte und bezwang. Als Gegenleistung dafür, dass Sigwyn ihn am Leben ließ, versprach der Drache, die Stadt und den Königsschatz zu bewachen, was er dann auch tat – sogar über den eigenen Tod hinaus.«

»Wie das?«, fragte der Ork schaudernd.

»Der Überlieferung nach kämpfte Dragan im großen Krieg gegen den Herrscher der Dunkelheit auf der Seite der Elfen. In der Schlacht um Tirgas Lan, in der Margoks Heer vernichtend geschlagen und in alle Winde zerstreut wurde, wurde er getötet, aber wie es heißt, sah man ihn später noch viele Male, doch war er kein wirklicher Drache mehr, es waren nur noch dessen Gebeine, zusammengehalten von dem Schwur, den er einst geleistet hatte. Und es gibt nicht wenige, die behaupten, dass der *dragnadh*, wie er inzwischen genannt wird, bis zum heutigen Tag über den Palast von Tirgas Lan und seine Schätze wacht.«

»Und was hat das mit diesen *uchl-bhuurz'hai** zu tun?«, fragte Rambok vorsichtig, auf die Skelette deutend.

»In jeder Sage steckt ein wahrer Kern«, erklärte Palgyr. »Aber es war kein Schwur, der Dragan nach seinem Tod keine Ruhe finden ließ, sondern ein alter Zauber. Ein Fluch, der einen Drachen zum *dragnadh* werden lässt – zur untoten Kreatur, die ihrem Herrn willenlos gehorcht und jeden seiner Befehle ausführt.«

»Soll das heißen, d-dass ...«, begann der Ork und bedachte die acht schaurigen Kreaturen, deren Knochen im Licht des aufgehenden Mondes bleich schimmerten, mit noch größerer Bestürzung.

»Ganz recht«, bestätigte Palgyr grinsend. »All diese Kreaturen waren einst Drachen. Sicher nicht die größten ihrer Art und auch nicht in der Lage, feurigen Atem zu speien, aber dafür gehorsam und treu, selbst noch nach ihrem Tod.« Der Zauberer lachte kehlig. »Ihre Art mag vor langer Zeit ausgestorben sein, aber sie erweisen uns dennoch einen späten Nutzen, denn auf ihren Schwingen werden sie uns pfeilschnell nach Arun tragen.«

* orkisch für »Ungeheuer«

»Auf ihren Schwingen?« Der Schamane starrte den Zauberer aus großen blutunterlaufenen Augen an. »Ihr wollt tatsächlich …?«

»Allerdings«, bejahte Palgyr und schaute zur anderen Seite der Lichtung, wo zwei der Krieger bereits damit beschäftigt waren, den fetten Labhras in den Sattel einer der untoten Flugkreaturen zu hieven. Die Knochen des Drachen knirschten bedenklich, als es endlich gelang. »Die *dragnadha* werden uns in Windeseile nach Arun bringen, wo unsere Bestimmung auf uns wartet.«

Der Ork legte fragend den Kopf schief. »Ich dachte, dort warten andere Zauberer, die wir retten müssen?«

»Wo ist der Unterschied?«, fragte Palgyr dagegen und verfiel in höhnisches Gelächter, ehe er sich abwandte und den *dragnadh* des Hauptmanns bestieg, der mit einigen seiner Leute bei der Lichtung bleiben und auf die Rückkehr der Zauberer warten würde.

Dann, wenn die Arbeit getan und ein Schicksal, das vor so vielen Jahrtausenden seinen Anfang genommen hatte, endlich erfüllt werden würde …

23. *DAISAIMYG*

»Granock? Kannst du mich hören? Granock ...?«

Die Stimme klang dünn und fern. Vergeblich kämpfte sie gegen die Stille an, die Granock umgab, während er noch immer auf dem verschneiten Dorfplatz kauerte, neben dem Freudenfeuer, das in den Nachthimmel loderte, und umgeben von reglosen Gestalten.

Zu Beginn hatte er geglaubt, dass die Einsamkeit auf diese Weise etwas erträglicher werden würde. Aber das war nicht der Fall. Denn anders als vor seiner Ankunft, als er Zuneigung und Liebe in den Gesichtern der Menschen gesehen hatte, stand nur noch unverhohlene Abneigung in ihren reglosen Mienen. Er kauerte unter ihnen, fest entschlossen, das Lichtfest zu begehen. Doch je länger er in die grimmigen versteinerten Gesichter blickte, desto mehr wurde ihm bewusst, wie wenig er hierher gehörte.

»Granock? Kannst du mich hören?«

Dabei hatte er es sich so sehr gewünscht! Sein ganzes Leben lang hatte er sich danach gesehnt, irgendwo hinzugehören, hatte sich Menschen gewünscht, die ihn liebten und auf seine Rückkehr warteten, wenn sich der Tag dem Ende zuneigte. Aber für ihn gab es weder das eine noch das andere, und das würde sich wohl auch niemals ändern. Trauer bemächtigte sich seiner, Tränen stiegen ihm in die Augen, und er vergrub sein Gesicht in den Händen.

»Granock! Verdammt, Junge! Reiß dich zusammen ...!«

Endlich nahm er die Stimme auch bewusst wahr. Verwirrt blickte er sich um und fragte sich, wer ihn da nur rief. Ließ die Wirkung seines Banns bereits nach?

»Granock!«

Jemand packte ihn an der Schulter und rüttelte ihn, obwohl er ganz allein inmitten seiner erstarrten Opfer saß – und im nächsten Moment wurde ihm bewusst, dass es *zwei* Realitäten gab: eine, die nur in ihm selbst existierte, in seinem Kopf, in seiner Vorstellung – und eine, die wirklich war!

Kaum hatte er diese Einsicht gewonnen, schlug er die Augen auf, und zu seinem größten Erstaunen fand er sich nicht im grimmigen nordischen Winter wieder, sondern in der Eingangshalle des Pyramidentempels im dampfenden Dschungel Aruns. Und das Gesicht, das vor ihm schwebte, war weder reglos noch voller Abneigung. Im Gegenteil, dunkle Augen schauten ihn in unverhohlener Sorge an.

»Junge«, sagte Farawyn, der ihn noch immer an den Schultern gepackt hielt. »Bist du in Ordnung?«

»I-ich glaube schon …«

»Erinnerst du dich an deinen Namen? Weißt du, wer ich bin?«

»G-Granock«, murmelte er zur Antwort. »Und Ihr seid Farawyn, mein Meister …«

»Der bin ich«, bestätigte der Zauberer und gönnte sich ein erleichtertes Lächeln. Dann zog er Granock auf die Beine, der noch einige Mühe hatte, sich aufrecht zu halten. Seine Augen schmerzten, und sein Schädel dröhnte, als hätte er eine Sauftour durch alle Tavernen Andarils unternommen. Nur wenige Schritte entfernt sah er Aldur und Alannah stehen, die nicht weniger benommen wirkten, als er selbst sich fühlte. Riwanon kümmerte sich um sie, und auch in ihren Zügen entdeckte Granock ehrliche Sorge.

»Was ist passiert?«, wollte er wissen.

»Daisaimyg«, erklärte Farawyn. »Ein Wächterbann, der dafür sorgt, dass deine Ängste und Zweifel deinen Geist gefangen nehmen und dich in tiefe Verzweiflung stürzen. Mancher, der einem solchen Bann verfallen ist, hat dabei den Verstand verloren. Wären Meisterin Riwanon und ich nicht rechtzeitig zurückgekehrt, um nach euch zu sehen …«

»Verstehe«, sagte Granock und wandte sich zu seinen Kameraden um. »Hattet ihr ebenfalls …?«

»Ja«, sagte Alannah halblaut, und auch Aldur nickte. Beide wirkten beschämt und niedergeschlagen, und obwohl es Granock brennend interessiert hätte, was sie gesehen und erlebt hatten, fragte er sie nicht danach. Vielleicht ein anderes Mal …

»Habt Ihr in der Zwischenzeit etwas gefunden?«, erkundigte er sich bei Farawyn.

»Allerdings«, bestätigte der Zauberer grimmig und in einem Tonfall, der nichts Gutes verhieß. »Kommt mit. Wir müssen euch etwas zeigen …«

Die Novizen sahen sich an, ehe sie Farawyn den Gang hinab folgten, der in die dunklen Eingeweide des Tempels führte. Riwanon übernahm einmal mehr die Nachhut.

Das Licht der Elfenkristalle tauchte den Gang in blauen Schein, der jedoch schon nach wenigen Schritten von der Finsternis verschluckt wurde. Das Ende des Stollens war nicht auszumachen, und sie alle spürten die Anwesenheit von etwas Dunklem, Bösem, das in dem Tempel zu Hause war und hinter jeder Biegung lauern mochte.

Je mehr sie ins Innere des Tempels gelangten, desto kälter wurde es. Moder tränkte die feuchte Luft, und das blaue Licht warf unheimliche Schatten auf die mit grässlichen Darstellungen verunzierten Wände. In Stein gehauene Fratzen waren zu sehen, deren Blick die Eindringlinge zu verfolgen schien, aber auch wieder verschlungene Schriftzeichen, die keiner der Novizen zu entschlüsseln vermochte. Und schließlich waren auch Bilder in das dunkle Gestein gemeißelt, die Darstellung einer Schlacht, die zwischen zwei feindlichen Heeren tobte: Auf der einen Seite erkannte Granock inmitten spitzer Schwerter und konisch geformter Helme das Wappen Tirgas Lans, auf der anderen flatterte das finstere Banner des Dunkelelfen über einer Armee von Orks, Trollen, Drachen und noch anderem Gezücht.

»Der große Krieg«, erklärte Farawyn. »Dieses Relief stellt die Schlacht von Scaria dar. Es war der letzte Sieg, den Margok davontrug. Fast zehntausend Elfenkrieger fanden in dieser Schlacht den Tod.«

»Aber die Schlacht von Scaria ereignete sich gegen Ende des Krieges«, wandte Alannah ein, während sie das riesige Fries abschritten, das sich zu beiden Seiten des Korridors erstreckte. »Und diese Reliefe zu schaffen, muss eine lange Zeit in Anspruch genommen haben. Das würde bedeuten, dass …«

»Ganz recht«, stimmte Farawyn zu. »Es bedeutet, dass dieser Tempel erst *nach* dem Ende des Krieges errichtet wurde, von Anhängern des Dunkelelfen, die man zu dieser Zeit als besiegt und in alle Winde zerstreut glaubte.«

»Offenbar ein Irrtum«, versetzte Granock trocken.

Farawyn nickte. »Offenbar.«

Sie folgten dem Gang bis an sein Ende, wo sich ein weiterer, allerdings senkrecht verlaufender, quadratisch geformter Schacht befand, gut zwei Dutzend Schritte breit. Steinerne Stiegen führten an den Schachtwänden steil in die Tiefe.

»Seht euch vor«, mahnte Farawyn seine Begleiter. »Der Boden ist mit eisernen Stacheln bestickt. Ein Fehltritt, und es ist aus mit euch.«

Die Novizen, die kein Verlangen danach verspürten, aufgespießt zu werden, nahmen sich die Worte des Meisters zu Herzen und hielten sich eng an der Wand, während sie ihm die schmalen Stufen hinab folgten. Granock entging nicht, dass sein Meister immer wieder über die Schulter blickte, so als rechnete er jederzeit mit einem Angriff aus dem Hinterhalt.

Endlich erreichten sie den Grund des Schachts und sahen, dass Farawyn nicht übertrieben hatte: Ein Wald aus mannshohen eisernen Spießen erhob sich dort, der jedem, der auf den Stufen ausglitt und abstürzte, zum Verhängnis werden musste. Eisige Kälte herrschte in der Tiefe und ließ die Novizen frösteln.

»Erinnert euch an das, was euch beigebracht wurde«, sagte Riwanon. »Kälte existiert nicht. Entbehrung existiert nicht …«

Am liebsten hätte Granock widersprochen und ihr erklärt, dass dies keine verdammte Übung war und *diese* Kälte sehr wohl existierte. Aber er ließ es bleiben, und dann erregte etwas anderes seine ganze Aufmerksamkeit: der Zugang zu einem schmalen Gang, der auf den Grund des Schachts mündete und über dem der Novize jenes Runenzeichen gewahrte, dessen Bedeutung Cethegar ihnen bei der Stele erläutert hatte.

Es war das »M«.

Das Zeichen für Margok …

Mit Farawyn an der Spitze passierten sie den Gang, um in ein weiteres würfelförmiges Gewölbe zu gelangen, dessen Kanten je an die zwanzig Schritte messen mochten. Auch hier waren die Wände mit allerhand Zeichen und Reliefs versehen, und in der Mitte stand auf einem steinernen Sockel ein Sarkophag.

Dergleichen hatte Granock noch nie gesehen. Das Ding sah aus, als wäre es aus Knochen gefertigt, wobei die Gebeine von Drachen und anderen riesigen Kreaturen stammen mussten. Ein Knochen war an den anderen gefügt, und für Granock gab es keinen Zweifel, dass sich unter dem Sarkophagdeckel der Leichnam Margoks befand, des Dunkelelfen, der sich zum Alleinherrscher über Erdwelt hatte aufschwingen wollen und damit einen erbarmungslosen Krieg heraufbeschworen hatte!

»Es gibt ihn also tatsächlich«, flüsterte Alannah, während sie mit einer Mischung aus Abscheu und Bewunderung auf den Sarkophag zutrat. »Er existiert …«

»Vorsicht«, warnte Farawyn und hielt sie zurück, indem er ihren Arm ergriff. »Wir wissen nicht, welche verderblichen Kräfte von ihm ausgehen.«

»Nach so langer Zeit?«, fragte Granock schaudernd.

»Wenn du wüsstest, was Margok vermochte, würdest du diese Frage nicht stellen«, sagte Farawyn düster, während er den Steinsockel und den darauf ruhenden Sarkophag vorsichtig umrundete. »Keiner von uns weiß, was sein Leichnam vermag – und genau aus diesem Grund müssen wir ihn vernichten.«

»Wie?«, wollte Granock wissen.

»Indem wir unser aller Kräfte vereinen. Mit unseren Zauberstäben werden Riwanon und ich versuchen, sie zu bündeln und zu lenken. Weder die Zeit noch Feuer noch Wasser allein vermochten Margoks Überreste zu zerstören – aber möglicherweise alles zusammen.«

»Was sollen wir tun, Meister?«, fragte Granock. Die Furcht, die er tief in seinem Inneren verspürte, hatte sich nicht gelegt, aber da nun die Hoffnung bestand, das Böse, das diesen Tempel beherrschte, vernichten zu können, hatte er sich besser unter Kontrolle.

»Nehmt um den Sarkophag herum Aufstellung«, wies Farawyn sie an. »Dann fasst euch bei den Händen und konzentriert euch auf …«

Ein markerschütterndes Knirschen riss ihm die Worte von den Lippen, und die beiden Zauberer und ihre Novizen sahen entsetzt, wie sich drei der vier sie umgebenden Wände bewegten. Riesige Gegengewichte, die irgendwo an rasselnden Ketten in die Tiefe sanken, sorgten dafür, dass sich die Mauern knirschend hoben und nach oben glitten, und von der anderen Seite drang flackernder Fackelschein in die Grabkammer.

Hinter den sich hebenden Wänden kamen bis an die Zähne bewaffnete Kämpfer zum Vorschein, gut zweihundert an der Zahl – und es waren Menschen! Allerdings keine von denen, die in den wilden Dschungeln Aruns hausten, wie auf den ersten Blick zu erkennen war. Denn während die Wildmenschen verdreckte Gestalten waren, mit primitiver Kleidung aus Tierhäuten, trugen diese Kettenhemden und schimmernde Brünnen mit blitzenden Helmen, und ihre Waffenröcke waren mit dem Wappen Andarils versehen.

Als Granock das vertraute Zeichen ausgerechnet an diesem Ort erblickte, glaubte er zunächst, erneut einer Halluzination zu erliegen, aber wenn dies zutraf, mussten seine Gefährten sie teilen, denn mit ungläubig geweiteten Augen starrten auch sie auf die Soldaten, die ihre Schwerter und Äxte kampfbereit erhoben hatten und die nur auf den Befehl zu warten schienen, die Eindringlinge in Stücke zu hacken. Die eisig kalten Blicke, die unter den mit Nasen- und Wangenschutz bewehrten Helmen hervorstachen, verrieten äußerste Entschlossenheit.

»Was, bei Sigwyns Ahnen …?«, rief Farawyn, der nicht weniger überrascht war als Granock. Verwirrt schaute er sich um und versuchte zu begreifen, was zweihundert gepanzerte Menschenkämpfer ausgerechnet an diesen Ort verschlagen hatte.

Auf einmal bildeten die Krieger eine Art Gasse, um einem Mann Platz zu schaffen, bei dem es sich augenfällig um ihren Anführer handelte. Sein Gang war der selbstbewusste Schritt eines Mannes, der sich in der Position des Stärkeren wähnte, und sein Gesicht unter dem blitzenden, mit Rosshaar verzierten Helm verzerrte sich zu einem Grinsen, als er sich mit verschränkten Armen vor den Elfen aufbaute und sie mit zu Schlitzen verengten Augen taxierte. Granock hatte das Gefühl, diesen Mann kennen zu müssen, jedenfalls hatte er ihn bereits einmal gesehen, wenn auch nur kurz …

»So«, begann der Anführer der Krieger, auf dessen Waffenrock ebenfalls das Wappen Andarils prangte, »nun werden wir sehen, ob der Marsch durch diese grüne Hölle die Opfer wert war, die er forderte. Zwanzig meiner Männer sind dabei draufgegangen, wurden von Wilden erschlagen, von Raubtieren gefressen oder von giftigen Spinnen gebissen – aber nicht ein einziges Mal habe ich daran gedacht umzukehren, denn mehr als alles andere habe ich diesen Augenblick herbeigesehnt.« Er holte tief Luft, dann wies er mit ausgestrecktem Finger auf die beiden Elfinnen: »Wer von euch beiden spitzohrigen Weibern ist Alannah?«

»Wer will das wissen?«, fragte Farawyn, der seine Überraschung inzwischen verwunden hatte.

Einen Augenblick lang schien der Mensch nicht gewillt zu antworten, dann aber blies er seine Brust auf, und er hob das Kinn in unverhohlenem Hochmut. »Ich bin Erwein, Fürst von Andaril, und ich bin hier, um den feierlichen Schwur zu erfüllen, den ich geleistet habe: dass ich die Mörderin meines jüngsten Sohnes finden und seinen Tod blutig rächen werde …«

24. AMGWYD CWYMPAN

Alannah war entsetzt.

Nicht so sehr des bitteren Racheschwurs wegen, den der Fürst von Andaril geleistet hatte, sondern weil ihr in diesem Moment klar wurde, dass die Vergangenheit sie eingeholt hatte.

Cethegar hatte ihr klargemacht, dass sie sich ihren Dämonen stellen musste und dass niemals eine Zauberin aus ihr werden würde, wenn ihr das nicht gelang. Dennoch hatte er sich in einer Hinsicht geirrt: Die Angelegenheit betraf nicht nur Alannah allein. Die Elfin mochte inzwischen die Schuld, die sie auf sich geladen hatte, als Ansporn nehmen, um Gutes zu tun, mochte Wiedergutmachung üben, indem sie ihre Gabe in den Dienst einer größeren Sache stellte. Aber es gab andere, die würden ihr niemals vergeben.

»Antwortet mir!«, verlangte der Herr von Andaril, wobei seine funkelnden Blicke zwischen Meisterin Riwanon und Alannah hin und her pendelten. »Leugnen ist zwecklos. Ich weiß, dass eine von euch beiden jene mörderische Hure ist, die sich Alannah nennt und deretwegen ich hierhergekommen bin.«

»Achte auf das, was du sagst!«, ermahnte ihn Granock. Er hatte den Fürsten von Andaril nur bei zwei oder drei Gelegenheiten zu sehen bekommen, und da auch nur aus weiter Ferne, weshalb er ihn nicht sofort erkannt hatte. Aber er wusste, dass Erwein weder als besonders gerechter noch als übermäßig mildtätiger Herrscher bekannt war, und die harschen Worte, die der Fürst gerade gewählt hatte, ließen Granock den Zorn in die Adern schießen. »Die Reden, die du führst, gefallen mir nicht!«

»Du hältst dich da raus, du spitzohriger …« Erwein verschluckte das Wort und starrte Granock fassungslos an. »Du … du bist ein Mensch?«

»Oh, er hat wahrlich eine fürstliche Auffassungsgabe«, spottete Aldur.

»Warum, in ganz Erdwelt, befindet sich ein Mensch in elfischer Gesellschaft?«, stieß Erwein verwirrt hervor.

»Vielleicht, weil er den Gestank der Menschen nicht mehr ertragen konnte?«, schlug Granock vor.

»Hund!«, blaffte Erwein und zog sein Schwert. »Ich lasse mich nicht beleidigen, weder von Spitzohren noch von meinesgleichen!«

Granock wich keinen Schritt zurück, sondern fragte im ernsten Tonfall: »Was willst du von uns?«

»Wie ich schon sagte: Ich will Alannah.«

»Aus welchem Grund?«, verlangte Farawyn zu wissen.

»Auch das sagte ich schon«, knurrte der Herr von Andaril. »Weil sie meinen jüngsten Sohn getötet hat. Weil sie ihn regelrecht gepfählt hat mit ihrer Hexenkraft. Dabei war er noch fast ein Kind …«

Granock war wie vom Donner gerührt. Bislang war ihm das Gezeter des Fürsten wie das Gebell eines tollwütigen Hundes vorgekommen. Das allerdings änderte sich schlagartig. Alannah war tatsächlich in der Lage, kraft ihrer Fähigkeit einen Menschen mit einem Eisspeer zu durchbohren. Und hatte sie nicht überaus erschrocken reagiert, als Granock ihr gegenüber die Stadt Andaril erwähnt hatte? Und hatte Riwanon nicht erst vor Kurzem angedeutet, dass Alannah die Ehrwürdigen Gärten nicht freiwillig verlassen hatte?

All diese Hinweise setzten sich vor Granocks innerem Auge zusammen und ergaben ein erschreckendes Gesamtbild. Hatte Fürst Erwein etwa recht? Hatte Alannah tatsächlich einen kaltblütigen Mord an einem Menschen begangen? War sie deshalb stets so freundlich zu ihm gewesen? Aus einem schlechten Gewissen heraus? Und war sie deshalb aus den Ehrwürdigen Gärten *verstoßen* worden?

Unbewusst wandte Granock den Kopf, um Alannah fragend anzusehen, und auch sie schaute ihn an. Ihre Blicke trafen sich, und an ihren Augen konnte er erkennen, dass er mit seiner Befürchtung richtig lag.

»Warum hast du mir das nie gesagt?«, fragte er flüsternd.

»Weil ich Angst hatte«, entgegnete sie leise, Tränen in den Augen. »Es tut mir leid …«

»Du bist es also – du bist Alannah!«, schnarrte Fürst Erwein.

Sie nickte.

»Jene Alannah, die in der Obhut der Ehrwürdigen Gärten aufwuchs? Die einen feigen Mord begangen hat und deshalb vor den Obersten Lordrichter von Tirgas Lan geführt werden sollte, sich dann aber der Verhandlung durch Flucht entzogen hat?«

»Was soll das werden, Fürst?«, ging Farawyn dazwischen. »Was wollt Ihr von der Novizin?«

»Ich bin hier, um das Urteil zu vollstrecken, das damals nicht gefällt werden konnte«, knurrte Erwein, rot im Gesicht vor Zorn. »Ein Urteil, das jeder Richter gefällt hätte, wäre er nicht von Elfenglanz geblendet worden. Wer anderen den Tod bringt, der hat selbst keine geringere Strafe zu erwarten. Ich habe viel auf mich genommen, um hierher, an diesen Ort zu gelangen und der Gerechtigkeit Genüge zu tun.«

»Nein«, sagte Farawyn entschieden und trat vor, den *flasfyn* in beiden Händen.

»Ist sie etwa nicht überführt?«, fragte der Fürst. »Ist sie nicht geständig? Hat sie Gnade verdient, obwohl sie meinem Jungen keine gewährte?«

»Du bist blind vor Schmerz und Rachsucht«, entgegnete der Zauberer. »Würdest du die Augen für die Wahrheit öffnen, so würdest du erkennen …«

»Was für eine Wahrheit?«, schrie Erwein ihn an. »Doch nur die, die ihr Elfen dafür ausgebt! Die Wahrheit ist, dass mein Junge nicht mehr lebt und dass diese Hexe« – er wies mit seinem Schwert auf Alannah – »dafür verantwortlich ist. Also gebt sie mir heraus, damit sie ihre gerechte Strafe erhält!«

»Nein«, widersprach Farawyn. »Was du willst, ist nicht Gerechtigkeit, sondern Rache.«

»Wo ist der Unterschied?«

»Wenn du diesen Unterschied nicht kennst, solltest du dich nicht Fürst nennen und eine Stadt regieren«, sagte Farawyn.

Da aber trat Alannah vor, auf Erwein zu. »Fürst von Andaril …«

»Sieh an«, spottete dieser, »die Mörderin hat eine Stimme.«

»Die habe ich«, sagte Alannah, die erst anhielt, als die Spitze seines Schwertes ihre Brust berührte. »Und ich möchte nicht, dass Ihr denkt, dass ich mich aus Feigheit dem Gericht entzogen hätte.«

»Nein? Aus welchem Grund wohl sonst?«

»Weil ich die Einsicht gewonnen habe«, antwortete Alannah sanft, »dass der Tod Eures Sohnes nur dann einen Sinn bekommt, wenn ich Sühne übe, und zwar indem ich mein Leben, mein ganzes Sein dem Ziel weihe, andere zu retten. Als Zauberin von Shakara ist mir die Möglichkeit dazu gegeben.«

»Elfisches Geschwätz!«, knurrte Erwein.

»Was Eurem Sohn widerfahren ist«, fuhr sie fort, »war ein schrecklicher Unfall. Zu jenem Zeitpunkt wusste ich noch nichts von den Kräften, die mir innewohnen und die sowohl zum Guten als auch zum Bösen verwendet werden können. Diese Kräfte, von denen ich nichts ahnte, ließen sich damals noch nicht kontrollieren, deshalb trifft mich keine Schuld an dem, was geschah. Dennoch dürft Ihr mir glauben, dass mich der Tod Eures Sohnes an jedem einzelnen Tag bis in den Schlaf verfolgt und dass ich, sobald ich die Augen schließe, seinen durchbohrten Körper vor mir sehe, der …«

»Genug!«, herrschte der Fürst sie an und holte mit dem Schwert aus, um ihr den Kopf abzuschlagen. »Ich werde nicht zulassen, dass du elende Hexe sein Andenken besudelst!«

»Dennoch«, fuhr Alannah fort, in deren Augen Tränen glänzten, »weiß ich um den entsetzlichen Verlust, den ich Euch zugefügt habe, deshalb sollt Ihr Euren Willen bekommen. Ich liefere mich hier und jetzt Eurer Gerichtsbarkeit aus und bitte Euch um Verzeihung und um Gnade. Auf dass Ihr den Frieden finden möget, der mir versagt bleibt.«

»Nein!«, rief Farawyn energisch.

Alannah jedoch hatte ihre Entscheidung getroffen. Sie senkte das Haupt und wollte vor Erwein auf die Knie sinken, der sein Schwert zum Schlag erhoben hielt, unbeeindruckt von Alannahs Worten.

»Das reicht jetzt!« Farawyn packte Alannah am Arm, riss sie hoch und von Erwein weg, dann schob er sie zu Aldur und Riwanon, die sich schützend vor sie stellten. »Du hast gehört, was sie gesagt hat«, beschied er Erwein. »Es war ein Unfall, und sie bedauert, was geschehen ist!«

»Wie rührend!«, entgegnete Erwein spöttisch.

»Wenn dir das nicht genügt, Fürst, ist das deine Sache. Alannah ist eine Novizin Shakaras und steht damit unter dem Schutz des Ordens der Zauberer. Weder kann ich noch werde ich sie dir überlassen.«

»Ist das dein letztes Wort?«

»Allerdings.«

»Dann wird Blut fließen«, drohte Erwein.

»Sei kein Narr!«, beschwor ihn Farawyn. »Viele von euch werden sterben, vielleicht sogar alle!«

»Gut möglich«, räumte der Fürst ungerührt ein. »Aber wenn ich meine Klinge dafür im Blut der Mörderin baden kann, ist mir das den Verlust meiner Männer wert!«

Dann wandte er sich an Granock, der neben seinen Meister getreten war, die Fäuste in stillem Zorn geballt. »Du«, sagte er, »bist keiner von ihnen, deshalb steht es dir frei zu gehen. Mein Zorn richtet sich nur gegen die Mörderin und das Elfenpack, das sie beschützt.«

Granock zögerte, und er spürte, wie die Blicke seiner elfischen Gefährten auf ihm lasteten, besonders der von Alannah, die ihn in mancher Weise getäuscht hatte. Womöglich fürchtete sie, dass er sich nun gegen sie wenden würde, aber Granock war fest entschlossen, ihr und allen anderen eine Lektion in Sachen menschlicher Loyalität und Treue zu erteilen.

»Dann musst du auch mich vernichten, Fürst«, erwiderte er trotzig, »denn mein Platz ist bei meinen Gefährten.«

»Du verrätst deine eigene Rasse?«

»Unter meinesgleichen habe ich nie Freunde gehabt«, entgegnete Granock, »und in den Straßen der Stadt, über die du gebietest, habe ich gelebt wie ein herrenloser Köter. Diese Elfen jedoch haben mir ein Zuhause gegeben und mir beigebracht, was Freundschaft bedeutet. Bei ihnen habe ich alles gefunden, wonach sich mein Herz sehnte, also erwarte nicht, dass ich mich gegen sie wende.«

Der Fürst spuckte ihm vor die Füße. »Elender! Wie kannst du es wagen, so mit mir zu sprechen? Bogenschützen ...!«

Die mit Äxten, Schwertern und Schilden bewehrten Kämpfer in der vordersten Reihe knieten daraufhin nieder, und hinter ihnen kamen Bogenschützen zum Vorschein, die ihre Pfeile bereits auf den gespannten Sehnen liegen hatten.

»Schießt sie nieder!«, gellte Erweins Befehl, und der gefiederte Tod flog dutzendfach auf die umzingelten Zauberer zu – allerdings nicht von allen drei Seiten, sondern nur von zweien, denn in einer blitzschnellen Reaktion hatte Granock die Hände emporgerissen und einen Zeitzauber vollführt, der zumindest die Schützen auf dem linken Flügel wie versteinert erstarren ließ.

Auf den anderen beiden Seiten jedoch schnellten die Pfeile von den Sehnen und hätten ihre Ziele sicherlich getroffen. Da aber loderten Flammen auf und verwandelten ein halbes Dutzend Pfeile in Asche, und vor Alannah und Riwanon wuchs eine Wand aus Eis in die Höhe, an der die Geschosse zersplitterten.

Die restlichen Pfeile wischte Farawyn mit einer Bewegung seines Zauberstabs aus der Luft, so als wären es lästige Stechmücken, die er verscheuchen wollte.

Dann rief er: »Hör auf damit, Fürst Erwein! Lass deine Rache dich nicht das Leben kosten!«

»Überlass die Entscheidung mir, Elf!«, entgegnete Erwein, und indem er beidhändig sein Schwert schwang, drang er auf den Zauberer ein, gefolgt von seinen Schergen.

Den ersten Hieb Erweins wehrte Farawyn kurzerhand ab, indem er den *flasfyn* als Kampfstab gebrauchte, und wundersamerweise hielt das Holz dem Stahl der Klinge stand. Darauf versetzte der Zauberer dem Fürsten einen Gedankenstoß, der ihn zurücktaumeln ließ, seinen eigenen Leuten entgegen. Auf der einen Flanke geriet der Ansturm der Menschen dadurch ins Stocken, auf der anderen jedoch griffen sie an, lauthals schreiend und die Waffen zum Schlag erhoben.

Alannah, die keinen der Angreifer verletzen wollte, überzog den Boden des Gewölbes mit Eis, worauf einige der Menschenkrieger ausglitten und im Fallen noch ihre Kameraden mitrissen. Den Rest erwartete Aldur. In den Zügen des Elfen war kein Hochmut zu erkennen, aber auch kein Mitleid. Er holte aus, um eine Feuerwand hervorzurufen, die die Angreifer verzehren und sie bei lebendigem Leibe verbrennen würde.

»Nein!«, rief Farawyn entschieden.

»Wieso nicht? Sie sind dumm und dreist!«

»Sie sind Menschen!«, entgegnete der Zauberer, als würde das alles erklären, dann trat er auf Aldur zu und drängte ihn in Richtung Ausgang. »Los, wir ziehen uns zurück! Ich will kein Blutvergießen – nicht hier!«

»Aber …«

»Verstehst du denn nicht? Das ist genau das, was man von uns will!«

Granock, der soeben einen weiteren Zeitzauber gewirkt hatte, um die Bogenschützen daran zu hindern, abermals auf sie zu schießen, hatte Farawyns Worte mitbekommen und glaubte zu verstehen. Farawyn ging es nicht nur darum, das Leben der Angreifer zu schonen, er befürchtete offenbar auch, dass ein Blutvergießen auf diesem von Bosheit durchdrungenen Boden Unheil bewirken könnte.

Schulter an Schulter wichen Zauberer und Novizen vor den nachrückenden Soldaten Andarils zurück. Sie erreichten den Durchgang und gelangten wieder in den Schacht, wo jedoch eine böse Überraschung auf sie wartete.

Die steinernen Stufen, die vorhin noch aus den senkrecht abfallenden Wänden ragten, waren verschwunden! Ein verborgener Mechanismus hatte sie offenbar in die Schachtmauer gezogen, sodass sich diese nun völlig glatt präsentierte, ohne Vorsprünge, über die man hinaufsteigen konnte.

Die Zauberer saßen in der Falle!

Die Treppe gab es nicht mehr, und aus der Grabkammer drängten Erwein und seine Soldaten.

»Alannah«, rief Farawyn, »versiegle den Durchgang mit Eis!«

»I-ich kann nicht mehr«, sagte Alannah keuchend, »meine Kräfte sind erschöpft …«

»Granock?«

Granock hob die Hände und gab sein Bestes, aber auch er vermochte die Angreifer nicht mehr aufzuhalten. Schlagartig hatten seine Kräfte nachgelassen, aber der Grund dafür war nicht nur Ermüdung …

Farawyn ließ eine Verwünschung vernehmen und trieb die Angreifer mit einem Gedankenstoß abermals zurück, aber schon im nächsten Moment drängten sie erneut heran, Hass und Blutdurst in den Augen. Erwein und seine Männer wollten den Kampf, einen anderen Weg schien es für sie nicht zu geben …

»Meister?«, fragte Aldur, der sich schützend vor die anderen gestellt hatte und die Angreifer erwartete.

Granock sah die Verzweiflung in den Zügen Farawyns. Offenbar befürchtete er, dass all dies Teil eines größeren Plans war – eines Plans, der die Existenz des Tempels erklärte und die Anwesenheit der Menschenkrieger in Arun, und der Zauberer schien fieberhaft zu überlegen, wie er es anstellen konnte, nicht weiterhin die Spielfigur jener anderen, unbekannten Macht zu sein, die sie in den Dschungel gelockt hatte und die auch Erweins Schritte zu lenken schien …

Plötzlich geschah etwas Unerwartetes: Der Eisensporn, gegen den sich Granock gestützt hatte, gab nach und zog sich mit metallischem Knirschen in den Boden zurück, ebenso wie all die anderen Stacheln, die den Grund des Schachts übersäten. Und einen Herzschlag später fiel von oben ein blasses Licht herab.

Es war nur der fahle Schein des Mondes, aber Granocks an das Halbdunkel gewöhnte Augen brauchten dennoch einen Moment, um sich daran zu gewöhnen. Blinzelnd blickte er den Schacht hinauf und sah zum ersten Mal dessen oberes Ende, das sich offenbar genau in der Pyramidenspitze befand!

Der Schacht schien den ganzen Tempel zu durchmessen, von den düsteren Katakomben bis hinauf zum höchsten Punkt – und er öffnete sich! Die beiden riesigen, steinernen Tetraeder, die zusammen die Pyramidenspitze gebildet hatten, glitten knirschend auseinander. Darüber konnte Granock den gefleckten Mond erkennen, der inzwischen aufgegangen war und wie ein pupillenloses Auge durch graue Wolkenfetzen blinzelte.

»W-was hat das zu bedeuten?«, rief Granock verwirrt, aber weder sein Meister noch die anderen schienen eine Erklärung zu haben. Sie wichen weiter zurück, während Farawyn und Riwanon die Angreifer weiterhin mithilfe des *tarthan* auf Distanz hielten. Allerdings war es nur eine Frage der Zeit, bis Erwein und seine Soldaten sie abermals umzingelt hatten, und dann würde es ein hässliches Gemetzel geben, Farawyns Bemühungen zum Trotz.

Sehnsüchtig schaute Granock nach oben, aber die steinernen Stiegen, über die sie herabgelangt waren, erschienen nicht wieder. Dafür gewahrte er plötzlich etwas, das weit über der Pyramide schwebte und dessen Umrisse auf einmal vor der bleichen Scheibe des Mondes zu erkennen waren.

Granock traute seinen Augen nicht.

Es waren Vögel!

Große fliegende Kreaturen, die aus dem nachtschwarzen Himmel fielen und auf deren Rücken mit Lanzen bewaffnete Reiter saßen …

»Meister!«, rief Granock und deutete nach oben, und in Farawyns angespannten Zügen zuckte es auf einmal.

»Ich fühle etwas«, sagte er, »eine vertraute Präsenz. Und etwas sehr Altes …«

Granock hatte keine Ahnung, was das zu bedeuten hatte, und auch die anderen schienen es nicht zu wissen. Sie waren bis zur hinteren Schachtmauer zurückgewichen und standen im wahrsten Sinn des Wortes mit dem Rücken zur Wand. Allerdings waren Erweins Männer nicht mehr nachgerückt. Im Gegenteil, sie hatten sich wieder in den Verbindungsgang zurückgezogen, als sich die Pyramide geöffnet hatte und das Mondlicht auf den Grund des Schachts gefallen war.

»Was, in ganz Erdwelt, geht hier vor?«, knurrte Granock – aber niemand gab ihm eine Antwort.

Ein Blick nach oben zeigte ihm, dass die Vögel noch tiefer herabgesunken waren, geradewegs auf den offenen Schacht zu – und dass es gar keine Vögel waren.

Es waren Skelette! Riesige Knochengebilde mit lang geformten Schädeln und peitschenden Schwänzen. Nicht der Schlag ihrer nur aus Gebein und löchriger Haut bestehenden Flügel hielt sie in der Luft, sondern pure Magie!

»*Dragnadha*«, hörte Granock seinen Meister flüstern, ohne dass er wusste, was dieses Wort bedeutete.

Schon war die erste der bizarren Kreaturen so weit herabgesunken, dass die Pyramide sie aufnahm. Der Schacht war breit genug, und so sank sie mit unheimlich rauschendem Flügelschlag nieder, dirigiert von ihrem schattenhaften Reiter, der einen weiten Kapuzenumhang trug …

Die Robe eines Zauberers!

Granock schöpfte jähe Hoffnung, als er die Farbe des Umhangs gewahrte. Im nächsten Moment erblickte er auch das Gesicht unter der Kapuze und hätte fast gejubelt.

Es war Meister Palgyr!

Farawyns Rivale, gewiss, aber auch ein Mitglied des Hohen Rates. Sicher war er geschickt worden, um jenseits der Grenze nach dem Rechten zu sehen und dem Erkundungstrupp zu Hilfe zu kommen.

Granock war nicht der Einzige, der so dachte. Auch Alannah und Aldur atmeten sichtlich auf, als sie den Zauberer erkannten, und ihre Hoffnung wurde noch größer, als sie auf zweien der anderen *dragnadha* die Meister Labhras und Sgruthgan gewahrten, die zwar auch nicht gerade zu Farawyns Freunden zählten, jedoch ebenfalls Angehörige des Rates waren.

Die ersten Zweifel kamen Granock, als er die Reiter der anderen Knochenvögel – es waren insgesamt sechs – gewahrte. Sie trugen Rüstungen aus schwarzem Leder, die zwar fraglos elfischen Ursprungs waren, jedoch etwas Bedrohliches an sich hatten. Die Helme, die die Gesichter halb bedeckten und nur die Mundpartie frei ließen, verstärkten diesen Eindruck noch. Und hinter einem der Elfenkrieger saß ein Unhold im Sattel, ein Ork, aus dessen grünem Gesicht ein Paar gelber, sich argwöhnisch umblickender Augen starrte.

Granock warf Meister Farawyn einen Blick zu. Wenn der Zauberer verwundert war, so ließ er es sich nicht anmerken. Seine schlanke Gestalt straffte sich, als die Knochenkreaturen auf dem Grund des Schachtes aufsetzten und sich daraufhin zwischen den Zauberern und den Kriegern aus Andaril befanden.

Meister Palgyr taxierte die Gefährten, und Fürst Erwein eilte herbei. Sein eben noch zur Schau gestellter Hochmut verwandelte sich in Unterwürfigkeit, als er sich tief verbeugte.

»Was soll das?«, rief Palgyr barsch. »Wieso sind die Novizen noch am Leben?«

»I-ich ... Es tut mir leid«, antwortete Erwein stammelnd. »Sie haben Zauberei angewandt, und wir konnten nicht ...«

»Du hast versagt!«, beschied ihm Palgyr. »Du hast die Gelegenheit, dich an der Mörderin deines Sohnes zu rächen, ungenutzt verstreichen lassen.«

»E-es tut mir leid«, beteuerte der Fürst von Andaril noch einmal, was den Zauberer jedoch nicht zu interessieren schien. Er schaute auf und starrte wieder Granock und seine Gefährten an, dann konzentrierte sich sein Blick auf Farawyn.

»So sehen wir uns also wieder«, sagte er.

»Guten Tag, Bruder Palgyr«, entbot Farawyn seinem Rivalen einen höflichen Gruß, doch seine Stimme triefte dabei vor Sarkasmus. »Ein hübsches Reittier hast du da.«

Eine endlos scheinende Weile starrte Palgyr ihn nur an. Dann glitt er aus dem Sattel, und der *dragnadh* neigte sich zur Seite, damit sein Reiter absteigen konnte, ehe er sich klappernd wieder aufrichtete.

»Von dem Augenblick an, da ich erkannte, dass die Spur des Verrats nach Shakara führte, hatte ich dich im Verdacht«, sagte Farawyn ruhig, »aber ich habe meine Vermutungen für mich behalten, weil ich fürchtete, sie könnten ihren Ursprung mehr in meinem Herzen haben als in meinem Verstand. Nun jedoch sehe ich, dass ich auf mein Herz hätte hören sollen, *Bruder* Palgyr.«

»Bitte«, sagte der andere und verzog das Gesicht, »lassen wir das. Es ist nicht mehr nötig, den Schein zu wahren. Ich bin nicht dein Bruder und war es niemals, einfältiger Farawyn, und wenn du mich mit einem Namen ansprechen musst, dann nicht mit dem, den hirnlose Greise mir gaben, sondern benutze jenen Namen, den ich selbst mir gab: Nenne mich Rurak!«

»Rurak?«, fragte Alannah verwirrt. »Was … was hat das zu bedeuten?«

Farawyn übernahm die Antwort, indem er sagte: »Es bedeutet, dass das Böse, das in Arun wirkt, gerade seine Maske fallen gelassen hat. Aber er wird nicht mehr dazu kommen, die Früchte seines Verrats zu ernten!«

Unerwartet riss Farawyn seinen Zauberstab in die Höhe, um ihn gegen seinen Erzfeind einzusetzen – doch er musste feststellen, dass der *flasfyn* seine magischen Kräfte nicht mehr bündelte. Sogleich versuchte Farawyn einen *tarthan* anzubringen, aber der Gedankenstoß ging durch seinen Gegner hindurch, als wäre dieser nur aus Luft oder eine Illusion.

»Hört nur«, spottete Palgyr, der sich fortan Rurak nannte. »Das heisere Gebell eines zahnlosen Hundes.«

Labhras und Sgruthgan lachten lauthals. Dann stiegen auch sie aus den Sätteln, sprangen von ihren unheimlichen Reittieren und kamen heran. Farawyn versuchte abermals, einen Zauber zu wirken, aber erneut gelang es ihm nicht.

»Gib dir keine Mühe, Bruder«, beschied ihm Labhras grinsend. »An diesem Ort hat die Macht der Elfenkristalle keine Wirkung, und unsere Zauberkraft versickert mit der Zeit wie Wasser auf trockenem Sand. Anfangs vermag sie sich noch zu behaupten, aber dann schwindet sie unaufhaltsam.«

Farawyn und seine Gefährten tauschten düstere Blicke. Das also war der Grund dafür, dass Granocks und Alannahs Fähigkeiten erloschen waren. Der Meister hatte seine Zauberkraft noch ein wenig länger bewahren können, aber nun war auch sie weg.

»Nur für den Fall, dass ihr es noch nicht bemerkt haben solltet«, fügte Rurak grinsend hinzu, »ihr befindet euch in unserer Gewalt – und seid unsere Gefangenen.«

Der Verräter lachte schallend, und sein Gelächter hallte von den Schachtwänden wider, wobei es hinaufstieg, um sich schließlich in der mondhellen Nacht zu verlieren, die über der Pyramide und dem Dschungel von Arun herrschte.

25. DUFANOR'Y'DORWATHAN

Zumindest ein Teil des Rätsels war gelöst.

Die Gefährten wussten jetzt, wer der Verräter war, dessen Wirken Farawyn erspürt hatte, und sie wussten auch, wer Erwein von Andaril mit all den geheimen Informationen über Alannah versorgt und ihn gegen die Zauberer aufgehetzt hatte. Und vermutlich, so dachte Granock grimmig, hatte Palgyr, der seinen Ordensnamen abgelegt hatte und sich jetzt »Rurak« nannte, noch weit mehr als das getan …

»Die *neidora*«, stieß Farawyn hervor, der ähnlich zu denken schien. »Bist du das auch gewesen?«

»In der Tat.« Rurak nickte. »Es wäre schade gewesen, sie dort auf ihren steinernen Sockeln versauern zu lassen, da sie doch so überaus nützliche Diener sein können.«

»Was ist der Preis dafür gewesen?«

»Nicht viel.« Der Verräter schüttelte den Kopf. »Nur zehn sterbliche Leben. Ein geringer Preis, wie ich finde …«

»Scheusal«, knurrte Farawyn. »Nun zeigst du endlich dein wahres Gesicht.«

»Ja.« Rurak nickte. »Nun endlich. Ich war es leid, mich als Wortführer derer aufzuspielen, die das Gesetz achten und es zu schützen versuchen. Wie überaus langweilig, findest du nicht?«

»Diese Zauberer haben dir vertraut. Sie haben deinen Worten Glauben geschenkt.«

»Dann waren sie ziemlich töricht. Anders als du. Du hast mir nie wirklich geglaubt, nicht wahr?«

»Nein«, gab Farawyn resignierend zu. »Dennoch hätte ich nie gedacht, dass du so weit gehen würdest. Woher hattest du all dies Wissen? Woher die Macht, die *neidora* zu erwecken?«

Ein Lächeln der Genugtuung legte sich auf Ruraks von grauem Haar umrahmtes Raubvogelgesicht. »Das weißt du doch genau«, sagte er. »Es gibt nur ein Werk, in dem derlei Wissen jemals gesammelt wurde.«

»Das Buch der Geheimnisse«, flüsterte Farawyn schaudernd. »Du … du hast es gefunden?«

Rurak schüttelte den Kopf. »Ich brauchte es nicht einmal zu suchen. Einer meiner Ahnen, der bei Tirgas Lan gegen Margoks Horden kämpfte, nahm es an sich, nachdem die Schlacht entschieden war, und verbarg es an einem sicheren Platz, wohl wissend, dass es einst von unschätzbarem Wert sein würde.«

»Dann war dein Urahn ein törichter Narr«, konterte Farawyn, »denn das Buch Margoks hätte vernichtet werden müssen.«

»Es vernichten? Und all die Möglichkeiten, die es birgt, für immer verlieren?« Rurak lachte freudlos auf. »Ich danke dem Schicksal, dass meine Vorfahren mehr Verstand hatten als du. Über die Jahrtausende haben sie das Buch aufbewahrt, es dort verborgen, wo niemand es vermutet hätte. Jedoch hatte keiner von ihnen den Mut, es je zu öffnen und hineinzusehen …«

»Aus gutem Grund. Es heißt, dass den Verstand verliert, wer sich dem Wahnsinn des Dunkelelfen aussetzt.«

»Dann kann ich mich wohl glücklich schätzen, noch klaren Verstandes zu sein«, erwiderte Rurak mit einem Blick, der seine Worte Lügen strafte. »Ich nämlich hatte keine Furcht, das Erbe des Dunkelelfen anzunehmen, denn wie er bin ich ein großer und mächtiger Zauberer. Also habe ich gewagt, was seit Margoks Tagen niemand wagte …«

»Frevler«, zischte Farawyn, »wie konntest du nur?«

»… und auf diese Weise von Dingen erfahren, die meine Welt größer gemacht haben, als ein Kleingeist wie du es sich jemals vorstellen kann«, fuhr Rurak fort. »Du gefällst dir in der Rolle des Erneuerers und schockierst den Rat mit angeblich revolutionären Einfällen, dabei kratzt du in Wahrheit nur an der seit Jahrtausenden verkrusteten Oberfläche, und wie alle anderen im Orden gibst auch du dich mit den Brotkrummen zufrieden, die hin und wieder von der Tafel des Schicksals fallen. Ich aber will mehr als das, Farawyn.«

»Mehr? Was meinst du?«

»Ich will mit beiden Händen aus dem Überfluss schöpfen«, antwortete Rurak, wobei er seine knochigen Hände zu Fäusten ballte, »und ich will am Nektar der Erfüllung nicht nur nippen, sondern ihn eimerweise saufen! Ich will die absolute Macht, und das Buch der Geheimnisse hat mir den Weg dazu gezeigt, ob es dir gefällt oder nicht. Es wird sich vieles ändern im Reich, Freund Farawyn – und in gewisser Weise hast du den Grundstein dazu gelegt.«

»Ich?« Farawyn bemühte sich, sein Erschrecken zu verbergen, aber es gelang ihm nicht. »Wieso das?«

»Weil du mit deinen Vorschlägen zur Erneuerung des Ordens den Rat stets vollauf beschäftigt hast. Auf diese Weise konnte ich mich in der Rolle des Ordnungshüters aufspielen und dabei unbemerkt an den Fundamenten sägen, die du nur verrücken wolltest. Eine seltsame Ironie, nicht wahr?«

»Allerdings«, entgegnete Farawyn.

»Warte, bis du die wahre Tragweite meines Plans erfährst«, sagte Rurak grinsend. Damit wandte er sich ab und gesellte sich zu seinen Lakaien Labhras und Sgruthgan, die die Situation sichtlich genossen.

Man hatte die Gefangenen zurück in die Grabkammer geführt, wo der Knochensarkophag Margoks auf dem steinernen Podest ruhte. Fürst Erweins Soldaten hatten rings um den Sarkophag Aufstellung genommen, Fackeln in den Händen. Granock, Aldur und Alannah standen auf der linken Seite des grausigen Grabes, Farawyn und Riwanon auf der anderen, jeweils bewacht von zwei Kriegern aus Andaril. Da ihre Kräfte versiegt waren, hatte man den Zauberern ihre Stäbe gelassen. Ohne ihre Zauberei waren Farawyn und Riwanon nichts weiter als ein alter Mann und eine zarte Frau, die gegen zwei gepanzerte und schwer bewaffnete Kämpfer niemals bestehen konnten.

Rurak trat zu seinen beiden Lakaien am Fußende des Sarkophags, wo auch Fürst Erwein und der Ork standen, der, wie die Gefangenen inzwischen erfahren hatten, Ruraks Schüler war. Natürlich wollte Rurak auch damit den Hohen Rat demütigen, doch es war auch ein Beleg dafür, dass der Verräter den Kontakt mit den Kreaturen gesucht hatte, die jenseits des Schwarzgebirges hausten und deren Rasse einst von dem gezüchtet worden war, in dessen Grabkammer sie sich alle aufhielten: Margok.

Granock fragte sich, wie es möglich war, dass dessen unheilvolles Vermächtnis auch nach so langer Zeit noch immer nachwirkte. Die Antwort darauf war ebenso offenkundig wie deprimierend, besagte sie doch, dass Elfen und Menschen einander tatsächlich ähnlich waren: Obwohl sich die Söhne Glyndyrs gern verklärt gaben, wohnte ihnen – genau wie den Menschen – das Böse ebenso inne wie das Gute, und es war einem jeden von ihnen selbst überlassen, für welche Seite er sich entschied. Für das Licht, so wie Cethegar es getan hatte – oder für die Dunkelheit …

»Als ich vor dem Hohen Rat dafür plädierte, ausgerechnet dich, Farawyn, zur Südgrenze des Reiches zu schicken, da ging es mir natürlich darum, dich in Shakara aus dem Weg zu haben, denn du warst der Einzige, dem ich zugetraut hätte, meine Pläne zu durchschauen«, tönte Rurak großspurig.

»Was du nicht sagst«, knurrte Farawyn.

»Aber«, fuhr der abtrünnige Zauberer fort, »das war nicht mein einziges Ziel. Du magst es glauben oder nicht, aber es ging mir auch darum, dich hierher zu locken, an diesen Ort – denn ich brauche dich.«

»Du brauchst mich?« Farawyn verengte argwöhnisch die Augen.

»Dich«, bestätigte Rurak nickend, »oder vielmehr das, was dir innewohnt: deine Lebensenergie, deine Körperkraft ebenso wie deine geistige Stärke. Nenne es, wie du willst.«

»Wozu?«, fragte Farawyn, dessen bebender Stimme jedoch anzumerken war, dass er schon eine Vermutung hatte.

»Du ahnst es bereits«, erkannte auch Rurak. »Unter diesem Sarkophag ruhen die sterblichen Überreste Margoks, des größten Führers, den unser Orden jemals hervorgebracht hat …«

»Ansichtssache«, knurrte Granock, worauf ihm einer seiner Bewacher in die Kniekehlen trat, sodass er zusammenbrach.

»… und obwohl du diese Ehre nicht verdienst«, fuhr Rurak unbeirrt fort, noch immer an Farawyn gewandt, »wird es deine Lebensenergie sein, die den Dunkelelfen aus dem Reich der Toten zurückholt, auf dass er das Werk, das er in Erdwelt begonnen hat, fortsetze und schließlich zu Ende bringe!«

»Nein!«, rief Farawyn. »Das wagst du nicht!«

»Warum nicht? Ich weiß alles, was dazu nötig ist. Der Dunkelelf selbst hat es mir durch seine Schriften mitgeteilt. Er wusste, dass eine Zeit kommen würde, da wir uns seiner großen Taten erinnern und ihn aus dem Jenseits zurückholen würden – und nun ist es so weit!«

»Große Taten?«, rief Alannah. »Tod und Verderben hat er über Erdwelt gebracht. Tausende bezahlten seinen Ehrgeiz und Größenwahn mit dem Leben!«

»Gemach, hübsche Novizin«, mahnte Rurak. »Offenbar hast du es mit dem Sterben eilig, aber ein wenig musst auch du dich noch gedulden.« Er ließ seinen Blick über die Gefangenen schweifen. »Eigentlich solltet ihr schon längst tot sein. Mein ursprünglicher Plan hatte vorgesehen, dass ihr euch einen Kampf mit Fürst Erweins Männern liefert. Das Blut, das hätte fließen sollen, hätte Margoks Rückkehr würdig vorbereitet.«

»Ohne Zweifel«, stieß Aldur voller Abscheu hervor.

»Farawyn jedoch wusste dies zu verhindern, sei es aus purem Zufall oder weil er tatsächlich ahnte, welches Spiel ich trieb.«

»Aber warum ich?«, fragte Farawyn. »Warum musstest du ausgerechnet Riwanon, Cethegar und mich hierher locken? Bei deiner Skrupellosigkeit traue ich dir zu, dass du ohne mit der Wimper zu zucken einen deiner Verbündeten opfern würdest, um Margok wiederzuerwecken.«

»Nur sind die nicht stark genug, um dem Dunkelelfen die Kraft zu verleihen, die er braucht, um sich Erdwelt zu unterwerfen«, antwortete Rurak. »Nicht nur das *lu*, die Lebensenergie eines Elfen, werden bei dem Ritual auf Margok übertragen, sondern auch die Zauberkraft. Also brauche ich einen mächtigen Zauberer, der während des Rituals geopfert wird, denn umso mächtiger wird Margok sein, wenn er erwacht. Und du, Farawyn, bist – so ungern ich es eingestehe – einer der mächtigsten Zauberer des Ordens.«

»Aber Cethegar …«

»Cethegar war alt und schwach, sein *lu* näherte sich dem Ende und er sich der Zeit, da es ihn zu den Fernen Gestaden gezogen hätte. Du allerdings, Farawyn, bist geradezu ausersehen, dein *lu* und deine Zauberkraft Margok zu schenken.« Er grinste seinen alten Rivalen an und fügte hämisch hinzu: »Ich habe übrigens noch einen Trost für dich, *Bruder*: Der Orden der Zauberer wird grundlegend erneuert werden, so wie du es immer wolltest. Nur«, setzte er einschränkend hinzu, »vielleicht ein wenig anders als von dir gedacht …«

Farawyn stieg die Zornesröte ins Gesicht, und er knirschte: »Was auch immer du tust, glaubst du denn, der Rat wird all das widerspruchslos hinnehmen?«

»Der Rat, mein Freund, ist eine Versammlung verschwatzter Wichtigtuer und altersschwacher Greise. Keiner von ihnen hatte den Mut, mir entschieden entgegenzutreten, als ich einen Unhold zu meinem Novizen ernannte und damit die grundlegendsten Werte des Ordens offen in den Dreck trat. Und Semias, der Vorsitzende des Ordens, ist ein seniler Dummkopf, der alles tut, um ein Auseinanderbrechen des Rates und eine Spaltung des Ordens zu verhindern. Ich sehe also niemanden mehr, der mir noch gefährlich werden könnte, da der gute Cethegar tot ist und auch du nicht mehr lange unter den Lebenden weilen wirst.«

»Das hast du dir ja alles fein ausgedacht!«, knurrte Farawyn.

»Nicht wahr?« Rurak nickte. »Es hat mich auch eine lange Zeit meines Lebens gekostet, diesen Plan in allen Einzelheiten vorzubereiten und dabei immer noch den Schein zu wahren, ein loyales Mitglied des Ordens zu sein. So etwas ist nicht einfach, das kannst du mir glauben.«

»Was denn? Willst du meine Bewunderung?«

»Keineswegs – deine Lebensenergie genügt vollauf.«

»Ich werde mich nicht fügen«, stellte Farawyn klar.

»Ob du willens bist, doch zu opfern, oder nicht, spielt keine Rolle«, versetzte Rurak hart. »Der Dunkelelf wird dich verzehren, so oder so, und er wird sich deiner Kraft bemächtigen, um ins Diesseits zurückzukehren. Du bist dabei nur ein Mittel zum Zweck, mehr nicht.«

Damit war für Rurak alles gesagt. Er nahm am Fußende des Sarkophages Aufstellung, um mit dem Ritual zu beginnen, und hob die Hände mit gespreizten Fingern empor. Die Ärmel seines Gewandes rutschten dabei nach unten und entblößten seine knochigen Arme, dann sprach der Verräter eine Formel in jener alten verbotenen Sprache, deren Klang allein schon dazu angetan war, Furcht und Panik auszulösen.

Darauf folgte ein dumpfes Knirschen und Schaben, wie es entsteht, wenn Stein über Stein bewegt wird – und zur Verblüffung der Novizen und der beiden Zauberer bewegte sich der Sarkophag des Dunkelelfen mitsamt dem Sockel, auf dem er ruhte!

Ob Ruraks Worte einen geheimen Mechanismus in Gang gesetzt hatten, der den Steinsockel bewegte, war nicht festzustellen. Jedenfalls ruckte das massige Gebilde knirschend und kreischend Stück für Stück über den Boden. Darunter wurde ein senkrecht abfallender Schacht sichtbar, aus dem ein unheilvoll grünes Leuchten drang.

»Dort unten«, erklärte Rurak, nachdem der Sarkophag wieder zum Stillstand gekommen war, »ist das, was von Margoks Lebenskraft nach all den Jahrtausenden noch übrig ist. Der Dunkelelf ist schwach, aber er existiert noch immer – und wir werden ihm neue Nahrung geben.«

Damit sprach er eine weitere Formel, und der Sarkophag begann sich aufzurichten, mitsamt dem Sockel, auf dem er ruhte. Knirschend hob sich das Kopfende des grausigen Gebildes und stieg mit träger Langsamkeit immer weiter empor, bis es sich senkrecht aufgestellt hatte. Durch das Gewebe der Knochen glaubte Granock eine dunkle Gestalt zu erblicken, die sich unter dem Deckel aus Gebeinen verbarg. Ein Schauder durchlief ihn vom Scheitel bis zur Sohle, und blankes Grauen erfasste ihn.

»Neeein!«, brüllte Farawyn auf einmal, aber es war bereits zu spät.

Indem Rurak eine weitere Beschwörungsformel sprach, deren Wirkung sich nicht auf die Elfenkristalle stützte, sondern auf die

Kraft der Dunkelheit, bekam das Knochengebilde Risse und zersprang im nächsten Moment wie Glas. Die Bruchstücke zersplitterter Gebeine prasselten durch die Grabkammer und in den klaffenden Schacht, Staub stieg auf, der Jahrtausende alt war, und beißender Gestank breitete sich aus.

Granock, der instinktiv die Hände hochgerissen hatte, um sein Gesicht vor den Knochensplittern zu schützen, würgte und hustete, ehe er einen ersten, vorsichtigen Blick riskierte.

Was er sah, entsetzte ihn.

Es war der Dunkelelf.

Reglos stand er in dem Sarkophag, dessen beinerner Deckel zersprungen war. Und obwohl seit jener Zeit, in der das Heer der Finsternis geschlagen und sein dunkler Anführer vertrieben worden war, so viele Jahrtausende vergangen waren, sah Margok noch immer so aus, als bräuchte er nur die Augen zu öffnen, um ins Leben zurückzukehren und sein Vernichtungswerk fortzusetzen.

Gewiss, das Fleisch war verrottet, und die Haut spannte sich über bloße Knochen. Aber anders als bei den Zwergenmumien, die auf dem Jahrmarkt von Sundaril zur Schau gestellt wurden, wirkte die Haut dieses Leichnams weder pergamentartig noch hatte sie sich dunkel verfärbt, sondern war bleich und hell. Und da der Zauberer namens Qoray der Überlieferung nach groß und hager gewesen und leuchtend weiße Haut gehabt hatte, vermittelte der Leichnam den Eindruck, als wäre er direkt aus den Geschichtsbüchern an diesen düsteren Ort gelangt. Lediglich Margoks Augen straften diesen Eindruck Lügen, denn es waren nur zwei leere Höhlen, die den Anwesenden entgegenstarrten. Das weiße Haar, das beiderseits von dem kahlen Schädel hing, schien hingegen noch lange weitergewachsen zu sein, denn es reichte bis zum Boden herab und überwucherte – wie die Schlinggewächse des Dschungels die Tempelfundamente – die schwarze Rüstung, die der Dunkelelf trug und die ebenfalls noch völlig intakt war.

Obwohl sich Granock am liebsten vor Grausen abgewendet hätte, konnte er nicht anders, als auf den Leichnam zu starren, gleichermaßen fasziniert wie abgestoßen von dem Gedanken, dass Margoks Bosheit offenbar ausgereicht hatte, seinen Körper über die Jahrtausende vor dem Verfall zu bewahren. Aldur schien es ebenso zu ergehen, nur Alannah schaffte es, das Gesicht zur Seite zu drehen, um so dem Blick aus den leeren Augenhöhlen des Toten auszuweichen.

»Keine Sorge«, versicherte Rurak, »diese bemitleidenswerte Erscheinungsform wird nicht von langer Dauer sein. Sobald Farawyns Zauberkraft und Lebensenergie auf den Dunkelelfen übergegangen ist, wird er sich rasch erholen. Fleisch wird wieder auf seinen Knochen wachsen, und neue Macht wird ihn erfüllen, auf dass er uns zum endgültigen Sieg führe!«

»Er wird dich vernichten«, prophezeite Farawyn, von Grauen geschüttelt, »so wie er alle vernichtet hat, die auf seiner Seite standen.«

»Ich bin kein Narr, Farawyn«, stellte Rurak klar. »Margok hat Fehler gemacht, aber mit mir als seinem obersten Berater wird er sie nicht wiederholen. Wie einst wird er ein großes Heer um sich scharen, und er wird ein Reich errichten, wie es selbst zu Sigwyns Zeiten nicht existierte – ein Reich der absoluten Macht, in dem kein Platz ist für Zauderer und Schwächlinge und in dem nur die Starken herrschen.«

»Nur die Starken«, echote Farawyn, an Fürst Erwein gewandt. »Verstehst du, was er damit meint, Mensch? Er spricht von Elfen, und er spricht von Zauberern – aber ganz gewiss nicht von deinesgleichen.«

»Mir hat er etwas anderes gesagt«, konterte Erwein, »und ich glaube ihm.«

»Dann bist du ein Narr, denn er täuscht dich, so wie er uns alle getäuscht hat, und am Ende wirst du feststellen, dass du deinen eigenen Untergang herbeigeführt hast.«

»Meinen Untergang?«, wiederholte Erwein. »Und wenn schon, Elf. Soweit es mich betrifft, spielt es keine Rolle mehr. Mein Leben hat in dem Moment geendet, als mein geliebter Iwein das seine verlor.«

»Dann denke zumindest an jene, die du zu beschützen geschworen hast, an deine Untertanen und deine Soldaten …«

»Meine Kämpfer sind mir treu ergeben. Sie folgen mir überallhin, selbst in den Tod.«

»Törichter Mensch!«, rief Farawyn erregt. »Du weißt nicht, was du sagst! Ein Sturm wird über euch kommen, und er wird euch hinfortreißen wie lose Blätter im Wind. Blut wird fließen, und es wird ein großes Sterben geben, und ihr werdet bedauern, euch jemals in diesen Konflikt eingemischt zu haben. Denkt an meine Worte, hört ihr? Denkt an meine Worte …«

Noch während er sprach, wurde er von Erweins Männern ergriffen. Den Zauberstab entwanden sie ihm und warfen ihn weg wie ein wertloses Stück Holz, dann zerrten sie Farawyn zu der Kluft vor dem Sarkophag, aus der noch immer grünes Licht emporschimmerte, das den flirrenden Staub unheimlich leuchten ließ.

»Genug der Worte, mein guter Farawyn«, sagte Rurak, »es ist an der Zeit, Taten sprechen zu lassen.«

Auf sein Zeichen hin wurde Farawyn an den Rand der Grube bugsiert, und zu seinen Füßen sah der Zauberer das nackte Grauen, ein wirbelnder, leuchtender Schlund, der nur darauf zu warten schien, ihn zu verzehren.

»Jetzt!«, gellte Ruraks Befehl. »Stoßt ihn hinab …!«

26. DÍGYDAID

Rambok hatte sich alles angesehen, hatte alles aufmerksam verfolgt, während seine spitzen Ohren dem Wortwechsel der Schmalaugen gelauscht hatten. Verstanden hatte er dabei nicht allzu viel, da er ihre Sprache kaum beherrschte, aber was auch immer sie sagten, es konnte nicht annähernd so dringlich sein wie die Absicht, die er verfolgte und die noch immer unverändert war.

Er wollte Rurak töten!

Dass der Zauberer ihn zu seinem Schüler gemacht hatte, änderte daran nichts, ebenso wenig wie die Tatsache, dass der grauhaarige Elf noch sehr viel mächtiger zu sein schien, als Rambok es zunächst vermutet hatte: Der Elf vermochte sich Raum und Zeit zu unterwerfen und auf dem Rücken eines Knochenvogels durch die Lüfte zu reisen, aber das rechtfertigte nicht, dass er Rambok dessen Posten im *bolboug* weggenommen hatte. So etwas konnte ein Ork nicht vergessen. Und verzeihen schon gar nicht.

Was Rambok gesehen und erlebt hatte, seit er sich in Ruraks Diensten befand, hatte ihn sein Ziel keineswegs aus den Augen verlieren lassen. Ganz im Gegenteil – er war überzeugter denn je, dass Rurak den Tod verdient hatte. Der Ork durchschaute nicht, was für ein Spiel der Zauberer trieb, aber ihm war klar, dass Rurak sie alle getäuscht hatte.

Oder es zumindest versuchte …

Bildete er sich wirklich ein, dass Rambok keinen Verdacht geschöpft hatte, als er die Krieger sah, die das Dorf der Bluthunde überfallen hatten und auf einmal in Ruraks Diensten standen?

Dass Rambok es ganz normal fand, wenn sich untote Drachen in die Lüfte schwangen, und dass er es widerspruchslos hinnehmen würde, wenn ein Elf, der offenbar schon vor Jahrtausenden in Kuruls dunkle Grube gestürzt war, plötzlich wieder daraus befreit werden sollte? Niemals!

Über den Dunkelelfen wusste Rambok nicht viel; da es unter den Unholden keine schriftlichen Aufzeichnungen gab, geriet die Vergangenheit ziemlich schnell in Vergessenheit. Überliefert wurden nur die großen siegreichen Schlachten und die Namen derer, die sich darin ausgezeichnet hatten – aus welchem Grund man in den Krieg gezogen war, interessierte später niemanden mehr. Eines jedoch war dem Schamanen nur zu klar: dass es zu nichts Gutem führen konnte, einen Elfen, der bereits tot war, wieder ins Leben zurückzuholen, denn das besagte schon eine alte Weisheit: *sul-coul krok, sul-coul mark* – ein toter Elf ist ein guter Elf …

All diese Gründe waren es, die den Ork dazu brachten, unter seine Robe zu greifen und den Dolch zu zücken, den er dort verbarg. Die ganze Zeit über hatte er abgewartet, lauernd wie eine Spinne in ihrem Netz, um dann zuzuschlagen, wenn Rurak es am wenigsten erwartete – und in dem Augenblick, als der Zauberer die Arme ausbreitete und den Menschen befahl, das andere Schmalauge in den grün leuchtenden Pfuhl zu stoßen, handelte Rambok …

Am ganzen Körper bebend vor hilfloser Wut musste Granock mit ansehen, wie sein Meister an den Rand des Abgrunds gezerrt wurde, ohne dass sein Schüler oder irgendjemand sonst etwas dagegen unternehmen konnte. Auch Farawyn war die Verzweiflung anzusehen. Seine innere Ruhe und Überlegenheit, für die Granock ihn stets bewundert hatte, waren wie ausgelöscht. Furcht war in den Zügen des Meisters zu lesen, nicht so sehr um sein eigenes Schicksal als vielmehr vor dem, was geschehen würde, wenn er in diesen Schacht stürzen und der Dunkelelf zurückkehren würde. An Ruraks Worten und an der Wirkung des Zaubers schien Farawyn nicht den geringsten Zweifel zu hegen.

Als der Verräter den entsprechenden Befehl gab, wollten Farawyns Bewacher ihn sogleich über die Kante in die grün schimmernde Tiefe stürzen. Nichts schien ihn mehr retten zu können – als das Geschehen plötzlich eine unerwartete Wendung nahm!

Rurak, der im einen Moment noch triumphierend gelacht hatte, verstummte abrupt. Verblüfft senkte er den Blick und sah den Dolch, der in seiner Seite steckte. Der Griff war mit Tiersehnen umwickelt, und ein blank polierter Knochen bildete den Knauf – ohne Frage die Waffe eines Orks!

Granock, ebenso wie alle anderen, brauchte einen Moment, um zu begreifen, dass es der Unhold gewesen war, der sich unbemerkt an den Zauberer herangeschlichen und ihm die Klinge bis zum Heft in den Leib gerammt hatte. Aus unersichtlichem Grund hatte sich der orkische Novize plötzlich gegen seinen Meister gewandt, und nun stand er da, schwer atmend, und glotzte den verwundeten Zauberer stieren Blickes an.

Einen Herzschlag lang schien die Zeit stillzustehen, geradeso als hätte Granock von seiner Fähigkeit Gebrauch gemacht. Im nächsten Moment brach Chaos aus.

Rurak verfiel in wüstes Geschrei und versuchte, sich den Dolch aus dem Leib zu ziehen, was ihm jedoch nicht gelang. Labhras und Sgruthgan, die beide zu Tode erschrocken waren, riefen wild durcheinander und erteilten unterschiedliche Befehle, sodass Erwein und seine Männer Augenblicke lang nicht wussten, was sie tun sollten.

Und Granock handelte.

Seine beiden Bewacher waren ebenso abgelenkt wie alle anderen, und es gelang ihm, einem der Krieger blitzschnell die Klinge zu entwinden, die ihn bedrohte. Der Krieger gab eine halblaute Verwünschung von sich, die ihm jedoch auf den Lippen gefror, als ihm sein eigener Stahl in die Eingeweide fuhr. Stöhnend sank der Mann nieder, und noch ehe sein Kumpan begriff, was geschehen war, hatte Granock auch ihm eine klaffende Wunde beigebracht.

Granock fuhr herum und sah, dass Aldur und Alannah die Verwirrung ebenfalls genutzt hatten, um ihre Bewacher zu übertölpeln. Granocks Sorge galt jedoch zuvorderst seinem Lehrer.

Mit einem gewagten Sprung setzte er über den Schacht, an dessen Kante Farawyn erbittert mit seinen Bewachern rang. Einer der Menschenkrieger geriet an den Rand der Grube, worauf das alte

Gestein unter seinen Füßen wegbröckelte und er das Gleichgewicht verlor. Mit einem heiseren Schrei verschwand er in der Tiefe, und sogleich verstärkte sich das grüne Leuchten, denn der Dunkelelf hatte neue Lebenskraft erhalten, doch ein einzelner Mensch reichte noch lange nicht aus.

Der andere Wächter sprang zurück. Den Griff des Schwertes beidhändig umklammernd, wollte er Farawyn den Kopf abschlagen. Dass ihm dies nicht gelang, war Granock zuzuschreiben, der zwischen die beiden fuhr. Er führte einen kraftvollen Schwertstreich, den sein Gegner allerdings parierte. Dann ging Erweins Scherge zum Gegenangriff über.

Granock blockte den Hieb ab, der jedoch mit derartiger Wucht geführt war, dass der Novize ins Taumeln geriet, hinter ihm der gefährliche Abgrund. Der Soldat wollte nachsetzen – als Farawyn zur Stelle war.

Er war zur Seite gesprungen und hatte seinen Zauberstab vom Boden aufgelesen, um ihn als Schlagwaffe einzusetzen. Das untere Ende des *flasfyn* sauste herab und traf Erweins Büttel am Helm. Das Eisen und die Kettenhaube darunter vermochte der Hieb natürlich nicht zu durchdringen, aber der Soldat war abgelenkt und wusste einen Augenblick lang nicht, wen von seinen beiden Gegnern er als Nächstes attackieren sollte.

Granock nahm ihm die Entscheidung ab und rammte seinem Widersacher die Klinge tief in den Bauch. Knirschend durchdrang der Stahl das Kettengeflecht der Rüstung und wühlte sich durch Fleisch und Eingeweide, während sich die Augen des Kriegers in stillem Entsetzen weiteten. Er kippte zurück und riss damit die Klinge aus Granocks Hand, der sich sogleich Ersatz besorgen wollte – als er Ruraks heiseren Ruf vernahm.

»Halt!«

Granock und sein Meister fuhren herum.

Wie sie feststellen mussten, hatte sich Rurak den Dolch aus dem Leib gerissen. Die Wunde war tief, hatte jedoch offenbar kein lebenswichtiges Organ verletzt. Die linke Hand auf die Seite pressend, konnte sich der Verräter einigermaßen aufrecht halten – und mit der Rechten hielt er die Orkklinge an Riwanons Kehle!

»O nein«, ächzte Farawyn entsetzt.

Während es Granock und ihm gelungen war, sich zu befreien, hatten sich Labhras und Sgruthgan auf die Zauberin gestürzt und sie zu ihrem Anführer gezerrt. Der hielt ihr mit bebender Hand das blutige Messer an die Kehle, während ein irrsinniges Grinsen seine Raubvogelzüge in die Breite zog.

»Noch eine einzige Bewegung, und eure geschätzte Schwester verblutet vor euren Augen«, zischte er.

Erneut hatte es den Anschein, als würde die Zeit gefrieren. Erweins Soldaten, unter denen heillose Verwirrung ausgebrochen war, hielten ebenso inne wie Aldur und Alannah, die noch immer in heftige Handgemenge mit ihren Bewachern verstrickt gewesen waren, und es wurde so still, dass man eine Nadel fallen gehört hätte.

»Willst du ihr Leben opfern, um das deine zu retten, Farawyn?«, fragte Rurak lauernd. »Ist das deine Vorstellung von einem großen Zauberer? Sie ist ein Mitglied des Ordens, vergiss das nicht. Du hast ihr Treue und Loyalität geschworen bis in den Tod!«

Es war schwer zu sagen, was in Farawyn vor sich ging. Die Sorge um die Zauberin war ihm deutlich anzusehen, aber gleichzeitig sagte er sich wohl, dass es ohnehin kein Entkommen gab, für keinen einzigen von ihnen, wenn Rurak siegte und Margok ins Leben zurückkehrte. Wozu sich also nach Ruraks grausamen Spielregeln richten?

»Farawyn, bitte«, begann in diesem Augenblick Riwanon zu flehen. »Lass nicht zu, dass er mich tötet …«

In ihrer Stimme lag so viel Furcht und Drangsal, dass es Granock den Atem raubte. Wie er sie so in den Armen des Verräters sah, die blanke Klinge an der Kehle, da konnte er kaum an sich halten vor ohnmächtiger Wut. Seine Blicke flogen zu Farawyn und Aldur. Um wie vieles stärker mussten die beiden noch empfinden, war Riwanon für sie doch Schwester und Meisterin …

»Ich warte«, drängte Rurak. »Wirst du dich ergeben und diesen sinnlosen Kampf beenden? Oder willst du zusehen, wie einer Gefährtin das Blut aus der aufgeschlitzten Kehle sprudelt?«

»Farawyn, ich bitte dich von Schwester zu Bruder«, jammerte Riwanon. »Lass mich nicht so enden …«

»Bitte, Meister Farawyn«, ließ sich nun auch Aldur vernehmen. »Lasst nicht zu, dass meine Meisterin auf diese Weise ihr Leben lässt. Das ist ihrer nicht würdig …«

Farawyn zögerte noch, dann aber schüttelte er resigniert den Kopf und warf den Zauberstab von sich. Auch Granock ließ die Klinge fallen.

»Gut so«, sagte Rurak spöttisch und senkte den Dolch. »Wie überaus weise von dir …«

Er gab seinen Kumpanen ein Zeichen, worauf diese Riwanon losließen. Benommen taumelte die Zauberin in Richtung ihrer Gefährten, die inzwischen wieder von Bewaffneten umzingelt waren. Aldur und Alannah wurden ebenso an den Rand der Grube gedrängt wie Rambok der Ork, der völlig unerwartet zu ihrem Verbündeten geworden war.

»Dumme, undankbare Kreatur!«, fuhr Rurak ihn an. »Bin ich denn nicht gut zu dir gewesen? Habe ich dir nicht ungleich mehr gegeben, als Abschaum deiner Sorte verdient?«

»Du hast mich aus dem *bolboug* vertrieben«, erwiderte der Unhold störrisch. »Du hast dir das Vertrauen des Häuptlings erschlichen und dafür gesorgt, dass ihm mein Zauber auf einmal nicht mehr genügte.«

»Und deshalb störst du meine Pläne?«, stieß Rurak fassungslos hervor. »Wegen dieser Nichtigkeiten wagst du es, Hand an mich zu legen?«

»Sollen meine Männer ihn in Stücke hauen, Herr?«, fragte Fürst Erwein, der auf eine Gelegenheit wie diese nur gewartet hatte, denn für Unholde hatte der Herr von Andaril nicht viel übrig.

»Nicht nötig«, wehrte Rurak ab. »Margoks Zorn wird ihn treffen, genau wie alle anderen. Lasst uns das Ritual endlich zu Ende bringen!«

Auch Riwanon hatte sich zu ihren Gefährten gesellt. Die Zauberin war schwach auf den Beinen und schien dem Zusammenbruch nahe. Farawyn nahm sie in die Arme.

»Alles in Ordnung?«, fragte er besorgt.

Sie nickte. »E-es tut mir leid, Bruder. Ich hätte niemals verlangen dürfen, dass du …«

»Sorge dich nicht deswegen. Wir alle haben Augenblicke der Schwäche, in denen ...« Er unterbrach sich, als er merkte, dass ihn die Zauberin in Richtung des gähnenden Abgrunds schob, in dem das Böse lauerte. »Riwanon, was ...?«

»Tu es«, flüsterte sie ihm ins Ohr. »Tu es für mich! Lass es uns zu Ende bringen ...«

Und sie legte ihr ganzes Gewicht in den Versuch, den Zauberer an den Rand des Schachts und darüber hinaus zu drängen, was dieser jedoch verhinderte, indem er sich aus ihrer Umarmung löste und sie von sich schleuderte, sodass sie zurücktaumelte – und sich dann in schallendem Gelächter erging.

»M-Meisterin?«, fragte Aldur, der fürchtete, die Zauberin hätte den Verstand verloren. »Was – was ist mit Euch?«

»Begreifst du es wirklich nicht, Novize?«, rief Rurak, der grinsend an Riwanons Seite trat. »Verstehst du nicht, was hier vor sich geht?«

Aldur verstand – und genau wie Granock und Alannah hatte er in diesem Augenblick das Gefühl, dass ihm der Boden unter den Füßen weggezogen wurde.

»Warum, Riwanon?«, fragte Farawyn erschüttert. »Warum nur?«

»Sehr einfach«, zischte sie. »Weil ich es leid war, nach euren Moralvorstellungen zu leben und mich von euren kleingeistigen Gesetzen bevormunden zu lassen. Ich will leben, Farawyn, frei und ungezwungen.«

»Und du glaubst, Margok ermöglicht dir das?«

»In einer Welt ohne Gesetze kann ich tun und lassen, was ich will«, war Riwanon überzeugt. »Es gibt keine Beschränkungen mehr, keine Regeln, die mich hemmen, und keine Schranken, die mich halten. Und Konkurrenz« – dabei bedachte sie Alannah mit einem verärgerten Blick – »wird einfach aus dem Weg geräumt.«

»Schwester.« Farawyn spuckte das Wort aus wie eine verdorbene Speise. »Wie konnte ich mich nur so in dir irren?«

»Nein, nein, Ihr habt Euch nicht geirrt«, versicherte Aldur, der einfach nicht glauben konnte, was er da hörte. »Meisterin Riwanon steht nach wie vor treu zum Orden und zum Hohen Rat! Ich würde nie etwas anderes von ihr denken!«

»Aldur«, sagte sie und schüttelte mitleidig den Kopf, »mein armer Aldur. Wie schrecklich das alles für dich sein muss. Aber glaube mir, es ist besser so.«

»Dann ... ist es wahr?«, fragte er ungläubig. »Ihr seid eine ... Verräterin? Schon die ganze Zeit über, während wir ...«

»Armer Aldur«, wiederholte sie, und anders als zuvor klang ihre Stimme plötzlich sanft und liebevoll. »Ich wollte dich nicht verletzen.«

»Aber ich dachte, Ihr und ich ...«

»Ich hatte dich vor mir gewarnt, Aldur. Aus gutem Grund ...«

Er nickte, Tränen in den Augen.

»... aber weil du mein Novize bist und ich glaube, dass du erst ganz am Anfang deiner Entwicklung stehst, bieten wir dir an, dich uns anzuschließen.«

»I-ihr wollt, dass ich die Seiten wechsle?«

»Es steht nicht in meiner Macht, dies von dir zu verlangen, Aldur. Aber wenn du an all die Dinge glaubst, von denen du mir erzählt hast, so ist jetzt der Zeitpunkt gekommen, dich zu entscheiden. Sage dich von deinen falschen Freunden los! Bekenne dich zu deinem wahren Selbst, zu deiner wirklichen Berufung, und schließe dich uns an!«

»Schweig, Verräterin!«, rief Farawyn erbost.

»Wieso, was hast du?«, fragte Riwanon lächelnd. »Befürchtest du, er könnte den Pfad der Tugend verlassen und sich mir anschließen? Die Welt ist nicht mehr, was sie einmal war, Farawyn. Du selbst hast das immer wieder gesagt, dennoch bist du nicht bereit, dich zu ändern oder dein Denken in neue Bahnen zu lenken. Das Zeitalter der Elfen geht zu Ende, damit hast du recht. Deshalb erneuern wir das Reich, und es beginnt das Zeitalter der Zauberer. Eine neue, ruhmreiche Epoche, in der nichts mehr unsere Macht beschränken wird.«

»Das also wollt ihr.« Farawyn nickte. »Ich verstehe.«

»Die Welt ist kompliziert geworden. Immer mehr Rassen schaffen immer mehr Probleme. Der Dunkelelf hat dies schon vor langer Zeit erkannt, aber unsere Vorfahren waren entweder zu blind oder zu töricht, um das zu begreifen. Wir jedoch werden diesen Irrtum der Geschichte berichtigen.«

»Indem ihr mit der Macht des Bösen paktiert?«

»Komplizierte Probleme verlangen nach komplizierten Lösungen«, konterte Riwanon. »Nur ein Krieg vermag uns aus dem Geflecht unsinniger Regeln und Gesetze zu befreien, in das wir uns selbst verstrickt haben.«

»Daran ist nichts Kompliziertes«, wehrte Farawyn ab. »Es ist so einfach, wie es schon vor neunzehntausend Jahren war: Böse bleibt böse, die Zeit ändert nichts daran.«

Und noch ehe Riwanon oder sonst jemand etwas unternehmen konnte, hatte sich der Zauberer blitzschnell gebückt und das Schwert, das Granock vorhin hatte fallen lassen, vom Boden aufgelesen – und in einer fließenden Bewegung schleuderte er die blitzende Klinge.

Den Schein der Fackeln reflektierend, zuckte der Stahl durch die Luft – und fuhr geradewegs in Riwanons Leib.

»Neeein!«, schrie Aldur.

27. URA GYRTHARO

Aldurs Entsetzensschrei verhallte unter der steinernen Decke des Gewölbes.

Es war zu spät.

Mit derartiger Wucht fuhr die Klinge in die Brust seiner Meisterin, dass sie im Rücken wieder austrat. Unter anderen Bedingungen wäre es Riwanon nicht schwergefallen, das Schwert mit einem Gedankenbefehl abzuwehren – an diesem düsteren Ort jedoch war sie schutzlos.

Heiser rang sie nach Atem, während sie zurücktaumelte und in Labhras' Arme stürzte. Es war, als hätte ihre Schönheit Sprünge bekommen, ihr Atem ging schwer und stoßweise, während unter dem Heft der Waffe Blut hervorquoll und ihre Robe tränkte.

»Was habt Ihr getan?«, schrie Aldur den Zauberer an und ließ seinen Tränen freien Lauf. »Was habt Ihr nur getan?«

»Sie hat uns verraten«, sagte Farawyn mit tonloser Stimme.

Dann ging alles blitzschnell.

»Tötet sie!«, brüllte Rurak außer sich vor Zorn. »Tötet sie alle! Stürzt sie in den Pfuhl! Keiner von ihnen soll entkommen …!«

Seine Worte waren noch nicht verklungen, als Erweins Männer bereits vorwärts stürmten, die Äxte und Schwerter erhoben. Von beiden Seiten des Sarkophags kamen sie heran, um Farawyn und die Novizen in die Zange zu nehmen – alles, was blieb, war die Flucht nach vorn!

»Zum Ausgang, los!«, brüllte der Meister, und es lag solche Autorität in seiner Stimme, dass Granock und Alannah trotz des Schocks, unter dem sie standen, sofort gehorchten. Schon die Enthüllung, dass die Zauberin Riwanon, zu der sie stets mit Respekt und Bewunderung aufgeblickt hatten, eine Verräterin war, war schon schrecklich genug gewesen. Doch mit eigenen Augen zu sehen, wie ein anderer Zaubermeister sie dafür mit dem Tod bestrafte, zu sehen, wie Riwanons Blut hervorschoss, und ihren Todesschrei zu hören, war geradezu erschütternd.

Dennoch setzten sich Granock und Alannah augenblicklich in Bewegung, als Farawyn es ihnen befahl, nur Aldur zögerte. Er starrte auf seine Meisterin, die verblutend in Labhras' Armen lag, wollte zu ihr eilen, um ihr zu helfen, aber Farawyn hinderte ihn daran.

»Zum Ausgang!«, herrschte der Zauberer ihn an, während die Menschenkrieger sie schon fast erreicht hatten.

»Aber ich muss …«

»Flieh, du Narr!«, schrie Farawyn, packte ihn am Arm und riss ihn einfach fort – und das keinen Augenblick zu früh, denn wo sie eben noch gestanden hatten, flirrten im nächsten Moment bereits die Klingen der Angreifer durch die Luft.

»Elfin!«, rief Fürst Erwein mit Blutdurst in den Augen Alannah zu. »Du wirst mir nicht entkommen, Mörderin!«

Die Flüchtlinge rannten auf den Ausgang zu, der so nah war und dennoch so fern. Nicht genug damit, dass der Fürst von Andaril und seine blutrünstige Meute ganz knapp hinter ihnen waren – da war auch noch Rurak, der sich ihnen in den Weg stellte, breitbeinig und auf seinen Zauberstab gestützt, den blutigen Orkdolch in der Hand.

»Palgyr!«, zischte Farawyn seinem Novizen zu. »Wir müssen ihn uns schnappen!«

Granock verstand, was sein Meister meinte. Wenn es überhaupt eine Möglichkeit gab, aus dem Tempel zu entkommen, dann nur, wenn sie das Oberhaupt der Verschwörung als Geisel nahmen.

»Zurück! Zurück!«, schrie Rurak ihnen entgegen und hob abwehrend den Zauberstab, aber natürlich war er ebenso wenig in der Lage, einen *tarthan* zu wirken, wie alle anderen. Dennoch blieb er störrisch stehen – und wie ein betrunkener Stallknecht bei einer Dorfkeilerei stürzte sich Granock mit ausgebreiteten Armen auf ihn, umfasste ihn an der Hüfte, und Rurak schrie heiser auf, dann schlugen beide zu Boden.

»Auf die Beine, Verräter!«, herrschte der junge Menschennovize ihn an, und noch ehe sich's der benommene und durch den Messerstich des Orks geschwächte Zauberer versah, riss ihn der Novize in die Höhe, während Farawyn dem Verräter die Klinge entwand und sie ihm an die Kehle setzte. Dass Erwein und seine Leute schon fast zu ihnen aufgeschlossen hatten und sie einen Herzschlag später überrannt hätten, war plötzlich bedeutungslos.

»Bleibt zurück!«, rief Farawyn. »Bleibt zurück, oder euren Anführer ereilt dasselbe Schicksal wie die Zauberin!«

Sein Angriff auf Riwanon hatte allen klargemacht, dass Farawyn keine leeren Phrasen drosch. Die Soldaten blieben so ruckartig stehen, als wären sie gegen eine unsichtbare Mauer gerannt, und selbst Erwein stoppte seinen Lauf, obwohl ihm anzusehen war, dass sein Hass auf Alannah seine Loyalität gegenüber Rurak bei Weitem überwog. In seinen Zügen zuckte es, und man konnte sehen, wie er seine Möglichkeiten abwog.

Auch Rurak blieb es nicht verborgen. »Tut, was er sagt!«, krächzte er, an seiner Kehle die Klinge, an der sein eigenes Blut klebte und die er nicht noch einmal zu spüren bekommen wollte.

Daraufhin senkte auch Erwein das Schwert, während sich die Flüchtlinge in den Gang zurückzogen, der die Grabkammer mit dem Schacht verband: zuvorderst Alannah, die den noch immer wie benommenen Aldur mit sich zog, dann Granock und Farawyn, die gemeinsam Rurak unter Kontrolle hielten – und schließlich schlüpfte auch noch Rambok hinterher, der abtrünnige Ork, dessen Eigensinn das Blatt so unerwartet gewendet hatte.

»Ihr werdet nicht entkommen«, prophezeite Rurak, zischend wie eine Schlange. »Niemals …«

»Überlass das uns, Verräter«, beschied ihm Farawyn, während er kurzerhand den Gürtel seines Gewandes abnahm und dazu benutzte, den Zauberer zu binden. »Solange du bei uns bist, wird es niemand wagen, Hand an uns zu legen.«

»Dennoch wird euch die Flucht niemals gelingen. Der Zorn des Dunkelelfen wird euch ereilen, wohin immer ihr auch …«

»Der Dunkelelf wird nicht zurückkehren«, unterbrach ihn Farawyn barsch. »Dein Plan ist vereitelt, Palgyr, ob es dir gefällt oder nicht.«

Sie erreichten das Ende des Durchgangs und gelangten in den Schacht, wo die vermummten Elfenkrieger, die Palgyr eskortiert hatten, die *dragnadha* bewachten. Als sie Alannah und Aldur erblickten, zückten sie ihre gekrümmten Klingen – im nächsten Moment jedoch gewahrten sie ihren gefangenen Anführer und ließen die Waffen sogleich wieder sinken.

»Nur zu!«, forderte Granock sie auf. »Greift nur an! Aber dann müsst ihr euch einen neuen Rädelsführer suchen, kapiert?«

Auch wenn seine Sprachstudien weniger intensiv und sein Elfisch weniger flüssig gewesen wären – die Elfenkrieger hätten ihn auch so verstanden. Wohl weniger aus Sorge um ihren Anführer, sondern vielmehr aus Furcht vor dem, was ihnen widerfuhr, wenn er zu Schaden kam, wichen sie zurück. Die Flüchtenden hatten freies Feld.

»Los!«, verlangte Farawyn, mit dem Kinn auf die *dragnadha* deutend. »Auf die Tiere!«

»Auf *diese* Tiere?«, fragte Granock ungläubig. Doch dann wurde ihm klar, dass die *dragnadha* die einzige Möglichkeit darstellten, aus der Tiefe des Schachtes zu entkommen. Dennoch – besonders vertrauenerweckend kamen ihm die skelettierten Drachenkreaturen nicht gerade vor. Unruhig scharrten sie mit den Krallen, die nur aus Wirbelknochen bestehenden Schwänze wischten hin und her, und die zähnestarrenden Mäuler klappten unablässig auf und zu.

»Als diese Tiere zu Lebzeiten von Zauberern geritten wurden, waren die Menschen noch nicht einmal ein ferner Gedanke«, knurrte Farawyn. »Welche Art von Magie sie auch immer aus dem dunklen Schoß der Erde gerufen haben mag – heute ist der Tag, an dem sie uns wieder dienen werden.«

Damit griff er nach dem Zaumzeug des nächstbesten *dragnadh* und schwang sich auf dessen Rücken. Die Kreatur hob den länglichen Kopf und schlug mit den Flügeln, blieb jedoch ruhig. »Na los!«, drängte Farawyn seine Gefährten. »Worauf wartet ihr?«

Granock beschloss für sich, dass es besser wäre, sein Glück mit einem untoten Drachen zu versuchen als mit einer Meute wütender Andariler, und so bestieg auch er eines der Knochentiere. Den geifernden Rurak zerrte er mit sich und legte ihn wie eine Packlast vor sich quer über den Sattel. Auch Aldur, der wieder einigermaßen gefasst schien, ließ sich auf eines der Ungeheuer nieder. Alannah suchte sich das kleinste der Reittiere aus, doch kaum saß auch sie im Sattel, trat Rambok zu ihr.

»Nehmt mich mit!«, flehte er in seiner primitiven Sprache, die das Wörtchen »bitte« entbehrte. »Lasst mich nicht hier zurück!«

Die Elfin schaute dem Ork ins grüne Gesicht, und für einen kurzen Augenblick war es ihr, als könnte sie darin die Zukunft sehen, in Gestalt eines kurzen, gedrungenen und eines ebenso langen wie hageren Orks, und obwohl sie nicht viel Sympathie für die Unholde hegte, hatte sie das Gefühl, dass Ramboks Überleben für Erdwelt von größerer Bedeutung war, als sie es in diesem Augenblick zu erfassen vermochte

»Steig auf!« Und sie reichte ihm die Hand, worauf er ebenfalls auf den Rücken des klappernden, schnaubenden Untiers kletterte, dessen Klauen im nächsten Moment den Boden verließen.

»Hinauf! Hinauf!«, rief Farawyn, der die Führung übernommen hatte, und tatsächlich entfalteten die *dragnadha* ihre ledrigen Flügel und trugen ihre Reiter lotrecht den Schacht empor, die verdutzten Elfenwachen unter sich zurücklassend.

»Worauf wartet ihr?«, schrie Rurak zu ihnen hinab. »Unternehmt gefälligst etwas! Schließt die Pyramide! Schließt die Pyramiii...«

Sein Schrei verlor sich, als die *dragnadha* ihren Flügelschlag verstärkten. Granock hatte das Gefühl, von unwiderstehlicher Kraft gepackt und senkrecht emporgerissen zu werden, dabei war es das Tier unter ihm, das sich auf magische Weise in die Lüfte schwang. Mit rasender Geschwindigkeit ging es hinauf, an allen vier Seiten die steinernen Mauern, die rauschend vorbeiwischten. Mit jedem Klafter, den sie höher stiegen, wurde es wärmer, und Granock wurde erst jetzt bewusst, wie eisig kalt es in der Grabkammer gewesen war.

Über sich gewahrte er den Nachthimmel. Die Wolkendecke war aufgerissen, und ein voller Mond, von blitzenden Sternen umgeben, beschien den Dschungel Aruns. Davor schwebte der *dragnadh*

Farawyns, der seine knochigen Flügel ausgebreitet hatte und sich kraftvoll nach oben schwang …

Doch was war das? Von beiden Seiten des Schachtendes schoben sich plötzlich dunkle Schatten vor den Nachthimmel – riesige Steinblöcke, die sich, von einem verborgenen Mechanismus angetrieben, aufeinander zu bewegten. Der Schacht war dabei, sich zu schließen!

Granock biss die Zähne zusammen und ließ die Zügel schnalzen, die er um eine Hand gewickelt hatte, während die andere den zappelnden Rurak festhielt – ob er bei dem untoten Drachen jedoch etwas damit ausrichtete, wagte er zu bezweifeln.

»Schneller!«, rief Alannah von unten. »Wir müssen noch schneller werden!«

Die Elfin hatte recht; durch die Tränen, die ihm der Wind in die Augen trieb, sah Granock die beiden Hälften der Pyramidenspitze, die zugleich das Tor zum Schacht bildete, immer mehr zusammenrücken. Wenn sich die beiden Hälften schlossen, würden sie alles zermalmen, was sich zwischen ihnen befand …

Im nächsten Moment hatte zumindest Farawyn das Ende des sich verengenden Schachts erreicht und schoss hinaus ins Freie. Auch Granock strömte bereits die würzig-feuchte Luft des Urwalds entgegen, während die beiden Hälften der Pyramidenspitze immer weiter vor die fahle Scheibe des Mondes rückten. Im nächsten Moment war das Schachtende heran – und Granock schloss für einen Moment die Augen. Ein Knirschen war zu hören und ein hässliches Kratzen, und als der Novize die Augen wieder öffnete, hatte sein *dragnadh* das Tor passiert und war in die Nacht hinausgejagt.

Granock gab seiner menschlichen Natur nach und stieß einen grellen Freudenschrei aus. Sein nächster Gedanke jedoch galt seinen Freunden, und er drehte sich im Sattel, um nach ihnen zu sehen. Entsetzt erkannte er, dass die beiden Hälften der Pyramidenspitze schon beängstigend nah zusammengerückt waren – und im nächsten Augenblick stießen die *dragnadha* Aldurs und Alannahs aus der Kluft, die Flügel dicht am Körper gelegt, um auf diese Weise durch die Engstelle zu schlüpfen, die sich wenige Augenblicke später mit dumpfem Donner unter ihnen schloss.

In der Grabkammer war das Chaos ausgebrochen.

Ratlos, die Hände in hilfloser Wut zu Fäusten geballt, stand Fürst Erwein inmitten seiner Männer, die nicht weniger erzürnt waren als er selbst. Alles war so schnell gegangen, die Gefangenen getürmt, und der Zauberer Rurak befand sich in ihrer Gewalt!

Ganz abgesehen davon, dass er seine Möglichkeiten, die Mörderin Iweins ihrer gerechten Bestrafung zuzuführen, schwinden sah, war auch all das gefährdet, was der Zauberer dem Fürsten von Andaril versprochen hatte. Denn seine Vereinbarungen hatte Erwein mit Rurak getroffen und mit niemandem sonst, und so war es mehr als fraglich, dass sich seine beiden Stellvertreter im Zweifelsfall daran halten würden.

Was Labhras betraf, hatte es eine Weile gedauert, bis dem feisten Elfen aufgegangen war, was die Stunde geschlagen hatte, doch nun setzte er alles daran, die so unerwartet frei gewordene Stelle des Anführers einzunehmen. »Ihnen nach!«, brüllte er aus Leibeskräften, während er selbst zum Durchgang eilte, Sgruthgan im Schlepp.

Während Erwein und ein Gutteil seiner Männer in der Grabkammer zurückblieben, noch immer verwirrt von dem Geschehen, erreichten Labhras und Sgruthgan das Ende des Durchgangs – nur um festzustellen, dass Farawyn und seine Getreuen auf den Drachenvögeln geflüchtet waren und man den Pyramidenschacht geschlossen hatte.

»Öffnet den Schacht! Öffnet den Schacht, ihr Idioten!«, hörte man Labhras heiser brüllen, der mit Sgruthgan die verbliebenen *dragnadha* besteigen wollte, um den Flüchtigen nachzujagen.

In der Grabkammer war die Verwirrung noch immer so groß, dass niemand von Erweins Kriegern bemerkte, wie sich eine Zauberin, die tödlich verwundet auf den staubigen Steinfliesen lag, langsam bewegte …

Riwanon wusste, dass sie dem Tod geweiht war.

An einem anderen Ort hätte sie kraft ihrer Selbstheilung vielleicht überleben können; im Hort der Finsternis, wo die Elfenkristalle keine Wirkung hatten, gab es keine Rettung. Der von Farawyn geschleuderte Stahl hatte ihren Leib durchbohrt, und mit jedem neuerlichen Blutschwall, der aus der Wunde strömte, fühlte die Zauberin, wie das Leben sie verließ.

Der Gedanke, dass sie eines fernen Tages ein Schiff zu den Fernen Gestaden besteigen, dass sie in ewiger Freude und Erfüllung leben würde, war ihr stets fremd gewesen. Sie hatte es vorgezogen, das Leben in vollen Zügen und bis zur Neige zu genießen, und sie hatte geahnt, dass ihr ein anderes Ende beschieden sein würde, als es dem Rest ihres Volkes erstrebenswert schien. Dass es auf diese Weise und so plötzlich geschehen würde, hatte sie jedoch nicht vorausgeahnt.

Doch Riwanon wollte nicht gehen, wollte nicht verlöschen wie eine Kerze im Wind, ohne nicht noch ein letztes Mal lichterloh gebrannt zu haben. Sie wollte der Funke sein, der den Anstoß gab zu einer neuen Weltordnung, zu einer neuen Zeitrechnung …

Sie schaffte es nicht mehr, sich zu erheben, daher schleppte sie sich auf allen vieren auf den Abgrund zu, den tödlichen Stahl noch in der Brust. Labhras hatte es nicht gewagt, das Schwert herauszuziehen, weil sie dann noch schneller verblutet wäre.

Riwanons Willenskraft jedoch war ungebrochen. Sie hatte ein Ziel vor Augen, das sie erreichen wollte – auch wenn sich ihr Blick bereits eintrübte und sie die Kluft und den dahinter aufragenden Sarkophag nur noch als verschwommene Schemen wahrnahm.

Der Schmerz in ihrer Brust wollte sie zerreißen. Sie krallte die Fingernägel in die Fugen zwischen den steinernen Bodenplatten, zog sich Stück für Stück vorwärts, dabei eine dunkle Blutspur hinterlassend, und erreichte schließlich den Rand der Kluft.

Mit versiegender Kraft hob sie den Kopf und blickte über die Kante, sah den grün leuchtenden Strudel, der sich in der Tiefe drehte, und indem sie alle Energie einsetzte, die ihr geschundener, gepeinigter Körper noch aufzubringen in der Lage war, schob sie den Oberkörper über die Grubenkante, bis er das Übergewicht bekam – und mit einem letzten gellenden Schrei verschwand sie in der Tiefe.

Weder Erwein noch einer seiner Krieger hatte bemerkt, was geschehen war – die Veränderung jedoch, die im nächsten Moment eintrat, blieb ihnen nicht verborgen.

Denn der grüne Dunst, der aus dem Schacht wallte, verstärkte sich plötzlich und wurde zu dichtem Nebel, der aus dem Abgrund emporquoll, beleuchtet von einem unsteten Flackern, das die ganze Grabkammer erfüllte. Ein grässlicher Laut war zu hören, der aus tiefsten Tiefen zu dringen schien und so voller Zorn und Bosheit war, dass Erwein sogleich bereute, dem Pfad der Rache gefolgt zu sein und sich mit den dunklen Mächten eingelassen zu haben.

Er schaute zu seinen Männern, in deren Gesichtern sich nackte Furcht spiegelte. Einer nach dem anderen ließ die Waffe fallen, und sie wichen vor dem Schlund zurück, aus dem immer noch mehr giftgrüner Nebel wölkte, wie der Odem eines riesigen Ungeheuers. Dicht über dem Boden sammelten sich die Schwaden und breiteten sich nach allen Seiten aus. Erwein schauderte, als sie um seine Füße strichen und er tödliche Kälte spürte.

Er sah, wie der Nebel auch seine Männer einhüllte und an ihnen emporkroch – und im nächsten Augenblick waren entsetzte Schreie zu hören, die nicht nur mehr von nackter Furcht zeugten, sondern von grässlichen Schmerzen. Die Truppen des Fürsten von Andaril verschwanden hinter einer Wand aus grünem Nebel. Erwein hob die Hand, als wolle er sich zu ihnen vortasten – und stieß einen heiseren Schrei aus.

Mit vor Entsetzen weit aufgerissenen Augen sah er, wie sich das Fleisch von seinen Finger- und Handknochen löste und von den giftigen Schwaden zerfressen wurde. Und nicht nur das, der Nebel nagte sich weiter den Arm hinauf und unter die Rüstung, die vor ihm keinen Schutz bot.

Der Herrscher von Andaril lebte noch lange genug, um den Todesschreien seiner Männer zu lauschen und zu begreifen, dass er sie ins Verderben geführt hatte, während sich seine Haut vom Fleisch löste und sein Fleisch von den Knochen. Dann brach er zusammen.

In diesem Moment erwachte der Dunkelelf zum Leben.

28. GYRTHARO DAI AWYRA

Granock spürte, wie seine Zauberkräfte zurückkehrten. Es war ein Gefühl, als hätte ein unsichtbares Gewicht auf seinen Schultern gelegen, das nun von ihm genommen wurde. Und als sich Rurak, der gefesselt vor ihm über dem Sattel lag, erneut regte und Widerstand leisten wollte, da berührte ihn der Novize und ließ ihn kurzerhand erstarren.

»Gib endlich Ruhe«, knurrte der junge Mensch. »Du hast schon genug Unheil angerichtet.«

»Spürt ihr es auch?«, rief Farawyn, der ihnen auf seinem *dragnadh* vorausritt, über die Schulter hinweg. »Margoks Bann hat keine Wirkung mehr auf uns. Unsere Kräfte sind wieder da!«

»Ja«, entgegnete Granock trocken. »Rurak hat es auch schon gemerkt …«

Farawyn ließ sein Reittier hoch in die Luft steigen und dann abrupt wenden. Granock riss an den Zügeln und brachte seinen *dragnadh* auf diese Weise dazu, in der Luft zu verharren, wobei das Ungeheuer heftig mit den knochigen Flügeln schlug. Der Novize bemühte sich, nicht nach unten zu sehen, wo sich der Dschungel als endloses dunkles Meer präsentierte, aus dem vereinzelt schroffe Felsen ragten.

Er hatte herausgefunden, dass sich ein *dragnadh* nicht sehr viel anders dirigieren ließ als ein Pferd (wenn man einmal davon absah, dass es auch die Richtungen Oben und Unten gab), und solange er sich einredete, dass es der Sattel eines gewöhnlichen Reittiers war, auf dem er saß, kam er ganz gut mit der Situation zurecht. Er verbot sich, darüber nachzudenken, dass er auf den Überresten eines bereits vor Jahrtausenden gestorbenen Drachen saß und diese von nichts anderem als purer Magie in der Luft gehalten wurden.

»Wir müssen umkehren«, gab Farawyn bekannt.

»Was?«, fragte Alannah erstaunt.

»Nun, da wir unsere Kräfte zurückhaben, dürfen wir nichts unversucht lassen, den Tempel zu vernichten.«

»Nein!«, rief Aldur entsetzt. »Riwanon ist noch da drinnen!«

»Nichts kann sie mehr retten«, erklärte Farawyn, »aber Erdwelt kann noch gerettet werden. Allerdings darf die Grabkammer niemals wieder geöffnet werden, andernfalls wird die Bedrohung immer Bestand haben.«

Keiner der Novizen, nicht einmal Aldur, widersprach. Natürlich hatte der Meister recht – aber was konnten er und drei Novizen schon ausrichten? Sie waren hintergangen, manipuliert und in die Falle gelockt worden. Zwei ihrer Gefährten hatten sie verloren, den einen im Kampf, den anderen durch Verrat. Glaubte Farawyn wirklich, dass sie allein Margoks Erbe vernichten konnten?

»Wir sind nur zu viert«, gab Granock zu bedenken.

»Zu viert, ja«, räumte Farawyn ein, und ein verwegenes Grinsen spielte dabei um seine bärtigen Züge. »Aber vergiss nicht, wir sind *Zauberer*!«

Damit ließ er die Zügel schnalzen und lenkte seinen *dragnadh* durch den Pulk der Novizen hindurch zurück zum Tempel, dessen spitze Formen sich unter ihnen abzeichneten. Granock und die anderen folgten ihm.

Und dann sahen sie, wie sich die Spitze der Pyramide wieder öffnete, um vier weitere *dragnadha* auszuspeien, deren Reiter mit ihren Tieren sofort angriffen.

»Es sind Labhras und Sgruthgan und zwei weitere Elfen!«, rief Farawyn und befahl: »Überlasst die Verräter mir! Granock, du bleibst zurück. Rurak ist eine zu kostbare Beute, als dass wir riskieren dürfen, ihn zu verlieren!«

»Aber …«

»Du bleibst zurück!«, beharrte Farawyn energisch. »Aldur und Alannah – ihr kümmert euch um den Tempel!«

»Wie, Meister?«, wollte Aldur wissen.

»Da fragt ihr noch? Natürlich durch die Kraft der Elemente – Feuer und Eis!«, rief Farawyn zurück, bevor er auf seinem *dragnadh* davonschoss, dem Feind entgegen. Mit der linken Hand hielt er die Zügel umklammert, mit der Rechten stieß er den Zauberstab wie eine Waffe in die Höhe.

Die beiden Elfenkrieger, die Labhras und Sgruthgan eskortierten, jagten ihm auf ihren untoten Drachen entgegen. Beide waren mit Lanzen bewaffnet, mit denen sie den Zauberer durchbohren wollten, aber der Gedankenstoß, den Farawyn ihnen entgegenschickte, war so heftig, dass er einen der Krieger aus dem Sattel riss. Mit einem grellen Schrei verschwand er in der Tiefe, sein *dragnadh* flatterte davon. Der andere Reiter schaffte es, im Sattel zu bleiben, die geflügelte Kreatur unter ihm bäumte sich zwar auf, als sie sich gegen die unsichtbaren Kräfte stemme, die über sie hereinbrachen, doch im nächsten Moment war der *tarthan* über sie hinweggebrandet, und der Elfenkrieger setzte den Angriff fort.

Mit gesenkter Lanze sprengte er durch die Luft heran – und Farawyn setzte den anderen mächtigen Verteidigungszauber ein, den sein Zauberstab hervorzurufen vermochte: den *dailánwath* …

Anstatt sich zu ducken, richtete sich Farawyn im Sattel auf, während er sein Reittier auf der Stelle hielt. »Nicht mich«, rief er dem Angreifer entgegen, die Augen weit aufgerissen, während der Elfenkristall am Ende des Stabes aufleuchtete, »*ihn* …!«

Der Stab deutete auf Labhras, der sich in sicherer Entfernung wähnte. Der Elfenkrieger zügelte sein unheimliches Reittier, riss es herum, nur wenige Klafter, bevor die Lanzenspitze Farawyn erreicht hatte, und von einer neuen Absicht beseelt, jagte der Elf auf seinen Herrn zu, den Kopf gesenkt und die Lanze unter der Schulterbeuge.

Labhras begriff nie, wie ihm geschah. Sein Verstand war zu träge, um zu erfassen, dass sich sein Diener gegen ihn wandte, und so verbrachte er die letzten Augenblicke seines verräterischen Lebens damit, mit schreckgeweiteten Augen im Sattel eines untoten Drachen zu sitzen, während er den Elfenstahl der Lanzenspitze auf sich zurasen sah.

Im nächsten Augenblick durchstieß die Lanze seine Brust …

Von Weitem sah Alannah Labhras' furchtbares Ende. Von der Lanze seines eigenen Lakaien durchbohrt, kippte der feiste Zauberer rücklings aus dem Sattel. Seinen Mörder, der den Schaft der Waffe verbissen umklammerte und nicht in der Lage war, sich von dem Befehl zu lösen, den Farawyn ihm erteilt hatte, riss er gleich mit in die Tiefe. Als verschlungenes, schreiendes Knäuel stürzten die beiden dem Erdboden entgegen und verschwanden zwischen den Wipfeln der Bäume.

Die Elfin empfand weder Genugtuung noch Bestürzung. Aldur und sie mussten sich auf ihre Aufgabe konzentrieren.

»Dort ist der Tempel!«, rief Aldur, während sie mit atemberaubender Geschwindigkeit auf das Bauwerk zuhielten, dessen bedrohliche, im Mondlicht blau schimmernde Formen aus dem dampfenden Dschungel wuchsen. »Was sollen wir jetzt tun?«

»Farawyn sagte, wir sollen die Kraft der Elemente zum Einsatz bringen!«, schrie Alannah gegen den Wind und den rauschenden Flügelschlag der *dragnadha* an. »Ich denke, ich weiß, was er damit gemeint hat.«

»Ach ja? Und was?«

»Feuer!«, rief sie. »Überzieh die Pyramide mit Feuer!«

»Wenn's weiter nichts ist …«

Aldur zögerte noch einen Moment, denn er dachte an seine tödlich verwundete Meisterin, die irgendwo in den Tiefen dieses uralten Bauwerks lag. Dann konzentrierte er sich, und im nächsten Moment brach ein wahrer Feuersturm über die fünf Pyramidenspitzen herein, während die *dragnadha* das Bauwerk umkreisten. Die Hitze, die von den Flammen aufstieg, war nahezu unerträglich. Feuchtigkeit, die sich in dem uralten, porösen Gestein gesammelt hatte, verdampfte zischend, und dichter Dunst stieg auf, der sich wie eine Glocke über den Tempel legte.

Nach einer Weile ließ Aldur den Feuersturm abklingen. Zurück blieb schwarz verfärbtes Gestein, aus dem rot glühende Pyramidenspitzen ragten.

»Gut so!«, lobte Alannah, während sie ihr Reittier auf den Tempel zu dirigierte. »Nun bin ich an der Reihe!«

Sie ließ den *dragnadh* in der Luft verharren und richtete sich im Sattel auf. Dann ließ sie die Zügel los und richtete ihre Hände auf die Pyramide, bereit, diese mit Eis zu überziehen – aber es kam nicht dazu!

Denn der Stoß, der sie plötzlich traf, war so heftig, dass er sie aus dem Sattel stieß. Sie wäre in die Tiefe gestürzt, hätte nicht eine grüne Klauenhand sie gepackt und festgehalten.

Rambok ...

Bislang hatte der Ork nur hinter ihr auf dem Rücken des *dragnadh* gesessen und leise Beschwörungen gemurmelt, wohl vor allem, um sich selbst zu beruhigen. Nun jedoch hatte er gehandelt, genau im richtigen Moment.

»Z-zieh mich hoch!«, verlangte Alannah matt, die kopfüber zwischen den Rippen des *dragnadh* hing. Obwohl der führerlose *dragnadh* wild und unkontrolliert mit den Flügeln schlug und um ein Haar auch noch Rambok von seinem Rücken beförderte, gelang es dem Ork irgendwie, sich mit der einen Klaue festzuhalten und mit der anderen Alannah heraufzuziehen. Die Elfin half mit, so gut es ging, und schließlich saß sie wieder im Sattel.

»Danke, Freund«, raunte sie über die Schulter, während sie mit zitternden Händen nach den Zügeln griff und das Reittier wieder unter ihre Kontrolle brachte.

Zum Aufatmen blieb jedoch keine Zeit. Sie sah, dass es Sgruthgan gewesen war, der sie angegriffen hatte. Offenbar war der Zauberer Farawyns Attacke entkommen und holte nun zum Gegenschlag aus.

Da schoss Aldurs *dragnadh* heran, direkt auf Sgruthgan zu, um ihn abzufangen. Alannah sah es und fragte sich bang, ob Aldur nach dem Feuersturm, den er entfesselt hatte, überhaupt noch in der Lage war, seine Gabe erneut einzusetzen. Sie wollte ihren Kameraden unterstützen, doch in ihrem Hinterkopf hallten Farawyns Worte wider:

... Erdwelt kann noch gerettet werden. Allerdings darf die Grabkammer niemals wieder geöffnet werden, andernfalls wird die Bedrohung immer Bestand haben ...

Wenn all die Gefahren, die sie auf sich genommen, und die Entbehrungen, die sie erduldet hatten, und wenn all die Opfer nicht vergeblich gewesen sein sollten, dann musste Alannah jetzt handeln – auch wenn es möglicherweise bedeutete, nach Meister Cethegar noch einen weiteren großen Zauberer zu verlieren …

Sie riss ihr Reittier herum und lenkte es abermals auf den Tempel zu, dessen Spitzen noch immer in orangeroter Glut glommen. Erneut ließ sie die Zügel los und konzentrierte sich – und diesmal hielt sie niemand davon ab, eine Kaskade blauweißen Eises zu entfesseln …

»Stirb, Verräter!«

Aldur rief es mehr, um sich selbst Mut zu machen, denn er hatte keine Ahnung, ob seine Kräfte noch reichten, sich Sgruthgan entgegenzustemmen. Mit beängstigender Geschwindigkeit katapultierte ihn der *dragnadh* auf seinen Gegner zu, der mit wehendem Umhang auf dem Rücken seines eigenen Drachen saß und ihm gefasst entgegenblickte.

Aldur hielt den Atem an, und indem er seine ganze Konzentration aufbot und den Rest an verbliebener Energie in die ihm eigene Fähigkeit lenkte, gelang es ihm tatsächlich, eine weitere Feuerlanze aus seiner Hand schießen zu lassen, die mit wütendem Fauchen auf den Verräter zustach – um im buchstäblich letzten Augenblick abgelenkt zu werden und harmlos in der dunklen Nacht zu verlöschen.

Aldur, der seine letzte Kraft in den Feuerstoß gelegt hatte, fragte sich verblüfft, was geschehen war, doch bereits im nächsten Moment war es ihm klar: Sgruthgan bedeutete »Herr der stürmischen Winde«; offenbar bestand die Fähigkeit des abtrünnigen Zauberers darin, kraft seines Willens Stürme zu entfesseln, und ein ebensolcher Sturmwind hatte Aldurs Flammen erfasst und davongetragen.

Kaum hatte Aldur den Gedanken zu Ende gebracht, braute sich ein weiterer Sturmwind unmittelbar über seinem Kopf zusammen, um ihn aus dem Sattel zu reißen!

Sgruthgan lachte wie von Sinnen, während sein *dragnadh* flatternd auf der Stelle schwebte. Aldur riss an den Zügeln, ließ sein Reittier zur Seite hin abkippen, um es schon kurz darauf wieder aufzufangen und in einer steilen Flugbahn emporzulenken.

Ein weiterer *dragnadh* tauchte neben seinem auf, Farawyn in seinem Sattel.

»Komm mit!«, forderte er Aldur auf. »Wir müssen Alannah mehr Zeit verschaffen …«

Alannahs Innerstes war zum Zerreißen gespannt.

Wie ein Bogen, der den äußersten Grad seiner Biegsamkeit erreicht hatte und kurz vor dem Bersten stand, bot sie alle Energie auf, zu der sie fähig war – und wie eine Sehne, die vorschnellte und den Pfeil abschoss, schleuderte auch sie todbringendes Verderben auf die Bastion der Feinde.

Blaue Wirbel verließen ihre Hände und wurden schon einen Lidschlag später zu massivem Eis, das einer riesigen Lawine gleich aus dem Nachthimmel stürzte und sich über die Tempelpyramide stülpte. Die Glut, die das Mauerwerk eben noch erhitzt hatte, verlosch jäh. Dampf stieg zischend auf, und die Temperaturen des Gesteins sackten innerhalb eines Augenblicks in ungeahnte Tiefen – zu viel für das jahrtausendealte, poröse Material.

Ein helles Knacken war in der Nacht zu hören – der erste, zaghafte Ton einer Symphonie der Zerstörung, die über den Tempel hereinbrach. Kurz darauf folgte ein helles Bersten, und eine der kleineren Pyramiden zerbrach. Ihre Trümmer stürzten in die Tiefe, und die Einschläge und die Erschütterung sorgten dafür, dass Sprünge im Mauerwerk entstanden, die weitere Zerstörungen zur Folge hatten. Teile der von Kammern und Stollen durchzogenen Pyramide stürzten ein, ehe ein weiterer Turm in sich zusammenfiel.

Schließlich bekam sogar die Pyramidenspitze Risse, und einige Trümmer fielen in den Schacht, aus dem die Flüchtigen vorhin noch entkommen waren.

Ein Zerfallsprozess war in Gang gesetzt worden, der nicht mehr aufzuhalten war, und als hätte das alte Mauerwerk nur darauf gewartet, nach all den Jahrtausenden endlich den Weg alles Vergänglichen zu beschreiten, nahm die Zerstörung ihren Lauf.

»Neeein!«

Sgruthgans wütender Schrei gellte durch die Nacht. Mit gefletschten Zähnen und fiebrigem Blick sah der Zauberer den Tempel in sich zusammenfallen – und mit ihm auch alle Hoffnungen, die er sich gemacht hatte, Träume von einer neuen Weltordnung, an der er hatte teilhaben wollen. Ruraks ehrgeizige Pläne waren gescheitert.

Riwanon und Labhras waren tot, Rurak befand sich in der Hand des Feindes, und Margoks Grabmal und damit auch die sterblichen Überreste des Dunkelelfen wurden von einstürzenden Felsmassen verschüttet. Nie würde man ihn ins Leben zurückrufen können.

Wut erfüllte den Zauberer, so abgrundtief und verzehrend, dass sie das Blut in seinem Leib kochen ließ. Die Adern in seinen Augäpfeln platzten, dünne purpurne Fäden rannen ihm aus Augen und Ohren und verliehen seinen kantigen Gesichtszügen ein schreckliches Aussehen. Mit einem gellenden Schrei auf den schmalen Lippen ließ er den *flasfyn* hoch in die Luft steigen, worauf eine blitzartige Entladung aus dem bewölkten Himmel fuhr und den Zauberstab einhüllte.

Von einer leuchtenden Aura umgeben, die nicht nur ihn, sondern auch den *dragnadh* einschloss, jagte der Abtrünnige durch die Nacht, auf die junge Elfin zu, die den Tempel zerstört hatte. Nur für einen kurzen Moment hatte er sie aus den Augen verloren, den die Novizin ruchlos genutzt hatte, und genau dafür würde sie bezahlen.

»Stirb!«, schrie er mit keifender Stimme, während er das Ende des Zauberstabs auf sie richtete, um einen Blitz auf sie zu schleudern, der sie bei lebendigem Leibe rösten würde.

Plötzlich jedoch hatte er nicht mehr freies Feld, denn zwei weitere *dragnadha* stürzten aus der Schwärze herab und setzten sich genau zwischen Sgruthgan und sein Ziel.

Farawyn und Aldur …

Das Wutgeschrei des Verräters wurde nur noch lauter. Farawyn schickte ihm einen *tarthan* entgegen, den Sgruthgan jedoch mühelos abwehrte. Und als würden Hass und Enttäuschung seine zauberischen Fähigkeiten noch potenzieren, nahm er den Kampf gegen alle drei Gegner gleichzeitig auf.

In Erwiderung des Gedankenstoßes, mit dem ihn Farawyn attackiert hatte, schoss er einen gezackten Blitz auf den anderen Zauberer ab. Farawyn entging diesem, indem er sein Reittier zur Seite ausbrechen ließ, doch aufgrund der Winde, die Sgruthgan entfesselt hatte, war Farawyn gezwungen, eine weite Schleife zu fliegen, ehe er zum Schauplatz des Kampfes zurückkehren konnte, und in dieser Zeit konnte sich Sgruthgan ganz den Novizen widmen, die ihre Kräfte verbraucht hatten und praktisch wehrlos waren.

Mit der ausgestreckten Linken entfesselte der Zauberer einen kleinen Wirbelsturm, der im nächsten Moment Aldur erfasste. Der *dragnadh* des Novizen schlug wie von Sinnen mit den Flügeln, um sich in der Luft zu halten, und die löchrige Haut spannte sich bedenklich unter der Beanspruchung, der sie ausgesetzt war. Es war nur eine Frage von Augenblicken, bis sie reißen und die Kreatur samt Reiter in die Tiefe stürzen würde.

Mit triumphierendem Gelächter fuhr Sgruthgan im Sattel herum und wandte sich Alannah zu, deren *dragnadh* in einer steilen Kurve heranraste, die Flügel weit ausgebreitet. Ihre einzige lächerliche Bewaffnung bestand aus einem Elfenschwert, das am Sattel ihres Reittiers gehangen hatte. Hinter ihr saß der verräterische Ork und klammerte sich an sie. Sgruthgan würde sie beide zerschmettern!

Indem er an den Zügeln riss, zwang er sein Reittier zu einer abrupten Wendung, die ihn gleichzeitig aus der Flugbahn der Elfin brachte. Er stieß erneut den Zauberstab in die Luft, woraufhin gleich mehrere Blitze herabzuckten und den Elfenkristall im Stab mit Energie aufluden – Energie, die Sgruthgan im nächsten Moment auf seine nahezu wehrlosen Gegner schleudern wollte.

Getrieben von etwas, das nur der Mut der Verzweiflung sein konnte, drehte die Elfin ihren *dragnadh* in der Luft herum und griff abermals an. Das aufgeregte Geschrei, das der Unhold hinter ihr veranstaltete, ließ vermuten, dass er ihre Todesverachtung nicht teilte. Pfeilschnell trugen die Knochenschwingen die Kreatur heran, das Elfenschwert blitzte – und Sgruthgan handelte.

Ein energetisches Summen drang aus dem Kristall seines Zauberstabs, wie immer, wenn er unmittelbar davorstand, eine todbringende Entladung zu verschleudern. Sgruthgan richtete den *flasfyn* auf das heranschießende Ziel, um es zu vernichten – als etwas Unerwartetes geschah!

Jäh hörte sein Reittier auf, sich in der Luft zu bewegen. Eben noch hatte der *dragnadh* kraftvoll mit den Flügeln geschlagen, doch auf einmal war er erstarrt und rührte sich nicht mehr.

»Was …?« Sgruthgan kam nie dazu, die Frage auszusprechen, denn in diesem Augenblick sackte der Sattel unter ihm weg. Wie zu Stein erstarrt stürzte der *dragnadh* in die bodenlose Tiefe, und Sgruthgan folgte ihm unweigerlich, den Zauberstab umklammernd und dabei aus Leibeskräften brüllend vor Enttäuschung und ohnmächtiger Wut. Noch während er stürzte, wurde ihm klar, dass er in seinem Zorn einen schwerwiegenden Fehler begangen hatte.

Er hatte den dritten Novizen aus den Augen verloren …

»Guten Flug«, sagte Granock trocken, als er Sgruthgan samt Reittier vom Himmel fallen sah.

Farawyns Befehl gehorchend, hatte sich der Mensch zunächst vom Kampfgeschehen entfernt, damit der gefangene Rurak nicht von seinen Lakaien befreit werden konnte. Als er das Feuer gesehen hatte, das Aldur entfesselte und das die Nacht über dem Dschungel zum Tag werden ließ, hatte er seine Meinung jedoch geändert. Aldur und Alannah waren seine Freunde, er konnte sie nicht im Stich lassen – nicht einmal dann, wenn sein Meister es ihm befahl. Es mochte töricht sein und typisch menschlich, aber Granock hatte das Gefühl gehabt, dass er gebraucht wurde, und dieses Gefühl hatte sich schon kurz darauf bestätigt …

Vom Rücken seines *dragnadh* aus, den zu dirigieren er inzwischen ganz gut gelernt hatte, blickte er seinen guten Vorsätzen zum Trotz in die Tiefe – von Sgruthgan war nichts mehr zu sehen. Der Dschungel hatte ihn verschluckt, und Granock war sicher, dass die Raubtiere nicht allzu viel von ihm übrig lassen würden.

Ein dunkles Rauschen erklang, und aus der Tiefe stieg ein *dragnadh* auf, der sich neben seinen setzte.

Farawyn …

Das Gesicht des Meisters war angespannt, eine tiefe Zornesfalte war auf seiner Stirn zu sehen. »Du hast meinen Befehl missachtet«, stellte er vorwurfsvoll fest. »Du hast nicht getan, was ich dir gesagt habe …«

»Meister, ich …«

»… und uns damit alle gerettet«, fuhr Farawyn fort, und die Zornesfalte löste sich auf, als das Gesicht des Zauberers von einem Lächeln in die Breite gezogen wurde. »Danke, mein Junge.«

»Ja, finde ich auch«, sagte Aldur, der von der anderen Seite heranflog, gefolgt von Alannah und dem Ork, der ihnen dankbar zuwinkte. »Du hast uns allen die Kehrseite gerettet. So sagt ihr Menschen doch, oder nicht?«

»So ähnlich«, bestätigte Granock grinsend.

»Gut gemacht, Novizen«, sagte Farawyn noch einmal.

Das war alles. Es gab keine Worte des Trostes oder des Bedauerns, keine Gratulation zu dem Sieg, den sie unter Aufbietung schmerzlicher Opfer errungen hatten. Zu groß war die Erschöpfung, die dem Zauberer ins Gesicht geschrieben stand, zu groß seine Erschütterung über das, was sie gesehen und erfahren hatten.

Noch einmal ließen sie die *dragnadha* einen weiten Kreis über der Pyramide beschreiben, die immer weiter in sich zusammenbrach und immer mehr verschluckt wurde von einer riesigen Staubwolke, die im blassen Mondlicht zu leuchten schien. Dann lenkten sie ihre Reittiere in nordwestliche Richtung, der Heimat entgegen, und während die Ruinen des Tempels allmählich hinter ihnen zurückfielen, kam Granock und seinen Freunden zum ersten Mal der hoffnungsvolle Gedanke, dass sie die gefahrvolle Mission überstanden hatten.

In diesem Augenblick regte sich Rurak. Der Zeitbann, den Granock über den Verräter verhängt hatte, fiel von ihm ab, und als er in der Ferne die Staubwolke sah und begriff, dass sein Traum in Trümmern lag, verfiel er in keifendes Geschrei. »Was habt ihr getan, ihr Narren? Dafür werdet ihr bezahlen! Ihr alle werdet dafür bezahlen, das schwöre ich euch bei den Runen auf Margoks Grab …«

Granock wollte ihn abermals zum Schweigen bringen, indem er von seiner Fähigkeit Gebrauch machte, aber wie er feststellen musste, hatte er sich gegen Sgruthgan zu sehr verausgabt. Als Rurak daher immer weiter schrie und wüste Verwünschungen gegen Farawyn und die Novizen ausstieß, hob Granock die Faust und schlug kurzerhand zu.

Rurak zuckte zusammen, und im nächsten Moment hing der Verschwörer besinnungslos über dem Sattel.

Es war genau, wie Farawyn gesagt hatte: Mitunter waren die Dinge keineswegs so kompliziert, wie behauptet wurde, sondern sehr einfach.

29. YNUR BLAIN UCYNGARAS

Atemlose Stille war eingekehrt in dem großen Saal, jener ehrwürdigen Halle, in der der Hohe Rat der Zauberer tagte.

Granock, Aldur und Alannah wussten es nicht, aber es hatte sich viel geändert seit jenem Tag, an dem der Rat dem Antrag Palgyrs gefolgt war und die Entsendung eines Erkundungstrupps nach Carryg-Fin beschlossen hatte. Denn anders als zu früheren Zeiten, da es häufig zu lautstarken Auseinandersetzungen zwischen den unterschiedlichen Flügeln gekommen war, herrschte diesmal traute Einigkeit. Alle anwesenden Ratsmitglieder hatten Farawyns Bericht gebannt gelauscht, unabhängig davon, welchem Lager sie angehörten. Und je weiter Granocks Meister in seinem Rapport fortgeschritten war, desto leiser war es in der Halle geworden, und als Farawyn dann endete, war es im Saal mucksmäuschenstill.

Das Schweigen war Granock unerträglich. Sechs Tage waren seit ihrer Flucht aus Arun vergangen, aber es war ihm, als hätten sich all die grässlichen Ereignisse, in deren Mittelpunkt sie gestanden hatten, eben erst abgespielt. Er fühlte sich unwohl unter den Blicken der riesigen steinernen Königsstatuen, die die Hallendecke trugen, obwohl sie ihm das Gefühl gaben, dass er Teil von etwas Großem, Bedeutendem geworden war, das die Geschichte verändern würde. Das war es gewesen, wonach sich jener heimatlose Menschenjunge, der er einst gewesen war, immer gesehnt hatte, dennoch hätte sich Granock in diesen Augenblicken am liebsten weit fortgewünscht. Denn aus dem Privileg, mit besonderen Fähigkeiten ausgestattet und zu Höherem auserwählt zu sein, ergab sich tatsächlich auch große Verantwortung, das hatten die vergangenen Wochen Granock gelehrt …

»Ich danke dir für deinen Bericht, Bruder Farawyn«, sagte der Vorsitzende Semias schließlich, der allein unter dem großen Kristall am Ende der Halle saß und während Farawyns Rede zunehmend blasser geworden war. Der Platz neben ihm war verwaist und erinnerte schmerzlich an den Verlust, den der Orden zu beklagen hatte, und besonders Semias schien noch immer schwer am Tode Cethegars zu tragen, den er selbst über die weite Entfernung hinweg gespürt hatte.

Auch einige der Ratssitze, die sich zu beiden Seiten der langen Halle erstreckten, waren leer: Sgruthgan und Labhras fehlten, die Verrat geübt und dafür mit dem Leben bezahlt hatten, außerdem Riwanon, deren falsches Wesen bis zuletzt niemand durchschaut hatte, und natürlich Palgyr, der nicht länger den rechten Flügel anführte; stattdessen stand er, in Ketten gelegt und von zwei grimmig dreinblickenden Zauberern bewacht, inmitten der Halle und wartete darauf, dass man das Urteil über ihn fällte …

»Nachdem wir nun gehört haben, was geschehen ist, Schwestern und Brüder«, wandte sich Semias den Versammelten zu, »ist es an uns, darüber zu befinden, was mit diesem Abtrünnigen hier zu geschehen hat. Nicht genug, dass er uns über einen langen Zeitraum hinweg getäuscht, dass er uns etwas vorgespielt und unser aller Vertrauen schmählich missbraucht hat – er hat auch gegen das Gesetz verstoßen und gegen die grundlegendsten Werte dieses Ordens, die zu verteidigen er stets geheuchelt hat. Mit Lug und Trug hat er uns getäuscht, während er sich verbotenen Künsten zugewandt hat, dem Studium von Schriften, die längst nicht mehr existieren dürften. Mehr noch, er hat eine Revolte und das Ende dieses Ordens geplant, wollte Tausende ins Unglück stürzen nur um des eigenen Machthungers willen – und um all dies zu erreichen, schreckte er auch nicht davor zurück, den Dunkelelfen ins Leben zurückrufen zu wollen, jene schreckliche Geißel, die bereits einmal über Erdwelt hergefallen ist.«

Der Älteste, der in diesem Augenblick weder müde wirkte noch gebeugt dasaß, sondern den sein Zorn mit grimmiger Kraft zu erfüllen schien, blickte in die Runde. »Ich weiß, dass die Entscheidung nicht allein bei mir liegt, und ich will eurem Urteil nicht vorgreifen, Schwestern und Brüder. Aber ich plädiere dafür, gegen Palgyr die höchste Strafe zu verhängen, die dieses Gremium aussprechen kann. Wer von euch will meinem Antrag folgen?«

Kein Herzschlag verging, da reckten sich die ersten Zauberstäbe in die Höhe, und die darin eingelassenen Kristalle leuchteten auf – das Zeichen der Zustimmung. Die Räte Codan und Syolan waren unter den Ersten, die dem Vorsitzenden beipflichteten, es folgten die weise Atgyva und noch viele mehr. Und schließlich hob sogar Palgyrs alter Parteifreund Cysguran den Stab.

»Da siehst du es«, beschied Semias dem Gefangenen mit grimmiger Genugtuung. »Selbst deine ehemaligen Freunde wenden sich von dir ab, Palgyr.«

»Mein Name ist Rurak!«, zischte dieser. Trotzig blickte er zu Semias auf, mit Wahnsinn in den lodernden Augen und die faltigen, hassverzerrten Züge umrahmt von wirrem grauem Haar. »Palgyr ist der Name, den ihr mir gegeben habt – Rurak jedoch ist meine wahre Natur.«

»Wie bedauerlich, dass wir sie nicht erkannt haben«, versetzte Semias. »Ich habe mich oft gefragt, woher diese maßlose Wut rührt, die dich erfüllte, von dem Tag an, an dem du deinen Fuß zum ersten Mal in diese Ratshalle gesetzt hast. Ich warb bei den anderen Ratsmitgliedern um Verständnis, führte ihnen immer wieder deine Verdienste um den Orden und das Reich vor Augen. Du jedoch hast mich die ganze Zeit hintergangen.«

»Einfältiger alter Narr«, zischte Rurak. »Es hat lange genug gedauert, bis du es gemerkt hast.«

»Nicht Einfalt war es, die mich die Augen vor der Wirklichkeit verschließen ließ, sondern die Sorge um die Einheit des Ordens und seine Zukunft. Für sie war ich bereit, manchen Kompromiss einzugehen – aber nun ist es damit vorbei. Endlich wissen wir, woher sich deine Bosheit nährt, Palgyr, der du dich jetzt Rurak nennst. Mit einstimmigem Beschluss hat der Hohe Rat der Zauberer dich verurteilt – nun höre, was deine Strafe sein wird.«

»Was wollt ihr tun? Mich töten?« Rurak grinste.

»Nein«, widersprach Semias, »denn damit wären wir nicht besser als jene Kräfte, deren Rückkehr du vorbereiten wolltest. Stattdessen wirst du dazu verurteilt, den Rest deines irdischen Daseins in Kerkerhaft zu verbringen – die dunklen Höhlen Borkavors warten auf dich.«

»B-Borkavor?«, wiederholte Rurak. Das Spotten war ihm schlagartig vergangen.

»Einst von Drachen angelegt, liegt Borkavor tief unter der Erde. Kein Licht ist je hinein- und kein Hilferuf je herausgedrungen. An diesem Ort wirst du dein Leben fristen«, kündigte Semias an. »Jahrzehnte lang. Jahrhunderte. Jahrtausende.«

»N-nein«, stammelte Rurak, mit vor Entsetzen bebenden Lippen. »Alles, nur das nicht. Nicht nach Borkavor …«

»Der Beschluss ist endgültig«, stellte der Älteste erbarmungslos klar. »Bringt ihn hinaus.«

Mit einer herrischen Bewegung, die seiner sonst so sanftmütigen Natur zu widersprechen schien, wies Semias die Bewacher des Gefangenen an, Rurak zu entfernen. Die Ketten klirrten, als sich der Verurteilte erfolglos zur Wehr zu setzen versuchte. Er wurde kurzerhand gepackt und hinausgezerrt, seine Schreie hallten von der hohen Decke wider, rührten aber weder die anwesenden Zauberer noch die steinernen Könige, die mit unbewegten Mienen auf ihn herabblickten, bis er schließlich verschwunden war.

Donnernd fiel die Tür der Ratshalle hinter ihm ins Schloss und ließ sein Geschrei verstummen.

»Und nun zu euch«, sagte Semias in die entstandene Stille und wandte sich damit erstmals auch an die Novizen, die an Farawyns Seite standen – Granock und Aldur zu seiner linken, Alannah und Rambok auf der rechten Seite. Zwar war inzwischen allen klar geworden, was der abtrünnige Palgyr bezweckt hatte, indem er einen Unhold nach Shakara brachte, jedoch hatte sich der Ork als nützlicher Verbündeter erwiesen, ohne dessen beherztes Eingreifen vieles ganz anders gekommen wäre.

»Obwohl ich vieles gesehen habe und reich bin an Jahren, finde ich kaum die rechten Worte, um zu beschreiben, was ihr nicht nur für den Orden, sondern für ganz Erdwelt getan habt. Im Augenblick der größten Gefahr seid ihr nicht zurückgewichen, sondern habt euren Meistern im Kampf gegen die womöglich größte Bedrohung beigestanden, die Erdwelt seit Tausenden von Jahren erlebt hat. Was geschehen wäre, wenn der Plan der Verschwörer gelungen und der Dunkelelf zurück ins Leben geholt worden wäre, mag sich niemand in dieser Halle vorstellen. Allen Widerständen zum Trotz habt ihr bis zuletzt gekämpft. Ihr habt das Andenken Cethegars geehrt und die Gefahr beseitigt – dafür gebührt euch unser aller Dank.«

Der Älteste hatte kaum zu Ende gesprochen, als tosender Beifall losbrach, der von beiden Seiten der Ratshalle über Farawyn und die Novizen hinwegbrandete. Viele Ratsmitglieder erhoben sich von ihren Sitzen, und wohin Granock und seine Gefährten auch schauten, blickten sie in heitere, erleichterte Gesichter – selbst die Könige der alten Zeit schienen plötzlich weniger grimmig dreinzublicken. Granock, Aldur und Alannah tauschten geschmeichelte Blicke, und als Farawyn ihm auch noch in väterlichem Stolz den Arm um die Schultern legte, errötete Granock beschämt.

Natürlich, es stimmte, sie hatten all das getan, was Vater Semias sagte – aber es kam Granock nicht so vor, als ob sie dafür belobigt werden müssten. Vielmehr hatte er einfach nur das Gefühl, ungeheures Glück gehabt zu haben …

»Die Chroniken unseres Ordens, die Bruder Syolan verfasst, werden von euren ruhmreichen Taten berichten«, fuhr der Älteste fort, »aber darüber hinaus wollen wir euren Mut und euren Einsatz auch noch anderweitig belohnen.«

»Das ist nicht nötig, *nahad*«, versicherte Farawyn rasch. »Euer Dank ist uns genug.«

»Vielleicht«, entgegnete Semias augenzwinkernd, »aber womöglich würde es dir ja auch gefallen, jenen Platz hier neben mir einzunehmen.«

»Du … du bietest mir den Stellvertretenden Vorsitz an, *nahad*?«, fragte Farawyn überrascht, fast bestürzt. »Ich soll Vater Cethegars Stellung einnehmen?«

»Nach allem, was geschehen ist, könnte ich mir keinen Geeigneteren dafür vorstellen«, erklärte Semias. »In Arun hast du allen bewiesen, dass du treu auf der Seite des Ordens stehst, selbst in der größten Gefahr. Ich denke, dass du die Zauberer in eine vielversprechende Zukunft führen wirst, und ich bin überzeugt, dass das auch Bruder Cethegar so gesehen hätte.«

»Glaubst du wirklich?« Farawyn schien keineswegs überzeugt, seine sonst zur Schau gestellte Selbstsicherheit war eindeutig erschüttert.

»Allerdings«, sagte der Älteste und streckte die Hand aus. »Und nun komm und nimm den Platz ein, der dir deinem Verdienst nach zusteht.«

Kaum hatte er die Aufforderung ausgesprochen, begannen die Ratsmitglieder laut Farawyns Namen zu skandieren, und auch Granock, Aldur und Alannah fielen in den Chor mit ein. Farawyn, der sichtlich bewegt war, schickte Granock einen zögernden Blick – und diesmal war es der Schüler, der seinen Meister mit einem energischen Nicken aufforderte, den Schritt in eine größere Welt zu wagen. Unter tosendem Applaus bestieg Farawyn das Podium der Vorsitzenden, und Semias begrüßte ihn mit einer herzlichen Umarmung. Dann wies er ihn an, auf Cethegars Sitz Platz zu nehmen, worauf sich der Beifall wieder legte.

»Was euch betrifft«, sprach Semias zu den Novizen, »so wollen wir auch euch für euren Einsatz belohnen. Nach allem, was ihr erlebt und durchlitten habt, sind wir der Ansicht, dass keine Prüfung, und wäre sie noch so schwierig, euch auch nur annähernd die Mühen abverlangen könnte, die hinter euch liegen. Ihr habt alle drei bewiesen, dass ihr in eurem Innersten bereits wahre Zauberer seid, auch wenn euch noch manche Kenntnis fehlt. In meiner Eigenschaft als Vorsitzender des Hohen Rates bestimme ich daher, dass euer *garuthan* hiermit abgeschlossen ist.«

Ein Raunen ging durch die Reihen der Ratsmitglieder. Granock, Aldur und Alannah sahen sich ungläubig an. Dass der *garuthan*, die zweite, zeitlich unbefristete Phase der Ausbildung zum Zauberer, bereits nach wenigen Wochen für beendet erklärt wurde, war schon vorgekommen, zuletzt allerdings zu Kriegszeiten, als man die Zauberer an der Front gebraucht hatte. Dass es nach so langer Zeit gleich drei Novizen auf einmal gelungen war, derart rasch in den *hethfánuthan* einzutreten, die letzte und abschließende Stufe der Ausbildung, war ein historisches Ereignis, das in den Chroniken des Ordens Eingang finden würde. Dass einer der Novizen auch noch ein Mensch war, war eine Sensation.

Es dauerte einige Augenblicke, bis Granock und seine Gefährten begriffen, was soeben geschehen war. Dann fielen sie einander um den Hals und gratulierten sich gegenseitig, und selbst Aldur war sich nicht zu schade für einen solch menschlichen Gefühlsausbruch.

»Ihr alle«, fuhr Semias lächelnd fort, den die Freude der Novizen anzustecken schien, »seid einen weiten Weg gegangen – auch du, mein Freund aus der Modermark.«

»Sprichst du mit mir?«, fragte Rambok einfältig.

»Allerdings. Nach allem, was wir nun erfahren haben, ist es dir ja wohl nie darum gegangen, ein Zauberer von Shakara zu werden. Du wolltest dich lediglich an Rurak rächen, der dir deinen Posten streitig gemacht und dich aus dem Dorf getrieben hatte, richtig?«

»K-korr«, stimmte der Ork vorsichtig zu. »Und?«

»Deinem Eingreifen ist es zu verdanken, dass eine große Gefahr von Erdwelt abgewendet werden konnte, daher wollen wir uns auch bei dir erkenntlich zeigen. Ein Novize bist du fortan nicht mehr, aber wenn du es willst, so steht es dir frei, in Shakara zu bleiben – als Botschafter deines Volkes.«

»W-wirklich?«, stammelte Rambok.

»Wenn ich eines aus alldem gelernt habe, dann dass es keinen Sinn hat, sich zu verschließen. Wir müssen die Zukunft gestalten, ehe sie uns bricht.«

»A-aber ich bin ein Ork«, gab der Schamane zu bedenken.

»Dessen bin ich mir bewusst.«

»Ich habe schlechte Manieren. Ich furze ohne Unterlass. Und ich schmatze beim Essen.«

»Nun«, sagte Semias lächelnd, »vielleicht können wir dir ja das eine oder andere abgewöhnen. Ich denke jedenfalls, dass wir viel voneinander lernen können – natürlich nur, wenn du es willst. Also?«

Ramboks Gesicht zerknitterte sich, als er einen Moment angestrengt nachdachte. Was genau unter seiner kahlen Schädeldecke vor sich ging, war unmöglich festzustellen – vermutlich sagte er sich, dass ihn sein Häuptling immerhin aus dem *bolboug* verjagt hatte und er in der Modermark nicht viel verpassen würde, denn schließlich nickte er. »*Korr,* Zauberer. Ich bin einverstanden.«

Beifall gab es diesmal nicht, lediglich Granock und Alannah klopften dem Ork anerkennend auf die Schulter. Die Vorbehalte der meisten Elfen Unholden gegenüber waren noch immer vorhanden, und das änderte sich nicht über Nacht. Aber ein Anfang war gemacht, der Anlass zur Hoffnung gab.

Auf eine friedliche Koexistenz.

Auf eine vielversprechende Zukunft.

Auf Frieden und Stabilität im Reich …

Semias wandte sich wieder Granock, Aldur und Alannah zu. »Da ihr nicht länger Novizen seid, sondern euch nun zu den Eingeweihten zählen dürft, müsst ihr euch nicht länger selbst um die Belange eures täglichen Lebens kümmern, sondern werdet dafür in Zukunft Helfer haben, die euch zur Seite stehen. Behandelt sie als Diener, und sie werden euch niemals mehr als das sein; behandelt sie als Freunde, und ihr werdet reich belohnt.«

Granock fragte sich noch, wovon der Älteste da sprach, als die Pforte der Ratshalle geöffnet wurde, wenn auch nur einen Spalt weit – und durch diesen Spalt trat ein kleines, nur etwa eine Elle großes Wesen, das Granock sofort erkannte.

Es war Flynn, Cethegars Kobold.

Die lange Nase des kleinen Kerls war gerötet, und seine Augen schienen noch mehr zu triefen als sonst, was wohl auf die Trauer um seinen Herrn zurückzuführen war. Ansonsten schien Flynn jedoch sehr gefasst. Selbstsicher und mit tapsenden Schritten trat er auf Alannah zu.

»Als Eingeweihte«, erklärte Semias, »bekommt jeder von euch einen Kobold zugeteilt, der ihm von nun an treu dienen wird. Flynn hat darum gebeten, einer alten Tradition gemäß der Schülerin seines verstorbenen Meisters Cethegar zu Diensten sein zu dürfen. Bist du damit einverstanden, mein Kind?«

Obwohl die Frage Alannah gegolten hatte, hatte der Älteste sie nicht angesehen, sondern den Blick zu Boden geschlagen. Seine Stimme war dünn und brüchig geworden während der letzten Worte, was belegte, wie sehr der Tod seines Freundes und Mitbruders ihn noch immer bewegte.

Alannah brauchte nicht nachzudenken. »Natürlich bin ich einverstanden«, versicherte sie sofort, strich sich das lange Haar hinter die Ohren und beugte sich dann zu Flynn hinab, um ihn willkommen zu heißen. Das Lächeln, das sie dem Kobold schenkte, spiegelte sich in dessen Zügen, und es war in diesem Moment schon klar, dass sie gut miteinander auskommen würden, auch wenn beide wussten, dass einen Zauberer vom Schlage Cethegars niemand ersetzen konnte.

Unter allgemeinem Beifall hob die Elfin den Kobold hoch und setzte ihn sich auf die Schulter. Dann erhob sie sich wieder. »Ich danke dem Hohen Rat für das in mich gesetzte Vertrauen«, sagte sie, nachdem sich der Beifall wieder gelegt hatte. »Ich werde es nicht enttäuschen.«

»Dessen bin ich mir sicher, mein Kind«, versicherte Semias und winkte, worauf erneut tapsende Schritte erklangen. Diesmal war es eine Koboldsfrau mit üppigen Formen und langem, fast bis zum Boden wallendem blondem Haar, die die Halle herabkam. Auch ihre Miene zeigte gleichermaßen Trauer als auch Hoffnung. Sobald die Ratsmitglieder die Koboldin erkannten, begannen einige von ihnen, aufgeregt zu tuscheln.

»Níobe hat uns versichert, dass sie nichts von den Umtrieben ihrer Herrin wusste«, gab Semias deshalb bekannt, »und wir haben keinen Grund, ihr nicht zu glauben. Wie Flynn hat auch sie gebeten, fortan dem Schüler ihrer ehemaligen Meisterin dienen zu dürfen, was bedeutet, dass du, Aldur, fortan ihr Herr und Meister bist. Natürlich nur, wenn du es wünschst …«

Aldur, der nicht wenig überrascht war, sah die Koboldin an, ließ sich jedoch nicht zu ihr nieder, sondern schaute von oben auf sie herab. Ihre Blicke begegneten sich, und es schien, als würden sie in Gedanken eine kurze Unterhaltung führen. »Ich bin einverstanden«, erklärte Aldur schließlich, an den Rat und die beiden Vorsitzenden gewandt, und streckte den Arm aus, um Níobe hinaufspringen zu lassen. Der Beifall fiel diesmal allerdings ungleich geringer aus als zuvor.

»Du, mein Junge«, wandte sich Semias schließlich an Granock, »stellst in mancher Hinsicht eine Ausnahme dar. Du bist der erste Mensch, der je Aufnahme fand in der Ordensburg von Shakara, doch mit allem, was du tust und sagst, scheinst du zu bestätigen, dass dein Meister Farawyn recht hatte: Offenbar sind uns die Menschen tatsächlich ebenbürtig, denn sie vermögen manches, das wir noch vor kurzer Zeit nicht für möglich gehalten hätten.«

»Danke, *nahad*«, sagte Granock leise und verbeugte sich, während sein Meister auf dem Sitz des Stellvertretenden Vorsitzenden fast barst vor Stolz. »Ihr seid sehr freundlich.«

»Leider«, fuhr Semias fort, »haben noch längst nicht alle dies erkannt, und während wir Elfen auf sehr vielen Gebieten Erstaunliches erreicht haben, ist es mit unserer Toleranz nicht weit her. Trotz allem, was du geleistet hast, gibt es dir gegenüber noch immer Vorbehalte, mein Junge, und das nicht nur unter den Zauberern, sondern auch unter ihren Dienern.«

»Verstehe«, sagte Granock und nickte. Er konnte sich denken, worauf diese Ansprache hinauslief – nämlich darauf, dass sich kein Kobold gefunden hatte, der bereit war, einem Menschen zu dienen. Im Grunde war es genau wie damals, auf den unzähligen Lichtfesten, die sie ohne ihn gefeiert hatten ...

Granock straffte sich. »Ist nicht weiter schlimm«, sagte er tapfer, obwohl er sich gekränkt und zurückgesetzt fühlte. »Ich bin bislang auch ganz gut ohne Diener ausge...«

»Zum Glück«, fiel Semias ihm lächelnd ins Wort, »gibt es immer auch Ausnahmen. Wesen, die ihrer Zeit voraus sind und die schon heute mit den Erfahrungen von morgen denken und handeln. Und so freue ich mich, auch dir deinen *gwasanaith* vorstellen zu dürfen. Lange Jahre hat er diesem Rat gedient, doch nun hat er darum gebeten, wieder einem Zauberer zugeteilt zu werden, und seine Wahl ist dabei auf dich gefallen. Du kennst ihn bereits, Granock, denn er war der Erste, der dich mit den Regeln und Gebräuchen Shakaras vertraut machte. Und obwohl dies erst wenige Monde zurückliegt, erscheint es mir, als wäre seither eine Ewigkeit vergangen, denn es ist vieles geschehen, das unsere Welt verändert hat ...«

Der Älteste unterbrach sich und schüttelte verärgert den Kopf, so als wollte er sich selbst dafür rügen, vom eigentlichen Thema abgekommen zu sein. »Es ist mir eine Freude, dir deinen Diener vorzustellen, Granock«, sagte er dann. »Ariel ...«

Zum dritten Mal schlüpfte eines der putzigen Wesen durch den Türspalt und tapste barfüßig die Halle entlang. In einem grünen Rock und mit einem umgekehrten Blütenkelch auf dem Kopf trug der Kobold die für seine Art typische Kleidung. Auf seinen pausbackigen Zügen lag ein breites Grinsen.

Ist das zu glauben?, tönte es in Granocks Kopf. *Als ich dich das letzte Mal traf, warst du noch ein blutiger Anfänger – und nun sieh, was aus dir geworden ist!*

»Du hast darum gebeten, mein Diener zu werden?«, fragte Granock zweifelnd. Er hatte stets geglaubt, der kleine Ratsdiener hätte nichts als Verachtung für ihn übrig.

Ich hatte es satt, hier nur Türen auf- und zuzumachen, behauptete der Kobold achselzuckend, *und da sie gerade jemanden suchten ...*

»Schon verstanden«, erwiderte Granock grinsend, dem in diesem Moment klar wurde, dass er den kleinen Kerl niemals dazu bringen würde, etwas Nettes über ihn zu sagen. Allein dass er hier war, war des Lobes genug.

»Wie steht es, Granock?«, erkundigte sich Semias. »Bist du gewillt, Ariel als deinen Diener ...?«

Anstatt zu antworten, bückte sich Granock, packte den Kobold kurzerhand am Kragen seines Rocks und riss ihn in die Höhe. Ariels Gesichtszüge sahen entsprechend verunglimpft aus, als er schließlich auf Granocks Schulter landete.

An deinen Umgangsformen wirst du allerdings noch arbeiten müssen, weißt du?

»Das bedeutet dann wohl Ja«, meinte der Älteste lächelnd, und erneut gab es Beifall, den vor allem Ariel auskostete, indem er nach allen Seiten winkte und Handküsse verteilte. Für Granock war es ein eher stiller Genuss, hier zu stehen, im wahren Machtzentrum Erdwelts, und nicht länger das Gefühl zu haben, ein Ausgestoßener zu sein.

Noch vor einigen Wochen war er nichts als ein Landstreicher gewesen, ein Rechtloser und Dieb, der sich mithilfe seiner speziellen Fähigkeit über Wasser gehalten hatte – nun war er auf dem besten Wege, ein Zauberer zu werden.

Auch der weise Semias stimmte in den Beifall mit ein und erklärte die Versammlung dann offiziell für beendet – was folgte, war ein endlos scheinender Reigen von Gratulanten, die an den Eingeweihten vorüberzogen und ihrer Anerkennung nach elfischer Art wortreich Ausdruck verliehen. Granock wusste kaum, wie ihm geschah, und Ariel erwies sich bereits zum ersten Mal als nützlicher Helfer, indem er ihm jeweils die Namen und Posten der einzelnen Elfen zukommen ließ, die ihm die Hand schüttelten.

Syolan, Chronist des Hohen Rates ... Gervan, neu gewählter Sprecher des rechten Flügels ... Maeve, Zauberrätin ... Tarana, Anführerin der flasfyn-*Kongregation ...*

Einen guten Teil von dem, was der Kobold in sein Bewusstsein flüsterte, verstand Granock nicht. Er scherte sich nicht darum, obwohl es ihm klarmachte, wie fremd ihm die Welt der Elfen und Zauberer noch immer war und wie viel er noch lernen musste. An diesem Tag jedoch wollte er einfach nur seinen Triumph genießen, und so nahm er die Glückwünsche freudig entgegen.

Danach wurde die Feier in den großen Versammlungssaal der Ordensburg verlegt, wo ein wahres Festmahl gereicht wurde – die Novizen und viele andere Zauberer, die nicht dem Hohen Rat angehörten, warteten dort, und sowohl Farawyn als neuer Stellvertretender Vorsitzender als auch die frisch ernannten Eingeweihten wurden erneut mit tosendem Applaus begrüßt. Auch Ogan und Caia, die ihr Scheitern beim *prayf* längst verwunden hatten, drängten heran, um zu gratulieren. Der große Erfolg ihrer ehemaligen Mitschüler würde sie anspornen, noch fleißiger für jenen Tag zu üben, an dem sie ein zweites Mal versuchen würden, die Prüfung zu bestehen.

»Helden«, sagte Semias zufrieden und mit feuchtem Glanz in den Augen, »Vorbilder, zu denen man aufblicken kann – das war es, was diesem Orden lange Zeit gefehlt hat!«

Danach wurde von fleißigen Kobolden das Essen serviert, und die Feier wurde um vieles lauter und ausgelassener, als Granock es den Elfen und ihrem auf den ersten Blick so zurückhaltenden Wesen zugetraut hätte. Zwar vertrugen sie nicht annähernd so viel Vergorenes wie beispielsweise Zwerge, und ihre zur Laute vorgetragenen Lieder eigneten sich auch nicht wirklich dazu, aus heiserer Kehle mitgegrölt zu werden, aber es zeigten sich einmal mehr Gemeinsamkeiten zwischen Glyndyrs Erben und den Menschen.

»Hättest du das gedacht?«, erkundigte sich Granock bei Aldur, als sie einander aus großen Steinkrügen zuprosteten, die fraglos aus zwergischem Besitz stammten; das Bier, das darin schwappte, hatte man eigens für diesen Anlass von Schmugglern beschlagnahmt, die damit die Eisbarbaren hatten beliefern wollen.

»Was meinst du?«, fragte Aldur mit vom Alkohol schwerer Zunge, was darauf schließen ließ, dass er dem Gerstensaft noch nicht sehr häufig zugesprochen hatte.

»Na ja – noch vor ein paar Wochen sind wir erbitterte Feinde gewesen. Und jetzt sitzen wir hier und … und …«

»… und sind Freunde«, ergänzte Aldur wenig geistreich und hob den Krug. »Darauf wollen wir trinken – so macht ihr Menschen es doch, oder?«

»Allerdings.« Granock nickte. »Freunde für immer.«

»Für immer«, bestätigte Aldur, und als ihre Krüge aneinander stießen, gesellte sich auch noch ein dritter dazu, den Alannah in der Hand hielt.

»Nichts soll uns jemals wieder trennen«, fügte sie dem Trinkspruch hinzu, der fast an einen Schwur erinnerte, dann sahen Granock und Aldur staunend zu, wie Alannah ihren Krug leerte, ohne ihn nur einmal abzusetzen.

Sie lachten alle drei, und als Granock aufblickte, sah er Farawyn am Ende der Tafel sitzen, ein zufriedenes Lächeln im Gesicht. Das schien es gewesen zu sein, was er in seiner Vision gesehen hatte und wovon er insgeheim träumte – eine Zukunft, in der Menschen und Elfen nicht länger Gegner waren, sondern Hand in Hand agierten.

Granock erhob sich von der Bank und gesellte sich zu seinem Meister, der ganz allein saß. Viele Zauberer hatten sich bereits zurückgezogen, und die Novizen hatte man in ihre Kammern geschickt, da ein weiterer anstrengender Ausbildungstag auf sie wartete …

»Wie sieht's aus, Meister?«, fragte Granock, dem der Alkohol auch schon etwas zusetzte. »Wollt Ihr Euch nicht zu uns setzen?«

»Nein danke.« Farawyn schüttelte das Haupt. »Zu meinem neuen Posten gehört, dass ich ein wenig Distanz wahre. Außerdem habe ich nicht den Eindruck, dass du noch meine Hilfe brauchst.«

»Dann seid Ihr mit mir zufrieden?«

»Weit mehr als das, mein Junge. Du hast meine Erwartungen nicht nur erfüllt, sondern übertroffen.« Farawyn lächelte. »Weißt du noch, als du mich gefragt hast, ob ich dir bei der Prüfung geholfen hätte?«

Granock nickte.

»Die Antwort ist: Du hast dir selbst geholfen«, erklärte Farawyn. »Bisweilen kommt es vor, dass Zauberer auf unerklärliche Weise miteinander verbunden sind – so wie es etwa bei Vater Semias und Vater Cethegar der Fall war. Zwischen Lehrern und Schülern ist so etwas jedoch sehr selten. Wenn ich also zu dir gesprochen habe, so habe ich es getan, weil du zu mir Verbindung aufgenommen hast. Ungewöhnliche Fähigkeiten schlummern in dir, mein Junge, das haben inzwischen auch viele erkannt, die dich zunächst abgelehnt haben. Du hast jeden Grund bestätigt, aus dem ich dich nach Shakara geholt habe, und das erfüllt mich mit großem Stolz. Wir haben sehr, sehr viel erreicht.«

»Findet Ihr, Meister?« Granock ließ sich auf einen freien Stuhl sinken. »Meister Cethegar ist tot, Meisterin Riwanon hat sich als Verräterin entpuppt …«

»Aber die Verschwörung gegen das Reich wurde zerschlagen, der Angriff abgewehrt«, gab Farawyn zu bedenken.

»Trotzdem besteht die Bedrohung fort«, wandte Granock ein. »Die *neidora* sind immer noch dort draußen, oder nicht?«

»Das stimmt, aber ohne die Bosheit ihres finsteren Herren werden sie nicht lange überleben, sondern wieder zu Stein werden, das hat Rurak uns gestanden.«

»Dennoch sollten wir wachsam bleiben«, beharrte Granock.

»Das werden wir«, versicherte Aldur grinsend, der sich zu ihnen gesellt hatte, den Arm lässig um Alannahs Schultern gelegt, »aber erst morgen. Diese Nacht gehört uns, schon vergessen?«

»Hört, hört«, frotzelte Alannah lachend. »Und das aus dem Munde von Aldurans Sohn …«

»Des Aldurans Sohn hat völlig recht«, pflichtete Farawyn bei. »Heute sollt ihr feiern und die Früchte des Sieges genießen, der Ernst des Lebens kann bis morgen warten. Dann werdet ihr beiden die Nachfolge eurer Meister antreten.«

»Keine Sorge«, erwiderte Aldur, und niemand bemerkte das Blitzen, das für den Bruchteil eines Augenblicks in seinen Augen zu sehen war, »das werden wir.«

Epilog

Von dem riesenhaften, eindrucksvollen Bauwerk, das die Jahrtausende überdauert hatte, war nichts geblieben als Ruinen. Die Pyramiden, die ihre Spitzen drohend in den grauen Himmel gereckt hatten, waren zerfallen, die Säulen allesamt eingestürzt, und die mächtigen Mauern lagen in Trümmern.

Ein riesiger Berg von Schutt häufte sich dort, wo noch vor kurzer Zeit der Tempel gestanden hatte. Als er zusammenbrach, hatte er alles unter sich begraben, hatte alle zermalmt, die sich im Augenblick der Katastrophe in den Stollen und Gewölben aufgehalten hatten. Und dennoch regte sich hier und dort Leben.

Aasfresser, die aus den Tiefen des Dschungels angelockt wurden, durchforsteten das Schuttfeld nach Nahrung: Krähen und andere zumeist schwarz gefiederte Vögel, die mit ihren Schnäbeln im Schutt pickten, Hyänen, die auf knochigen Beinen umherstelzten, und schließlich fette Riesenwürmer, die sich zwischen Trümmern und durch Erdreich wühlten.

Eine dieser Kreaturen, halb Wurm, halb Ratte und groß wie ein Wolf, bohrte sich bis ganz hinab, wo sie auf einen Hohlraum stieß, in dem es überreichlich Nahrung gab. Doch das Tier kam nie dazu, sich daran gütlich zu tun, denn etwas erfasste und zerquetschte es, noch ehe es seinen ätzenden Speichel versprühen konnte.

Und aus der Tiefe kroch etwas empor, das jahrtausendelang geruht hatte.

In völliger Dunkelheit war es zu sich gekommen und hatte feststellen müssen, dass es eingeschlossen war – nun jedoch kroch es an die Oberfläche, durch den engen Tunnel, den die Wurmratte gebohrt hatte.

Ein Opfer hatte dafür gesorgt, dass sein Körper zu neuem Leben erwacht war, aber noch war es sich seiner nicht bewusst. Zu viel Zeit war verstrichen, zu vieles geschehen ...

Keuchend kroch es weiter, wühlte sich durch den Dreck jener Welt, die es einst hatte besitzen wollen, vor langer Zeit. Dann griff eine der knochigen Hände hinaus in die feuchte Abendluft, und Stück für Stück befreite sich die Kreatur mit dem bodenlangen Haar und der dreckverschmierten weißen Haut aus der Öffnung. Obwohl nur das fahle Licht der Dämmerung über der Lichtung lag, wurden die noch schwachen Augen des Wesens geblendet.

Endlich richtete es sich auf, dann tat es das Erste, was ihm in den Sinn kam, nachdem es Jahrtausende schweigend und in dunkler Tiefe verbracht hatte. Es warf den Schädel in den Nacken und stieß einen gellenden Schrei aus, der allem Schmerz und allem Zorn Ausdruck verlieh, die sich in all der Zeit in der Kreatur aufgestaut hatten.

Es war ein schauriger, durchdringender Laut, wie ihn weder die Kehle eines Elfen noch die eines Tiers zustande bringen konnte – und im nächsten Moment wurde er beantwortet.

Zunächst nur aus einer, dann aus mehreren Kehlen, und während das der Tiefe entstiegene Wesen noch zwischen den Trümmern des einstigen Tempels stand und sich umblickte, teilte sich ringsum das Dickicht, und grobschlächtige Kreaturen traten hervor, zehn an der Zahl.

Sie gingen aufrecht auf zwei Beinen, hatten jedoch die Körper und Häupter von Reptilien, und zum ersten Mal flackerte im Bewusstsein der wiedergeborenen Kreatur ein leises Erinnern auf, das Echo einer fernen Vergangenheit.

Die Echsenwesen öffneten die Mäuler und brüllten etwas, das der Wiedergeborene zu seiner eigenen Verblüffung verstand.

Es war sein Name.

»Margok ...«

Aus ihren Kehlen hörte er sich an wie das Gebrüll eines Raubtiers, aber es war fraglos *sein* Name – und mit ihm kehrte auch die Erinnerung zurück.

Er war Margok.

Er war der Dunkelelf.

Und er war zurück.

Noch war er schwach und entkräftet, aber schon sehr bald würde sich dies ändern. Dann würde er erneut Angst und Schrecken verbreiten, und wie einst würde das Land unter dem Ansturm seines Heeres erzittern.

Abermals warf er den Kopf in den Nacken und stieß einen Schrei aus, der von seinen Leibwächtern aufgenommen und weitergetragen wurde, hinaus in die Welt, die von allem nichts ahnte, und hinauf zu der blutroten Sonne, die wie ein düsteres Omen über Erdwelt versank.

ENDE

Anhang: Deutsch-Elfisches Lexikon

adan	Flügel
ádana	geflügelt
afon	Fluss
ai	nach
ai'…'ma	dieser
aith	Elfisch (Sprache)
alaric	Schwan
amber	Erdwelt
amwelthu	besuchen
amwelthyr	Besucher
an	nein, nicht
ángovor	Vergessen (Bann)
angóvoru	vergessen
anmarwa	unsterblich
anmeltith	verbotener Bannspruch
anrythan	Ehre, auch: Ehrerweisung
anturaith	Abenteuer
anwyla	schön
arf	Waffe
argaifys	Krise, Gefahr
arian	Silber, Geld
arswyth	Schrecken
arwen	fertig, auch: Genug!
arwen-hun	allein
arwidan	Zeichen

asgur	Schule, Ausbildung
atgyf	Erinnerung
athro	Meister, Lehrer
áthrothan	Lehre
áthysthan	Ausbildung, Erziehung
áthysu	lehren, unterrichten
awyr	Luft
baiwu	leben
baiwuthan	Leben
barn	Schmutz, Dreck
barwydor	Schlacht
bashgan	Junge, auch: Diener
blain	vor (Ort)
blóthyn	Blume, Blüte
bodu	sein
bór	Bär
bórias	Eisbär
breuthan	Traum
breuthu	träumen
brunta	schmutzig
bur	Magen
cacena	Kuchen
cariad	Liebe
carryg	Stein
carryg-fin	Grenzstein
casnog	Hass
celfaídyd	Kunst
celfaídydian	Künstler
cenfigena	Neid
cethad	Wand, Mauer
cnawyd	Fleisch
codan	Baum
codana	Wald
coracda	Krokodil
cranu	beben
cranuthan	Beben, Erschütterung

crēu	erschaffen
crēun	Geschöpf, Kreatur
crēuna	Kreatur
crēuna'y'margok	Ork (wörtl. »Margoks Kreatur«)
crēuthan	Erschaffung
cuthíu	verbergen
cuthuna	das Verborgene
cwysta	Suche, Frage
cwysta'ras	Suchender
cyfail	Freund
cyngaras	Rat, Ratsrunde
cynlun	Plan, Vorhaben
cysgur	Schatten
dacthan	Flucht
dai	in
daifodur	Zukunft
dail	Rache, Rachsucht
dailánwath	Einfluss, Beeinflussung
daínacu	fliehen
dainys	nachts
daiórgryn	Erdbeben
daisaimyg	Vorstellungskraft, Einbildung
damwan	Unfall
darganfaithan	Entdeckung
darganfodu	entdecken
darthan	Anfang, Beginn
daru	anfangen, beginnen
díffroa	ernst, ernsthaft
diffrofur	Ernst
dígydaid	Zufall
dim	nichts
dinas	Stadt
dinistrio	Zerstörung
diogala	wohlbehalten, sicher
dorwa	böse
dorwathan	Bosheit, das Böse

dragda	Drache
dragnadh	untoter Drache
dufanor	Tiefe, auch: tiefe Schlucht, Abgrund
dun	Besitz
dun'ras	Besitzer, auch: Herr (Titel)
dwaímaras	Ostsee
dwaira	östlich, ost-
dwáirafon	Ostfluss
dwairan	Osten
dwar	Wasser
dweth	weise
dwethian	Weiser, Zauberer
dyna	Elf
dyr	Süden
dyrfraida	vollendet, vollkommen
dysbarth	(Unterrichts)Klasse
dysbarthan	Übertragung, Zeremonie der Speicherung von Wissen in Kristalle
dysbarthu	übergeben, übertragen
dysgu	lernen
dyth	Tag
effru	erwachen
eriod	immer
eriod	niemals
érshaila	schrecklich
essa	geheim
essamuin	Geheimname (unter Vertrauten)
essathan	Geheimnis
fad	Weg
fahila	Blatt
fal	wie (Vergleich)
faru	geben, machen
farun	(bestehend, gemacht) aus
fin	Grenze
flas	Blitz
flasfyn	Zauberstab

fyn	Stab
gaer	Wort
gaffro	Bock
gaida	mit
galwalas	Ruf, Berufung
ganeth	Mädchen
garu	gehen
garuthan	(Fort)Gang, auch: Bezeichnung für den zweiten und praktischen Teil der Ausbildung zum Zauberer
gelan	Feind
glain	Tal
glarn	Regen
gobaith	Hoffnung
gorfénnur	Vergangenheit
gorwal	Horizont
graim	Gewalt, (zerstörerische) Kraft
graima	gewalttätig, zerstörerisch
gwaharth	Verbot
gwaharthu	verbieten
gwaila	schlecht, schäbig
gwair	Heu
gwaith	Blut
gwasanaith	Diener
gwasanaithu	dienen
gwyr	Wahrheit
gwyra	wahr
gydian	Seher
gydu	sehen
gyla	westlich, west-
gylafon	Westfluss
gylan	Westen
gynt	Wind
gyrtharo	Kampf, Scharmützel
gystas	Gast
gywar	Mensch

gywara	menschlich
gywarthan	Menschlichkeit
ha'ur	Sonne
halas	Vater
haul	Recht
hethfanu	fliegen
hethfánuthan	Flug; Bezeichnung für den dritten und abschließenden Teil der Ausbildung zum Zauberer
hunlef	Albtraum
ías	Eis
ilfantodon	Elefant
labhur	(Fremd)Sprache
lafanor	Klinge
laiffro	Buch
laigalas	Auge
laigurena	Ratte
laima	schwerwiegend, weitreichend
larn	Hand
leidor	Dieb
lhur	Zeit
lithairt	Pforte, Tor
lofruthaieth	Mord
lu	(positive) Kraft, Energie
lyn	Eid, Schwur
lynca	glücklich, vom Glück gelenkt
maras	Meer
marthwail	Hammer
marwu	sterben
marwura	tot
marwuraith	Tod
marwuraitha	tödlich
mavura	groß
meltith	Fluch
menter	Handel
menterian	Händler

métel	Metall
mola	kahl
muin	Name
nadh	nicht mehr
nahad	Mein Vater (respektvolle Anrede)
negésidan	Bote
negys	Botschaft
neidor	Reptil
newitha	neu
nivur	Nebel
nothu	nackt
nys	Nacht
nysa	nächtlich
odan	unter (Ort)
ou	aus, von … her, von
paisgodyn	Fisch
paisgodyn'ras	Fischer
pal	Kugel, Ball
parur	bereit
parura	Bereitschaft
pela	weit (entfernt)
pentherfad	Entscheidung
pentherfadu	entscheiden
pentheru	nachdenken, erwägen
peraiga	gefährlich
plaigu	biegen
prayf	Prüfung
prys	Preis
rain	Netz
reghas	Geschenk, Gabe
rhiw	Geschlechtsakt
rhulan	Herrscher
rhulu	herrschen, befehlen
rhyfal	Krieg
rhyfal'ras	Krieger
rhyfana	fremd(artig)

rothgas	Feuersbrunst
safailu	stehen
safailuthan	Stand, auch: Bezeichnung für den theoretischen Teil der Ausbildung zum Zauberer
saith	Pfeil
saithyr	Bogenschütze
serena	Stern
serentir	Dreistern
sgruth	Sturm(wind)
sha	und
Shumai!	Guten Tag!
siwerwa	bitter
swaidog	Offizier
ta	oder
taith	Dunkelheit
taitha	dunkel
tampyla	Tempel
taras	Donner
tarthan	Schlag, Stoß
taru	schlagen, treffen
tavalian	Heiler
tavalu	beruhigen, auch: heilen
taválwalas	Stille
thynia	Eisblume
thynu	blühen
tingan	Schicksal
tirgas	Festung, befestigte Stadt
tro	Biegung
trobwyn	Wendepunkt, (unerwartete) Wendung
tu	dick, fett
tubur	Fettwanst
twar	König
ucyngaras	der Hohe Rat
ur	Spur, Fährte

ura	letzter, letzte
usha	hoch
ymadawaith	Aufbruch
ymadu	aufbrechen, abreisen
ymarfa	Übung
ymarfu	üben
ymlith	unter (Menge)
ymosuriad	Angriff
yngaia	»Nurwinter«, Ewiges Eis
ynig	einzig, nur
ynur	zurück
ys	wenn, falls

ORDENSBURG
VON SHAKARA
WEISSE
WÜSTE
EISBARBAREN
NORDWALL
FALKENJOCH
NORD-
SÜMPFE
SCHARFA
GEBIRGE
ZWERGE
TORGAS
EINGEWEIDE
FURT
MODER-
SEE
DÄMMER-
WALD
BOLBOUG
EBENE
VON
SCARIA
MODERMARK
FURT
SCHWARZGEBIRGE
GRENZFLUSS
TIRGAS
LAN
SÜDLANDE
DWAIRAFON
TIRGAS DUN
GYLAFON
Erdwelt
W

EISMEER
OSTGEBIRGE
GIRNAG
SULN
TMARK
HAMMERMOOR
SMARAGDSEE
SMARAGD WALD
ÖDNIS
JAT
SUQAT
LFAR
TIRGAS ANAR
DWÄIMARAS
PFEILER DES TODES
NARNAHAL
CARRYG-FIN
CETHAD MAVUR
ARUN
STEPPE
CARRYG
DSCHUNGEL VON ARUN
O